PIERRE SAKA

La Grande Anthologie
de la chanson
française

Dessins de Maxime Rebière

LE LIVRE DE POCHE

Du même auteur :

Histoire de la chanson française des origines à nos jours, Nathan, 1980.

Histoire de la chanson française de 1930 à nos jours, Nathan, 1986.

Trenet par Trenet, Édition N° 1, 1993.

Anthologies parues au Livre de Poche de 1993 à 1996 :
   Charles Trenet
   Yves Montand
   Édith Piaf
   Georges Brassens
   Renaud
   Charles Aznavour
   Gilbert Bécaud

La Chanson française à travers ses succès, Larousse, 1994.

Un siècle de rire (en collaboration avec Jacques Mailhot), Édition N° 1, 1996.

Le Guide de la chanson française (en collaboration avec Yann Plougastel), Larousse/Bordas, 1999.

Avant-propos

À ses débuts, l'expression populaire chantée était conçue de façon parodique : c'était sur des airs existants que l'on adaptait de nouvelles paroles.

Au fil du temps, la chanson évolua vers une formule plus cohérente, les auteurs composant paroles et musique originales.

L'apparition des auteurs, compositeurs et interprètes contribua à une plus grande qualité de la chanson, plus présente chaque jour dans notre société grâce au développement des techniques de diffusion : radio, télévision, disques. Il n'est pas impossible — à l'image de ce qui se fait pour la poésie — de constituer une anthologie de la chanson française. Gainsbourg n'aspirait-il pas à être lu comme un poète ? « Si un jour, disait-il, on peut réciter mes textes sans le secours de la musique, je me serai rapproché de Rimbaud. »

Certes, mais la chanson est une : lire son texte c'est aussi entendre sa mélodie. C'est aussi, parfois, retrouver son contexte, les circonstances de sa création. Yves Montand déclarait dans une interview : « J'entends *Lily Marlène* et de sombres bruits de bottes piétinent mon cœur. Je fredonne *Symphonie* et je vois Paris libéré ! »

Cette anthologie a pour ambition d'être aussi complète que possible : c'est un répertoire, des références, mais aussi des regrets, des oublis sans doute. Toute anthologie est imparfaite.

Mais on peut déjà rêver d'une anthologie exhaustive, une somme bientôt réalisable avec Internet. Et sur le « Net », un jour prochain, « ils » seront tous là.

Pierre SAKA.

Remerciements

Aux sociétés d'édition et ayants droit qui ont contribué à réaliser cet ouvrage.

Warner Chappell — Raoul Breton — S.E.M.I./Meridian — BMG Music Publishing — Salabert — Beuscher — Delabel — Alléluia — Fortin — EMI Music Publishing — Universal Music — La Mémoire et la Mer — Adèle — Melody Nelson — Métropolitaines — Alpha — Art Music — Fondation Brel — Édition de l'Écritoire — Prosadis — Jeune Music — JRG Music — Enoch — Music 18 — Édition Première — Coïncidences — Max Eschig — Majestic — Saravah — Chandelle — Big Brother — Édition 23 — Hamelle — Merino — Éd. Le vent qui vire — Alouettes — Amplitude — Peterson — Curci France — Heugel — Piano Blanc — VMA — Édition Laurelenn — Marine Handler — Budde Music — Alain Barrière — Gamma — Éd. Kluger — J. M. Caradec — Labrador — Tabata Music — Guy Bontempelli — Ricet Barrier — Eddy Marnay.

Merci également à Philippe Seiller, Jean-Pierre Guéno, Pierre Henry, Pierre Ribert et le Service des déclarations de la SACEM.

La totalité des autorisations de reproduction des textes des chansons figurant dans cette anthologie ont été obtenues. Toutefois, la complexité des droits de reproduction au sein des maisons d'édition musicale est telle que des oublis et des erreurs sont toujours possibles. La Librairie Générale Française s'en excuse à l'avance et s'engage à y remédier lors d'une prochaine réimpression.

Par ailleurs, bien des interprètes et des titres que l'auteur aurait voulu voir figurer n'ont pas pu être retenus, les accords de publication ayant été refusés par les ayants droit.

Pierre Jean de Béranger
[1780-1857]

Le premier grand chansonnier qui s'oriente vers une chanson originale. Auteur engagé, ses œuvres sont interdites et il fait même de la prison. Mais il est aimé du peuple, grand ami de Chateaubriand et reconnu par Lamartine qui lui décerne le titre de « ménétrier national ».

Son premier grand succès, Le roi d'Yvetot, brocardait Napoléon. Bon prince, ne disait-on pas que le matin, en se rasant, l'Empereur se surprenait à en fredonner le refrain !

Après une carrière mouvementée, Béranger meurt en 1857 ; il aura droit à des obsèques nationales.

Le roi d'Yvetot

Paroles de Pierre Jean de Béranger
Musique de Mme Favart

Il était un roi d'Yvetot
Peu connu dans l'histoire,
Se levant tard, se couchant tôt,
Dormant fort bien sans gloire ;
Et couronné par Jeanneton
D'un simple bonnet de coton,
Dit-on.
Oh ! oh ! oh ! oh ! ah ! ah ! ah ! ah !
Quel bon petit roi c'était là !
La, la.

Il faisait ses quatre repas
Dans son palais de chaume,
Et sur un âne, pas à pas,
Parcourait son royaume.
Joyeux, simple et croyant le bien,
Pour toute garde il n'avait rien
Qu'un chien.
Oh ! oh ! oh ! oh ! ah ! ah ! ah ! ah !

7

Quel bon petit roi c'était là !
La, la.

Il n'avait de goût onéreux
Qu'une soif un peu vive ;
Mais, en rendant son peuple heureux,
Il faut bien qu'un roi vive.
Lui-même, à table et sans suppôt,
Sur chaque muid levait un pot
D'impôt.
Oh ! oh ! oh ! oh ! ah ! ah ! ah ! ah !
Quel bon petit roi c'était là !
La, la.

Aux filles de bonnes maisons
Comme il avait su plaire,
Ses sujets avaient cent raisons
De le nommer leur père :
D'ailleurs il ne levait de ban
Que pour tirer, quatre fois l'an,
Au blanc.
Oh ! oh ! oh ! oh ! ah ! ah ! ah ! ah !
Quel bon petit roi c'était là !
La, la.

Il n'agrandit point ses États,
Fut un voisin commode,
Et, modèle des potentats,
Prit le plaisir pour code.
Ce n'est que lorsqu'il expira
Que le peuple qui l'enterra
Pleura.
Oh ! oh ! oh ! oh ! ah ! ah ! ah ! ah !
Quel bon petit roi c'était là !
La, la.

On conserve encor le portrait
De ce digne et bon prince ;
C'est l'enseigne d'un cabaret
Fameux dans la province.
Les jours de fête, bien souvent,
La foule s'écrie en buvant
Devant :

Oh ! oh ! oh ! oh ! ah ! ah ! ah ! ah !
Quel bon petit roi c'était là !
La, la.

Musique extraite d'un opéra parodique de Mme Favart [1813].

Le grenier

[1813]
Sur l'air du *Carnaval* de Messonnier
Paroles de Pierre Jean de Béranger

1

Je viens revoir l'asile où ma jeunesse
De la misère a subi les leçons.
J'avais vingt ans, une folle maîtresse,
De francs amis et l'amour des chansons.
Bravant le monde et les sots et les sages,
Sans avenir, riche de mon printemps,
Leste et joyeux, je montais six étages
Dans un grenier qu'on est bien à vingt ans, } *(bis)*
Dans un grenier qu'on est bien à vingt ans !

2

C'est un grenier, point ne veux qu'on l'ignore.
Là fut mon lit bien chétif et bien dur ;
Là fut ma table, et je retrouve encore
Trois pieds d'un vers charbonnés sur le mur.
Apparaissez, plaisirs de mon bel âge,
Que d'un coup d'aile a fustigés le Temps.
Vingt fois pour vous j'ai mis ma montre en gage, } *(bis)*
Dans un grenier qu'on est bien à vingt ans,
Dans un grenier qu'on est bien à vingt ans !

3

Lisette ici doit surtout apparaître,
Vive, jolie, avec un frais chapeau ;
Déjà sa main à l'étroite fenêtre
Suspend son châle en guise de rideau.
Sa robe aussi va parer ma couchette ;

Respecte, Amour, ses plis longs et flottants.
J'ai su depuis qui payait sa toilette.
Dans un grenier qu'on est bien à vingt ans, ⎫ *(bis)*
Dans un grenier qu'on est bien à vingt ans ! ⎭

4

À table, un jour, un jour de grande richesse,
De mes amis les voix brillaient en chœur.
Quand jusqu'ici monte un cri d'allégresse ;
À Marengo Bonaparte est vainqueur !
Le canon gronde, un autre chant commence ;
Nous célébrons tant de faits éclatants.
Les rois jamais n'envahiront la France. ⎫ *(bis)*
Dans un grenier qu'on est bien à vingt ans, ⎬
Dans un grenier qu'on est bien à vingt ans ! ⎭

5

Quittons ce toit où ma raison s'enivre.
Oh ! qu'ils sont loin, ces jours si regrettés !
J'échangerais ce qui me reste à vivre
Contre un des mois qu'ici Dieu m'a comptés.
Pour rêver gloire, amour, plaisir, folie,
Pour dépenser sa vie en peu d'instants,
D'un long espoir pour la voir embellie.
Dans un grenier qu'on est bien à vingt ans, ⎫ *(bis)*
Dans un grenier qu'on est bien à vingt ans ! ⎭

Jean-Baptiste Clément
[1836-1903]

Journaliste et chansonnier engagé, il fait de la prison, s'expatrie et prend ensuite une part active à la Commune. Son répertoire varié comporte aussi bien des chansons enfantines comme Dansons la capucine *que le célèbre* Temps des cerises, *un texte qu'il montra au ténor Renard pour qu'il en compose la musique, lors d'un voyage à Bruxelles.*

Le temps des cerises
[1867]

Paroles de Jean-Baptiste Clément
Musique d'Antoine Renard

Quand nous chanterons le temps des cerises
Et gai rossignol, et merle moqueur
Seront tous en fête
Les belles auront la folie en tête
Et les amoureux du soleil au cœur !
Quand nous chanterons le temps des cerises
Sifflera bien mieux le merle moqueur.

Mais il est bien court, le temps des cerises
Où l'on s'en va deux, cueillir en rêvant
Des pendants d'oreilles
Cerises d'amour aux robes pareilles
Tombant sous la feuille en gouttes de sang...
Mais il est bien court le temps des cerises,
Pendants de corail qu'on cueille en rêvant.

Quand vous en serez au temps des cerises
Si vous avez peur des chagrins d'amour
Évitez les belles
Moi qui ne crains pas les peines cruelles
Je ne vivrai point sans souffrir un jour...
Quand vous en serez au temps des cerises,
Vous aurez aussi des peines d'amour !

J'aimerai toujours le temps des cerises
C'est de ce temps-là que je garde au cœur
Une plaie ouverte...
Et dame Fortune en m'étant offerte
Ne pourra jamais fermer ma douleur...
J'aimerai toujours le temps des cerises
Et le souvenir que je garde au cœur !

Cette chanson a été reprise par Yves Montand en 1955.

La semaine sanglante

Sur l'air du *Chant des paysans*
[1871]

Paroles de Jean-Baptiste Clément
Musique de Pierre Dupont

Aux fusillés de 71 !

Sauf des mouchards et des gendarmes,
On ne voit plus par les chemins
Que des vieillards tristes aux larmes,
Des veuves et des orphelins.
Paris suinte la misère,
Les heureux même sont tremblants,
La mode est au conseil de guerre
Et les pavés sont tout sanglants.

Refrain
Oui, mais...
Ça branle dans le manche.
Ces mauvais jours-là finiront.
Et gare à la revanche
Quand tous les pauvres s'y mettront !

Les journaux de l'ex-préfecture,
Les flibustiers, les gens tarés,
Les parvenus par aventure,
Les complaisants, les décorés,

Gens de bourse et de coin de rues,
Amants de filles aux rebuts,
Grouillent comme un tas de verrues
Sur les cadavres des vaincus.

[Au refrain]

On traque, on enchaîne, on fusille
Tout ce qu'on ramasse au hasard :
La mère à côté de sa fille,
L'enfant dans les bras du vieillard.
Les châtiments du drapeau rouge
Sont remplacés par la terreur
De tous les chenapans de bouge,
Valets de rois et d'empereur.

[Au refrain]

Nous voilà rendus aux jésuites,
Aux Mac-Mahon, aux Dupanloup.
Il va pleuvoir des eaux bénites,
Les troncs vont faire un argent fou.
Dès demain, en réjouissance,
Et Saint-Eustache et l'Opéra
Vont se refaire concurrence,
Et le bagne se peuplera.

[Au refrain]

Demain, les manons, les lorettes
Et les dames des beaux faubourgs
Porteront sur leurs collerettes
Des chassepots et des tambours.
On mettra tout au tricolore,
Les plats du jour et les rubans,
Pendant que le héros Pandore
Fera fusiller nos enfants.

[Au refrain]

Demain les gens de la police
Refleuriront sur le trottoir,
Fiers de leurs états de service

Et le pistolet en sautoir.
Sans pain, sans travail et sans armes,
Nous allons être gouvernés
Par des mouchards et des gendarmes,
Des sabre-peuple et des curés.

[Au refrain]

Le peuple au collier de misère
Sera-t-il donc toujours rivé ?...
Jusques à quand les gens de guerre
Tiendront-ils le haut du pavé ?...
Jusques à quand la sainte clique
Nous croira-t-elle un vil bétail ?...
À quand enfin la République
De la justice et du travail ?...

[Au refrain]

Paulus
[1845-1908]

La première tête d'affiche. À l'Eldorado, seul durant des mois, il obligeait le concurrent d'en face, la Scala, à engager au moins quatre vedettes au programme, pour ne remplir qu'une demi-salle.

Il a inventé le tour de chant moderne. Il se démenait sans cesse en scène, souvent entouré de partenaires, choristes et danseurs. Un Claude François avant la lettre !

En revenant de la revue
[1886]

Paroles de Delormel et Garnier
Musique de L.-C. Desormes

1
Je suis l'chef d'un' joyeus' famille,
D'puis longtemps j'avais fait l'projet
D'emm'ner ma femm', ma sœur, ma fille,
Voir la r'vue du quatorz' juillet.
Après avoir cassé la croûte,
En chœur nous nous somm's mis en route,
Les femmes avaient pris l'devant,
Moi, j'donnais l'bras à bell'maman.
Chacun d'vait emporter
D'quoi pouvoir boulotter,
D'abord moi j'portais les pruneaux,
Ma femm' portait deux jambonneaux,
Ma bell'-mère comm' fricot,
Avait un' têt' de veau,
Ma fill' son chocolat,
Et ma sœur deux œufs sur le plat.

Refrain
Gais et contents, nous marchions triomphants,
En allant à Longchamp, le cœur à l'aise,
Sans hésiter, car nous allions fêter,
Voir et complimenter l'armée française.

2

Bientôt d'Longchamp on foul' la p'louse,
Nous commençons par nous installer,
Puis, j'débouch' les douz' litr's à douze,
Et l'on s'met à saucissonner.
Tout à coup on crie viv' la France,
Crédié, c'est la r'vue qui commence,
J'grimp' sur un marronnier en fleur,
Et ma femm' sur l'dos d'un facteur,
Ma sœur qu'aim' les pompiers
Acclam' ces fiers troupiers,
Ma tendre épouse bat des mains
Quand défilent les saint-cyriens,
Ma bell'-mèr' pouss' des cris,
En r'luquant les spahis,
Moi, j'faisais qu'admirer
Notr' brav' général Boulanger.

Refrain

Gais et contents, nous étions triomphants,
De nous voir à Longchamp, le cœur à l'aise,
Sans hésiter, nous voulions tous fêter,
Voir et complimenter l'armée française.

3

En rout' j'invit' quequ's militaires
À v'nir se rafraîchir un brin,
Mais, à forc' de licher des verres,
Ma famille avait son p'tit grain.
Je quitt' le bras de ma bell-mère,
Je prends celui d'un' cantinière,
Et le soir, lorsque nous rentrons,
Nous sommes tous complèt'ment ronds.
Ma sœur qu'était en train
Ram'nait un fantassin,
Ma fille qu'avait son plumet
Sur un cuirassier s'appuyait,
Ma femme, sans façon,
Embrassait un dragon,
Ma bell'-mère au p'tit trot,
Galopait au bras d'un turco.

Gais et contents, nous allions triomphants
En revenant d'Longchamp, le cœur à l'aise,
Sans hésiter, nous venions d'acclamer,
D'voir et d'complimenter l'armée française.

© Fortin, 1886.

Cette chanson fut écrite à la gloire du général Boulanger.
Elle devint la plus célèbre du répertoire de Paulus. On
raconte que, pendant l'Exposition de 1889, il fallait fermer
les portes de l'Alcazar dès 20 heures, tant la foule était nom-
breuse à venir le voir et l'écouter chanter.

Le père « la Victoire »

[1888]

Paroles de Delormel et Garnier
Musique de Louis Ganne

1

Amis, je viens d'avoir cent ans,
Ma carrière est finie,
Mais mon cœur plein de vie,
Bat toujours comme au jeune temps :
Le Printemps parfumé, le jeu, le vin.
J'ai tout aimé,
Le gai tin, tin, le glouglou d'un flacon,
Me mettait folie en tête
Et lorsque j'étais pompett'
Je me grisais d'une folle chanson,
Mais le bruit enchanteur,
Qui me faisait battre le cœur
Plan, rataplan, rataplan,
C'était ce bruit-là mes enfants !

Refrain
Vous qui passez là-bas,
Sous cette tonnelle, entrez boire,
Ah ! Buvez jeunes soldats
Le vin du père la Victoire,

Brillant, vermeil,
Nectar sans pareil,
Il remplit le cœur de vaillance,
Vin de l'Espérance
Buvez enfants,
Le vin de mes cent ans.

2

J'ai soupiré pour Madelon
Jeannette et Marguerite
Mon regard flambait vite
Dès que je voyais un jupon,
Un corsage fripon
Ou bien un mollet ferme et rond.
Ma lèvre aimait fort à se reposer
Sur un joli menton rose,
C'est une bien douce chose
Que le son clair que produit un baiser
Pourtant, malgré cela
Le seul bruit qui me pinçait là,
Plan, rataplan, rataplan,
C'était ce bruit-là, mes enfants.

Refrain
Certes, je fus aimé,
Bichonné par plus d'une belle.
Ah !
Corsage parfumé,
Cœur frissonnant sous la dentelle,
On m'adorait,
Rien ne me résistait.
Maintenant : adieu la conquête !
C'est pour vous la fête,
Buvez, enfants
Le vin de mes cent ans.

3

J'ai vu la guerre au bon vieux temps
Quand nous faisions campagne
Là-bas en Allemagne ;
À peine si j'avais vingt ans,
Et ce petit ruban.
J'ai dû le payer de mon sang.

Pour mériter ce signe vénéré
Il fallait à la Patrie
Trente fois offrir sa vie.
Oui, c'est ainsi qu'on était décoré
Alors un sénateur
N'eut pas vendu la croix d'honneur
Plan, rataplan, rataplan,
L'étoile était, au plus vaillant.

Refrain
Quand je vois nos soldats
Passer joyeux, musique en tête,
Ah !
Je dis marquant le pas
Comme jadis la France est prête.
Comme autrefois,
Soldats, je revois
Carnot décrétant la victoire
Marchez à la gloire,
Mes chers enfants,
Revenez triomphants !

Aristide Bruant
[1851-1925]

Un chat noir, une écharpe rouge. Il a chanté Paris et lancé Montmartre en recevant les plus grands de ce monde dans son cabaret. Il a vulgarisé et popularisé l'argot des « aminches » qui peuplaient les mauvais quartiers de la capitale. Il se lança en vain dans la politique. Profondément affecté par la mort de son fils, tué sur le plateau de Craonne en 1917, il fit ses adieux à la scène après la guerre.

Le Chat Noir

Paroles et Musique d'Aristide Bruant

1
La lune était sereine
Quand sur le boulevard
Je vis poindre Sosthène
Qui me dit : cher Oscar

D'où viens-tu vieille branche ?
Moi je lui répondis
C'est aujourd'hui dimanche
Et c'est demain lundi.

Refrain
Je cherche fortune
Autour du Chat Noir
Au clair de la lune
À Montmartre
Je cherche fortune
Autour du Chat Noir
Au clair de la lune
À Montmartre le soir.

2
La lune était moins claire,
Lorsque je rencontrai
Mademoiselle Claire
À qui je murmurai :
Comment vas-tu ? la belle,
– Et vous ? – Très bien, merci.
– À propos, me dit-elle,
Que cherchez-vous, ici ?

[Au refrain]

3
La lune était plus sombre,
En haut les chats braillaient
Quand j'aperçus, dans l'ombre
Deux grands yeux qui brillaient.
Une voix de rogomme
Me cria : Nom d'un chien !
Je vous y prends, jeune homme,
Que faites-vous ? – Moi... rien...

[Au refrain]

4
La lune était obscure,
Quand on me transborda
Dans une préfecture,

Où l'on me demanda :
Êtes-vous journaliste,
Peintre, sculpteur, rentier,
Poète ou pianiste ?...
Quel est votre métier ?

[Au refrain]

Rose blanche (Rue Saint-Vincent)

Paroles et Musique d'Aristide Bruant

Alle avait, sous sa toque d'martre
Sur la butt' Montmartre
Un p'tit air innocent ;
On l'app'lait Rose, alle était belle,
A sentait bon la fleur nouvelle,
Ru' Saint-Vincent.

On n'avait pas connu son père,
A n'avait pas d'mère
Et depuis mil neuf cent,
A d'meurait chez sa vieille aïeule
Où qu'a s'él'vait, comm' ça, tout' seule,
Ru' Saint-Vincent.

A travaillait, déjà, pour vivre
Et les soirs de givre,
Sous l'froid noir et glaçant,
Son p'tit fichu sur les épaules,
A rentrait, par la ru' des Saules,
Ru' Saint-Vincent.

A voyait, dans les nuits d'gelée,
La nappe étoilée,
Et la lune en croissant,
Qui brillait, blanche et fatidique,
Sur la p'tit' croix d'la basilique
Ru' Saint-Vincent.

22

L'été par les chauds crépuscules,
A rencontrait Jules.
Qu'était si caressant
Qu'a restait la soirée entière,
Avec lui, près du vieux cim'tière,
Ru' Saint-Vincent.

Mais le p'tit Jul' était d'la tierce
Qui soutient la gerce,
Aussi, l'adolescent
Voyant qu'a n'marchait pas au pantre
D'un coup d'surin lui troua l'ventre
Ru' Saint-Vincent.

Quand ils l'ont couché', sous la planche
Alle était tout' blanche
Mêm' qu'en l'ensev'lissant
Les croqu'morts disaient qu'la pauv' gosse
Était claquée l'jour de sa noce,
Ru' Saint-Vincent.

Alle avait, sous sa toque d'martre
Sur la butt' Montmartre,
Un p'tit air innocent ;
On l'app'lait Rose, alle était belle,
A sentait bon la fleur nouvelle,
Ru' Saint-Vincent.

Nini-Peau-d'chien

Paroles et Musique d'Aristide Bruant

Quand elle était p'tite,
Le soir elle allait
À Saint'-Marguerite
Où qu'a' s'dessalait ;
Maint'nant qu'elle est grande
Ell' marche, le soir,

Avec ceux d'la bande
Du Richard-Lenoir.

Refrain
À la Bastille
On aime bien
Nini-Peau-d'chien :
Elle est si bonne et si gentille !
On aime bien
Nini-Peau-d'chien,
À la Bastille.

Elle a la peau douce,
Aux taches de son,
A l'odeur de rousse
Qui donne un frisson,
Et de sa prunelle,
Aux tons vert-de-gris,
L'amour étincelle
Dans ses yeux d'souris.

[Au refrain]

Quand le soleil brille
Dans ses cheveux roux,
L'géni' d'la Bastille
Lui fait les yeux doux,
Et quand a' s'promène,
Du bout d'l'Arsenal,
Tout l'quartier s'amène
Au coin du Canal.

[Au refrain]

Yvette Guilbert
[1867-1944]

La plus grande diseuse du début du siècle dernier, immortalisée par Toulouse-Lautrec. Aucune interprète n'eut un public aussi varié qui allait des filles du faubourg aux ministres et au prince de Galles !

Le fiacre

Paroles et Musique de Xanrof

Un fiacre allait, trottinant,
Cahin, caha,
Hu, dia, hop là !
Un fiacre allait, trottinant,
Jaune, avec un cocher blanc.

Derrièr' les stores baissés,
Cahin, caha,
Hu, dia, hop là !
Derrièr' les stores baissés
On entendait des baisers.

Puis un' voix disant : « Léon ! »
Cahin, caha,
Hu, dia, hop là !
Puis un' voix disant : « Léon !
Pour... causer, ôt' ton lorgnon ! »

Un vieux monsieur qui passait,
Cahin, caha,
Hu, dia, hop là !
Un vieux monsieur qui passait
S'écri' : « Mais on dirait qu' c'est

Ma femme avec un quidam !
Cahin, caha,
Hu, dia, hop là !
Ma femme avec un quidam ! »
I' s' lanc' sur le macadam'.

Mais i' gliss' su' l' sol mouillé,
Cahin, caha,
Hu, dia, hop là !
Mais i' gliss' su' l' sol mouillé,
Crac ! il est escrabouillé.

Du fiacre un' dam' sort et dit :
Cahin, caha,
Hu, dia, hop là !
Du fiacre un' dam' sort et dit :
« Chouett', Léon ! C'est mon mari !

Y a plus besoin d' nous cacher,
Cahin, caha,
Hu, dia, hop là !
Y a plus besoin d' nous cacher.
Donn' donc cent sous au cocher ! »

Pièce maîtresse du répertoire d'Yvette Guilbert, Le Fiacre *fut remis au goût du jour sur un tempo swing par Jean Sablon. De son vrai nom Léon Fournau, Xanrof fut tout d'abord avocat à la cour d'appel de Paris puis attaché durant deux ans au cabinet du ministre de l'Agriculture, avant d'être chansonnier ; il était également journaliste.*

© Fortin, 1888.

Madame Arthur

Paroles de Paul de Kock
Musique d'Yvette Guilbert

1
Madame Arthur est une femme
Qui fit parler, parler, parler, parler d'elle longtemps
Sans journaux, sans rien, sans réclame
Elle eut une foule d'amants
Chacun voulait être aimé d'elle
Chacun la courtisait pourquoi ?
C'est que sans être vraiment belle
Elle avait un je-ne-sais-quoi
Madame Arthur est une femme
Qui fit parler, parler, parler, parler d'elle longtemps
Sans journaux, sans rien, sans réclame
Elle eut une foule d'amants
Madame Arthur est une femme
Qui fit parler d'elle longtemps.

2
Sa taille était fort ordinaire,
Ses yeux petits mais sémillants,
Son nez retroussé, sa voix claire,
Ses pieds cambrés et frétillants,
Bref, en regardant sa figure,
Rien ne vous mettait en émoi ;
Mais par-derrière sa tournure
Promettait un je-ne-sais-quoi !

3

Ses amants lui restaient fidèles,
C'est elle qui les renvoyait,
Elle aimait les ardeurs nouvelles,
Un vieil amour lui déplaisait
Et chacun, le chagrin dans l'âme,
De son cœur n'ayant plus l'emploi,
Disait : hélas ! une autre femme
N'aura pas son je-ne-sais-quoi !

4

Il fallait la voir à la danse ;
Son entrain était sans égal.
Par ses mouvements, sa prestance.
Elle était la Reine du bal.
Au cavalier lui faisant face
Son pied touchait le nez, ma foi,
Chacun applaudissait sa grâce
Et surtout son je-ne-sais-quoi !

5

De quoi donc vivait cette dame ?
Montrant un grand train de maison,
Courant au vaudeville, au drame,
Rien qu'à l'avant-scène, dit-on.
Elle voyait pour l'ordinaire
Venir son terme sans effroi,
Car alors son propriétaire
Admirait son je-ne-sais-quoi !

6

Oh ! femme qui cherchez à faire
Des conquêtes matin et soir,
En vain vous passez pour vous plaire
Des heures à votre miroir,
Élégance, grâce mutine,
Regard, soupir de bon aloi,
Velours, parfums et crinoline,
Rien ne vaut un je-ne-sais-quoi !

Théodore Botrel
[1868-1925]

La première grande vedette provinciale. Il chantait sur scène en costume breton. Il était accompagné au piano par Charles de Sivry, le beau-frère de Paul Verlaine.

La Paimpolaise

Paroles de Théodore Botrel
Musique d'E. Feautrier

Quittant ses genêts et sa lande,
Quand le Breton se fait marin,
En allant aux pêches d'Islande
Voici quel est le doux refrain
Que le pauvre gâs
Fredonne tout bas :
« J'aime Paimpol et sa falaise,
Son église et son Grand Pardon,
J'aime surtout la Paimpolaise
Qui m'attend au pays breton. »

Quand leurs bateaux quittent nos rives,
Le curé leur dit : « Mes bons fieux,
Priez souvent Monsieur Saint Yves
Qui nous voit, des cieux toujours bleus »
Et le pauvre gâs
Fredonne tout bas :
« Le ciel est moins bleu, n'en déplaise
À saint Yvon, notre Patron,
Que les yeux de ma Paimpolaise...
Qui m'attend au pays breton ! »

Le brave Islandais, sans murmure,
Jette la ligne et le harpon ;
Puis, dans un relent de saumure,
Il s'affale dans l'entrepont...
Et le pauvre gâs
Soupire tout bas :

« Je serais bien mieux à mon aise,
Devant un joli feu d'ajonc,
À côté de la Paimpolaise
Qui m'attend au pays breton ! »

Mais, souvent, l'océan qu'il dompte
Se réveillant lâche et cruel,
Le jour venu, quand on se compte,
Bien des noms manquent à l'appel...
Et le pauvre gâs
Fredonne tout bas :
« Pour aider la Marine anglaise
Comme il faut plus d'un moussaillon,
J'en f'rons deux à ma Paimpolaise,
En rentrant au pays breton ! »

Puis, quand la vague le désigne,
L'appelant de sa grosse voix,
Le brave Islandais se résigne
En faisant un signe de croix...
Et le pauvre gâs
Quand vient le trépas,
Serrant la médaille qu'il baise,
Glisse dans l'océan sans fond
En songeant à la Paimpolaise
Qui l'attend au pays breton !...

*Interprètes : T. Botrel et Mayol. C'est le premier grand
succès de Mayol.*

Fragson
[1869-1913]

Il fut le premier Anglais à faire carrière en France dans un répertoire français en s'accompagnant au piano. Il fut également le premier qui swinguait les mots sur ses mélodies.

Il eut une triste fin. En pleine gloire, il fut assassiné par son père qui avait perdu la raison.

Reviens !

Paroles et Musique de Henri Christiné et Harry Fragson

J'ai retrouvé la chambrette d'amour
Témoin de notre folie,
Où tu venais m'apporter chaque jour
Ton baiser, ta grâce jolie.
Et chaque objet semblait me murmurer :
Pourquoi reviens-tu sans elle ?
Si ton amie un jour fut infidèle,
Il fallait lui pardonner !
Dans mon cœur tout ému des souvenirs anciens
Une voix murmura : Reviens !

Refrain
Reviens, veux-tu ?
Ton absence a brisé ma vie.
Aucune femme, vois-tu,
N'a jamais pris ta place en mon cœur, amie.
Reviens, veux-tu ?
Car ma souffrance est infinie,
Je veux retrouver tout mon bonheur perdu !
Reviens, reviens, veux-tu ?

J'ai retrouvé le bouquet de deux sous,
Petit bouquet de violettes,
Que tu portais au dernier rendez-vous...
J'ai pleuré devant ces fleurettes !
Pauvre bouquet fané depuis longtemps,

Tu rappelles tant de choses...
Ton doux parfum dans la chambre bien close
Nous apportait le printemps !
Le bouquet s'est flétri, mais mon cœur se souvient
Et tout bas il te dit : Reviens...

[Au refrain]

J'ai retrouvé le billet tout froissé
Qui m'annonçait la rupture,
Et ce billet que ta main a tracé
A rouvert l'ancienne blessure !
Je le tenais entre mes doigts crispés
Hésitant à le détruire...
Puis brusquement, craignant de le relire,
Dans le feu je l'ai jeté !
J'ai détruit le passé, il n'en reste plus rien,
Tout mon cœur te chante : Reviens !

[Au refrain]

Si tu veux... Marguerite

Paroles de Vincent Telly
Musique d'Albert Valensi

Connaissez-vous Marguerite,
Une femm' ni grand' ni p'tite
Qu'a des yeux troublants,
Un teint ros' et blanc,
Une petit' bouch' d'enfant ?
Eh bien, cette beauté suprême
Quand je lui ai dit « je t'aime »
M'a donné des fleurs me disant « farceur »,
Je veux faire ton bonheur.
Je lui dis merci du bouquet,
Mais c' n'est pas ça qu'il faudrait :

Refrain
Si tu veux fair' mon bonheur,

Marguerite, Marguerite,
Si tu veux fair' mon bonheur,
Marguerit' donn'-moi ton cœur.

Ell' me dit comm' c'est dimanche
Je vais mettr' ma robe blanche
Mes souliers d'satin
Et dans un sapin
Nous filons à Tabarin.
Ell' ne dansait pas en m'sure
Ell' piétinait ma chaussure
Dans mon œil, bientôt
El' me plant' presto
Tu me crèv's l'œil, c'est gentil
Mais c'est pas ça qui m'suffit !

[Au refrain]

Comm' c'est un' jeun' fill' bien sage
Ell' dit j'connais que l'mariage
Je lui dis j'veux bien
Et dès le lend'main
Son père m'accordait sa main
L' soir d'la noce après la fête
Ell' me dit en tête à tête
Toi tu m'as donné
Ton nom à porter
Moi j' peux plus rien te r'fuser
Ayant tiré les verrous
Ell' me dit mon cher époux

Refrain
Maintenant pour ton bonheur
Marguerite, Marguerite,
Maintenant pour ton bonheur
Marguerite te donn' son cœur !

*Un succès pas comme les autres. Le débutant Vincent Telly
compose* Si tu veux Marguerite *avec son frère, Albert Valsien
(le futur Dréan, vedette comique des Folies-Bergère).*

Dranem
[1869-1935]

À première lecture, la plupart des textes de ses chansons étaient stupides. Dès qu'il les chantait, c'étaient de petits chefs-d'œuvre d'humour. Il fit également carrière dans l'opérette, au théâtre et au cinéma.

On lui doit la création de la maison de retraite de « Pont aux Dames » à Ris-Orangis pour les vieux artistes.

Les p'tits pois !

Paroles de Félix Mortreuil
Musique d'Émile Spencer

Depuis que notre monde est monde
On a fait des chansons immondes
Et dont les sujets sont idiots
Moi je viens d'faire un chant nouveau
C'est spirituel et plein d'entrain
Du reste en voici le refrain :

Refrain
Ah ! les p'tits pois, les p'tits pois, les p'tits pois,
C'est un légum' très tendre
Ah ! les p'tits pois, les p'tits pois, les p'tits pois,
Ça n'se mang' pas avec les doigts.

L'jour d'la révision militaire
J'étais nu comme un ver de terre
En m'tripatouillant par tout l'corps
Vous êt's malad' me dit l'major
Quel est votre cas d'exemption ?
En d'ssous la toise j'lui réponds :
[Parlé] Je suis cultivateur.

[Au refrain]

Sitôt qu'nous arrivons sur terre
Nous commençons d'abord par braire

On nous r'tourn' de face et d'profil
Quand ça dress' notre état civil
Dit's-moi à quoi reconnaît-on
Que l'on est fille ou bien garçon ?
[Parlé] On n'a qu'à mettre une robe ou bien un
[pantalon.

[Au refrain]

Dans un grand bal de ministère
J'dansais avec un' gross' douairière
A chaqu' fois qu'j'la faisais valser
Je r'cevais ses nichons dans l'nez
Je m'disais en soul'vant c'tonneau
Qui pesait plus d'deux cents kilos
[Parlé] En voilà une qui m'a fait suer.

[Au refrain]

Dans l'département d'la Charente
Un jeun' candidat se présente
Vous m'connaissez depuis d'longs jours
J'n'ai pas besoin d'fair' de discours
Et du reste votez pour moi
Car voilà ma profession d'foi
[Parlé] Vous allez voir que je suis républicain :

[Au refrain]

Quand je berçais ma rêverie
Avec Rosa ma tendre amie
Le soir à l'heure des aveux
Dans les sentiers silencieux
En la r'gardant dans l'blanc des yeux
J'lui dis d'un air mystérieux
[Parlé] Comme elle m'appelait son pigeon :

[Au refrain]

L'lendemain du mariag' de Camille
La mère demande à sa fille
Et sur un ton très empressé :
Dis-moi comment ça s'est passé ?

La jeune mariée d'un air content
Dit en embrassant sa maman :
[Parlé] C'est très gentil le mariage.

[Au refrain]

Hier soir à l'Opéra-Comique
Après l'ouverture symphonique
On lève aussitôt le rideau
Y avait un très gentil tableau
Puis un' dam' plein' de gracieus'té
Est v'nue simplement nous chanter :

[Au refrain]

Si les enn'mis comme naguère
Voulaient envahir nos frontières
Ils peuv'nt y v'nir car nous somm's prêts
Et cett' fois-ci qu'est-c' qui prendraient
Ils s'écri'raient en s'débinant
Au moment du chambardement :

[Au refrain]

Le trou de mon quai

Sur les motifs de « zarzuela »

Paroles de Paul Briollet et Jules Combe
Musique de Désiré Berniaux

Je demeure dans une rue près d'la Seine
Où l'on fait depuis trois s'maines
Des fouilles et des travaux
Pour fair' passer le métro.
De ma fenêtre, tout en fumant des pipes,
Je regarde les équipes
Dont les homm's sont occupés
À faire un trou dans mon quai.

Et si vous voulez mon adresse
C'est pas difficile à trouver,
Afin que chacun la connaisse,
En deux mots, j'vais vous renseigner :

Refrain
Y a un quai dans ma rue
Et y a un trou dans mon quai
Ça fait que sans m'déranger
J'ai la vue
Du quai de ma rue
Et cell' du trou de mon quai !

L'autre jour, j'rencontre un vieil ami d'province
Qui m'dit : Tu tomb's bien mon prince
Tu vas me faire visiter
D'Paris les curiosités.
J'voudrais d'abord voir la gal'rie des machines.
J'lui réponds : Tu t'imagines
Qu'à Paris il n'y a qu'cell'-là
J'en ai un' plus chouett' que ça...
Accepte à dîner je t'en prie
Chez moi, sans trop nous fatiguer
Je te ferai voir un' gal'rie
Qui certain'ment va t'épater.

Refrain
Y a un quai dans ma rue
Et y a un trou dans mon quai
Tu pourras donc contempler
Et la vue
Du quai de ma rue
Et cell' du trou de mon quai.

Quand le soir il m'arriv' de faire un' conquête
Que la bell' caus' de galette
J'lui dis : Je suis, mon bébé,
Comme un pied d'cochon, panné !
Voulez-vous t-y m'fair' crédit d'un p'tit quart
J'vous emmèn' dans ma demeure,   [d'heure
Vous y verrez un décor
Qui vaut mieux qu'un' pièce en or.

Amèn'-toi donc, ma jolie brune,
Après tu me remercieras
De te fair' voir au clair de lune
Un tableau que tu n'connais pas.

Refrain
Y a un quai dans ma rue
Et y a un trou dans mon quai
Tu pourras donc t'envoyer
Et la vue
Du quai de ma rue
Et cell' du trou de mon quai.

Mais hélas ! la joie ici-bas est un leurre
Et l'on m'a dit tout à l'heure
Que les travaux d'terrass'ment
Vont s'terminer prochain'ment.
J'en ai l'cœur gros, car ça chang' mes habitudes
Et ça va m'paraître rude
D'plus avoir à contempler
Les tranchées qu'l'on va combler.
Adieux ! Paix des rêv'ries nocturnes,
Adieux ! Journées d'activité,
Comme autrefois, seul dans ma turne,
Hélas ! J'n'aurai plus qu'à chanter :

Refrain
Y a un quai dans ma rue
Mais y a plus d'trou dans mon quai
Et j'n'ai pour me consoler
Que la vue
Du quai de ma rue
Le trou d'mon quai soit bouché.

Cette chanson fut créée pour l'inauguration du métropolitain de Paris.

Mayol
[1872-1941]

Le Toulonnais Mayol a fait la gloire de Paimpol. Ce Riquet à la Houppe avait des mains de femmes et une voix qui mariait de façon inégalable le charme et la fantaisie.

Sa popularité était telle qu'il se créa une multiplicité de « Mayol », imitateurs de quartier ou de province, admirablement grimés et respectant à la lettre tout son répertoire, que ses nombreux admirateurs allaient applaudir.

Au début de chaque soirée le présentateur n'annonçait-il pas : « Et voici le Mayol de Gennevilliers » ou « ... et voici le Mayol de Romorantin ».

Viens poupoule

Titre original : *Komm Karlineken*

Paroles d'Adolph Spahn (adapté par Alexandre Trébitsch et Henri Christiné)
Musique d'Adolph Spahn (arrangée par Henri Christiné)

Le sam'di soir après l'turbin
L'ouvrier parisien
Dit à sa femm' : Comme dessert

J'te pai' l'café-concert
On va filer bras d'ssus bras d'ssous
Aux gal'ries à vingt sous
Mets vite un' rob' faut t'dépêcher
Pour être bien placé
Car il faut
Mon coco
Entendre tous les cabots

Refrain
Viens poupoule, *(bis)* viens !
Quand j'entends des chansons
Ça m'rend tout polisson
Ah !
Viens poupoule, *(bis)* viens !
Souviens-toi qu'c'est comm' ça
Que j'suis dev'nu papa

Un p'tit tableau bien épatant
Quand arriv' le printemps
C'est d'observer l'charivari
Des environs d'Paris
Dans les guinguett's au bord de l'eau
Au son d'un vieux piano
On voit danser les p'tits joyeux
Criant à qui mieux mieux
Hé l'piano !
Tu jou's faux !
Ça n'fait rien mon p'tit coco

Refrain
Viens poupoule, *(bis)* viens !
Ce soir je t'emmène... où ?
À la caban' bambou
Hou !
Viens poupoule, *(bis)* viens !
Et l'on dans' plein d'entrain
La « polka des trottins »

Avec sa femme un brave agent
Un soir rentrait gaîment
Quand tout à coup jugez un peu
On entend des coups d'feu

C'était messieurs les bons apach'
Pour s'donner du panach'
Qui s'envoyaient quelques pruneaux
Et jouaient du couteau
L'brave agent
Indulgent
Dit à sa femm' tranquill'ment :

Refrain
Viens poupoule, *(bis)* viens !
Pourquoi les déranger
Ça pourrait les fâcher
Ah !
Viens poupoule, *(bis)* viens !
Ne t'mets pas en émoi
Ils s'tueront bien sans moi

Deux vieux époux tout tremblotants
Mari'nt leurs p'tits enfants
Après le bal vers les minuit
La bonne vieille dit
À sa p'tit' fill' tombant d'sommeil :
J'vais t'donner les conseils
Qu'on donn' toujours aux jeun's mariés
Mais l'grand-pèr' plein d'gaîté
Dit douc'ment :
Bonn' maman
Laisse donc ces deux enfants

Refrain
Viens poupoule, *(bis)* viens !
Les petits polissons
N'ont pas besoin d'leçons
Ah !
Viens poupoule, *(bis)* viens !
J'suis bien certain ma foi
Qu'ils en sav'nt plus que toi

Les mains de femmes

Sur les motifs de *Arpettes-Marche*

Paroles d'Émile Herbel
Musique de Désiré Berniaux

Les mains des p'tit's femm's sont admirables
Et tout semblables
À des oiseaux,
Ell's agit'nt leurs doigts mignons et frêles
Comme des ailes
De passereaux.
La fine menotte
Coud, pique, tricote.
Quand ell's se coiff'nt aussi
En faisant comm' ceci
Leurs gestes sont toujours jolis
Quand ell's jou'nt de l'éventail,
Ou d'leurs yeux aviv'nt l'émail
Quand ell's pianotent
Quand ell's tapotent
Dégueulando
Barbissimo
Quand sur leurs minois jolis
Ell's mett'nt la poudre de riz

Refrain
Je le proclame
Les mains de femmes
Sont des bijoux
Dont je suis fou.

J'adore les mains des p'tit's fleuristes,
Joli's artistes
En frais bouquets,
Des fleurs tortillant viv'ment la tige
Leur main voltige
D'un air coquet.
Mêm' les cuisinières,
Qui prépar'nt, ma chère,
Des p'tits plats succulents
Dont je suis très friand,
Car je dois l'avouer, j'suis gourmand.

Quand ell's retrouss'nt leurs jupons,
Quand ell's mett'nt leurs gants mignons,
Quand les coquettes
Baiss'nt leur voilette,
Quand ell's taquinent
Leur mandoline.
Quand ell's placent leurs joyaux,
Qu'ils soient vrais ou qu'ils soient faux,

Refrain
Je le proclame...

La vieille grand-mère aux mains tremblantes,
Si caressantes
Aux tout-petits,
Met ses lunett's qui vont lui permettre
De lir' la lettre.
Du petit-fils,
Dans nos colonies
Il sert la patrie,
Et, priant pour l'absent,
En un geste touchant
Les mains ridé's vont se joignant.
Consolant tout's les douleurs,
Les mains d'femm' sèchent les pleurs ;
Adroit's et sûres,
Pans'nt les blessures.
Font fair' dodo.
Aux p'tits marmots.
Quand, d'un geste généreux,
Ell's donnent au malheureux,

Refrain
Je le proclame...

Montehus
[1872-1952]

Un des premiers anars provocateurs de la chanson. Il se présente sur scène coiffé d'une casquette et la taille entourée d'une large ceinture rouge.

Il défend les mouvements ouvriers anarchisants. Devenu pacifiste, il soutient les poilus et entre en scène habillé en soldat et le front ceint d'un pansement taché de sang. Il sera décoré de la Légion d'honneur en 1947.

La Butte Rouge

Paroles de Montehus
Musique de Georges Krier

Sur cette butt'-là y'avait pas d'gigolettes,
Pas de marlous, ni de beaux muscadins ;
Ah ! C'était loin du moulin d'la Galette
Et de Panam', qu'est le roi des pat'lins.
C'qu'elle en a bu, du beau sang, cette terre !
Sang d'ouvriers et sang de paysans,
Car les bandits qui sont cause des guerres,
N'en meur'nt jamais, on n'tue qu'les innocents !

La Butt' Roug' c'est son nom, l'baptêm' s'fit un matin
Où tous ceux qui montaient roulaient dans le ravin...
Aujourd'hui y'a des vignes, il y pouss' du raisin
Qui boira ce vin-là, boira l'sang des copains !

Sur cette butt'-là on n'y fait pas la noce
Comme à Montmartre où l'champagn' coule à flots ;
Mais les pauvr's gars qu'avaient laissé des gosses
Y f'saient entendr' de terribles sanglots !
C'qu'elle en a bu des larmes cette terre,
Larmes d'ouvriers, larmes de paysans,
Car les bandits qui sont cause des guerres
Ne pleur'nt jamais, car ce sont des tyrans !

44

La Butt' Roug' c'est son nom, l'baptêm' s'fit un matin
Où tous ceux qui grimpaient roulaient dans le ravin...
Aujourd'hui y'a des vignes, il y pouss' du raisin
Qui boit de ce vin-là, boit les larmes des copains !

Sur cette butt'-là on y r'fait des vendanges,
On y entend des cris et des chansons :
Filles et gars doucement y échangent
Des mots d'amour qui donnent le frisson.
Peuv'nt-ils songer, dans leurs folles étreintes,
Qu'à cet endroit, où s'échang'nt leurs baisers.
J'ai entendu, la nuit, monter des plaintes
Et j'y ai vu des gars au crân' brisé !

La Butt' Roug' c'est son nom, l'baptêm' s'fit un matin
Où tous ceux qui grimpaient roulaient dans le ravin...
Maintenant y'a des vignes, il y pouss' du raisin
Mais moi, j'y vois des croix portant l'nom des copains !

Chanson reprise par Yves Montand en 1955.

© Paul Beuscher, 1922.

Gloire au dix-septième

Paroles de Montehus
Musique de Chantegrelet et Doubis

1
Légitim' était votre colère
Le refus était un grand devoir
On ne doit pas tuer ses père et mère
Pour les grands qui sont au pouvoir
Soldats votre conscience est nette
On n'se tue pas entre Français
Refusant d'rougir vos baïonnettes
Petits soldats oui vous avez bien fait

Refrain
Salut, salut à vous

Braves soldats du dix-septième
Salut braves piou-pious
Chacun vous admire et vous aime
Salut, salut à vous
À votre geste magnifique
Vous auriez en tirant sur nous
Assassiné la République

2

Comm' les autres vous aimez la France
J'en suis sûr même vous l'aimez bien
Mais sous votre pantalon garance
Vous êt's restés des citoyens
La Patrie c'est d'abord sa mère
Cell' qui vous a donné le sein
Et vaut mieux même aller aux galères
Que d'accepter d'être son assassin

[Au refrain]

3

Espérons qu'un jour viendra en France
Où la paix la concord' règnera
Ayons tous au cœur cette espérance
Que bientôt ce grand jour viendra
Vous avez j'té la premièr' graine
Dans le sillon d'l'humanité
La récolte sera prochaine
Et ce jour-là vous serez tous fêtés

[Au refrain]

Mistinguett
[1875-1956]

Des jambes de rêve, une voix « parigote », un sens remar-
quable des affaires ; elle avait tout pour devenir la déesse des
Folies Bergère et du Casino de Paris. Remarquable meneuse
de revue, elle a lancé Gabin, Chevalier, Réda Caire, Guétary...
Elle a imposé de très grands succès de chansons sans avoir
jamais fait de tour de chant, ni utilisé le disque et la radio !

Mon homme

Paroles d'A. Willemetz et J. Charles
Musique de M. Yvain

Sur cette terre, ma seule joie, mon seul bonheur
C'est mon homme.
J'ai donné tout c'que j'ai, mon amour et tout mon
À mon homme.　　　　　　　　　　　　　　[cœur
Et même la nuit
Quand je rêve, c'est de lui
De mon homme.

47

Ce n'est pas qu'il est beau
Qu'il est riche ni costaud
Mais je l'aime, c'est idiot !
Y m'fout des coups
Y m'prend mes sous
Je suis à bout
Mais malgré tout
Que voulez-vous...

Refrain
Je l'ai tell'ment dans la peau
Qu'j'en d'viens marteau
Dès qu'il s'approche c'est fini
Je suis à lui
Quand ses yeux sur moi se posent
Ça m'rend tout' chose
Je l'ai tell'ment dans la peau
Qu'au moindre mot
Y m'f'rait faire n'importe quoi
J'tuerais ma foi
J'sens qu'il me rendrait infâme,
Mais je n'suis qu'une femme
Et j'l'ai tell'ment dans la peau.

Pour le quitter c'est fou ce que m'ont offert
D'autres hommes.
Entre nous, voyez-vous, ils ne valent pas très cher
Tous les hommes.
La femme à vrai dire
N'est faite que pour souffrir
Par les hommes.
Dans les bals j'ai couru
Afin d'oublier j'ai bu
Rien à faire, j'ai pas pu.
Quand y m'dit viens !
J'suis comme un chien
Y'a pas moyen
C'est comme un lien
Qui me retient...

Refrain
Je l'ai tell'ment dans la peau
Qu'j'en suis marteau

Que celle qui n'a pas connu
Aussi ceci
Ose venir la première
Me j'ter la pierre.
En avoir un dans la peau
C'est l'pire des maux
Mais c'est connaître l'amour
Sous son vrai jour
Et j'dis qu'il faut qu'on pardonne
Quand un' femm' se donne
À l'homm' qu'elle a dans la peau.

C'est vrai

Paroles d'Albert Willemetz
Musique d'Oberfeld

1
Oui c'est moi, me r'voilà, je m'ramène,
J'ai vu London, j'ai vu Turin, l'Autriche-Hongrie,
Mais de Vienne, il fallait que j'revienne,
Car je n'peux pas – moi je vous l'dis – m'passer
Ce Paris qui, pourtant   [d'Paris !
Vous chine tant et tant !

Refrain
On dit que j'aime les aigrettes,
Les plum's et les toilettes,
C'est vrai !
On dit que j'ai la voix qui traîne,
En chantant mes rengaines,
C'est vrai !
Lorsque ça mont' trop haut, moi je m'arrête,
Et d'ailleurs on n'est pas
Ici à l'Opéra,
On dit que j'ai l'nez en trompette,
Mais j's'rais pas Mistinguett[e]
Si j'étais pas comm' ça

Que c'est bon, quand on r'vient d'Amsterdam-[e],
Et qu'on a vu, pendant des mois, des tas d'pays,
De r'trouver l'macadam' de Paname,
Ses autobus et son métro et ses taxis,
Paris et ses Boul'vards
Avec tous ses bobards !

Refrain
On dit que j'ai de grand's quenottes,
Que je n'ai que trois notes,
C'est vrai !
On dit que j'aim' jouer les arpètes,
Les marchands de violettes,
C'est vrai !
Mais n'voulant pas chiper aux grand's coquettes
Leur Dame aux Camélias,
Je vends mes bégonias !
On dit que j'fais voir mes gambettes
Mais j's'rais pas Mistinguett[e]
Si j'étais pas comm' ça !

Refrain pour finir
On dit, quand je fais des emplettes,
Que j'pay' pas c'que j'achète,
C'est vrai !
On dit partout et l'on répète
Que j'lâch' pas mes pépètes,
C'est vrai !
Mais s'il faisait comm' moi, pour sa galette
M'sieur Sarraut n'aurait pas
Un budget aussi bas,
Et si l'on mettait à la tête
Des Financ's, Mistinguett[e],
On n'en serait pas là !

Berthe Sylva
[1885-1941]

La première qui lança une chanson à partir de la Tour Eiffel :
Les roses blanches. *Elle a créé plus de mille chansons. À une époque elle vendait 1 000 disques 78 tours par jour.*

Dans les années 60, au cours d'une interview, un journaliste découvrit qu'Eddy Mitchell était un des ses fans !

Les roses blanches

Paroles de Ch. L. Pothier
Musique de Léon Raiter

C'était un gamin,
Un goss' de Paris,
Sa seul' famille était sa mère.
Une pauvre fille aux grands yeux flétris
Par les chagrins et la misère.
Elle aimait les fleurs, les roses surtout,
Et le cher bambin, le dimanche
Lui apportait des roses blanches
Au lieu d'acheter des joujoux.
La câlinant bien tendrement,
Il disait en les lui donnant :

Refrain
C'est aujourd'hui dimanche
Tiens, ma jolie maman,
Voici des roses blanches,
Que ton cœur aime tant.
Va, quand je serai grand
J'achèt'rai au marchand
Toutes ses roses blanches
Pour toi, jolie maman.

Au dernier printemps
Le destin brutal
Vint frapper la blonde ouvrière,
Elle tomba malade, et pour l'hôpital
Le gamin vit partir sa mère.

Un matin d'avril, parmi les prom'neurs
N'ayant plus un sou dans sa poche
Sur un marché, tout tremblant le pauv' mioche
Furtiv'ment vola quelques fleurs.
La fleuriste l'ayant surpris,
En baissant la tête il lui dit :

Refrain
C'est aujourd'hui dimanche
Et j'allais voir maman
J'ai pris ces roses blanches
Elle les aime tant
Sur son petit lit blanc
Là-bas elle m'attend,
J'ai pris ces roses blanches
Pour ma jolie maman.

La marchande émue
Doucement lui dit :
« Emporte-les, je te les donne. »
Elle l'embrassa, et l'enfant partit,
Tout rayonnant qu'on le pardonne.
Puis à l'hôpital, il vint en courant
Pour offrir les fleurs à sa mère.
Mais en l'voyant, une infirmière
Lui dit : « Tu n'as plus de maman. »
Et le gamin s'agenouillant
Devant le petit lit blanc :

Refrain
C'est aujourd'hui dimanche,
Tiens, ma jolie maman,
Voici des roses blanches
Toi qui les aimais tant !
Et quand tu t'en iras
Au grand jardin là-bas
Ces belles roses blanches
Tu les emporteras !

En 1980, un sondage donnant les dix chansons les plus aimées du public français place Les roses blanches *en tête...*

Du gris

Paroles d'E. Dumont
Musique de F. Benech

1

Eh ! Monsieur ! Un' cigarette
Un' cibich' ça n'engage à rien !
Si j' te plais, on f'ra la causette
T'es gentil, t'as l'air d'un bon chien
Tu s'rais moche, ça s'rait la mêm' chose
J' te dirais quand mêm' que t'es beau
Pour avoir, t'en d'vin's pas la cause
C' que j' te d'mande un' pipe, un mégot
Non pas d'anglaises, ni d'bouts dorés
Ces tabacs-là c'est du chiqué

Refrain
Du gris que l'on prend dans ses doigts
Et qu'on roule
C'est fort, c'est âcre, comm' du bois
Ça vous saoule
C'est bon et ça vous laisse un goût
Presque louche
De sang, d'amour et de dégoût
Dans la bouche !

2

Tu fum's pas, ben t'en as d' la chance,
C'est qu' la vi', pour toi, c'est du v'lours,
Le tabac, c'est l' baum' d' la souffrance,
Quand on fum', l' fardeau est moins lourd.
Y'a l'alcool, parl' pas d' cett' bavarde,
Qui vous met la tête à l'envers,
La rouquin', qu'était un' pocharde,
A donné son homme à Deibler...
C'est ma morphin', c'est ma coco,
Quoi, c'est mon vice à moi, l' perlot.

(Au 1er refrain.)

3

M'sieur l' Docteur, c'est grav', ma blessure ?
Oui, j' comprends, y a plus d'espoir...
Le coupabl'... j'en sais rien, j' vous l' jure,
C'est l' métier, la ru', le trottoir...
Le coupable... au fait, j' vais vous l' dire,
C'est les homm's avec leur amour,
C'est le cœur qui se laiss' séduire,
La misèr' qui dur' nuit et jour.
Et puis j' m'en fous, t'nez, donnez-moi,
Avant d' mourir, un' dernièr' fois...

Dernier refrain
Du gris, que dans mes pauvres doigts,
Je le roule...
C'est bon, c'est fort, ça tourne en moi,
Ça vous saoule,
Je sens que mon âm' s'en ira,
Moins farouche,
Dans la fumée qui sortira
De ma bouche...

Georges Milton
[1888-1970]

Avec sa dégaine joviale, il devient « le roi des resquilleurs »,
titre d'un de ses films à grand succès. Le type du Français
moyen avec son franc-parler adepte du système D, Milton a de
l'abattage, une vitalité contagieuse et un charme certain ; il va
tourner une quinzaine de longs métrages bâtis de toutes pièces
autour de son personnage de brave type rondouillard et
débrouillard.

La fille du bédouin

Paroles d'André Barde
Musique de Raoul Moretti

Y'avait à Sidi-Okba
Bien avant la guerre
Un bédouin qu'était l'papa
D'un' jolie mouquère
Mais un' caravane passa
Qui venait du Caire
Sans manière
Par-derrière
La p'tite décampa

La fille du bédouin
Suivait nuit et jour
Cette caravane
Elle mourait d'amour
Pour un jeune bédouin
De la caravane
Et le petit ânier
Dans les bananiers
Chipait des bananes
Que la fill' du bédouin
Rangeait avec soin
Dans son petit couffin

Mais voilà qu'elle endura
Quand elle fut en route
Elle dut en sortant d'Biskra
Pour gagner sa croûte
Céder son petit cédrat
Et sa p'tite moumoute
Coûte que coûte
Y'a pas d'doute
À ces scélérats

La fille du bédouin
Suivait nuit et jour
Cette caravane
Elle connut tour à tour
Tous les autr's bédouins
De la caravane
Et tous les chameliers
Et tous les âniers
En firent leur sultane
La fille du bédouin
Avait trouvé l'joint
Pour garnir son couffin

Ainsi pendant soixante ans
Et par toute l'Afrique
Du Maroc jusqu'au Soudan
Comme un' pauvr' bourrique
Et elle usa toutes ses dents
À bouffer des briques
Sans réplique
À coups d'triques
On la prit tout l'temps

La fille du bédouin
Suivait nuit et jour
Cette caravane
Elle connut tour à tour
Les trois mille bédouins
De la caravane
Douze cents chameliers
Dix-huit cents âniers
Portèrent des bananes

Et sans trouver la fin
La fin du couffin
De la fille du bédouin

Coda
La fille du bédouin
Avait trouvé l'joint
Pour garnir son couffin

Chanson extraite de l'opérette Le Comte Obligado.

© Salabert, 1934.

J'ai ma combine

Paroles de René Pujol et Pierre Colombier
Musique de Ralph Erwin

1
Y'a beaucoup d'gens qui s'font du mauvais sang
Ils sont hésitants, pâles et tremblants
En toute sincérité, j'plains ces gars-là
Je n'suis pas comm' ça
Car j'm'en fais pas
On a beau faire et beau dire
C'est mieux d'avoir le sourire
Et de savoir tout l'temps êtr' content

Refrain
J'ai ma combine
Jamais rien dans la vie ne me turlupine
J'ai ma combine
Je garde mon p'tit cœur blanc comm' la blanche
Les soucis, merci, ça m'est égal   [hermine
Les ennuis, tant pis, j'm'en fich' pas mal
J'ai ma combine
C'est banal, mais c'est jovial c'est l'principal.

57

2

Y'en a qui se laissent dépouiller
Y sont nettoyés par des banquiers
Après y vont s'plaindre au Procureur
Et partout ils pleurent sur leur malheur
Moi je n'suis pas assez bête
Pour perdre ainsi ma galette
Pour sauver mon pognon j'ai pas l'rond.

Refrain
J'ai ma combine
Jamais dans la vie, l'argent n'me turlupine
J'ai ma combine
Je garde mon p'tit cœur blanc comm' la blanche
Les soucis, merci, ça m'est égal   [hermine
Les ennuis, tant pis, j'm'en fich' pas mal
J'ai ma combine
C'est banal, mais c'est jovial c'est l'principal.

Chanson extraite de l'opérette Un bon garçon.

© Salabert, 1926.

Maurice Chevalier
[1888-1972]

Si à son époque le Hit Parade avait existé il aurait été long-temps numéro 1. En 1963, à 74 ans, avec Les Chaussettes noires, il est classé dans le Hit de Salut les copains avec le Twist du canotier ! ! !

C'est le seul chanteur français qui a connu aux États-Unis une popularité inégalée. On l'appelait « The King », même au plus profond du Texas.

Valentine

Paroles d'A. Willemetz
Musique de H. Christiné

On se rappelle toujours sa première maîtresse.
J'ai gardé d'la mienne un souv'nir plein d'ivresse.
Un jour qu'il avait plu, tous deux on s'était plu,
Ensuite on se plut de plus en plus.

J'lui d'mandais son nom, ell' me dit : « Valentine » ;
Et comme elle suivait chaqu' soir la rue Custine,
Je pris le même chemin et puis j'lui pris la main,
J' lui pris tout enfin.

Refrain
Elle avait de tout petits petons,
Valentine, Valentine,
Elle avait de tout petits tétons,
Que je tâtais à tâtons,
Ton ton tontaine !
Elle avait un tout petit menton,
Valentine, Valentine,
Outre ses petits petons,
Ses p'tits tétons,
Son p'tit menton,
Elle était frisée comme un mouton !

Elle n'était pas d'une grande intelligence,
Mais dans un plumard ça n'a pas d'importance.
Quand on a 18 ans on n'en demande pas tant,
Du moment qu'on s'aime on est content.
Elle n'avait pas un très bon caractère,
Elle était jalouse et même autoritaire,
Pourtant j'en étais fou, elle me plaisait beaucoup,
Parce que surtout...

[Au refrain]

Hier sur le boul'vard je rencontre un' gross' dame,
Avec de grands pieds, un' taille d'hippopotame,
Viv'ment ell' m'saute au cou, me crie : « Bonjour mon
[chou ! »
J'lui dis « Pardon madam', mais qui êtes-vous ? »
Ell' me répond : « Mais c'est moi, c'est Valentine ! »
D'vant son double menton, sa triple poitrine,
J'pensais, rempli d'effroi, qu'elle a changé, ma foi !
Dire qu'autrefois...

[Au refrain]

Prosper...

Paroles de Géo Koger et Vincent Telly
Musique de Vincent Scotto

1

Quand on voit passer l'grand Prosper
Sur la place Pigalle
Avec son beau p'tit chapeau vert
Et sa martingale
D'vant son air malabar
Et sa démarche en canard
Pas b'soin d'êtr' bachelier
Pour deviner son métier.

Refrain
Prosper
Yop la boum !
C'est le chéri de ses dames,
Prosper
Yop la boum !
C'est le roi du macadam'... e.
Comme il a toujours la flemme
Y n'fait jamais rien lui-même
Il a son harem
Qui de Clichy à Barbès
Le jour et la nuit sans cesse
Fait son p'tit biz'ness
Et l'soir
Tous les soirs
Dans un coin d'ombre propice
Faut l'voir
Faut bien l'voir
Encaisser les bénéfices
Il ramasse les billets
Et leur laisse la monnaie
Ah ! quel sacrifice
En somme c'est leur manager
Yop la boum !
Prosper.

2

Avec sa bell' gueul' d'affranchi
Là-haut sur la butte,
Toutes les poul's sont foll's de lui
Et se le disputent.
Y en a qui s'flanqu'nt des gnons,
Et qui se crêp'nt le chignon,
Pendant c'temps, voyez-vous
Tranquill'ment il compt' les coups.

Refrain
Prosper
Yop la boum !
C'est le chéri de ses dames,
Prosper
Yop la boum
C'est le roi du macadam'...e.
Quand un' femm' se fait poisser
Par les roussins du quartier,
Pour s' ravitailler,
Il s'en va immédiatement
Faire son réassortiment
Dans l'arrondissement.
Des fois,
Oui des fois,
Quand ell's n'sont pas à la page,
Voulant
Fermement
Faire leur apprentissage,
Il les envoie en saison
Dans un' vill' de garnison
Faire un petit stage.
C'est un garçon qu'a du flair !
Yop la boum !
Prosper.

Quand un vicomte...

Paroles de Jean Nohain
Musique de Mireille

Quand un vicomte
Rencontre un aut' vicomte,
Qu'est-ce qu'ils s'racontent ?
Des histoir's de vicomtes...
Quand une marquise
Rencontre un' autr' marquise
Qu'est-c' qu'ell's se disent ?...
Des histoir's de marquises...
Quand un cul-d'jatte
Rencontre un aut' cul-d'jatte,
Rien n'les épate
Qu'une histoir' de cul-d'jatte.

Refrain
Chacun sur terre
Se fout, se fout,
Des p'tit's misères
De son voisin du d'ssous.
Nos p'tit's affaires
À nous, à nous
Nos p'tit's affaires
C'est c'qui passe avant tout...
Malgré tout c'qu'on raconte
Partout, partout,
Qu'est-c' qui compte en fin d'compte
C'qui compt' surtout c'est nous.
Chacun sur terre
Se fout, se fout,
Des p'tit's misères
De son voisin du d'ssous.

Quand un gendarme
Rencontre un aut' gendarme
Rien ne les charme
Qu'les histoir's de gendarmes...
Quand un' bigote
Rencontre un' aut' bigote,
Qu'est-c' qu'ell's chuchotent ?

Des histoir's de bigotes...
Quand un' vieill' tante
Rencontre un' aut' vieill' tante
Ell's sont contentes
De parler de vieill's tantes...

[Au refrain]

La première rencontre entre Mireille et Maurice Chevalier. Quand Mireille compose une musique, J. Nohain, pour mémoriser la mélodie, invente n'importe quelles paroles qui lui passent par la tête..., en l'occurrence : « Quand un vicomte/ Rencontre un autre vicomte, etc. » Huit jours plus tard, Jean Nohain et Mireille montrent à Maurice Chevalier la version définitive de la chanson intitulée « Couci-Couça ». Chevalier fait la moue : « Je préférai la première version. – Mais, rétorque Nohain, c'était un monstre ! – Va pour le monstre », dit Maurice. Et il eut raison.

Le twist du canotier

Paroles de Noël Roux
Musique de Georges Garvarentz.

CHAUSSETTES Bonjour monsieu eur Chevalier quell'
De vous trou ouver là   [joie a a
CHEVALIER Salut les gars d'Ménilmontant
Tout l'monde en piste
On va fair' ça comm' des artistes
CHAUSSETTES Mais savez-vous danser le twist ?
CHEVALIER Non mais p'tit gars tu sais à qui tu parles
en c'moment ?
Avec mon canotier
Sur le côté
Sur le côté
J'ai fait danser le twist
CHAUSSETTES Le twist ?
CHEVALIER Au monde entier
CHAUSSETTES Avec son canotier

Sur le côté
Sur le côté
CHEVALIER J'adore danser le twist
CHAUSSETTES Le twist ?
CHEVALIER Ouais ouais ouais
Lorsque ma pomme entrait sur le plateau o o
À L'Alhambra à l'Appolo
Les gens debout la sall' chauffée à blanc an an
Je vous assur' que ça twistait drôl'ment
Avec mon canotier
CHAUSSETTES Sur le côté
Sur le côté
CHEVALIER J'ai fait danser le twist
CHAUSSETTES Le twist ?
CHEVALIER Ouais ouais ouais
CHAUSSETTES Vous devez vous tromper de tempo
Le twist est nouveau
CHEVALIER Demandez voir mes p'tits agneaux je
vous en prie
À la môm' Louise ou à Mimi
CHAUSSETTES Est-il bien sûr de ce qu'il dit ?
CHEVALIER Non mais dis que je débloqu' pendant qu'
tu y es toi !
Avec mon canotier
Sur le côté
Sur le côté
J'ai fait danser le twist
CHAUSSETTES Le twist ?
CHEVALIER Au monde entier
CHAUSSETTES Avec son canotier
Sur le côté
Sur le côté
CHEVALIER J'ador' danser le twist
CHAUSSETTES Le twist ?
CHEVALIER Ouais ouais ouais.
Le twist, le jitterbug le charleston on on
Que j'ai dansé... avec Louison
À peu de chose près c'est le mêm' pas a a
Pourvu qu'ça chauffe on ne demande que ça a a
Avec mon canotier
CHAUSSETTES Sur le côté
Sur le côté
CHEVALIER Y'a 60 ans qu'je twiste

CHAUSSETTES Le twist ?
CHEVALIER Ouais ouais ouais
CHAUSSETTES Avec son canotier
CHEVALIER Avec mon canotier
CHAUSSETTES Avec son canotier.

Alibert
[1889-1951]

La ville de Marseille lui doit beaucoup. L'opérette moderne aussi. Il a acclimaté l'accent du midi sur les scènes parisiennes. Il est vrai que lorsque l'on a Vincent Scotto comme beau-père, les choses en sont facilitées !

Mon Paris

Paroles de Lucien Boyer
Musique de Jean Boyer et Vincent Scotto

1
Sur le parvis de Notre-Dame
Un vieillard disait tout attendri
Paris vous l'appelez Paname
Mais de mon temps Paris c'était Paris
Traverser l'eau c'était un long voyage
Nous n'avions pas l'métro ni d'autocar
Paris semblait un grand village
On était bien sur les boul'vards

Refrain
Ah ! qu'il était beau mon village
Mon Paris, notre Paris
On n'y parlait qu'un seul langage
Ça suffisait pour être compris !
Les amoureux n'allaient pas
S'cacher dans les cinémas
Ayant certes beaucoup mieux qu'ça
Y s'bécottaient sur un banc
Et les moineaux gentiment
Sur les branches en f'saient autant !
Ah ! qu'il était beau mon village
Mon Paris, notre Paris

2
Les femmes portaient des dentelles
Et surtout d'adorables froufrous

Et quand on marchait derrière elles
Fallait d'viner c'qu'il y'avait par-dessous
Ell's ne montraient que l'bout de leurs bottines
Mais aussitôt qu'il se mettait à pleuvoir
Ell's se retroussaient les coquines
Non pour la pluie mais pour se faire voir

[Au refrain]

Le plus beau de tous les tangos du monde

Paroles de Henri Alibert et Raymond Vincy
Musique de Vincent Scotto et René Sarvil

Près de la grève
Souvenez-vous
Des voix de rêve
Chantaient pour nous.
Minute brève
Du cher passé
Pas encor effacée.

Refrain
Le plus beau de tous les tangos du monde
C'est celui que j'ai dansé dans vos bras.
J'ai connu d'autres tangos à la ronde
Mais mon cœur n'oubliera pas celui-là.
Son souvenir me poursuit jour et nuit
Et partout je ne pense qu'à lui
Car il m'a fait connaître l'amour
Pour toujours.
Le plus beau de tous les tangos du monde
C'est celui que j'ai dansé dans vos bras

Il est si tendre
Que nos deux corps
Rien qu'à l'entendre

Tremblent encor.
Et sans attendre
Pour nous griser
Venez, venez danser.

[Au refrain]

Chanson extraite de l'opérette Un de la Cannebière.

Gaston Ouvrard
[1890-1981]

Comique troupier comme son père, qui créa le genre. Une spécialité qui n'existe plus mais qui demeure dans l'histoire grâce surtout à une chanson que, longtemps après lui, Thierry Le Luron reprit et rendit inoubliable.

Je n'suis pas bien portant

Paroles de Géo Koger
Musique de Vincent Scotto et Gaston Ouvrard

Depuis que je suis sur la terre [militaire],
C'n'est pas rigolo. Entre nous,
Je suis d'une santé précaire,
Et je m'fais un mauvais sang fou,
J'ai beau vouloir me remonter
Je souffre de tous les côtés.
J'ai la rat'
Qui s'dilat',
J'ai le foi'
Qu'est pas droit,
J'ai le ventr'
Qui se rentr'
J'ai l'pylor'
Qui s'color'
J'ai l'gésier
Anémié,
L'estomac
Bien trop bas
Et les côt's
Bien trop haut's
J'ai les hanch's
Qui s'démanch'nt
L'épigastr'
Qui s'encastr'
L'abdomen
Qui s'démèn'
Le thorax

Qui s'désax'
La poitrin'
Qui s'débin'
Les épaul's
Qui se frôl'nt
J'ai les reins
Bien trop fins
Les boyaux
Bien trop gros
J'ai l'sternum
Qui s'dégomm'
Et l'sacrum
C'est tout comm'
J'ai l'nombril'
Tout en vrill'
Et l'coccyx
Qui s'déviss'

Refrain
Ah ! Bon Dieu ! qu'c'est embêtant
D'être toujours patraque,
Ah ! Bon Dieu ! qu'c'est embêtant
Je n'suis pas bien portant.

Pour tâcher d'guérir au plus vite,
Un matin tout dernièrement
Je suis allé à la visite [rendre visite]
Voir le major du régiment.
[À un méd'cin très épatant.]
D'où souffrez-vous ? qu'il m'a demandé.
C'est bien simpl' que j'y ai répliqué.
J'ai la rat'
Qui s'dilat',
J'ai le foi'
Qu'est pas droit,
Et puis j'ai
Ajouté
Voyez-vous
C'n'est pas tout
J'ai les g'noux
Qui sont mous
J'ai l'fémur
Qu'est trop dur

J'ai les cuiss's
Qui s'raidiss'nt
Les guibol's
Qui flageol'nt
J'ai les ch'vill's
Qui s'tortill'nt
Les rotul's
Qui ondul'nt
Les tibias
Raplaplas
Les mollets
Trop épais
Les orteils
Pas pareils
J'ai le cœur
En largeur
Les poumons
Tout en long
L'occiput
Qui chahut'
J'ai les coud's
Qui s'dessoud'nt
J'ai les seins
Sous l'bassin
Et l'bassin
Qu'est pas sain.

[Au refrain]

Avec un' charmant' demoiselle
Je devais m'marier par amour.
Mais un soir comm' j'étais près d'elle,
En train de lui faire la cour,
Me voyant troublé, ell' me dit :
– Qu'avez-vous ? moi j'lui répondis :
J'ai la rat'
Qui s'dilat'
J'ai le foi
Qu'est pas droit
J'ai le ventr'
Qui se rentr'
J'ai l'pylor'
Qui s'color'

J'ai l'gésier
Anémié,
L'estomac
Bien trop bas
Et les côt's
Bien trop haut's
J'ai les hanch's
Qui s'démanch'nt
L'épigastr'
Qui s'encastr'
L'abdomen'
Qui s'démèn'
Le thorax
Qui s'désax'
La poitrin'
Qui s'débin'
Les épaul's
Qui se frôl'nt
J'ai les reins
Bien trop fins
Les boyaux
Bien trop gros
J'ai l'sternum
Qui s'dégomm'
Et l'sacrum
C'est tout comm'
J'ai l'nombril
Tout en vrill'
Et l'coccyx
Qui s'déviss'
Et puis j'ai
Ajouté
Voyez-vous
C'n'est pas tout
J'ai les g'noux
Qui sont mous
J'ai l'fémur
Qu'est trop dur
J'ai les cuiss's
Qui s'raidiss'nt
Les guibol's
Qui flageol'nt
J'ai les ch'vill's

Qui s'tortill'nt
Les rotul's
Qui ondul'nt
Les tibias
Raplaplas
Les mollets
Trop épais
Les orteils
Pas pareils
J'ai le cœur
En largeur
Les poumons
Tout en long
L'occiput
Qui chahut'
J'ai les coud's
Qui s'dessoud'nt
J'ai les seins
Sous l'bassin
Et l'bassin
Qu'est pas sain
En plus d'ça
J'vous l'cach' pas'
J'ai aussi
Quel souci !
La luett'
Trop fluett
L'œsophag'
Qui surnag'
Les genciv's
Qui dériv'nt
J'ai l'palais
Qu'est pas laid
Mais les dents
C'est navrant
J'ai les p'tit's
Qui s'irrit'nt
Et les gross's
Qui s'déchauss'nt
Les canin's
S'ratatin'nt
Les molair's
S'font la pair'

Dans les yeux
C'est pas mieux
J'ai le droit
Qu'est pas droit
Et le gauch'
Qu'est bien moch'
J'ai les cils
Qui s'défil'nt
Les sourcils
Qui s'épil'nt
J'ai l'menton
Qu'est trop long
Les artèr's
Trop pépèr's
J'ai le nez
Tout bouché
L'trou du cou
Qui s'découd
Et du coup
Voyez-vous
J'suis gêné
Pour parler
C'est vexant
Car, maint'nant,
J'suis forcé
D'm'arrêter.

[Au refrain]

En 1971, Thierry Le Luron se sert de cette chanson pour en faire une parodie Le ministère Patraque. *C'est un grand succès ; 400 000 exemplaires de l'enregistrement sont vendus.*

Fréhel
[1891-1951]

Carrière en deux temps. Jolie comme un cœur, elle chantait La Riviera. *Puis, à la suite d'une grande déception amoureuse, quinze ans après, enlaidie par l'alcool, elle triomphe dans l'humour-musette et le mélo-romantique. En tête d'affiche de l'Empire Music-Hall, elle envoûtait son public mais prenait modestement le métro Place des Ternes pour rentrer chez elle...*

Tel qu'il est

Paroles de M. Vanderhaegen et C. Cachant
Musique de M. Alexander et M. Vanderhaegen

J'avais rêvé de prendre un homme,
Un garçon chic et distingué,
Mais je suis chipée pour la pomme
D'un vrai tordu mal balancé.
Ce n'est pas un apollon, mon Jules,
Il n'est pas taillé comme un hercule.
Malgré qu'il ait bien des défauts,
C'est lui que j'ai dans la peau.

Refrain
Tel qu'il est
Il me plaît.
Il me fait
De l'effet
Et je l'aime.
C'est un vrai gringalet
Aussi laid
Qu'un basset,
Mais je l'aime.
Il est bancal
Du côté cérébral
Mais ça m'est bien égal
S'il a l'air anormal,
C'est complet.

Il est muet,
Ses quinquets
Sont en biais
Mais je sais
Qu'il me plaît
Tel qu'il est.

Il est carré, mais ses épaules.
Par du carton sont rembourrées.
Quand il est tout nu, ça fait drôle,
On n'en voit plus que la moitié.
Il n'a pas un seul poil sur la tête,
Mais il en a plein sur les gambettes,
Et celui qu'il a dans la main
C'est pas du poil, c'est du crin.

[Au refrain]

Le boulot pour lui, c'est la chose
La plus sacrée, il n'y touche pas.
Pour tenir le coup, il se dose
De Quintonine à tous repas.
Ce qui n'est pas marrant, c'est qu'il ronfle,
On dirait un pneu qui se dégonfle,
Et quand il faut se bagarrer
Il est encore dégonflé.

[Au refrain]

La java bleue

Paroles de Géo Koger et Noël Renard
Musique de Vincent Scotto

Refrain
C'est la java bleue,
La java la plus belle,

Celle qui ensorcelle
Et que l'on danse les yeux dans les yeux,
Au rythme joyeux.
Quand les corps se confondent
Comme elle au monde
Il n'y en a pas deux.
C'est la java bleue.

Il est au bal musette
Un air rempli de douceur
Qui fait tourner les têtes,
Qui fait chavirer les cœurs.
Tandis qu'on glisse à petits pas,
Serrant celui qu'on aime dans ses bras,
Tout bas l'on dit dans un frisson,
En écoutant jouer l'accordéon.

[Au refrain]

Chéri, sous mon étreinte
Je veux te serrer plus fort
Pour mieux garder l'empreinte
Et la chaleur de ton corps.
Que de promess's, que de serments
On se fait dans la folie d'un moment,
Mais ces serments remplis d'amour
On sait qu'on ne les tiendra pas toujours.

Chanson extraite du film Une java.

© Paul Beuscher, 1938.

Georgius
[1891-1970]

Un spectacle à lui tout seul. Il arpentait la scène dans tous les sens et débitait une longue série de refrains à succès sur un rythme endiablé. Il avait un talent d'écriture populaire évident et termina sa carrière comme auteur de romans policiers.

Au lycée Papillon

Paroles de Georgius
Musique de Juel

Élève Labélure ?... Présent !...
Vous êtes premier en histoir' de France ?
Eh bien, parlez-moi d'Vercingétorix
Quelle fut sa vie ? sa mort ? sa naissance ?
Répondez-moi bien... et vous aurez dix.
Monsieur l'Inspecteur,
Je sais tout ça par cœur.
Vercingétorix né sous Louis-Philippe
Battit les Chinois un soir à Ronc'vaux.
C'est lui qui lança la mode des slip...[e]s
Et mourut pour ça sur un échafaud.
Le sujet est neuf,
Bravo, vous aurez neuf.

Refrain
On n'est pas des imbéciles
On a mêm' de l'instruction
Au lycée Pa-pa...
Au lycée Pa-pil...
Au lycée Papillon.

Élève Peaudarent ?... Présent !
Vous connaissez bien l'histoir' naturelle ?
Eh bien, dites-moi c'qu'est un ruminant
Et puis citez-m'en... et je vous rappelle
Que je donne dix quand je suis content.

Monsieur l'Inspecteur,
Je sais tout ça par cœur.
Les ruminants sont des coléoptères
Tels que la langouste ou le rat d'égout
Le cheval de bois, le pou, la bell'-mère...
Qui bav' sur sa proie et pis qu'aval'tout.
Très bien répondu,
Je vous donn' huit... pas plus...

[Au refrain]

Élève Isaac ?... Présent !
En arithmétiqu' vous êt's admirable.
Dites-moi ce qu'est la règle de trois
D'ailleurs votre pèr' fut-il pas comptable
Des films Hollywood... donc répondez-moi.
Monsieur l'Inspecteur,
Je sais tout ça par cœur.
La règle de trois ?... C'est trois hommes d'affaires
Deux grands producteurs de films et puis c'est
Un troisièm' qui est le commanditaire
Il fournit l'argent et l'revoit jamais.
Isaac, mon p'tit,
Vous aurez neuf et d'mi !...

[Au refrain]

Élève Trouffigne ?... Présent !
Vous êtes unique en géographie ?
Citez-moi quels sont les départements
Les fleuv's et les vill's de la Normandie
Ses spécialités et ses r'présentants ?
Monsieur l'Inspecteur,
Je sais tout ça par cœur.
C'est en Normandie que coul' la Moselle
Capital' Béziers et chef-lieu Toulon.
On y fait l'caviar et la mortadelle
Et c'est là qu'mourut Philibert Besson.
Vous êt's très calé
J'donn' dix sans hésiter.

[Au refrain]

Élève Legateux ?... Présent !...
Vous êt's le meilleur en anatomie ?
Répondez, j'vous prie, à cette question
Pour qu'un être humain puiss' vivre sa vie
Quels sont ses organ's, quell's sont leurs
Monsieur l'Inspecteur,   [fonctions ?
Je sais tout ça par cœur.
Nous avons un crân', pour fair' des crân'ries
Du sang pour sentir, des dents pour danser
Nous avons des bras...
C'est pour les brass'ries
Des reins pour rincer
Un foie pour fouetter.
Bien. C'est clair et net.
Mais ça n'vaut pas plus d'sept.

[Au refrain]

Élève Cancrelas ?... Présent...
Vous êt's le dernier ça me rend morose.
J'vous vois dans la class' tout là-bas dans l'fond
En philosophie, savez-vous quèqu'chose ?
Répondez-moi oui, répondez-moi non.
Monsieur l'Inspecteur,
Moi je n'sais rien par cœur.
Oui, je suis l'dernier, je pass' pour un cuistre
Mais j'm'en fous, je suis près du radiateur
Et puis comm' plus tard j'veux dev'nir ministre
Moins je s'rai calé, plus j'aurai d'valeur.
Je vous dis : bravo !
Mais je vous donn' zéro.

[Au refrain]

Ça... c'est d'la bagnole

Paroles de Georgius
Musique de Henri Poussigue

1
Quand j'ai connu Mimi, j'ai voulu l'épater
Oui mais... alors que faire ?
Lui offrir des bijoux ?
Il n'y faut pas songer
Et c'est pas c'que les femmes préfèrent
Maint'nant ell's sont au sport
Vous devinez alors
Avec très peu d'argent
C'que j'ai depuis qu'èqu'temps...

Refrain
Pour promener Mimi
Ma p'tite amie Mimi
Et son jeune frère Toto
J'ai une auto.
J'l'ai payée trois cents balles
Chez monsieur Annibal
Le marchand d'occasion
D'la rue de Lyon.
Elle fait autant de bruit qu'un gros camion cinq
[tonnes,
Les gens m'entendent venir j'ai pas besoin d'klaxon
Mais j'me pousse du faux-col
Car ça... c'est d'la bagnole
Ce n'est pas du tacot
J'ai une auto.

[Parlé] Ah ! oui, ÇA... C'EST D'LA BAGNOLE !...
Hein, Mimi ? Crois-tu qu'on est bien là-dedans ? Et
puis on est secoués... on sent tous les trous de la
route... on voit « où s' qu'on passe »... c'est un
avantage.
D'abord, les cahots, ça nous rapproche... Tiens,
viens que je t'embrasse... quoi ? Toto ? Ah ! oui, il
nous regarde. Il est empoisonnant, ce môme-là. Ça
ne fait rien, on trouvera bien le moyen d'être seuls

un moment. *(Le bruit du moteur s'arrête)* Tiens, le moteur s'arrête !... Qu'est-ce qui se passe ?... Attendez, je vais aller voir... Bougez pas. Ça doit venir des bougies... T'as pas de bougies, Toto ? Quoi ? T'as un briquet ? Ah ! non, ça n' peut pas faire l'affaire !... Laissez-moi regarder dans le moteur ! Oui... ça y est. Je vois ce que c'est... C'est le carburateur qui a glissé dans la dynamo, alors ça encrasse les bougies du pont arrière et ça fait des ratés dans le radiateur, ce qui fait que les accus touchent les soupapes et que ça empêche l'essence de venir dans le klaxon... T'as compris, Toto ?... Hein ? Qu'est-ce que tu dis ? Que je suis calé en mécanique ? Ça serait malheureux... Dis ! Ma mère avait une machine à coudre ! Alors... Appuie sur le démarreur. *(Bruit du moteur violent)* Ça y est, nous v'là r'partis... Quelle voiture, hein, Mimi !... ÇA... C'EST D'LA BAGNOLE !

2

Dans ma petit' voiture, on ne fait pas du cent,
Y a qu'un défaut : les roues s'dévissent,
Faut r'sserrer les écrous après chaque tournant,
Notez que ça fait d' l'exercice,
J'en perds un' quelquefois
Mais il en reste trois.
Somm' tout', y a un tas d' gens
Qui n'en ont pas autant.

Camille

Paroles de Georgius, Bertal, Maubon
Musique de Trémolo

Chacun fait dans sa vie
Son p'tit bonhomm' de ch'min.
Moi j'attends la lot'rie
Mais c'est pas pour demain.
Moyennant pourcentage

Comme une rousse ardente
Chaque nuit je soulage
L'humanité souffrante.
Mon prix fixe : 12 francs 50 !

Refrain
C'est moi Camille
J'suis bien gentille
J'fais la Bastille
Et le Richard-Lenoir
J'suis la Ménesse
Du môm' Nenesse
Pour le biz'ness les clients vienn'nt me r'voir
Finie la brume
Sur le bitume
Je vais, j'allume, je suis l'étoile du soir
J'suis la plus chouette
Des gigolettes
Qui s'expliqu'nt sur l'trottoir.

Mon cœur amoureux cède
À tout's les tentations.
Je peux dir' qu'j'en vois d'raides
Des types plein d'passion.
Un passant, en alarme,
Chez moi vient sangloter,
Je recueille ses larmes.
Quand il est démonté
J'essaie d'le remonter

Refrain
C'est moi Camille
La plus gentille
J'fais la Bastille
Et le Richard-Lenoir
J'suis la Ménesse
Du môm' Nenesse
Pour le biz'ness les clients vienn'nt me r'voir
Sans peur, j'exerce
Mon p'tit commerce.
En fille perverse, je connais mon turbin.
Je vais, je passe,

Je fais des grâces,
Je joue des châsses et mêm' du popotin.

En bizouilles, en papouilles,
On n'fait pas mieux je crois.
Les fripouilles et arsouilles
Il n'y a que chez moi.
Je fais tout c'qu'on m'demande
L'amour en sapajou
En coquette, en limande,
En tutu, en toutou.
Venez risquer votr' coup

Refrain
C'est moi Camille
J'suis bien gentille
J'fais la Bastille
Et le Richard-Lenoir
J'suis la Ménesse
Du môm' Nenese
Pour le biz'nesse les clients vienn'nt me r'voir
J'leur fais sans r'lâche
Des choses qu'attachent
Et des trucs vaches qui leur bouzillent la glotte !
J'leur donne ma lèvre
J'leur donne la fièvre
J'leur donne du rêve
Et j'leur donne mêm' la frotte ! ! !

Damia

[1892-1978]

La tragédienne par excellence, alors qu'elle débute dans la fantaisie. Max Déarly lui conseille, un jour à ses débuts, une autre tenue de scène et dès lors on ne voit plus que sa robe noire et ses deux grands et beaux bras blancs. Répertoire et costume ne font plus qu'un, le destin de sa réussite.

Les goélands

Paroles et Musique de Lucien Boyer

Les marins qui meurent en mer
Et que l'on jette au gouffre amer
Comme une pierre,
Avec les chrétiens refroidis
Ne s'en vont pas au paradis
Trouver saint Pierre !

Ils roulent d'écueil en écueil
Dans l'épouvantable cercueil
Du sac de toile.
Mais fidèle, après le trépas,
Leur âme ne s'envole pas
Dans une étoile.

Désormais vouée aux sanglots
Par ce nouveau crime des flots
Qui tant le navre,
Entre la foudre et l'Océan
Elle appelle dans le néant
Le cher cadavre.

Et nul n'a pitié de son sort
Que la mouette au large essor
Qui, d'un coup d'aile,
Contre son cœur tout frémissant,

Attire et recueille en passant
L'âme fidèle.

L'âme et l'oiseau ne font plus qu'un.
Ils cherchent le corps du défunt
Loin du rivage,
Et c'est pourquoi, sous le ciel noir,
L'oiseau jette avec désespoir
Son cri sauvage.

Ne tuez pas le goéland
Qui plane sur le flot hurlant
Ou qui l'effleure,
Car c'est l'âme d'un matelot
Qui plane au-dessus d'un tombeau
Et pleure... pleure !

Curiosité de l'époque, cette chanson passe inaperçue à sa création. C'est après 1911 qu'elle est reprise par Damia, qui en fait un succès populaire jamais démenti, chanson clé de son répertoire où elle s'affirme comme une grande interprète dramatique.

© Fortin, 1905.

Marie Dubas
[1894-1972]

La première qui inventa le « One Woman Show ». Son dynamisme sur scène était inimitable. Elle mariait avec une aisance infinie le drame, le comique, l'humour et la poésie et elle chantait : « ... c'était un vrai cu cu... un vrai cu cu... un vrai cubain ! » Et tout de suite après : « il sentait bon le sable chaud, mon légionnaire ». Édith Piaf l'admirait.

Mon légionnaire

Paroles de Raymond Asso
Musique de Marguerite Monnot

Il avait de grands yeux très clairs
Où parfois passaient des éclairs
Comme au ciel passent des orages
Il était plein de tatouages
Que j'ai jamais très bien compris
Sou cou portait : « Pas vu, pas pris ! »
Sur son cœur on lisait : « Personne »
Sur son bras droit un mot : « Raisonne ».

J'sais pas son nom je n'sais rien d'lui
Il m'a aimé toute la nuit
Mon légionnaire
Et me laissant à mon destin
Il est parti dans le matin
Plein de lumière
Il était mince, il était beau
Il sentait bon le sable chaud
Mon légionnaire
Y'avait du soleil sur son front
Qui mettait dans ses cheveux blonds
De la lumière.

Bonheur perdu, bonheur enfui
Toujours je pense à cette nuit
Et l'envie de sa peau me ronge
Parfois je pleure et puis je songe

Que lorsqu'il était sur mon cœur
J'aurais dû crier mon bonheur
Mais je n'ai rien osé lui dire
J'avais peur de le voir sourire.

J'sais pas son nom je n'sais rien d'lui
Il m'a aimé toute la nuit
Mon légionnaire
Et me laissant à mon destin
Il est parti dans le matin
Plein de lumière
Il était mince il était beau
On l'a mis sous le sable chaud
Mon légionnaire
Y'avait du soleil sur son front
Qui mettait dans ses cheveux blonds
de la lumière.

On l'a trouvé dans le désert
Il avait ses beaux yeux ouverts
Dans le ciel passaient des nuages
Il a montré ses tatouages
En souriant et il a dit
Montrant son cou : « Pas vu, pas pris ! »
Montrant son cœur : « Ici personne ! »
Il savait pas... Je lui pardonne

J'rêvais pourtant que le destin
Me ramèn'rait un beau matin
Mon légionnaire
Qu'on s'en irait seuls tous les deux
Dans quelque pays merveilleux
Plein de lumière
Il était mince, il était beau
On l'a mis sous le sable chaud
Mon légionnaire
Y'avait du soleil sur son front
Qui mettait dans ses cheveux blonds
De la lumière.

Interprètes : Marie Dubas, Édith Piaf.
Un sommet pour Marie Dubas. Un grand départ pour la
môme Piaf.

L'amour au passé défini

Paroles de Géo Koger
Musique de Vincent Scotto

C'est sur la plac' de la Mad'leine
Que nous nous connûm's un beau soir
Vous aviez une allure hautaine,
Et moi j'avais des souliers noirs.

Refrain
Vous traversâtes,
Vous vous r'tournâtes,
M'examinâtes
Un soir *(bis)*
Vous m'attendîtes
Vous me sourîtes
Et vous blêmîtes
Un soir *(bis)*
Comme je n'vous parlais pas, vous n'répondîtes
[rien
Mais l'aveu de mon cœur vous l'devinâtes bien
Et vous le crûtes
Lorsque vous l'sûtes
Car vous vous tûtes
Un soir *(bis)*

Nous prîmes le porto en silence
Vous grignotât's quelques anchois
Puis ensuit' sans trop d'résistance
Vous m'accompagnâtes chez moi :

Refrain
Vous vous assîtes
Vous éteignîtes
Vous m'étreignîtes
Un soir *(bis)*
Vous m'énervâtes
Vous m'affolâtes
Vous m'épatâtes
Un soir *(bis)*
Vous frôlâtes mes lèvr's en m'appelant mon rat
Vous fermâtes les yeux, et soudain dans vos bras

Vous me reçûtes
Et puis vous m'eûtes
Tant que vous pûtes
Un soir *(bis)*

Hélas les amours sont fragiles
Je le reconnais maintenant
Bientôt je rompis notre idylle
Et je vous trompais lâchement...

Refrain
Vous m'soupçonnâtes
Vous m'épiâtes
Vous me pistâtes
Un soir *(bis)*
Puis vous surgîtes
Vous me surprîtes
Et vous m'haïtes
Un soir *(bis)*
Vous me traitât's à tort de menteuse et d'indigne
Et de votre gousset sortîtes un browning
Vous m'ajustâtes
Mais vous m'ratâtes
Et vous caltâtes
Un soir *(bis)*

Le doux caboulot

Paroles de Francis Carco
Musique de Jacques Larmanjat

Le doux caboulot fleurit sous les branches
Et tous les dimanches
Plein de populo.
La servante est brune,
Que de gens heureux.
Chacun sa chacune,
L'une et l'un font deux amoureux

Épris du culte d'eux-mêmes.
Ah sûr que l'on s'aime,
Et que l'on est gris.

Ça durera bien le temps nécessaire
Pour que Jeanne et Pierre
Ne regrettent rien.

Petit poème, belle musique et grande chanson.
Le 2 octobre 1931, Marie Dubas fait sa rentrée au cirque
music-hall de l'Empire.
Francis Carco lui doit, avec ce Doux Caboulot, *son premier*
succès de chanson.

Yvonne George
[1896-1929]

Elle eut des débuts difficiles. Elle parvint néanmoins à se faire un nom... avec deux prénoms. Son répertoire original était en avance sur l'époque. Elle se fit sifflée sur la scène de l'Olympia. Soutenue par plusieurs personnalités, dont Jean Cocteau, elle persévère.

Quelques années plus tard, elle triomphe sur cette même scène. Elle meurt brusquement à l'apogée de son succès.

Valparaiso

1
Hardi, les gars, vire au guindeau,
Good bye, farewell, good bye, farewell,
Hardi, les gars, adieu Bordeaux,
Hourra, oh Mexico, ho, ho, ho,
Au cap Horn il ne fera pas chaud,
Haul away, hé, ou la tchalez,
À fair' la pêche au cachalot,
Hâl' matelot, hé, ho, hisse, hé, ho.

2
Plus d'un y laissera sa peau,
Good bye, farewell, good bye, farewell,
Adieu misère, adieu bateau,
Hourra, oh Mexico, ho, ho, ho.
Et nous irons à Valparaiso,
Haul away, hé, oula tchalez,
Où d'autres laisseront leurs os,
Hâl' matelot, hé, ho, hisse, hé, ho.

3
Ceux qui r'viendront pavillon haut,
Good bye, farewell, good bye, farewell,
C'est premier brin de matelot.
Hourra, oh Mexico, ho, ho, ho.
Pour la bordée ils seront à flot,

Haul away, hé, oula tchalez,
Bons pour le rack, la fill', le couteau !
Hâl' matelot, hé, ho, hisse, hé, ho.

Pars !...

Paroles et Musique de Jean Lenoir

Refrain
Pars, sans te retourner pars, sans te souvenir,
Ni mes baisers ni mes étreintes
En ton cœur n'ont laissé d'empreintes
Je n'ai pas su t'aimer, pas su te retenir.
Pars, sans un mot d'adieu pars, laisse-moi souffrir ;
Le vent qui t'apporta t'emporte
Et, dussé-je en mourir,
Qu'importe !
Pars, sans te retourner, pars, sans te souvenir.

1
Ne t'excuse pas tu n'es pas coupable
N'aie pas de pitié n'aie pas de regrets
Pour moi seulement je suis pitoyable,
Et mon désespoir reste mon secret.
Tu peux sans remords briser notre chaîne
Nous ne sommes plus que des étrangers
Poursuis ton chemin, sans craindre ma haine,
Car d'autres sauront bien mieux me venger
Puisqu'à ton tour va, on te trahira
Et comme moi, tu souffriras.

[Au refrain]

2
C'est de notre amour l'atroce agonie
Et tout comme lui, vois, le jour se meurt.
L'ombre qui descend s'étend infinie,
Les voiles du soir cacheront mes pleurs.
Tu ne sauras pas toute ma détresse.

Tout le vide affreux de ton abandon.
Prends dans un baiser l'ultime caresse
Puis tu t'en iras avec mon pardon,
Le souvenir est un chemin très long,
Que l'on parcourt à reculons.

[Au refrain]

Marianne Oswald
[1901-1985]

« Qu'est-ce qui fait que j'aime depuis des années la voix de Marianne Oswald, alors même que je ne la connaissais pas, au temps où elle criait les chansons de Jacques Prévert, Gaston Bonheur, Arthur Honegger, Maurice Yvain, Kosma et Anna la Bonne de Cocteau.

Dans ses chansons de flammes et de suie que la voix terrible de Marianne a promenées pendant des années au-dessus des foules malheureuses et inquiètes, il n'était pas possible de ne pas deviner le grand appel de la lumière.

C'est aussi pourquoi elle a choisi de prêter sa voix à notre plus grand poète de l'espoir désespéré, René Char. »

Albert Camus.

La grasse matinée

Paroles de Jacques Prévert
Musique de Joseph Kosma

Il est terrible
Le petit bruit de l'œuf dur cassé sur un comptoir
[d'étain
Il est terrible ce bruit
quand il remue dans la mémoire de l'homme qui a
[faim
elle est terrible aussi la tête de l'homme
la tête de l'homme qui a faim
quand il regarde à six heures du matin
dans la glace du grand magasin
une tête couleur de poussière
ce n'est pas sa tête pourtant qu'il regarde
dans la vitrine de chez Potin
il s'en fout de sa tête l'homme
il n'y pense pas
il songe
il imagine une autre tête

une tête de veau par exemple
avec une sauce de vinaigre
ou une tête de n'importe quoi qui se mange
et il remue doucement la mâchoire
doucement
et il grince des dents doucement
car le monde se paye sa tête
et il ne peut rien contre ce monde
et il compte sur ses doigts un deux trois
un deux trois
ça fait trois jours qu'il n'a pas mangé
et il a beau se répéter depuis trois jours
ça ne peut plus durer
ça dure
trois jours
trois nuits
sans manger
et derrière ces vitres
ces pâtés ces bouteilles ces conserves
poissons morts protégés par les boîtes
boîtes protégées par les vitres
vitres protégées par les flics
flics protégés par la crainte
que les barricades pour six malheureuses sar-
Un peu plus loin le bistrot   [dines...
café crème et croissants chauds
L'homme titube
Et dans l'intérieur de sa tête
Un brouillard de mots
Un brouillard de mots
Sardines à manger
œuf dur café crème
café arrosé rhum
café crème
café crème
café crème arrosé sang !
Un homme très estimé dans son quartier
a été égorgé en plein jour
l'assassin le vagabond lui a volé
deux francs
soit un café arrosé

zéro franc soixante-dix
deux tartines beurrées
et vingt-cinq centimes pour le garçon

il est terrible
le petit bruit de l'œuf dur
cassé sur un comptoir d'étain
il est terrible ce bruit
quand il remue dans la mémoire
de l'homme qui a faim.

Fernandel

[1903-1971]

Comique troupier à ses débuts, il deviendra plus tard Don Camillo et ce n'est pas une galéjade ! Interprète de Marcel Pagnol, il fit ensuite une grande carrière au cinéma et notamment dans des films musicaux dont les chansons furent de beaux succès.

La caissière du Grand Café

Paroles de Louis Bousquet
Musique de Louis Izoird

V'là longtemps qu'après la soup' du soir,
De d'ssus l'banc ousque je vais m'asseoir,
Je vois une femme, une merveille,
Qu'elle est brune et qu'elle a les yeux noirs.
En fait d'femm's j'm'y connais pas des tas,
Mais je m'dis en voyant ses appas :
Sûrement que des beautés pareilles,
Je crois bien qu'y en a pas.

Refrain
Elle est belle, elle est mignonne,
C'est un' bien joli' personne,
De dedans la rue on peut la voir
Qu'elle est assis' dans son comptoir.
Elle a toujours le sourire,
On dirait un' femme en cire
Avec-que son chignon qu'est toujours bien coiffé,
C'est la caissièr' du Grand Café.

Entouré' d'un tas de verr' à pied,
Bien tranquill' devant son encrier,
Elle est dans la caisse, la caissière,
Ça fait qu'on n'en voit que la moitié.
Et moi que déjà je l'aime tant
J'dis : « Tant mieux, qu'on cache le restant,
Car, si je la voyais tout' entière,
Je d'viendrais fou complètement. »

Refrain
Elle est belle, elle est mignonne,
C'est un' bien joli' personne
Et quand j'ai des sous pour mieux la voir
Je rentre prendre un café noir
En faisant fondre mon « suque »
Pendant deux, trois heur's je r'luque
Avec-que son chignon qu'est toujours bien coiffé
La bell' caissièr' du Grand Café.

C'est curieux comme les amoureux
On s'comprend rien qu'avec-que les yeux,
Je la regarde, elle me regarde,
Et nous se regardons tous les deux.
Quand ell' rit, c'est moi que je souris,
Quand j'souris, c'est elle qu'elle rit,
Maintenant je crois pas que ça tarde
Je vais voir le paradis.

Refrain
Elle est belle, elle est mignonne,
C'est un' bien joli' personne,
Pour lui parler d'puis longtemps j'attends
Qu'dans son café y ait plus d'clients.
Mais j't'en moqu', c'est d'pire en pire

On dirait qu'ell' les attire,
Avec-que son chignon qu'est toujours bien coiffé
La bell' caissièr' du Grand Café.

N'y t'nant plus, j'ai fait un mot d'écrit,
J'ai voulu lui donner aujourd'hui
Mais je suis resté la bouche coite,
Et je sais pas qu'est c' qu'elle a compris
En r'gardant mon papier dans ma main.
Ell' m'a dit, avec un air malin :
« Au bout du couloir, la porte à droite,
Tout au fond vous trouv'rez bien. »

Refrain
Elle est belle, elle est mignonne,
C'est un' bien joli' personne,
Mais les femm's, ça n'a pas d' raison
Quand ça dit oui, ça veut dire non.
Maint'nant ell' veut plus que j'l'aime,
Mais j'm'en moqu', j'l'aim'rai quand même
Et j'n'oublierai jamais le chignon bien coiffé
D'la bell' caissièr' du Grand Café.

© Avec l'aimable autorisation de Mme Gérin, 1914.

Félicie aussi

Paroles d'Albert Willemetz et Ch. L. Pothier
Musique de C. Oberfeld

1

C'est dans un coin du bois d'Boulogne
Que j'ai rencontré Félicie.
Elle arrivait de la Bourgogne
Et moi j'arrivais en taxi.
Je trouvais vite une occasion
D'engager la conversation.

Refrain
Il faisait un temps superbe,
Je me suis assis sur l'herbe.
Félicie aussi.

J' pensais les arbres bourgeonnes,
Et les gueul's de loup boutonnent.
Félicie aussi.
Près de nous sifflait un merle,
La rosée faisait des perles.
Félicie aussi.
Un clocher sonnait tout proche,
Il avait un' drôl' de cloche.
Félicie aussi.

2

Afin d' séduire la petit' chatte,
Je l'emm'nai dîner chez Chartier.
Comme elle est fine et délicate,
Ell' prit un pied d' cochon grillé.
Et pendant qu'ell' mangeait le sien,
J' lui fis du pied avec le mien.

Refrain

J' pris un homard sauc' tomate,
Il avait du poil aux pattes.
Félicie aussi.
Puis un' sorte d' plat aux nouilles...
On aurait dit une andouille.
Félicie aussi.
Je m'offris une gib'lotte,
Elle embaumait l'échalote.
Félicie aussi.
Puis un' poire et des gaufrettes...
Seul'ment la poire était blette.
Félicie aussi.

3

L'aramon lui tournant la tête,
Ell' murmura : Quand tu voudras !
Alors j'emmenai ma conquête
Dans un hôtel, tout près de là.
C'était l'Hôtel d'Abyssinie
Et du Calvados réunis.

Refrain

J' trouvai la chambre ordinaire,
Elle était plein' de poussière.
Félicie aussi.

Je m' lavai les mains tout d' suite,
L' lavabo avait un' fuite.
Félicie aussi.
Sous l'armoire y avait un' cale,
Car elle était tout' bancale,
Félicie aussi.
Y avait un fauteuil en plusse,
Mais il était rempli d'puces.
Félicie aussi.

Avec Bidasse

Paroles de Louis Bousquet
Musique de Henri Mailfait

Quand j'suis parti avec ma classe
Pour v'nir ici fair' mes trois ans,
L'cousin m'a dit : « Y a l'fils Bidasse
Qui va dans le mêm' régiment,
Tu devrais fair' sa connaissance. »
J'ai fait ce que m'a dit l'cousin
Et depuis que je sers la France,
Bidasse est mon meilleur copain.
Quand on n'a pas eu d'punition,
On a chacun sa permission.

Refrain
Avec l'ami Bidasse
On n'se quitt' jamais,
Attendu qu'on est
Tous deux natifs d'Arras-se,
Chef-ieu du Pas d'Calais.
On a chacun la sienne
Et les bras ballants
D'vant les monuments
Oh !
Dans les ru's on s'promène,
Ça nous fait passer l'temps.

L'dimanch' matin y a des bobonnes
Qu'ell's s'en vont faire leur marché,
Nous, on en connaît deux megnonnes

Et on va les r'garder passer.
Pendant qu'ell's sont chez la frutière
D'sur l'autr' trottoir nous les r'gardons
Puis de loin sans en avoir l'air-e
On les suit jusqu'à leur maison.
E' s'méfient pas, ell's n'y voient rien
Ça fait comm' ça... on s'amus' bien.

Refrain
Avec l'ami Bidasse
On n'se quitt' jamais,
Attendu qu'on est
Tous deux natifs d'Arras-se
Chef-ieu du Pas d'Calais.
On a chacun la sienne
Et quand ell's sont dans
Leur appartrement,
On regard' les persiennes,
Ça nous fait passer l'temps.

On va souvent voir les gorilles
Au Jardin des Plant's, c'est curieux,
D'vant la cage à la cocodrille.
On va passer une heure ou deux.
D'vant les sing's qui font la grimace
Pour sûr on a des bons moments
Jusqu'à ce que le gardien passe
Qui crie : « On ferme !... allez-vous-en... »
Et comme on peut pas rester là
On dit... « Tu viens ?... » Et on s'en va...

Refrain
Avec l'ami Bidasse
On n'se quitt' jamais
Attendu qu'on est
Tous deux natifs d'Arras-se,
Chef-ieu du Pas d'Calais.
Et plus tard dans la vie
On dira souvent : « Vrai... au régiment
[Parlé] T'en souviens-tu, Bidasse ?
On a fait des orgies...
On a bien passé l'temps. »

Lucienne Boyer
[1903-1983]

Elle fut la première voix française qui sut pleinement tirer profit des vertus magiques de l'enregistrement sonore et du disque 78 tours.

Parlez-moi d'amour

Paroles et Musique de Jean Lenoir

Refrain
Parlez-moi d'amour,
Redites-moi des choses tendres,
Votre beau discours,
Mon cœur n'est pas las de l'entendre.
Pourvu que toujours
Vous répétiez ces mots suprêmes :
Je vous aime.

Vous savez bien
Que, dans le fond, je n'en crois rien,
Mais cependant je veux encore,
Écouter ce mot que j'adore,
Votre voix aux sons caressants,
Qui le murmure en frémissant,
Me berce de sa belle histoire,
Et malgré moi je veux y croire.

[Au refrain]

Il est si doux,
Mon cher trésor, d'être un peu fou,
La vie est parfois trop amère,
Si l'on ne croit pas aux chimères,
Le chagrin est vite apaisé,
Et se console d'un baiser,
Du cœur on guérit la blessure,
Par un serment qui la rassure.

[Au refrain]

Premier Grand Prix du disque en 1931. Parlez-moi d'amour *est créé en 1926 mais ne sera enregistré qu'en 1930. À cette occasion, le disque entre dans l'histoire de la chanson. C'est grâce à lui que Lucienne Boyer devient une vedette internationale.*

© Les Nouvelles Éditions Meridian.

Jean Tranchant
[1904-1972]

Il fut à l'origine du renouvellement de la chanson française à la fin des années 30, et fut très lié au groupe qui réunissait Mireille, Jean Nohain, Trenet et Sablon.

Accusé à tort de collaboration à la Libération, il s'exila en Amérique du Sud. Il en revint 20 ans après.

Les prénoms effacés

Paroles de Jean H. Tranchant
Musique de Jean Tranchant

Dans le creux béant d'un grand chêne,
Des fourmis rouges font la chaîne,
Rongent, creusent, font mille efforts
Contre le vieux géant qui dort.
Mais des jours d'été et de sève,
Il conserve de si beaux rêves
Tant de jolis prénoms d'amants
Qui disparaîtront lentement.

Refrain
Combien d'amoureux il a vu passer,
Combien de prénoms se sont enlacés !
Combien de serments, de fausses promesses
Se sont échangés sous son ombre épaisse !
Combien d'amoureux ivres de plaisir
Ont gravé gaiement tous leurs souvenirs !
Qui dira le sort des amants lassés
Dont les doux prénoms se sont effacés.

Sous le regard d'une pinsonne
Nous avons gravé cet automne
Nos prénoms, en nous promettant
De les retrouver au printemps.
Mais le chêne aux saisons fleuries
Retrouvant un peu de sa vie

Gardera-t-il dans les beaux jours
Le grand secret de notre amour ?

[Au refrain]

Ici l'on pêche

Paroles et Musique de Jean Tranchant

Près du grand chemin de halage
Où les bateaux vont doucement
Dans un berceau de verts feuillages
Se cache un petit restaurant
L'air embaume les pommes frites
Les gaufres et les lilas blancs
Les bluets et les marguerites
Prennent rendez-vous sous les bancs.

Refrain
Allez-y donc, qui vous empêche ?
C'est à côté, pas loin d'ici
Ça porte un nom : « Ici l'on pêche »
Vous y pêcherez aussi.

La patronne est une amoureuse
Le patron est un amoureux
Le vin est bon, l'auberge heureuse
Et les repas sont plantureux
Dans les massifs partout fredonnent
Des mots d'amour et des chansons
Et tous les baisers qu'on se donne
Ne sont pas mis sur l'addition.

[Au refrain]

C'est là qu'un grand jour de ma vie
J'ai rencontré sur mon chemin

L'amour, rêvant à la folie
Et qu'il m'a prise par la main
Il avait de belles manières
Je l'ai suivi sans sourciller
Et si je suis sa prisonnière
Il est aussi mon prisonnier.

Refrain
Allez-y donc, qui vous empêche ?
Je suis sûre que vous irez
Ça porte un nom : « Ici l'on pêche »
Comme moi, vous pêcherez.

Jean Lumière

[1905-1979]

Esther Lekain lui trouve son nom d'artiste. Elle avait vu juste, sa voix était claire et sa carrière fut lumineuse. Sur ses vieux jours, il fut professeur de chant.

La petite église

Paroles de Charles Fallot
Musique de Paul Delmet

Je sais une église au fond d'un hameau
Dont le fin clocher se mire dans l'eau
Dans l'eau pure d'une rivière.
Et souvent, lassé, quand tombe la nuit,
J'y viens à pas lents bien loin de tous bruits
Faire une prière.

Des volubilis en cachent l'entrée.
Il faut dans les fleurs faire une trouée
Pour venir prier en lieu saint.
Un calme imposant en saisit tout l'être
Avec le printemps un parfum pénètre,
Muguet et jasmin.

Des oiseaux parfois bâtissent leur nid
Sur la croix de bronze où Jésus souffrit
Le vieux curé les laisse faire.
Il dit que leur chant est l'hymne divin
Qui monte des chœurs en le clair matin
Vers Dieu notre Père.

Je sais une église au fond d'un hameau
Dont le fin clocher se mire dans l'eau
Dans l'eau pure d'une rivière.
Lorsque je suis las du monde et du bruit,
J'y vais à pas lents quand tombe la nuit
Faire une prière.

Fermons nos rideaux

Paroles de Maurice Boukay
Musique de Paul Delmet

Fermons nos rideaux ! tout un jour encore,
Je veux mon amour,
Ainsi que Pétrarque auprès de sa Laure,
Te faire la cour
Mais j'entends quelqu'un frapper à la porte ;
Quels coups de marteaux !
Laissons-la frapper !
Le diable l'emporte !
Fermons nos rideaux !

Si c'est le cadeau que m'apporte Rose !
Les lys frais cueillis,
Les derniers lilas, la première rose !
Qu'importent les lys !
Puisque j'ai la fleur de ta gorge nue !
Adieu les cadeaux !
Rose s'en ira comme elle est venue !
Fermons nos rideaux !

Si c'est le collier, qu'apporte l'orfèvre,
De corail et d'or !
Il n'est de corail qu'au pli de ta lèvre
Il n'est de trésor
Qu'en tes yeux profonds où l'amour déferle
Ses subtils joyaux.
Va ! laisse l'orfèvre enfiler sa perle !
Fermons nos rideaux !

C'est la blanchisseuse ! Oh, la bonne histoire !
En termes galants,
Nous avons encor du linge en l'armoire,
Et nos draps sont blancs.
S'ils sont chiffonnés, c'est de nos prouesses.
En sont-ils moins beaux ?
Pour mieux y blottir nos tendres caresses
Fermons nos rideaux !

Interprètes : Paul Delmet, Tino Rossi (dans le film Envoi de
fleurs, *1949).*

© Enoch, 1902.

Joséphine Baker

[1906-1975]

La première vedette « noire ». Une révolution que l'on a du mal encore aujourd'hui à expliquer. Dans les années 20, un régime de bananes autour des reins, un corps de liane, une voix de petite fille, un cœur d'or et un rythme à vous couper le souffle. Une carrière inoubliable !

La petite Tonkinoise

Paroles de Villard et Christiné
Musique de Vincent Scotto, arrangement de Christiné.

Pour qu'j'finisse
Mon service

Au Tonkin je suis parti
Ah ! quel beau pays, mesdames
C'est l'Paradis des p'tit's femmes
Ell's sont belles
Et fidèles
Et je suis dev'nu l'chéri
D'un' petit' femm' du pays
Qui s'appell' Mélaoli.

Refrain
Je suis gobé d'un' petite
C'est une Anna, c'est une Anna, une Annamite
Elle est vive, elle est charmante
C'est comm' un z'oiseau qui chante
Je l'appell' ma p'tit' bourgeoise
Ma Tonkiki, ma Tonkiki, ma Tonkinoise
Y'en a d'autr's qui m'font les doux yeux
Mais c'est ell' que j'aim' le mieux.

L' soir on cause
Des tas d'choses
Avant de se mettre au pieu
J'apprends la géographie
D'la Chine et d'la Manchourie
Les frontières
Les rivières
Le fleuv' Jaun' et le fleuv' Bleu
Y'a mêm' l'Amour, c'est curieux,
Qu'arros' l'Empir' du Milieu.

[Au refrain]

Très gentille
C'est la fille
D'un mandarin très fameux
C'est pour ça qu'sur sa poitrine
Elle a deux p'tit's mandarines
Peu gourmande
Ell' ne d'mande
Quand nous mangeons tous les deux
Qu'un' banan' c'est peu coûteux
Moi j'y en donne autant qu'elle veut.

[Au refrain]

Mais tout passe,
Et tout casse
En France je dus rentrer
J'avais l'cœur plein de tristesse
De quitter ma chèr' maîtresse
L'âme en peine
Ma p'tit' reine
Était v'nue m'accompagner
Mais avant d'nous séparer
Je lui dis dans un baiser.

Refrain
Ne pleur' pas si je te quitte
Petite Anna, petite Anna, p'tite Annamite
Tu m'as donné ta jeunesse
Ton amour et tes caresses
T'étais ma p'tit' bourgeoise
Ma Tonkiki, ma Tonkiki, ma Tonkinoise
Dans mon cœur j'garderai toujours
Le souv'nir de nos amours.

J'ai deux amours

Paroles de Géo Koger
Musique de Vincent Scotto

On dit qu'au-delà des mers
Là-bas, sous le ciel clair,
Il existe une cité
Au séjour enchanté.
Et sous les grands arbres noirs,
Chaque soir,
Vers elle s'en va tout mon espoir.

Refrain
J'ai deux amours
Mon pays et Paris.

Pour eux toujours
Mon cœur est ravi.
Ma savane est belle,
Mais, à quoi bon le nier,
Ce qui m'ensorcelle
C'est Paris, Paris tout entier.
Le voir un jour
C'est mon rêve joli.
J'ai deux amours
Mon pays et Paris.

Quand sur la rive, parfois,
Au lointain j'aperçois
Un paquebot qui s'en va,
Vers lui je tends les bras,
Et, le cœur battant d'émoi,
À mi-voix
Doucement je dis : « Emporte-moi. »

[Au refrain]

C'est pour les débuts de Joséphine Baker dans une grande revue qu'Henri Varna, directeur du Casino de Paris, commande une chanson spéciale à Géo Koger et à Vincent Scotto.

© Salabert, 1930.

Jean Sablon
[1906-1994]

Un des premiers à chanter devant un micro. Il est en avance sur son époque mais on se moque de lui. Un chansonnier ne lance-t-il pas : « Un qu'a l'son court ! »

Sablon n'en a cure. Il triomphe aux États-Unis et lance le premier succès international de Trenet et Johnny Hess Vous qui passez sans me voir. *Il est enfin reconnu en France à partir des années 50.*

Vous qui passez sans me voir

Paroles de Charles Trenet
Musique de Johnny Hess

Refrain
Vous, qui passez sans me voir
Sans même me dire bonsoir
Donnez-moi un peu d'espoir ce soir...
J'ai tant de peine,
Vous, dont je guette un regard,
Pour quelle raison, ce soir passez-vous sans me
Un mot : je vais le dire : « je vous aime »   [voir...
C'est ridicule, c'est bohème,
C'est jeune et c'est triste aussi,
Vous, qui passez sans me voir,
Me donn'rez-vous ce soir
Un peu d'espoir ?...

Les souvenirs sont là pour m'étouffer
De larmes, de fleurs, de baisers
Oui je revois les beaux matins d'avril
Nous vivions sous les toits tout en haut de la ville

Refrain
Vous qui passez sans me voir
Vous, qui passez sans même me dire bonsoir
Donnez-moi un peu d'espoir ce soir...

116

J'ai tant de peine,
Vous, dont je guette un regard,
Pour quelle raison, ce soir passez-vous sans me
Un mot : je vais le dire : « je vous aime »   [voir...
C'est ridicule, c'est bohème,
C'est jeune et c'est triste aussi,
Vous qui passez sans me voir,
Sans me donner d'espoir...
Adieu... Bonsoir !...

Je tir' ma révérence

Paroles et Musique de Pascal Bastia.

Vous, mes amis, mes souvenirs,
Si vous la voyez revenir
Dites-lui que mon cœur lassé
Vient de rompre avec le passé...

Refrain
Je tir' ma révérence
Et m'en vais au hasard,
Par les routes de France,
De France et de Navarr'
Dites-lui que je l'aime,
Que je l'aime, quand même
Et dites-lui trois fois
Bonjour, bonjour, bonjour, pour moi !...

Pourquoi faire entre nous de grands adieux ?
Partir sans un regard est beaucoup mieux !
J'avais sa préférence,
J'étais son seul bonheur.
Hélas ! les apparences
Et le sort sont trompeurs !
Un autre a pris ma place
Tout passe, lasse et casse...
Des grands mots ? Oh pourquoi ?
Non ! Dites-lui bonjour pour moi !

117

Elle croit que j'ai beaucoup de chagrin,
Aujourd'hui non, mais peut-être demain...

Refrain
Je n'ai plus d'espérance
Et remporte mon cœur
Par les routes de France,
De France ou bien d'ailleurs,
Dites-lui que je l'aime,
Que je l'aime quand même
Et dites-lui trois fois :
Bonjour, bonjour, bonjour, pour moi !
Bonjour, trois fois bonjour,
Bonjour, bonjour, bonjour, pour moi !

Mireille/Jean Nohain
[1906-1996] [1900-1981]

*Deux noms indissociables du renouveau de la chanson fran-
çaise à la fin des années 30. Par la suite, Nohain devint un
animateur célèbre à la radio et Mireille fonda le Petit Conservatoire de la Chanson où se forma une génération qui suivit le
chemin qu'elle avait tracé.*

Couchés dans le foin

Paroles de Jean Nohain
Musique de Mireille

Il ne faut pas que je vous cache
Que j'eus toujours la sainte horreur des vaches
Dans ma famill' c'est un tort
Hélas le métier de toréador
N'a jamais été notre fort
J'aimerais mieux qu'on m'injurie
Qu'on me pende ou qu'on m'expatrie
Plutôt que de toucher un pis, un pis de ma vie
Je suis ainsi, tant pis
Et c'est dommage
La fill' de la fermière est charmante et on a le même
Par bonheur pour les amoureux   [âge
Il est au grand air d'autres jeux
Des jeux que j'aime davantage
Des jeux que j'aime davantage

Refrain
Couchés dans le foin
Avec le soleil pour témoin,
Un p'tit oiseau qui chante au loin
On s'fait des aveux
Et des grands serments et des vœux
On a des brindill's plein les ch'veux
On s'embrasse et l'on se trémousse
Ah que la vie est douce douce

Couchés dans le foin
Avec le soleil pour témoin

Vous connaissez des femm's du monde
Qui jusqu'à quatre-vingts ans restent blondes...
Qui sont folles de leurs corps
Pour leur amour, il leur faut des décors
Des tapis, des coussins en or
De la lumière tamisée
Et des tentures irisées
Estompant sous les baisers
Leurs appas trop usés
Eh bien, tant pis, tant pis
Mais c'est dommage...
Quand on est vigoureux,
Quand on aime et qu'on a mon âge
Tous ces décors sont superflus
Les canapés je n'en veux plus...
Je ne fais plus l'amour en cage
Gardez gardez vos éclairages...

[Au refrain]

La partie de bridge

Paroles de Jean Nohain
Musique de Mireille

Venez, venez, soyez aimable...
Venez bridger à notre table...
Le bridge est un jeu calme et merveilleux,
Le bridge est adorable...
Comment ? Vous n'êtes pas très forte,
Ça ne fait rien du tout, qu'importe,
Si vous gaffez nous fermerons les yeux...
Asseyez-vous, vous ne pouvez pas y couper
C'est moi qui donne allez coupez coupez...
[Parlé] Pique-deux carreaux-trois sans atout
Bon. Dame-roi-sept-neuf-dame-valet...
As-as-as et le reste...

C'est fou ! Je ne puis pas admettre,
Qu'on me coupe quand je suis maître...
Et c'est dans la forte du mort qu'on joue
Pour ne rien compromettre !
Et puis, il existe une règle !
Dans sa longueur on joue sa faible !
Voyons, mad'moiselle, à quoi pensiez-vous ?
Quand on n'a qu'un tout petit jeu de rien du tout
On ne demande pas trois sans atout !

Messieurs, c'était pour être aimable
Que j'ai pris place à votre table...
Le bridge est un jeu qui me fait horreur,
Le bridge est détestable...
Permettez que je vous explique,
Pourquoi j'ai joué mon as de pique :
C'est que j'ai cru couper la dam' de cœur
Et vous n'allez tout de même pas m'avaler
Pour deux rois et un tout petit valet...

Consolez-vous, mademoiselle...
Nous avions perdu la cervelle...
Vous n'aviez pas besoin de fair' grand schelem
Allez, pour qu'on vous aime...
Laissons ces cartes imbéciles,
Séchez vos cils et vos pupilles...
Quand on a des yeux aussi doux que vous,
Même avec un tout petit jeu de rien du tout
On peut demander quatre sans atout.

Puisque vous partez en voyage...

Paroles de Jean Nohain
Musique de Mireille

[Parlé] Savez-vous que c'est la première fois que
nous nous séparons depuis que c'est arrivé ?
Remarquez que ça ne fait que quinze jours !... Évidemment quinze jours ce n'est pas très long... mais
songez tout de même à ce que ça fait d'heures !...

Puisque vous partez en voyage
Puisque nous nous quittons ce soir
Mon cœur fait son apprentissage
Je veux sourire avec courage
Voyez j'ai posé vos bagages,
Marche avant, côté du couloir
Et pour les grands signaux d'usage
J'ai préparé mon grand mouchoir
Dans un instant le train démarre
Je resterai seul sur le quai
Et je vous verrai de la gare
Me dire adieu là-bas avec votre bouquet
Promettez-moi d'être bien sage
De penser à moi tous les jours
Et revenez dans notre cage
Ou je guette votre retour

[Parlé] Voilà, je vous ai trouvé une bonne place dans
un compartiment où il y a une grosse dame et un
vieux curé avec une barbe blanche. Et puis je vous
ai acheté deux livres... Le premier, c'est la vie des
saintes... Et l'autre, c'est l'exemple de la bienheu-
reuse Ernestine... Cela vous plaît ?

Puisque vous partez en voyage
Vous m'avez promis ma chérie
De m'écrire quatorze pages
Tous les matins ou davantage
Pour que je voie votre visage
Baissez la vitre je vous prie
C'est affreux je perds tout courage
Soudain je déteste Paris
Le contrôleur crie : « En voiture »
Le cochon il sait pourtant bien
Que je dois rester, mais je jure
Que s'il le crie encore une fois, moi je viens
J'ai mon amour pour seul bagage
Et tout le reste je m'en fous
Puisque vous partez en voyage
Ma chérie... je pars avec vous

Suzy Solidor
[1906-1983]

Elle a immortalisé les deux vers d'une chanson qui reste dans toutes les mémoires. Cette blonde et sculpturale interprète, dont la beauté inspira de nombreux peintres, fit surtout une carrière au cabaret ; elle en créa elle-même un dans le quartier de l'Opéra à Paris.

Escale

Paroles de Jean Marèze
Musique de Marguerite Monnot

Le ciel est bleu, la mer est verte,
Laisse un peu la f'nêtre ouverte...

Le flot qui roule à l'horizon
Me fait penser à un garçon
Qui ne croyait ni Dieu ni diable.
Je l'ai rencontré vers le nord
Un soir d'escale sur un port
Dans un bastringue abominable.
L'air sentait la sueur et l'alcool.
Il ne portait pas de faux col
Mais un douteux foulard de soie.
En entrant je n'ai vu que lui
Et mon cœur en fut ébloui
De joie.

Le ciel est bleu, la mer est verte,
Laisse un peu la f'nêtre ouverte...

Il me prit la main sans un mot
Et m'entraîna hors du bistrot
Tout simplement d'un geste tendre.
Ce n'était pas un compliqué,
Il demeurait le long du quai
Je n'ai pas cherché à comprendre.
Sa chambre donnait sur le port.

Des marins saouls chantaient dehors.
Un bec de gaz d'un halo blême
Éclairait le triste réduit.
Il m'écrasait tout contre lui,
Je t'aime.

Le ciel est bleu, la mer est verte.
Laisse un peu la f'nêtre ouverte.

Son baiser me brûle toujours.
Est-ce là ce qu'on appell' l'amour ?
Son bateau mouillait dans la rade
Chassant les rêves de la nuit.
Au petit jour, il s'est enfui,
Je l'ai vu monter sur le pont
Et, si je ne connais pas son nom,
Je connais celui du navire,
Un navire qui s'est perdu,
Quant au marin nul n'en peut plus
Rien dire.

Tino Rossi
[1907-1983]

Un timbre de voix unique. Des millions et des millions de « fans ». Tino a été le héros d'une époque marquée par la révolution de l'industrie phonographique. Il a chanté l'amour et c'est une chanson d'enfant qui a été son plus grand succès. Petit Papa Noël atteint chaque fin d'année des records de vente !

Tango de Marilou

Paroles italiennes de Peppino Mendès
Version française de Robert Marino
Musique de Mario Mariotti

1
Sous le ciel clair de Sorrente, un beau jour
Tu m'apparus si jolie,
Qu'un seul regard de tes yeux de velours
Fut le soleil de ma vie
Que ton sourire fut tendre et câlin
En me disant « À demain ! »
Marilou, Marilou,
Souviens-toi du premier rendez-vous !

Dans nos cœurs, à grands coups,
S'éveillaient les désirs les plus fous :
Je sentis, sur ta lèvre mignonne,
Le frisson de l'Amour qui se donne
Marilou, Marilou,
Qu'il fut doux, le premier rendez-vous !

2

Mais, j'ai cherché, vainement, au retour,
Parmi les brunes jolies
De Marilou, les beaux yeux de velours :
Nul n'a revu mon amie
Et sans espoir, je m'en vais, pauvre amant,
En murmurant tristement : Marilou, Marilou,
Qu'il est loin le premier rendez-vous !
Dans mon cœur malgré tout,
Est gravé ton sourire si doux ;
Et ton nom, petite âme infidèle,
Vibre en moi, comme un chant qui m'appelle
Marilou, Marilou,
Qu'il est loin, le premier rendez-vous !
Marilou, Marilou
Je revois ton sourire si doux,
Et je rêve à ta lèvre mignonne,
Aux reflets de tes yeux de Madone
Marilou, Marilou,
Qu'il est loin le premier rendez-vous !

Petit Papa Noël

Paroles de Raymond Vincy
Musique de Henri Martinet

C'est la belle nuit de Noël,
La neige étend son manteau blanc
Et, les yeux levés vers le ciel,
À genoux les petits enfants,
Avant de fermer les paupières,

Font une dernière prière.

Refrain
Petit Papa Noël,
Quand tu descendras du ciel
Avec des jouets par milliers,
N'oublie pas mon petit soulier.

Mais, avant de partir,
Il faudra bien te couvrir,
Dehors tu vas avoir si froid,
C'est un peu à cause de moi.

Il me tarde tant que le jour se lève
Pour voir si tu m'as apporté
Tous les beaux joujoux que je vois en rêve
Et que je t'ai commandés.

[Au refrain]

Le marchand de sable est passé,
Les enfants vont faire dodo
Et tu vas pouvoir commencer,
Avec ta hotte sur le dos,
Au son des cloches des églises,
Ta distribution de surprises.

Et, quand tu seras sur ton beau nuage,
Viens d'abord sur notre maison,
Je n'ai pas été tous les jours très sage,
Mais j'en demande pardon.

Refrain
Petit Papa Noël,
Quand tu descendras du ciel
Avec des jouets par milliers,
N'oublie pas mon petit soulier.
Petit Papa Noël.

Extraits du film Destins.

Sérénade portugaise

Paroles et Musique de Charles Trenet

J'écoute le vent qui parle de ma belle,
J'écoute le vent qui me parle d'amour.
Le jour s'est enfui car il fait nuit sans elle,
Sans elle, l'écho dans le bois reste sourd.
Et gronde, gronde le tonnerre
Et gronde, gronde le ciel lourd.

Je suis un marin, je chante les rivages,
Je chante les flots et je chante les fleurs,
Je fais des bouquets avec tous les nuages
Mais la fleur d'amour est toujours dans mon cœur.
Et chante, chante ma jeunesse
Et chante, chante la joie et les pleurs !

Ce soir à minuit c'est la fête au village,
Et nous danserons sous les platanes verts,
J'aurai dans mes bras la fille la plus sage
Pour qui je fredonne ma chanson sur la mer.
Et vogue, vogue mon ivresse,
Et claque ma voile dans l'air !...

Mon âne

Paroles de Colette
Musique de Michel Emer

Nous avons tous deux bien travaillé
Mon âne Mon âne
Descendons vers l'âtre et vers le pré
Tête basse et chargés
Derrière moi, sur le sentier
Mon âne Mon âne
J'entends tes clochettes mais non ton pied
Car tu as le pied léger
Moi, sur mon seuil et toi sur le pré

Mon âne Mon âne
Nous oublions tous deux de manger
Nous sommes trop fatigués
Je regarde la nuit tomber
Mon âne Mon âne
Sans qu'on s'en doute, elle est arrivée
Car la nuit a le pied léger
C'est l'heure où la fille va passer
Mon âne Mon âne
J'entends son souffle, mais non son pied
Car l'amour a le pied léger
C'est l'autre qui va l'emmener
Nous ne la verrons plus passer
Mais restons là, tous deux fatigués
Mon âne Mon âne
Dans un moment, tous deux délivrés,
Car la mort a le pied léger.

*C'est un peu avant sa mort, en 1954, que Colette a écrit
cette chanson.*

Ray Ventura
[1908-1979]

Une âme de collégien, un cœur de chef, un costume de producteur de film et un découvreur de talents... dont son neveu Sacha Distel, qu'il engagea pour enregistrer ses premiers disques.

Tout va très bien, Madame la Marquise

Paroles de Paul Misraki, Charles Pasquier, Henri Allum
Musique de Paul Misraki

Allô, allô James ?
Quelles nouvelles ?
Absente depuis quinze jours,
Au bout du fil
Je vous appelle ;
Que trouverai-je à mon retour ?

Refrain
Tout va très bien, Madame la Marquise,
Tout va très bien, tout va très bien.
Pourtant, il faut, il faut que l'on vous dise,
On déplore un tout petit rien :
Un incident, une bêtise,
La mort de votre jument grise.
Mais, à part ça, Madame la Marquise
Tout va très bien, tout va très bien.

Allô, allô, James !
Quelle nouvelle ?
Ma jument gris' morte aujourd'hui !
Expliquez-moi
Valet fidèle,
Comment cela s'est-il produit ?

Refrain
Cela n'est rien, Madame la Marquise,
Cela n'est rien, tout va très bien.
Pourtant il faut, il faut que l'on vous dise

On déplore un tout petit rien :
Elle a péri
Dans l'incendie
Qui détruisit vos écuries.
Mais, à part ça, Madame la Marquise,
Tout va très bien, tout va très bien.

Allô, allô, James !
Quelle nouvelle ?
Mes écuries ont donc brûlé ?
Expliquez-moi,
Valet modèle,
Comment cela s'est-il passé ?

Refrain
Cela n'est rien, Madame la Marquise,
Cela n'est rien, tout va très bien.
Pourtant, il faut, il faut que l'on vous dise,
On déplore un tout petit rien :
Si l'écurie brûla, Madame,
C'est qu' le château était en flammes.
Mais, à part ça, Madame la Marquise,
Tout va très bien, tout va très bien.

Allô, allô, James !
Quelle nouvelle ?
Notre château est donc détruit !
Expliquez-moi
Car je chancelle
Comment cela s'est-il produit ?

Refrain
Eh bien ! Voilà, Madame la Marquise,
Apprenant qu'il était ruiné,
À pein' fut-il rev'nu de sa surprise
Que M'sieur l'Marquis s'est suicidé,
Et c'est en ramassant la pell'
Qu'il renversa tout's les chandell's,
Mettant le feu à tout l'château
Qui s'consuma de bas en haut ;
Le vent soufflant sur l'incendie
Se propagea sur l'écurie,
Et c'est ainsi qu'en un moment

On vit périr votre jument !
Mais, à part ça, Madame la Marquise,
Tout va très bien, tout va très bien.

*Un classique, qui marque l'avènement de l'orchestre dans
les variétés.*
*Les grèves de 1936 contribuent pour une grande part au
succès de cette chanson, que les ouvriers chantent en
occupant pour la première fois les usines lors de leurs reven-
dications.*

Qu'est-ce qu'on attend
pour être heureux ?

Paroles d'André Hornez
Musique de Paul Misraki

Refrain
Qu'est-c' qu'on attend pour être heureux ?
Qu'est-c' qu'on attend pour fair' la fête ?
Y a des violettes
Tant qu'on en veut
Y a des raisins, des roug's, des blancs, des bleus,
Les papillons
S'en vont par deux
Et le mill' patt's met ses chaussettes,
Les alouettes
S'font des aveux,
Qu'est-c' qu'on attend
Qu'est-c' qu'on attend
Qu'est-c' qu'on attend pour être heureux ?

Quand le bonheur passe près de vous,
Il faut savoir en profiter.
Quand pour soi, on a tous les atouts,
On n'a pas le droit d'hésiter.
Cueillons tout's les roses du chemin,
Pourquoi tout remettr' à demain
Qu'est-c' qu'on attend pour être heureux ?

Refrain
Qu'est-c' qu'on attend pour être heureux ?
Qu'est-c' qu'on attend pour fair' la fête ?
Les maisonnettes
Ouvrent les yeux,
Et la radio chant' un p'tit air radieux,
Le ciel a mis son complet bleu
Et le rosier met sa rosette
C'est notre fête
Puisqu'on est deux.
Qu'est-c' qu'on attend ?
Oh dis !
Qu'est-c' qu'on attend ?
Oh voui !
Qu'est-c' qu'on attend pour être heureux ?

Refrain
Qu'est-c' qu'on attend pour être heureux ?
Qu'est-c' qu'on attend pour perdr' la tête ?
La route est prête
Le ciel est bleu
Y'a des chansons dans le piano à queue...
Il y a d'l'espoir
Dans tous les yeux
Y'a des sourir's dans chaqu' fossette
L'amour nous guette
C'est merveilleux
Qu'est-c' qu'on attend
Qu'est-c' qu'on attend
Qu'est-c' qu'on attend pour être heureux ?

Lys Gauty
[1908-1993]

On écoutait sa voix mais on ne voyait que ses yeux et son foulard. Elle a chanté des airs d'opéra, de Kurt Weil, de Prévert, de Richepin, de Django Reinhardt, de Jaubert, de Mireille et de Bixio avec la même aisance et la même ferveur.

Le bistro du port

Paroles d'A. Saudemont et G. Groener
Musique de Pierre Candel

1
Dans le bistro du port
On y parle d'amour,
De pêche et de partance
D'espoirs et de retours ;
Et l'on y fait bombance.
« Bois un coup mat'lot, encore une lampée ;
Profite de ton temps et tire ta bordée ! »

Refrain
Mais la servante est rousse
Son jupon se retrousse
Et son mollet est rond,
Et ses yeux sont fripons.
Aimant la bagatelle,
Chacun y vient pour elle,
Pour chiper un baiser
Sur sa nuque frisée
Au désir qu'elle émousse ;
Car la servante est rousse
Dans le bistro du port.

2
Dans le bistro du port,
Il est entré un jour...
Pour une heure en escale

Au froid, les membres gourds
Se réchauff'nt dans la salle
« Bois un coup mat'lot, encore une lampée ;
Profite de ton temps et tire ta bordée ! »

Refrain
Mais la servante est rousse
Son jupon se retrousse
Et son mollet est rond
Et ses yeux sont fripons
Son œil en roucoulade
Est une régalade...
Ah ! s'il pouvait l'avoir
Rien qu'à lui pour ce soir.
Et son désir s'émousse
Car la servante est rousse
Dans le bistro du port.

3
Dans le bistro du port
Parmi tous les copains
Il parle du voyage
Qu'il va faire demain ;
Et c'est un beau mirage !
« Bois un coup mat'lot encore une lampée ;
Profite de ton temps et tire ta bordée ! »

Refrain
Mais la servante est rousse
Son jupon se retrousse
Et son mollet est rond
Et ses yeux sont fripons
Ell' sait dire : « Je t'aime »
Et demain, au jour blême
Tous, tirant à bâbord
Toutes voiles dehors
Il restera quand même
Parc' qu'ell' sut dire : « Je t'aime »
Dans le bistro du port.

Le chaland qui passe...

Paroles françaises d'André de Badet
Musique de C.A. Bixio

La nuit s'est faite, la berge
S'estompe et s'endort,
Seule, au passage une auberge
Cligne ses yeux d'or ;
Le chaland glisse et j'emporte,
D'un geste vainqueur,
Ton jeune corps qui m'apporte
L'inconnu moqueur
De son cœur...

Refrain
Ne pensons à rien, le courant
Fait de nous, toujours des errants ;
Sur mon chaland, sautant d'un quai,
L'amour peut-être s'est embarqué...
Aimons-nous ce soir sans songer
À ce que demain peut changer ;
Au fil de l'eau point de serments,
Ce n'est que sur terre qu'on ment !

Pourquoi chercher à connaître
Quel fut ton passé ?
Je n'ouvre point de fenêtres
Sur les cœurs blessés.
Garde pour toi ton histoire,
Véridique ou non
Je n'ai pas besoin d'y croire,
Le meilleur chaînon
C'est ton nom !...

Coda
Au fil de l'eau point de serments
Ce n'est que sur terre qu'on ment !

Rina Ketty
[1911-1997]

Tout juste arrivée d'Italie, elle débute à Montmartre au « Lapin à Gill » avec des chansons de Théodore Botrel ! Mais sa voix l'entraîne bien vite vers un répertoire ensoleillé. La guerre ne lui permettra pas de faire une plus longue carrière.

Sombreros et mantilles

Paroles de Chanty
Musique de Jean Vaissade

J'ai vu toute l'Andalousie
Berceau de poésie
Et d'amour.
J'ai vu à Séville, à Grenade,
Donner la sérénade
Sous les tours.
J'ai quitté le pays de la guitare,
Mais son doux souvenir, en mon âme s'égare ;
Dans un songe, souvent, tandis que mon cœur bat,
Il me semble entendre tout bas,
Une chanson qui vient de là-bas.

Refrain
Je revois les grands sombreros
Et les mantilles.
J'entends les airs de fandangos
Et séguedilles,
Que chantent les senoritas
Si brunes,
Quand luit, sur la plaza,
La lune.
Je revois, dans un boléro,
Sous les charmilles,
Des « Carmen » et des « Figaro »
Dont les yeux brillent,
Je sens revivre dans mon cœur
En dépit des montagnes,

Un souvenir charmeur,
Ardent comme une fleur d'Espagne.

La nuit se meurt avec mon rêve ;
La vision trop brève
Déjà fuit.
Ô jour, verse dans ton aurore
Le refrain que j'adore
Et chéris.
Malgré tout le chemin qui me sépare
Du pays andalou et des tendres guitares,
Je veux vibrer encore au rythme flamenco
Qui m'évoque, dans son écho,
L'amour, sous un ciel toujours plus beau.

[Au refrain]

*L'accordéoniste et compositeur Jean Vaissade découvre
Rina Ketty, l'épouse et écrit pour elle son plus grand succès.*

J'attendrai

Paroles de Louis Poterat
Musique de Dino Olivieri

J'attendrai
Le jour et la nuit, j'attendrai toujours
Ton retour
J'attendrai
Car l'oiseau qui s'enfuit vient chercher l'oubli
Dans son nid
Le temps passe et court
En battant tristement
Dans mon cœur si lourd
Et pourtant, j'attendrai
Ton retour
J'attendrai
Le jour et la nuit, j'attendrai toujours

Ton retour
J'attendrai
Car l'oiseau qui s'enfuit vient chercher l'oubli
Dans son nid
Le temps passe et court
En battant tristement
Dans mon cœur si lourd
Et pourtant, j'attendrai
Ton retour
Le vent m'apporte
Des bruits lointains
Que dans ma porte
J'écoute en vain
Hélas, plus rien
Plus rien ne vient
J'attendrai
Le jour et la nuit, j'attendrai toujours
Ton retour
J'attendrai
Car l'oiseau qui s'enfuit vient chercher l'oubli
Dans son nid
Le temps passe et court
En battant tristement
Dans mon cœur si lourd
Et pourtant, j'attendrai
Ton retour
Et pourtant, j'attendrai
Ton retour
Le temps passe et court
En battant tristement
Dans mon cœur si lourd
Et pourtant, j'attendrai
Ton retour

Charles Trenet
[1913-2001]

Son génie créateur est inégalé. Longtemps, longtemps après qu'il les aura quittées, ses chansons vivront dans le cœur de toutes les générations.

Charles Trenet n'a jamais couru après un refrain. Ils sont venus à lui. C'est comme le coup de foudre. Il n'y a pas d'explication.

Je chante

Paroles de Charles Trenet
Musique de Charles Trenet et Paul Misraki

Je chante !
Je chante soir et matin,
Je chante sur mon chemin,
Je chante, je vais de ferme en château

Je chante pour du pain je chante pour de l'eau
Je couche
Sur l'herbe tendre des bois
Les mouches
Ne me piqu'nt pas
Je suis heureux, j'ai tout et j'ai rien
Je chante sur mon chemin
Je suis heureux et libre enfin.

Les nymphes
Divinités de la nuit,
Les nymphes
Couchent dans mon lit.
La lune se faufile à pas de loup
Dans le bois, pour danser, pour danser avec nous.
Je sonne
Chez la comtesse à midi :
Personne,
Elle est partie,
Ell' n'a laissé qu'un peu d'riz pour moi
Me dit un laquais chinois.

Je chante,
Mais la faim qui m'affaiblit
Tourmente
Mon appétit.
Je tombe soudain au creux d'un sentier,
Je défaille en chantant et je meurs à moitié.
« Gendarmes,
Qui passez sur le chemin,
Gendarmes,
Je tends la main.
Pitié, j'ai faim, je voudrais manger,
Je suis léger... léger... »

Au poste,
D'autres moustaches m'ont dit,
Au poste,
« Ah ! mon ami,
C'est vous le chanteur vagabond ?
On va vous enfermer... oui, votre compte est bon. »
Ficelle,
Tu m'as sauvé de la vie,

Ficelle,
Sois donc bénie.

Y'a d'la joie

Paroles de Charles Trenet
Musique de Charles Trenet et Michel Emer.

Y'a d'la joie, bonjour bonjour les hirondelles
Y'a d'la joie, dans le ciel par-dessus le toit
Y'a d'la joie et du soleil dans les ruelles
Y'a d'la joie, partout y'a d'la joie.

Tout le jour, mon cœur bat, chavire et chancelle
C'est l'amour qui vient avec je ne sais quoi
C'est l'amour, bonjour bonjour les demoiselles
Y'a d'la joie, partout y'a d'la joie.

Le gris boulanger bat la pâte à pleins bras
Il fait du bon pain, du pain si fin que j'ai faim.
On voit le facteur qui s'envole là-bas
Comme un ange bleu portant ses lettres au Bon
Miracle sans nom, à la station Javel   [Dieu.
On voit le métro qui sort de son tunnel
Grisé de ciel bleu, de chansons et de fleurs
Il court vers le bois, il court à toute vapeur !

Y'a d'la joie, la tour Eiffel part en balade
Comme un' folle ell' saute La Seine à pieds joints
Puis elle dit : « Tant pis pour moi si j'suis malade !
J'm'ennuyais toute seule dans mon coin ! »

Y'a d'la joie, le percepteur met sa jaquette,
Plie boutique et dit d'un air très doux, très doux :
« Bien l'bonjour, pour aujourd'hui finie la quête.
Gardez tout ! Messieurs, gardez tout ! »

Mais soudain voilà, je m'éveille dans mon lit
Donc, j'avais rêvé, oui car le ciel est gris
Il faut se lever, se laver, se vêtir

Et ne plus chanter si l'on n'a plus rien à dire.
Mais je crois pourtant que ce rêve a du bon
Car il m'a permis de faire une chanson
Chanson de printemps, chansonnette d'amour
Chanson de vingt ans, chanson de toujours.

Y'a d'la joie, bonjour bonjour les hirondelles
Y'a d'la joie, dans le ciel par-dessus le toit
Y'a d'la joie et du soleil dans les ruelles
Y'a d'la joie, partout y'a d'la joie.

Tout le jour, mon cœur bat, chavire et chancelle,
C'est l'amour qui vient avec je ne sais quoi
C'est l'amour, bonjour, bonjour les demoiselles
Y'a d'la joie, partout y'a d'la joie.

Pour lancer définitivement Trenet, l'éditeur Raoul Breton le présente à Chevalier, qui trouve ses chansons un peu folles. Il accepte néanmoins d'enregistrer Y'a d'la joie sous réserve que quelques paroles soient modifiées. Il restera quand même ces deux vers : « À la station Javel/On voit le métro qui sort de son tunnel... », alors qu'en réalité, c'est à la station... Passy !

Que reste-t-il de nos amours

Paroles et Musique de Charles Trenet

1

Ce soir le vent qui frappe à ma porte
Me parle des amours mortes
Devant le feu qui s'éteint
Ce soir c'est une chanson d'automne
Dans la maison qui frissonne
Et je pense aux jours lointains

Refrain
Que reste-t-il de nos amours
Que reste-t-il de ces beaux jours

Une photo vieille photo de ma jeunesse
Que reste-t-il des billets doux
Des mois d'avril des rendez-vous
Un souvenir qui me poursuit sans cesse
Bonheur fané cheveux au vent
Baisers volés
Rêves mouvants
Que reste-t-il de tout cela
Dites-le-moi
Un petit village
Un vieux clocher
Un paysage
Si bien caché
Et dans un nuage
Le cher visage
De mon passé

2

Les mots les mots tendres qu'on murmure
Les caresses les plus pures
Les serments au fond des bois
Les fleurs qu'on retrouve dans un livre
Dont le parfum vous enivre
Se sont envolés pourquoi ?

[Au refrain]

Douce France

Paroles et Musique de Charles Trenet

1

Il revient à ma mémoire
Des souvenirs familiers
Je revois ma blouse noire
Lorsque j'étais écolier
Sur le chemin de l'école
Je chantais à pleine voix

Des romances sans paroles
Vieilles chansons d'autrefois

Refrain
Douce France
Cher pays de mon enfance
Bercée de tendre insouciance
Je t'ai gardée dans mon cœur !
Mon village au clocher aux maisons sages
Où les enfants de mon âge
Ont partagé mon bonheur
Oui je t'aime
Et je te donn' ce poème
Oui je t'aime
Dans la joie ou la douleur
Douce France
Cher pays de mon enfance
Bercée de tendre insouciance
Je t'ai gardée dans mon cœur

2
J'ai connu des paysages
Et des soleils merveilleux
Au cours de lointains voyages
Tout là-bas sous d'autres cieux
Mais combien je leur préfère
Mon ciel bleu mon horizon
Ma grande route et ma rivière
Ma prairie et ma maison.

[Au refrain]

La mer

Paroles de Charles Trenet
Musique de Charles Trenet et Albert Lasry

La mer
Qu'on voit danser le long des golfes clairs
A des reflets d'argent

La mer
Des reflets changeants
Sous la pluie

La mer
Au ciel d'été confond
Ses blancs moutons
Avec les anges si purs,
La mer bergère d'azur
Infinie

Voyez
Près des étangs
Ces grands roseaux mouillés
Voyez
Ces oiseaux blancs
Et ces maisons rouillées

La mer
Les a bercés
Le long des golfes clairs
Et d'une chanson d'amour
La mer
A bercé mon cœur pour la vie.

© Raoul Breton, 1945.

La folle complainte

Paroles et Musique de Charles Trenet

Les jours de repassage
Dans la maison qui dort
La bonne n'est pas sage
Mais on la garde encore
On l'a trouvée hier soir
Derrière la porte de bois
Avec une passoire
Se donnant de la joie
La barbe de grand-père
A tout remis en ordre

Mais la bonne en colère
A bien failli le mordre
Il pleut sur les ardoises
Il pleut sur la basse-cour
Il pleut sur les framboises
Il pleut sur mon amour

Je me cache sous la table
Le chat me griffe un peu
Ce tigre est indomptable
Et joue avec le feu
Les pantoufles de grand-mère
Sont mortes avant la nuit
Dormons dans ma chaumière
Dormez dormons sans bruit
Berceau berçant des violes
Un ange s'est caché
Dans le placard aux fioles
Où l'on me tient couché
Remède pour le rhume
Remède pour le cœur
Remède pour la brune
Remède pour le malheur

La revanche des orages
A fait de la maison
Un tendre paysage
Pour les petits garçons
Qui brûlent d'impatience
Deux jours avant Noël
Et sans aucune méfiance
Acceptent tout pêle-mêle
La vie, la mort, les squares
Et les trains électriques
Les larmes dans les gares
Guignol et les coups d' trique
Les becs d'acétylène
Aux enfants assistés
Et le sourire d'Hélène
Par un beau soir d'été

Donnez-moi quatre planches
Pour me faire un cercueil

Il est tombé de la branche
Le gentil écureuil
J' n'ai pas aimé ma mère
J' n'ai pas aimé mon sort
J' n'ai pas aimé la guerre
J' n'ai pas aimé la mort
Je n'ai jamais su dire
Pourquoi j'étais distrait
Je n'ai pas su sourire
À tel ou tel attrait
J'étais seul sur les routes
Sans dire ni oui ni non
Mon âme s'est dissoute
Poussière était mon nom

L'âme des poètes

(Longtemps, longtemps, longtemps)

Paroles et Musique de Charles Trenet

Longtemps, longtemps, longtemps
Après que les poètes ont disparu
Leurs chansons courent encore dans les rues
La foule les chante un peu distraite
En ignorant le nom de l'auteur
Sans savoir pour qui battait leur cœur
Parfois on change un mot, une phrase,
Et quand on est à court d'idées
On fait la la la la la la
La la la la la la

Longtemps, longtemps, longtemps
Après que les poètes ont disparu
Leurs chansons courent encore dans les rues
Un jour, peut-être, bien après moi
Un jour on chantera
Cet air pour bercer un chagrin
Ou quelqu'heureux destin
Fera-t-il vivre un vieux mendiant

Ou dormir un enfant
Tournera-t-il au bord de l'eau
Au printemps sur un phono

Longtemps, longtemps, longtemps
Après que les poètes ont disparu
Leur âme légère et leurs chansons
Qui rendent gais, qui rendent tristes
Filles et garçons,
Bourgeois, artistes
Ou vagabonds.

Le jardin extraordinaire

Paroles et Musique de Charles Trenet

Refrain
C'est un jardin extraordinaire
Il y a des canards qui parlent anglais
Je leur donne du pain ils remuent leur derrière
En m'disant : « Thank you very much monsieur
On y voit aussi des statues   [Trenet »
Qui se tiennent tranquilles tout le jour dit-on
Mais moi je sais que dès la nuit venue
Elles s'en vont danser sur le gazon
Papa, c'est un jardin extraordinaire
Il y a des oiseaux qui tiennent un buffet
Ils vendent du grain des petits morceaux de gruyère
Comme clients ils ont Monsieur le Maire et l'Sous-
                                        [Préfet.

Couplet
Il fallait bien trouver dans cette grande ville maussade
Où les touristes s'ennuient au fond de leurs
                                        [autocars
Il fallait bien trouver un lieu pour la promenade

149

J'avoue que ce samedi-là je suis entré par hasard
Dans dans dans

Refrain
Un jardin extraordinaire
Loin des noirs buildings des passages cloutés
Y avait un bal qu'donnaient des primevères
Dans un coin d'verdure deux petites grenouilles
Une chanson pour saluer la lune   [chantaient
Dès qu' cell'-ci parut toute rose d'émotion
Elles entonnèrent je crois la valse brune
Une vieille chouette me dit : « Quelle distinction ! »
Maman dans ce jardin extraordinaire
Je vis soudain passer la plus belle des filles
Elle vint près de moi et là me dit sans manières
Vous me plaisez beaucoup j'aime les hommes dont
                              [les yeux brillent

Couplet
Il fallait bien trouver dans cette grande ville perverse
Une gentille amourette un petit flirt de vingt ans
Qui me fasse oublier que l'amour est un commerce
Dans les bars de la cité :
Oui mais oui mais pas dans...
Dans dans dans

Refrain
Mon jardin extraordinaire
Un ange du Bizarre un agent nous dit
Étendez-vous sur la verte bruyère
Je vous jouerai du luth pendant que vous serez réunis
Cet agent était un grand poète
Mais nous préférions Artémise et moi
La douceur d'une couchette secrète
Qu'elle me fit découvrir au fond du bois
Pour ceux qui veulent savoir où ce jardin se trouve
Il est vous le voyez au cœur de ma chanson
J'y vol' parfois quand un chagrin m'éprouve
Il suffit pour ça d'un peu d'imagination
Il suffit pour ça d'un peu d'imagination
Il suffit pour ça d'un peu d'imagination !

Luis Mariano
[1914-1970]

Il a donné à la chanson espagnole une sœur jumelle, de nationalité française. Il fut un prince de l'opérette. Les extraits de ses spectacles sont devenus de grands refrains populaires.

La belle de Cadix

Paroles de Maurice Vandair
Musique de Francis Lopez

La belle de Cadix a des yeux de velours
La belle de Cadix vous invite à l'amour.
Les caballeros sont là
Si, dans la posada
On apprend qu'elle danse !
Et pour ses jolis yeux noirs
Les hidalgos le soir
Viennent tenter la chance !
Mais malgré son sourire et son air engageant
La belle de Cadix ne veut pas d'un amant
Chica ! Chica ! Chic ! Ay ! Ay ! Ay ! *(ter)*
Ne veut pas d'un amant !

La belle de Cadix a des yeux langoureux
La belle de Cadix a beaucoup d'amoureux
Juanito de Cristobal
Tuerait bien son rival
Un soir au clair de lune !
Et Pedro le matador
Pour l'aimer plus encor
Donnerait sa fortune !
Mais malgré son sourire et son air engageant
La belle de Cadix n'a jamais eu d'amant !
Chica ! Chica ! Chic ! Ay ! Ay ! Ay ! *(ter)*
N'a jamais eu d'amant !

La belle de Cadix est partie un beau jour
La belle de Cadix est partie sans retour !

151

Elle a dansé une nuit
Dans le monde et le bruit
Toutes les seguidillas !
Et puis dans le clair matin
Elle a pris le chemin
Qui mène à Santa-Filla !
La belle de Cadix n'a jamais eu d'amant !
La belle de Cadix est entrée au couvent !
Chica ! Chica ! Chic ! Ay ! Ay ! Ay ! *(ter)*
Est entrée au couvent !
Ah !

Rossignol de mes amours

Paroles de Raymond Vincy
Musique de Francis Lopez

Il était une fois,
Une fille de Roi
Au cœur plein de tristesse,
Enfermée, nuit et jour,
Au sommet d'une tour.
Elle pleurait toujours...
Un jour, prenant son vol,
Un gentil rossignol
Vint dire à la princesse :
Je t'apporte l'espoir !
Et c'est pour le revoir
Qu'elle chantait le soir...

Refrain
Rossignol,
Rossignol de mes amours,
Dès que minuit sonnera,
Quand la lune brillera
Viens chanter sous ma fenêtre...
Rossignol,
Rossignol de mes amours,
Quand ton chant s'élèvera

Mon chagrin s'envolera...
Et l'amour viendra peut-être
Ce soir, sous ma fenêtre...
Reviens, gentil Rossignol.

Le Rossignol revint,
Se posa sur la main
De la belle princesse ;
Elle le caressa,
Puis elle l'embrassa
Et il se transforma
En un prince charmant
Qui devint le galant
De sa jolie maîtresse...
Et c'est pourquoi depuis,
Les filles du pays
Chantent, toutes les nuits :

Refrain
Rossignol,
Rossignol de mes amours,
Dès que minuit sonnera,
Quand la lune brillera,
Viens chanter sous ma fenêtre...
Rossignol,
Rossignol de mes amours,
Quand ton chant s'élèvera
Mon chagrin s'envolera...
Et l'amour viendra peut-être
Ce soir, sous ma fenêtre...
Reviens, gentil Rossignol.
Rossignol, Rossignol.

Lina Margy
[1914-1973]

C'est une figure bien de chez nous. Avec seulement deux grands succès, elle a fait le tour du monde. Sur scène et au disque c'était Mimi Pinson qui chantait.

Ah ! le petit vin blanc

Paroles de Jean Dréjac
Musique de Ch. Borel-Clerc

Voici le printemps,
La douceur du temps
Nous fait des avances.
Partez, mes enfants,
Vous avez vingt ans,
Partez en vacances.

Vous verrez agiles,
Sur l'onde tranquille,
Les barques dociles
Au bras des amants,
De fraîches guinguettes,
Des filles bien faites,
Les frites sont prêtes
Et y'a du vin blanc...

Refrain
Ah ! le petit vin blanc
Qu'on boit sous les tonnelles,
Quand les filles sont belles
Du côté de Nogent !
Et puis, de temps en temps,
Un air de vieille romance
Semble donner la cadence,
Pour fauter, pour fauter,
Dans les bois, dans les prés
Du côté, du côté de Nogent.

Suivons le conseil...
Monsieur le Soleil
Connaît son affaire.
Cueillons, en chemin,
Ce minois mutin,
Cette robe claire.

Venez, belle fille,
Soyez bien gentille,
Là, sous la charmille,
L'amour nous attend,
Les tables sont prêtes,
L'aubergiste honnête,
Y'a des chansonnettes
Et y'a du vin blanc...

[Au refrain]

À ces jeux charmants,
La taille souvent
Prend de l'avantage,
Ça n'est pas méchant,
Ça finit tout l'temps
Par un mariage.
Le gros de l'affaire,
C'est lorsque la mère
Demande, sévère,
À la jeune enfant :
– Ma fille, raconte
Comment, triste honte,
As-tu fait ton compte ?
Réponds, je t'attends...

[Au refrain]

Coda
Car c'est toujours pareil,
Tant qu'y aura du soleil
On verra les amants au printemps
S'en aller pour fauter

Dans les bois, dans les prés,
Du côté, du côté de Nogent.

Voulez-vous danser grand-mère

Paroles de Jean Lenoir
Musique de J.R. Baltel, Alex Padou

1

Ô quelle cérémonie
Pour grand-père et grand-maman
La famille est réunie
Pour leurs noces de diamant
Le champagne qui pétille
Fait pétiller tous les yeux
Quand une petite fille
Dit en riant aux deux bons vieux :

Refrain

Voulez-vous danser grand-mère
Voulez-vous danser grand-père
Tout comme au bon vieux temps
Quand vous aviez vingt ans
Sur un air qui vous rappelle
Combien la vie était belle
Pour votre anniversaire
Voulez-vous danser grand-mère

2

Comme la joie est immense
On fait jouer au phono
Le disque d'une romance
Aux accents doux et vieillots
Alors oubliant leurs rides
En souvenir du passé

Les deux aïeux se décident
Et s'enlacent pour danser.

[Au refrain]

Félix Leclerc
[1914-1988]

C'est dans un taxi, à Montréal, que Jacques Canetti a, pour la première fois, entendu parler de Félix. Il s'imposa rapidement en France et depuis, la liste des Québécois qui l'ont suivi est très longue.

Moi, mes souliers

Paroles et Musique de Félix Leclerc

Moi, mes souliers ont beaucoup voyagé
Ils m'ont porté de l'école à la guerre
J'ai traversé sur mes souliers ferrés
Le monde et sa misère.

Moi, mes souliers ont passé dans les prés
Moi, mes souliers ont piétiné la lune
Puis mes souliers ont couché chez les fées
Et fait danser plus d'une.

Sur mes souliers, y a de l'eau des rochers,
D'la boue des champs et des pleurs de femmes
J'peux dire qu'ils ont respecté le curé
L' pays, l' Bon Dieu et l'âme.

S'ils ont marché pour trouver le débouché
S'ils ont traîné de village en village,
Suis pas rendu plus loin qu'à mon lever
Mais devenu plus sage.

Tous les souliers qui bougent dans les cités,
Souliers de gueux et souliers de reines,
Un jour cesseront d'user les planchers,
Peut-être cette semaine.

Non, mes souliers n'ont pas foulé Athènes,
Moi, mes souliers ont préféré les plaines.

Quand mes souliers iront dans les musées
Ce s'ra pour s'y accrocher.

Au paradis, paraît-il, mes amis,
C'est pas la place pour les souliers vernis.
Dépêchez-vous de salir vos souliers
Si vous voulez être pardonnés *(bis)*.

Le petit bonheur

Paroles et Musique de Félix Leclerc

C'est un petit bonheur
Que j'avais ramassé
Il était tout en pleurs
Sur le bord d'un fossé
Quand il m'a vu passer
Il s'est mis à crier :
Monsieur ramassez-moi
Chez vous emmenez-moi
Mes frères m'ont oublié, je suis tombé je suis malade,
Si vous n'me cueillez point, je vais mourir, quelle
                                        [ballade !
Je me ferai petit tendre et soumis, je vous le jure
Monsieur je vous en prie, délivrez-moi de ma torture.

J'ai pris le p'tit bonheur
L'ai mis sous mes haillons
J'ai dit : faut pas qu'il meure.
Viens-t'en dans ma maison
Alors le p'tit bonheur
A fait sa guérison
Sur le bord de mon cœur
Y avait une chanson.
Mes jours, mes nuits, mes peines, mes deuils, mon
                                        [mal, tout fut oublié :
Ma vie de désœuvré, j'avais dégoût d'la recommencer
Quand il pleuvait dehors ou qu'mes amis m'faisaient
                                        [des peines,

159

J'prenais mon p'tit bonheur, et j'lui disais : c'est toi ma
[reine.

Mon bonheur a fleuri,
Il a fait des bourgeons
C'était le paradis
Ça s'voyait sur mon front
Or un matin joli
Quand j'sifflais ce refrain,
Mon bonheur est parti
Sans me donner la main.
J'eus beau le supplier, le cajoler, lui faire des scènes.
Lui montrer le grand trou qu'il me faisait au fond du
[cœur,
Il s'en allait toujours, la tête haute, sans joie, sans
[haine,
Comme s'il ne voulait plus voir le soleil dans ma
[demeure.

J'ai bien pensé mourir
De chagrin et d'ennui,
J'avais cessé de rire
C'était toujours la nuit.
Il me restait l'oubli,
Il me restait l'mépris,
Enfin que j'me suis dit :
Il me reste la vie.
J'ai repris mon bâton, mes deuils, mes peines et mes
[guenilles,
Et je bats la semelle dans des pays de malheureux.
Aujourd'hui quand je vois une fontaine ou une fille,
Je fais un grand détour ou bien je me ferme les yeux. *(bis)*

© Raoul Breton, 1950.

Édith Piaf
[1915-1963]

Un moineau qui devint un aigle. Un physique d'apparence fragile et une voix prodigieuse. Un destin tragique et miraculeux. Elle a chanté la rue, les filles, le désespoir, l'amour avec un grand A, et aussi... la vie en rose...

Hymne à l'amour

Paroles d'Édith Piaf
Musique de Marguerite Monnot

Le ciel bleu sur nous peut s'écrouler
Et la terre peut bien s'effondrer
Peu m'importe si tu m'aimes
Je me moque du monde entier

Tant qu'l'amour inond'ra mes matins
Que mon corps frémira sous tes mains
Peu m'importe les grands problèmes
Mon amour puisque tu m'aimes

J'irais jusqu'au bout du monde
Je me ferais teindre en blonde

Si tu me le demandais
J'irais décrocher la lune
J'irais voler la fortune
Si tu me le demandais
J'irais loin de ma patrie
Je renierais mes amis
Si tu me le demandais
On peut bien rire de moi
Je f'rais n'importe quoi
Si tu me le demandais

Si un jour la vie t'arrache à moi
Si tu meurs, que tu sois loin de moi
Peu m'importe si tu m'aimes
Car moi je mourrai aussi
Nous aurons pour nous l'éternité
Dans le bleu de l'immensité
Dans le ciel plus de problèmes
Dieu réunit ceux qui s'aiment

Padam... padam...

Paroles de H. Contet
Musique de N. Glanzberg

Cet air qui m'obsède jour et nuit
Cet air n'est pas né d'aujourd'hui
Il vient d'aussi loin que je viens
Traîné par cent mille musiciens
Un jour cet air me rendra folle
Cent fois j'ai voulu dire pourquoi
Mais il m'a coupé la parole
Il parle toujours avant moi
Et sa voix couvre ma voix

Padam... padam... padam...
Il arrive en courant derrière moi...
Padam... padam... padam...
Il me fait le coup du souviens-toi

Padam... padam... padam...
C'est un air qui me montre du doigt
Et je traîne après moi comme une drôle d'erreur
Cet air qui sait tout par cœur

Il dit : « Rappelle-toi tes amours
Rappelle-toi puisque c'est ton tour
Y'a pas d'raison pour qu'tu n'pleures pas
Avec tes souvenirs sur les bras... »
Et moi je revois ceux qui restent
Mes vingt ans font battre tambour
Je vois s'entrebattre des gestes
Toute la comédie des amours
Sur cet air qui va toujours

Padam... padam... padam...
Des « je t'aime » de quatorze-juillet
Padam... padam... padam...
Des « toujours » qu'on achète au rabais
Padam... padam... padam...
Des « veux-tu » en voilà par paquets
Et tout ça pour tomber juste au coin d'la rue
Sur l'air qui m'a reconnue

...
Écoutez le chahut qu'il me fait
...
Comme si tout mon passé défilait
...
Faut garder du chagrin pour après
J'en ai tout un solfège sur cet air qui bat...
Qui bat comme un cœur de bois...

L'accordéoniste

Paroles et Musique de Michel Emer

La fille de joie est belle
Au coin d' la rue là-bas
Elle a une clientèle

Qui lui remplit son bas
Quand son boulot s'achève
Elle s'en va à son tour
Chercher un peu de rêve
Dans un bal du faubourg
Son homme est un artiste
C'est un drôle de p'tit gars
Un accordéoniste
Qui sait jouer la java

Elle écoute la java
Mais elle ne la danse pas
Elle ne regarde même pas la piste
Et ses yeux amoureux
Suivent le jeu nerveux
Et les doigts secs et longs de l'artiste
Ça lui rentre dans la peau
Par le bas, par le haut
Elle a envie d' chanter
C'est physique
Tout son être est tendu
Son souffle est suspendu
C'est une vraie tordue de la musique

La fille de joie est triste
Au coin d' la rue là-bas
Son accordéoniste
Il est parti soldat
Quand y r'viendra d' la guerre
Ils prendront une maison
Elle sera la caissière
Et lui, sera le patron
Que la vie sera belle
Ils seront de vrais pachas
Et tous les soirs pour elle
Il jouera la java

Elle écoute la java
Qu'elle fredonne tout bas
Elle revoit son accordéoniste
Et ses yeux amoureux
Suivent le jeu nerveux
Et les doigts secs et longs de l'artiste

Ça lui rentre dans la peau
Par le bas, par le haut
Elle a envie de pleurer
C'est physique
Tout son être est tendu
Son souffle est suspendu
C'est une vraie tordue de la musique

La fille de joie est seule
Au coin d' la rue là-bas
Les filles qui font la gueule
Les hommes n'en veulent pas
Et tant pis si elle crève
Son homme ne reviendra plus
Adieux tous les beaux rêves
Sa vie, elle est foutue
Pourtant ses jambes tristes
L'emmènent au boui-boui
Où y'a un autre artiste
Qui joue toute la nuit

Elle écoute la java...
... elle entend la java
... elle a fermé les yeux
... et les doigts secs et nerveux...
Ça lui rentre dans la peau
Par le bas, par le haut
Elle a envie de gueuler
C'est physique
Alors pour oublier
Elle s'est mise à danser, à tourner
Au son de la musique...

...
ARRÊTEZ !
Arrêtez la musique !...

La vie en rose

Paroles d'Édith Piaf
Musique de Louiguy

1

Des yeux qui font baisser les miens
Un rire qui se perd sur sa bouche
Voilà le portrait sans retouches
De l'homme auquel j'appartiens.

Refrain
Quand il me prend dans ses bras
Qu'il me parle tout bas
Je vois la vie en rose
Il me dit des mots d'amour
Des mots de tous les jours
Et ça me fait quelque chose
Il est entré dans mon cœur
Une part de bonheur
Dont je connais la cause
C'est lui pour moi, moi pour lui, dans la vie
Il me l'a dit, l'a juré, pour la vie
Et dès que je l'aperçois
Alors je sens en moi
Mon cœur qui bat.

2

Des nuits d'amour à plus finir
Un grand bonheur qui prend sa place
Les ennuis, les chagrins s'effacent
Heureux, heureux à en mourir.

Refrain
Quand il me prend dans ses bras
Qu'il me parle tout bas
Je vois la vie en rose
Il me dit des mots d'amour
Des mots de tous les jours
Et ça me fait quelque chose
Il est entré dans mon cœur
Une part de bonheur

Dont je connais la cause
C'est toi pour moi, moi pour toi, dans la vie
Tu me l'as dit, l'as juré, pour la vie
Et dès que je t'aperçois
Alors je sens en moi
Mon cœur qui bat.

Chanson internationale qui fut l'indicatif de la première grande émission de télévision, « La Joie de vivre ».
Bien que l'ayant composée en grande partie, ce n'est pas Édith Piaf qui a créé cette chanson.

Bravo pour le clown

Paroles de H. Contet
Musique de Louiguy

Un clown est mon ami
Un clown bien ridicule
Et dont le nom s'écrit
En gifles majuscules
Pas beau pour un empire
Plus triste qu'un chapeau
Il boit d'énormes rires
Et mange des bravos

Pour ton nez qui s'allume
Bravo ! Bravo !
Tes cheveux que l'on plume
Bravo ! Bravo !
Tu croques des assiettes
Assis sur un jet d'eau
Tu ronges des paillettes
Tordu dans un tonneau
Pour ton nez qui s'allume
Bravo ! Bravo !
Tes cheveux que l'on plume
Bravo ! Bravo !

La foule aux grandes mains
S'accroche à ses oreilles
Lui vole ses chagrins
Et vide ses bouteilles
Son cœur qui se dévisse
Ne peut les attrister
C'est là qu'ils applaudissent
La vie qu'il a ratée !

Pour ta femme infidèle
Bravo ! Bravo !
Et tu fais la vaisselle
Bravo ! Bravo !
Ta vie est un reproche
Qui claque dans ton dos
Ton fils te fait les poches
Et toi, tu fais l'idiot
Pour ta femme infidèle
Bravo ! Bravo !
Et tu fais la vaisselle
Bravo ! Bravo !

Le cirque est déserté
Le rire est inutile
Mon clown est enfermé
Dans un certain asile
Succès de camisole
Bravos de cabanon
Des mains devenues folles
Lui battent leur chanson

Je suis roi et je règne
Bravo ! Bravo !
J'ai des rires qui saignent
Bravo ! Bravo !
Venez, que l'on m'acclame
J'ai fait mon numéro
Tout en jetant ma femme
Du haut du chapiteau
Bravo ! Bravo ! Bravo ! BRAVO !

© S.E.M.I., 1953.

Non, je ne regrette rien

Paroles de Michel Vaucaire
Musique de Charles Dumont

Non !
Rien de rien...
Non !
Je ne regrette rien
Ni le bien
Qu'on m'a fait,
Ni le mal,
Tout ça m'est bien égal !
Non !
Rien de rien...
Non !
Je ne regrette rien...
C'est payé,
Balayé,
Oublié,
Je me fous du passé !

Avec mes souvenirs
J'ai allumé le feu,
Mes chagrins, mes plaisirs,
Je n'ai plus besoin d'eux !
Balayés les amours,
Et tous leurs trémolos,
Balayés pour toujours
Je repars à zéro...

Non !
Rien de rien...
Non !
Je ne regrette rien
Ni le bien
Qu'on m'a fait,
Ni le mal,
Tout ça m'est bien égal !
Non !
Rien de rien...
Non !
Je ne regrette rien...

Car ma vie,
Car mes joies,
Aujourd'hui,
Ça commence avec toi !

La foule

Paroles de M. Rivgauche
Musique d'A. Cabral

Je revois la ville en fête et en délire
Suffoquant sous le soleil et sous la joie
Et j'entends dans la musique, les cris, les rires
Qui éclatent et rebondissent autour de moi
Et perdue parmi ces gens qui me bousculent
Étourdie, désemparée, je reste là
Quand soudain, je me retourne, il se recule,
Et la foule vient me jeter entre ses bras...

Emportés par la foule qui nous traîne
Nous entraîne
Écrasés l'un contre l'autre
Nous ne formons qu'un seul corps
Et le flot sans effort
Nous pousse, enchaînés l'un et l'autre
Et nous laisse tous deux
Épanouis, enivrés et heureux.
Entraînés par la foule qui s'élance
Et qui danse
Une folle farandole
Nos deux mains restent soudées
Et parfois soulevés
Nos deux corps enlacés s'envolent
Et retombent tous deux
Épanouis, enivrés et heureux...

Et la joie éclaboussée par son sourire
Me transperce et rejaillit au fond de moi

Mais soudain je pousse un cri parmi les rires
Quand la foule vient l'arracher d'entre mes bras.

Emportée par la foule qui nous traîne
Nous entraîne
Nous éloigne l'un de l'autre
Je lutte et je me débats
Mais le son de ma voix
S'étouffe dans le rire des autres
Et je crie de douleur, de fureur et de rage
Et je pleure...
Entraînée par la foule qui s'élance
Et qui danse
Une folle farandole
Je suis emportée au loin
Et je crispe mes poings maudissant
La foule qui me vole
L'homme qu'elle m'avait donné
Et que je n'ai jamais retrouvé...

Johnny Hess
[1915-1983]

Après avoir débuté avec Trenet (duo « Charles et Johnny »), il créa, seul, le mot « zazou » en chantant Je suis swing. *Il contribua ainsi à lancer une mode sous l'Occupation et à la Libération.*

Je suis swing

Paroles d'André Hornez
Musique de Johnny Hess

La musique nègre et le jazz hot
Sont déjà de vieilles machines.
Maintenant pour être dans la note
Il faut du swing.
Le swing n'est pas une mélodie
Le swing n'est pas une maladie
Mais aussitôt qu'il vous a plu
Il vous prend et ne vous lâche plus.

Refrain
Je suis swing *(bis)*
Da dou da dou da dou da dou dé
Je suis swing oh je suis swing.
C'est fou *(bis)*
Ç'que ça peut griser.
Quand je chante un chant d'amour
J'le pimente d'un tas de petits trucs autour.
Je suis swing *(bis)*
Za zou za zou c'est gentil comme tout.

Afin de chanter à l'Opéra
J'allais voir le directeur
J'voulais chanter la Traviata
En ré majeur.
Il m'a d'abord interrogé :
Est-ce que vous êtes ténor léger

Basse chantante ou baryton ?
J'ai répondu : ah ! mais non.

Refrain
Je suis swing *(bis)*
Da dou da dou da dou da dou dé
Je suis swing oh je suis swing.
C'est fou *(bis)*
C'que ça peut m'griser.
Quand je chante un p'tit refrain
J'épouvante la concierge et les voisins.
Je suis swing *(bis)*
Da dou da dou je suis heureux comme tout.

J'ai pour maîtresse Béatrice
Je suis le père de son enfant,
Avec Simone j'ai eu deux fils
En un rien d'temps.
Le mois dernier avec Zouzou
J'ai eu quatre enfants d'un seul coup.
C'est pas que je le fasse exprès
Seulement qu'est-ce que vous voulez...

Refrain
Je suis swing *(bis)*
Da dou da dou da dou da dou dé
Je suis swing oh je suis swing.
C'est fou *(bis)*
C'que ça peut m'griser.
Un spirit me l'a révélé
C'est le rythme qui fait ainsi m'emballer.
Oh je suis swing je suis swing
Da dou da dou da dou je m'amuse comme un fou.

Georges Guetary
[1915-1997]

Un beau Grec qui porte aux quatre coins du monde le nom d'un village basque.

Il était aussi à l'aise en présentant son tour de chant que pour jouer une opérette ou paraître dans un film américain aux côtés de Gene Kelly (Un Américain à Paris).

Robin des Bois

Paroles de François Llenas et Francis Lopez
Musique de Francis Lopez

1
C'était une fille adorable
On l'appelait Marie-Suzon
Elle avait un cœur charitable
Et des yeux couleur de chanson.
Un jour auprès d'une rivière
Elle aperçut un beau garçon...
Ell' lui demanda sans manière « Bel étranger quel
[est ton nom ? »

Refrain
On m'appelle « Robin des Bois »
Je m'en vais par les champs et les bois
Et je chante
Ma joie par-dessus les toits...

Je vous aime Marie-Suzon
Le printemps nous prête le gazon
Quand on s'aime
Il n'est besoin de maison
Bel oiseau qui nous regarde gentiment
Bel oiseau, ferme les yeux, c'est le moment...

Refrain
On m'appelle « Robin des Bois »

Je suis pauvre et plus heureux qu'un roi...
Et je chante
Ma joie par-dessus les toits

2
En revenant vers son village
L'esprit joyeux, le cœur léger
Marie-Suzon, sur son passage
Son amie Jeanne a rencontrée.
Jeanne aussi était amoureuse
Car elle aimait un beau garçon...
Marie-Suzon un peu curieuse
Lui demanda « Quel est son nom ? »

Refrain
On l'appelle « Robin des Bois »
Il s'en va par les champs et les bois
Son cœur chante
Sa joie par-dessus les toits...

Mais tu pleures, Marie-Suzon
Dis-moi si c'est pour un beau garçon...
Dis-le vite
Pour qu'on le jette en prison
Bel oiseau, je veux savoir quel est le nom
De celui qui fait pleurer Marie-Suzon

Refrain
On l'appelle « Robin des Bois »
Il s'en va par les champs et les bois
Il vous aime...
Mais il n'aime qu'une fois...
Mais il n'aime qu'une fois...
Mais il n'aime qu'une fois...

La bohème

Paroles de Jacques Plante
Musique de Charles Aznavour

Je vous parle d'un temps
Que les moins de vingt ans
Ne peuvent pas connaître
Montmartre en ce temps-là
Accrochait ses lilas
Jusque sous nos fenêtres

Et si l'humble garni
Qui nous servait de nid
Ne payait pas de mine
C'est là qu'on s'est connu
Moi qui criais famine
Et toi qui posais nue

La bohème, la bohème
Ça voulait dire on est heureux
La bohème, la bohème
Nous ne mangions qu'un jour sur deux

Dans les cafés voisins
Nous étions quelques-uns
Qui attendions la gloire
Et bien que miséreux
Avec le ventre creux
Nous ne cessions d'y croire

Et quand quelques bistrots
Contre un bon repas chaud
Nous prenaient une toile
Nous récitions des vers
Groupés autour du poêle
En oubliant l'hiver

La bohème, la bohème
Ça voulait dire tu es jolie
La bohème, la bohème
Et nous avions tous du génie

Souvent il m'arrivait
Devant mon chevalet
De passer des nuits blanches
Retouchant le dessin
De la ligne d'un sein
Du galbe d'une hanche
Et ce n'est qu'au matin
Qu'on s'asseyait enfin
Devant un café crème
Épuisés, mais ravis
Fallait-il que l'on s'aime
Et qu'on aime la vie

La bohème, la bohème
Ça voulait dire on a vingt ans
La bohème, la bohème
Et nous vivions de l'air du temps

Quand au hasard des jours
Je m'en vais faire un tour
À mon ancienne adresse
Je ne reconnais plus
Ni les murs ni les rues
Qui ont vu ma jeunesse

En haut d'un escalier
Je cherche l'atelier
Dont plus rien ne subsiste
Dans son nouveau décor
Montmartre semble triste
Et les lilas sont morts

La bohème, la bohème
On était jeune, on était fou
La bohème, la bohème
Ça ne veut plus rien dire du tout

Extrait de l'opérette Monsieur Carnaval.

© Éditions Musicales Djanik, 1966.

André Claveau
[1915]

Il ne s'est trompé qu'une fois : les cerisiers sont blancs et les pommiers sont roses. Il a également été un remarquable animateur et fit les beaux jours de Radio Luxembourg.

Cerisier rose et pommier blanc

Paroles de Jacques Larue
Musique de Louiguy

Quand nous jouions à la marelle
Cerisier rose et pommier blanc
J'ai cru mourir d'amour pour elle
En l'embrassant

Avec ses airs de demoiselles
Cerisier rose et pommier blanc
Elle avait attiré vers elle
Mon cœur d'enfant

La branche d'un cerisier
De son jardin caressait
La branche d'un vieux pommier
Qui dans le mien fleurissait

De voir leurs fleurs enlacées
Comme un bouquet de printemps
Nous vint alors la pensée
D'en faire autant

Et c'est ainsi qu'aux fleurs nouvelles
Cerisier rose et pommier blanc
Ont fait un soir la courte échelle
À nos quinze ans

Non, non. Ne dites pas qu'à son âge
Vous n'étiez pas si volage. Non non
Quand deux lèvres vous attirent

J'en sais peu qui peuvent dire non

Quand nous jouions à la marelle
Cerisier rose et pommier blanc
J'ai cru mourir d'amour pour elle
En l'embrassant

Mais un beau jour les demoiselles
Frimousse rose et voile blanc
Se font conduire à la Chapelle
Par leur galant

Ah quel bonheur pour chacun
Le cerisier tout fleuri
Et le pommier n'en font qu'un
Nous sommes femme et mari

De voir les fruits de l'été
Naître des fleurs du printemps
L'amour nous a chuchoté
D'en faire autant

Si cette histoire est éternelle
Pour en savoir le dénouement
Apprenez-en la ritournelle
Tout simplement

Et dans deux ans deux bébés roses
Faisant la ronde gentiment
Vous chanteront cerisier rose
Et pommier blanc

Pierre Dudan
[1916-1984]

Ce citoyen suisse qui débute au « Lapin à Gill », à Montmartre, voit sa vocation contrariée par la guerre. Il connaît enfin le succès après la Libération et termine sa carrière au Canada.

Clopin-clopant

Paroles de Pierre Dudan
Musique de Bruno Coquatrix

Je suis né avec des yeux d'ange
Et des fossettes au creux des joues
J'ai perdu mes joues et mes langes
Et j'ai cassé tous mes joujoux.
Je m'suis regardé dans un' glace
Et j'ai vu que j'avais rêvé
Je m'suis dit : faudra bien qu' j' m'y fasse...
Tout finira par arriver...

Refrain
Et je m'en vais clopin-clopant
Dans le soleil et dans le vent,
De temps en temps le cœur chancelle...
Y'a des souv'nirs qui s'amoncellent...
Et je m'en vais clopin-clopant
En promenant mon cœur d'enfant...
Comme s'envole une hirondelle...
La vie s'enfuit à tire-d'aile...
Ça fait si mal au cœur d'enfant
Qui s'en va seul, clopin-clopant...

Tout l'amour que l'on a vu naître...
Tes lèvres douces, parfum de miel...
Nos deux fronts contre la fenêtre...
Nos regards perdus dans le ciel...
Le train noir hurlant dans la gare...
Le monstrueux désert des rues...

180

Tes mots d'adieu, tes mots bizarres...
Depuis dix mois, tu n'écris plus...

[Au refrain]

On prend l'café au lait au lit

Paroles et Musique de Pierre Dudan

1
Les cafés crème, dans les bars de Paris
On les connaît, on les aime
Chaque Parisien un beau jour en a pris
Et reprend toujours les mêmes
Mais quand viennent les vacances
Il suffit de s'en aller
Dans la montagne où l'agence
Nous dit qu'on fabrique du bon lait !
On arrive
Que c'est beau !
Voilà les vaches, les veaux,
Et les oiseaux !
Les hôtels, les jardins, les prairies, les sapins
Et chaque matin...

Refrain
On prend l'café au lait au lit
Avec des gâteaux et des croissants chauds
C'que ça peut être bon, nom de nom !
Par la fenêtre on entend
Les cloches de vaches dans les champs
O li o lé, vive le café au lait !
Dans la montagne on entend
Les montagnards tout contents
Yodler li o li o lé !
Youhou ! !

2

Les petites femmes qui se promènent dans Paris
On les connaît, on les aime
Il suffit d'en voir une seule qui sourit,
Pour aimer toujours les mêmes
Mais le hasard des vacances
Un jour peut nous faire cadeau
D'une belle fille dont l'innocence
Vient partager notre dodo
Nous voilà bien au chaud
Qu'il est bon, qu'il est beau
Notre nid d'oiseau !
On embête les voisins le soir quand tout s'éteint
Et chaque matin...

[Au refrain]

Et quand on rentre à Paris
On est encore un peu gris
D'avoir trop pris de café au lit.

Léo Ferré
[1916-1993]

« *Auteur de chansons qui ont marqué des générations successives, mélodiste hors pair, soucieux de ses accompagnements musicaux, il fut un orchestrateur, un chef d'orchestre et un pianiste de talent. Il fut également un grand écrivain, pratiquant la poésie, le roman et le théâtre et même l'essai, ce qui lui permit de développer sa conception de l'anarchie et sa vision du monde.* »

Robert Horville.

Le bateau espagnol

Paroles et Musique de Léo Ferré

J'étais un grand bateau descendant la Garonne
Farci de contrebande et bourré d'Espagnols
Les gens qui regardaient saluaient la Madone
Que j'avais attachée en poupe et par le col
Un jour je m'en irai très loin en Amérique
Donner des tonnes d'or aux nègres du coton
Je serai le bateau pensant et prophétique
Et Bordeaux croulera sous mes vastes pontons

Qu'il est loin le chemin d'Amérique
Qu'il est long le chemin de l'amour
Le bonheur ça vient toujours après la peine
T'en fais pas mon ami j'reviendrai
Puisque les voyages forment la jeunesse
T'en fais pas mon ami j'vieillirai

Rassasié d'or ancien ployant sous les tropiques
Un jour m'en reviendrai les voiles en avant
Porteur de blés nouveaux avec mes coups de
                                            [triques
Tout seul mieux qu'un marin je violerai le vent
Harnaché d'Espagnols remontant la Garonne
Je rentrerai chez nous éclatant de lueurs
Les gens s'écarteront saluant la Madone
En poupe par le col et d'une autre couleur

Qu'il est doux le chemin de l'Espagne
Qu'il est doux le chemin du retour
Le bonheur ça vient toujours après la peine
T'en fais pas mon ami j'reviendrai
Puisque les voyages forment la jeunesse
J'te dirai mon ami À ton tour
À ton tour...

Requiem

Pour ce rythme inférieur dont t'informe la Mort
Pour ce chagrin du temps en six cent vingt-cinq lignes
Pour le bateau tranquille et qui se meurt de Port
Pour ce mouchoir à qui tes larmes font des signes

Pour le cheval enfant qui n'ira pas bien loin
Pour le mouton gracieux le couteau dans le rouge
Pour l'oiseau descendu qui te tient par la main
Pour l'homme désarmé devant l'arme qui bouge

Pour tes jeunes années à mourir chaque jour
Pour tes vieilles années à compter chaque année
Pour les feux de la nuit qui enflamment l'amour
Pour l'orgue de ta voix dans ta voix en allée

Pour la perforation qui fait l'ordinateur
Et pour l'ordinateur qui ordonne ton âme
Pour le percussionniste attentif à ton cœur
Pour son inattention au bout du cardiogramme

Pour l'enfant que tu portes au fond d'un autobus
Pour la nuit adultère où tu mets à la voile
Pour cet amant passeur qui ne passera plus
Pour la passion des araignées au fond des toiles

Pour l'aigle que tu couds sur le dos de ton jean
Pour le loup qui se croit sur les yeux de quelqu'un
Pour le présent passé à l'imparfait du spleen
Pour le lièvre qui passe à la formule Un

Pour le chic d'une courbe où tu crois t'évader
Pour le chiffre évadé de la calculatrice
Pour le regard du chien qui veut te pardonner
Pour la Légion d'Honneur qui sort de ta matrice

Pour le salaire obscène qu'on ne peut pas montrer
Pour la haine montant du fond de l'habitude

Pour ce siècle imprudent aux trois-quarts éventé
Pour ces milliards de cons qui font la solitude

Pour tout ça le silence

De toutes les couleurs

Paroles et Musique de Léo Ferré

De toutes les couleurs
Du *vert* si tu préfères
Pour aller dans ta vie quand ta vie désespère
Pour s'enfuir loin du bruit quand le bruit exagère
Et qu'il met un champ d'ombre au bout de ton soleil
Quand les parfums jaloux de ton odeur profonde
S'arrangent pour lancer leurs signaux à la ronde
Et dire que les bois vertueux de l'automne
Sont priés de descendre et de faire l'aumône
De leur chagrin mis en pilule et en sommeil

De toutes les couleurs
Du *bleu* dans les discours
Et dans les super ciels qu'on voit du fond des cours
Avec des yeux super et quand on voit l'Amour
Lisser ses ailes d'ange et pliant sous l'orage
Quand les gens dérangés par la moisson du rêve
S'inquiètent de savoir comment les idées lèvent
Et comment l'on pourrait peut-être leur couper
Les ailes et la vertu dans le bleu de l'été
Quand naissent les idées avec la fleur de l'âge

De toutes les couleurs
Du *jaune* à l'étalage
Et dans la déraison quand Vincent la partage
Quand la vitrine du malheur tourne la page
Comme *tournent* les *sols* devant la Vérité
Du jaune dans le vent quand le pollen peluche
À l'heure exacte et fait danser le *rock* aux ruches
Quand une abeille a mis son quartz à l'heure-miel

Quand le festin malin semble venir du ciel
Pour rire jaune enfin dans le supermarché

De toutes les couleurs
Du *rouge* où que tu ailles
Le rouge de l'Amour quand l'Amour s'encanaille
Au bord de la folie dans la soie ou la paille
Quand il ne reste d'un instant que l'*éternel*
Quand grimpe dans ton ventre une bête superbe
La bave aux dents et le reste comme une gerbe
Et qui s'épanouit comme de l'Autre monde
À raconter plus tard l'éternelle seconde
Qui n'en finit jamais de couler dans le ciel

De toutes les couleurs
Du *noir* comme un habit
Du noir pour ton amour du noir pour tes amis
Avec un peu de rêve au bout en noir aussi
Et puis teindre du rouge au noir les thermidors
Quand Dieu boira le coup avec tous tes copains
Quand les Maîtres n'auront plus qu'un bout de
Quand ils auront appris à se tenir debout   [sapin
Avant de se coucher pour tirer quelques coups
Et sans doute les quat'cents coups avec la mort

La tristesse

La tristesse a jeté ses feux rue d'Amsterdam
Dans les yeux d'une fille accrochée aux pavés
Les gens qui s'en allaient dans ce Paris de flamme
Ne la regardaient plus Elle s'était pavée
La tristesse a changé d'hôtel et vit en face
Et la rue renversée dans ses yeux du malheur
Ne sait plus par quel bout se prendre et puis se casse
Au bout du boulevard comme un delta majeur

La tristesse...

C'est un chat étendu comme un drap sur la route
C'est ce vieux qui s'en va doucement se casser
C'est la peur de t'entendre aux frontières du doute
C'est la mélancolie qu'a pris quelques années
C'est le chant du silence emprunté à l'automne
C'est les feuilles chaussant leurs lunettes d'hiver
C'est un chagrin passé qui prend le téléphone
C'est une flaque d'eau qui se prend pour la mer

La tristesse...

La tristesse a passé la main et court encore
On la voit quelquefois traîner dans le quartier
Ou prendre ses quartiers de joie dans le drugstore
Où meurent des idées découpées en quartiers
La tristesse a planqué tes yeux dans les étoiles
Et te mêle au silence étoilé des années
Dont le regard lumière est voilé de ces voiles
Dont tu t'en vas drapant ton destin constellé

La tristesse...

C'est cet enfant perdu au bout de mes caresses
C'est le sang de la terre avortée cette nuit
C'est le bruit de mes pas quand marche ta détresse
Et c'est l'imaginaire au coin de la folie
C'est ta gorge en allée de ce foulard de soie
C'est un soleil bâtard bon pour les rayons « X »
C'est la pension pour Un dans un caveau pour trois
C'est un espoir perdu qui se cherche un préfixe

Le désespoir...

© La Mémoire et la Mer, 1980.

La mémoire et la mer

Paroles et Musique de Léo Ferré

Christie quand je t'ai vu plonger
Mes vergues de roc où ça cogne
Des feuilles mortes se peignaient
Quelque part dans la Catalogne
Le rite de mort aperçu
Sous un divan de sapin triste
Je m'en souviens j'étais perdu
La Camarde est ma camériste

C'était un peu après midi
Tu luisais des feux de l'écume
On rentrait dans la chantilly
Avec les psaumes de la brume
La mer en bas disait ton nom
Ce poudrier serti de lames
Où Dieu se refait le chignon
Quand on le prend pour une femme

Ô chansons sures des marins
Dans le port nagent des squelettes
Et sur la dune mon destin
Vend du cadavre à la vedette
En croix granit christ bikini
Comme un nègre d'enluminure
Je le regarde réjoui
Porter sur le dos mon carbure

Les corbeaux blancs de Monsieur Poe
Géométrisent sur l'aurore
Et l'aube leur laisse le pot
Où gît le homard nevermore
Ces chiffres de plume et de vent
Volent dans la mathématique
Et se parallélisent tant
Que l'horizon joint l'ESThétique

L'eau cette glace non posée
Cet immeuble cette mouvance
Cette procédure mouillée

Me fait comme un rat sa cadence
Me dit de rester dans le clan
À mâchonner les reverdures
Sous les neiges de ce printemps
À faire au froid bonne mesure

Et que ferais-je nom de Dieu
Sinon des pull-overs de peine
Sinon de l'abstrait à mes yeux
Comme lorsque je rentre en scène
Sous les casseroles de toc
Sous les perroquets sous les caches
Avec du mauve plein le froc
Et la vie louche sous les taches

Cette rumeur qui vient de là
Sous l'arc copain où je m'aveugle
Ces mains qui me font du flafla
Ces mains ruminantes qui meuglent
Cette rumeur me suit longtemps
Comme un mendiant sous l'anathème
Comme l'ombre qui perd son temps
À dessiner mon théorème

Et sur mon maquillage roux
S'en vient battre comme une porte
Cette rumeur qui va debout
Dans la rue aux musiques mortes
C'est fini la mer c'est fini
Sur la plage le sable bêle
Comme des moutons d'infini
Quand la mer bergère m'appelle

Tous ces varechs me jazzent tant
Que j'en ai mal aux symphonies
Sur l'avenue bleue du jusant
Mon appareil mon accalmie
Ma veste de vert d'eau
Ouverte à peine vers Jersey
Me gerce l'âme et le carreau
Que ma mouette a dérouillé

Laisse passer de ce noroît
À peine un peu d'embrun de sel
Je ne sais rien de ce qu'on croit
Je me crois sur le pont de Kehl
Et vois des hommes vert-de-gris
Qui font la queue dans la mémoire
De ces pierres quand à midi
Leur descend comme France-Soir

La lumière du Monsignor
Tout à la nuit tout à la boue
Je mets du bleu dans le décor
Et ma polaire fait la moue
J'ai la leucémie dans la marge
Et je m'endors sur des brisants
Quand mousse la crème du large
Que l'on donne aux marins enfants

Quand je me glisse dans le texte
La vague me prend tout mon sang
Je couche alors sur un prétexte
Que j'adultère vaguement
Je suis le sexe de la mer
Qu'un peu de brume désavoue
J'ouvre mon phare et j'y vois clair
Je fais du Wonder à la proue

Les coquillages figurants
Sous les sunlights cassés liquides
Jouent de la castagnette tant
Qu'on dirait l'Espagne livide
Je fais les bars américains
Et je mets les squales en laisse
Des chiens aboient dessous ton bien
Ils me laisseront leur adresse

Je suis triste comme un paquet
Sémaphorant à la consigne
Quand donnera-t-on le ticket
À cet employé de la guigne
Pour que je parte dans l'hiver
Mon drap bleu collant à ma peau

Manger du toc sous les feux verts
Que la mer allume sous l'eau

Avec les yeux d'habitants louches
Qui nagent dur dedans l'espoir
Beaux yeux de nuit comme des bouches
Qui regardent des baisers noirs
Avec mon encre Waterman
Je suis un marin d'algue douce
La mort est comme un policeman
Qui passe sa vie à mes trousses

Je lis les nouvelles au sec
Avec un blanc de blanc dans l'arbre
Et le journal pâlit avec
Ses yeux plombés dessous le marbre
J'ai son jésus dans mon ciré
Son tabernacle sous mon châle
Pourvu qu'on s'en vienne mouiller
Son chalutier sous mon bengale

Je danse ce soir sur le quai
Une rumba toujours cubaine
Ça n'est plus Messieurs les Anglais
Qui tirent leur coup capitaine
Le crépuscule des atouts
Descend de plus en plus vers l'ouest
Quand le général a la toux
C'est nous qui toussons sur un geste

Le tyran tire et le mort meurt
Le pape fait l'œcuménique
Avec des mitres de malheur
Chaussant des binettes de biques
Je prendrai le train de marée
Avec le rêve de service
À dix-neuf heures GMT
Vers l'horizon qui pain d'épice

Ô boys du tort et du malheur
Ô beaux gamins des revoyures
Nous nous reverrons sous les fleurs
Qui là-bas poussent des augures

Les fleurs vertes des pénardos
Les fleurs mauves de la régale
Et puis les noires de ces boss
Qui prennent vos corps pour un châle

Nous irons sonner la Raison
À la colle de prétentaine
Réveille-toi pour la saison
C'est la folie qui se ramène
C'est moi le dingue et le filou
Le globe-trotteur des chansons tristes
Décravate-toi viens chez nous
Mathieu te mettra sur la piste

Reprends tes dix berges veux-tu
Laisse un peu palabrer les autres
À trop parler on meurt sais-tu
Y'a pas plus con que les apôtres
Du silence où tu m'as laissé
Musiquant des feuilles d'automne
Je sais que jamais je n'irai
Fumer la Raison de Sorbonne

Mais je suis gras comme l'hiver
Comme un hiver analgésiste
Avec la rime au bout du vers
Cassant la graine d'un artiste
À bientôt Raison à bientôt
Ici quelquefois tu me manques
Viens je serai ton fou gâteau
Je serai ta folie de planque

Je suis le prophète bazar
Le Jérémie des roses cuisses
Une crevette sur le dard
Et le dard dans les interstices
Je baliverne mes ennuis
Je dis que je suis à la pêche
Et vers l'automne de mes nuits
Je chandelle encore la chair fraîche

Des bibelots des bonbons surs
Des oraisons de bigornades

Des salaisons de dessous mûrs
Quand l'œil descend sous les œillades
Regarde bien c'est là qu'il gît
Le vert paradis de l'entraide
Vers l'entre doux de ton doux nid
Si tu me tends le cul je cède

Ça sent l'odeur des cafards doux
Quand le crépuscule pommade
Et que j'enflamme l'amadou
Pour mieux brûler ta chair malade
Ô ma frégate du palier
Sur l'océan des cartons-pâtes
Ta voilure est dans l'escalier
Reviens vite que je t'empâte

Une herbe douce comme un lit
Un lit de taffetas de carne
Une source dans le Midi
Quand l'ombre glisse et me décharne
Un sentiment de rémission
Devant ta violette de Parme
Me voilà soumis comme un pion
Sur l'échiquier que ta main charme

Le poète n'est pas régent
De ses propriétés câlines
Il va comme l'apôtre Jean
Dormant un peu sur ta poitrine
Il voit des oiseaux dans la nuit
Il sait que l'amour n'est pas reine
Et que le masculin gémit
Dans la grammaire de tes chaînes

Ton corps est comme un vase clos
J'y pressens parfois une jarre
Comme engloutie au fond des eaux
Et qui attend des nageurs rares
Tes bijoux ton blé ton vouloir
Le plan de tes folles prairies
Mes chevaux qui viennent te voir
Au fond des mers quand tu les pries

Mon organe qui fait ta voix
Mon pardessus sur ta bronchite
Mon alphabet pour que tu croies
Que je suis là quand tu me quittes
Un violon bleu se profilait
La mer avec Bartok malade
Ô musique des soirs de lait
Quand la Voie Lactée sérénade

Les coquillages incompris
Accrochaient au roc leurs baroques
Kystes de nacre et leurs soucis
De vie perleuse et de breloques
Dieu des granits ayez pitié
De leur vocation de parure
Quand le couteau vient s'immiscer
Dans leurs castagnettes figures

Le dessinateur de la mer
Gomme sans trêve des pacages
Ça bêle dur dans ce désert
Les moutons broutent sous les pages
Et la houle les entretient
Leur laine tricote du large
De quoi vêtir les yeux marins
Qui dans de vieux songes déchargent

Ô lavandière du jusant
Les galets mouillés que tu laisses
J'y vois comme des culs d'enfants
Qui dessalent tant que tu baisses
Reviens fille verte des fjords
Reviens gorge bleue des suicides
Que je traîne un peu sur tes bords
Cette manie de mort liquide

J'ai le vertige des suspects
Sous la question qui les hasarde
Vers le monde des muselés
De la bouche et des mains cafardes
Quand mon ange me fait du pied
Je lui chatouille le complexe

Il a des ailes ce pédé
Qui sont plus courtes que mon sexe

Je ne suis qu'un oiseau fardé
Un albatros de rémoulade
Une mouche sur une taie
Un oreiller pour sérénade
Et ne sais pourtant d'où je viens
Ni d'où me vient cette malfide
Un peu de l'horizon jasmin
Qui prend son « té » avec Euclide

Je suis devenu le mourant
Mourant le galet sur ta plage
Christie je reste au demeurant
Méditerranéen sauvage
La marée je l'ai dans le cœur
Qui me remonte comme un signe
Je meurs de ma petite sœur
De mon enfant et de mon cygne

Un bateau ça dépend comment
On l'arrime au port de justesse
Il pleure de mon firmament
Des années-lumière et j'en laisse
Je suis le fantôme Jersey
Celui qui vient les soirs de frime
Te lancer la brume en baisers
Et te ramasser dans ses rimes

Comme le trémail de juillet
Où luisait le loup solitaire
Celui que je voyais briller
Aux doigts du sable de la terre
Rappelle-toi ce chien de mer
Que nous libérions sur parole
Et qui gueule dans le désert
Des goémons de nécropole

Je suis sûr que la vie est là
Avec ses poumons de flanelle
Quand il pleure de ces temps-là
Le froid tout gris qui nous appelle

Ô l'ange des plaisirs perdus
Ô rumeurs d'une autre habitude
Mes désirs dès lors ne sont plus
Qu'un chagrin de ma solitude

Je me souviens des soirs là-bas
Et des sprints gagnés sur l'écume
Cette bave des chevaux ras
Au ras des rocs qui se consument
Ô le diable des soirs conquis
Avec ses pâleurs de rescousse
Et le squale des paradis
Dans le milieu mouillé de mousse

Ô parfum rare des salants
Dans le poivre feu des gerçures
Quand j'allais géométrisant
Mon âme au creux de ta blessure
Dans le désordre de ton cul
Poissé dans les draps d'aube fine
Je voyais un vitrail de plus
Et toi fille verte mon spleen

Et je voyais ce qu'on pressent
Quand on pressent l'entrevoyure
Entre les persiennes du sang
Et que les globules figurent
Une mathématique bleue
Dans cette mer jamais étale
D'où nous remonte peu à peu
Cette mémoire des étoiles

Ces étoiles qui font de l'œil
À ces astronomes qu'escortent
Des équations dans leur fauteuil
À regarder des flammes mortes
Je prierais Dieu si Dieu priait
Et je coucherais sa compagne
Sur mon grabat d'où chanteraient
Les chanterelles de mon pagne

Mais Dieu ne fait pas le détail
Il ne prête qu'à ses Lumières

Quand je renouvelle mon bail
Je lui parlerai de son père
Du fils de l'homme et du chagrin
Quand je descendais sur la grève
Et que dans la mer de satin
Luisaient les lèvres de mes rêves

Je ne suis qu'un amas de chair
Un galaxique qui détale
Dans les hôtels du monte-en-l'air
Quand ma psycho se fait la malle
Reviens fille verte des fjords
Reviens violon des violonades
Dans le port fanfarent les cors
Pour le retour des camarades

Je vais tout à l'heure fauchant
Des moutons d'iceberg solaire
Avec la Suisse entre leurs dents
À brouter des idées-lumière
Et des chevaux les appelant
De leur pampa et des coursives
Que j'invente à leurs naseaux blancs
Comme le sperme de la rive

Arrive marin d'outre-temps
Arrive marine d'extase
Quand je m'arrête tu me prends
Comme je te prends dans ta case
Négresse bleue blues d'horizon
Et les poissons que tu dégorges
Depuis ton ventre et tes façons
Quand ton « sexo » joue dans ta gorge

Dans cette plaie comme d'un trou
Grouillant de cris comme la vague
Quand les goélands sont jaloux
De l'architecte où s'extravaguent
Des maçons aux dents de velours
Et le ciment de leur salive
À te cimenter pour l'amour
Ton cul calculant la dérive

Mes souvenirs s'en vont par deux
Moi le terrien du Pacifique
Je suis métis de mes aveux
Je suis le silence en musique
Le parfum des mondes perdus
Le sourire de la comète
Sous le casque de ta vertu
Quand le coiffeur sèche ta tête

Muselle-moi si tu le peux
Toi dans ton ixe où le vacarme
Sonne le glas dans le milieu
Moi planté là avec mon arme
Tu es de tous les continents
Tu m'arrives comme la route
Où s'exténuent dix mille amants
Quand la pluie à ton cul s'égoutte

Ô la mer de mes cent mille ans
Je m'en souviens j'avais dix piges
Et tu bandes ton arc pendant
Que ma liqueur d'alors se fige
Tu es ma glace et moi ton feu
Parmi les algues tu promènes
Cette déraison où je peux
M'embrumer les bronches à ta traîne

Et qu'ai-je donc à lyriser
Cette miction qui me lamente
Dans ton lit j'allais te braquer
Ta culotte sentait la menthe
Et je remontais jusqu'au bord
De ton goémon en soupente
Et mes yeux te prenaient alors
Ce blanc d'écume de l'attente

Emme c2 Emme c2
Aime-moi donc ta parallèle
Avec la mienne si tu veux
S'entrianglera sous mes ailes
Humant un peu par le dessous
Je deviendrai ton olfacmouette

Mon bec plongeant dans ton égout
Quand Dieu se vide de ta tête

Les vagues les vagues jamais
Ne viendront repeupler le sable
Où je me traîne désormais
Attendant la marée du diable
Ce copain qui nous tient la main
Devant la mer crépusculaire
Depuis que mon cœur dans le tien
Mêle ton astre à ma Lumière

Cette matière me parlant
Ce silence troué de formes
Mes chiens qui gisent m'appelant
Mes pas que le sable déforme
Cette cruelle exhalaison
Qui monte des nuits de l'enfance
Quand on respire à reculons
Une goulée de souvenance

Cette maison gantée de vent
Avec son fichu de tempête
Quand la vague lui ressemblant
Met du champagne sur sa tête
Ce toit sa tuile et toi sans moi
Cette raison de ME survivre
Entends le bruit qui vient d'en bas
C'est la mer qui ferme son livre

Pépée

Paroles et Musique de Léo Ferré

T'avais les mains comm' des raquettes
Pépée
Et quand j' te f'sais les ongles
J'voyais des fleurs dans ta barbiche
T'avais les oreill's de Gainsbourg

Mais toi t'avais pas besoin d' scotch
Pour les r'plier la nuit
Tandis que lui... ben oui !
Pépée

T'avais les yeux comm' des lucarnes
Pépée
Comme on en voit dans l'port d'Anvers
Quand les marins ont l'âme verte
Et qu'il leur faut des yeux d' rechange
Pour regarder la nuit des autres
Comme on r'gardait un chimpanzé
Chez les Ferré
Pépée

T'avais le cœur comme un tambour
Pépée
De ceux qu'on voil' l'vendredi saint
Vers les trois heures après midi
Pour regarder Jésus-machin
Souffler sur ses trent'-trois bougies
Tandis que toi t'en avais qu'huit
Le sept avril
De soixante-huit
Pépée

J'voudrais avoir les mains d' la mort
Pépée
Et puis les yeux et puis le cœur
Et m'en venir coucher chez toi
Ça chang'rait rien à mon décor
On couch' toujours avec des morts
On couch' toujours avec des morts
On couch' toujours avec des morts
Pépée

Chanson composée à la mort de la chimpanzée Pépée, le 7 avril 1968.

© Les Nouvelles Éditions Meridian/La Mémoire et la Mer, 1969.

Je t'aimais bien tu sais...

Paroles et Musique de Léo Ferré

Je te vois comme une algue bleue dans l'autobus
À la marée du soir Gare Saint-Lazare
Mon Amour
Je te vois comme un cygne noir sur la chaussée
À la marée du soir Gare Saint-Lazare
Quand ça descend vers le Tiers-Monde
Mon Amour
Je te vois avec ta gueule électronique
Et des fils se joignant comme des mains perdues
Je te vois dans les bals d'avant la guerre
Avec du swing dans l'écarlate de la nuit
À peine un peu tirée sur l'ourlet de tes lèvres

Je t'aimais bien tu sais
Je t'aimais bien tu sais
Jusqu'au fond de l'amour
Au plus profond de toi
Mon Amour
Je t'aimais bien tu sais
Je t'aimais bien tu sais

Je te sais dans les bras d'un autre et je calcule
L'arrivée de ce flot et le cubage des brumes
Qui vont porter le deuil dans ton lit de fortune
Je t'aimais bien
Tu ordonnances la clarté de tes prunelles
À petits coups de rame en rimmel tu te tires
Vers les pays communs dans la nuit qui s'évade

Je me maquillerai ce soir sous l'arche de tes
Une cigarette aussi... Donne-m'en une   [hanches
Tiens ma goulée la dernière
Mon Amour
Tu m'entres dans les poumons
Ça fait tout bleu dans mes éponges
Tu plonges tu plonges
Une cigarette aussi
Ta goulée verte c'est mon espoir qui s'allume

Comme les phares sur les côtes d'acier
Mon Amour
Ces marques de la vie qui portent des sanglots
Ces marques de l'amour qui portent les dents
                                                [longues
Je t'aimais bien tu sais
Je t'aimais bien tu sais
Jusqu'au fond de l'amour
Au plus profond de toi
Mon Amour
Je t'aimais bien tu sais
Je t'aimais bien tu sais

Je n'ai plus de raccord pour te raccorder
La prise dans mes dents je suis mort cet automne
Sous tes cheveux rouquins passés au Héné Sun
J'étais cuivré comme au fond de la rancœur des
                                                [hommes

Ô ma Vierge inventée Ô ma Vierge inventée...

Je t'aimais bien tu sais
Je t'aimais bien tu sais
Je t'aimais bien tu sais

Je t'imagine dans les soirs de Paris
Dans le ciel maculé des accumulateurs
J'accumule du vert de peur d'en être infirme
Le vert de la prairie le long du quai aux fleurs
Je l'ai mis de côté l'autre hiver pour t'abstraire
Ton figuré avec ses rides au point du jour ça me
                                                [dégueule

Je t'aimais bien tu sais
Je t'aimais...

Avec le temps

Paroles et Musique de Léo Ferré

Avec le temps...
Avec le temps va tout s'en va
On oublie le visage et l'on oublie la voix
Le cœur quand ça bat plus c'est pas la pein' d'aller
Chercher plus loin faut laisser faire et c'est très bien
Avec le temps...
Avec le temps va tout s'en va

L'autre qu'on adorait qu'on cherchait sous la pluie
L'autre qu'on devinait au détour d'un regard
Entre les mots entre les lignes et sous le fard
D'un serment maquillé qui s'en va fair' sa nuit
Avec le temps tout s'évanouit

Avec le temps...
Avec le temps va tout s'en va
Mêm' les plus chouett's souv'nirs ça t'as un' de ces
                                              [gueules

À la Gal'rie j'Farfouille dans les rayons d'la mort
Le samedi soir quand la tendresse s'en va tout'
                                              [seule
Avec le temps...
Avec le temps va tout s'en va

L'autre à qui l'on croyait pour un rhum' pour un rien
L'autre à qui l'on donnait du vent et des bijoux
Pour qui l'on eût vendu son âm' pour quelques sous
Devant quoi l'on s'traînait comme traînent les chiens
Avec le temps va tout va bien

Avec le temps...
Avec le temps va tout s'en va
On oublie les passions et l'on oublie les voix
Qui vous disaient tout bas les mots des pauvres
                                              [gens
Ne rentre pas trop tard surtout ne prends pas froid
Avec le temps...
Avec le temps va tout s'en va

Et l'on se sent blanchi comme un cheval fourbu
Et l'on se sent glacé dans un lit de hasard
Et l'on se sent tout seul peut-être mais peinard
Et l'on se sent floué par les années perdues

Alors vraiment
Avec le temps on n'aime plus

Cette chanson fut interprétée par Dalida à l'Olympia et par Henri Salvador au cours d'une émission de télévision.

Ni Dieu ni maître

Paroles et Musique de Léo Ferré

La cigarette sans cravate
Qu'on fume à l'aube démocrate
Et le remords des cous-de-jatte
Avec la peur qui tend la patte
Le ministère de ce prêtre
Et la pitié à la fenêtre
Et le client qui n'a peut-être
NI DIEU NI MAÎTRE

Le fardeau blême qu'on emballe
Comme un paquet vers les étoiles
Qui tombent froides sur la dalle
Et cette rose sans pétale
Cet avocat à la serviette
Cette aube qui met la voilette
Pour des larmes qui n'ont peut-être
NI DIEU NI MAÎTRE

Ces bois que l'on dit de justice
Et qui poussent dans les supplices
Et pour meubler le Sacrifice
Avec le sapin de service
Cette procédure qui guette
Ceux que la Société rejette

Sous prétexte qu'ils n'ont peut-être
NI DIEU NI MAÎTRE

Cette parole d'évangile
Qui fait plier les imbéciles
Et qui met dans l'horreur civile
De la noblesse et puis du style
Ce cri qui n'a pas la rosette
Cette parole de prophète
Je la revendique et vous souhaite
NI DIEU NI MAÎTRE
NI DIEU NI MAÎTRE

La mort aux loups

Paroles et Musique de Léo Ferré

DEUX CONDAMNÉS À MORT ONT ÉTÉ EXÉCUTÉS UN MATIN À CINQ
HEURES IL N'Y A PAS TRÈS LONGTEMPS LES PRÉSIDENTS MÊME
NIXON NE SE SONT PAS DÉRANGÉS POUR ASSISTER À CETTE FOR-
MALITÉ

LE DEUXIÈME PRÉSIDENT DE LA CINQUIÈME RÉPUBLIQUE EST MORT
LE 2 AVRIL 1974 LES PRÉSIDENTS MÊME NIXON SE SONT DÉRANGÉS
POUR ASSISTER À CETTE CÉRÉMONIE

— LAISSEZ OUVERT... J'ARRIVE !
— DE FAIT IL ARRIVA

Les villes sont debout la nuit dans les maisons de
[l'amour fou
Des appareils marchent tout seuls branchés sur des
[soleils de volts
Des enfants jouent à l'amour mort dans des
[ascenseurs accrochés
À d'autres cieux à d'autres vies là-bas sur les
[trottoirs glacés
Des assassins prennent le temps de mesurer leur
[vie comptée

Perchés comme des oiseaux de nuit sur leur arme
[qu'ils vont tirer
Comme on tire une carte alors qu'on sait qu'on est
[toujours perdant
Dans le matin les coups de feu s'agitent comme des
[menottes

Les loups les loups

On ne les voit jamais que lorsqu'on les a pris
Alors on voit leurs yeux comme des revolvers
Qui se seraient éteints dans le fond de leurs yeux
Alors on n'a plus peur de ces loups enchaînés
Et on les fait tourner dans des cages inventées
Pour faire tourner les loups devant la société
Des loups endimanchés des loups bien habillés
Des loups qui sont dehors pour enfermer les loups

Je les aime ces loups qui nous tendent leur vie

Les routes sont des chiffres bleus dans la tentation
[du printemps
Du deux cent vingt à la Centrale À deux cent vingt
[vers l'hôpital
Des drogués sortent dans la cour faire cent pas
[avec le vent
Et la Marie dans les poumons ils se vendent pour
[trois dollars
Des grues qui font le pied de nez aux maisons
[blêmes mal chaussées
Des magazines cousus de noir ressemblent aux
[linges de la mort
Les cathédrales de la nuit ont des Cafés au fond
[des cours
On a flingué deux anges blonds dans un Café de
[Clignancourt

Les loups les loups

C'est eux toujours les loups qui dérangent la nuit
Qui la font se lever dans le froid du métal
C'est eux qu'on chasse alors qu'il ne tiendrait à rien
À peine un peu d'amour sans le Bien ni le Mal

Mais on les fait dormir au bout d'un téléphone
Qu'on ne décroche pas pour arrêter la mort
Qui vient les visiter la cigarette aux lèvres
Et le rhum à la main tellement elle est bonne

Je les aime ces loups qui nous tendent la patte

On oublie tout et les baisers tombent comme des
[feuilles mortes
Les amants passent comme l'or dans la mémoire
[des westerns
Les images s'effacent tôt dans le journal que l'on
[t'apporte
Et les nouvelles te font mal jusqu'à la page des
[spectacles
À la Une de ce matin il y a deux loups sans queue
[ni tête
Ils sont partis dans un panier quelque part dans un
[pays doux
Où la musique du silence inquiète les hommes et
[les bêtes
Ce pays d'où l'on ne revient que dans la mémoire
[des loups

Les loups les loups

Lorsque j'étais enfant j'avais un loup jouet
Un petit loup peluche qui dormait dans mes bras
Et qui me réveillait le matin vers cinq heures
Chaque matin à l'heure où l'on tuait des loups

Je les aime ces loups qui m'ont rendu mon loup

*Plaidoyer poétique contre la peine de mort à l'occasion de
l'exécution de Bontemps et de Buffet que le président Pompidou avait refusé de gracier, en novembre 1972.*

© La Mémoire et la Mer, 1972.

Armand Mestral
[1917-2000]

Une basse chantante qui réussit dans la chanson populaire, c'est assez rare. Armand Mestral fut une exception et de plus, il poursuivit une carrière de comédien au cinéma et à la télévision. Peintre de talent, il fit un portrait remarqué de François et Danielle Mitterrand.

La complainte du corsaire

Paroles de Henri Contet
Musique d'André Grassi

Où es-tu camarade, où es-tu ?
En prison, et le ciel par-dessus
Que fais-tu camarade, que fais-tu ?
Un corsaire est toujours un pendu !

Tous feux éteints tambour battant
C'est aujourd'hui que l'on me pend
Et voilà ma dernière escale
Je n'irai plus dessus la mer
Mais j'entrerai en mon enfer
En bousculant cent mille étoiles
Ce que j'ai fait ? Dieu seul le sait
Je n'étais pas aussi mauvais
Que le bourreau qui va me pendre.
J'aimais chanter oh hisse et haut,
J'aimais aussi mon grand bateau
Qui savait si bien me comprendre.

Où es-tu camarade, où es-tu ?
En prison, et le ciel par-dessus
Que fais-tu camarade, que fais-tu ?
Un corsaire est toujours un pendu !

J'en ai passé des nuits d'amour
Chacun pour soi, chacun son tour,
Nous fallait bien notre pitance

Mais pas un cœur ne va pleurer
Quand je serai mort et enterré
Tout seul au pied de ma potence.
Le vent de mer nous a trahis,
Nous a fait voir de beaux pays,
Et puis voilà où nous en sommes !
Le vent de mer est un menteur,
Les braves gens n'ont pas de cœur
Et le corsaire est un pauvre homme

Où es-tu camarade, où es-tu ?
En prison, et le ciel par-dessus
Que fais-tu camarade, que fais-tu ?
Un corsaire est toujours un pendu !

Au loin dans la plaine

Paroles de Stéphane Goldmann et Max François
Musique de Stéphane Goldmann et Rolf Marbot

Au loin dans la plaine, les cloches du soir,
Vibrantes ramènent dans mon cœur un espoir...
Le vent me murmure : « Si loin que tu sois
Ta bell' aventure un matin renaîtra » !
Moi sur ma montagne, amoureux éternel
J'attends ma compagne, près des portes du ciel
Pourvu qu'elle revienne,
Qu'importe le jour, j'oublierais ma peine
Dans la joie du retour.

Quand je ferme les yeux je nous vois tous les deux
Enlacés dans la même espérance...
De ce rêve trop court souviens-toi mon amour,
Souviens-toi pour que tout recommence... !

Au loin dans la plaine, l'écho me répond...
Les heures s'égrènent dans ma nuit d'abandon...
Mais voici l'aurore, lumière des fleurs
Qui semblent éclore comme un rêve enchanteur

Toute la montagne s'illumine soudain
Voici ma compagne
Mon bonheur qui revient !
Cloches dans la plaine, sonnez tout le jour,
Le ciel me ramène le soleil et l'amour !

Eddie Constantine
[1917-1993]

Peter Cheyney ignorait que Lemmy Caution avait une jolie voix. Il fallut qu'Eddy Constantine vienne en France pour le révéler. Aux côtés d'Édith Piaf, sur la scène de l'A.B.C., notre jeune Américain d'origine russe s'était fait remarquer dans la comédie musicale de Marcel Achard La P'tite Lili.

Et bâiller et dormir

Paroles de Charles Aznavour
Musique de Jeff Davis

Certains courent après la vie
Moi, la vie me court après
Bien des gens font des folies
Moi c'est folie de m'avoir fait
Je ne me fais pas de bile
Et n'occupe aucun emploi
Menant une vie tranquille
Je ne fais rien de mes dix doigts
Je vais pêcher dans le ruisseau
Chasser dans les roseaux
Ou cueillir les fruits mûrs
Que m'offre la nature
On ne m'a pas mis sur terre
Pour me tuer à travailler
Mais pour vivre à ma manière
Et goûter à la liberté
Et rêver
Et sourire
Et bâiller
Et dormir.

Je dors à même la terre
C'est plus simple et c'est plus sain
Et si je meurs solitaire
Je n'aurai pas à aller loin
Je me lave à l'eau de pluie

Et me séchant au soleil
Je rêve à ma tendre amie
Qui vraiment n'a pas son pareil
Et quand presque à la nuit tombée
On peut se retrouver
C'est un si grand plaisir
Qu'on reste sans rien dire
En regardant la nature
On s'étend tout près, bien près
L'un de l'autre et je vous jure
Que l'on ne pense qu'à s'aimer
Et rêver
Et sourire
Et bâiller
Et dormir.

J'ai fait mon paradis sur la terre
Car la paix règne au fond de mon cœur
Et vraiment si c'était à refaire
Je saurais pour garder le bonheur
Et rêver
Et sourire
Et bâiller
Et dormir.

Ah ! Les femmes...

Paroles de Pierre Saka
Musique de Jeff Davis

Dans la vie, je l'avoue, j'ai toujours un petit
Pour les femmes.   [penchant
Qu'ell's soient brun's, qu'ell's soient blond's, à
Qui s'enflamme.   [chaque fois moi j'ai le cœur
Et souvent lorsque j'ai des ennuis, c'est
Par les femmes.   [évidemment
Cependant, croyez-moi, je ne pourrais pas m'en
Ah ! les femmes !   [passer :
Ell's font fair' des folies

Aux plus jeun's comme aux plus vieux.
Je suis à leur merci,
J' n'ai pas d' honte à l'avouer, messieurs.
Et des fois il m'arriv' de prendre des résolutions
Sur les femmes.
Je me dis : « Maintenant, tu connais trop bien la
Plus de femmes. »   [chanson,
Oui, mais voilà...
Vient à passer...
À petits pas...
Un' jolie fille, qui m'a regardé.
Ell' me sourit...
Tout est changé...
C'en est fini...
Je suis prêt à recommencer.
Et je crois, ça sera comm' ça tant qu'il y aura des
Et des hommes.   [femm's
Et pourtant on devrait se rapp'ler la fameuse histoire
De la pomme.
Mais on a beau chanter
Que les femmes dans la vie
Viennent tout compliquer,
C'est curieux, mais chaqu' fois on l'oublie.
Et vraiment, jamais rien n'empêchera de vous aimer,
Oui, mesdames !
Quant à moi, je l'avoue, j'aurais toujours un p'tit
Pour les femmes.   [penchant

Ah ! les femmes !

Cette chanson est extraite du film Cet homme est dangereux, *avec Eddie Constantine.*

Lucienne Delyle
[1917-1962]

Lucienne Delyle et Aimé Barelli. Deux grandes carrières et un
seul *grand amour. C'est rare.*

Mon amant de Saint-Jean

Paroles de Léon Agel
Musique d'Émile Carrara

1
Je ne sais pourquoi j'allais danser
À Saint-Jean au musette,
Mais quand un gars m'a pris un baiser,
J'ai frissonné, j'étais chipée
Comment ne pas perdre la tête,
Serrée par des bras audacieux
Car l'on croit toujours
Aux doux mots d'amour
Quand ils sont dits avec les yeux
Moi qui l'aimais tant,
Je le trouvais le plus beau de Saint-Jean,
Je restais grisée
Sans volonté
Sous ses baisers.

2
Sans plus réfléchir, je lui donnais
Le meilleur de mon être
Beau parleur chaque fois qu'il mentait,
Je le savais, mais je l'aimais.
Comment ne pas perdre la tête,
Serrée par des bras audacieux
Car l'on croit toujours
Aux doux mots d'amour
Quand ils sont dits avec les yeux
Moi qui l'aimais tant,
Je le trouvais le plus beau de Saint-Jean,

Je restais grisée
Sans volonté
Sous ses baisers.

3
Mais hélas, à Saint-Jean comme ailleurs
Un serment n'est qu'un leurre
J'étais folle de croire au bonheur,
Et de vouloir garder son cœur.
Comment ne pas perdre la tête,
Serrée par des bras audacieux
Car l'on croit toujours
Aux doux mots d'amour
Quand ils sont dits avec les yeux
Moi qui l'aimais tant,
Mon bel amour, mon amant de Saint-Jean,
Il ne m'aime plus
C'est du passé
N'en parlons plus.

Les quais de la Seine

Paroles de Jean Drejac
Musique de Jean Drejac et André Lodge

1
J'ai rencontré
Dans mes voyages
Des paysages
Sensationnels.
J'ai regardé
Couler le Tage,
J'ai vu Carthage
Sous le soleil,
Il y avait
Trop de lumière,
Et je préfère
Oui ! mes amis,

La douce fraîcheur de clairière
De notre Île Saint-Louis !

Refrain
J'adore les quais de la Seine,
La mine sereine
Des petits marchands.
Le calme du vieux bouquiniste
Dressant une liste
d'invendus charmants.
Par là, dans le soir, se promène
L'ombre de Verlaine
Poussée par le chant
Des violons qu'il a fait naître
Et qui font connaître
L'automne au passant.

2

Comme un ruban
Qui se déroule
Le fleuve coule
Et puis s'en va.
Le regardant
Seul et tranquille
Boudant la ville
Je reste là.
Improvisant
Mon cœur bohème
Chante un poème
Reconnaissant.
Le vieux clochard tirant sa flemme
Lui, bien sûr, me comprend !

[Au refrain]

3

La nuit descend
Les quais s'allument
Perçant la brume
De mille feux.
Scintillement
Lumières vives
Sur les deux rives

Lampions joyeux
Reflets changeants
De lucioles
Lanternes folles
À l'infini...
Ah ! la troublante farandole
Dans le cœur de Paris !

Bourvil
[1917-1970]

Il débuta modestement mais grâce à Jean-Jacques Vital, animateur de radio, il fut célèbre du jour au lendemain. Tout en triomphant dans l'opérette et au cinéma, il continua d'enregistrer de nombreux disques 45 tours jusqu'en 1970, en duo avec Jacqueline Maillan.

Les crayons

Paroles de Bourvil
Musique d'Étienne Lorin

1
Ell' n'avait pas de parents
Puisqu'elle était orpheline
Comm' elle n'avait pas d'argent
Ce n'était pas un' richissime
Elle eut c'pendant des parents
Mais ils l'avaient pas reconnue
Si bien que la pauvre enfant
On la surnomma l'inconnue

Refrain
Ell' vendait des cartes postales
Puis aussi des crayons
Car sa destinée fatale
C'était d'vendre des crayons
Ell' disait aux gens d'la rue
Voulez-vous des crayons
Mais r'connaissant l'inconnue
Ils disaient toujours non
C'est ça qu'est triste...

[Parlé]
C'est tout de même malheureux de voir ça, pas reconnaître son enfant... faut pas être physionomiste !... il m'semble que

si j'avais un enfant, je le reconnaîtrais !... à condition qu'il me ressemble !

2
C'était rue d'Ménilmontant
Qu'elle étalait son p'tit panier,
Pour attirer les clients
Ell' remuait un peu son panier.
Mais un jour, un vagabond
Qui rôdait autour d'son panier
Lui a pris tous ses crayons,
Alors, ell' s'est mise à crier :

Refrain
Voulez-vous des cartes postales,
Je n'ai plus de crayons,
Mais les gens, chose banale,
N' voulaient plus qu' des crayons.
Quand elle criait dans la rue
Voulez-vous des crayons,
Ils disaient à l'inconnue :
Tes crayons sont pas bons.
C'est ça qu'est triste.

[Parlé]
Forcément, elle était avec son panier découvert, alors le vagabond, sans hésiter, il lui a pris tous ses crayons, puis, après elle avait plus d'crayons ! C'est vrai qu'elle n'en avait pas besoin puisqu'elle n'en vendait jamais !

3
Un marchand d'crayons en gros
Lui dit : Viens chez moi mon enfant,
Je t'en ferai voir des beaux,
Je n'te demanderai pas d'argent.
Ce fut un drôle de marché,
Car c'était un drôle de marchand,
Et elle l'a senti passer,
Car ell' en a eu un enfant.

[Parlé]

C'est tout de même malheureux d'abuser d'une inconnue...
C'est vrai qu'elle a été un peu faible !... c'est pas parce qu'il
disait qu'il était marchand d'crayons en gros... que... surtout
qu'c'était pas vrai !... avec un enfant, elle avait bonne
mine !... elle avait même pas une mine de crayon ! c'est ça
qui la minait !... alors elle l'a abandonnée, l'enfant, alors cette
pauvre enfant, plus tard, à son tour, qu'est-ce qu'elle a
fait ?... ben !...

Refrain
Elle vendait des cartes postales,
Puis aussi des crayons,
Car sa destinée fatale
C'était d'vendre des crayons.
Et cett' enfant de fille-mère
Étalait son panier,
Car ell' ignorait d' sa mère
L'histoire de son panier,
C'est ça qu'est triste.

La ballade irlandaise

Paroles d'Eddy Marnay
Musique d'Emil Stern

Un oranger sur le sol irlandais
On ne le verra jamais,
Un jour de neige embaumé de lilas
Jamais on ne le verra.

Qu'est-ce que ça peut faire ?
Qu'est-ce que ça peut faire ?
Tu dors auprès de moi,
Près de la rivière
Où notre chaumière
Est comme un cœur plein de joie.

221

Un oranger sur le sol irlandais
On ne le verra jamais
Mais dans mes bras quelqu'un d'autre que toi,
Jamais on ne le verra.

Qu'est-ce que ça peut faire ?
Qu'est-ce que ça peut faire ?
Tu dors auprès de moi,
L'eau de la rivière
Fleure la rivière
Et ton sommeil est à moi.

Un oranger sur le sol irlandais
On ne le verra jamais
Un jour de neige embaumé de lilas
Jamais on ne le verra.

Qu'est-ce que ça peut faire ?
Qu'est-ce que ça peut faire ?
Toi, mon enfant, tu es là...

Francis Lemarque
[1917]

Il composa autant de succès pour lui que pour les autres.

Son ami Prévert lui présenta Montand. Ce fut le grand départ. Il compose et interprète des chansons qui semblent sortir tout droit d'un folklore moderne, tant elles sont simples et évoquent la France profonde.

À Paris

Paroles et Musique de Francis Lemarque

À Paris
Quand un amour fleurit,
Ça fait pendant des s'main's
Deux cœurs qui se sourient,
Tout ça parce qu'ils s'aim'nt
À Paris.

Au printemps
Sur les toits, les girouett's
Tourn'nt et font les coquett's
Avec le premier vent
Qui passe indifférent,
Nonchalant.

Car le vent,
Quand il vient à Paris
N'a plus qu'un seul souci,
C'est d'aller musarder
Dans tous les beaux quartiers
De Paris.

Le soleil
Qui est son vieux copain,
Est aussi de la fête
Et comm' deux collégiens
Ils s'en vont en goguett'

Dans Paris.

Et la main dans la main,
Ils vont sans se frapper
Regardant en chemin,
Si Paris a changé.
Y'a toujours
Des taxis en maraud'
Qui vous chargent en fraude,
Avant le stationn'ment,
Où y'a encor' l'agent,
Des taxis.

Au café
On voit n'importe qui,
Qui boit n'importe quoi,
Qui parle avec ses mains,
Qu'est là depuis l'matin,
Au café !

Y'a la Seine,
À n'importe quelle heure
Elle a ses visiteurs
Qui la r'gard'nt dans les yeux,
Ce sont ses amoureux
À la Seine.

Et y'a ceux,
Ceux qui ont fait leur lit,
Près du lit de la Seine,
Et qui s' lav'nt à midi
Tous les jours de la s'main'
Dans la Seine.

Et les autres,
Ceux qui en ont assez,
Parc' qu'ils en ont vu d'trop
Et qui veul'nt oublier,
Alors ils s'jett'nt à l'eau.
Mais la Seine

Ell' préfère
Voir les jolis bateaux

Se promener sur elle,
Et au fil de son eau,
Jouer aux caravell's,
Sur la Seine !

Les ennuis,
Y'en a pas qu'à Paris,
Y'en a dans l'monde entier,
Oui, mais dans l'monde entier,
Y'a pas partout Paris,
V'là l'ennui...

À Paris,
Au Quatorze-Juillet
À la lueur des lampions,
On danse sans arrêt,
Au son d'l'accordéon,
Dans les rues,

Depuis qu'à Paris,
On a pris la Bastille,
Dans tous les faubourgs,
Et à chaque carr'four,
Il y a des gars,
Et il y a des fill's
Oui, sur les pavés,
Sans arrêt, nuit et jour,
Font des tours,
Et des tours,
À Paris.

Quand un soldat

Paroles et Musique de Francis Lemarque

Fleur au fusil tambour battant il va
Il a vingt ans un cœur d'amant qui bat
Un adjudant pour surveiller ses pas
Et son barda contre ses flancs qui bat

Quand un soldat s'en va-t-en guerre il a
Dans sa musette son bâton d'maréchal
Quand un soldat revient de guerre il a
Dans sa musette un peu de linge sale

Partir pour mourir un peu
À la guerre, à la guerre
C'est un drôl' de petit jeu
Qui n'va guèr' aux amoureux
Pourtant c'est presque toujours
Quand revient l'été
Qu'il faut s'en aller
Le ciel regarde partir
Ceux qui vont mourir
Au pas cadencé
Des hommes il en faut toujours
Car la guerre, car la guerre
Se fout des serments d'amour
Elle n'aime que l'son du tambour

Quand un soldat s'en va-t-en guerre il a
Des tas d'chansons et des fleurs sous ses pas
Quand un soldat revient de guerre il a
Simplement eu d'la veine et puis voilà
Simplement eu d'la veine et puis voilà
Simplement eu d'la veine
ET PUIS VOILÀ.

Rue de Lappe

Paroles de Francis Lemarque
Musique de Rudi Revil

1

Tous les samedis soirs on allait comm' ça
Dans un bal musette pour danser comm' ça
Dans un vieux quartier fréquenté comm' ça
Par des danseurs de java comm' ça

Refrain

Rue de Lappe Rue de Lappe au temps joyeux
Où les frappes où les frappes étaient chez eux
Rue de Lappe Rue de Lappe en ce temps-là
À petits pas on dansait la java
Les Jul's portaient des casquettes
Sur leurs cheveux gominés
Avec de bell's rouflaquettes
Qui descendaient jusqu'au nez
Rue de Lappe Rue de Lappe c'était charmant
Rue de Lappe Rue de Lappe mais plus prudent
Rue de Lappe Rue de Lappe pour les enfants
De les emm'ner ce soir-là au ciné
Plutôt que d'aller s'faire assassiner
Passez la monnaie passez la monnaie et ça tournait
Et plus ça tournait et plus ça tournait plus ça coûtait
Qu'est c'que ça coûtait Qu'est c'que ça coûtait
[quelques tickets
Mais on n'les payait mais on n'les payait presque
[jamais

2

Ceux qui n'sortaient pas de Polytechnique
Pour la politesse avaient leur technique
Avec les gonzesses c'était à coups d'triques
Qu'ils discutaient politique comm' ça

Refrain

Rue de Lappe Rue de Lappe on rencontrait
Une frappe une frappe qui revenait
Rue de Lappe Rue de Lappe pour respirer
Un peu d'air frais de son bon vieux quartier
Il laissait à la Guyane
Son bel ensemble rayé
Pour cueillir le cœur d'ces dames
Comme une poire au poirier
Rue de Lappe Rue de Lappe c'était parfait
Rue de Lappe Rue de Lappe oui mais oui mais
Rue de Lappe Rue de Lappe par les poulets
Un soir de rafle il se faisait cueillir
Pour la Guyane il devait repartir
Passez la monnaie passez la monnaie et ça tournait

Pendant qu'ça tournait pendant qu'ça tournait on
[l'emmenait
Et ça lui coûtait et ça lui coûtait quelques années
Mais il n'les faisait mais il n'les faisait presque
[jamais
Rue de Lappe Rue de Lappe quand il rev'nait
Rue de Lappe Rue de Lappe il r'commençait.

Henri Salvador
[1917]

Il a tous les talents. Ce qui lui a permis de faire la plus longue carrière qu'un artiste compositeur-interprète a pu faire en France. 1940... 2000... Ce n'est pas fini.
Et pourtant... il a toujours les boules !

L'abeille et le papillon

Paroles de Maurice Pon
Musique de Henri Salvador

Une abeille un jour de printemps
voletait, voletait gaiement
sur la rose bruyère en fleur
dont si douce est l'odeur.
Au pied de la bruyère en fleur
une pauvre chenille en pleurs

regardait voler dans le ciel
la petite et son miel.

Et la pauvre chenille en sanglots
lui disait : « Je vous aime. »
Mais l'abeille là-haut, tout là-haut,
n'entendait pas un mot.

Cependant que les jours passaient
la chenille toujours pleurait
et l'abeille volait gaiement
dans le ciel du printemps.

Après avoir pleuré jusqu'à la nuit
notre chenille s'endormit
mais le soleil de ses rayons
vint éveiller un papillon.
Et sur une bruyère en fleur
notre abeille a donné son cœur
(tandis que chantaient les grillons)
au petit papillon.

Par les bois, les champs et les jardins
se frôlant de leurs ailes
ils butinent la rose et le thym
dans l'air frais du matin.

Ma petite histoire est finie
elle montre que dans la vie
quand on est guidé par l'amour
on triomphe toujours,
on triomphe toujours.

Le blouse du dentiste

Paroles de Boris Vian
Musique de Henri Salvador

Ce matin-là en me levant
J'avais bien mal aux dents
J'sors de chez moi

Et j'fonce en pleurant
Chez un nommé Durand
Qu'est dentiste de son état
Et qui pourrait m'arranger ça

La salle d'attente est bourrée d'gens Oh là là
Et pendant que j'attends
Sur un brancard
Passe un mec tout blanc
Porté par deux mastars
Je m'lève déjà pour foutr' le camp
Mais l'infirmier crie « Au suivant ! »

Je suis debout devant le dentiste
Je lui fais un sourire crétin
Y m'fout dans l'fauteuil et crie : En piste !
Il a des tenailles à la main
Oh maman !
J'ai les guibolles en fromage blanc
Avant même que j'ai pu dire Ouf !
Y m'fait déjà sauter trois dents

En moins d'une plombe, mes pauvres molaires
Sont r'tournées dans leur tombe Oh là là
Voilà qu'y m'plombe
Mes deux bell's dents
Celles que j'ai par-devant
Y m'file un coup d'chalumeau
Et il me lance un bon verre d'eau

Y m'dit il faut régler votre dette
Je venais d'être payé la veille
Le salaud me fauche tout mon oseille
Et me refile 50 balles net
Oh maman
Et il ajoute en rigolant
J'suis pas dentiste je suis plombier
Entre voisins faut s'entraider
Et moi je guinche ce soir
Le blouse du dentiste dans le noir.

Le loup, la biche et le chevalier

(Une chanson douce)

Paroles de Maurice Pon
Musique de Henri Salvador

Une chanson douce
que me chantait ma maman
en suçant mon pouce
j'écoutais en m'endormant.
Cette chanson douce
je veux la chanter pour toi
car ta peau est douce
comme la mousse des bois.

La petite biche est aux abois
dans le bois
se cache le loup
ouh ouh ouh ouh !
Mais le brave chevalier passa
il prit la biche dans ses bras
la la la la !

La petite biche
ce sera toi si tu veux
le loup on s'en fiche
contre lui nous serons deux.

Une chanson douce
pour tous les petits enfants
Une chanson douce
comme en chantait ma maman.

Oh ! le joli conte que voilà
la biche en femme se changea
la la la la
Et dans les bras du beau chevalier
belle princesse elle est restée
à tout jamais.

La belle princesse
avait tes jolis cheveux.
La même caresse

se lit au fond de tes yeux.
Une chanson douce
comme en chantait ma maman,
Une chanson douce
pour tous les petits enfants.
Cette chanson douce
je veux la chanter aussi
pour toi ô ma douce
jusqu'à la fin de ma vie,
jusqu'à la fin de ma vie,
jusqu'à la fin de ma vie.

Syracuse

Paroles de Bernard Dimey
Musique de Henri Salvador

J'aimerais tant voir Syracuse
L'île de Pâques et Kairouan
Et les grands oiseaux qui s'amusent
À glisser l'aile sous le vent.

Voir les jardins de Babylone
Et le palais du grand Lama
Rêver des amants de Vérone
Au sommet du Fuji-Yama.

Voir le pays du matin calme
Aller pêcher au cormoran
Et m'enivrer de vin de palme
En écoutant chanter le vent.

Avant que ma jeunesse s'use
Et que mes printemps soient partis
J'aimerais tant voir Syracuse
Pour m'en souvenir à Paris.

Zorro est arrivé

« Along came Jones »

Paroles françaises de Bernard Michel
Paroles originales et Musique de Jerry Leiber et Mike Stoller

1

Dans mon fauteuil je regardais le film à la télé
Un type nommé Jojo le Bouffi
Poursuivait la pauv' Suzy
Il la coinça près d'la scierie
Et très méchamment lui dit :
Si tu m'donn's pas ton ranch en moins d'deux
Je vais t'couper en deux
Puis il l'empoigna
Et alors ?
Il la fic'la
Et alors ?
Il la mis sous la scie
Et alors ? Et alors ?
Eh ! Eh !

Zorro est arrivé
Sans s'presser
Le grand Zorro
Le beau Zorro
Avec son ch'val et son grand chapeau

2

Mais bientôt j'ai pris la deuxièm' chaîne
Car un vieux schnoque parlait
Charmante soirée sur la deuxième chaîne
Ils passaient le même navet
Près d'un' cabane Jo le Bouffi
Coinçait la pauv' Suzy
Il lui disait : Donn'-moi ton ranch eh ! Poupée
Ou j'te transforme en purée
Puis il l'empoigna
Et alors ?
Il la fic'la
Et alors ?
Il mit le feu à la dynamite

Et alors ? Et alors ?
Eh ! Eh !

Zorro est arrivé
Sans s'presser
Le grand Zorro
Le beau Zorro
Avec son ch'val et son grand chapeau

3

Mais moi j'en avais tell'ment marre
J'ai repris la première chaîne
Et devant mes yeux, mes yeux hagards se déroulait
Et Jojo, Jojo le Bouffi   [la mêm' scène
Dans un sac fourrait Suzy
Disant : Donn'-moi ton ranch eh ! boudin
Ou j'vais t'balancer sous l'train
Puis il l'empoigna
Et alors ?
Il la fic'la
Et alors ?
Sur les rails il la fit rouler
Mais le train arrivait les copains
Et alors ? Et alors ?

Zorro est arrivé
Sans s'presser
Le grand Zorro
Le beau Zorro
Avec son ch'val et son grand chapeau
Avec son flingue et son grand lasso
Avec ses bottes et son vieux banjo,
Ah ! Ah ! Sacré Zorro

Le travail c'est la santé

Paroles de Maurice Pon
Musique de Henri Salvador

Refrain
Le travail c'est la santé
Rien faire c'est la conserver
Les prisonniers du boulot
Font pas de vieux os

1
Ces gens qui courent au grand galop
En auto, vélo ou métro
Vont-ils voir un film rigolo
Mais non ils vont à leur boulot

[Au refrain]

2
Ils bossent onze mois pour les vacances
Et sont crevés quand ils commencent
Un mois plus tard ils sont costauds
Mais faut reprendre le boulot

[Au refrain]

3
Dire qu'il y a des gens en pagaille
Qui courent sans cesse après l'travail
Moi le travail me court après
Il n'est pas prêt d'me rattraper

[Au refrain]

4
Maint'nant dans le plus p'tit village
Les gens travaillent comm' des sauvages

Pour se payer tout le confort
Quand ils ont tout... ben... ils sont morts !

[Au refrain]

Petit Indien

Paroles de Maurice Pon
Musique de Henri Salvador

Petit Indien s'en allait
sur son joli canoë
et tout le long il chantait
Ohé !
Au rythme de sa pagaie
voguant vers sa bien-aimée
il avait le cœur si gai
Ohé !
Les lianes le caressaient
et les bambous s'effaçaient
pour laisser son canoë
passer.
Les oiseaux du voisinage
se disaient dans leur langage :
Prenons bien soin du petit Indien.

Oui mais quand la nuit fut venue
vers son nid chacun disparut.
Il fut seul et la lune bleue
ferma ses yeux.

Petit Indien sommeillait
mais par bonheur une fée
sur la rivière enchantée
veillait.
Et deux poissons argentés
toute la nuit ont nagé

237

en guidant son canoë
léger.
Éveillé par un baiser
il se dit : « C'est la rosée ! »
mais c'était sa bien-aimée
Ohé !
L'amour chassant les obstacles
avait semé des miracles
sur le chemin
du petit Indien.
Ohé ! Ohé ! Ohé !

Patachou
[1918]

Débute comme secrétaire aux éditions Raoul Breton. Puis ouvre un restaurant à Montmartre, fait chanter ses clients et coupe la cravate de ceux qui chantent faux. Elle ouvre ensuite un cabaret où se produit Brassens. Elle monte un tour de chant parrainé par Maurice Chevalier. Elle fait du cinéma... et de la télé... Quel parcours !

Voyage de noces

Paroles de Jean Valtay
Musique de Jean Valtay et Jean Rochette

Ça faisait bien longtemps qu'on n'vous avait pas
Tous les deux.   [vus,
Un matin de printemps vous aviez disparu,
Tous les deux.
Dans la chambre est resté le lit tout découvert,
Par vous deux.
Où déjà ce soir-là vos corps se sont offerts
Tous les deux.

Refrain
Vous avez dû en faire un beau voyage de noces
En montagne.
Vous avez dû en faire des châteaux comm' les
En Espagne.   [goss's

Vous trouverez encore le bouquet de lilas
Blanc et bleu.
Cueilli dans le jardin je l'avais posé là
Pour vous deux.
Surtout ne riez pas en le voyant fané
Tous les deux.
C'est le seul souvenir que je pouvais garder
De vous deux.

[Au refrain]

Et puis me revoilà comme il y a longtemps
Avec vous deux.
Rien ne peut s'oublier pas même avec le temps
Qui se fait vieux.
Je ne veux pas savoir si vous avez gardé
Tous les deux
L'amour de ce printemps que vous m'aviez volé
Tous les deux.

Refrain
Moi je n'ai jamais fait de beau voyage de noces
En montagne.
Pourtant j'en avais fait des châteaux comm' les
En Espagne.   [goss's

La bague à Jules

Paroles de Jamblan
Musique d'Alec Siniavine

Y'a quelqu' chos' qui tourne pas rond
Sur cett' boul' qu'on appell' la Terre...
Et mêm' les gens qu'nous admirons
N'sont pas à l'abri d'la misère...
C'est ainsi qu'dans l'milieu, l'aut' jour,
À midi juste à la pendule,
Ce bruit affreux n'a fait qu'un tour :
On a fauché la bague à Jules !

Jul's, c'est un caïd, un' terreur,
Mais un malin, presqu'un artiste...
Un gars qui n'fait jamais d'erreurs,
Un' min' d'or pour les journalistes...
Pour un' fois qu'il s'faisait masser
De l'orteil à la clavicule,

240

Complèt'ment nu, comm' vous pensez,
On a fauché la bague à Jules !

Un' petit' bagu' de rien du tout :
Deux cents gramm's d'or autour d'un diam',
Des p'tits rubis un peu partout...
Seul'ment la bagu' lui v'nait d'Madame !
Ou plutôt, de son ton guindé,
Aux demoisell's qui déambulent,
Elle avait dit : c'est décidé,
On va offrir la bague à Jules.

D'la s'couss' les pépées des carr'fours
Les cell's que la moral' tolère
Les bell's de nuit, les bell's de jour,
Les faux poids et les vraies douairières.
Tout's ont augmenté leurs tarifs
Afin d'arrondir leur pécule...
Y'a eu du marathon sportif
Pour alourdir la bague à Jules !

Hélas, depuis qu'on a fauché
L'ornement d'son auriculaire,
La clientèl' peut s'approcher,
Fini, l'moindre effort pour lui plaire...
Et malheur au gars qui dirait
Comm' ça bêt'ment, sans préambule ;
« Pardon, Mad'moisell', c'est-y vrai
Qu'on a fauché la bague à Jules ? »

Et Jul's lui-mêm', c'est pire encor...
Il os' plus dir' bonjour aux potes
Il sait pas quoi fair' de son corps...
Quand il est tout seul, il sanglote...
Tous les tantôts, dès qu'il est l'vé,
D'un air penaud et ridicule,
Il va voir aux objets trouvés
Si y'aurait pas la bague à Jules.

Tenez, l'aut' soir, n'en pouvant plus,
Tremblant comme un qu'a la jaunisse
Et cachant ses gros doigts poilus,
Il est allé à la police...

Et là, au commissair' soufflé,
Il a dit : « Tant pis, c'est régule,
Y'aura un sac pour le poulet
Qui ramèn'ra la bague à Jules !... »

Et pendant c'temps-là, pas bien loin,
L'imbécil' qu'a fauché la bague
Se consol' tout seul, dans son coin,
De l'énormité de la blague...
Car sa loup' lui a révélé
La vérité sur le bidule...
Dans l'histoir' tout l'monde est volé :
Elle était fauss' la bague à Jules !...

Georges Ulmer
[1919-1989]

Un Danois qui chante en français sous l'Occupation et qui fait connaître ensuite Pigalle au monde entier. C'est inattendu ! Il fut perçu, pour beaucoup de spécialistes, comme le grand rival d'Yves Montand, quand il fut pour la première fois tête d'affiche à l'ABC.

Quand allons-nous nous marier ?

Paroles d'André Salvet
Musique de Georges Ulmer d'après un thème folklorique

[Elle] Quand allons-nous nous marier
Nous marier Nous marier
Quand allons-nous nous marier
Mon cow-boy adoré

[Lui] Nous ferons ça dimanch' prochain
Dimanch' prochain Dimanch' prochain
Nous ferons ça dimanch' prochain
Peut-être mêm' demain

[Elle] J'espère que mon papa voudra
Papa voudra Papa voudra
J'espère que mon papa voudra
Que je m' marie à toi

[Lui] Ton papa je le convaincrai
Le convaincrai Le convaincrai
Ton papa je le convaincrai
Je peux te le jurer

[Elle] Chéri je n' te reconnais plus
Reconnais plus Reconnais plus
Chéri je n' te reconnais plus
Comment t'appelles-tu donc

[Lui] On m'appelle le Tueur du Texas
Ce surnom je l'ai conquis
En descendant dans un bar de Kansas
Une soixantaine de bandits
J'ai pillé les principales barques
Du Pôle Nord à l'Équateur
Le seul délit qui encore me manque
C'est d'avoir été étrangleur
Mais ça pourra venir hay di hay di ho
Dans l'avenir hay di hay di ho
Tout ça dépend de toi
Et d' ce que tu répondras

[Lui] Et maint'nant ma poupée chérie
Poupée chérie Poupée chérie
Et maint'nant ma poupée chérie
Quand est-ce qu'on se marie

[Elle] Je ne suis pas tell'ment pressée
Tell'ment pressée Tell'ment pressée
Je ne suis pas tell'ment pressée
De vouloir me marier

Nous ferons ça une autre année
Une autre année Une autre année
Nous ferons ça une autre année
Mon cow-boy adoré.

Un monsieur attendait

Paroles et Musique de Georges Ulmer et Géo Koger

Refrain
Un monsieur attendait
Au café du Palais
Devant un Dubonnet
La femme qu'il aimait
La pendule tournait

Et les mouches volaient
Et toujours le monsieur attendait

Elle lui avait dit : Je viendrai vers midi
Il était déjà six heur's et d'mie
Il pensait c'est bizarr'
Comm' les femm's ont du r'tard
Mais toujours patient et plein d'égards

[Au refrain]

Lorsque sonna minuit
Il repartit chez lui
En s'disant c'est pas pour aujourd'hui
Mais ça m'étonn'rait bien
Qu'ell' ne vienn' pas demain
Et l'lend'main dès huit heur's du matin.

[Au refrain]

Puis des mois se passèr'nt
Vint la crise et la guerre
Le café changea d'propriétaire
On refit les plafonds
Les chais's les guéridons
Mais mêm' pendant les transformations

[Au refrain]

Un soir l'âme bien lasse
Il la vit dans une glace
Ell' était juste au café d'en face
Elle s'était tout bonn'ment
Trompé d'établiss'ment
Voilà pourquoi pendant quarante ans

[Au refrain]

Mais le jour qu'il la vit
Elle avait un mari
Le patron de l'autr' bar c'est la vie.

Pigalle

Paroles de Georges Ulmer et Géo Koger
Musique de Georges Ulmer et Guy Luypaerts

C'est un' rue
C'est un' place
C'est même tout un quartier,
On en parle, on y passe
On y vient du monde entier.
Perchée au flanc de Paname
De loin, elle vous sourit,
Car elle reflète l'âme
La douceur et l'esprit de Paris.

Refrain
Un p'tit jet d'eau,
Un' station de métro
Entourée de bistrots,
Pigalle.
Grands magasins
Ateliers de rapins
Restaurants pour rupins,
Pigalle.

Là, c'est l'chanteur des carr'fours
Qui fredonn' les succès du jour,
Ici, l'athlète en maillot
Qui soulèv' les poids d'cent kilos,

Refrain
Hôtels meublés
Discrèt'ment éclairés
Où l'on n'fait que passer,
Pigalle.
Et vers minuit
Un refrain qui s'enfuit,
D'une boîte de nuit,
Pigalle.

On y croise
Des visages
Communs et sensationnels,

On y parle des langages
Comme à la tour de Babel
Et quand vient le crépuscule
C'est le grand marché d'amour,
C'est le coin où déambulent.
Ceux qui prennent la nuit pour le jour.

Refrain
Girls et mann'quins,
Gitan's aux yeux malins
Qui lisent dans les mains,
Pigalle.
Clochards, cam'lots
Tenanciers de bistrots,
Trafiquants de coco,
Pigalle.

P'tit's femm's qui vous sourient
En vous disant : « Tu viens chéri »
Et Prosper qui dans un coin
Discrèt'ment surveill' son gagn' pain.

Refrain
Un p'tit jet d'eau,
Un' station de métro,
Entourée de bistrots,
Pigalle.
Ça vit, ça gueul'
Les gens diront c'qu'ils veul'nt
Mais au monde y'a qu'un seul
Pigalle.

C'est loin tout ça

Paroles de Géo Koger
Musique de Georges Ulmer et Guy Luypaerts

1

Dis-moi bonne grand-mère
Quand tu étais enfant
Aimais-tu te distraire
Lisais-tu des romans
As-tu connu la haine
As-tu connu l'amour
Avec ses joies, ses peines
Te faisait-on la cour
Et la vieille grand-mère
S'approchant tout près du feu
Fit signe à l'enfant de se taire
Et murmura, fermant les yeux :

Refrain

Je me souviens des beaux dimanches
Quand je mettais ma robe blanche
Avec dentelles et falbalas
Ah ! oui, c'est loin, c'est loin tout ça
Et l'omnibus Auteuil-Mad'leine
Qui doucement longeait la Seine
Vers les jardins pleins de lilas
Ah ! oui c'est loin, c'est loin tout ça
Où sont-ils mes deux soupirants
Le calicot et l'étudiant
Qui au bal me murmurait tout bas :
Accordez-moi cette polka
Les vieux cafés et les guinguettes
Où fleurissait la chansonnette
L'Eldorado et la Scala
Ah ! oui c'est loin, c'est loin tout ça.

2

Mais l'enfant qui l'écoute
Vieillira elle aussi
Et sa p'tite fille sans doute
Dans cinquante ans d'ici

Lui dira : « Oh ! Grand-mère,
Parle-moi de ton temps
Que faisais-tu naguère
Quand tu avais vingt ans
Alors la bonne vieille
D'un petit air attendri
Dira, évoquant les merveilles
De notre beau temps d'aujourd'hui :

Refrain
Je me souviens des beaux dimanches
Où je partais en culottes blanches
Fair' du camping de-ci de-là
Ah ! oui, c'est loin, c'est loin tout ça
Les beaux dancings pleins de lumière
Où je dansais des nuits entières
L'boogie-boogie et la samba
Ah ! oui, c'est loin, c'est loin tout ça
Où sont-ils mes flirts un peu fous
Le grand boxeur, le p'tit zazou
Qui m'offraient des bijoux, des autos
Et me parlaient d'amour en argot
Et puis un jour vint ton grand-père
Sans être beau il sut me plaire
On s'est aimés et puis voilà
C'est très loin, oui c'est loin tout ça.

Les Frères Jacques
[1920]

Un quatuor français original, international, discographique,
classique, comique, dramatique, poétique et... fantastique !
Chez eux tout était dans la présentation, les costumes, le
choix du répertoire, le geste. En un mot un numéro unique, qui
fit le tour du monde.

La queue du chat

Paroles et Musique de Robert Marcy

Le médium était concentré,
L'assistance était convulsée,
La table soudain a remué
Et l'esprit frappeur a frappé.

« C'n'est qu'le p'tit bout d'la queue du chat
Qui vous électrise
C'n'est qu'le p'tit bout d'la queue du chat
Qui a fait c'bruit-là.
Non, l'esprit n'est pas encore là,
Unissons nos fluides
Et recommençons nos ébats
Que le chat gâcha. »

Puis un souffle étrange a passé,
Une ombre au mur s'est profilée
L'assistance s'est mise à trembler,
Mais le médium a déclaré :

« C'n'est qu'le p'tit bout d'la queue du chat
Qui vous électrise,
C'n'est qu'le p'tit bout d'la queue du chat
Qui passait par là.
Non, l'esprit n'est pas encore là,
R'unissons nos fluides
Et recommençons nos ébats
Que le chat gâcha. »

Alors en rond on se remit.
Et puis on attendit l'esprit,
Quand une dame poussa un cri
En disant : « ça y est, je l'sens, c'est lui...

Mais non, voyons !...

C'n'est qu'le p'tit bout d'la queue du chat
Qui vous électrise
C'n'est qu'le p'tit bout d'la queue du chat
Que pensiez-vous là.
Non, l'esprit n'aurait pas fait ça,
Vous n'avez pas d'fluide. »
Le médium alors se fâcha
Et chassa le chat.

Un'voix dit : « miaou, me voilà, »
Quelle drôle de surprise,
Car l'esprit s'était caché là
Dans la queue du...
Dans la queue du...
Dans la... queue du chat.

La Marie-Joseph

Paroles et Musique de Stéphane Goldmann

Ça nous a pris trois mois complets
Pour découvrir quels étaient ses projets.
Quand le père nous l'a dit, c'était trop beau,
Pour les vacances nous avions un bateau.

D'un bond, d'un seul et sans hésitation
On s'documente sur la navigation.
En moins d'huit jours nous fûmes persuadés
Qu' la mer, pour nous, n'avait plus de secrets.

Encore heureux qu'il ait fait beau
Et qu'la Marie-Joseph soit un bon bateau.

Encore heureux qu'il ait fait beau
Et qu'la Marie-Joseph soit un bon bateau.

Le père alors fit preuve d'autorité :
« J'suis ingénieur, laissez-moi commander. »
D'vant l'résultat on lui a suggéré
Qu'un vrai marin vienne nous accompagner.

Encore heureux qu'il ait fait beau
Et qu'la Marie-Joseph soit un bon bateau.
Encore heureux qu'il ait fait beau
Et qu'la Marie-Joseph soit un bon bateau.

Alors, j'ai dit : « J'vais prendre la direction.
Ancien marin, j'sais la navigation. »
J'commence à croire qu' c'était prématuré,
Faut pas confondre guitare et naviguer.

Encore heureux qu'il ait fait beau
Qu'il ait fait beau, qu'il ait fait beau,
Encore heureux, encore heureux.
Qu'la Marie-Joseph soit un bon bateau.

Au bout d' trois heures de notre exhibition
L'un d'nous se r'lève avec stupéfaction.
Car on n's'était pas beaucoup déplacé
Rapport à l'ancre qu'on n'avait pas r'montée.

Encore heureux qu'il ait fait beau
Et qu'la Marie-Joseph soit un bon bateau.
Encore heureux qu'il ait fait beau
Et qu'la Marie-Joseph soit un bon bateau.

Côté jeunes filles, c'était pas mal.
Ça nous a coûté l'écoute de grand'voile.
En la coupant Suzon dit : « Je m'rappelle
Qu'un d' mes louv'teaux voulait de la ficelle. »

Encore heureux qu'il ait fait beau
Qu'il ait fait beau, qu'il ait fait beau.
Encore heureux, encore heureux
Qu'la Marie-Joseph soit un bon bateau.

Pour la deuxième fallait pas la laisser
Toucher la barre ou même s'en approcher.
Car en moins d' deux on était vent debout.
« J'aime tant l'expression, disait-elle, pas vous ? »

Encore heureux qu'il ait fait beau
Et qu'la Marie-Joseph soit un bon bateau.
Encore heureux qu'il ait fait beau
Et qu'la Marie-Joseph soit un bon bateau.

Quand final'ment on a pu réparer,
Alors on s'est décidé à rentrer
Mais on n'a jamais trouvé l'appont'ment
Car à minuit, on n'y voit pas tell'ment.

Encore heureux qu'il ait fait beau
Et qu'la Marie-Joseph soit un bon bateau.
Encore heureux qu'il ait fait beau
Et qu'la Marie-Joseph soit un bon bateau.

On dit : maussade comme un marin breton.
Moi j'peux vous dire qu'c'est pas mon impression
Car tous les gars du côté d'Noirmoutier
Ne sont pas prêts d's'arrêter d'rigoler :

Ouin, ouin, ouin, ouin, ouin, ouin, ouin, ouin. *(4 fois)*

Pour acheter l'entrecôte

Paroles de Goupil
Musique de M. Zimmermann

À l'atelier qui bourdonn' comm' un' ruche,
La pauvr' Lisett' sanglote en travaillant,
Car son vieux père est mort de la coqu'luche.
Elle reste seul' pour nourrir cinq enfants.
Dix petits pieds réclament des chaussures
La neige tombe, il va sûr'ment fair' froid,
Tout en cousant pour les rich's créatures

La petit' main sent frissonner ses doigts.
Et, dans son estomac que torture la faim,
Elle sent que grandit la peur du lendemain.

Refrain
C'est pour pouvoir acheter l'entrecôte,
Qui nourrira les chères têtes blondes,
Qu'elle travaill' pour les gens de la haute
Et qu'elle fait des rob's pour le beau monde
Si ell' pein' si courageus'ment
Et si elle fait des heur's de supplément
C'est pour pouvoir acheter l'entrecôte
L'entrecôte.

Mais un beau jour, comme elle était jolie
Un beau jeune homme, un placier en tissus,
Lui acheta, dans un coup de folie,
Une bell' robe avec des perl's dessus.
Elle voulait pourtant rester honnête,
Mais il lui dit qu'il avait de l'argent.
C'est pour cela que la pauvre Lisette
Se sacrifia, en songeant aux enfants.
Tous les soirs désormais par les soins du placier
Les petits estomacs furent rassasiés.

Refrain
C'est pour pouvoir acheter l'entrecôte
Qui nourrira les chères têtes blondes,
Qu'elle commit son initiale faute
Qui la rabaisse au rang du demi-monde ;
Et le soir avec son amant
Si elle fait des heur's de supplément
C'est pour pouvoir acheter l'entrecôte,
L'entrecôte.

Comme son amant était d'humeur changeante,
Il la quitta pour partir au Brésil,
Alors du vice ell' descendit la pente
Et de son corps elle fit un outil.
Mais dans son cœur ell' pensait à ses frères
Qu'elle sauvait d'un geste machinal.
Pour éviter qu'ils soient dans la misère,
C'est effrayant c'qu'ell' se donnait du mal.

N'imitez pas, fillettes, cet exemple maudit,
Vous seriez pour le monde un objet de mépris.

Refrain
C'est pour pouvoir acheter l'entrecôte
Qui nourrira les chères têtes blondes
Qu'elle reçoit sans cess' de nouveaux hôtes
Et qu'ell' devient la femme à tout le monde.
Et dans la nuit, pieusement
Si elle fait des heur's de supplément
C'est pour pouvoir acheter l'entrecôte,
L'entrecôte.

Boris Vian
[1920-1959]

La chanson n'était qu'une des multiples facettes de son talent... Écrivain, parolier, chanteur, adaptateur, polémiste, humoriste, directeur artistique. Il était musicien. Il fut jazzman, rock'n rolleur, chanteur traditionnel.

J' suis snob

Paroles de Boris Vian
Musique de Jimmy Walter

1er Refrain
J' suis snob... j' suis snob
C'est vraiment le seul défaut que j' gobe
Ça demande des mois d'turbin
C'est une vie de galérien
Mais quand j' sors avec Hildegarde
C'est toujours moi qu'on r'garde
J' suis snob... j' suis snob
Tous mes amis le sont on est snob et c'est bon

1
Chemis's d'organdi, chaussur's de zébu
Cravat' d'Italie, et méchant complet vermoulu
Un rubis au doigt de pied, pas çui-là
Les ongles tout noirs et un très joli p'tit mouchoir
J'vais au cinéma voir les films suédois
Et j'entre au bistrot pour boire du whisky à gogo
J'ai pas mal au foie, personne fait plus ça
J'ai un ulcère c'est moins banal et plus cher

Refrain
J' suis sno... j' suis snob
J' m'appell' Patrick mais on dit Bob
Je fais du ch'val tous les matins
Car j'adore l'odeur du crottin
Je ne fréquente que des baronnes

Au nom comm' des trombones
J' suis snob... j' suis snob
Et quand je parle d'amour c'est tout nu dans la cour

2

On se réunit avec les amis
Tous les mercredis pour faire des snobismes parties
Il y a du coca on déteste ça
Et du camembert qu'on mange à la p'tite cuillère
Mon appartement est vraiment charmant
J' me chauffe au diamant on n' peut rien rêver
J'avais la télé mais ça m'ennuyait   [d' plus fumant
Je l'ai r'tournée d' l'autre côté c'est passionnant

2e Refrain
J' suis snob... j' suis snob
J'ai un' foudroyante garde-robe
J'ai des accidents en jaguar
Je passe le mois d'août au plumard
C'est dans les p'tits détails comm' ça
Que l'on est snob ou pas
J' suis snob... j' suis snob
Et quand je serai mort
J' veux un suaire de chez Dior !

On n'est pas là pour se faire engueuler

Paroles de Boris Vian
Musique de Jimmy Walter

1

Un beau matin de juillet, le réveil
A sonné comme le lever du soleil
Et j'ai dit à ma poupée : « Faut te s'couer
C'est aujourd'hui qu'il passe »
On arrive sur le boul'vard sans retard
Pour voir défiler le Roi d'Zanzibar

Mais sur-le-champ on est r'foulé par les agents
Alors j'ai dit :

Refrain
On n'est pas là pour se faire engueuler
On est là pour voir le défilé
On n'est pas là pour se faire piétiner
On est là pour voir le défilé
Si tout le monde était resté chez soi
Ça f'rait du tort à la République
Laissez-nous donc qu'on le regarde
Sinon plus tard quand la Reine reviendra
Ma parole, nous on r'viendra pas

2
L' jour de la fête à Julot, mon poteau
[V.F.] L' jour de la fête à Charlotte, ma copine
Je l'ai invité dans un p'tit bistro
[V.F.] Je l'ai invitée à boire une chopine
Où l'on sert un beaujolais vrai de vrai
[V.F.] Dans un bistro où l'on sert un sancerre
Un nectar de première
On est sortis très à l'aise et voilà
Que j'ai eu l'idée de l' ram'ner chez moi
[V.F.] Que j'ai eu l'idée d' la ram'ner chez moi
Mais j'ai compris devant l' rouleau à pâtisserie
Alors j'ai dit :

Refrain
On n'est pas là pour se faire engueuler
On est là pour faire une p'tite belote
On n'est pas là pour se faire assommer
On est là pour la fête à mon pote
[V.F.] On est là pour la fête à Charlotte
Si tout le monde restait toujours tout seul
Ça serait d'une tristesse pas croyable
Ouvre ta porte et sors des verres
Ne t'obstine pas ou sans ça l' prochain coup
Ma parole, j' rentre plus du tout.

3
Ma femme a cogné si dur cett' fois-là
[V.F.] Mon Jules a cogné si dur cett' fois-là

Qu'on a trépassé l' soir même et voilà
Qu'on se r'trouve au paradis vers minuit
Devant Monsieur Saint-Pierre
Il y avait quelques élus qui rentraient
Mais sitôt que l'on s'approche du guichet
On est r'foulés et Saint-Pierre se met à râler.
Alors j'ai dit :

Refrain
On n'est pas là pour se faire engueuler
On est v'nus essayer l'auréole
On n'est pas là pour se faire renvoyer
On est morts, il est temps qu'on rigole
Si vous flanquez les ivrognes à la porte
Il doit pas vous rester beaucoup d'monde
Portez-vous bien, mais nous on s' barre
Et puis on est descendus chez Satan !...
Et là-bas c'était épatant !...

Coda
C' qui prouve qu'en protestant
Quand il est encore temps
On peut finir par obtenir des ménag'ments

Je bois

Paroles de Boris Vian
Musique d'Alain Goraguer

Je bois
Systématiquement
Pour oublier les amis de ma femme
Je bois
Systématiquement
Pour oublier tous mes emmerdements

Je bois
N'importe quel jaja
Pourvu qu'il fasse ses douze degrés cinque

Je bois
La pire des vinasses
C'est dégueulasse, mais ça fait passer l'temps

La vie est-elle tell'ment marrante
La vie est-elle tellement vivante
Je pose ces deux questions
La vie vaut-elle d'être vécue
L'amour vaut-il qu'on soit cocu
Je pose ces deux questions
Auxquelles personne ne répond... et

Je bois
Systématiquement
Pour oublier le prochain jour du terme
Je bois
Systématiquement
Pour oublier que je n'ai plus vingt ans

Je bois
Dès que j'ai des loisirs
Pour être saoul, pour ne plus voir ma gueule
Je bois
Sans y prendre plaisir
Pour pas me dire qu'il faudrait en finir...

Georges Brassens
[1921-1981]

Le seul auteur, compositeur, interprète s'accompagnant à la guitare, aidé d'une contrebasse pour ses prestations sur scène ou l'enregistrement de ses disques.

En studio, les séances ne duraient guère. En 1955, à l'Apollo, après les réglages techniques d'usage, il enregistra La chanson pour l'Auvergnat *et* Les sabots d'Hélène *en une seule prise. Le tout dura à peine une heure !*

Le gorille

Paroles et Musique de Georges Brassens

C'est à travers de larges grilles
Que les femelles du canton
Contemplaient un puissant gorille,
Sans souci du qu'en-dira-t-on ;
Avec impudeur, ces commères
Lorgnaient même un endroit précis
Que, rigoureusement, ma mère
M'a défendu d'nommer ici.
Gare au gorille !...

Tout à coup, la prison bien close,
Où vivait le bel animal,

S'ouvre on n'sait pourquoi (je suppose
Qu'on avait dû la fermer mal) ;
Le singe, en sortant de sa cage,
Dit : « C'est aujourd'hui que j'le perds ! »
Il parlait de son pucelage,
Vous aviez deviné, j'espère !
Gare au gorille !...

L'patron de la ménagerie
Criait, éperdu : « Nom de nom !
C'est assommant, car le gorille
N'a jamais connu de guenon ! »
Dès que la féminine engeance
Sut que le singe était puceau,
Au lieu de profiter d'la chance,
Elle fit feu des deux fuseaux !
Gare au gorille !...

Celles-là même qui, naguère,
Le couvaient d'un œil décidé,
Fuient, prouvant qu'ell's n'avaient guère
De la suite dans les idé's ;
D'autant plus vaine était leur crainte,
Que le gorille est un luron
Supérieur à l'homm' dans l'étreinte,
Bien des femmes vous le diront !
Gare au gorille !...

Tout le monde se précipite
Hors d'atteinte du singe en rut,
Sauf une vieille décrépite
Et un jeune juge en bois brut.
Voyant que toutes se dérobent,
Le quadrumane accéléra.
Son dandinement vers les robes
De la vieille et du magistrat !
Gare au gorille !...

« Bah ! soupirait la centenaire,
Qu'on pût encore me désirer,
Ce serait extraordinaire,
Et, pour tout dire, inespéré ! »
Le juge pensait, impassible :

« Qu'on me prenn' pour une guenon,
C'est complètement impossible... »
La suite lui prouva que non !
Gare au gorille !...

Supposez qu'un de vous puisse être,
Comme le singe, obligé de
Violer un juge ou une ancêtre,
Lequel choisirait-il des deux ?
Qu'une alternative pareille,
Un de ces quatre jours, m'échoie,
C'est, j'en suis convaincu, la vieille
Qui sera l'objet de mon choix !
Gare au gorille !...

Mais, par malheur, si le gorille
Aux jeux de l'amour vaut son prix,
On sait qu'en revanche il ne brille
Ni par le goût ni par l'esprit.
Lors, au lieu d'opter pour la vieille,
Comme aurait fait n'importe qui,
Il saisit le juge à l'oreille
Et l'entraîna dans un maquis !
Gare au gorille !...

La suite serait délectable,
Malheureusement, je ne peux
Pas la dire, et c'est regrettable,
Ça nous aurait fait rire un peu ;
Car le juge, au moment suprême,
Criait : « Maman ! », pleurait beaucoup,
Comme l'homme auquel, le jour même,
Il avait fait trancher le cou.
Gare au gorille !...

Chanson pour l'Auvergnat

Paroles et Musique de Georges Brassens

Elle est à toi, cette chanson,
Toi, l'Auvergnat qui, sans façon,
M'as donné quatre bouts de bois
Quand, dans ma vie, il faisait froid,
Toi qui m'as donné du feu quand
Les croquantes et les croquants,
Tous les gens bien intentionnés,
M'avaient fermé la porte au nez...
Ce n'était rien qu'un feu de bois,
Mais il m'avait chauffé le corps,
Et dans mon âme il brûle encor'
À la manièr' d'un feu de joi'.

Toi, l'Auvergnat, quand tu mourras,
Quand le croqu'-mort t'emportera,
Qu'il te conduise, à travers ciel,
Au Père éternel.

Elle est à toi, cette chanson,
Toi, l'Hôtesse qui, sans façon,
M'as donné quatre bouts de pain
Quand, dans ma vie, il faisait faim,
Toi qui m'ouvris ta huche quand
Les croquantes et les croquants,
Tous les gens bien intentionnés,
S'amusaient à me voir jeûner...
Ce n'était rien qu'un peu de pain,
Mais il m'avait chauffé le corps,
Et dans mon âme il brûle encor'
À la manièr' d'un grand festin.

Toi, l'Hôtesse, quand tu mourras,
Quand le croqu'-mort t'emportera,
Qu'il te conduise, à travers ciel,
Au Père éternel.

Elle est à toi, cette chanson,
Toi, l'Étranger qui, sans façon,
D'un air malheureux m'as souri

Lorsque les gendarmes m'ont pris,
Toi qui n'as pas applaudi quand
Les croquantes et les croquants,
Tous les gens bien intentionnés,
Riaient de me voir amené...
Ce n'était rien qu'un peu de miel,
Mais il m'avait chauffé le corps,
Et dans mon âme il brûle encor'
À la manièr' d'un grand soleil.

Toi, l'Étranger, quand tu mourras,
Quand le croqu'-mort t'emportera,
Qu'il te conduise, à travers ciel,
Au Père éternel.

Je me suis fait tout petit

Paroles et Musique de Georges Brassens

Je n'avais jamais ôté mon chapeau
Devant personne...
Maintenant je rampe et je fais le beau
Quand ell' me sonne.
J'étais chien méchant... ell' me fait manger
Dans sa menotte.
J'avais des dents d'loup... je les ai changées
Pour des quenottes !

Refrain
Je m'suis fait tout p'tit devant un' poupée
Qui ferm' les yeux quand on la couche,
Je m'suis fait tout p'tit devant un' poupée
Qui fait « maman » quand on la touche.

J'étais dur à cuire... ell' m'a converti,
La fine mouche,
Et je suis tombé, tout chaud, tout rôti,
Contre sa bouche
Qui a des dents de lait quand elle sourit,

265

Quand elle chante,
Et des dents de loup quand elle est furi',
Qu'elle est méchante.

[Au refrain]

Je subis sa loi, je file tout doux
Sous son empire,
Bien qu'ell' soit jalouse au-delà de tout,
Et même pire...
Un' joli' pervench', qui m'avait paru
Plus joli' qu'elle,
Un' joli' pervenche un jour en mourut
À coups d'ombrelle.

[Au refrain]

Tous les somnambules, tous les mages m'ont
Dit, sans malice,
Qu'en ses bras en croix je subirai mon
Dernier supplice...
Il en est de pir's, il en est d'meilleurs,
Mais, à tout prendre,
Qu'on se pende ici, qu'on se pende ailleurs...
S'il faut se pendre.

[Au refrain]

Les copains d'abord

Paroles et Musique de Georges Brassens

Non, ce n'était pas le radeau
De la *Méduse*, ce bateau,
Qu'on se le dis' au fond des ports,
Dis' au fond des ports,
Il naviguait en pèr' peinard,
Sur la grand-mare des canards,
Et s'app'lait *les Copains d'abord*,
Les Copains d'abord.

Ses *fluctuat nec mergitur*
C'était pas d'la littératur',
N'en déplaise aux jeteurs de sort,
Aux jeteurs de sort,
Son capitaine et ses mat'lots
N'étaient pas des enfants d'salauds,
Mais des amis franco de port,
Des copains d'abord.

C'étaient pas des amis de lux',
Des petits Castor et Pollux,
Des gens de Sodome et Gomorrh',
Sodome et Gomorrh',
C'étaient pas des amis choisis
Par Montaigne et La Boéti',
Sur le ventre ils se tapaient fort,
Les copains d'abord.

C'étaient pas des anges non plus,
L'Évangile, ils l'avaient pas lu,
Mais ils s'aimaient tout's voil's dehors,
Toutes voil's dehors,
Jean, Pierre, Paul et compagnie,
C'était leur seule litanie,
Leur *Credo*, leur *Confiteor*,
Aux copains d'abord.

Au moindre coup de Trafalgar,
C'est l'amitié qui prenait l'quart,
C'est ell' qui leur montrait le nord,
Leur montrait le nord.

Et quand ils étaient en détress',
Qu'leurs bras lançaient des S.O.S.,
On aurait dit les sémaphores,
Les copains d'abord.

Au rendez-vous des bons copains
Y'avait pas souvent de lapins,
Quand l'un d'entre eux manquait à bord,
C'est qu'il était mort.
Oui, mais jamais, au grand jamais,
Son trou dans l'eau n'se refermait,

267

Cent ans après, coquin de sort !
Il manquait encor.

Des bateaux, j'en ai pris beaucoup,
Mais le seul qui ait tenu le coup,
Qui n'ait jamais viré de bord,
Mais viré de bord,
Naviguait en père peinard
Sur la grand-mare des canards
Et s'app'lait *les Copains d'abord*,
Les Copains d'abord.

Supplique pour être enterré
à la plage de Sète

Paroles et Musique de Georges Brassens

La camarde, qui ne m'a jamais pardonné
D'avoir semé des fleurs dans les trous de son nez,
Me poursuit d'un zèle imbécile.
Alors, cerné de près par les enterrements,
J'ai cru bon de remettre à jour mon testament,
De me payer un codicille.

Trempe, dans l'encre bleue du golfe du Lion,
Trempe, trempe ta plume, ô mon vieux tabellion,
Et, de ta plus belle écriture,
Note ce qu'il faudrait qu'il advînt de mon corps,
Lorsque mon âme et lui ne seront plus d'accord
Que sur un seul point : la rupture.

Quand mon âme aura pris son vol à l'horizon
Vers celles de Gavroche et de Mimi Pinson,
Celles des titis, des grisettes,
Que vers le sol natal mon corps soit ramené
Dans un sleeping du « Paris-Méditerranée »,
Terminus en gare de Sète.

Mon caveau de famille, hélas ! n'est pas tout neuf.
Vulgairement parlant, il est plein comme un œuf,

Et, d'ici que quelqu'un n'en sorte,
Il risque de se faire tard et je ne peux
Dire à ces braves gens « Poussez-vous donc un
Place aux jeunes en quelque sorte.   [peu ! »

Juste au bord de la mer, à deux pas des flots bleus,
Creusez, si c'est possible, un petit trou moelleux,
Une bonne petite niche,
Auprès de mes amis d'enfance, les dauphins,
Le long de cette grève où le sable est si fin,
Sur la plage de la Corniche.

C'est une plage où, même à ses moments furieux,
Neptune ne se prend jamais trop au sérieux,
Où, quand un bateau fait naufrage,
Le capitaine crie : « Je suis le maître à bord !
Sauve qui peut ! Le vin et le pastis d'abord !
Chacun sa bonbonne et courage ! »

Et c'est là que, jadis, à quinze ans révolus,
À l'âge où s'amuser tout seul ne suffit pas,
Je connus la prime amourette.
Auprès d'une sirène, une femme-poisson,
Je reçus de l'amour la première leçon,
Avalai la première arête.

Déférence gardée envers Paul Valéry,
Moi, l'humble troubadour, sur lui je renchéris,
Le bon maître me le pardonne,
Et qu'au moins, si ses vers valent mieux que les
Mon cimetière soit plus marin que le sien,   [miens,
Et n'en déplaise aux autochtones.

Cette tombe en sandwich, entre le ciel et l'eau,
Ne donnera pas une ombre triste au tableau,
Mais un charme indéfinissable.
Les baigneuses s'en serviront de paravent
Pour changer de tenue, et les petits enfants
Diront : « Chouette ! un château de sable ! »

Est-ce trop demander... ! Sur mon petit lopin,
Plantez, je vous en prie, une espèce de pin,
Pin parasol, de préférence,

Qui saura prémunir contre l'insolation
Les bons amis venus fair' sur ma concession
D'affectueuses révérences.

Tantôt venant d'Espagne et tantôt d'Italie,
Tout chargés de parfums, de musiques jolies,
Le mistral et la tramontane
Sur mon dernier sommeil verseront les échos,
De villanelle un jour, un jour de fandango,
De tarentelle, de sardane...

Et quand, prenant ma butte en guise d'oreiller,
Une ondine viendra gentiment sommeiller
Avec moins que rien de costume,
J'en demande pardon par avance à Jésus,
Si l'ombre de ma croix s'y couche un peu dessus
Pour un petit bonheur posthume.

Pauvres rois, pharaons ! Pauvre Napoléon !
Pauvres grands disparus gisant au Panthéon !
Pauvres cendres de conséquence !
Vous envierez un peu l'éternel estivant,
Qui fait du pédalo sur la vague en rêvant,
Qui passe sa mort en vacances...

Fernande

Paroles et Musique de Georges Brassens

Une mani' de vieux garçon,
Moi, j'ai pris l'habitude
D'agrémenter ma solitude
Aux accents de cette chanson :

Refrain
Quand je pense à Fernande,
Je bande, je bande,
Quand j'pense à Féli ci',
Je bande aussi,
Quand j'pense à Léonore,

Mon Dieu, je bande encore,
Mais quand j'pense à Lulu,
Là je ne bande plus.
La bandaison, papa,
Ça n'se commande pas.

C'est cette mâle ritournelle,
Cette antienne virile,
Qui retentit dans la guérite
De la vaillante sentinelle :

[Au refrain]

Afin de tromper son cafard,
De voir la vi' moins terne,
Tout en veillant sur sa lanterne,
Chante ainsi le gardien de phar' :

[Au refrain]

Après la prière du soir,
Comme il est un peu triste,
Chante ainsi le séminariste
À genoux sur son reposoir :

[Au refrain]

À l'Étoile, où j'étais venu
Pour ranimer la flamme,
J'entendis, ému jusqu'aux larmes,
La voix du Soldat inconnu :

[Au refrain]

Et je vais mettre un point final
À ce chant salutaire,
En suggérant aux solitaires
D'en faire un hymne national.

[Au refrain]

Jeanne

Paroles et Musique de Georges Brassens

Chez Jeanne, la Jeanne,
Son auberge est ouverte aux gens sans feu ni lieu,
On pourrait l'appeler l'auberge du Bon Dieu
S'il n'en existait déjà une,
La dernière où l'on peut entrer
Sans frapper, sans montrer patte blanche...

Chez Jeanne, la Jeanne,
On est n'importe qui, on vient n'importe quand,
Et, comme par miracle, par enchantement,
On fait parti' de la famille,
Dans son cœur, en s'poussant un peu,
Reste encore une petite place...

La Jeanne, la Jeanne,
Elle est pauvre et sa table est souvent mal servie,
Mais le peu qu'on y trouve assouvit pour la vie,
Par la façon qu'elle le donne,
Son pain ressemble à du gâteau
Et son eau à du vin comm' deux gouttes d'eau...

La Jeanne, la Jeanne,
On la pai' quand on peut des prix mirobolants :
Un baiser sur son front ou sur ses cheveux blancs,
Un semblant d'accord de guitare,
L'adresse d'un chat échaudé
Ou d'un chien tout crotté comm' pourboire...

La Jeanne, la Jeanne,
Dans ses ros's et ses choux n'a pas trouvé d'enfant,
Qu'on aime et qu'on défend contre les quatre vents,
Et qu'on accroche à son corsage,
Et qu'on arrose avec son lait...
D'autres qu'elle en seraient tout' chagrines...

Mais Jeanne, la Jeanne,
Ne s'en souci' pas plus que de colin-tampon,
Être mère de trois poulpiquets, à quoi bon !
Quand elle est mère universelle,

Quand tous les enfants de la terre,
De la mer et du ciel sont à elle...

Les amoureux des bancs publics

Paroles et Musique de Georges Brassens

Les gens qui voient de travers
Pensent que les bancs verts
Qu'on voit sur les trottoirs
Sont faits pour les impotents ou les ventripotents.
Mais c'est une absurdité,
Car, à la vérité,
Ils sont là, c'est notoir',
Pour accueillir quelque temps les amours débutant's.

Refrain
Les amoureux qui s'bécot'nt sur les bancs publics,
Bancs publics, bancs publics,
En s'foutant pas mal du r'gard oblique
Des passants honnêtes,
Les amoureux qui s'bécot'nt sur les bancs publics,
Bancs publics, bancs publics,
En s'disant des « Je t'aim' » pathétiques,
Ont des p'tits gueul's bien sympathiques !

Ils se tiennent par la main,
Parlant du lendemain,
Du papier bleu d'azur
Que revêtiront les murs de leur chambre à
Ils se voient déjà, douc'ment,   [coucher...
Ell' cousant, lui fumant,
Dans un bien-être sûr,
Et choisissent les prénoms de leur premier bébé...

Quand la saint' famille Machin
Croise sur son chemin

Deux de ces malappris,
Ell' leur décoch' hardiment des propos venimeux...
N'empêch' que tout' la famille
(Le pèr', la mèr', la fill', le fils, le Saint-Esprit...)
Voudrait bien, de temps en temps,
Pouvoir s'conduir' comme eux.

Quand les mois auront passé,
Quand seront apaisés
Leurs beaux rêves flambants,
Quand leur ciel se couvrira de gros nuages lourds,
Ils s'apercevront, émus,
Qu'c'est au hasard des ru's,
Sur un d'ces fameux bancs,
Qu'ils ont vécu le meilleur morceau de leur amour...

Dario Moreno
[1921-1968]

C'est le compositeur et chef d'orchestre Paul Durand qui le remarque et le fait débuter. Excentrique, dynamique, c'était du soleil qui chantait au volant d'une limousine rose bonbon ! Il était aussi dynamique au cinéma que dans la comédie musicale. Il termine sa carrière avec Jacques Brel dans L'Homme de la Mancha.

Si tu vas à Rio

(Madureira Chorou)

Version originale de Carvalhino Julio Monteiro
Version française de Jean Broussolle

Si tu vas à Rio
N'oublie pas de monter là-haut
Dans un petit village
Caché sous les fleurs sauvages
Sur le versant d'un coteau
C'est à Madureira
Tu verras des cariocas
Sortir des maisonnettes
Pour s'en aller à la fête
À la fête des sambas
Et tu verras grimpant le long des collines
Des filles à la taille fine
Avancer à petits pas
Et les fanfares
Dans ce joyeux tintamarre
Emmener le flot bizarre
Des écoles de sambas
Qui préparent le bal
Et s'en vont pour le Carnaval
Répéter la cadence
De la plus folle des danses
Celle de Madureira

Si tu vas à Rio
N'oublie pas de monter là-haut
Dans un petit village
Caché sous les fleurs sauvages
Sur le versant d'un coteau
Si tu vas à Rio...

Brigitte Bardot

Paroles d'André Salvet/Lucien Morisse
Musique de Miguel Gustavo

Brigitte Bardot Bravo
Brigitte Bardot Bravo
Aucune fille au monde n'est aussi sympa que toi
Brigitte Bardot Bravo
Brigitte Bardot Bravo
Pour toi toutes les secondes chaque homme a le
B.B. B.B. B.B.   [cœur qui bat
Je connais beaucoup de femmes qui voudraient
Mais aucune n'a comm' toi   [bien te ressembler
Ce petit je-ne-sais-quoi
Qui fait que c'est toi
Qui sera toujours aimée
Il aurait fallu t'inventer
Si tu n'avais pas existé

Brigitte Bardot Béso
Brigitte Bardot Béso
Aucune fille au monde n'est aussi sympa que toi
Brigitte Bardot Bravo
Brigitte Bardot Bravo
Pour toi toutes les secondes chaque homme a le
B.B. B.B. B.B.   [cœur qui bat
Je connais beaucoup de femmes qui voudraient
Mais aucune n'a comm' toi   [bien te ressembler
Ce petit je-ne-sais-quoi
Qui fait que c'est toi

Qui sera toujours aimée
Il aurait fallu t'inventer
Si tu n'avais pas existé

Yves Montand
[1921-1991]

Record du « One Man Show », au théâtre de l'Étoile à ses débuts. Tournée triomphale en URSS, dans des années 60. Partenaire de Marilyn Monroe, dans le film Le Milliardaire.

Un perfectionniste qui ne s'est pas contenté de faire à merveille son métier de chanteur et d'acteur. Il a été, tout au long de sa vie, de tous les combats pour la liberté et les droits de l'homme.

Pour son dernier concert à l'Olympia, on téléphonait du Japon pour retenir des places.

L'étrangère

Poème de Louis Aragon
Musique de Léo Ferré

Il existe près des écluses
Un bas-quartier de bohémiens
Dont la belle jeunesse s'use
À démêler le tien du mien

En bande on s'y rend en voiture
Ordinairement au mois d'août
Ils disent la bonne aventure
Pour des piments et du vin doux

On passe la nuit claire à boire
On danse en frappant dans ses mains
On n'a pas le temps de le croire
Il fait grand jour et c'est demain

On revient d'une seule traite
Gais sans un sou, vaguement gris
Avec des fleurs plein les charrettes
Son destin dans la paume écrit

J'ai pris la main d'une éphémère
Qui m'a suivi dans ma maison
Elle avait des yeux d'outremer
Elle en montrait la déraison

Elle avait la marche légère
Et de longues jambes de faon
J'aimais déjà les étrangères
Quand j'étais un petit enfant

Celle-ci parla vite vite
De l'odeur des magnolias
Sa robe tomba tout de suite
Quand ma hâte la délia

En ce temps-là j'étais crédule
Un mot m'était promission
Et je prenais les campanules
Pour les fleurs de la passion

Quand c'est fini tout recommence
Toute musique me séduit
Et la plus banale romance
M'est l'éternelle poésie

Nous avions joué de notre âme
Un long jour, une courte nuit
Puis au matin bonsoir madame
L'amour s'achève avec la pluie.

Dans les plaines du Far West

Paroles de Maurice Vandair et Charles Humel
Musique de Charles Humel

Dans les plaines du Far West, quand vient la nuit,
Les cow-boys près du bivouac sont réunis.
Ils fredonnent au son d'un harmonica
Une vieille chanson de leur beau Texas
Et leur chant est répété par l'écho
Syncopé par le rythme d'un banjo
Dans les plaines du Far West, quand vient la nuit,
Les cow-boys près du bivouac sont réunis.
Sur leurs grands chevaux, ils jouent du lasso, yaho !

Bing ! Bong !
Bing ! Bong !
Rien n'est pour eux plus beau
Sous le soleil qui leur brûle la peau, yaho !
Crânement ils vont sans trêve ni repos.
Qu'ils soient de New York, de Chicago,
Ce sont tous des as du rodéo.

Dans les plaines du Far West, quand vient la nuit,
Les cow-boys près du bivouac sont réunis.
Ils fredonnent au son d'un harmonica
Une vieille chanson de leur beau Texas
Bo lin ho...
Dans les plaines du Far West, quand vient la nuit,
Les cow-boys près du bivouac sont endormis.

Chant des partisans

Paroles de Maurice Druon et Joseph Kessel
Musique d'Anna Marly

Ami, entends-tu le vol noir des corbeaux sur nos
[plaines ?
Ami, entends-tu les cris sourds du pays qu'on
[enchaîne ?
Ohé, partisans, ouvriers et paysans, c'est l'alarme.
Ce soir l'ennemi connaîtra le prix du sang et les
[larmes.

Montez de la mine, descendez des collines,
[camarades !
Sortez de la paille les fusils, la mitraille, les grenades.
Ohé, les tueurs à la balle et au couteau, tuez vite !
Ohé, saboteur, attention à ton fardeau : dynamite...

C'est nous qui brisons les barreaux des prisons pour
[nos frères.
La haine à nos trousses et la faim qui nous pousse,
[la misère.
Il y a des pays où les gens au creux des lits font des
[rêves.
Ici, nous, vois-tu, nous on marche et nous on tue,
[nous on crève...

Ici chacun sait ce qu'il veut, ce qu'il fait quand il
[passe.
Ami, si tu tombes un ami sort de l'ombre à ta place.
Demain du sang noir sèchera au grand soleil sur les
[routes.
Chantez, compagnons, dans la nuit la Liberté nous
[écoute...

Ami, entends-tu ces cris sourds du pays qu'on
[enchaîne ?
Ami, entends-tu le vol noir des corbeaux sur nos
[plaines ?

Oh oh oh oh oh oh oh oh oh oh oh oh oh oh oh oh...

Les feuilles mortes

Paroles de Jacques Prévert
Musique de Joseph Kosma

Oh ! je voudrais tant que tu te souviennes des jours
[heureux où nous étions amis,
En ce temps-là, la vie était plus belle et le soleil plus
[brûlant qu'aujourd'hui,
Les feuilles mortes se ramassent à la pelle,

Tu vois, je n'ai pas oublié
Les feuilles mortes se ramassent à la pelle, les
[souvenirs et les regrets aussi
Et le vent du nord les emporte dans la nuit froide de
[l'oubli
Tu vois, je n'ai pas oublié la chanson que tu me
[chantais.

C'est une chanson qui nous ressemble
Toi tu m'aimais et je t'aimais
Nous vivions tous les deux ensemble, toi qui
[m'aimais, moi qui t'aimais
Mais la vie sépare ceux qui s'aiment tout doucement,
[sans faire de bruit
Et la mer efface sur le sable les pas des amants
[désunis.

La la la la...
Mais la vie sépare ceux qui s'aiment tout doucement,
[sans faire de bruit
Et la mer efface sur le sable les pas des amants
[désunis.

En sortant de l'école

Paroles de Jacques Prévert
Musique de Joseph Kosma

En sortant de l'école
nous avons rencontré
un grand chemin de fer
qui nous a emmenés
tout autour de la terre
dans un wagon doré.
Tout autour de la terre
nous avons rencontré
la mer qui se promenait
avec tous ses coquillages
ses îles parfumées
et puis ses beaux naufrages
et ses saumons fumés.
Au-dessus de la mer
nous avons rencontré
la lune et les étoiles
sur un bateau à voiles
partant pour le Japon
et les trois mousquetaires des cinq doigts de la
tournant la manivelle d'un petit sous-marin   [main
plongeant au fond des mers
pour chercher des oursins.
Revenant sur la terre
nous avons rencontré
sur la voie de chemin de fer
une maison qui fuyait
fuyait tout autour de la terre
fuyait tout autour de la mer
fuyait devant l'hiver
qui voulait l'attraper.
Mais nous sur notre chemin de fer
on s'est mis à rouler
rouler derrière l'hiver
et on l'a écrasé
et la maison s'est arrêtée
et le printemps nous a salués.
C'était lui le garde-barrière
et il nous a bien remerciés

et toutes les fleurs de toute la terre
soudain se sont mises à pousser
pousser à tort et à travers
sur la voie de chemin de fer
qui ne voulait plus avancer
de peur de les abîmer.
Alors on est revenu à pied
à pied tout autour de la terre
à pied tout autour de la mer
tout autour du soleil
de la lune et des étoiles
À pied à cheval en voiture et en bateau à voiles.

C'est si bon

Paroles d'André Hornez
Musique de Henri Betti

Je ne sais pas s'il en est de plus blonde,
Mais de plus belle il n'en est pas pour moi,
Elle est vraiment toute la joie du monde,
Ma vie commence dès que je la vois.
Et je fais : Oh !
Et je fais : Ah !

C'est si bon
De partir n'importe où
Bras dessus, bras dessous
En chantant des chansons.
C'est si bon
De se dir' des mots doux,
Des petits riens du tout
Mais qui en disent long.

En voyant notre mine ravie
Les passants, dans la rue, nous envient.
C'est si bon
De guetter dans ses yeux
Un espoir merveilleux

Qui donne le frisson.
C'est si bon
Ces petites sensations,
Ça vaut mieux qu'un million,
Tell'ment, tell'ment c'est bon.

Vous devinez quel bonheur est le nôtre
Et si je l'aime vous comprenez pourquoi
Elle m'enivre et je n'en veux pas d'autres
Car elle est toutes les femmes à la fois
Ell' me fait OH ! Ell' me fait AH !

C'est si bon
De pouvoir l'embrasser
Et puis d'recommencer
À la moindre occasion
C'est si bon
De jouer du piano
Tout le long de son dos
Tandis que nous dansons
C'est inouï ce qu'elle a pour séduire
Sans parler de c'que je n'peux pas dire
C'est si bon
Quand j'la tiens dans mes bras
De me dire que tout ça
C'est à moi pour de bon
C'est si bon
Et si nous nous aimons
Cherchez pas la raison
C'est parc' que c'est si bon
C'est parc' que c'est trop bon.

La Chansonnette

Paroles de Jean Dréjac
Musique de Philippe Gérard

La la... mine de rien
La voilà qui revient
La Chansonnette

Elle avait disparu
Le pavé de ma rue
Était tout bête
Les refrains de Paris
Avaient pris l'maquis
Les forains, l'orphéon,
La chanson d'Mackie...
Mais on n'oublie jamais
Le flonflon qui vous met
Le cœur en fête
Quand le vieux musicien
Dans le quartier
Vient revoir les anciens
Faire son métier
Le public se souvient...
La Chansonnette ? Tiens tiens !
Les titis, les marquis
C'est parti mon kiki
La Chansonnette
À Presley fait du tort
Car tous les transistors
Soudain s'arrêtent
Sous le ciel de Paris
Un accordéon
Joue *La chanson d'Mackie*
Comme avant l'néon
Cueilli par un flonflon
Un tétard en blouson
D'un franc d'violettes
Va fleurir sa Bardot
Et malgré son
Aigle au milieu du dos
Le cœur est bon
Et sous ses cheveux gris...
La Chansonnette... sourit

La la... haut les cœurs
Avec moi tous en chœur
La Chansonnette
Et passons la monnaie
En garçon qui connaît
La Chansonnette
Il a fait sa moisson

De refrains d'Paris
Les forains, l'orphéon,
La chanson d'Mackie...
Car on n'oublie jamais
Le flonflon qui vous met
Le cœur en fête
Il faut du temps
Ça c'est vrai
Pour séparer
Le bon grain de l'ivraie
Pour comparer
Mais on trouve un beau jour
Sa Chansonnette... d'amour.

À bicyclette

Paroles de Pierre Barouh
Musique de Francis Lai

Quand on partait de bon matin
Quand on partait sur les chemins
À bicyclette
Nous étions quelques bons copains
Y'avait Fernand y'avait Firmin
Y'avait Francis et Sébastien
Et puis Paulette

On était tous amoureux d'elle
On se sentait pousser des ailes
À bicyclette
Sur les petits chemins de terre
On a souvent vécu l'enfer
Pour ne pas mettre pied à terre
Devant Paulette

Faut dire qu'elle y mettait du cœur
C'était la fille du facteur
À bicyclette
Et depuis qu'elle avait huit ans

Elle avait fait en le suivant
Tous les chemins environnants
À bicyclette

Quand on approchait la rivière
On déposait dans les fougères
Nos bicyclettes
Puis on se roulait dans les champs
Faisant naître un bouquet changeant
De sauterelles, de papillons
Et de rainettes

Quand le soleil à l'horizon
Profilait sur tous les buissons
Nos silhouettes
On revenait fourbus contents
Le cœur un peu vague pourtant
De n'être pas seul un instant
Avec Paulette

Prendre furtivement sa main
Oublier un peu les copains
La bicyclette
On se disait c'est pour demain
J'oserai, j'oserai demain
Quand on ira sur les chemins
À bicyclette

Mouloudji
[1922-1994]

Poète, peintre, comédien, chanteur. Catholique par sa mère, musulman par son père, un peu juif par son fils, et bouddhiste par principe, et athée... grâce à Dieu, il interprète aussi bien des chansons « Rive gauche » engagées que des chansons populaires.

Un jour, tu verras...

Paroles de Mouloudji
Musique de Georges Van Parys

Refrain
Un jour, tu verras, on se rencontrera,
Quelque part, n'importe où, guidés par le hasard,
Nous nous regarderons et nous nous sourirons,
Et, la main dans la main, par les rues nous irons.

Le temps passe si vite, le soir cachera bien nos cœurs,
Ces deux voleurs qui gardent leur bonheur ;
Puis nous arriverons sur une place grise
Où les pavés seront doux à nos âmes grises.

Il y aura un bal, très pauvre et très banal,
Sous un ciel plein de brume et de mélancolie.
Un aveugle jouera de l'orgu' de Barbarie
Cet air sera pour nous le plus beau, l'plus joli !

Moi, je t'inviterai, ta taille je prendrai
Nous danserons tranquill' loin des gens de la ville.
Nous danserons l'amour, les yeux au fond des yeux
Vers une nuit profonde, vers une fin du monde.

[Au refrain]

Extrait du film Secrets d'alcôve.

© Les Nouvelles Éditions Meridian, 1954.

Le déserteur

Paroles de Boris Vian
Musique de Boris Vian et Harold Berg

Monsieur le Président,
Je vous fais une lettre
Que vous lirez peut-être
Si vous avez le temps.
Je viens de recevoir
Mes papiers militaires
Pour partir à la guerre
Avant mercredi soir.
Monsieur le Président,
Je ne veux pas la faire,
Je ne suis pas sur terre
Pour tuer de pauvres gens.
C'est pas pour vous fâcher,
Il faut que je vous dise,
Ma décision est prise,
Je m'en vais déserter.

Depuis que je suis né,
J'ai vu mourir mon père,
J'ai vu partir mes frères
Et pleurer mes enfants.
Ma mère a tant souffert
Qu'elle est dedans sa tombe
Et se moque des bombes
Et se moque des vers.
Quand j'étais prisonnier,
On m'a volé ma femme,
On m'a volé mon âme
Et tout mon cher passé.
Demain de bon matin,
Je fermerai ma porte
Au nez des années mortes
J'irai sur les chemins.

Je mendierai ma vie
Sur les routes de France,
De Bretagne en Provence,
Et je crierai aux gens

Refusez d'obéir,
Refusez de la faire,
N'allez pas à la guerre,
Refusez de partir.
S'il faut donner son sang,
Allez donner le vôtre,
Vous êtes bon apôtre,
Monsieur le Président.
Si vous me poursuivez,
Prévenez vos gendarmes
Que je n'aurai pas d'armes
Et qu'ils pourront tirer.

Interprètes : Boris Vian, Mouloudji, Richard Anthony, les Sunlight.
La chanson date en réalité de 1955.
Quand Europe n° 1 diffuse pour la première fois Le déserteur, le scandale éclate. Les instances politiques n'apprécient guère la chanson et la censure l'interdit. La guerre d'Algérie vient de commencer.
Il faudra attendre 1966, avec la vogue du protest song, et que Peter, Paul and Mary l'enregistrent pour que la chanson ressuscite.

© Éditions Musicales Djanik.

Comme un p'tit coqu'licot

Paroles de Raymond Asso
Musique de Claude Valéry

Le myosotis, et puis la rose,
Ce sont des fleurs qui dis'nt quèqu' chose !
Mais pour aimer les coqu'licots
Et n'aimer qu'ça... faut être idiot !
T'as p't'êtr' raison ! seul'ment voilà :
Quand j't'aurai dit, tu comprendras !
La premièr' fois que je l'ai vue,
Elle dormait, à moitié nue,
Dans la lumière de l'été
Au beau milieu d'un champ de blé.
Et sous le corsag' blanc,
Là où battait son cœur,

291

Le soleil, gentiment,
Faisait vivre une fleur :
Comme un p'tit coqu'licot, mon âme !
Comme un p'tit coqu'licot.

C'est très curieux comm' tes yeux brillent
En te rapp'lant la jolie fille !
Ils brill'nt si fort qu'c'est un peu trop
Pour expliquer... les coqu'licots !
T'as p't'êtr' raison ! seul'ment voilà
Quand je l'ai prise dans mes bras,
Elle m'a donné son beau sourire,
Et puis après, sans rien nous dire,
Dans la lumière de l'été
On s'est aimé !... on s'est aimé !
Et j'ai tant appuyé
Mes lèvres sur son cœur,
Qu'à la plac' du baiser
Y'avait comm' une fleur :
Comme un p'tit coqu'licot, mon âme !
Comme un p'tit coqu'licot.

Ça n'est rien d'autr' qu'un' aventure
Ta p'tit' histoire, et je te jure
Qu'ell' ne mérit' pas un sanglot
Ni cett' passion... des coqu'licots !
Attends la fin ! tu comprendras :
Un autr' l'aimait qu'ell' n'aimait pas !
Et le lend'main, quand j'l'ai revue,
Elle dormait, à moitié nue,
Dans la lumière de l'été
Au beau milieu du champ de blé.
mais, sur le corsag' blanc,
Juste à la plac' du cœur,
Y'avait trois goutt's de sang
Qui faisaient comm' un' fleur :
Comm' un p'tit coqu'licot, mon âme !
Un tout p'tit coqu'licot.

*Grand prix du disque avec cette chanson, Mouloudji, alors
jeune comédien, se consacre au tour de chant.*

Boby Lapointe
[1922-1972]

Il fut longtemps incompris, sauf de Truffaut et de Brassens. Le public fut lent à s'adapter à ce personnage fantasque qui mêle calembour, sous-entendu, double sens dans ses chansons débitées sur un ton monocorde mais plein d'humour.

Truffaut l'avait engagé pour chanter Avanie et Framboise *dans son film* Tirez sur le pianiste. *Le producteur n'accepta ce projet qu'à la condition que la chanson soit sous-titrée ! ! !*

Aragon et Castille

Paroles de Boby Lapointe
Musique d'Étienne Lorin et Boby Lapointe

Moi j'aime mieux les glac's au chocolat,
Poil au bras.
Mais chez mon pâtissier il n'y en a plus
C'est vendu.
C'est pourquoi je n'en ai pas pris
Tant pis pour lui
Et j'ai mangé pour tout dessert
Du camembert.
Le camembert c'est bon quand c'est bien fait.
Viv' l'amour.
À ce propos rev'nons à nos moutons.

Refrain
Au pays daga d'Aragon
Il y'avait tugud' une fill' qui aimait les glac's au citron
et vanille...
Au pays degue de Castill'
Il y'avait tegued' un garçon qui vendait des glaces
vanill' et citron,

Vendre des glac's c'est un très bon métier
Poil aux pieds
C'est beaucoup mieux que marchand de mouron
Patapon

Marchand d'mouron c'est pas marrant
J'ai un parent
Qui en vendait pour les oiseaux
Mais les oiseaux
N'en achetaient pas, ils préféraient l'crottin
De mouton.
À ce propos rev'nons à nos agneaux.

[Au refrain]

Mais la Castill' ça n'est pas l'Aragon
Ah ! mais non
Et l'Aragon ça n'est pas la Castille
Et la fill'
S'est passée de glac's au citron
Avec vanille
Et le garçon n'a rien vendu
Tout a fondu
Dans un commerc' c'est moch' quand le fonds fond
Poil aux pieds.
À propos d'pieds, chantons jusqu'à demain...

[Au refrain]

Interprètes : Bourvil, Boby Lapointe, Ginette Garcin.

© Paul Beuscher, 1960.

Framboise ! (Avanie et Framboise)

Paroles et Musique de Boby Lapointe

Elle s'appelait Françoise,
Mais on l'appelait Framboise !
Une idée de l'adjudant
Qui en avait très peu, pourtant,
[des idées]...
Elle nous servait à boire
Dans un bled du Maine-et-Loire :
Mais c'n'était pas Madelon...

Elle avait un autre nom,
Et puis d'abord pas question
De lui prendre le menton...
D'ailleurs elle était d'Antib's !

Quelle avanie !
Avanie et Framboise
Sont les mamelles du Destin !

Pour sûr qu'elle était d'Antibes !
C'est plus près qu'les Caraïbes.
C'est plus près que Caracas.
Est-c' plus loin que Pézenas ?
Je n'sais pas :
Et tout en étant Française,
L'était tout d'même Antibaise :
Et bien qu'elle soit Française,
Et, malgré ses yeux de braise,
Ça n'me mettait pas à l'aise
De la savoir Antibaise,
Moi qui serais plutôt pour...

Quelle avanie...
Avanie et Framboise
Sont les mamelles du Destin !

Elle avait peu d'avantages :
Pour en avoir davantage,
Elle s'en fit rajouter
À l'Institut de beauté
(Ah – ahah !)
On peut, dans le Maine-et-Loire,
S'offrir de beaux seins en poire...
L'y a un Institut d'Angers
Qui opère sans danger :
Des plus jeun's aux plus âgés,
On peut presque tout changer,
Excepté ce qu'on n'peut pas...

Quelle avanie...
Avanie et Framboise
Sont les mamelles du Destin !

« Davantage d'avantages,
Avantagent davantage »
Lui dis-je, quand elle revint
Avec ses seins Angevins...
(Deux fois dix !)
« Permets donc que je lutine
Cette poitrine angevine... »

Mais elle m'a échappé,
A pris du champ dans le pré
Et j'n'ai pas couru après...
Je n'voulais pas attraper
Une Angevine de poitrine !

Moralité :
Avanie et mamelles
Sont les framboises du Destin !

Jacqueline François
[1922]

« La rencontre du microphone et de Jacqueline François est une date dans l'histoire du disque. Ils étaient faits l'un pour l'autre comme deux amants qui se cherchaient. Et de cette rencontre, de ces amants, naissent les plus jolies phrases musicales qui aient jamais caressé une chanson. »

Charles Trenet

Mademoiselle de Paris

Paroles de Henri Contet
Musique de Paul Durand

On l'appell' Mad'moisell' de Paris
Et sa vie c'est un p'tit peu la nôtre,
Son royaum', c'est la rue d'Rivoli
Son destin, c'est d'habiller les autres.
On dit qu'elle est petite main
Et, s'il est vrai qu'ell' n'est pas grande,
Que de bouquets et de guirlandes
A-t-ell' semés sur nos chemins !

Refrain
Ell' chante un air de son faubourg
Ell' rêve à des serments d'amour
Ell' pleure et plus souvent qu'à son tour
Mad'moisell' de Paris.
Ell' donn' tout le talent qu'elle a
Pour faire un bal à l'Opéra
Et file à la porte des Lilas
Mad'moisell' de Paris.
Il fait beau
Et là-haut
Ell' va coudre un cœur à son manteau.

Mais le cœur d'une enfant de Paris
C'est pareil aux bouquets de violettes,

297

On l'attache au corsage un sam'di
Le dimanche on le perd à la fête.
Adieu guinguette, adieu garçon.
La voilà seule avec sa peine
Et recommence la semaine,
Et recommence la chanson.

Refrain
Ell' chante un air de son faubourg
Ell' rêve à des serments d'amour
Ell' pleure et plus souvent qu'à son tour
Mad'moisell' de Paris.
Ell' donne un peu de ses vingt ans
Pour faire un' collection d'printemps
Et seul' s'en va rêver sur un banc
Mad'moisell' de Paris.
Trois p'tits tours
Un bonjour...
Elle oublie qu'elle a pleuré d'amour...

Ell' chante et son cœur est heureux
Ell' rêve et son rêve est tout bleu
Ell' pleur' mais ça n'est pas bien sérieux
Mad'moisell' de Paris.
Ell' vole à petits pas pressés
Ell' court vers les Champs-Élysées
Et donne un peu de son déjeuner
Aux moineaux des Tuil'ries.
Ell' fredonne, elle sourit...
Et voilà Mad'moisell' de Paris...

*Cette chanson devint un symbole qui fit de Jacqueline Fran-
çois la plus parisienne des interprètes, une admirable
ambassadrice de la chanson française aux quatre coins du
monde.*

Les lavandières du Portugal

Paroles de Roger Lucchesi
Musique d'André Popp

Connaissez-vous des lavandières, comm' il y'en a
[au Portugal
Surtout celles de la rivière de la ville de Setubal
Ce n'est vraiment pas des lavoirs, où elles lav'nt
[mais des volières
Il faut les entendr' et les voir, rythmer leurs chants
[de leurs battoirs

Refrain
Tant qu'y'aura du linge à laver
On boira de la manzanilla
Tant qu'y'aura du linge à laver
Des homm's on pourra se passer
Et tape et tape et tape avec ton battoir
Et tape et tape tu dormiras mieux ce soir

Quand un homme s'approche d'elles, surtout
[s'il est jeune et bien fait
Aussitôt glissent leurs bretelles, de leurs épaules au
[teint frais
Oui mais si c'est un va-nu-pied, ou bien mêm'
[quelque vieil hidalgo
Elles s'amusent à le mouiller en chantant d'une voix
[égayée :

Refrain
Le soir venu les lavandières s'en vont avec leur linge
[blanc
Il faut voir leurs silhouettes fières se détacher dans le
[couchant
Sur leur têt' leur panier posé, telles des déesses
[antiques
On entend douc'ment s'éloigner leur refrain et leurs
[pas feutrés :

Refrain
Oui mais souvent les lavandières trouvent le mari de
[leur choix

Toutes les autres lavandières le grand jour partagent
[leur joie
Au repas de noce invitées elles mettent une
[ambiance folle
Le xérès faisant son effet, elles commencent à
[chantonner :

Tant qu'y'aura du linge à laver
On boira de la manzanilla
Tant qu'y'aura du linge à laver
Des homm's on pourra se passer
Lavandières du Portugal
Le jour vous vous moquez des hommes
La nuit... vous rêvez d'idéal
Lavandières du Portugal
Et tape et tape et tape avec ton battoir
Et tape et tape tu dormiras mieux ce soir,
Tu dormiras mieux ce soir
Tu dormiras mieux ce soir

Serge Reggiani
[1922]

Il est entré dans le monde de la chanson comme un vieux loup serait entré dans Paris. Grand comédien, il vient très tard à la chanson, et il y demeure désormais.

Les loups

Paroles d'Albert Vidalie
Musique de Louis Bessières

Et si c'était des nuits...
Comme on en connaît pas depuis cent mille nuits
Nuit de fer nuit de sang un chien hurle
Regardez-le gens de l'enfer regardez-le
Sous son manteau de bronze vert le lion
Le lion tremble

Les hommes avaient perdu le goût
De vivre et se foutaient de tout
Leurs mèr's, leurs frangins, leurs nanas
Pour eux c'était qu'du cinéma.
Le ciel redevenait sauvage,
Le béton bouffait l'paysage
D'alors.

Les loups
Ou ! ouh ! ouououuouh !
Les loups étaient loin de Paris,
En Croatie,
En Germanie.
Les loups étaient loin de Paris.
J'aimais ton rire,
Charmante Elvire.
Les loups étaient loin de Paris.

Mais ça fait cinquante lieues
Dans une nuit à queue-leu-leu,
Dès que ça flaire une ripaille
De morts sur un champ de bataille,

Dès que la peur hante les rues,
Les loups s'en viennent la nuit venue :
Alors...

Les loups ou ! ouh ! ouououououh !
Les loups ont r'gardé vers Paris,
De Croatie
De Germanie
Les loups ont r'gardé vers Paris
Cessez de rire
Charmante Elvire
Les loups regardent vers Paris.

Et v'la qu'il fit un rude hiver,
Cent congestions en faits divers
Volets clos, on claquait des dents,
Mêm' dans les beaux arrondiss'ments
Et personn' n'osait plus, le soir,
Affronter la neig' des boul'vards !
Alors...

Deux loups
Ouh ! ouh ! ououououh !
Deux loups sont entrés dans Paris,
L'un par Issy,
L'aut' par Ivry
Deux loups sont entrés dans Paris,
Cessez de rire
Charmante Elvire
Deux loups sont entrés dans Paris.

Le premier n'avait plus qu'un œil,
C'était un vieux mâle de Krivoï,
Il installa ses dix femelles
Dans le maigre squar' de Grenelle
Et nourrit ses deux cents petits
Avec les enfants de Passy.
Alors...

Cent loups
Ouh ! ouh ! ououououh !
Cent loups sont entrés dans Paris,
Soit par Issy
Soit par Ivry,

Cent loups sont entrés dans Paris.
Cessez de rire
Charmante Elvire
Cent loups sont entrés dans Paris.

Le deuxième n'avait que trois pattes,
C'était un loup gris des Carpathes
Qu'on appelait Carêm'-Prenant,
Il fit fair' gras à ses enfants
Et leur offrit six ministères
Et tous les gardiens des fourrières
Alors...

Les loups
Ouh ! ouh ! ououououh !
Les loups ont envahi Paris
Soit par Issy,
Soit par Ivry,
Les loups ont envahi Paris
Cessez de rire
Charmante Elvire
Les loups ont envahi Paris.

Attirés par l'odeur du sang,
Il en vint des mille et des cents
Faire carouss' liesse et bombance
Dans ce foutu pays de France,
Jusqu'à c'que les homm's aient r'trouvé
L'amour et la fraternité
Alors...

Les loups
Ouh ! ouh ! ououououh !
Les loups sont sortis de Paris,
Soit par Passy,
Soit par Ivry,
Les loups sont sortis de Paris.
J'aime ton rire
Charmante Elvire
Les loups sont sortis de Paris.

Arthur... Où t'as mis le corps ?

Paroles de Boris Vian
Musique de Louis Bessières

Ce fut un forfait parfait
Un vrai forfait bien fait
Car on est des fortiches
Le client était buté
Alors on l'a buté
Pour faucher ses potiches
C'est Arthur qui fut chargé
De se débarrasser
De son cadavre moche
Mais Arthur a rappliqué
En murmurant : ça cloche
Ch' sais pas où il est passé
– Hein ?

Arthur... Où t'as mis le corps
Qu'on s'est écriés-z-en chœur
– Ben... j' sais pus où j' l'ai foutu, les mecs
– Arthur ? Réfléchis, nom de d' la... ça a une certaine
C' que j' sais, c'est qu'il est mort   [importance
Ça, les gars, j' vous l' garantis
Mais, bon sang, c'est trop fort
J' me rappelle pus où j' l'ai mis
– Oh...

Mais l' marchand d'antiquités
Avant d'être liquidé
Avait pris l'bigophone
Et nous filons dans la brousse
Un car de flics aux trousses
On la trouvait moins bonne
On a loupé un tournant
Et on se r'trouve en plan
Au milieu d'une vitrine
Les poulets s'amènent en tas
Et puis ils nous cuisinent
Dans la p'tite pièce du bas
– Ouille !

Arthur ! Où t'as mis le corps
S'écriaient les inspecteurs
– Ben... j' sais pus où j' l'ai foutu, les mecs...
– Arthur ! Réfléchis, nom de d' la ! Ça a une certaine
C' que j' sais, c'est qu'il est mort   [importance...
Ça, les gars, j' vous l' garantis
Mais, bon sang, c'est trop fort
J' me rappelle pus où j' l'ai mis
– Alors, y a plus de preuves...

On a écopé dix ans
C'est plus que suffisant
Pour apprend' la belote
On n' pouvait pas s'empêcher
De toujours questionner
Notre malheureux pote
Comme il maigrissait beaucoup
On cognait plutôt mou
Pour pas trop qu'il s'étiole
Mais en nous-mêmes on pensait
Arthur se paie not' fiole
Il nous fait tous marcher
– Tu vas causer, oui ?

Arthur ! Où t'as mis le corps
Qu'on sussurait en douceur
– Ben... j' sais pus où j' l'ai foutu, les mecs...
– Arthur ! Réfléchis, nom de d' la ! Ça a une certaine
Arthur, où t' as mis le corps   [importance...
Tous les jours on lui d'mandait
Arthur il en est mort
Et on sait pas où il est passé...
– Ah, mince alors !
– Allons mes enfants, votre copain Arthur où l'avez-
vous mis ?
– Dites-le à votre bon petit directeur...

Aucun d' nous n' se rapp'lait plus
Ce qu'on avait foutu
De cet Arthur de merde
Et le directeur furax

Attrapait des antrax
À l'idée qu'il se perde
On a fait v'nir un devin
Qui lisait dans les mains
Et même dans les oreilles
Mais comme tout ça donnait rien
Un beau soir on essaie
Le spiritisme ancien
– Ça tourne, les enfants !
– Arthur... Es-tu là ?
– Oui, les gars
– Arthur, où t'as mis ton corps ?
– J'ai pus de corps, les gars
– Arthur... As-tu du cœur ?
– Belote, les gars... Rebelote, et dix de der...

Et on a enfin compris
Que ce salaud d'Arthur
Était au Paradis ! ! !

Sarah

Paroles et Musique de Georges Moustaki

La femme qui est dans mon lit
n'a plus vingt ans depuis longtemps
Les yeux cernés par les années
par les amours au jour le jour
La bouche usée par les baisers
trop souvent mais trop mal donnés
Le teint blafard malgré le fard
plus pâle qu'une tache de lune.

La femme qui est dans mon lit
n'a plus vingt ans depuis longtemps
Les seins si lourds de trop d'amour
ne portent pas le nom d'appas
Le corps lassé trop caressé
trop souvent mais trop mal aimé

Le dos voûté semble porter
les souvenirs qu'elle a dû fuir.

La femme qui est dans mon lit
n'a plus vingt ans depuis longtemps
Ne riez pas n'y touchez pas
gardez vos larmes et vos sarcasmes
Lorsque la nuit nous réunit
son corps, ses mains s'offrent aux miens
Et c'est son cœur couvert de pleurs
et de blessures qui me rassure.

Le petit garçon

Paroles de Jean-Loup Dabadie
Musique de Dominique Pankratoff

Ce soir mon petit garçon
Mon enfant, mon amour
Ce soir, il pleut sur la maison
Mon garçon, mon amour
Comme tu lui ressembles !
On reste tous les deux
On va bien jouer ensemble
On est là tous les deux
Seuls

Ce soir elle ne rentre pas
Je n' sais plus, je n' sais pas
Elle écrira demain peut-être
Nous aurons une lettre
Il pleut sur le jardin
Je vais faire du feu
Je n'ai pas de chagrin
On est là tous les deux
Seuls

Attends, je sais des histoires
Il était une fois

Il pleut dans ma mémoire
Je crois, ne pleure pas
Attends, je sais des histoires
Mais il fait un peu froid, ce soir
Une histoire de gens qui s'aiment
Une histoire de gens qui s'aiment

Tu vas voir
Ne t'en va pas
Ne me laisse pas

Je ne sais plus faire du feu
Mon enfant, mon amour
Je ne peux plus grand-chose
Mon garçon, mon amour
Comme tu lui ressembles !
On est là tous les deux
Perdus parmi les choses
Dans cette grande chambre
Seuls

On va jouer à la guerre
Et tu t'endormiras
Ce soir, elle ne sera pas là
Je n'sais plus, je n'sais pas
Je n'aime pas l'hiver
Il n'y a plus de feu
Il n'y a plus rien à faire
Qu'à jouer tous les deux
Seuls

Attends, je sais des histoires
Il était une fois
Je n'ai plus de mémoire
Je crois, ne pleure pas
Attends, je sais des histoires
Mais il est un peu tard, ce soir
L'histoire de gens qui s'aimèrent
Et qui jouèrent à la guerre

Écoute-moi
Elle n'est plus là
Non... ne pleure pas... !

John William
[1922]

Pour lui le succès a sifflé beaucoup plus que trois fois !
Ce Paul Robeson de la chanson française démarre dans la vie comme mécanicien. Ce n'est qu'après la Libération qu'il débute dans la chanson. Son succès tient à la version française de la chanson du film Le train sifflera trois fois *qu'il enregistre en 1952.*

La chanson de Lara

Paroles de Hubert Ithier
Musique de Maurice Jarre

Un jour Lara
Quand le vent a tourné
Un jour Lara
Nous nous sommes quittés
Mes yeux là-bas
Revoient toujours ce train
Ce dernier train qui part vers le chagrin

Le ciel était couvert de neige
Au loin déjà l'horizon brûlait
Cette chanson que chantaient les soldats
C'était si bon, serré entre tes bras
Au bord des larmes tu souriais là-bas

Le ciel était couvert de neige
Au loin déjà le canon tonnait
Un jour Lara
Quand tournera le vent
Un jour Lara
Ce sera comme avant
Alors cet air comme un manège
Pour moi sera ta chanson
Lara

Chanson extraite du film Le Docteur Jivago.

Mick Micheyl
[1922]

Elle a été Grand Prix du disque, et a lancé la « Fête des mères » avec une chanson (Ma Maman). Elle a procuré un grand succès à Yves Montand, et a remplacé magnifiquement Line Renaud au Casino de Paris...

Ma Maman

Paroles de Mick Micheyl
Musique de Bob Astor

On est si petit le monde est si grand
Que serait la vie sans notre Maman
Elle sait d'un mot redonner confiance
Et faire oublier nos chagrins d'enfant

Refrain
Ma Maman est une Maman
Comme toutes les Mamans
Mais voilà c'est la mienne
Et pour moi qui peut sous mon toit
Apporter la joie voyez-vous c'est la mienne
Un regard suffit entre nous
Pour deviner notre pensée
Alors je la prends par le cou
Et je la couvre de baisers
Ma Maman est une Maman
Comme toutes les Mamans
Mais voilà c'est la mienne

Quand mon jeune cœur avait du chagrin
Je glissais ma main au creux de sa main
Par enchantement j'oubliais mes peines
Et si j'ai grandi mon cœur se souvient

[Au refrain]

Le marchand de poésie

Paroles de Mick Micheyl
Musique de Mick Micheyl et Bob Astor

Il était marchand de poésie
Il passait tous les jours de sa vie
À écrir' des mots d'amour
Pour tous les gens des faubourgs
Mais il n'avait
Au fond d' son cœur
Ni grand amour
Ni p'tit bonheur.
Les gens venaient
Pour quelques sous
Lui acheter
Des mots, très doux
Quand il aima
C'était son heur'
Il ne trouva
Rien dans son cœur.

Il était marchand de poésie
Il passait tous les jours de sa vie
À écrir' des mots d'amour
Pour tous les gens des faubourgs
Il n' savait pas
Qu' les mots vendus
Quand on les veut
On n' les trouve plus
Car mots d'amour
Robe de mariée
Finiss'nt toujours
Par se faner
Cell' qu'il aimait
Est repartie
Celle qu'il aimait
N'a pas compris.

Qu'il était marchand de poésie
Il passait tous les jours de sa vie
À écrir' des mots d'amour
Pour les amants des faubourgs

La déception
C'est comm' la mer
Ça rong' la vie
À sa manière.
Depuis ce jour
Ne dit plus rien
Il vit l'amour
Dans ses quatrains
Quand il écrit
Tombe parfois
Un' petit' larme
Sur ses gros doigts.
Il était marchand de poésie.

Grand Prix de la Chanson. Music-Hall ABC.

Je t'aime encore plus

Paroles et Musique de Mick Micheyl

Je t'aime encore plus quand tu n'es pas là
Non pas que j' t'aim' moins près de moi
Mais j' t'aime encore plus quand tu n'es pas là
Car je peux rêver de toi.
Y'a pas moyen quand nous sortons
De rentrer à une heur' normale
Tu demeur's frais comme un gardon
Moi je m'éteins et deviens pâle
Mais le matin y'a plus personne
Je me fais un mauvais sang fou
Papattes en rond, toi tu ronronnes
Oubliant tous nos rendez-vous.
Je t'aime encore plus quand tu n'es pas là
Non pas que j' t'aim' moins près de moi
Mais j' t'aime encore plus quand tu n'es pas là
Car je peux rêver pour toi.
Pardon mon amour de te dir' tout ça
Mais viendra le jour où tu le verras.

Je t'aime encore plus quand tu n'es pas là
Non pas que j' t'aim' moins près de moi
Mais j' t'aime encore plus quand tu n'es pas là
Car je peux rêver de toi.
Quand tu es loin le temps me dure
Je repense à nos discussions
Tes intentions me semblent pures
J' finis par te donner raison
J'idéalise notre amour
Ne te trouvant que des vertus
Mais lorsque tu es de retour
Je comprends que parfois l'on tue.
Je t'aime encore plus quand tu n'es pas là
Non pas que j' t'aim' moins près de moi
Mais j' t'aime encore plus quand tu n'es pas là
Car je peux rêver pour toi.
Je t'aime encore plus quand t'es contre moi
J'ai chaud, je suis bien dans tes bras
Je ferme les yeux, tu ne parles pas
Et je peux rêver de toi.

Un gamin de Paris

Paroles de Mick Micheyl
Musique d'Adrien Marès

Refrain
Un gamin d'Paris
C'est tout un poème
Dans aucun pays
Il n'y a le même,
Car c'est un titi,
Petit gars dégourdi
Que l'on aime.
Un gamin d'Paris
C'est le doux mélange
D'un ciel affranchi
Du diable et d'un ange

Et son œil hardi
S'attendrit devant une oran-an-ge.
Pas plus haut que trois pommes
Mais lance un défi
À l'aimable bonhomme
Qui l'appelait « Mon petit ».
Un gamin d'Paris
C'est une cocarde
Bouton qui fleurit
Dans un pot de moutarde
Il est tout l'esprit
L'esprit de Paris qui musar-ar-de.

Pantalons trop longs pour lui,
Toujours les mains dans les poches
On le voit qui déguerpit
Aussitôt qu'il voit un képi.

Refrain
Un gamin d'Paris
C'est tout un poème,
Dans aucun pays
Il n'y a le même
Car c'est un titi,
Petit gars dégourdi
Que l'on aime.
Il est héritier
Lors de sa naissance
De tout un passé
Lourd de conséquence
Et ça, il le sait,
Bien qu'il ignore l'histoire de Fran-an-ce.
Sachant que, sur les places,
Pour un idéal,
Des p'tits gars pleins d'audace,
À leur façon, fir'nt un bal.
Un gamin d'Paris
Rempli d'insouciance
Gouailleur et ravi
De la vie qui danse
S'il faut, peut aussi
Comm' Gavroch' entrer dans la dan-an-se.

Coda

Un gamin d'Paris
M'a dit à l'oreille
Si je pars d'ici
Sachez que la veille
J'aurais réussi
À mettre Paris en boutei-ei-lle.

Interprètes : Yves Montand, Mick Micheyl.

Jean Constantin
[1923-1997]

Une force de tendresse et d'humour... Assis à son piano, il parlait autant qu'il jouait et chantait.

Ma petite rime

Paroles de Jean Dréjac
Musique de Jean Constantin

Refrain
Comm' Paris
Rime avec esprit,
Comm' la Seine
Rime avec Verlaine,
Comm' Nogent
Avec le printemps,
Toi,
Tu rimes avec moi.
Comm' Passy
Rime avec souci,
Comm' Auteuil
Rime avec orgueil,
Comm' Pigalle
Rime avec fringale,
Toi,
Tu rimes avec moi.
Cuba
Rime avec samba,
Pablo
Avec Picasso,
Muguet
Avec Premier Mai
Mais...
Comm' Paris
Rime avec esprit,
Comm' la Seine
Rime avec Verlaine

Comm' Nogent
Avec le printemps,
Toi,
Tu rimes avec moi.

Petite rime,
Ô ma petite rime,
Tu es câline
Et tell'ment féminine.

Refrain
Comm' jolie
Rime avec folie,
Comm' un ange
Rime avec étrange,
Comm' la mousse
Avec ta peau douce,
Toi,
Tu rimes avec moi.
Comm' l'amour
Rime avec toujours,
Comm' plus tard
Rime avec trop tard,
Comm' pas riche
Avec on s'en fiche,
Toi,
Tu rimes avec moi.
Ton corps
Rime avec encor',
Tes yeux
Avec merveilleux,
Demain
Et main dans la main,
Viens !
Comm' jolie
Rime avec folie,
Comm' un ange
Rime avec étrange,
Comm' la mousse
Avec ta peau douce,
Toi,
Tu rimes avec moi.

Petite rime
Veux-tu que l'on s'égare
Dans un abîme
De poésie bizarre ?

Refrain
Comm' Paris
Rime avec la Seine,
Comm' Verlaine
Rime avec son ange,
Comm' la mousse
Avec le printemps,
Toi,
Tu rimes avec moi.
Comm' fringale
Rime avec pas riche,
Comm' Pigalle
Rime avec Nogent,
Comm' plus tard
Avec on s'en fiche,
Toi,
Tu rimes avec moi.
Samba
Rime avec muguet,
Ton corps
Avec Picasso.
Demain
Avec Premier Mai,
Viens !
Comm' Paris
Rime avec Verlaine
Comm' Verlaine
Rime avec toujours,
Comm' toujours
Avec mon amour,
Toi,
Tu rimes avec moi !
Toi !...

Mets deux thunes dans l'bastringue

Paroles et Musique de Jean Constantin

Refrain
Mets deux thun's dans l'bastringue
Histoir' d'ouvrir le bal
Pos' ton cafard su'l'zinc
Et t'auras du bonheur pour tes dix ball's
Si y'a du baratin
Coll'-toi près du machin
Car y faut bien qu't'entend'
Pour te « détend' »
T'occup' pas du ménag'
Du moment qu'ça t'remue
Laiss' tourner l'engrenag'
Et si tu veux vraiment qu'ça continue
Mets deux thun's dans l'bastringu'
Et si t'es pas sourdingu'
T'auras du carnaval
Pour tes dix ball's

1
Et comm' ça je soliloque,
Quand mes souv'nirs me provoquent
Mets deux thun's

[Au refrain]

Mais je ne possédais
Qu'une pièc' de cent sous
Et venais l'écouler
Dans l'busophone saoulé par les gros sous
Contre un peu de gaîté
Qu'l'appareil plein d'argent
Pouvait bien me donner
Mêm' pour cinq francs
Comm' je n'ai jamais mis
Que ma thun' dans l'fourbi
La fameus' mécaniqu'
N'aurait jamais dû me vendre sa musiqu'
Pourtant y'avait sûr'ment

Un cœur dans l'instrument
Qui s'est mis à jouer
Comm' si le compt' y'était
Paraît qu'encor' maint'nant
Y choisit ses clients
Et t'envoie d'l'orphéon
Pour pas un rond

Colette Renard
[1924]

Patachou lui a rendu un fier service en refusant de jouer Irma la Douce *!*

Épouse de Raymond Legrand, le père de Michel, elle fait ses classes dans son orchestre et se partage ensuite entre la chanson réaliste et la chanson fantaisiste avec beaucoup de bonheur.

Zon... Zon... Zon...

Paroles de Maurice Vidalin
Musique de Jacques Datin

Quand je suis dev'nue belle,
Quand j'ai pris mes seize ans,
J' suis restée demoiselle,
Mais j'ai eu des amants.
Z'avaient de bonnes têtes,
Ou z'étaient bons garçons,
M'emmenaient à la fête,
Me chantaient des chansons...
Zon... Zon... Zon... froissé mon corsage
Et tout's ces choses qui n' serv'nt à rien.
Zon... Zon... Zon... puisque c'est l'usage,
Voulu toujours aller plus loin.

De la porte à la chambre
Et du fauteuil au lit,
M'ont fait croire en décembre
Au mois de Mai Joli.
Mais au p'tit matin blême,
Fallait se rhabiller,
Y'avait plus de « je t'aime »
Et mêm' plus d'amitié...
Zon... Zon... Zon... cueilli tant de roses
Que le jardin s'est défleuri.
Zon... Zon... Zon... rien vu de la chose,
Z'avaient l'œil sur le paradis.

J'ai laissé ma jeunesse
Au bal des quatre vents
Et me v'là la princesse
D'un drôl' de bois dormant.
Chez Marie ça s'appelle,
Mais y'a pas d'plaque au seuil,
C'est la maison des belles,
La maison « N'a qu'un œil »
Zon... Zon... Zon... c'est toujours les mêmes,
Z'avaient qu'une corde à leur violon.
Zon... Zon... Zon... besoin qu'on les aime.
Oh mes seize ans... où c'est qu'ils sont ?

Tais-toi Marseille

Paroles de Maurice Vidalin
Musique de Jacques Datin

Un jour les voyous de Marseille
M'ont fait goûter à leur bouteille
Au fond d'un bistrot mal famé
Où j'attendais de m'embarquer
Ils m'ont raconté leurs voyages
Et de bastringue en bastingage
Ils m'ont saoulé de tant de bruit
Que je ne suis jamais parti

Refrain
Marseille, tais-toi Marseille
Tu cries trop fort
Je n'entends pas claquer
Les voiles dans le port

Je vais lire devant les agences
Les noms des bateaux en partance
C'est fou, je connais leurs chemins
Mieux que les lignes de ma main
Adieu les amours en gondole
Les nuits de Chine, les acropoles

La terre de France à mes souliers
C'est comme des fers bien verrouillés

[Au refrain]

Je vends mon histoire aux touristes
On fait des sous quand on est triste...
Les escudos et les dollars
Rien de meilleur pour le cafard
Pourtant j'ai toujours dans ma poche
Un vieux billet qui s'effiloche
C'est tout mon rêve abandonné...
Je n'ose pas le déchirer.

[Au refrain]

Avec les anges

Extrait de la comédie musicale Irma la Douce.

Paroles d'Alexandre Breffort
Musique de Marguerite Monnot

1

On est protégé par Paris
Sur nos têtes veille en personne
Sainte Geneviève la patronne
Et c'est comm' si l'on était bénis.

Refrain
Y'a rien à dire
Y'a qu'à s'aimer
Y'a plus qu'à s'taire, qu'à la fermer
Parce qu'au fond des phrases
Ça fait tort à l'extase
Quand j'vois tes châsses
Moi ça m'suffit
Pour imaginer l'paradis

Je m'débine c'est étrange
Avec les anges.

2

Va c'est pas compliqué du tout
En somme y'a qu'à s'écouter vivre
Le reste on lit ça dans les livres
Ou qu'on s'dit... Vous...
Tandis que chez nous

[Au refrain]

3

Si qu'on s'regarde et qu'on s'dit rien
C'est qu'il n'y a pas besoin d'paroles
Le silence à deux ça console
De cett' vie de chien
Ensemble on est bien.

[Au refrain]

Coda. Fin refrain.

Amour toujours c'est p't'être idiot
Il y a pourtant pas d'autres mots
Pour dire le nécessaire
Quand on veut être sincère
Quand j'vois tes châsses
Moi ça m'suffit
Pour imaginer l'paradis
Je m'débine c'est étrange
Avec les anges

Charles Aznavour
[1924]

Dès son entrée sur scène, avec Pierre Roche, il n'était pas à l'affiche, et pourtant, il s'y voyait déjà ! (Presles, 1943). Rarement un auteur-interprète eut des débuts aussi contrariés. Il dut sa réussite en grande partie au soutien de son éditeur Raoul Breton. Tendre ou ironique, il est un homme qui chante et que tous les jeunes devraient aller voir sur scène s'ils veulent connaître les sommets que peut atteindre l'art d'écrire et de chanter.

Et finalement le siècle a donné trois grands Charles à la France : de Gaulle, Trenet et Aznavour.

Sur ma vie

Paroles et Musique de Charles Aznavour

Sur ma vie je t'ai juré un jour
De t'aimer jusqu'au dernier jour de mes jours
Et le même mot

Devait très bientôt
Nous unir devant Dieu et les hommes

Sur ma vie je t'ai fait le serment
Que ce lien tiendrait jusqu'à la fin des temps
Ainsi nous vivions
Ivres de passion
Et mon cœur voulait t'offrir mon nom

Près des orgues qui chantaient
Face à Dieu qui priait
Heureux je t'attendais
Mais les orgues se sont tues
Et Dieu a disparu
Car tu n'es pas venue

Sur ma vie j'ai juré que mon cœur
Ne battrait jamais pour aucun autre cœur
Et tout est perdu
Car il ne bat plus
Mais il pleure mon amour déçu

Sur ma vie je t'ai juré un jour
De t'aimer jusqu'au dernier jour de mes jours
Et même à présent
Je tiendrai serment
Malgré tout le mal que tu m'as fait
Sur ma vie
Chérie
Je t'attendrai

Sa jeunesse

Paroles et Musique de Charles Aznavour

Lorsque l'on tient
Entre ses mains
Cette richesse
Avoir vingt ans, des lendemains

Pleins de promesses
Quand l'amour sur nous se penche
Pour nous offrir ses nuits blanches
Lorsque l'on voit
Loin devant soi
Rire la vie
Brodée d'espoir, riche de joie
Et de folie
Il faut boire jusqu'à l'ivresse
Sa jeunesse

Car tous les instants
De nos vingt ans
Nous sont comptés
Et jamais plus
Le temps perdu
Ne nous fait face
Il passe
Souvent en vain
On tend les mains
Et l'on regrette
Il est trop tard sur son chemin
Rien ne l'arrête
On ne peut garder sans cesse
Sa jeunesse

Avant que de sourire, nous quittons l'enfance
Avant que de savoir la jeunesse s'enfuit
Cela semble si court que l'on est tout surpris
Qu'avant que de comprendre, on quitte l'existence

Lorsque l'on tient
Entre ses mains
Cette richesse
Avoir vingt ans, des lendemains
Pleins de promesses
Quand l'amour sur nous se penche
Pour nous offrir ses nuits blanches
Lorsque l'on voit
Loin devant soi
Rire la vie
Brodée d'espoir, riche de joie
Et de folie

Il faut boire jusqu'à l'ivresse
Sa jeunesse

Car tous les instants
De nos vingt ans
Nous sont comptés
Et jamais plus
Le temps perdu
Ne nous fait face
Il passe
Souvent en vain
On tend les mains
Et l'on regrette
Il est trop tard sur son chemin
Rien ne l'arrête
On ne peut garder sans cesse
Sa jeunesse

Je m'voyais déjà

Paroles et Musique de Charles Aznavour

À dix-huit ans j'ai quitté ma province
Bien décidé à empoigner la vie
Le cœur léger et le bagage mince
J'étais certain de conquérir Paris
Chez le tailleur le plus chic j'ai fait faire
Ce complet bleu qu'était du dernier cri
Les photos, les chansons
Et les orchestrations
Ont eu raison
De mes économies

Je m'voyais déjà en haut de l'affiche
En dix fois plus gros que n'importe qui mon nom
Je m'voyais déjà adulé et riche   [s'étalait
Signant mes photos aux admirateurs qui se
                                    [bousculaient

329

J'étais le plus grand des grands fantaisistes
Faisant un succès si fort que les gens m'acclamaient
Je m'voyais déjà cherchant dans ma liste　　[debout
Celle qui le soir pourrait par faveur se pendre à mon
　　　　　　　　　　　　　　　　　　　　[cou
Mes traits ont vieilli, bien sûr, sous mon maquillage
Mais la voix est là, le geste est précis, et j'ai du
　　　　　　　　　　　　　　　　　　　　[ressort
Mon cœur s'est aigri un peu en prenant de l'âge
Mais j'ai des idées, j'connais mon métier et j'y crois
　　　　　　　　　　　　　　　　　　　　[encor'
Rien que sous mes pieds de sentir la scène
De voir devant moi le public assis, j'ai le cœur battant
On m'a pas aidé, je n'ai pas eu d'veine
Mais un jour viendra, je leur montrerai que j'ai du
　　　　　　　　　　　　　　　　　　　　[talent
Ce complet bleu y'a trente ans que j'le porte
Et mes chansons ne font rire que moi
J'cours le cachet, je fais du porte à porte
Pour subsister je fais n'importe quoi
Je n'ai connu que des succès faciles
Des trains de nuit et des filles à soldats
Les minables cachets, les valises à porter
Les p'tits meublés et les maigres repas

Je m'voyais déjà en photographie
Au bras d'une star l'hiver dans la neige l'été au soleil
Je m'voyais déjà racontant ma vie,
L'air désabusé, à des débutants friands de conseils
J'ouvrais calmement les soirs de première,
Mille télégrammes de ce Tout-Paris qui nous fait si
Et mourant de trac devant ce parterre,　　[peur
Entré sur la scène sous les ovations et les
　　　　　　　　　　　　　　　　　　　　[projecteurs
J'ai tout essayé pourtant pour sortir de l'ombre
J'ai chanté l'amour, j'ai fait du comique et d'la
　　　　　　　　　　　　　　　　　　　　[fantaisie
Si tout a raté pour moi, si je suis dans l'ombre
Ce n'est pas ma faut' mais cell' du public qui n'a rien
On ne m'a jamais accordé ma chance　　[compris

D'autres ont réussi avec peu de voix mais beaucoup
Moi j'étais trop pur ou trop en avance   [d'argent
Mais un jour viendra, je leur montrerai que j'ai du
                                                  [talent

Tu t'laisses aller

Paroles et Musique de Charles Aznavour

C'est drôl' c'que t'es drôle à r'garder
T'es là, t'attends, tu fais la tête
Et moi j'ai envie d'rigoler
C'est l'alcool qui monte en ma tête
Tout l'alcool que j'ai pris ce soir
Afin d'y puiser le courage
De t'avouer que j'en ai marr'
De toi et de tes commérages
De ton corps qui me laisse sage
Et qui m'enlève tout espoir

J'en ai assez faut bien qu'j'te l'dise
Tu m'exaspèr's, tu m'tyrannises
Je subis ton sal' caractèr'
Sans oser dir' que t'exagèr's
Oui t'exagèr's, tu l'sais maint'nant
Parfois je voudrais t'étrangler
Dieu que t'as changé en cinq ans
Tu t'laisses aller, tu t'laisses aller

Ah ! tu es belle à regarder
Tes bas tombant sur tes chaussures
Et ton vieux peignoir mal fermé
Et tes bigoudis quelle allure
Je me demande chaque jour
Comment as-tu fait pour me plaire
Comment ai-j' pu te faire la cour
Et t'aliéner ma vie entière

Comm' ça tu ressembles à ta mère
Qu'a rien pour inspirer l'amour

D'vant mes amis quell' catastroph'
Tu m'contredis, tu m'apostrophes
Avec ton venin et ta hargne
Tu ferais battre des montagnes
Ah ! j'ai décroché le gros lot
Le jour où je t'ai rencontrée
Si tu t'taisais, ce s'rait trop beau
Tu t'laisses aller, tu t'laisses aller

Tu es un' brute et un tyran
Tu n'as pas de cœur et pas d'âme
Pourtant je pense bien souvent
Que malgré tout tu es ma femme
Si tu voulais faire un effort
Tout pourrait reprendre sa place
Pour maigrir fais un peu de sport
Arrange-toi devant ta glace
Accroche un sourire à ta face
Maquille ton cœur et ton corps
Au lieu d'penser que j'te déteste
Et de me fuir comme la peste
Essaie de te montrer gentille
Redeviens la petite fille
Qui m'a donné tant de bonheur
Et parfois comm' par le passé
J'aim'rais que tout contre mon cœur
Tu t'laisses aller, tu t'laisses aller

Trousse chemise

Paroles de Jacques Mareuil
Musique de Charles Aznavour

Dans le petit bois
De Trousse Chemise
Et que la mer est grise

Et qu'on l'est un peu
Dans le petit bois
De Trousse Chemise
On fait des bêtises
Souviens-toi nous deux
On était parti pour Trousse Chemise
Guettés par les vieilles derrière leurs volets
On était parti la fleur à l'oreille
Avec deux bouteilles de vrai Muscadet

On s'était baigné
À Trousse Chemise
La plage déserte était à nous deux
On s'était baigné à la découverte
La mer était verte
Tu l'étais un peu
On a dans les bois de Trousse Chemise
Déjeuné sur l'herbe mais voilà soudain
Que là, dans un élan superbe
Conjuguer le verbe aimer son prochain

Et j'ai renversé
À Trousse Chemise
Malgré tes prières à corps défendant
Et j'ai renversé le vin de nos verres,
Ta robe légère et tes dix-sept ans.
Quand on est rentré
De Trousse Chemise
La mer était grise
Tu ne l'étais plus
Quand on est rentré
La vie t'a reprise
T'as fait ta valise, et t'es jamais rev'nu
On coupe le bois de Trousse Chemise
Il pleut sur la plage
Des mortes saisons
On coupe le bois, le bois de la cage
Où mon cœur trop sage était en prison.

Comme ils disent

Paroles et Musique de Charles Aznavour

J'habite seul avec maman
Dans un très vieil appartement
Rue Sarasate
J'ai pour me tenir compagnie
Une tortue, deux canaris
Et une chatte
Pour laisser maman reposer
Très souvent je fais le marché
Et la cuisine
Je range, je lave, j'essuie
À l'occasion je pique aussi
À la machine
Le travail ne me fait pas peur
Je suis un peu décorateur
Un peu styliste
Mais mon vrai métier, c'est la nuit
Que je l'exerce, travesti
Je suis artiste
Je fais un numéro spécial
Qui finit en nu intégral
Après strip-tease
Et dans la salle je vois que
Les mâles n'en croient pas leurs yeux
Je suis un homme oh !
Comme ils disent

Vers les trois heures du matin
On va manger entre copains
De tous les sexes
Dans un quelconque bar-tabac
Et là, on s'en donne à cœur joie
Et sans complexe
On déballe des vérités
Sur des gens qu'on a dans le nez
On les lapide
Mais on le fait avec humour
Enrobé dans des calembours
Mouillés d'acide
On rencontre des attardés

Qui pour épater leur tablée
Marchent et ondulent
Singeant ce qu'ils croient être nous
Et se couvrent les pauvres fous
De ridicule
Ça gesticule et parle fort
Ça joue les divas, les ténors
De la bêtise
Moi les lazzis, les quolibets
Me laissent froid puisque c'est vrai
Je suis un homme oh !
Comme ils disent

À l'heure où naît un jour nouveau
Je rentre retrouver mon lot
De solitude
J'ôte mes cils et mes cheveux
Comme un pauvre clown malheureux
De lassitude
Je me couche mais ne dors pas
Je pense à mes amours sans joie
Si dérisoires
À ce garçon beau comme un dieu
Qui sans rien faire a mis le feu
À ma mémoire
Ma bouche n'osera jamais
Lui avouer mon doux secret
Mon tendre drame
Car l'objet de tous mes tourments
Passe le plus clair de son temps
Aux lits des femmes
Nul n'a le droit en vérité
De me blâmer, de me juger
Et je précise
Que c'est bien la nature qui
Est seule responsable si
Je suis un homme oh !
Comme ils disent

Après l'amour

Paroles et Musique de Charles Aznavour

Nous nous sommes aimés
Nos joies se sont offertes
Et nos cœurs ont battu
Poussés par cet instinct
Qui unit les amants en se fichant du reste
Tu glisses tes doigts
Par ma chemise entr'ouverte
Et poses sur ma peau
La paume de ta main
Et les yeux mi-clos
Nous restons sans dire un mot
Sans faire un geste

Après l'amour
Quand nos corps se détendent
Après l'amour
Quand nos souffles sont courts
Nous restons étendus
Toi et moi presque nus
Heureux sans rien dire
Éclairés d'un même sourire
Après l'amour
Nous ne formons qu'un être
Après l'amour
Quand nos membres sont lourds
Au sein des draps froissés
Nous restons enlacés
Après l'amour
Au creux du jour
Pour rêver

Je t'aime A.I.M.E.

Paroles et Musique de Charles Aznavour

Je t'écris c'est plus romantique
Comme un amant du temps jadis
Sur un papier couleur de lys
À l'encre bleue, et je m'applique
Quand ma plume, manque de chance,
Fait en sortant de l'encrier
Une tache sur le papier
Que je déchire et recommence

Je t'aime A.I.M.E.
T'aime le cœur en feu
Faut-il un X à feu ?
Ça me pose un problème
Allez je barre feu
Mais je garde je t'aime
Je t'aime A.I.M.E.
Simplement j'y ajoute
Ces mots : « À la folie »
Mais soudain j'ai un doute
Folie avec un L
Un seul L ou bien deux ?
Deux ailes seraient mieux

Tellement plus jolies
Et bien sûr plus vivant,
Vivant, comme une envie
Que le bonheur agrafe
Comme un papillon bleu
Au cœur d'un amoureux
Inquiet de l'orthographe

À l'école j'étais le cancre
Dont on ne pouvait rien tirer
Guettant l'heure de la récré
L'œil fixe et les doigts tachés d'encre
Aujourd'hui je me désespère
J'ai des lacunes et je le sais
Mais amoureux il me vient des
Velléités épistolaires

Je t'aime A.I.M.E.
Et je n'ai foi qu'en toi
Comment écrire foi
Privé d'un dictionnaire
Il y a tant de fois
Dans le vocabulaire
Je peine et je m'en veux
Allez je place un S
Mieux vaut peut-être un E
Franchement ça me stresse
Et mon foie fait des nœuds
Des heures d'affilée
Penché sur le papier

Je corrige et rature
Puis j'envoie tout valser
Maudissant l'écriture
Écœuré j'abandonne
Au diable mon stylo
Je dirais tous ces mots
Tranquille au téléphone
Je prends le combiné
Composé un numéro
Je n'ai plus de problèmes
Allô, amour, allô
Oui oui c'est encor' moi
Pour la ennième fois
Qui t'appelle, tu vois
Pour te dire : « Je t'aime »

Les plaisirs démodés

Paroles de Charles Aznavour
Musique de Georges Garvarentz

Dans le bruit familier de la boîte à la mode
Aux lueurs psychédéliques au curieux décorum
Nous découvrons assis sur des chaises incommodes
Les derniers disques pop, poussés au maximum

C'est là qu'on s'est connu parmi ceux de notre âge
Toi vêtue en Indienne et moi en col Mao
Nous revenons depuis comme en pèlerinage
Danser dans la fumée à couper au couteau

Viens découvrons toi et moi les plaisirs démodés
Ton cœur contre mon cœur malgré les rythmes fous
Je veux sentir mon corps par ton corps épousé
Dansons joue contre joue
Dansons joue contre joue

Viens noyé dans la cohue mais dissocié du bruit
Comme si sur la terre il n'y avait que nous
Glissons les yeux mi-clos jusqu'au bout de la nuit
Dansons joue contre joue
Dansons joue contre joue

Sur la piste envahie c'est un spectacle rare
Les danseurs sont en transe et la musique aidant
Ils semblent sacrifier à des rythmes barbares
Sur les airs d'aujourd'hui souvent vieux de tout temps

L'un à l'autre étrangers bien que dansant ensemble
Les couples se démènent on dirait que pour eux
La musique et l'amour ne font pas corps ensemble
Dans cette obscurité, propice aux amoureux

Viens découvrons toi et moi les plaisirs démodés
Ton cœur contre mon cœur malgré les rythmes fous
Je veux sentir mon corps par ton corps épousé
Dansons joue contre joue
Dansons joue contre joue

Viens noyé dans la cohue mais dissocié du bruit
Comme si sur la terre il n'y avait que nous
Glissons les yeux mi-clos jusqu'au bout de la nuit
Dansons joue contre joue
Dansons joue contre joue

Pierre Perrin

[1926-1985]

Pour lui, c'était Maubeuge...
Pour Jacques Brel, c'était Vesoul...
Et pourtant, ils ne chantaient pas dans la même catégorie.
Mais ce chauffeur de taxi avait un excellent plan de Paris qui lui
permit de trouver l'adresse de l'éditeur qui lui convenait.

Un clair de lune à Maubeuge

Paroles de Pierre Perrin
Musique de Pierre Perrin et Claude Blondy

Je suis allé aux fraises,
Je suis rev'nu d'Pontoise,
J'ai filé à l'anglaise,
Avec un' Tonkinoise,
Si j'ai roulé ma bosse
Je connais l'univers
J'ai mêm' roulé carrosse
Et j'ai roulé les « R »,
Et je dis non,
Non non non non
Oui je dis non,
Non non non non, non non non non.

Tout ça n'vaut pas
Un clair de lun' à Maubeuge,
Tout ça n'vaut pas
Le doux soleil de Tourcoing (Coing coing ! Oh ! je
Tout ça n'vaut pas   [vous en prie)
Un' croisière sur la Meuse
Tout ça n'vaut pas
Des vacances au Kremlin-Bicêtr'.

J'ai fait tout's les bêtises
Qu'on peut imaginer
J'en ai fait à ma guise
Et aussi à Cambrai,

Je connais tout's les Mers,
La Mer Roug', la Mer Noire
La Mer... diterranée,
La Mer de Charles Trenet,
Et je dis non,
Non non non non
Oui je dis non,
Non non non non, non non non non.

Tout ça n'vaut pas
Un clair de lun' à Maubeuge,
Tout ça n'vaut pas
Le doux soleil de Roubaix (Coing coing ! Vous êtes
Tout ça n'vaut pas   [ridicules)
Un' croisière sur la Meuse
Tout ça n'vaut pas
Faire du sport au Kremlin Biceps.

Philippe Clay
[1927]

*Sur toutes les scènes, et les écrans. Sur tous les tons ce fut un
grand Philippe à la clé ! Il a toujours su mettre son corps longiligne
et son accent parigot au service de son talent d'interprète.*

Le danseur de charleston

Paroles et Musique de Jean-Pierre Moulin

Un gentleman un peu noir
À une poul' dans un bar
Offrait champagne et caviar
Et entrouvrait sa mémoire.
Ce gentleman dans son frac
Disait : poupé' si je claque
Je veux qu' ce soit dans un lac
Un lac d'cognac.

Refrain
Écoute-moi bien
J'avais trente ans
Écoute-moi bien
J'étais tentant, je n'avais pas encor' de dents en or
Les femm's se battaient
Pour m'approcher
Regarde-moi bien
Qu'est-c' que t'en penses
Regarde-moi bien
Tu m' trouv's l'air rance
Mais fallait fallait m' voir danser le charleston
Quand j'avais trente ans, à Cann's au Carlton...

Ce gentleman un peu noir
A tout cassé dans le bar
Puis a pris ses dollars
Et distribué des pourboires.
Ce gentleman dans son frac
A dit : planist' v'là dix sacs

Jou' les vieux airs sans entr'acte
Eh !... joue... en vrac !

[Au refrain]

[Parlé] Elle s'appelait Totoche... C'est vrai que tu lui
ressembles, à ma Totoche à moi... Un jour, elle est
partie. Et hop ! plus de Totoche. Elle avait un grain
de beauté là, sur la pommette. Toi aussi, tu as un
grain de beauté là... Des nuits entières on a dansé
le charleston, Totoche et moi, en... 1925. Plus fort
pianiste, on t'entend pas ! Allez, joue ! Pas un rond,
mais verni, nickelé, chromé, j'étais... J'avais trente
ans... Plus fort ! le charleston, c'est pas la « Pavane
pour l'infante défunte »... T'étais encore dans l'œuf,
à cette époque-là : c'est jeune et ça joue mou.
Attends... je vais te montrer...

Refrain
Regarde-moi bien
Gard' la cadence
Regarde-moi bien
Qu'est-c' que t'en penses
Il fallait fallait m' voir danser le charleston
Quand j'avais trente ans, à Cann's au Carl'ton !

Mes universités

Paroles de Henrí Djian et Sébastien Balasko
Musique de Daniel Faure

Mes universités
C'était pas Jussieu, c'était pas Censier, c'était pas
Mes universités   [Nanterre
C'était le pavé, le pavé d' Paris, le Paris d' la guerre
On parlait peu d' marxisme
Encor moins d' maoïsme
Le seul système, c'était le système-D
D comm' débrouille-toi
D comm' démerde-toi

Pour trouver d' quoi
Bouffer et t' réchauffer

Mes universités
C'était pas la peine d'être bachelier
Pour pouvoir y entrer
Mes universités
T'avais pas d' diplôm's
Mais t'étais un homme
Quand tu en sortais
Nous quand on contestait
C'était contre les casqués
Qui défilaient sur nos Champs-Élysées
Quand on écoutait Londres
Dans nos planques sur les ondes
C'étaient pas les Beatles qui nous parlaient.

Mes universités
C'était pas Jussieu, c'était pas Censier, c'était pas
Mes universités   [Nanterre
C'était le pavé, le pavé d' Paris, le Paris d' la guerre
Pourtant on tenait l' coup
Bien des fois entre nous
On rigolait comme avant ou après
Mais quand ça tournait mal
Fallait garder l' moral
Car y'avait pas de came pour oublier
Mes universités
C'était mes 20 ans pas toujours marrants,
Mais c'était l' bon temps

Mes universités
Si j'en ai bavé je m' f'rais pas prier
Pour y retourner
Bien sûr l' monde a changé
Tout ça c'est du passé
Mais ce passé faut pas vous étonner
Il est tell'ment présent
Qu'on n' comprend plus maint'nant
C' qui n' tourne plus rond dans vos universités.

Gilbert Bécaud
[1927-2001]

Il martelait ses chansons, survoltait son public et malmenait son piano...
Et pendant ce temps-là
Coquatrix médusé
Constatait les dégâts
De ses fauteuils cassés... Quelle corrida !

Les croix

Paroles de Louis Amade
Musique de Gilbert Bécaud

1
Mon dieu qu'il y en a
Des croix sur cette terre
Croix de fer, croix de bois
Humbles croix familières
Petites croix d'argent
Pendues sur des poitrines
Vieilles croix des couvents

Perdues parmi les ruines

Refrain
Et moi, pauvre de moi
J'ai ma croix dans la tête
L'immense croix de plomb vaste comme l'amour
J'y accroche le vent
J'y retiens la tempête
J'y prolonge le soir et j'y cache le jour
Et moi pauvre de moi
J'ai ma croix dans la tête
Un mot y est gravé qui ressemble à souffrir
Mais ce mot familier que mes lèvres répètent
Est si lourd à porter que j'en pense mourir

2
Mon dieu qu'il y en a
Sur les routes profondes
De silencieuses croix
Qui veillent sur le monde
Hautes croix du pardon
Tendues vers les potences
Croix de la déraison
Ou de la délivrance

[Au refrain]

Les marchés de Provence

Paroles de Louis Amade
Musique de Gilbert Bécaud

Il y a, tout au long des marchés de Provence
Qui sentent, le matin, la mer et le Midi
Des parfums de fenouil, melons et céleris
Avec dans leur milieu, quelques gosses qui dansent.
Voyageur de la nuit, moi qui en ribambelle
Ai franchi des pays que je ne voyais pas
J'ai hâte au point du jour de trouver sur mes pas

Ce monde émerveillé qui rit et s'interpelle
Le matin au marché.

Voici pour cent francs
Du thym de la garrigue
Un peu de safran
Et un kilo de figues
Voulez-vous, pas vrai,
Un beau plateau de pêches ou bien d'abricots ?
Voici l'estragon
Et la belle échalote
Le joli poisson
De la Marie-Charlotte
Voulez-vous, pas vrai,
Un bouquet de lavande ou bien quelques œillets ?
Et par-dessus tout ça
On vous donne en étrenne
L'accent qui se promène
Et qui n'en finit pas
Mais qui n'en finit pas...

Il y a, tout au long des marchés de Provence
Tant de filles jolies, tant de filles jolies
Qu'au milieu des fenouils, melons et céleris
J'ai bien de temps en temps quelques idées qui
Voyageur de la nuit, moi qui en ribambelle [dansent
Ai croisé des regards que je ne voyais pas
J'ai hâte au point du jour de trouver sur mes pas
Ces filles du soleil qui rient et qui m'appellent
Le matin au marché.

Et maintenant...

Paroles de Pierre Delanoë
Musique de Gilbert Bécaud

Et maintenant que vais-je faire
De tout ce temps que sera ma vie
De tous ces gens qui m'indiffèrent

Maintenant que tu es partie
Toutes ces nuits, pourquoi, pour qui ?
Et ce matin qui revient pour rien
Mon cœur qui bat pour qui pour quoi ?
Qui bat trop fort, trop fort

Et maintenant que vais-je faire
Vers quel néant glissera ma vie
Tu m'as laissé la terre entière
Mais la terre sans toi c'est petit
Vous mes amis soyez gentils
Vous savez bien que l'on n'y peut rien
Même Paris crève d'ennui
Toutes ses rues me tuent

Et maintenant que vais-je faire
Je vais en rire pour ne plus pleurer
Je vais brûler des nuits entières
Au matin je te haïrai
Et puis un soir dans mon miroir
Je verrai bien la fin du chemin
Pas une fleur et pas de pleurs
Au moment de l'adieu

Je n'ai vraiment plus rien à faire
Je n'ai vraiment plus rien.

Dimanche à Orly

Paroles de Pierre Delanoë
Musique de Gilbert Bécaud

À l'escalier C bloc vingt et un
J'habite un très chouette appartement
Que mon père, si tout marche bien
Aura payé en moins de vingt ans
On a le confort au maximum
Un ascenseur et un' salle de bains
On a la télé, le téléphone

Et la vue sur Paris au lointain
Le dimanch' ma mère fait du rang'ment
Pendant que mon père à la télé
Regarde les sports religieusement
Et moi j'en profite pour aller

Je m'en vais l'dimanche à Orly
Sur l'aéroport on voit s'envoler
Des avions pour tous les pays
Pour l'après-midi y'a de quoi rêver
Je me sens des fourmis dans les idées
Quand je rentre chez moi la nuit tombée

À sept heures vingt-cinq tous les matins
Nicole et moi on prend le métro
Comme on dort encor on n'se dit rien
Et chacun s'en va vers ses travaux
Quand le soir je retrouve mon lit
J'entends les boeings chanter là-haut
Je les aime mes oiseaux de nuit
Et j'irai les retrouver bientôt

Oui j'irai dimanche à Orly
Sur l'aéroport on voit s'envoler
Des avions pour tous les pays
Pour toute une vie y'a de quoi rêver
Un jour de là-haut le bloc vingt et un
Ne sera plus qu'un tout petit point

Nathalie

Paroles de Pierre Delanoë
Musique de Gilbert Bécaud

La Place Rouge était vide
Devant moi marchait Nathalie
Il avait un joli nom mon guide
Nathalie

La Plage Rouge était blanche
La neige faisait un tapis
Et je suivais par ce froid dimanche
Nathalie

Elle parlait en phrases sobres
De la Révolution d'Octobre
Je pensais déjà
Qu'après le tombeau de Lénine
On irait au café Pouchkine
Boire un bon chocolat

La Place Rouge était vide
J'ai pris son bras, elle a souri
Il avait des cheveux blonds mon guide
Nathalie, Nathalie

Dans sa chambre à l'université
Une bande d'étudiants
L'attendait impatiemment
On a ri, on a beaucoup parlé
Ils voulaient tout savoir
Nathalie traduisait

Moscou, les plaines d'Ukraine
Et les Champs-Élysées
On a tout mélangé et l'on a chanté
Et puis ils ont débouché
En riant à l'avance
Du champagne de France
Et l'on a dansé

Et quand la chambre fut vide
Tous les amis étaient partis
Je suis resté seul avec mon guide
Nathalie

Et plus question de phrases sobres
Ni de Révolution d'Octobre
On n'en était plus là
Fini le tombeau de Lénine
Le chocolat de chez Pouchkine
C'était loin déjà

Que ma vie me semble vide
Mais je sais qu'un jour à Paris
C'est moi qui lui servirai de guide
Nathalie, Nathalie

T'es venu de loin

Paroles de Louis Amade
Musique de Gilbert Bécaud

T'es venu de loin
T'es venu de loin
T'es venu de loin très loin

Oh ! si un jour tu reviens, viens viens
Toi Jésus le moribond
C'est sûrement dans notre maison
Qu'on te soignera
Quand tu reviendras

Mes deux garçons seront là là là là là
Ils te poseront trente mille questions
Auxquelles tu répondras

T'es venu de loin, très loin
Tu as mis longtemps ? Longtemps ?
Pourquoi es-tu pâle ?
J' n' sais pas
As-tu des enfants ?
Beaucoup
Est-ce que tu as faim ?
Un peu
Tu sais dessiner ?
Pas très
Fais-moi un dessin
Voilà
Dis c'est beau chez toi
Très beau
T'es venu comment ?

351

À pied
T'as une maman ?
Mais oui

Dis quel est son nom ?
Marie
Qu'est-ce que tu as aux mains ?
Rien
Qu'est-ce que tu as aux mains ?
Rien
Qu'est-ce que tu as aux mains ?
Rien
Qu'est-ce que tu as aux mains ?

Mais quand tu reviendras
Ce sera bien, bien, bien,
Quand tu reviendras
Ce sera bien, oui !
Quand tu reviendras
Ce sera bien, bien, bien,
Tu seras chez moi
Tout comme chez toi

Mais quand tu r'viendras de si loin loin
Tu étonn'ras nos voisins
Mais tu n'étonn'ras pas mes garçons
Qui poseront leurs trente mille questions

T'es venu de loin, très loin
Tu as mis longtemps ? Longtemps ?
Pourquoi es-tu pâle ?
J' n' sais pas
As-tu des enfants ?
Beaucoup
Est-ce que tu as faim ?
Un peu
Tu sais dessiner ?
Pas très
Fais-moi un dessin
Voilà
Dis c'est beau chez toi
Très beau
T'es venu comment ?
À pied

T'as une maman ?
Mais oui

Dis quel est son nom ?
Marie
Qu'est-ce que tu as aux mains ?
Rien
Qu'est-ce que tu as aux mains ?
Rien

Mais quand tu r'viendras ce s'ra bien bien bien
Quand tu r'viendras ce s'ra bien oui
Mais tu n'empêch'ras pas mes garçons
De te poser leurs trente mille questions

T'es venu de loin, très loin
Tu as mis longtemps ? Longtemps ?
Pourquoi es-tu pâle ?
J' n' sais pas
As-tu des enfants ?
Beaucoup
Est-ce que tu as faim ?
Un peu
Tu sais dessiner ?
Pas très
Fais-moi un dessin
Voilà
Dis c'est beau chez toi
Très beau
T'es venu comment ?
À pied
T'as une maman ?
Mais oui

Dis quel est son nom ?
Marie
Qu'est-ce que tu as aux mains ?
Rien
Qu'est-ce que tu as aux mains ?
Rien

Cette chanson a obtenu le Grand Prix du disque.

L'important c'est la rose

Paroles de Louis Amade
Musique de Gilbert Bécaud

Toi qui marches dans le vent
Seul dans la trop grande ville
Avec le cafard tranquille
Du passant
Toi qu'elle a laissé tomber
Pour courir vers d'autres lunes
Pour courir d'autres fortunes
L'important

L'important c'est la rose
L'important c'est la rose
L'important c'est la rose
Crois-moi

Toi qui cherches quelque argent
Pour te boucler la semaine
Dans la ville tu promènes
Ton ballant
Cascadeur soleil couchant
Tu passes devant les banques
Si tu n'es que saltimbanque
L'important

L'important c'est la rose
L'important c'est la rose
L'important c'est la rose
Crois-moi

Toi petit que tes parents
Ont laissé seul sur la terre
Petit oiseau sans lumière
Sans printemps
Dans ta veste de drap blanc
Il fait froid comme en Bohême
T'as le cœur comme en carême
Et pourtant

L'important c'est la rose
L'important c'est la rose
L'important c'est la rose
Crois-moi

Toi pour qui donnant donnant
J'ai chanté ces quelques lignes
Comme pour te faire un signe
En passant
Dis à ton tour maintenant
Que la vie n'a d'importance
Que par une fleur qui danse
Sur le temps :

L'important c'est la rose
L'important c'est la rose
L'important c'est la rose *(bis)*
Crois-moi.

La solitude ça n'existe pas

Paroles de Pierre Delanoë
Musique de Gilbert Bécaud

La solitude ça n'existe pas *(bis)*
La solitude ça n'existe pas *(bis)*

Chez moi il n'y a plus que moi
Et pourtant ça ne me fait pas peur
La radio, la télé sont là
Pour me donner le temps et l'heure
J'ai ma chaise au café du Nord
J'ai mes compagnons de flipper
Et quand il fait trop froid dehors
Je vais chez les petites sœurs des cœurs

La solitude ça n'existe pas *(bis)*

Peut-être encore pour quelques loups
Quelques malheureux sangliers
Quelques baladins, quelques fous
Quelques poètes démodés
Il y a toujours quelqu'un pour quelqu'un
Il y a toujours une société
Non ce n'est pas fait pour les chiens
Le club Méditerranée

La solitude ça n'existe pas *(bis)*

Tu te trompes petite fille
Si tu me crois désespéré
Ma nature a horreur du vide
L'univers t'a remplacée
Si je peux, je peux m'en aller
À Hawaï, à Woodstock ou ailleurs
Et y retrouver des milliers qui chantent
Pour avoir moins peur

La solitude ça n'existe pas *(bis)*
La solitude ça n'existe pas *(bis)*

Juliette Greco
[1927]

Si tu t'imagines ? Un titre prémonitoire ? Juliette pensait-elle, à ses débuts, qu'elle ferait une aussi longue et belle carrière ?

Elle a créé un personnage unique dans la chanson. Sans aucune concession, elle joue et chante des auteurs très différents et elle révèle leurs points communs. Elle affirme ainsi ce qu'est un véritable interprète.

Rue des Blancs-Manteaux

Paroles de Jean-Paul Sartre
Musique de Joseph Kosma

Dans la rue des Blancs-Manteaux
Ils ont élevé les tréteaux
Et mis du son dans un seau
Et c'était un échafaud
Dans la rue des Blancs-Manteaux

Dans la rue des Blancs-Manteaux
Le bourreau s'est levé tôt
C'est qu'il avait du boulot
Faut qu'il coupe des Généraux
Des Évêques des Amiraux
Dans la rue des Blancs-Manteaux.

Dans la rue des Blancs-Manteaux
Sont venues des dames comme il faut
Avec de beaux affutiaux
Mais la tête leur faisait défaut
Elle avait roulé de son haut
La tête avec le chapeau
Dans le ruisseau des Blancs-Manteaux.

Jolie môme

Paroles et Musique de Léo Ferré

T'es tout' nue
Sous ton pull
Y'a la rue
Qu'est maboule

Jolie môme

T'as ton cœur
À ton cou

Et l' bonheur
Par en d'ssous

Jolie môme

T'as l'rimmel
Qui fout l' camp
C'est l' dégel
Des amants

Jolie môme

Ta prairie
Ça sent bon
Fais-en don
Aux amis

Jolie môme

T'es qu'un' fleur
Du printemps
Qui s' fout d' l'heure
Et du temps
T'es qu'un' rose
Éclatée
Que l'on pose
À côté

Jolie môme

T'es qu'un brin
De soleil
Dans l' chagrin
Du réveil
T'es qu'un' vamp
Qu'on éteint
Comme un' lampe
Au matin

Jolie môme

Tes baisers
Sont pointus
Comme un accent aigu

Jolie môme

Tes p'tits seins
Sont du jour
À la coque
À l'amour

Jolie môme

Ta barrière
De frous-frous
Faut s'la faire
Mais c'est doux

Jolie môme

Ta violette
Est l' violon
Qu'on violente
Et c'est bon

Jolie môme

T'es qu'un' fleur
De pass'-temps
Qui s' fout d' l'heure
Et du temps
T'es qu'un' étoile
D'amour
Qu'on entoile
Aux beaux jours

Jolie môme

T'es qu'un point
Sur les « i »
Du chagrin
De la vie
Et qu'un' chose
De la vie
Qu'on arrose
Qu'on oublie

Jolie môme

T'as qu'un' paire
De mirettes
Au poker
Des conquêtes

Jolie môme

T'as qu'un' rime
Au bonheur
Faut qu' ça rime
Ou qu' ça pleure

Jolie môme

T'as qu'un' source
Au milieu
Qu'éclabousse
Du bon dieu

Jolie môme

T'as qu'un' porte
En voil' blanc
Que l'on pousse
En chantant

Jolie môme

T'es qu'un' pauv'
Petit' fleur
Qu'on guimauv'
Et qui meurt
T'es qu'un' femme
À r'passer
Quand son âme
Est froissée

Jolie môme

T'es qu'un' feuille
De l'automne

Qu'on effeuille
Monotone
T'es qu'un' joie
En allée
Viens chez moi
La r'trouver

Jolie môme

T'es tout' nue
Sous ton pull
Y'a la rue
Qu'est maboule

JOLIE MÔME

Si tu t'imagines (fillette... fillette...)

Poème de Raymond Queneau
Musique de Joseph Kosma

Si tu t'imagines
si tu t'imagines
fillette fillette
si tu t'imagines
xa va xa va xa
va durer toujours
la saison des za
la saison des za
saison des amours
ce que tu te goures
fillette fillette
ce que tu te goures

Si tu crois petite
si tu crois ah ! ah !
que ton teint de rose
ta taille de guêpe,

tes mignons biceps
tes ongles d'émail
ta cuisse de nymphe
et ton pied léger
si tu crois petite
xa va xa va xa
va durer toujours
ce que tu te goures
fillette fillette
ce que tu te goures

Les beaux jours s'en vont
les beaux jours de fêtes
soleils et planètes
tournent tous en rond
mais toi ma petite
tu marches tout droit
vers ce que tu vois pas

Très sournois s'approchent
la ride véloce
la pesante graisse
le menton triplé
le muscle avachi
Allons cueille cueille
les roses les roses
roses de la vie
les roses de la vie
et que leurs pétales
soient la mer étale
de tous les bonheurs
de tous les bonheurs
allons cueille cueille
si tu le fais pas
ce que tu te goures
fillette fillette
ce que tu te goures
Ah

La fourmi

Poème de Robert Desnos
Musique de Joseph Kosma

Une fourmi de dix-huit mètres avec un chapeau sur
Ça n'existe pas ça n'existe pas   [la tête
Une foumi traînant un char plein de pingouins et de
Ça n'existe pas ça n'existe pas   [canards
Une fourmi parlant français parlant latin et javanais
Ça n'existe pas ça n'existe pas
Et pourquoi pourquoi pas ?

Jean-Claude Pascal
[1927-1992]

Élégance. Séduction. Présence. Chaque soirée sur scène, avec Jean-Claude, était une soirée de prince...

Nous les amoureux

Paroles de Maurice Vidalin
Musique de Jacques Datin

Nous les amoureux
On voudrait nous séparer
On voudrait nous empêcher d'être heureux
Nous les amoureux
Il paraît que c'est l'enfer
Qui nous guette ou bien le fer et le feu

C'est vrai les imbéciles et les méchants
Nous font du mal nous jouent des tours
Pourtant rien n'est plus évident que l'amour

Nous les amoureux
Nous ne pouvons rien contre eux
Ils sont mille et l'on est deux : les amoureux

Mais l'heure va sonner des nuits moins difficiles
Et je pourrai t'aimer sans que l'on en parle en ville
C'est promis c'est écrit
Nous les amoureux
Le soleil brille pour nous
Et l'on dort sur les genoux du bon dieu

Nous les amoureux
Il nous a donné le droit
Au bonheur et à la joie d'être heureux
Alors les sans amour les mal aimés
Il faudra bien nous acquitter
Vous qui n'avez jamais été condamnés

Nous les amoureux
Nous allons vivre sans vous
Car le ciel est avec nous les amoureux

Cette chanson a obtenu le Grand Prix de l'Eurovision 1961.

Soirées de princes

Paroles de Pierre Delanoë
Musique de Guy Magenta

J'ai donné des soirées à étonner les princes
Dans cette chambre usée par trois siècles d'amour
J'ai dans l'oreille encore le vieux parquet qui grince
Et nos chansons d'ivrognes à la pointe du jour

J'ai donné des soirées à étonner les princes
Avec une poignée de copains troubadours
Ils arrivaient tout droit de leur vieille province
Le duc de Normandie et Du Pont de Nemours

J'ai donné des soirées à étonner les princes
Les hommes les idées et les cœurs étaient neufs
Le buffet il est vrai était peut-être mince
Mais nous n'avions pas peur d'être deux pour un
[œuf

Les filles nous offraient leurs yeux comme une
[source
Où nous pouvions trouver les soirs de mauvais sort
Un courage nouveau pour reprendre la course
Et leurs cheveux dorés valaient mieux que de l'or

J'ai donné des soirées à étonner les princes
Dans cette chambre usée par trois siècles d'amour
J'ai dans l'oreille encore le vieux parquet qui grince
Et nos chansons d'ivrognes à la pointe du jour

Le duc est reparti vers sa ville normande
Le comte de Châlons doit être pharmacien
Du Pont près de Nemours compte ses dividendes
Et de ma vieille chambre il ne reste plus rien

Colette Dereal
[1927-1988]

Elle est partie de la gare Saint-Lazare en pullman pour un beau voyage au pays des succès !

Aussi à l'aise sur scène que dans un studio d'enregistrement, un film ou une télé ou encore en duo avec Marcel Amont, Colette fit une carrière bien trop courte et ne put jamais atteindre la consécration qu'elle méritait.

À la gare Saint-Lazare

Paroles de Pierre Delanoë
Musique de Jean Renard

À la gare Saint-Lazare,
À l'horloge pendue
J'ai compté quatre quarts
Et tant de pas perdus
À la gare Saint-Lazare
J'ai lu et j'ai relu
Tous les journaux du soir
Et tu n'es pas venu
J'interrogeais les visages des gens
J'avais le cœur battant
La tête qui tournait
J'ai cru te voir cent fois
À travers la cohue
Mais ce n'était pas toi.
C'était des inconnus.
Des inconnus.
Et partout je t'ai guetté,
J'ai couru les guichets.
Renversé les paquets,
Heurté les contrôleurs.
Bousculé les porteurs
Pendant que sur les quais
Des foules s'embarquaient.

À la gare Saint-Lazare,
À l'horloge pendue.
Il est beaucoup trop tard
Et tu n'es pas venu.
J'ai pris un verre au bar,
J'ai beaucoup, beaucoup bu
En rêvant de départs
Vers des cieux inconnus.
Je suis parti
Dans un grand wagon-lit
Vers Mantes-la-Jolie.
Nanterre la folie.
Courant vers les lumières
De Bécon-les-Bruyèr's.
Chatou, Le Vésinet.
Vers Saint-Germain-en-Laye
Moi je roulais.
New-Haven et Chicago.
Saint-Valéry en Caux, New York, San Francisco
C'est idiot, mais tant pis
D'avoir raté le train.
Raté le dernier train.
Pour la Californie.
À la gare Saint-Lazare,
À l'horloge pendue
Il est beaucoup trop tard
Et tu ne viendras plus.
Tout le monde est parti
Il n'y a plus que moi
Je m'en fous car je suis
Ronde comme un p'tit pois.
Je me donne un grand bal
Salle des pas perdus
Sous l'horloge infernale
Et je ne t'en veux plus.
À travers le brouillard
Qui tourne autour de moi.
À la gare Saint-Lazare
Moi je danse avec toi.

On se reverra

Paroles de Pierre Saka
Musique de Jean Bernard

On se reverra
Au bout de la nuit
On se reverra
Un jour
Un soir
La raison de l'espoir
Elle est là
En regardant le ciel
Elle est là
Cette image éternelle
On se reverra
Je crois aux étoiles
Qui ne bougent pas
D'un pas
Je crois
Au soleil qui m'entoure
Au mystèr' de l'amour
Je crois
Que l'on se reverra
Un jour
On revoit bien tous les ans
On revoit bien le printemps
Pourquoi pas toi
Et pourquoi pas moi
On se reverra
Au bout de la nuit
On se reverra
Un jour
Un soir
La raison de l'espoir
C'est l'éternel retour
Alors
On se reverra
On se reverra

On se reverra
Un jour

Cette chanson a obtenu le Grand Prix du disque 1962.

Annie Cordy
[1928]

Trépidante. Toujours trépidante. Encore trépidante... Qui peut juguler la fougue d'Annie ? Elle brûle toujours les planches. Le disque, l'opérette, le cinéma, la télé. Rien ne résiste à son charme et à sa joie de vivre !

Fleur de papillon

Paroles de Jean Dréjac
Musique de Jean Constantin

Au milieu de la surpris' party
Sans prévenir grand-père est parti
Mais il est revenu tout aussitôt
Avec un vieux phono
Et un superb' rouleau à musiqu'
Qu'il a posé sur la mécaniqu'
En nous disant : écoutez mes agneaux
Écoutez comm' c'est beau

Jolie fleur de pa pa pa
Jolie fleur de papillon
Dit un' voix dans l'pa pa pa
Dans le pavillon
Jolie fleur de pa pa pa
La voix semblait très émue
Elle dérapa pa pa
Et n'en dit pas plus

Comme il n'y a pas de sot métier
Plus tard je me mis à composer
Pour réussir je me décarcassais
Sans trouver le succès
Quand un matin j'eus l'idée bouffonne
De brancher sur un magnétophone
Le pavillon du phono d' grand-papa
Et l'on enregistra :

372

Jolie fleur de pa pa pa
Jolie fleur de papillon
Un éditeur me happa
M'offrit un million
De ma fleur de pa pa pa
Qui devint un succès fou
On l'entendit pa pa pa
L'entendit partout

Le triomph' de cette œuvre hermétique
Fit se pâmer nos plus grands critiques
Jusqu'à Saint-Trop' on le trouve sensass'
Du tonnerre et j'en passe
Sachez qu'il est question, mes amis
Que l'on m' reçoive à l'académie
En attendant si vous avez d' la voix
Chantez tous avec moi :

Jolie fleur de pa pa pa
Jolie fleur de papillon
Comm' la voix dans l' pa pa pa
Dans le pavillon
Jolie fleur de pa pa pa
Jolie fleur de papillon
Avec un p'tit pas pas pas
Pour le cotillon
Ne résistez pas pas pas
Entrez dans le tourbillon
De ma fleur de pa pa pa
Fleur de papillon

La bonne du curé

Paroles de Charles Level
Musique de Tony Montoya et Tony Roval

J' voudrais bien mais j' peux point
C'est point commode d'être à la mode
Quand on est bonn' du curé

C'est pas facile d'avoir du style
Quand on est un' fille comm' moié
Entre la cure et les figures
Des grenouill's de bénitier
La vie est dure quand on aim' rigoler

Mais quand le diable qu'est un bon diable me tire
[par les pieds
Ça me gratouille ça me chatouille ça me donn' des
J' fais qu' des bêtises derrièr' l'église   [idées
J' peux point m'en empêcher
Dieu me pardonne j' suis la bonn' du curé

J' voudrais bien mais j' peux point
Je voudrais mettre un' mini-jupette
Et un corsage à trous trous
Mais il paraît que pour fair' la quête
Ça ne se fait pas du tout
Quand je veux faire un brin de causette
Avec les gars du pays
J' file en cachette derrièr' la sacristie

Mais quand le diable qu'est un bon diable me tire
[par les pieds
Ça me gratouille ça me chatouille ça me donn' des
J' fais qu' des bêtises derrièr' l'église   [idées
J' peux point m'en empêcher
Dieu me pardonne j' suis la bonn' du curé

J' voudrais bien mais j' peux point
Quand c'est la fête j'en perds la tête
J' voudrais ben aller danser
J' voudrais monter en motocyclette
Pour me prom'ner dans les prés
Et qu'un beau gars me compte fleurette
Avec des disqu's à succès
Car les cantiques ça n' vaut pas Claude Françoué

Mais quand le diable qu'est un bon diable me tire
[par les pieds
Ça me gratouille ça me chatouille ça me donn' des
J' fais qu' des bêtises derrièr' l'église   [idées

J' peux point m'en empêcher
Dieu me pardonne j' suis la bonn' du curé

La la la la la la la la la la la la la la la la
La la la la la la la la la la la la la la la la
La la la la la la la la la la la la la la la la...

Serge Gainsbourg
[1928-1991]

Il a été un des rares à ne pas s'en tenir à un seul style, à une seule mode. Il a composé pour lui et pour les autres avec le même intérêt, en étant accompagnateur, manager et producteur. Il fut dominateur, provocateur, chanteur et admirateur.

Il était pointilleux, dégingandé, rigoureux et négligent et tous ses défauts et qualités réunis ne faisaient qu'un seul talent.

Le poinçonneur des Lilas

Paroles et Musique de Serge Gainsbourg

J'suis l'poinçonneur des Lilas
Le gars qu'on croise et qu'on n'regarde pas
Y'a pas d'soleil sous la terre
Drôl' de croisière
Pour tuer l'ennui j'ai dans ma veste
Les extraits du Reader Digest
Et dans c'bouquin y a écrit
Que des gars s'la coulent douce à Miami
Pendant c'temps que je fais l'zouave
Au fond d'la cave

Paraît qu'y a pas d'sot métier
Moi j'fais des trous dans des billets

J'fais des trous, des p'tits trous encor des p'tits
[trous
Des p'tits trous, des p'tits trous toujours des p'tits
Des trous d'seconde classe   [trous
Des trous d'première classe
J'fais des trous, des p'tits trous encor des p'tits
[trous
Des p'tits trous, des p'tits trous toujours des p'tits
Des petits trous, des petits trous,   [trous
Des petits trous, des petits trous.

J'suis l'poinçonneur des Lilas
Pour Invalides changer à Opéra
Je vis au cœur d'la planète
J'ai dans la tête
Un carnaval de confetti
J'en amène jusque dans mon lit
Et sous mon ciel de faïence
Je n'vois briller que les correspondances
Parfois je rêve je divague
Je vois des vagues
Et dans la brume au bout du quai
J'vois un bateau qui vient m'chercher

Pour m'sortir de ce trou où je fais des trous
Des p'tits trous des p'tits trous toujours des p'tits
Mais l'bateau se taille   [trous
Et j'vois qu'je déraille
Et je reste dans mon trou à faire des p'tits trous
Des p'tits trous, des p'tits trous toujours des p'tits
Des petits trous, des petits trous,   [trous
Des petits trous, des petits trous.

J'suis l'poinçonneur des Lilas
Arts-et-Métiers direct par Levallois
J'en ai marre j'en ai ma claque
De ce cloaque
Je voudrais jouer la fill' de l'air
Laisser ma casquette au vestiaire.
Un jour viendra j'en suis sûr

Où j'pourrai m'évader dans la nature
J'partirai sur la grand-route
Coûte que coûte
Et si pour moi il n'est plus temps
Je partirai les pieds devant

J'fais des trous des p'tits trous encor des p'tits
[trous
Des p'tits trous des p'tits trous toujours des p'tits
Y'a d'quoi d'venir dingue   [trous
De quoi prendre un flingue
S'faire un trou, un p'tit trou, un dernier p'tit trou
Un p'tit trou, un p'tit trou, un dernier p'tit trou
Et on m'mettra dans un grand trou
Où j'entendrai plus parler d'trou plus jamais d'trou
De petits trous de petits trous de petits trous

La chanson de Prévert

Paroles et Musique de Serge Gainsbourg

Oh je voudrais tant que tu te souviennes
Cette chanson était la tienne
C'était ta préférée
Je crois
Qu'elle est de Prévert et Kosma

Et chaque fois les feuilles mortes
Te rappellent à mon souvenir
Jour après jour
Les amours mortes
N'en finissent pas de mourir

Avec d'autres bien sûr je m'abandonne
Mais leur chanson est monotone
Et peu à peu je m'indiffère
À cela il n'est rien
À faire

Car chaque fois les feuilles mortes
Te rappellent à mon souvenir
Jour après jour
Les amours mortes
N'en finissent pas de mourir

Peut-on jamais savoir par où commence
Et quand finit l'indifférence
Passe l'automne vienne
L'hiver
Et que la chanson de Prévert

Cette chanson
Les Feuilles Mortes
S'efface de mon souvenir
Et ce jour-là
Mes amours mortes
En auront fini de mourir

La Javanaise

Paroles et Musique de Serge Gainsbourg

J'avoue
J'en ai
Bavé
Pas vous
Mon amour
Avant
D'avoir
Eu vent
De vous
Mon amour

À votre
Avis
Qu'avons-
Nous vu
De l'amour

De vous
À moi
Vous m'a-
Vez eu
Mon amour

Hélas
Avril
En vain
Me voue
À l'amour
J'avais
Envie
De voir
En vous
Cet amour

La vie
Ne vaut
D'être
Vécue
Sans amour
Mais c'est
Vous qui
L'avez
Voulu
Mon amour

Ne vous déplaise
En dansant la Javanaise
Nous nous aimions
Le temps d'une chanson

Initials B.B.

Paroles et Musique de Serge Gainsbourg

Une nuit que j'étais
À me morfondre
Dans quelque pub anglais
Du cœur de Londres
Parcourant l'Amour Mon-
Stre de Pauwels
Me vint une vision
Dans l'eau de Seltz

Tandis que des médailles
D'impérator
Font briller à sa taille
Le bronze et l'or
Le platine lui grave
D'un cercle froid
La marque des esclaves
À chaque doigt

Jusques en haut des cuisses
Elle est bottée
Et c'est comme un calice
À sa beauté
Elle ne porte rien
D'autre qu'un peu
D'essence de Guerlain
Dans les cheveux

À chaque mouvement
On entendait
Les clochettes d'argent
De ses poignets
Agitant ses grelots
Elle avança
Et prononça ce mot :
Alméria

Qui est « in » qui est « out »

Paroles et Musique de Serge Gainsbourg

Jusqu'à neuf c'est O.K. tu es « IN »
Après quoi tu es K.O. tu es « OUT »
C'est idem
Pour la boxe
Le ciné la mode et le cash-box

Moitié bouillon ensuit' moitié gIN
Gemini carbur' pas au mazOUT
C'est extrêm-
Ement pop
Si tu es à jeun tu tomb's en syncop'

Tu aimes la nitroglycérIN
C'est au Bus Palladium qu'ça s'écOUT
Rue Fontaine
Il y a foul'
Pour les petits gars de Liverpool

Barbarella garde tes bottIN's
Et viens me dire une fois pour tOUT's
Que tu m'aimes
Ou sinon
Je te renvoie à ta science-fiction

Je t'aime moi non plus

Paroles et Musique de Serge Gainsbourg

– Je t'aime je t'aime
Oh oui je t'aime !
– Moi non plus.
– Oh mon amour...
– Comme la vague irrésolue
Je vais je vais et je viens
Entre tes reins

Je vais et je viens
Entre tes reins
Et je
Me re-
Tiens

– Je t'aime je t'aime
Oh oui je t'aime !
– Moi non plus.
– Oh mon amour...
Tu es la vague, moi l'île nue
Tu vas tu vas et tu viens
Entre mes reins
Tu vas et tu viens
Entre mes reins
Et je
Te re-
Joins

– Je t'aime je t'aime
Oh oui je t'aime !
– Moi non plus.
– Oh mon amour...
– L'amour physique est sans issue
Je vais je vais et je viens
Entre tes reins
Je vais et je viens
Je me retiens
– Non ! main-
Tenant
Viens !

Je suis venu te dire que je m'en vais

Paroles et Musique de Serge Gainsbourg

Je suis venu te dir' que je m'en vais
et tes larmes n'y pourront rien changer
comm' dit si bien Verlaine « au vent mauvais »

je suis venu te dir' que je m'en vais
tu t'souviens des jours anciens et tu pleures
tu suffoques, tu blêmis à présent qu'a sonné l'heure
des adieux à jamais
oui je suis au regret
d'te dir'que je m'en vais
oui je t'aimais, oui, mais – je suis venu te dir' que je
                                 [m'en vais
tes sanglots longs n'y pourront rien changer
comm' dit si bien Verlaine « au vent mauvais »
je suis venu d'te dir' que je m'en vais
tu t'souviens des jours heureux et tu pleures
tu sanglotes, tu gémis à présent qu'a sonné l'heure
des adieux à jamais
oui je suis au regret
d'te dir' que je m'en vais
car tu m'en as trop fait – je suis venu te dir' que je
et tes larmes n'y pourront rien changer   [m'en vais
comm' dit si bien Verlaine « au vent mauvais »
tu t'souviens des jours anciens et tu pleures
tu suffoques, tu blêmis à présent qu'a sonné l'heure
oui je suis au regret   [des adieux à jamais
d'te dir' que je m'en vais
oui je t'aimais, oui, mais – je suis venu te dir' que je
                                 [m'en vais
tes sanglots longs n'y pourront rien changer
comm' dit si bien Verlaine « au vent mauvais »
je suis venu d'te dir' que je m'en vais
tu t'souviens des jours heureux et tu pleures
tu sanglotes, tu gémis à présent qu'a sonné l'heure
oui je suis au regret   [des adieux à jamais
d'te dir' que je m'en vais
car tu m'en as trop fait

Gilles Vigneault
[1928]

*Ancien séminariste, il débute tardivement dans la chanson. Il
s'impose rapidement par l'originalité de ses œuvres et sa tenue
de scène : une gestuelle spontanée sur fond de violons paysans, de gigue et de quadrille.*

Quand vous mourrez de nos amours

Paroles et Musique de Gilles Vigneault

Quand vous mourrez de nos amours
J'irai planter dans le jardin
Fleur à fleurir de beau matin
Moitié métal moitié papier
Pour me blesser un peu le pied
Mourez de mort très douce
Qu'une fleur pousse

Quand vous mourrez de nos amours
J'enverrai sur l'air de ce temps
Chanson chanteuse pour sept ans
Vous l'entendrez, vous l'apprendrez
Et vos lèvres m'en sauront gré
Mourez de mort très lasse
Que je la fasse

Quand vous mourrez de nos amours
J'écrirai deux livres très beaux
Qui nous serviront de tombeaux
Et m'y coucherai à mon tour
Car je mourrai le même jour
Mourez de mort très tendre
À les attendre

Quand vous mourrez de nos amours
J'irai me pendre avec la clef
Au crochet des bonheurs bâclés

385

Et les chemins par nous conquis
Nul ne saura jamais par qui
Mourez de mort exquise
Que je les dise

Quand vous mourrez de nos amours
Si trop peu vous reste de moi
Ne vous demandez pas pourquoi
Dans les mensonges qui suivraient
Nous ne serions ni beaux ni vrais
Mourez de mort très vive
Que je vous suive

Mon pays

Mon pays ce n'est pas un pays c'est l'hiver
Mon jardin ce n'est pas un jardin c'est la plaine
Mon chemin ce n'est pas un chemin c'est la neige
Mon pays ce n'est pas un pays c'est l'hiver

Dans la blanche cérémonie
Où la neige au vent se marie
Dans ce pays de poudrerie
Mon père a fait bâtir maison
Et je m'en vais être fidèle
À sa manière à son modèle
La chambre d'amis sera telle
Qu'on viendra des autres saisons
Pour se bâtir à côté d'elle

Mon pays ce n'est pas un pays c'est l'hiver
Mon refrain ce n'est pas un refrain c'est rafale
Ma maison ce n'est pas ma maison c'est froidure
Mon pays ce n'est pas un pays c'est l'hiver

De mon grand pays solitaire
Je crie avant que de me taire
À tous les hommes de la terre

Ma maison c'est votre maison
Entre mes quatre murs de glace
Je mets mon temps et mon espace
À préparer le feu la place
Pour les humains de l'horizon
Et les humains sont de ma race
Mon pays ce n'est pas un pays c'est l'hiver
Mon jardin ce n'est pas un jardin c'est la plaine
Mon chemin ce n'est pas un chemin c'est la neige
Mon pays ce n'est pas un pays c'est l'hiver

Mon pays ce n'est pas un pays c'est l'envers
D'un pays qui n'était ni pays ni patrie
Ma chanson ce n'est pas une chanson c'est ma vie
C'est pour toi que je veux posséder mes hivers...

René-Louis Lafforgue
[1928-1967]

Une bonne gueule sympathique, une moustache en guidon de vélo, des cheveux frisés. Il fut Grand Prix du disque 1959. Une vie hélas trop courte ; Lafforgue périt dans un accident de la route.

Julie la rousse

Paroles et Musique de René-Louis Lafforgue

Refrain
Fais-nous danser Julie la Rousse
Toi dont les baisers font oublier.

Petit' gueule d'amour t'es à croquer
Quand tu passes en tricotant des hanches
D'un clin d'œil le quartier est dragué
C'est bien toi la rein' de la place Blanche.

[Au refrain]

Petit' gueule d'amour t'es à croquer
Quand tu trimballes ton éventaire.
Ton arsenal sans fair' de chiqué
A vaincu plus d'un grand militaire

[Au refrain]

Petit' gueule d'amour t'es à croquer
Les gens dis'nt que t'es d'la mauvaise graine
Parc' qu'à chaque homme tu donn's la becquée
Et qu' l'amour pour toi c'est d'la rengaine.

[Au refrain]

Petit' gueule d'amour t'es à croquer
Chapeau bas, t'es un' vraie citoyenne

Tu soulages sans revendiquer
Les ardeurs extra-républicaines.

[Au refrain]

Petit' gueule d'amour t'es à croquer
Car parfois tu travailles en artiste
Ton corps tu l' prêt's sans rien fair' casquer
À tous les gars qu'ont le regard triste.

Dernier refrain
Dans tes baisers Julie la Rousse
On peut embrasser le monde entier.

*Jamais une représentante du plus vieux métier du monde
n'avait été si poétiquement traitée.*

Jeanne Moreau
[1928]

Elle aime la chanson et la chanson le lui rend bien. Bien qu'elle n'ait pas dans ce domaine un répertoire très important, nul n'ignore ses succès et elle mérite qu'on admire autant la chanteuse que l'actrice.

J'ai la mémoire qui flanche

Paroles et Musique de Cyrus Rezvani dit Bassiak

J'ai la mémoire qui flanche
J' me souviens plus très bien
Comme il était très musicien
Il jouait beaucoup des mains
Tout entre nous a commencé
Par un très long baiser
Sur la veine bleue du poignet
Un long baiser sans fin

J'ai la mémoire qui flanche
J' me souviens plus très bien
Quel pouvait être son prénom
Et quel était son nom
Il s'appelait, je l'appelais
Comment l'appelait-on
Pourtant c'est fou
Comme j'aimais l'appeler par son nom

J'ai la mémoire qui flanche
J' me souviens plus très bien
De quelle couleur étaient ses yeux
J' crois pas qu'ils étaient bleus
Étaient-ils verts étaient-ils gris
Étaient-ils vert de gris
Ou changeaient-ils tout en couleur
Pour un non pour un oui

390

J'ai la mémoire qui flanche
J' me souviens plus très bien
Habitait-il ce grand hôtel
Bourré de musiciens
Pendant qu'il me. Pendant que je
Pendant qu'on f'sait la fête
Tous ces accords ces clarinettes
Qui me tournaient la tête

J'ai la mémoire qui flanche
J' me souviens plus très bien
Lequel de nous s'est lassé
De l'autre le premier
Était-ce lui était-ce moi
Était-ce lui ou moi
Tout c' que je sais c'est que depuis
Je n' sais plus qui je suis

J'ai la mémoire qui flanche
J' me souviens plus très bien
Voilà qu'après bien des nuits blanches
Il ne reste plus rien
Rien qu'un p'tit air
Qu'il sifflotait chaqu' jour en se rasant
Ta la la ba ba li la lou

Le tourbillon

Paroles et Musique de Cyrus Rezvani dit Bassiak

Elle avait des bagues à chaque doigt
Des tas d'bracelets autour des poignets
Et puis elle chantait avec une voix
Qui sitôt m'enjôla
Elle avait des yeux des yeux d'opale
Qui m'fascinaient, qui m'fascinaient
Y'avait l'ovale de son visage
De femme fatale qui m'fut fatale

On s'est connu, on s'est reconnu
On s'est perdu d'vue on s'est reperdu d'vue
On s'est retrouvé, on s'est réchauffé
Puis on s'est séparé
Chacun pour soi soi est reparti
Dans l'tourbillon d'la vie
Je l'ai r'vue un soir, aïe, aïe, aïe
Ça fait déjà un fameux bail

Au son des banjos je l'ai reconnue
Ce curieux sourire qui m'avait tant plu
Sa voix si fatale, son beau visage pâle
M'émurent plus que jamais
Je m'suis saoûlé en l'écoutant
L'alcool fait oublier le temps
Je m'suis réveillé en sentant
Des baisers sur mon front brûlant

On s'est connu, on s'est reconnu
On s'est perdu d'vue, on s'est reperdu d'vue
On s'est retrouvé, on s'est réchauffé
Puis on s'est séparé
Chacun pour soi soi est reparti
Dans l'tourbillon d'la vie
Je l'ai r'vue un soir, ah ! la la
Elle est retombée dans mes bras

Quand on s'est connu, quand on s'est reconnu
Pourquoi s'perdre de vue se reperdre de vue
Quand on s'est retrouvé, quand on s'est réchauffé
Pourquoi se séparer ?
Et tous deux on est reparti
Dans l'tourbillon d'la vie
On a continué à tourner
Tous les deux enlacés

Line Renaud
[1928]

Quand on a un mari musicien, compositeur, éditeur, producteur. Qu'on a du talent et de la persévérance... On peut alors faire carrière à Las Vegas, triompher ensuite à Paris et poursuivre sa route sur les écrans de télévision tout en défendant de nobles causes.

Ma petite folie

Adaptation française de Jacques Plante
Musique de Bob Merrill

1
Avant toi, j'étais sérieux
Même un peu sévère
Mais tu m'as mis la tête à l'envers
Et tout est merveilleux...

Refrain
C'est toi ma p'tit' folie
Toi ma p'tit' folie
Mon p'tit grain de fantaisie...
Toi qui boul'verses
Toi qui renverses
Tout ce qui était ma vie.

2
Au début j'étais surpris
Je trouvais bizarre
Que tu te lèves à minuit un quart
Pour battre les tapis...

[Au refrain]

3
Je m' demande au jour de l'An
Ce qui va te plaire

Vas-tu choisir un hélicoptère
ou un éléphant blanc...

[Au refrain]

4

Quand on part dorénavant
Prends-en l'habitude,
Choisis la Chine ou l'Afrique du Sud
Au moins une heure avant... !

[Au refrain]

5

Quand j'invite les copains
Y d'mand'nt sans malice
Si le dîner a lieu dans l'office
Ou dans la sall' de bains...

Refrain
Mais je t'aime à la folie...

Le chien dans la vitrine

Adaptation française de Louis Gasté
Musique de Bob Merrill

1

Combien pour ce chien dans la vitrine ?
Ce joli p'tit chien jaune et blanc,
Combien pour ce chien dans la vitrine ?
Qui pench' la tête en frétillant.

2

Je dois m'en aller en Italie
En laissant tout seul mon mari
Un chien lui tiendra compagnie
En étant toujours près de lui.

3

Combien pour ce chien dans la vitrine ?
Ce joli p'tit chien jaune et blanc,
Combien pour ce chien dans la vitrine ?
Qui me regarde en frétillant.

4

Je viens de lir' que dans les nouvelles
Il y a des voleurs de cœurs
Si de mon mari le cœur chancelle
Il protégerait mon bonheur.

5

Je n'ai pas besoin de souris blanches
Ni mêm' d'un perroquet savant
Quant aux poissons roug's même un dimanche
Il aurait l'air bête en les prom'nant.

6

Combien pour ce chien dans la vitrine ?
Ce joli p'tit chien jaune et blanc,
Combien pour ce chien dans la vitrine ?
Eh bien c'est d'accord je le prends...

Charles Dumont
[1929]

Lui non plus ne regrette rien. Après la disparition d'Édith Piaf, il s'affirme comme un interprète de talent et compose pour lui-même.

Les amants

Paroles d'Édith Piaf
Musique de Charles Dumont

Quand les amants
Entendront cette chanson
C'est sûr ma belle
C'est sûr qu'ils pleureront
Ils écouteront les mots d'amour
Que tu disais
Ils entendront ta voix d'amour
Quand tu disais
Que tu m'aimais
Quand tu croyais
Que tu m'aimais
Que je t'aimais
Que l'on s'aimait.

Refrain
Quand les amants
Entendront cette chanson.
C'est sûr ma belle
C'est sûr qu'ils pleureront.
J'entends toujours
J'entends ton rire
Quand quelquefois
Je te disais
Si un jour
Tu ne m'aimes plus
Si un jour
On ne s'aimait plus
Tu répondais

C'est impossible
Et tu riais
Et tu riais
Eh bien tu vois
Tu n'aurais pas dû rire.

[Au refrain]

Ta cigarette après l'amour

Paroles de Sophie Makhno
Musique de Charles Dumont

Ta cigarette après l'amour
Je la regarde à contre-jour
Mon amour
C'est chaque fois la même chose
Déjà tu penses à autre chose
Autre chose
Ta cigarette après l'amour
Je la regarde à contre-jour
Mon amour

Il va mourir avec l'aurore
Cet amour-là qui s'évapore
En fumée bleue qui s'insinue
La nuit retire ses mariés
Je n'ai plus rien à déclarer
Dans le jour j'entre les mains nues

Ta cigarette après l'amour
Je la regarde à contre-jour
Mon amour
Déjà tu reprends ton visage
Tes habitudes et ton âge
Et ton âge
Ta cigarette après l'amour
Je la regarde à contre-jour
Mon amour

Je ne pourrai jamais me faire
À ce mouvement de la terre
Qui nous ramène toujours au port
Aussi loin que l'on s'abandonne
Ni l'un ni l'autre ne se donne
On se reprend avec l'aurore

Ta cigarette après l'amour
S'est consumée à contre-amour
Mon amour

Marcel Amont
[1929]

Merveilleux funambule chantant qui, au siècle dernier, aurait fait concurrence sur le boulevard du Crime à Jean-Charles Deburau.

Il a le don de la caricature et de l'imitation pour créer sur scène les silhouettes de ses personnages.

Bleu, blanc, blond

Paroles françaises de Jean Dréjac
Musique de Hal Greene et Dick Wolf

Refrain
Bleu, bleu, le ciel de Provence
Blanc, blanc, blanc, le goéland
Le bateau blanc qui danse
Blond, blond, le soleil de plomb
Et dans tes yeux
Mon rêve en bleu
Bleu, bleu

1
Quand j'ai besoin de vacances
Je m'embarque dans tes yeux
Bleus, bleus, comme un ciel immense
Et nous partons tous les deux...
Ah ah ! blanc
Blanc, blond, bleu

[Au refrain]

2
Quand le vent claque la toile
De ton joli jupon blanc
Blanc, blanc, blanc, comme une voile
Je navigue éperdument...

Ah ah ! blanc
Blanc, blond, bleu

[Au refrain]

3
Tes cheveux d'un blond de rêve
Déferlent en flots légers
Blonds, blonds, blonds, sur une grève
Où je voudrais naufrager.
Ah ah ! blanc
Blanc, blond, bleu

[Au refrain]

Un Mexicain

Paroles de Jacques Plante
Musique de Charles Aznavour

Un Mexicain basané
Est allongé sur le sol
Le sombrero sur le nez
En guise, en guise...
En guise, en guise...
En guise de parasol

Il n'est pas loin de midi
D'après le soleil
C'est formidable aujourd'hui
Ce que j'ai sommeil
L'existence est un problème
À n'en plus finir
Chaque jour, chaque nuit c'est le même
Il vaut mieux dormir
Rien que trouver à manger
Ce n'est pourtant là qu'un détail

Mais ça suffirait à pousser
Un homme au travail

Un Mexicain basané
Est allongé sur le sol
Le sombrero sur le nez
En guise, en guise...
En guise, en guise...
En guise de parasol

J'ai une soif du tonnerre
Il faudrait trouver
Un gars pour jouer un verre
En trois coups de dé
Je ne vois que des fauchés
Tout autour de moi
Et d'ailleurs ils ont l'air de tricher
Aussi bien que moi
Et pourtant j'ai le gosier
Comme du buvard
Ça m'arrangerait bougrement
S'il pouvait pleuvoir

Un Mexicain basané
Est allongé sur le sol
Le sombrero sur le nez
En guise, en guise...
En guise, en guise...
En guise de parasol

Voici venir Cristobal
Mon dieu qu'il est fier
C'est vrai qu'il n'est général
Que depuis hier
Quand il aura terminé
Sa révolution
Nous pourrons continuer
Tous les deux la conversation
Il est mon meilleur ami
J'ai parié sur lui dix pesos
Et s'il est battu
Je n'ai plus qu'à leur dire *adios*

Un Mexicain basané
Est allongé sur le sol
Le sombrero sur le nez
En guise, en guise...
En guise, en guise...
En guise de parasol

On voit partout des soldats
Courant dans les rues
Si vous ne vous garez pas
Ils vous march'nt dessus
Et le matin quel boucan
Sacré nom de nom
Ce qu'ils sont énervants agaçants
Avec leur canon
Ça devrait être interdit
Un chahut pareil
À midi quand il y'a des gens sapristi
Qui ont tant sommeil

Un Mexicain basané
Est allongé sur le sol
Le sombrero sur le nez
En guise, en guise... *(ad libitum)*
En guise de parasol ! Ollé !

Catherine Sauvage
(1929-1998)

La première grande fan' de Léo Ferré ! Interprète incompa-
rable de Kurt Weil, de Mac Orlan, d'Audiberti, d'Eugène
Ionesco, de Louis Aragon, mais qui n'a cependant pas
négligé les refrains très populaires de Boris Vian, d'André
Popp, J.C. Darnal...

Grand'papa Laboureur

Paroles de Jean Broussolle
Musique d'André Popp

1
Grand papa Laboureur
Ne sait qu'une chanson
Plus vieill' que sa maison
Aussi jeune que son cœur
Qu'il chante en labourant
Au fils de son garçon
Qu'est un malin p'tit drôle
Et quand l'dernier sillon
A fumé sous les bœufs
Dans le grand champ près du p'tit bois
Grand papa Laboureur
Et l'fils de son garçon
Entonnent à qui mieux mieux
Sur le chemin de la maison

Refrain
Quand mon grand papa mourra
J'aurai sa vieille culotte
Quand mon grand papa mourra
J'aurai sa culotte de drap
Oui j'aurai sa veste et sa casquette
Oui j'aurai sa dépouille complète
Quand mon grand papa mourra j'aurai sa culotte
Quand mon grand papa mourra j'aurais sa culotte
[de drap

2

Et quand il va au pré
Cueillir des branches de saule
Le malin petit drôle
Rêve aux boutons dorés
Avec dessinés dessus
Des têtes de sanglier
Rêve à la veste en velours
De grand père Laboureur
Quand il pose des lacets
Dans le p'tit bois près du grand champ
Et le fils du garçon de grand père Laboureur
Entonne pour lui tout seul
Sur le chemin de la maison

[Au refrain]

3

Grand papa Laboureur
Est mort au p'tit matin
Dans la remise au foin
Alors le père du p'tit
Avec les oripeaux
Du grand père mort trop tôt
Fit un épouvantail
Pour faire peur aux corbeaux
Qui déterr'nt les semailles
Dans le grand champ près du p'tit bois
Et sa besogne ach'vée
Sans savoir c'qu'il a fait
Il s'est mis à siffler sur le chemin de la maison

© Raoul Breton, 1948.

L'homme

Paroles et Musique de Léo Ferré

Veste à carreaux ou bien smoking
Un portefeuille dans la tête
Chemise en soie pour les meetings

404

Déjà voûté par les courbettes
La pag' des sports pour les poumons
Les faits divers que l'on mâchonne
Le poker d'as pour l'émotion
Le jeu de dame avec la bonne
C'est l'homme

Le poil sérieux l'âge de raison
Le cœur mangé par la cervelle
Du talent pour les additions
L'œil agrippé sur les pucelles
La chasse à courre chez Bertrand
Le dada au Bois de Boulogne
Deux ou trois coups pour le faisan
Et le reste pour l'amazone
C'est l'homme

Les cinq à sept « pas vu pas pris »
La romance qui tourne à vide
Le sens du devoir accompli
Et le cœur en celluloïde
Les alcôves de chez Barbès
Aux secrets de Polichinelle
L'amour qu'on prend comme un express
Alors qu'ell' veut fair' la vaisselle
C'est l'homme

Le héros qui part le matin
À l'autobus de l'aventure
Et qui revient après l' turbin
Avec de vagues courbatures
La triste cloche de l'ennui
Qui sonne comme un téléphone
Le chien qu'on prend comme un ami
Quand il ne reste plus personne
C'est l'homme

Les tempes grises vers la fin
Les souvenirs qu'on raccommode
Avec de vieux bouts de satin
Et des photos sur la commode
Les mots d'amour rafistolés
La main chercheuse qui voyage

Pour descendre au prochain arrêt
Le jardinier d' la fleur de l'âge
C'est l'homme

Le va-t'en-guerre, y faut y' aller
Qui bouff' de la géographie
Avec des cocarde(s) en papier
Et des tonnes de mélancolie
Du goût pour la démocratie
Du sentiment à la pochette
Le complexe de panoplie
Que l'on guérit à la buvette
C'est l'homme

L'inconnu qui salue bien bas
Les lents et douloureux cortèges
Et qui ne se rappelle pas
Qu'il a soixante-quinze berges
L'individu morne et glacé
Qui gît bien loin des mandolines
Et qui se dépêche à bouffer
Les pissenlits par la racine
C'est l'homme

Cette chanson a obtenu le Premier Prix du disque 1954.

La fille de Londres

Paroles de Pierre Mac Orlan
Musique de V. Marceau

Un rat est venu dans ma chambre
Il a rongé la souricière
Il a arrêté la pendule
Et renversé le pot à bière
Je l'ai pris entre mes bras blancs
Il était chaud comme un enfant

Je l'ai bercé bien tendrement
Et je lui chantais doucement :

Dors mon rat, mon flic, dors mon vieux bobby
Ne siffle pas sur les quais endormis
Quand je tiendrai la main de mon chéri

Un Chinois est sorti de l'ombre
Un Chinois a regardé Londres
Sa casquette était de marine
Ornée d'une ancre coraline
Devant la porte de Charly
À Penny Fields, j'lui ai souri,
Dans le silence de la nuit
En chuchotant je lui ai dit :

Je voudrais je voudrais je n'sais trop quoi
Je voudrais ne plus entendre ma voix
J'ai peur j'ai peur de toi j'ai peur de moi

Sur son maillot de laine bleue
On pouvait lire en lettres rondes
Le nom d'une vieille « Compagnie »
Qui, paraît-il, fait l'tour du monde
Nous sommes entrés chez Charly
À Penny Fields, loin des soucis,
Et j'ai dansé toute la nuit
Avec mon Chin'toc ébloui

Et chez Charly, il faisait jour et chaud
Tess jouait « Daisy Bell » sur son vieux piano
Un piano avec des dents de chameau

J'ai conduit l'Chinois dans ma chambre
Il a mis le rat à la porte
Il a arrêté la pendule
Et renversé le pot à bière
Je l'ai pris dans mes bras tremblants
Pour le bercer comme un enfant
Il s'est endormi sur le dos...
Alors j'lui ai pris son couteau...

C'était un couteau perfide et glacé
Un sale couteau rouge de vérité
Un sale couteau sans spécialité.

Maurice Fanon
[1929-1991]

*Ce qui prime chez lui, c'est son écriture. Sa langue est âpre,
violente et raffinée en même temps. Il écrit pour lui, mais aussi
pour les autres : Pia Colombo, Juliette Gréco, Mélina Mercouri.*

L'écharpe

Paroles et Musique de Maurice Fanon

Si je porte à mon cou
En souvenir de toi
Ce souvenir de soie
Qui se souvient de nous
Ce n'est pas qu'il fasse froid
Le fond de l'air est doux
C'est qu'encore une fois
J'ai voulu comme un fou
Me souvenir de toi
De tes doigts sur mon cou
Me souvenir de nous
Quand on se disait vous.

Si je porte à mon cou
En souvenir de toi
Ce sourire de soie
Qui sourit comme nous
Souriions autrefois
Quand on se disait vous
En regardant le soir
Tomber sur nos genoux
C'est qu'encore une fois
J'ai voulu revoir
Comment tombe le soir
Quand on s'aime à genoux.

Si je porte à mon cou
En souvenir de toi
Ce soupir de soie

Qui soupire après nous
C' n'est pas pour que tu voies
Comme je m'ennuie sans toi
C'est qu'il y a toujours
L'empreinte sur mon cou
L'empreinte de tes doigts
De tes doigts qui se nouent
L'empreinte de ce jour
Où les doigts se dénouent.

Si je porte à mon cou
En souvenir de toi
Cette écharpe de soie
Que tu portais chez nous
Ce n'est pas qu'il fasse froid
Le fond de l'air est doux
Ce n'est pas qu'il fasse froid
Le fond de l'air est doux.

Chanson qui permet à M. Fanon d'obtenir le Grand prix du disque Charles Cros.

Jacques Brel
[1929-1978]

Il refusait les rappels à la fin de son tour de chant. Mais le jour de ses adieux, le soir de la der des der... Il revint saluer devant le rideau... en robe de chambre !

Mort Shuman a adapté ses chansons en anglais et il est l'un des rares dont le répertoire ait traversé la mare aux harengs.

Amsterdam

Paroles et Musique de Jacques Brel

Dans le port d'Amsterdam
Y a des marins qui chantent
Les rêves qui les hantent
Au large d'Amsterdam
Dans le port d'Amsterdam
Y a des marins qui dorment
Comme des oriflammes
Le long des berges mornes
Dans le port d'Amsterdam
Y a des marins qui meurent
Pleins de bière et de drames
Aux premières lueurs
Mais dans le port d'Amsterdam
Y a des marins qui naissent
Dans la chaleur épaisse
Des langueurs océanes

Dans le port d'Amsterdam
Y a des marins qui mangent
Sur des nappes trop blanches
Des poissons ruisselants
Ils vous montrent des dents
À croquer la fortune
À décroisser la lune
À bouffer des haubans
Et ça sent la morue
Jusque dans le cœur des frites
Que leurs grosses mains invitent
À revenir en plus
Puis se lèvent en riant
Dans un bruit de tempête
Referment leur braguette
Et sortent en rotant

Dans le port d'Amsterdam
Y a des marins qui dansent
En se frottant la panse
Sur la panse des femmes
Et ils tournent et ils dansent

Comme des soleils crachés
Dans le son déchiré
D'un accordéon rance
Ils se tordent le cou
Pour mieux s'entendre rire
Jusqu'à ce que tout à coup
L'accordéon expire
Alors le geste grave
Alors le regard fier
Ils ramènent leur batave
Jusqu'en pleine lumière

Dans le port d'Amsterdam
Y a des marins qui boivent
Et qui boivent et reboivent
Et qui reboivent encore
Ils boivent à la santé
Des putains d'Amsterdam
De Hambourg ou d'ailleurs
Enfin ils boivent aux dames
Qui leur donnent leur joli corps
Qui leur donnent leur vertu
Pour une pièce en or
Et quand ils ont bien bu
Se plantent le nez au ciel
Se mouchent dans les étoiles
Et ils pissent comme je pleure
Sur les femmes infidèles

Dans le port d'Amsterdam
Dans le port d'Amsterdam.

Les bonbons

Paroles et Musique de Jacques Brel

1
Je vous ai apporté des bonbons
Parce que les fleurs c'est périssable

Puis les bonbons c'est tellement bon
Bien que les fleurs soient plus présentables
Surtout quand elles sont en boutons
Mais je vous ai apporté des bonbons

J'espère qu'on pourra se promener
Que Madame votre mère ne dira rien
On ira voir passer les trains
À huit heures moi je vous ramènerai
Quel beau dimanche pour la saison
Je vous ai apporté des bonbons

2

Si vous saviez comme je suis fier
De vous voir pendue à mon bras
Les gens me regardent de travers
Y en a même qui rient derrière moi
Le monde est plein de polissons
Je vous ai apporté des bonbons

Oh ! oui ! Germaine est moins bien que vous
Oh oui ! Germaine elle est moins belle
C'est vrai que Germaine a des cheveux roux
C'est vrai que Germaine elle est cruelle
Ça vous avez mille fois raison
Je vous ai apporté des bonbons

3

Et nous voilà sur la grand'place
Sur le kiosque on joue Mozart
Mais dites-moi que c'est par hasard
Qu'il y a là votre ami Léon
Si vous voulez que je cède la place
J'avais apporté des bonbons...

Mais bonjour Mademoiselle Germaine

Je vous ai apporté des bonbons
Parce que les fleurs c'est périssable
Puis les bonbons c'est tellement bon
Bien que les fleurs soient plus présentables...

Le moribond

Paroles et Musique de Jacques Brel

Adieu l'Émile je t'aimais bien
Adieu l'Émile je t'aimais bien tu sais
On a chanté les mêmes vins
On a chanté les mêmes filles
On a chanté les mêmes chagrins
Adieu l'Émile je vais mourir
C'est dur de mourir au printemps tu sais
Mais je pars aux fleurs la paix dans l'âme
Car vu que tu es bon comme du pain blanc
Je sais que tu prendras soin de ma femme
Je veux qu'on rie
Je veux qu'on danse
Je veux qu'on s'amuse comme des fous
Je veux qu'on rie
Je veux qu'on danse
Quand c'est qu'on me mettra dans le trou.

Adieu Curé je t'aimais bien
Adieu Curé je t'aimais bien tu sais
On n'était pas du même bord
On n'était pas du même chemin
Mais on cherchait le même port
Adieu Curé je vais mourir
C'est dur de mourir au printemps tu sais
Mais je pars aux fleurs la paix dans l'âme
Car vu que tu étais son confident
Je sais que tu prendras soin de ma femme
Je veux qu'on rie
Je veux qu'on danse
Je veux qu'on s'amuse comme des fous
Je veux qu'on rie
Je veux qu'on danse
Quand c'est qu'on me mettra dans le trou

Adieu l'Antoine je t'aimais pas bien
Adieu l'Antoine je t'aimais pas bien tu sais
J'en crève de crever aujourd'hui
Alors que toi tu es bien vivant
Et même plus solide que l'ennui

Adieu l'Antoine je vais mourir
C'est dur de mourir au printemps tu sais
Mais je pars aux fleurs la paix dans l'âme
Car vu que tu étais son amant
Je sais que tu prendras soin de ma femme
Je veux qu'on rie
Je veux qu'on danse
Je veux qu'on s'amuse comme des fous
Je veux qu'on rie
Je veux qu'on danse
Quand c'est qu'on me mettra dans le trou

Adieu ma femme je t'aimais bien
Adieu ma femme je t'aimais bien tu sais
Mais je prends le train pour le Bon Dieu
Je prends le train qui est avant le tien
Mais on prend tous le train qu'on peut
Adieu ma femme je vais mourir
C'est dur de mourir au printemps tu sais
Mais je pars aux fleurs les yeux fermés ma femme
Car vu que je les ai fermés souvent
Je sais que tu prendras soin de mon âme
Je veux qu'on rie
Je veux qu'on danse
Je veux qu'on s'amuse comme des fous
Je veux qu'on rie
Je veux qu'on danse
Quand c'est qu'on me mettra dans le trou.

Ne me quitte pas

Paroles et Musique de Jacques Brel

Ne me quitte pas, il faut oublier,
Tout peut s'oublier qui s'enfuit déjà,
Oublier le temps des malentendus
Et le temps perdu à savoir comment
Oublier ces heures qui tuaient parfois
À coups de pourquoi le cœur du bonheur...

Ne me quitte pas, ne me quitte pas,
Ne me quitte pas, ne me quitte pas.

Moi je t'offrirai des perles de pluie
Venues de pays où il ne pleut pas ;
Je creus'rai la terre jusqu'après ma mort
Pour couvrir ton corps d'or et de lumière ;
Je f'rai un domaine où l'amour s'ra roi
Où l'amour s'ra loi, où tu seras reine.
Ne me quitte pas, ne me quitte pas,
Ne me quitte pas, ne me quitte pas,

Ne me quitte pas, je t'inventerai
Des mots insensés que tu comprendras,
Je te parlerai de ces amants-là
Qui ont vu deux fois leurs cœurs s'embraser,
Je te racont'rai l'histoire de ce roi
Mort de n'avoir pas pu te rencontrer.
Ne me quitte pas, ne me quitte pas,
Ne me quitte pas, ne me quitte pas.

On a vu souvent rejaillir le feu
De l'ancien volcan qu'on croyait trop vieux ;
Il est, paraît-il, des terres brûlées
Donnant plus de blé qu'un meilleur avril,
Et quand vient le soir pour qu'un ciel flamboie
Le rouge et le noir ne s'épous'nt-ils pas.
Ne me quitte pas, ne me quitte pas,
Ne me quitte pas, ne me quitte pas.

Ne me quitte pas, je n'vais plus pleurer.
Je n'vais plus parler, je me cach'rai là
À te regarder danser et sourire
Et à t'écouter chanter et puis rire ;
Laiss'-moi devenir l'ombre de ton ombre,
L'ombre de ta main, l'ombre de ton chien.
Ne me quitte pas, ne me quitte pas,
Ne me quitte pas, ne me quitte pas.

Interprètes : Jacques Brel, Nina Simone.
« Sa » plus belle chanson d'amour.

La valse à mille temps

Paroles et Musique de Jacques Brel

Au premier temps de la valse
Toute seule tu souris déjà
Au premier temps de la valse
Je suis seul mais je t'aperçois
Et Paris qui bat la mesure
Paris qui mesure notre émoi
Et Paris qui bat la mesure
Me murmure murmure tout bas

Refrain
Une valse à trois temps
Qui s'offre encore le temps
Qui s'offre encore le temps
De s'offrir des détours
Du côté de l'amour
Comme c'est charmant
Une valse à quatre temps
C'est beaucoup moins dansant
C'est beaucoup moins dansant
Mais tout aussi charmant
Qu'une valse à trois temps
Une valse à quatre temps
Une valse à vingt ans
C'est beaucoup plus troublant
C'est beaucoup plus troublant
Mais beaucoup plus charmant
Qu'une valse à trois temps
Une valse à vingt ans.
Une valse à cent temps
Une valse à cent temps
Une valse ça s'entend
À chaque carrefour
Dans Paris que l'amour
Rafraîchit au printemps
Une valse à mille temps
Une valse à mille temps
Une valse a mis le temps
De patienter vingt ans
Pour que tu aies vingt ans

Et pour que j'aie vingt ans
Une valse à mille temps
Une valse à mille temps
Offre seule aux amants
Trois cent trente-trois fois le temps
De bâtir un roman

[Au refrain]

Au deuxième temps de la valse
On est deux tu es dans mes bras
Au deuxième temps de la valse
Nous comptons tous les deux une deux trois
Et Paris qui bat la mesure
Paris qui mesure notre émoi
Et Paris qui bat la mesure
Nous fredonne fredonne déjà

[Au refrain]

Au troisième temps de la valse
Nous valsons enfin tous les trois
Au troisième temps de la valse
Il y a toi y'a l'amour et y'a moi
Et Paris qui bat la mesure
Paris qui mesure notre émoi
Et Paris qui bat la mesure
Laisse enfin éclater sa joie.

Vesoul

Paroles et Musique de Jacques Brel

T'as voulu voir Vierzon
Et on a vu Vierzon
T'as voulu voir Vesoul
Et on a vu Vesoul
T'as voulu voir Honfleur
Et on a vu Honfleur

T'as voulu voir Hambourg
Et on a vu Hambourg
J'ai voulu voir Anvers
On a revu Hambourg
J'ai voulu voir ta sœur
Et on a vu ta mère
Comme toujours

T'as plus aimé Vierzon
On a quitté Vierzon
T'as plus aimé Vesoul
On a quitté Vesoul
T'as plus aimé Honfleur
On a quitté Honfleur
T'as plus aimé Hambourg
On a quitté Hambourg
T'as voulu voir Anvers
On a vu que ses faubourgs
T'as plus aimé ta mère
On a quitté ta sœur
Comme toujours

Mais je te le dis
Je n'irai pas plus loin
Mais je te préviens
J'irai pas à Paris
D'ailleurs j'ai horreur
De tous les flonflons
De la valse musette
Et de l'accordéon

T'as voulu voir Paris
Et on a vu Paris
T'as voulu voir Dutronc
Et on a vu Dutronc
J'ai voulu voir ta sœur
J'ai vu le Mont Valérien
T'as voulu voir Hortense
Elle était dans le Cantal
Je voulais voir Byzance
Et on a vu Pigalle
À la gare St-Lazare

J'ai vu les fleurs du mal
Par hasard

T'as plus aimé Paris
On a quitté Paris
T'as plus aimé Dutronc
On a quitté Dutronc
Maintenant je confonds ta sœur
Et le Mont Valérien
De ce que je sais d'Hortense
J'irai plus dans le Cantal
Et tant pis pour Byzance
Puisque que j'ai vu Pigalle
Et la gare St-Lazare
C'est cher et ça fait mal
Au hasard

Mais je te le redis
Je n'irai pas plus loin
Mais je te préviens
Le voyage est fini
D'ailleurs j'ai horreur
De tous les flonflons
De la valse musette
Et de l'accordéon.

Au suivant

Paroles et Musique de Jacques Brel

Tout nu dans ma serviette qui me servait de pagne
J'avais le rouge au front et le savon à la main
Au suivant au suivant
J'avais juste vingt ans et nous étions cent vingt
À être le suivant de celui qu'on suivait
Au suivant au suivant
J'avais juste vingt ans et je me déniaisais
Au bordel ambulant d'une armée en campagne
Au suivant au suivant

Moi j'aurais bien aimé un peu plus de tendresse
Ou alors un sourire ou bien avoir le temps
Mais au suivant au suivant
Ce ne fut pas Waterloo mais ce ne fut pas Arcole
Ce fut l'heure où l'on regrette d'avoir manqué
Au suivant au suivant   [l'école
Mais je jure que d'entendre cet adjudant de mes
C'est des coups à vous faire des armées   [fesses
Au suivant au suivant   [d'impuissants

Je jure sur la tête de ma première vérole
Que cette voix depuis je l'entends tout le temps
Au suivant au suivant
Cette voix qui sentait l'ail et le mauvais alcool
C'est la voix des nations et c'est la voix du sang
Au suivant au suivant
Et depuis chaque femme à l'heure de succomber
Entre mes bras trop maigres semble me murmurer
Au suivant au suivant

Tous les suivants du monde devraient se donner la
Voilà ce que la nuit je crie dans mon délire   [main
Au suivant au suivant
Et quand je ne délire pas j'en arrive à me dire
Qu'il est plus humiliant d'être suivi que suivant
Au suivant au suivant
Un jour je me ferai cul-de-jatte ou bonne sœur ou
                                              [pendu
Enfin un de ces machins où je ne serai jamais plus
Le suivant le suivant.

Claude Nougaro
[1929]

Il a réussi à faire, d'un tube folklorique incontournable, un succès devenu un classique. Le jazz est, depuis ses débuts, un élément déterminant de sa vocation. Il a, plus que tout autre, le talent de faire danser ses mots sur la musique.

Toulouse

Paroles de Claude Nougaro
Musique de Claude Nougaro et Christian Chevallier

Qu'il est loin mon pays, qu'il est loin
Parfois au fond de moi se raniment
L'eau verte du canal du Midi
Et la brique rouge des Minimes
Ô mon païs, ô Toulouse...

Je reprends l'avenue vers l'école
Mon cartable est bourré de coups de poing
Ici, si tu cognes tu gagnes
Ici, même les mémés aiment la castagne
Ô mon païs, ô Toulouse...

Un torrent de cailloux roule dans ton accent
Ta violence bouillonne jusque dans tes violettes
On se traite de con à peine qu'on se traite
Il y a de l'orage dans l'air et pourtant
L'église Saint-Sernin illumine le soir
D'une fleur de corail que le soleil arrose
C'est peut-être pour ça malgré ton rouge et noir
C'est peut-être pour ça qu'on te dit ville rose

Je revois ton pavé ô ma cité gasconne
Ton trottoir éventré sur les tuyaux du gaz
Est-ce l'Espagne en toi qui pousse un peu sa corne
Ou serait-ce dans tes tripes une bulle de jazz ?
Voici le Capitole, j'y arrête mes pas

Les ténors enrhumés tremblaient sous leurs
[ventouses
J'entends encore l'écho de la voix de papa
C'était en ce temps-là mon seul chanteur de blues

Aujourd'hui tes buildings grimpent haut
À Blagnac tes avions grimpent haut
Si l'un me ramène sur cette ville
Pourrai-je encore y revoir ma pincée de tuiles
Ô mon païs, ô Toulouse, ô Toulouse...

*Claude Nougaro, avec cette chanson, chante sa ville natale
et rend hommage en même temps à son père qui était premier baryton de l'Opéra de Paris.*

Le jazz et la java

Paroles de Claude Nougaro
Musique de Jacques Datin

Quand le jazz est
Quand le jazz est là
La java s'en
La java s'en va
Il y a de l'orage dans l'air
Il y a de l'eau dans le gaz
Entre le jazz et la java

Chaque jour un peu plus
Y'a le jazz qui s'installe
Alors la rage au cœur
La java fait la malle
Ses p'tit's fesses en bataille
Sous sa jupe fendue
Elle écrase sa Gauloise
Et s'en va dans la rue

Quand le jazz est
Quand le jazz est là

La java s'en
La java s'en va
Il y a de l'orage dans l'air
Il y a de l'eau dans le gaz
Entre le jazz et la java

Quand j'écoute béat
Un solo de batterie
V'là la java qui râle
Au nom de la patrie
Mais quand je crie bravo
À l'accordéoniste
C'est le jazz qui m'engueule
Me traitant de raciste

Quand le jazz est
Quand le jazz est là
La java s'en
La java s'en va
Il y a de l'orage dans l'air
Il y a de l'eau dans le gaz
Entre le jazz et la java

Pour moi jazz et java
C'est du pareil au même
J'me saoule à la Bastille
Et m'noircis à Harlem
Pour moi jazz et java
Dans le fond c'est tout comme
Le jazz dit « Go men »
La java dit « Go hommes »

Quand le jazz est
Quand le jazz est là
La java s'en
La java s'en va
Il y a de l'orage dans l'air
Il y a de l'eau dans le gaz
Entre le jazz et la java

Jazz et java copains
Ça doit pouvoir se faire

Pour qu'il en soit ainsi
Tiens, je partage en frère
Je donne au jazz mes pieds
Pour marquer son tempo
Et je donne à la java mes mains
Pour le bas de son dos
Et je donne à la java mes mains
Pour le bas de son dos

Une petite fille

Paroles de Claude Nougaro
Musique de Jacques Datin

Un' petit' fille en pleurs
Dans une ville en pluie
Et moi qui cours après
Et moi qui cours après au milieu de la nuit
Mais qu'est-c' que j'lui ai fait ?
Une petite idiot' qui me joue la grand' scène
De la femm' délaissée
Et qui veut me fair' croir' qu'elle va se noyer !
C'est d'quel côté la Seine ?
Mais qu'est-c' que j'lui ai fait ?
Mais qu'est-c' qui lui a pris ?
Mais qu'est-c' qu'ell' me reproche ?
Lorsque je l'ai trompée, ell' l'a jamais appris
C'est pas ell' qui s'approche ?
Tu m'aim's vraiment dis-moi,
Tu m'aim's, tu t'aim's, tu m'aim's
C'est tout ce qu'ell' sait dire
En bouffant, en m'rasant,
Quand je voudrais dormir
Faut lui dir' que je l'aime !

Un' petit' fille en pleurs dans une ville en pluie
Où est-ell' Nom de Dieu !
Elle a dû remonter par la rue d'Rivoli

J'ai d'la flott' plein les yeux
Parc' qu'elle avait rêvé je ne sais quel amour
Absolu, éternel
Il faudrait ne penser, n'exister que pour elle
Chaque nuit, chaque jour
Voilà ce qu'elle voudrait. Seulement y'a la vie
Seulement y'a le temps
Et le moment fatal où le vilain mari
Tue le prince charmant
L'amour, son bel amour, il ne vaut pas bien cher
Contre un calendrier
Le batt'ment de son cœur, la douceur de sa chair...
Je les ai oubliés.
Où donc est-ell' partie ?
Voilà qu'il pleut des cordes
Mon Dieu regardez-moi
Me voilà comme un con, place de la Concorde !
Ça y'est, je la vois
Attends-moi !
Attends-moi !
Je t'aime !
Je t'aime !
Je t'aime !

Le cinéma

Paroles de Claude Nougaro
Musique de Michel Legrand

Sur l'écran noir de mes nuits blanches,
Moi je me fais du cinéma
Sans pognon et sans caméra,
Bardot peut partir en vacances :
Ma vedette, c'est toujours toi.

Pour te dire que je t'aime, rien à faire, je flanche :
J'ai du cœur mais pas d'estomac
C'est pourquoi je prends ma revanche

Sur l'écran noir de mes nuits blanches
Où je me fais du cinéma.

D'abord un gros plan sur tes hanches
Puis un travelling-panorama
Sur ta poitrine grand format,
Voilà comment mon film commence,
Souriant je m'avance vers toi.

Un mètre quatre-vingts, des biceps plein les manches,
Je crève l'écran de mes nuits blanches
Où je me fais du cinéma,
Te voilà déjà dans mes bras,
Le lit arrive en avalanche...

Sur l'écran noir de mes nuits blanches,
Où je me fais du cinéma,
Une fois, deux fois, dix fois, vingt fois
Je recommence la séquence
Où tu me tombes dans les bras...

Je tourne tous les soirs, y compris le dimanche,
Parfois on sonne ; j'ouvre : c'est toi !
Vais-je te prendre par les hanches
Comme sur l'écran de mes nuits blanches ?
Non : je te dis « comment ça va ? »

Et je t'emmène au cinéma...

Cécile ma fille

Paroles de Claude Nougaro
Musique de Jacques Datin

Ell' voulait un enfant
Moi je n'en voulais pas
Mais il lui fut pourtant facile
Avec ses arguments

De te fair' un papa
Cécile
Ma fille.

Quand son ventre fut rond
En riant aux éclats
Elle a dit « Alors jubile »
Ce sera un garçon
Et te voilà
Cécile
Ma fille.

Et te voilà et me voici,
Moi, moi j'ai trente ans
Toi 6 mois
On est nez à nez
Les yeux dans les yeux,
Quel est le plus étonné des deux... !

Bien avant que je t'aie
Des filles j'en avais eues
Jouant mon cœur à face ou pile
De la brune gagnée
À la blonde perdue
Cécile
Ma fille.

Et je sais que bientôt
Toi aussi tu auras
Des idées et puis des idylles
Des mots doux sur ta peau
Et des mains sur tes bas
Cécile
Ma fille.

Moi j'attendrai toute la nuit
T'entendrai rentrer sans bruit
Mais au matin c'est moi qui rougirai
Devant tes yeux plus clairs que jamais.
Que toujours on te touche
Comme moi maintenant
Comme mon souffle sur tes cils

Mon baiser sur ta bouche
Dans ton sommeil d'enfant
Cécile
Ma fille.

Je suis sous...

Paroles de Claude Nougaro
Musique de Jacques Datin

Je suis sous, sous, sous, sous ton balcon
Comm' Roméo ho ho
Marie-Christine
Je reviens comm' l'assassin sur les lieux de son
[crime
Mais notre amour n'est pas mort, hein ? dis-moi
[que non

Depuis que l'on s'est quittés
Je te jur' que j'ai bien changé
Tu ne me reconnaîtrais plus
Et d'abord je ne bois plus
Je suis ron ron ron rongé d'remords
J'suis un salaud ho ho
Marie-Christine
Je t'en prie encore un' fois montre-toi magnanime
Donne-moi une chance encore dis recommençons
En moi il y a du bon aussi
Ne m'fais pas plus noir que j'suis

J'suis bourré, bourré de bonn's intentions
J'ai trouvé du boulot ho
Marie-Christine
C'est sérieux, j'ai balancé mon dictionnair' de rimes
Je n'écris plus de chansons non j'travaill' pour de
Mes copains que tu n'aimais pas   [bon
Maintenant ils rigol'nt sans moi
D'ailleurs j'te les ai amenés
Tu n'as qu'à leur demander
On est sous, sous, sous, sous ton balcon

Comme Roméo ho ho
Marie-Christine
Ne fais pas la sourde oreille à ce cri unanime
Je t'en supplie mon trésor réponds, réponds,
Marie-Christine
Ne me laisse pas seul
Bon...
Puisque c'est ça j'vais me soûler la gueule...

Régine
[1929]

Elle a dansé la nuit. Elle a chanté le jour. Avec un répertoire des mieux choisis : il faut dire qu'elle avait Gainsbourg dans ses petits papiers.

La grande Zoa

Paroles et Musique de Frédéric Botton

Quand vient l'mardi
La grand' Zoa
Met ses bijoux ses chinchillas
Et puis à midi
La grand' Zoa
Autour du cou s'met un boa
Y'en a qui marmonnent
Que la grand' Zoa
Ça serait un homme
On dit ça...

Dans sa Roll's blanche
Ell' s'en va plac' Blanche
Dans des night-clubs ou dans des pubs
Aussitôt qu'ell' entre
Ell' devient le centre
Des conversations entre garçons
Comme elle est bizarre
Quelle allure elle a
Et ce grand foulard oh !
Mais c'est un boa...

Si tout' la s'main'
On n'la r'voit plus
Ell' n'a tout d'mêm' pas disparu !
On peut la r'trouver rue des Saints-Pères
Décorateur et antiquaire
En complet veston
Plein d'décorations
Ell' vend du Louis XVI

432

Avec des yeux d'braise...

Mais quand vient l'mardi
La grande Zoa
Met ses bijoux ses chinchillas
Et puis à minuit
La grande Zoa
Autour du cou r'met son boa
Y'en a qui racontent
Que dans sa famille
On a parfois honte
Quand elle se maquille...

Elle va chez Henri
Pour boire un coca
Et d'mande un whisky pour son boa
Quand il est très tard
On la voit rentrer
Fumant un cigare à grosses bouffées
On a jamais su
Qui était Zoa
Ell' fut mangée crue
Par son boa
Ell' fut mangée crue
Par son boa.

Les p'tits papiers

Paroles et Musique de Serge Gainsbourg

Laissez parler
Les p'tits papiers
À l'occasion
Papier chiffon
Puissent-ils un soir
Papier buvard
Vous consoler

Laissez brûler

Les p'tits papiers
Papier de riz
Ou d'Arménie
Qu'un soir ils puissent
Papier maïs
Vous réchauffer

Un peu d'amour
Papier velours
Et d'esthétique
Papier musique
C'est du chagrin
Papier dessin
Avant longtemps

Laissez glisser
Papier glacé
Les sentiments
Papier collant
Ça impressionne
Papier carbone
Mais c'est du vent

Machin Machine
Papier machine
Faut pas s'leurrer
Papier doré
Celui qu'y touche
Papier tue-mouches
Est moitié fou

C'est pas brillant
Papier d'argent
C'est pas donné
Papier monnaie
Ou l'on en meurt
Papier à fleurs
Ou l'on s'en fout

Laissez parler
Les p'tits papiers
À l'occasion
Papier chiffon

Puissent-ils un soir
Papier buvard
Vous consoler

Laissez brûler
Les p'tits papiers
Papier de riz
Ou d'Arménie
Qu'un soir ils puissent
Papier maïs
Vous réchauffer

Jean Ferrat
[1930]

Il n'a jamais fait de concessions et demeure le symbole d'une chanson engagée mais pleine d'émotion. Il est un des rares compositeurs interprètes à avoir collaboré avec des auteurs très différents, ce qui lui a permis de se créer un répertoire d'une étonnante variété.

La montagne

Paroles et Musique de Jean Ferrat

Ils quittent un à un le pays
Pour s'en aller gagner leur vie
Loin de la terre où ils sont nés
Depuis longtemps ils en rêvaient
De la ville et de ses secrets
Du formica et du ciné
Les vieux ça n'était pas original
Quand ils s'essuyaient machinal
D'un revers de manche les lèvres
Mais ils savaient tous à propos
Tuer la caille ou le perdreau
Et manger la tomme de chèvre

Pourtant que la montagne est belle
Comment peut-on s'imaginer
En voyant un vol d'hirondelles
Que l'automne vient d'arriver ?

Avec leurs mains dessus leurs têtes
Ils avaient monté des murettes
Jusqu'au sommet de la colline
Qu'importent les jours les années
Ils avaient tous l'âme bien née
Noueuse comme un pied de vigne
Les vignes elles courent dans la forêt
Le vin ne sera plus tiré
C'était une horrible piquette
Mais il faisait des centenaires
À ne plus savoir qu'en faire
S'il ne vous tournait pas la tête

Pourtant que la montagne est belle
Comment peut-on s'imaginer
En voyant un vol d'hirondelles
Que l'automne vient d'arriver ?

Deux chèvres et puis quelques moutons
Une année bonne et l'autre non
Et sans vacances et sans sorties
Les filles veulent aller au bal
Il n'y a rien de plus normal
Que de vouloir vivre sa vie
Leur vie ils seront flics ou fonctionnaires
De quoi attendre sans s'en faire
Que l'heure de la retraite sonne
Il faut savoir ce que l'on aime
Et rentrer dans son H.L.M.
Manger du poulet aux hormones

Pourtant que la montagne est belle
Comment peut-on s'imaginer
En voyant un vol d'hirondelles
Que l'automne vient d'arriver ?

© Productions Gérard Meys 1964,
Productions Alléluia, 1980.

Que serais-je sans toi

Paroles de Louis Aragon
Musique de Jean Ferrat

Que serais-je sans toi qui vins à ma rencontre
Que serais-je sans toi qu'un cœur au bois dormant
Que cette heure arrêtée au cadran de la montre
Que serais-je sans toi que ce balbutiement

J'ai tout appris de toi sur les choses humaines
Et j'ai vu désormais le monde à ta façon
J'ai tout appris de toi comme on boit aux fontaines
Comme on lit dans le ciel les étoiles lointaines
Comme au passant qui chante on reprend sa
                                        [chanson
J'ai tout appris de toi jusqu'au sens du frisson

Que serais-je sans toi qui vins à ma rencontre
Que serais-je sans toi qu'un cœur au bois dormant
Que cette heure arrêtée au cadran de la montre
Que serais-je sans toi que ce balbutiement

J'ai tout appris de toi pour ce qui me concerne
Qu'il fait jour à midi qu'un ciel peut être bleu
Que le bonheur n'est pas un quinquet de taverne
Tu m'as pris par la main dans cet enfer moderne
Où l'homme ne sait plus ce que c'est qu'être deux
Tu m'as pris par la main comme un amant heureux

Que serais-je sans toi qui vins à ma rencontre
Que serais-je sans toi qu'un cœur au bois dormant
Que cette heure arrêtée au cadran de la montre
Que serais-je sans toi que ce balbutiement

Qui parle de bonheur a souvent les yeux tristes
N'est-ce pas un sanglot de la déconvenue
Une corde brisée aux doigts du guitariste
Et pourtant je vous dis que le bonheur existe
Ailleurs que dans le rêve ailleurs que dans les nues
Terre terre voici ses rades inconnues

Que serais-je sans toi qui vins à ma rencontre
Que serais-je sans toi qu'un cœur au bois dormant
Que cette heure arrêtée au cadran de la montre
Que serais-je sans toi que ce balbutiement

Deux enfants au soleil

Paroles de Claude Delécluse
Musique de Jean Ferrat

La mer sans arrêt roulait ses galets
Les cheveux défaits ils se regardaient
Dans l'odeur des pins, du sable et du thym qui
[baignait la plage
Ils se regardaient tous deux sans parler
Comm' s'ils buvaient l'eau de leur visage
Et c'était comm' si tout recommençait
La même innocence les faisait trembler
Devant le merveilleux
Le miraculeux
Voyage de l'amour

Dehors ils ont passé la nuit
L'un contre l'autre ils ont dormi
La mer longtemps les a bercés
Et quand ils se sont éveillés
C'était comm' s'ils venaient au monde
Dans le premier matin du monde.

La mer sans arrêt roulait ses galets
Quand ils ont couru dans l'eau les pieds nus
À l'ombre des pins se sont pris la main et sans se
[défendre
Sont tombés à l'eau comme deux oiseaux,
Sous le baiser chaud de leurs bouches tendres,
Et c'était comm' si tout recommençait
La vie, l'espérance et la liberté,
Alors le merveilleux

Le miraculeux
Voyage de l'amour.

Interprètes : Isabelle Aubret, Jean Ferrat.
La première chance d'Isabelle Aubret qui remporte la même année le grand prix de l'Eurovision avec Un premier amour *de Claude-Henri Vic et Roland Valade. Jean Ferrat s'impose définitivement à contre-courant de la vague yéyé qui l'entoure.*

Potemkine

Paroles de Georges Coulonges
Musique de Jean Ferrat

M'en voudrez-vous beaucoup si je vous dis un
[monde
Qui chante au fond de moi au bruit de l'océan
M'en voudrez-vous beaucoup si la révolte gronde
Dans ce nom que je dis au vent des quatre vents

Ma mémoire chante en sourdine
Potemkine

Ils étaient des marins durs à la discipline
Ils étaient des marins, ils étaient des guerriers
Et le cœur d'un marin au grand vent se burine
Ils étaient des marins sur un grand cuirassé

Sur les flots je t'imagine
Potemkine

M'en voudrez-vous beaucoup si je vous dis un
Où celui qui a faim va être fusillé   [monde
Le crime se prépare et la mer est profonde
Que face aux révoltés montent les fusiliers

C'est mon frère qu'on assassine
Potemkine

Mon frère, mon ami, mon fils, mon camarade
Tu ne tireras pas sur qui souffre et se plaint
Mon frère, mon ami, je te fais notre alcade
Marin ne tire pas sur un autre marin

Ils tournèrent leurs carabines
Potemkine

M'en voudrez-vous beaucoup si je vous dis un
Où l'on punit ainsi qui veut donner la mort   [monde
M'en voudrez-vous beaucoup si je vous dis un
                                                    [monde
Où l'on n'est pas toujours du côté du plus fort

Ce soir j'aime la marine
Potemkine

Aimer à perdre la raison

Poème de Louis Aragon
Musique de Jean Ferrat

Aimer à perdre la raison
Aimer à n'en savoir que dire
À n'avoir que toi d'horizon
Et ne connaître de saisons
Que par la douleur du partir
Aimer à perdre la raison

Ah c'est toujours toi que l'on blesse
C'est toujours ton miroir brisé
Mon pauvre bonheur, ma faiblesse
Toi qu'on insulte et qu'on délaisse
Dans toute chair martyrisée

Aimer à perdre la raison

Aimer à n'en savoir que dire
À n'avoir que toi d'horizon
Et ne connaître de saisons
Que par la douleur du partir
Aimer à perdre la raison

La faim, la fatigue et le froid
Toutes les misères du monde
C'est par mon amour que j'y crois
En elle je porte ma croix
Et de leurs nuits ma nuit se fonde

Aimer à perdre la raison
Aimer à n'en savoir que dire
À n'avoir que toi d'horizon
Et ne connaître de saisons
Que par la douleur du partir
Aimer à perdre la raison

Ma môme

Paroles de Pierre Frachet
Musique de Jean Ferrat

Ma môme, ell' joue pas les starlettes
Ell' met pas des lunettes
De soleil
Ell' pos' pas pour les magazines
Ell' travaille en usine
À Créteil

Dans une banlieue surpeuplée
On habite un meublé
Elle et moi
La fenêtre n'a qu'un carreau
Qui donne sur l'entrepôt
Et les toits

On va pas à Saint-Paul-de-Vence

On pass' tout's nos vacances
À Saint-Ouen
Comme famille on n'a qu'une marraine
Quelque part en Lorraine
Et c'est loin

Mais ma môme elle a vingt-cinq berges
Et j'crois bien qu' la Saint' Vierge
Des églises
N'a pas plus d'amour dans les yeux
Et ne sourit pas mieux
Quoi qu'on dise

L'été quand la vill' s'ensommeille
Chez nous y'a du soleil
Qui s'attarde
Je pose ma tête sur ses reins
Je prends douc'ment sa main
Et j' la garde

On s' dit toutes les choses qui nous viennent
C'est beau comm' du Verlaine
On dirait
On regarde tomber le jour
Et puis on fait l'amour
En secret

Ma môme, ell' joue pas les starlettes
Ell' met pas des lunettes
De soleil
Ell' pos' pas pour les magazines
Ell' travaille en usine
À Créteil

Guy Béart
[1930]

Chanteur et auteur-compositeur majeur. Trois cents chansons originales dont cinquante classiques. Son sens de la mélodie et son talent de poète, tour à tour grave et désinvolte, lui assurent un grand succès populaire.

Chandernagor (Les Comptoirs de l'Inde)

Paroles et Musique de Guy Béart

Elle avait, elle avait
Un Chandernagor de classe.
Elle avait, elle avait
Un Chandernagor râblé.

Pour moi seul, pour moi seul,
Elle découvrait ses cachemires,
Ses jardins, ses beaux quartiers,
Enfin son Chandernagor.
Pas question,
Dans ces conditions,
D'abandonner les Comptoirs de l'Inde.

Elle avait, elle avait,
Deux Yanaon de cocagne.
Elle avait, elle avait
Deux Yanaon ronds et frais.

Et moi seul, et moi seul,
M'aventurais dans sa brousse,
Ses vallées, ses vallons,
Ses collines de Yanaon.
Pas question,
Dans ces conditions,
D'abandonner les Comptoirs de l'Inde.

Elle avait, elle avait

Le Karikal difficile.
Elle avait, elle avait
Le Karikal mal luné.

Mais, la nuit, j'atteignais
Son nirvâna à heure fixe,
Et cela, en dépit
De son fichu Karikal.
Pas question,
Dans ces conditions,
D'abandonner les Comptoirs de l'Inde.

Elle avait, elle avait
Un petit Mahé fragile.
Elle avait, elle avait
Un petit Mahé secret.

Mais je dus, à la mousson,
Éteindre mes feux de Bengale,
M'arracher, m'arracher
Aux délices de Mahé.
Pas question,
Dans ces conditions,
De faire long feu dans les Comptoirs de l'Inde.

Elle avait, elle avait
Le Pondichéry facile.
Elle avait, elle avait
Le Pondichéry accueillant.

Aussitôt, aussitôt
C'est à un nouveau touriste
Qu'elle fit voir son comptoir,
Sa flore, sa géographie.
Pas question,
Dans ces conditions,
De revoir un jour les Comptoirs de l'Inde.

Les couleurs du temps

Paroles et Musique de Guy Béart

La mer est en bleu entre deux rochers bruns.
Je l'aurais aimée en orange,
Ou même en arc-en-ciel comme les embruns
Étranges.

Je voudrais changer les couleurs du temps,
Changer les couleurs du monde,
Le soleil levant,
La rose des vents,
Le sens où tournera ma ronde.
Et l'eau d'une larme et tout l'océan
Qui gronde.

J'ai brossé les rues et les bancs.
Paré les villes de rubans.
Peint la Tour Eiffel rose chair.
Marié le métro à la mer.

Le ciel est de fer entre deux cheminées.
Je l'aurais aimé violine,
Ou même en arc-en-ciel comme les fumées
De Chine.

Je voudrais changer les couleurs du temps,
Changer les couleurs du monde,
Le soleil levant,
La rose des vents,
Le sens où tournera ma ronde,
Et l'eau d'une larme et tout l'océan
Qui gronde.

Je suis de toutes les couleurs.
Et surtout de celle qui pleure :
La couleur que je porte c'est
Surtout celle qu'on veut effacer.

Et tes cheveux noirs étouffés par la nuit.
Je les voudrais multicolores
Comme un arc-en-ciel qui enflamme la pluie

D'aurore.

Je voudrais changer les couleurs du temps.
Changer les couleurs du monde.
Les mots que j'entends,
Seront éclatants,
Et nous danserons une ronde,
Une ronde brune, rouge et safran, } *bis*
Et blonde.

L'eau vive

Paroles et Musique de Guy Béart

Ma petite est comme l'eau,
Elle est comme l'eau vive.
Elle court comme un ruisseau
Que des enfants poursuivent.

Courez, courez,
Vite si vous le pouvez :
Jamais, jamais,
Vous ne la rattraperez.

Lorsque chantent les pipeaux,
Lorsque danse l'eau vive,
Elle mène mes troupeaux
Au pays des olives.

Venez, venez,
Mes chevreaux, mes agnelets,
Dans le laurier,
Le thym et le serpolet.

Un jour que, sous les roseaux,
Sommeillait mon eau vive,
Vinrent les gars du hameau,
Pour la mener, captive.

Fermez, fermez,
Votre cage à double clé :
Entre vos doigts,
L'eau vive s'envolera.

Pont musical

Comme les petits bateaux
Emportés par l'eau vive,
Dans ses yeux, les jouvenceaux
Voguent à la dérive.

Voguez, voguez,
Demain vous accosterez :
L'eau vive n'est
Pas encore à marier.

Pourtant, un matin nouveau,
À l'aube, mon eau vive
Viendra battre son trousseau
Aux cailloux de la rive.

Pleurez, pleurez,
Si je demeure esseulé :
Le ruisselet
Au large s'en est allé.

L'espérance folle

Paroles et Musique de Guy Béart

C'est l'espérance folle
Qui nous console
De tomber du nid ;
Et qui demain, prépare
Pour nos guitares,
D'autres harmonies.

S'élève l'espérance
Dans le silence,

Soudain, de la nuit ;
Et les matins qui chantent
Déjà enchantent
Nos soirs d'aujourd'hui.

Viens,
C'est la fête en semaine, viens,
Je t'attends, tu le sais, plus rien,
Plus rien ne nous sépare, viens,
Viens...
Si les larmes t'ont fait du bien,
Ce sourire est déjà le lien
Avec les beaux jours qui viennent,
Reviennent.

C'est l'espérance folle
Qui carambole
Les tombes du temps.
Je vois, dans chaque pierre,
Cette lumière
De nos cœurs battants.

La mort, c'est une blague :
La même vague
Nous baigne toujours ;
Et cet oiseau qui passe,
Porte la trace
D'étranges amours.

Viens,
C'est la fête en semaine, viens,
Je t'attends, tu le sais, plus rien,
Plus rien ne nous sépare, viens
Viens...
Si les larmes t'ont fait du bien,
Ce sourire est déjà le lien
Avec les beaux jours qui viennent,
Reviennent.

C'est l'espérance folle
Qui danse et vole
Au-dessus des toits,
Des maisons et des places.

La terre est basse :
Je vole avec toi.

Tout est gagné d'avance.
Je recommence,
Je grimpe, pieds nus,
Au sommet des montagnes,
Mâts de cocagne
Des cieux inconnus.

Le grand chambardement

Paroles et Musique de Guy Béart

La terre perd la boule
Et fait sauter ses foules :
Voici, finalement,
Le grand, le grand,
Voici, finalement,
Le grand chambardement.

Un grain de sable explose.
Un grain, c'est peu de chose ;
Mais deux, mais dix, mais cent,
Ça, c'est intéressant.

Voyez, Messieurs, Mesdames,
Dans l'univers en flammes,
Entre les hommes-troncs,
La danse des neutrons.

C'est l'atome en goguette,
Le ping-pong des planètes.
La Lune fait joujou,
Et met la Terre en joue.

C'est la grande escalade,
Les monts en marmelade,
Sous le rayonnement

Du grand, du grand,
Sous le rayonnement,
Du grand chambardement.

Place pour le quadrille
Des fusées, des torpilles.
Ce soir, c'est le grand bal,
La « der des der » globale.

Oyez les belles phrases :
La Chine, table rase,
Se crêpant le chignon
À coups de champignons.

Sur les montagnes russes,
Passées au bleu de Prusse,
Les bons gars du Far-West
Ont bien tombé la veste.

Regardez qui décide
Ce joyeux génocide,
Qui dirige vraiment
Le grand, le grand,
Qui dirige vraiment
Le grand chambardement.

Ciel ! Ce sont les machines,
Les machines divines,
Qui nous crient « en avant »
En langue de savant !

Que les calculatrices,
Sur le feu d'artifice,
Alignent leurs zéros
Comme des généraux.

Elles ont fait merveille :
Bravo pour ces abeilles !
Qu'on décore à cette heure
Le grand ordinateur !

Nous finirons la guerre
Avec des lance-pierres ;

Si nous vivons demain,
Nous en viendrons aux mains.

Plage musicale

Si nous vivons demain,
Nous en viendrons aux mains.

Les grands principes

Paroles et Musique de Guy Béart

Aujourd'hui les filles s'émancipent,
Et vous parlent de leurs grands principes.
Puis elles font comme leur maman
En vertu des grands sentiments.

Elle aussi avait ses phrases-types,
Et me parlait de ses grands principes.
Puis agissait n'importe comment
En vertu des grands sentiments.

Elle aimait surtout vivre en équipe,
Toujours en vertu des grands principes.
Mais me surveillait jalousement,
En vertu des grands sentiments.

Elle allait au Louvre avec Philippe,
Toujours en vertu des grands principes.
Mais faisait la foire avec Armand,
En vertu des grands sentiments.

Elle me soigna pendant ma grippe,
Toujours en vertu des grands principes.
Puis elle me quitta bien portant,
En vertu des grands sentiments.

Elle épousa vite un autre type,
Toujours en vertu des grands principes.

Mais elle prit un nouvel amant,
En vertu des grands sentiments.

Il faudra qu'un beau jour je l'étripe,
Toujours en vertu des grands principes.
Mais que je le fasse élégamment,
En vertu des grands sentiments.

Je lui porterai quelques tulipes,
Toujours en vertu des grands principes.
Mais je pleurerai abondamment,⎫ *(bis)*
En vertu des grands sentiments.⎭

Hôtel-Dieu

Paroles et Musique de Guy Béart

Pour une femme morte dans votre Hôpital,
Je réclame Dieu votre grâce.
Si votre paradis n'est pas ornemental,
Gardez-lui sa petite place.

La voix au téléphone oubliait la pitié,
Alors j'ai couru dans la ville.
Elle ne bougeait plus déjà d'une moitié...
L'autre est maintenant immobile

Bien qu'elle fût noyée à demi par la nuit,
Sa parole était violence.
Elle m'a dit « appelle ce docteur ! », et lui
Il a fait venir l'ambulance.

Ô temps cent fois présent du progrès merveilleux.
Quand la vie et la mort vont vite !
Où va ce chariot qui court dans l'Hôtel-Dieu,
L'hôtel où personne n'habite ?

D'une main qui pleurait de l'encre sur la mort,
Il fallut remplir quelques fiches.

Moi je pris le métro, l'hôpital prit son corps :
Ni lui ni elle n'étaient riches

Je revins chaque fois dans les moments permis.
J'apportais quelques friandises.
Elle me grimaçait un sourire à demi.
De l'eau tombait sur sa chemise.

Elle ne bougeait plus, alors elle a pris froid.
On avait ouvert la fenêtre :
Une infirmière neutre aux gestes maladroits.
En son Hôtel, Dieu n'est pas maître !

La mère m'embrassa sur la main, me bénit,
– Et moi je ne pouvais rien dire –,
En marmonnant « allons c'est fini c'est fini »,
Toujours dans un demi-sourire.

Cette femme a péché, cette femme a menti,
Elle a pensé des choses vaines,
Elle a couru, souffert, élevé deux petits.
Si l'autre vie est incertaine,

Et si vous êtes là, et si vous êtes mûr,
Que sa course soit terminée !
On l'a mise à Pantin, dans un coin, près du mur,
Derrière on voit des cheminées.

Il n'y a plus d'après

Paroles et Musique de Guy Béart

Maintenant que tu vis
À l'autre bout de Paris,
Quand tu veux changer d'âge
Tu t'offres un long voyage.

Tu viens me dire « bonjour »
Au coin de la rue du Four.

Tu viens me visiter
À Saint-Germain-des-Prés.

Il n'y a plus d'après
À Saint-Germain-des-Prés,
Plus d'après-demain,
Plus d'après-midi :
Il n'y a qu'aujourd'hui.

Quand je te reverrai
À Saint-Germain-des-Prés,
Ce ne sera plus toi,
Ce ne sera plus moi :
Il n'y a plus d'autrefois.

Tu me dis : « Comme tout change ! »,
Les rues te semblent étranges.
Même les cafés-crème
N'ont plus le goût que tu aimes.

C'est que tu es une autre,
C'est que je suis un autre :
Nous sommes étrangers
À Saint-Germain-des-Prés.

Il n'y a plus d'après
À Saint-Germain-des-Prés,
Plus d'après-demain,
Plus d'après-midi :
Il n'y a qu'aujourd'hui.

Quand je te reverrai
À Saint-Germain-des-Prés,
Ce ne sera plus toi,
Ce ne sera plus moi :
Il n'y a plus d'autrefois.

À vivre au jour le jour,
La moindre des amours
Prenait, dans ces ruelles,
Des allures éternelles.

Mais à la nuit la nuit

C'était bientôt fini :
Voici l'éternité
À Saint-Germain-des-Prés.

Il n'y a plus d'après
À Saint-Germain-des-Prés,
Plus d'après-demain,
Plus d'après-midi :
Il n'y a qu'aujourd'hui.

Quand je te reverrai
À Saint-Germain-des-Prés,
Ce ne sera plus toi,
Ce ne sera plus moi :
Il n'y a plus d'autrefois.

Poste restante

Paroles et Musique de Guy Béart

On s'écrivait de tendres choses,
Des mots pervers mais innocents,
Et rouges comme notre sang :
De les redire ici, je n'ose.

J'ai tenté de brûler ces pages,
Rien à faire ! Et je les relis
Tes arrondis, les yeux remplis
De ces courbes à ton image.

On s'écrivait poste restante,
Au rendez-vous des apprentis.
Au rendez-vous des sans-logis
Que sont les amours débutantes.

Quand tu me griffais de ta plume,
Je restais tout pâle, interdit.
Sous ta griffe, encore aujourd'hui,
Ma fièvre ancienne se rallume.

Depuis lors, sous d'autres couleurs,
J'ai battu, je me suis fait battre...
Ta guerre seule est opiniâtre :
Tu m'avais fait battre le cœur.

On s'écrivait poste restante,
Au rendez-vous des apprentis,
Au rendez-vous des sans-logis
Que sont les amours débutantes.

Un jour, ma lettre me revint :
Tu n'allais plus jusqu'à la poste,
Tu avais déserté le poste,
Et mes lettres partaient en vain ;

Et revenaient me prendre ailleurs,
Ici, là, — je changeais d'adresse —,
Et m'atteignaient, dans ma détresse,
Tous ces « retours à l'envoyeur ».

On s'écrivait poste restante,
Au rendez-vous des apprentis,
Au rendez-vous des sans-logis
Que sont les amours débutantes.

Que monte une flamme nouvelle
Sur cette cendre. Désormais,
Si tu vois combien je t'aimais,
Entre tes lignes, se révèle

Ce qu'hier je n'ai pas su lire :
Il faut du temps pour faire un cœur.
N'as-tu pas détruit, par rancœur,
Ce qu'hier je n'ai pas su dire ?

On s'écrivait poste restante :
Au rendez-vous des apprentis,
Au rendez-vous des sans-logis
Que sont les amours débutantes. *(bis)*

© Éditions Espace, 1957.

Qui suis-je ?

Paroles et Musique de Guy Béart

Je suis né dans un arbre,
Et l'arbre on l'a coupé.
Dans le soufre et l'asphalte,
Il me faut respirer.
Mes racines vont, sous le pavé,
Chercher une terre mouillée.

Qui suis-je,
Qu'y puis-je,
Dans ce monde en litige ?
Qui suis-je,
Qu'y puis-je,
Dans ce monde en émoi ?

On m'a mis à l'école,
Et là j'ai tout appris :
Des poussières qui volent,
À l'étoile qui luit.
Une fois que j'ai tout digéré,
On me dit : « Le monde a changé ! »

Qui change,
Qui range,
Dans ce monde en mélange ?
Qui change,
Qui range,
Dans ce monde en émoi ?

On m'a dit : « Faut te battre »,
On m'a crié : « Vas-y ! »
On me donne une grenade,
On me flanque un fusil.
Une fois qu'on s'est battu beaucoup,
On me dit : « Embrassez-vous ! »

Qui crève,
Qui rêve,
Dans ce monde sans trêve ?
Qui crève,
Qui rêve,
Dans ce monde en émoi ?

J'ai pris la route droite,
La route défendue,
La route maladroite
Dans ce monde tordu.
En allant tout droit, tout droit, tout droit,
Je me suis retrouvé derrière moi !

Qui erre,
Qui espère,
Dans ce monde mystère ?
Qui erre,
Qui espère,
Dans ce monde en émoi ?

On m'a dit : « La famille,
Les dollars, les autos. »
On m'a dit : « La faucille »,
On m'a dit : « Le marteau. »
On m'a dit, on m'a dit, on m'a dit,
Et puis, on s'est contredit !

Qui pense,
Qui danse,
Dans cette effervescence ?
Qui pense,
Qui danse,
Dans ce monde en émoi ?

Mes amours étaient bonnes
Avant que les docteurs
Me disent que deux hormones
Nous dirigent le cœur.
Maintenant, quand j'aime, je suis content

Que ça ne vienne plus de mes sentiments !

Qui aime,
Qui saigne,
Dans ce monde sans thème ?
Qui aime,
Qui saigne,
Dans ce monde en émoi ?

Et pourtant je me jette,
Et j'aime, et je me bats
Pour des mots, pour des êtres,
Pour cet homme qui va.
Tout au fond de moi, je crois, je crois...
Je ne sais plus au juste en quoi !

Qui suis-je,
Qu'y puis-je,
Dans ce monde en litige ?
Qui suis-je,
Qu'y puis-je,
Dans ce monde en émoi ?

Couplet supplémentaire (7 ans après) :

Mais voici que commence,
Dans l'effroi et le bruit,
La nouvelle espérance
Qui éclaire ma nuit.
Et cet arbre, surgi de nos mains,
S'étendra jusqu'à demain.

Nous sommes, en somme,
Femmes, enfants et hommes,
Nous sommes, en somme,
Les sauveurs du matin.

La vérité

Paroles et Musique de Guy Béart

Le premier qui dit, se trouve toujours sacrifié :
D'abord on le tue,
Puis on s'habitue.
On lui coupe la langue, on le dit fou à lier.
Après, sans problèmes.
Parle le deuxième.
Le premier qui dit la vérité : } *bis*
Il doit être exécuté.

J'affirme que l'on m'a proposé beaucoup d'argent
Pour vendre mes chances
Dans le Tour de France.
Le Tour est un spectacle et plaît à beaucoup de
Et, dans le spectacle,   [gens ;
Y a pas de miracle.
Le coureur a dit la vérité : } *bis*
Il doit être exécuté.

À Chicago, un journaliste est mort dans la rue :
Il fera silence
Sur tout ce qu'il pense.
Pauvre Président, tous tes témoins ont disparu :
En chœur, ils se taisent :
Ils sont morts, les treize.
Le témoin a dit la vérité : } *bis*
Il doit être exécuté.

Le monde doit s'enivrer de discours, pas de vin :
Rester dans la ligne,
Suivre les consignes.
À Moscou, un poète, à l'Union des Écrivains,
Souffle dans la soupe
Où mange le groupe.
Le poète a dit la vérité : } *bis*
Il doit être exécuté.

Combien d'hommes disparus qui, un jour, ont dit
                                   [« non ».

Dans la mort propice,
Leurs corps s'évanouissent.
On ne se souvient ni de leurs yeux, ni de leur nom.
Leurs mots, qui demeurent,
Chantent juste à l'heure.
L'inconnu a dit la vérité : } *bis*
Il doit être exécuté.

Un jeune homme à cheveux longs grimpait le
[Golgotha
La foule, sans tête,
Était à la fête.
Pilate a raison de ne pas tirer dans le tas :
C'est plus juste, en somme,
D'abattre un seul homme.
Ce jeune homme a dit la vérité : } *bis*
Il doit être exécuté.

Barbara
[1930-1997]

Piano noir, chansons grises et chansons roses. Une vie dans un prisme magique et un public arc-en-ciel. Une voix et une silhouette qui donnaient une présence unique à ses chansons.

Göttingen

Paroles et Musique de Barbara

Bien sûr ce n'est pas la Seine
Ce n'est pas le bois de Vincennes
Mais c'est bien joli tout de même
À Göttingen, à Göttingen.

Pas de quais et pas de rengaines
Qui se lamentent et qui se traînent
Mais l'amour y fleurit quand même
À Göttingen, à Göttingen.

Ils savent mieux que nous, je pense
L'histoire de nos rois de France,
Hermann, Peter, Helga et Hans
À Göttingen.

Et que personne ne s'offense
Mais les contes de notre enfance
« Il était une fois » commencent
À Göttingen.

Bien sûr nous, nous avons la Seine
Et puis notre bois de Vincennes
Mais Dieu que les roses sont belles
À Göttingen, à Göttingen.

Nous, nous avons nos matins blêmes
Et l'âme grise de Verlaine
Eux, c'est la mélancolie même
À Göttingen, à Göttingen.

Quand ils ne savent rien nous dire
Ils restent là, à nous sourire
Mais nous les comprenons quand même
Les enfants blonds de Göttingen.

Et tant pis pour ceux qui s'étonnent
Et que les autres me pardonnent
Mais les enfants ce sont les mêmes
À Paris ou à Göttingen.

Ô faites que jamais ne revienne
Le temps du sang et de la haine
Car il y a des gens que j'aime
À Göttingen, à Göttingen.

Et lorsque sonnerait l'alarme
S'il fallait reprendre les armes
Mon cœur verserait une larme
Pour Göttingen, pour Göttingen.

Dis quand reviendras-tu ?

Paroles et Musique de Barbara

1

Voilà combien de jours, voilà combien de nuits
Voilà combien de temps que tu es reparti !
Tu m'as dit : Cette fois, c'est le dernier voyage
Pour nos cœurs déchirés c'est le dernier naufrage
Au printemps tu verras je serai de retour
Le printemps c'est joli pour se parler d'amour
Nous irons voir ensemble les jardins refleuris
Et déambulerons dans les rues de Paris

Refrain
Dis quand reviendras-tu ?
Dis ! au moins le sais-tu ?
Que tout le temps qui passe
Ne se rattrape guère
Que tout le temps perdu
Ne se rattrape plus !

2

Le printemps s'est enfui depuis longtemps déjà
Craquent les feuilles mortes, brûl'nt les feux de bois
À voir Paris si beau en cette fin d'automne
Soudain je m'alanguis, je rêve, je frissonne
Je tangue, je chavire et comme la rengaine

Je vais, je viens, je vire, je tourne, je me traîne
Ton image me hante, je te parle tout bas
Et j'ai le mal d'amour et j'ai le mal de Toi !

[Au refrain]

3
J'ai beau t'aimer encor, j'ai beau t'aimer toujours
J'ai beau n'aimer que toi, j'ai beau t'aimer d'amour
Si tu ne comprends pas qu'il te faut revenir
Je referai de nous deux mes plus beaux souvenirs
Je reprendrai la route, le Monde m'émerveille
J'irai me réchauffer à un autre soleil
Je ne suis pas de ceux qui meurent de chagrin
Je n'ai pas la vertu des Chevaliers anciens

[Au refrain]

Si la photo est bonne

Paroles et Musique de Barbara

Si la photo est bonne
Juste en deuxième colonne
Et le voyou toujours
Qui a un' p'tit' gueule d'amour
Dans la rubrique du vice
Y'a l'assassin d'service
Qui n'a pas du tout l'air méchant
Qui a plutôt l'œil intéressant
Coupable ou non coupable
S'il doit se mettre à table
Que j'aimerais qu'il vienne
Pour se mettre à la mienne

Si la photo est bonne
Il est bien d'sa personne

N'a pas plus l'air d'un assassin
Que le fils de mon voisin
Ce gibier de potence
Pas sorti de l'enfance
Va fair' sa dernièr' prière
Pour avoir trop aimé sa mère
Bref on va pendre un malheureux
Qu'avait le cœur trop généreux

Moi qui suis femme de Président
J'en ai pas moins de cœur pour autant
De voir tomber des têtes
À la fin ça m'embête
Et mon mari le Président
Qui m'aime bien qui m'aime tant
Quand j'ai le cœur qui flanche
Tripote la balance

Si la photo est bonne
Qu'on m'amène ce jeune homme
Ce fils de rien, ce tout et pire
Cette crapule au doux sourire
Ce grand gars au cœur tendre
Qu'on a pas su comprendre
Je sens que je vais le conduire
Sur le chemin du repentir
Pour l'av'nir de la France
Contre la délinquance

C'est bon je fais le premier geste
Que la justice fasse le reste
Surtout qu'il soit fidèle
Surtout je vous rappelle
À l'image de son portrait
Qu'il se ressemble trait pour trait
C'est mon ultime condition
Pour lui accorder mon pardon
Qu'on m'amèn' ce jeune homme
Si la photo est bonne
Si la photo est bonne

À mourir pour mourir

Paroles et Musique de Barbara

À mourir pour mourir
Je choisis l'âge tendre
Et partir pour partir
Je ne veux pas attendre,
Je ne veux pas attendre.

J'aime mieux m'en aller
Du temps que je suis belle
Qu'on ne me voie jamais
Fanée sous ma dentelle,
Fanée sous ma dentelle.

Et ne venez pas me dire
Qu'il est trop tôt pour mourir
Avec vos aubes plus claires
Vous pouvez vous faire lanlaire...

J'ai vu l'or et la pluie
Sur les forêts d'automne
Les jardins alanguis,
La vague qui se cogne
La vague qui se cogne.

Et je sais sur mon cou
La main nue qui se pose
Et j'ai su à genoux
La beauté d'une rose,
La beauté d'une rose.

Et tant mieux s'il y en a
Qui, les yeux pleins de lumière
Ont préféré les combats
Pour aller se faire lanlaire...

Au jardin du bon Dieu
Ça n'a plus d'importance
Qu'on s'y couche amoureux
Ou tombé pour la France
Ou tombé pour la France.

Il est d'autres combats
Que le feu des mitrailles
On ne se blesse pas
Qu'à vos champs de bataille
Qu'à vos champs de bataille.

Et ne comptez pas sur moi
S'il faut soulager mes frères
Et pour mes frères ça ira
J'ai fait ce que j'ai pu faire...

Si c'est peu, si c'est rien,
Qu'ils décident eux-mêmes
Je n'espère plus rien
Mais je m'en vais sereine
Mais je m'en vais sereine.

Sur un long voilier noir
La mort pour équipage
Demain, c'est l'au-revoir,
Je quitte vos rivages,
Je quitte vos rivages.

Car mourir pour mourir
Je ne veux pas attendre
Et partir pour partir
Je choisis l'âge tendre...

La solitude

Paroles et Musique de Barbara

Je l'ai trouvée devant ma porte
Un soir que je rentrais chez moi
Partout elle me fait escorte
Elle est revenue, la voilà,
La renifleuse des amours mortes
Elle m'a suivie pas à pas,
La garce, que le diable l'emporte

Elle est revenue elle est là.

Avec sa gueule de carême,
Avec ses larges yeux cernés,
Elle nous fait le cœur à la traîne
Elle nous fait le cœur à pleurer,
Elle nous fait des matins blêmes,
Et de longues nuits désolées,
La garce, elle nous ferait même
L'hiver au plein cœur de l'été.

Dans ta triste robe de moire,
Avec tes cheveux mal peignés
T'as la mine du désespoir,
Tu n'es pas belle à regarder,
Aller, va-t'en porter ailleurs
Ta triste gueule de l'ennui,
Je n'ai pas le goût du malheur
Va-t'en voir ailleurs si j'y suis.

Je veux encore rouler des hanches
Je veux me saouler de printemps,
Je veux m'en payer des nuits blanches
À cœur qui bat, à cœur battant
Avant que sonne l'heure blême
Et jusqu'à mon souffle dernier,
Je veux encore dire « je t'aime »
Et vouloir mourir d'aimer.

Elle a dit : ouvre-moi ta porte
Je t'avais suivie pas à pas,
Je sais que tes amours sont mortes
Je suis revenue, me voilà
Ils t'ont récité leurs poèmes
Tes beaux messieurs, tes beaux enfants,
Tes faux Rimbaud, tes faux Verlaine
Eh bien c'est fini, maintenant.

Depuis elle me fait des nuits blanches
Elle s'est pendue à mon cou,
Elle s'est enroulée à mes hanches,
Elle se couche à mes genoux.
Partout elle me fait escorte,

Et elle me suit pas à pas,
Elle m'attend devant ma porte,
Elle est revenue, elle est là.

La solitude, la solitude...

Nantes

Paroles et Musique de Barbara

Il pleut sur Nantes
Donne-moi la main
Le ciel de Nantes
Rend mon cœur chagrin.

Un matin comme celui-là
Il y a juste un an déjà
La ville avait ce teint blafard
Lorsque je sortis de la gare.
Nantes m'était alors inconnue
Je n'y étais jamais venue
Il avait fallu ce message
Pour que je fasse le voyage :
« Madame, soyez au rendez-vous
Vingt-cinq, rue de la Grange-aux-Loups
Faites vite, il y a peu d'espoir
Il a demandé à vous voir. »

À l'heure de sa dernière heure
Après bien des années d'errance
Il me revenait en plein cœur
Son cri déchirait le silence.
Depuis qu'il s'en était allé
Longtemps je l'avais espéré,
Ce vagabond, ce disparu.
Voilà qu'il m'était revenu
Vingt-cinq, rue de la Grange-aux-Loups
Je m'en souviens du rendez-vous
Et j'ai gravé dans ma mémoire
Cette chambre au fond d'un couloir.

Assis près d'une cheminée
j'ai vu quatre hommes se lever,
La lumière était froide et blanche
Ils portaient l'habit du dimanche.
Je n'ai pas posé de questions
À ces étranges compagnons.
J'n'ai rien dit, mais à leur regard
J'ai compris qu'il était trop tard.
Pourtant j'étais au rendez-vous
Vingt-cinq, rue de la Grange-aux-Loups
Mais il ne m'a jamais revue
Il avait déjà disparu.

Voilà, tu la connais l'histoire.
Il était revenu un soir
Et ce fut son dernier voyage
Et ce fut son dernier rivage.
Il voulait avant de mourir
Se réchauffer à mon sourire
Mais il mourut à la nuit même
Sans un adieu, sans un je t'aime.
Au chemin qui longe la mer
Couché dans un jardin de pierres,
Je veux que tranquille il repose.

Je l'ai couché dessous les roses,
Mon père, mon père.
Il pleut sur Nantes
Et je me souviens
Le ciel de Nantes
Rend mon cœur chagrin.

L'aigle noir

Paroles et Musique de Barbara
dédiée à Laurence

Un beau jour, ou peut-être une nuit,
Près d'un lac, je m'étais endormie

Quand soudain, semblant crever le ciel
Et venant de nulle part,
Surgit un aigle noir

Lentement, les ailes déployées,
Lentement, je le vis tournoyer
Près de moi, dans un bruissement d'ailes,
Comme tombé du ciel,
L'oiseau vint se poser

Il avait les yeux couleur rubis
Et des plumes couleur de la nuit
À son front, brillant de mille feux,
L'oiseau roi couronné
Portait un diamant bleu

De son bec il a touché ma joue,
Dans ma main il a glissé son cou
C'est alors que je l'ai reconnu,
Surgissant du passé,
Il m'était revenu

Dis l'oiseau, ô dis, emmène-moi
Retournons au pays d'autrefois
Comme avant, dans mes rêves d'enfant
Pour cueillir, en tremblant,
Des étoiles, des étoiles

Comme avant, dans mes rêves d'enfant
Comme avant, sur un nuage blanc
Comme avant, allumer le soleil
Être faiseur de pluie
Et faire des merveilles
L'aigle noir, dans un bruissement d'ailes,
Prit son vol pour regagner le ciel

Un beau jour, ou peut-être une nuit,
près d'un lac, je m'étais endormie
Quand soudain, semblant crever le ciel
Et venant de nulle part,
Surgit un aigle noir

Un beau jour, une nuit
près d'un lac, endormie
Quand soudain
Il venait de nulle part
Il surgit, l'aigle noir

Un beau jour, une nuit
Près d'un lac, endormie
Quand soudain
Il venait de nulle part
Surgit un aigle noir...

Hugues Aufray

[1932]

Ils sont rares ceux qui grattent la guitare, qui chantent et qui jouent de l'harmonica en même temps.

Un peu en marge des rockers, il a le talent d'imposer un style bien à lui, ce qui explique certainement sa longue carrière.

Santiano

Adaptation française de Jacques Plante
Arrangements de Dave Fisher

C'est un fameux trois-mâts fin comme un oiseau
Hisse et ho, Santiano,
Dix-huit nœuds, quatre cents tonneaux
Je suis fier d'y être matelot

Refrain
Tiens bon la vague et tiens bon le vent
Hisse et ho, Santiano,
Si Dieu veut, toujours droit devant
Nous irons jusqu'à San Francisco

Je pars pour de longs mois, en laissant Margot,
Hisse et ho, Santiano,
D'y penser j'avais le cœur gros
En doublant les feux de Saint-Malo

Tiens bon la vague et tiens bon le vent
Hisse et ho, Santiano,
Si dieu veut, toujours droit devant
Nous irons jusqu'à San Francisco

On prétend que là-bas l'argent coule à flot
Hisse et ho, Santiano,
On trouv' l'or au fond des ruisseaux
J'en ramènerai plusieurs lingots...

Tiens bon la vague et tiens bon le vent
Hisse et ho, Santiano,
Si Dieu veut, toujours droit devant
Nous irons jusqu'à San Francisco

Un jour je reviendrai, chargé de cadeaux
Hisse et ho, Santiano,
Au pays j'irai voir Margot
À son doigt je passerai l'anneau

Refrain
Tiens bon le cap et tiens bon le flot
Hisse et ho, Santiano,
Sur la mer qui fait le gros dos
Nous irons jusqu'à San Francisco !

Le rossignol anglais

Paroles de Hugues Aufray et Pierre Delanoë
Musique de Hugues Aufray

Ma mignonne mignonnette
Emmène-moi dans ta maison
Cache-moi dans ta cachette
Je te dirai des chansons
Je me ferai tout petit
Je te promets d'être sage
Et quand tu liras la nuit
Je te tournerai les pages

Chante chante rossignol
Trois couplets en espagnol
Et tout le reste en anglais

Ma mignonne mignonnette
Emmène-moi dans ton lit
Couche-moi dans ta couchette
Il doit faire bon dans ton lit
J'ai tellement voyagé

Tellement connu de dames
Je suis très très fatigué
Tu apaiseras mon âme

Chante chante rossignol
Trois couplets en espagnol
Et tout le reste en anglais

Ma mignonne mignonnette
D'amour tu me fais languir
Tu t'amuses ma coquette
À m'arracher des soupirs
Je regretterai demain
Tes rubans et tes dentelles
Moi je ne demandais rien
Que de te bercer ma belle

Chante chante rossignol
Trois couplets en espagnol
Et tout le reste en anglais

Adieu monsieur le professeur

Paroles de Hugues Aufray et Vline-Buggy
Musique de Jean-Pierre Bourtayre

1

Les enfants font une farandole
Et le vieux maître est tout ému
Demain il va quitter sa chère école
Sur cette estrade il ne montera plus

Refrain
Adieu monsieur le professeur
On ne vous oubliera jamais
Et tout au fond de notre cœur
Ces mots sont écrits à la craie

Nous vous offrons ces quelques fleurs
Pour dire combien on vous aimait
On ne vous vous oubliera jamais
Adieu monsieur le professeur

2

Une larme est tombée sur sa main
Seul dans sa classe il s'est assis
Il en a vu défiler des gamins
Qu'il a aidés tout au long de sa vie

[Au refrain]

3

De beaux prix sont remis aux élèves
Tous les discours sont terminés
Sous le préau l'assistance se lève
Un' dernièr' fois les enfants vont chanter

[Au refrain]

Céline

Paroles de Vline Buggy et Hugues Aufray
Musique de Mort Shuman

Dis-moi Céline,
Les années ont passé.
Pourquoi n'as-tu jamais pensé à te marier ?
De tout's mes sœurs qui vivaient ici
Tu es la seule sans mari.

Refrain
Non, non, ne rougis pas, non, ne rougis pas
Tu as, tu as toujours de beaux yeux,
Ne rougis pas, non, ne rougis pas,
Tu aurais pu rendre un homme heureux !

Dis-moi Céline,
Toi qui est notre aînée,
Toi qui fus notre mèr', toi qui l'as remplacée,
N'as-tu vécu pour nous autrefois
Que sans jamais penser à toi ?

[Au refrain]

Dis-moi Céline,
Qu'est-il donc devenu
Ce gentil fiancé qu'on n'a jamais revu ?
Est-c' pour ne pas nous abandonner
Que tu l'as laissé s'en aller ?

[Au refrain]

Dis-moi Céline,
Ta vie n'est pas perdue.
Nous sommes les enfants que tu n'as jamais eus.
Il y a longtemps que je le savais
Et je ne l'oublierai jamais.

[Parlé]
Ne pleure pas, ne pleure pas,
Tu as toujours les yeux d'autrefois.
Ne pleure pas, ne pleure pas,
Nous resterons toujours près de toi,
Nous resterons toujours près de toi.

Interprète : Hugues Aufray.
Un joli sujet chanté par Hugues Aufray au cours de sa
période romantique.
Voilà un interprète issu de la vague yéyé qui a su continuelle-
ment se renouveler.
De ses débuts à la tête d'un « Skiffle Group » jusqu'aux
chansons pleines d'humour comme C'est tout bon, *en pas-*
sant par ses adaptations des œuvres de Bob Dylan et des
succès comme Adieu monsieur le professeur.

Les Compagnons de la chanson
[1932]

On pouvait dire, au sommet de leur réussite : ils sont neuf et pairs et chantent !

Et Dieu sait, si pour les Français, travailler en groupe n'est pas une vertu majeure !

Les trois cloches

Paroles et Musique de Jean Villard

Village au fond de la vallée,
Comme égaré, presque ignoré,
Voici, dans la nuit étoilée,
Qu'un nouveau-né nous est donné.
Jean-François Nicot il se nomme.
Il est joufflu, tendre et rosé.
À l'église, beau petit homme,
Demain, tu seras baptisé.

Refrain
Une cloche sonne, sonne.
Sa voix, d'écho en écho,
Dit au monde qui s'étonne :
« C'est pour Jean-François Nicot !
C'est pour accueillir une âme,
Une fleur qui s'ouvre au jour ;
À peine, à peine une flamme
Encor faible, qui réclame
Protection, tendresse, amour ! »

Village au fond de la vallée,
Loin des chemins, loin des humains.
Voici qu'après dix-neuf années,
Cœur en émoi, le Jean-François
Prend pour femme la douce Élise,
Blanche comme fleur de pommier.

Devant Dieu, dans la vieille église,
Ce jour, ils se sont mariés.

Refrain
Tout's les cloches sonnent, sonnent !
Leurs voix, d'écho en écho,
Merveilleusement couronnent
La noce à François Nicot.
« Un seul corps, une seule âme,
Dit le prêtre, et pour toujours !
Soyez une pure flamme
Qui s'élève et qui proclame
La grandeur de votre amour ! »

Village au fond de la vallée,
Des jours, des nuits, le temps a fui.
Voici, dans la nuit étoilée,
Un cœur s'endort, François est mort.
Car toute chair est comme l'herbe ;
Elle est comme la fleur des champs :
Épis, fruits mûrs, bouquets et gerbes,
Hélas ! Tout va se desséchant.

Refrain
Une cloche sonne, sonne,
Elle chante dans le vent.
Obsédante, monotone,
Elle redit aux vivants :
« Ne tremblez pas, cœur fidèles !
Dieu vous fera signe un jour.
Vous trouverez sous son aile,
Avec la vie éternelle,
L'éternité de l'amour ! »

Interprètes : Édith Piaf, les Compagnons de la chanson.
C'est Édith Piaf qui lança les Compagnons de la chanson.
Ils partageaient la vedette des spectacles qu'elle donnait et
elle chantait au milieu du groupe.
Le compositeur Jean Villard était plus connu sous le nom de
Gilles ; associé à Julien, il formait un numéro de duettistes
célèbre dans les années 30.

Gondolier

Paroles de Jean Broussolle
Musique de Pete de Angelis

Gondolier
T'en souviens-tu
Les pieds nus
Sur ta gondole
Tu chantais
La barcarolle.
Tu chantais
Pour lui et moi
Lui et moi.
Tu te rappelles
Lui et moi
C'était écrit
Pour la vie
La vie si belle,
Gondolier

Quand tu chantais
Oui je t'aime
De tout mon cœur
Oui, je t'aime
Et je t'adore.
Prends mon cœur
Et si tu m'aimes
Je t'aimerai
Bien plus encore
Cet air-là
Était le nôtre
Gondolier
Si tu le vois
Dans les bras
Les bras d'un autre
Gondolier
Ne chante pas
La la la la la la la la la la la la la la la

Les comédiens

Paroles de Jacques Plante
Musique de Charles Aznavour

Viens voir les comédiens, voir les musiciens,
Voir les magiciens, qui arrivent
Viens voir les comédiens, voir les musiciens,
Voir les magiciens qui arrivent

Les comédiens ont installé leurs tréteaux
Ils ont dressé leur estrade et tendu leur calicot
Les comédiens ont parcouru les faubourgs
Ils ont donné la parade à grand renfort de tambour

Devant l'église une roulotte peinte en vert
Avec les chaises d'un théâtre à ciel ouvert
Et derrière eux comme un cortège en folie
Ils drainent tout le pays... les comédiens

Viens voir les comédiens, voir les musiciens,
Voir les magiciens, qui arrivent
Viens voir les comédiens, voir les musiciens,
Voir les magiciens, qui arrivent

Si vous voulez voir confondus les coquins
Dans une histoire un peu triste où tout s'arrange à
Si vous aimez voir trembler les amoureux   [la fin
Vous lamenter sur Baptiste ou rire avec les heureux

Poussez la toile et entrez donc vous installer
Sous les étoiles le rideau va se lever
Quand les trois coups retentiront dans la nuit
Ils vont renaître à la vie... les comédiens

Viens voir les comédiens, voir les musiciens,
Voir les magiciens, qui arrivent
Viens voir les comédiens, voir les musiciens,
Voir les magiciens, qui arrivent

Les comédiens ont démonté leurs tréteaux
Ils ont ôté leur estrade et plié leur calicot
Ils laisseront au fond du cœur de chacun
Un peu de la sérénade et du bonheur d'Arlequin

Demain matin quand le soleil va se lever
Ils seront loin et nous croirons avoir rêvé
Mais pour l'instant ils traversent dans la nuit
D'autres villages endormis... les comédiens

Viens voir les comédiens, voir les musiciens,
Voir les magiciens, qui arrivent
Viens voir les comédiens, voir les musiciens,
Voir les magiciens qui arrivent

Extrait du film Scaramouche.

Mes jeunes années

Paroles de Charles Trenet
Musique de Charles Trenet et Marc Herrand

Mes jeunes années
Courent dans la montagne
Courent dans les sentiers
Pleins d'oiseaux et de fleurs
Et les Pyrénées
Chantent au vent d'Espagne
Chantent la mélodie
Qui berça mon cœur
Chantent les souvenirs
De ma tendre enfance
Chantent tous les beaux jours
À jamais enfuis
Et comme les bergers
Des montagnes de France
Chantent la nostalgie
De mon beau pays

Loin d'elle loin des ruisseaux
Loin des sources vagabondes
Loin des fraîches chansons des eaux
Loin des cascades qui grondent
Je songe et c'est là ma chanson
Au temps béni des premières saisons

Mes jeunes années
Courent dans la montagne
Courent dans les sentiers
Pleins d'oiseaux et de fleurs
Et les Pyrénées
Chantent au vent d'Espagne
Chantent la mélodie
Qui berça mon cœur
Chantent les souvenirs
De ma tendre enfance
Chantent tous les beaux jours
À jamais enfuis
Et comme les bergers
Des montagnes de France
Chantent le ciel léger
De mon beau pays

François Deguelt
[1932]

Belle voix grave de crooner, son répertoire discographique est important.

Durant des années, dans les discothèques, il a fait danser les amoureux avec ses slows.

Le ciel, le soleil et la mer

Paroles et Musique de François Deguelt.

Il y a le ciel, le soleil et la mer,
Il y a le ciel, le soleil et la mer.

Allongés sur la plage
Les cheveux dans les yeux
Et le nez dans le sable
On est bien tous les deux,
C'est l'été, les vacances
Oh mon Dieu quelle chance !

Il y a le ciel, le soleil et la mer,
Il y a le ciel, le soleil et la mer.

Ma cabane est en planches
Et le lit n'est pas grand
Tous les jours c'est dimanche
Et nous dormons longtemps,
À midi sur la plage
Les amis de notre âge

Chantent tous :
Le ciel, le soleil et la mer,
Chantent tous :
Le ciel, le soleil et la mer.

Et le soir tous ensemble
Quand nous allons danser

Un air qui te ressemble
Vient toujours te chercher.
Il parle de vacances
Et d'amour et de chance !

En chantant : le ciel, le soleil et la mer
En chantant : le ciel, le soleil et la mer.

Quelque part en septembre
Nous nous retrouverons
Et le soir dans ta chambre
Nous le rechanterons.
Malgré le vent d'automne
Et les pluies monotones

Nous aurons : le ciel, le soleil et la mer.

Michel Legrand
[1932]

Plus musicien que chanteur
Plus compositeur qu'instrumentiste
Plus chef d'orchestre que metteur en scène
Et plus génial que la normale.

Les moulins de mon cœur

Paroles d'Eddy Marnay
Musique de Michel Legrand

Comme une pierre que l'on jette
Dans l'eau vive d'un ruisseau
Et qui laisse derrière elle
Des milliers de ronds dans l'eau
Comme un manège de lune
Avec ses chevaux d'étoiles
Comme un anneau de Saturne
Un ballon de carnaval
Comme le chemin de ronde
Que font sans cesse les heures
Le voyage autour du monde
D'un tournesol dans sa fleur
Tu fais tourner de ton nom
Tous les moulins de mon cœur

Comme un écheveau de laine
Entre les mains d'un enfant
Ou les mots d'une rengaine
Pris dans les harpes du vent
Comme un tourbillon de neige
Comme un vol de goélands
Sur des forêts de Norvège
Sur des moutons d'océan
Comme le chemin de ronde
Que font sans cesse les heures
Le voyage autour du monde
D'un tournesol dans sa fleur

Tu fais tourner de ton nom
Tous les moulins de mon cœur

Ce jour-là près de la source
Dieu sait ce que tu m'as dit
Mais l'été finit sa course
L'oiseau tomba de son nid
Et voilà que sur le sable
Nos pas s'effacent déjà
Et je suis seul à la table
Qui résonne sous mes doigts
Comme un tambourin qui pleure
Sous les gouttes de la pluie
Comme les chansons qui meurent
Aussitôt qu'on les oublie
Et les feuilles de l'automne
Rencontre des ciels moins bleus
Et ton absence leur donne
La couleur de tes cheveux

Une pierre que l'on jette
Dans l'eau vive d'un ruisseau
Et qui laisse derrière elle
Des milliers de ronds dans l'eau
Au vent des quatre saisons
Tu fais tourner de ton nom
Tous les moulins de mon cœur

La valse des lilas

Paroles d'Eddy Marnay
Musique de Michel Legrand et Eddy Marnay

On ne peut pas vivre ainsi que tu le fais
D'un souvenir qui n'est plus qu'un regret
Sans un ami et sans autre secret
Qu'un peu de larmes.
Pour ces quelques pages de mélancolie

Tu as fermé le livre de ta vie
Et tu as cru que tout était fini...

Refrain
... Mais tous les lilas
Tous les lilas de mai
N'en finiront
N'en finiront jamais
De fair' la fête au cœur des gens qui
S'aiment, s'aiment.
Tant que tournera
Que tournera le temps
Jusqu'au dernier
Jusqu'au dernier printemps
Le ciel aura
Le ciel aura vingt ans
Les amoureux en auront tout autant...

Si tu vois les jours se perdre au fond des nuits
Les souvenirs abandonner ta vie
C'est qu'ils ne peuvent rien contre l'oubli...

[Au refrain]

Ricet-Barrier
[1932]

*Une servante lui a offert un beau château, et des notes de
noblesse dans la chanson.*

La servante du château

Paroles de Bernard Lelou
Musique de Ricet-Barrier

1
C'est moi la servant' du Château
J'remplis les vases et j'vid' les siaux
J'manie l'balai et pis l' torchon
J' fais la pâtée pour les cochons
Et pis la soup' pour les patrons
J'ai pas deux pieds dans l'mêm' sabot
J'ai d' la vaillance plus qu'y n'en faut
Ici qui c'est qu'y fait l'boulot ? c'est mouèèèèè !

2
La baronn' c'est eun mijorée
Qu'est pas capabl' de surveiller
C'est moi qui dirige la maison
J' compt' les bouteilles et les chapons
Et pis les liquett's du baron
Faut avoir comm' dit monsieur l'Maire
Un œil au bal l'autre au cim'tière
Qui c'est qui sue, même en hiver ? c'est mouèèèèè !

3
Faudrait pas croir' qu' j'soye un laid'ron
Les gars me cour'nt au cotillon
S'ils n'gard'nt pas leurs mains dans leurs poches
Moi j' te leur refile un' taloche
Mêm' le baron quand il s'approche
Je le chass' à grands coups d'plumeau

J'ai d'la vertu plus qu'il n'en faut
Qui s'ra la rosière du hameau ? c'est mouèèèèè !

4

Quand mad'moisell' dans l' potager
Fait la causett' à son fiancé,
Aussitôt je quitte mon torchon,
Pour surveiller un peu c' qu'y font
Je sais qu'il a de bonn's façons
Mais comm' disait m'sieur not' curé
Chauffe un marron ça l'fait péter
Qui c'est qu'a d' la moralité ? c'est mouèèèèè !

5

Aux noces j'ai dit à mad'moiselle
Fleur d'oranger craint pas la grêle
L'évêque est v'nu bénir la fête
Mais comm' l'bedeau était pompette
C'est moi qu'ai porté les burettes
L'soir quand les époux s'sont r'tirés
J'vais d' la peine à les quitter
Qui c'est-y qui les a bordés ? c'est mouèèèèè !

6

L'gars Nicolas le rich' meunier
Pour m'consoler m'a fait trinquer
On a dansé sous les lampions
Le v'là qui tripot' mon jupon
Pour voir si c'est pas du coton
Moi j'le laiss' fair' j'pense au moulin
C'est quand y gèle qu'on cueill' les coings
Qui qu'aura l'homm' qui qu'aura l'grain ? c'est
J's'rai pas rosièr' mais j's'rai patronne   [mouèèèèè !
Et je me mettrai un chapeau
Pour fair' visite à la baronne
Chang'ment d'herbage réjouit les veaux
Qui s'ra l'invitée du château ? c'est mouèèèèè !...

Les spermatozoïdes

Paroles et Musique de Ricet-Barrier, Bernard Lelou et Dejean

Nous sommes 300 millions massés derrière la porte
Trop serrés, trop tendus pour penser
Une seule idée en tête... la porte... la porte... la
[porte...
Quand elle s'ouvrira ce sera la ruée, la vraie course
La tuerie sans passion. Un seul gagnera [à la mort
Tous les autres mourront même pas numérotés.
[Seul un instinct nous guide
On nous a baptisés les Spermatozoïdes...

Le prix de la victoire c'est une fille de joie
Nous sommes 300 millions et un seul l'aura
Elle se fout du vainqueur, elle ne choisit même pas
Elle se donne à tout l'monde mais un seul à la fois
Elle attend bien tranquille dans son Palais douillet
Le confort y est total, les serviteurs discrets
Pas de bruit, pas de nuit que l'amour, l'amour,
[l'amour, l'amour, l'amour
Nous bougeons lentement, faut pas s'ankyloser
Quand on est d'vant la porte on voudrait s'arrêter
Si ell' s'ouvrait maint'nant je s'rais bien placé
Mais tous les autres poussent... ça y'est ! j'l'ai
[dépassée
Et la ronde continue, la ronde des prisonniers
Mais ce qu'on attend c'est pas la liberté
On n'se parle mêm' pas on a les yeux baissés
On ne regarde pas ceux que l'on devra tuer
Soudain on s'arrête, plus personne ne pousse
C'est l'instant qu'on attend très subtil, le chang'ment
On n'voit rien mais on le sent dehors ça bouge
On redoute, on ne bouge plus, on écoute [lent'ment

Ça y'est c'est parti la porte est ouverte
C'est la ruée au-dehors. Ne pas s'affoler
Ne pas s'affoler sinon c'est la mort. Ne pas partir
La distance est longue, faut pas s'étouffer [trop vite

Déjà les premiers ont été massacrés, bousculés,
[piétinés

Ce qui se passe devant c'est pas important, du
[moins pour l'instant

La mort vient dans le dos, le croche-pied vicelar et
[le piétin'ment

Le fouet en main j'en vois un qui s'rapproche
J'l'attaque, il est à ma portée, je m'retourne...
V'lan ! D'un coup de poing je l'descends
Faut être attentif, tous les nerfs tendus devant
[l'danger

Tout c'qui se passe autour faut en être conscient
Sentir et frapper, quand l'un tourne le dos, il est à
On lui règle son sort c'est la règle du jeu   [portée
La moindre pitié entraîne la mort
Sacré nom de Dieu un coup d'fouet a sifflé juste
[derrière mes oreilles

Mais j'dois être cinglé, pour philosopher à un
[moment pareil

Le fouet tournoyant je cavale à mort pour me
[dégager

Le danger écarté je reprends mon train faut pas
Déjà la moitié, les trois quart sont morts   [s'énerver
Ça s'est clairsemé, on court plus lentement, on
[piétine, on est fatigué

Courir courir courir courir courir
Tenir tenir tenir tenir tenir tenir
Ceux qui ont la rage de vivre il n'y a que ceux-là qui
[tiennent

Maint'nant on ne se bat plus ce n'est pas la peine
Les mecs tombent un à un, morts avant de toucher
Exténués, épuisés, vidés, rincés ras le bol   [le sol
C'est bon d'se laisser choir, dormir comme le noyé
Mais ceux qui s'laissent tomber c'est pour l'éternité.

Soudain je l'aperçois il est devant mes yeux
Il est là devant moi ce Palais merveilleux
J'arrive ma toute belle, encore un p'tit effort
Et je plonge dans la vie en sortant de la mort

Mais non je n'suis pas seul deux mecs m'ont
                                    [précédé
Tell'ment épuisés qu'ils ne trouvent pas l'entrée
Je leur tombe dessus je les écrase, les bouscule
Je leur piétine la gueule et j'entre dans l'ovule

Que c'est beau que c'est beau j'entre dans un
Elle est là cette garce de vie   [paradis
Pendant neuf mois entre elle et moi
Ce s'ra l'Éden, le Nirvana
J'suis l'vainqueur des trois millions
Je sors du néant j'ai un nom
C'est merveilleux l'existence
Ça commence par des vacances
Que c'est beau que c'est beau
Je vais réjouir pendant neuf mois sans problème
Tranquille baignant dans l'huile
Sans amour et sans haine
Sans froidure, ni chaleur, surtout sans société
Parce que les autres vainqueurs, ceux qui sont déjà
                                    [dehors
Ils m'attendent pour se battre, voir qui sera l'plus
Bref, quand je sortirais y'aura plus d'vacances   [fort
Pendant 70 ans la bagarre recommence
C'est la Vie C'est la Vie C'est la vie
C'est la Vie...

Petula Clark
[1932]

Elle n'est pas la première qui ait traversé la Manche pour venir faire carrière en France. Son accent est un atout de plus pour séduire le public.

Jolie, pleine de charme et de talent, elle a très vite été entourée d'auteurs et de compositeurs haut de gamme. Qui plus est, elle a épousé un des meilleurs managers de Paris.

La gadoue

Paroles et Musique de Serge Gainsbourg

Du mois de septembre au mois d'août
Faudrait des bottes de caoutchouc
Pour patauger dans la gadoue la gadoue la gadoue
           [ou la gadoue la gadoue
Une à une les gouttes d'eau
Me dégoulinent dans le dos
Nous pataugeons dans la gadoue la gadoue la
           [gadoue ou la gadoue la gadoue
Vivons un peu sous l'ciel bleu gris
D'amour et d'eau de pluie
Mettons en marche
Les essuies-glace
Et rentrons à Paris
Ça nous chang'ra pas d'ici
Nous garderons nos parapluies
Nous retrouverons la gadoue la gadoue la gadoue
           [ou la gadoue la gadoue
Il fait un temps abominable
Heureus'ment t'as ton imperméable
Mais ça n'empêch' pas la gadoue la gadoue la
           [gadoue ou la gadoue la gadoue
Il fallait venir jusqu'ici
Pour jouer les amoureux transis
Et patauger dans la gadoue la gadoue la gadoue ou
           [la gadoue la gadoue

Vivons un peu sous l'ciel gris bleu
D'amour et d'eau de pluie
Mettons en marche les essuies-glace
Et rentrons à Paris
L'année prochaine nous irons
Dans un pays où il fait bon
Et nous oublierons la gadoue la gadoue la gadoue
ou la gadoue la gadoue ou la gadoue la gadoue.

Dalida
[1933-1987]

... elle venait d'avoir 54 ans.

Les enfants du Pirée

Adaptation française de Jacques Larue
Paroles originales et Musique de Manos Hadjidakis

Noyés de bleu sous le ciel grec
Un bateau, deux bateaux, trois bateaux
S'en vont chantant
Griffant le ciel à coups de bec
Un oiseau, deux oiseaux, trois oiseaux
Font du beau temps
Dans les ruelles d'un coup sec
Un volet, deux volets, trois volets
Claquent au vent,
Et faisant une ronde avec
Un enfant, deux enfants, trois enfants
Dansent gaiement.

Mon Dieu que j'aime,
Ce port du bout du monde
Que le soleil inonde
De ses reflets dorés
Mon Dieu que j'aime,
Sous les bonnets orange
Tous les visages d'anges
Des enfants du Pirée.

Je rêve aussi d'avoir un jour,
Un enfant, deux enfants, trois enfants
Jouant comme eux
Le long du quai flânent toujours
Un marin, deux marins, trois marins aventureux
De notre amour on se fera
Un amour, dix amours, mille amours
Noyés de bleus
Et nos enfants feront des gars
Que les filles
À leur tour rendront heureux.
Mon Dieu que j'aime,
Le pont du bout du monde
Que le soleil inonde
De ses reflets dorés
Mon Dieu que j'aime,

Sous les bonnets orange
Tous les visages d'anges
Des enfants du Pirée.

Il venait d'avoir dix-huit ans...

Paroles de Pascal Sevran et Serge Lebrail
Musique de Pascal Auriat

Il venait d'avoir dix-huit ans
Il était beau comme un enfant
Fort comme un homme
C'était l'été évidemment
Et j'ai compté en le voyant
Mes nuits d'automne
J'ai mis de l'ordre à mes cheveux
Un peu plus de noir sur mes yeux
Ça l'a fait rire
Quand il s'est approché de moi
J'aurais donné n'importe quoi
Pour le séduire

Il venait d'avoir dix-huit ans
C'était le plus bel argument
De sa victoire
Il ne m'a pas parlé d'amour
Il pensait que les mots d'amour
Sont dérisoires
Il m'a dit : « J'ai envie de toi »
Il avait vu au cinéma
Le blé en herbe
Au creux d'un lit improvisé
J'ai découvert émerveillée
Un ciel superbe

Il venait d'avoir dix-huit ans
Ça le rendait presque insolent
De certitude
Et pendant qu'il se rhabillait

Déjà vaincue je retrouvais
Ma solitude
J'aurai voulu le retenir
Pourtant je l'ai laissé partir
Sans faire un geste
Il m'a dit : « C'était pas si mal ! »
Avec la candeur infernale
De sa jeunesse

J'ai mis de l'ordre à mes cheveux
Un peu plus de noir sur mes yeux
Par habitude
J'avais oublié simplement
Que j'avais deux fois dix-huit ans !

Bambino (Guaglione)

Paroles originales de Nisa
Paroles françaises de Jacques Larue
Musique de Fanciulli
Adaptation française de Jacques Larue

Bambino, Bambino ne pleure pas, Bambino
Les yeux battus la mine triste
Et les joues blêmes
Tu ne dors plus
Tu n'es plus que l'ombre de toi-même
Seul dans la rue tu rôdes comme une âme en peine
Et tous les soirs sous sa fenêtre
On peut te voir ·
Je sais bien que tu l'adores
Et qu'elle a de jolies yeux
Mais tu es trop jeune encore
Pour jouer les amoureux
Et gratte, gratte sur ta mandoline
Mon petit Bambino
Ta musique est plus jolie
Que tout le ciel de l'Italie
Et canta, canta de ta voix câline

Mon petit Bambino
Tu peux chanter tant que tu veux
Elle ne te prend pas au sérieux
Avec tes cheveux si blonds
Tu as l'air d'un chérubin
Va plutôt jouer au ballon
Comme font tous les gamins
Tu peux fumer comme un Monsieur des cigarettes
Te déhancher sur le trottoir quand tu la guettes
Tu peux pencher sur ton oreille, ta casquette
Ce n'est pas ça, qui dans son cœur, te vieillira
L'amour et la jalousie ne sont pas des jeux d'enfant
Et tu as toute la vie pour souffrir comme les grands
Et gratte, gratte sur ta mandoline mon petit
Ta musique est plus jolie   [Bambino
Que tout le ciel de l'Italie
Et canta, canta de ta voix câline
Mon petit Bambino
Tu peux chanter tant que tu veux
Elle ne te prend pas au sérieux

Si tu as trop de tourments
Ne les garde pas pour toi
Va le dire à ta maman
Les mamans c'est fait pour ça
Et là, blotti dans l'ombre douce de ses bras
Pleure un bon coup et ton chagrin s'envolera

Sacha Distel
[1933]

Séducteur, chanteur de charme. Animateur avisé de télévision. Guitariste exceptionnel, compositeur à ses heures, il triomphe jusqu'en Angleterre.

Scoubidous « pommes et poires »

Paroles de Maurice Tézé
Musique de Sacha Distel

1
La rencontrant chez des amis
Je lui dis Mad'moiselle
Que faites-vous donc dans la vie
Eh bien me répondit-elle
Je vends des pommes des poires
Et des scoubidous bidous ah
Pommes
Poires
Et des scoubidous bidous ah
Et des scoubidous

2
On a dansé toute la nuit
Puis au jour on est parti
Chez moi discuter de l'amour
De l'amour et des fruits
Comm' ell' se trouvait bien chez moi
Aussitôt ell' s'installa
Et le soir en guise de dîner
Ell' me faisait manger
Des pommes des poires
Et des scoubidous bidous ah
Pommes
Poires
Et des scoubidous bidous ah
Et des scoubidous

3

Ça n'pouvait pas durer longtemps
Car les fruits c'est comm' l'amour
Faut en user modérément
Sinon ça joue des tours
Quand je lui ai dit faut s'quitter
Aussitôt ell' s'écria
Mon pauvre ami des types comm' toi
On en trouv' par milliers
Des pommes des poires
Et des scoubidous bidous ah
Pommes
Poires
Et des scoubidous bidous ah
Et des coubidous bidou

4

La leçon que j'en ai tirée
Est facile à deviner
Célibataire vaut mieux rester
Plutôt que de croquer
Des pommes des poires

Ma première guitare

Paroles de Jean Broussole
Musique de Sacha Distel

J'avais quinze ans,
C'était le temps
De ma première guitare,
Et tout ce temps
Revient souvent
Du fond de ma mémoire.
Ces quinze ans-là,
C'était Django
Qui les mettait en fête.
En ce temps-là
C'était Django
Qu'on avait dans la tête.

Dans sa musique, il y avait comme une odeur de
Il y avait un je-ne-sais-quoi,   [feu de bois,
Moitié Harlem,
Moitié bohème.
Et sur tout ça passaient, joyeux, de merveilleux
Pareils à ceux   [nuages,
Qu'ont dans les yeux
Tous les gens du voyage.

Depuis ce temps,
J'ai eu le temps
De changer de guitare,
Et le gitan
De mes quinze ans
Est là dans ma mémoire.
Et, bien des fois,
C'est malgré moi,
Il me vient quelques notes
Comme un refrain
Venu soudain
Du fond d'une roulotte.
Alors sous mes doigts monte l'odeur du feu de bois,
J'entends comme un je-ne-sais-quoi
Moitié bohème
Moitié Harlem.
Et sur mon cœur passent, joyeux, ces merveilleux
Pareils à ceux   [nuages
Qu'ont dans les yeux
Les enfants du voyage.

La belle vie

Paroles de Jean Broussole
Musique de Sacha Distel

Ô la belle vie
Sans amour
Sans soucis
Sans problème.
Hum la belle vie
On est seul
On est libre
Et l'on s'aime.
On s'amuse à passer avec tous ses copains
Des nuits blanches
Qui se penchent
Sur les petits matins.
Mais la belle vie
Sans amour
Sans soucis
Sans problème.

Oui la belle vie
On s'enlace
On est triste
Et l'on traîne.
Alors pense que moi je t'aime
Et quand tu auras compris
Réveille-toi.
Je serai là
Pour toi.

La vie est encore plus belle quand la chanson que l'on a composée a autant de succès en France qu'en Amérique puisqu'elle a été interprétée par Tony Bennett, Frank Sinatra, Sarah Vaughan et Dionne Warwick.

Monsieur Cannibal

Paroles de Maurice Tézé
Musique de Gérard Gustin

1
En le voyant sortir de son camion
Chasser les papillons d'Afrique
Les cannibales en le traitant d'espion
L'arrêtèrent sans façon de suite
Il essaya de leur parler anglais
Espagnol portugais chinois
Mais en voyant leurs mâchoir's qui s'ouvraient
Il se mit à hurler d'effroi

Refrain
Monsieur Cannibal
Je n'veux pas mourir
Monsieur Cannibal
Laissez-moi partir

2
Il leur montra son briquet son stylo
Sa montre et les photos d'sa femme
Il leur chanta un grand air de Guounod
Des chansons d'Adamo que dale
Il leur fit voir des journaux de Paris
Personn' ne réagit non plus
Désespéré il sortit des revues
Remplies de fill's tout's nues et dit

[Au refrain]

3
Quand le grand chef aperçut ces revues
Qu'il vit ces fill's tout's nues il rit
Mais dans sa têt une idée saugrenue
Une idée farfelue surgit
Dans un coin où était son harem
Il entraîna lui-même le gars

Qui en voyant les femm's se ruer sur lui
Avec tant d'appétit hurla

[Au refrain]

    4
Pendant huit jours il resta enfermé
Et dut se partager en 20
Et comm' d'jà il était pas bien gros
Il perdit 20 kilos au moins
Quand arriva l'instant où le grand chef
Lui fit comprendr' par geste allez
Prends ton camion et retourne chez toi
Le pauvre homm' s'écria Jamais

Refrain
Monsieur Cannibal
Je n'veux pas partir
Monsieur Cannibal
J'aime mieux mourir

Brigitte Bardot
[1934]

Coquillages et crustacés... resteront à tout jamais gravés sur la plus jolie plage de son disque.

Et qui, à ses débuts, croyait qu'elle pouvait chanter ? Et qui plus est du « Gainsbourg » ?

La madrague

Paroles de Jean Max Rivière
Musique de Gérard Bourgeois

Sur la plage abandonnée
Coquillages et crustacés
Qui l'eût cru déplorent la perte de l'été
Qui depuis s'en est allé

On a rangé les vacances
Dans des valises en carton

Et c'est triste quand on pense
À la saison du soleil et des chansons

Pourtant je sais bien l'année prochaine
Tout refleurira nous reviendrons
Mais en attendant je suis en peine
De quitter la mer et ma maison

Le Mistral va s'habituer
À courir sans les voiliers
Et c'est dans ma chevelure ébouriffée
Qu'il va le plus me manquer

Le soleil, mon vieux copain
Ne me brûl'ra que de loin
Croyant que nous sommes ensemble un peu fâchés
D'être tous deux séparés

Le train m'emmènera vers l'automne
Retrouver la ville sous la pluie
Mon chagrin ne sera pour personne
Je le garderai comme un ami

Mais aux premiers jours d'été
Tous les ennuis oubliés
Nous reviendrons faire la fête aux crustacés
De la plage ensoleillée...

Harley Davidson

Paroles et Musique de Serge Gainsbourg

Je n'ai besoin de personn'
En Harley Davidson
Je n'reconnais plus personn'
En Harley Davidson
J'appuie sur le starter
Et voici que je quitte la terre

J'irai p't'-être au Paradis
Mais dans un train d'enfer

Je n'ai besoin de personn'
En Harley Davidson
Je n'reconnais plus personn'
En Harley Davidson
Et si je meurs demain
C'est que tel était mon destin
Je tiens bien moins à la vie
Qu'à mon terrible engin

Je n'ai besoin de personn'
En Harley Davidson
Je n'reconnais plus personn'
En Harley Davidson
Quand je sens en chemin
Les trépidations de ma machine
Il me monte des désirs
Dans le creux de mes reins

Je n'ai besoin de personn'
En Harley Davidson
Je n'reconnais plus personn'
En Harley Davidson
Je vais à plus de cent
Et je me sens à feu et à sang

Que m'importe de mourir
Les cheveux dans le vent

Georges Moustaki

[1934]

Ce n'est que sur ses vieux jours qu'il eut vraiment une gueule de métèque !

Il débuta en composant pour les autres et puis devint ensuite un interprète de grand talent, sensible, généreux qui voyagea beaucoup et contribua à bien servir la chanson francophone.

Le métèque

Paroles et Musique de Georges Moustaki

Avec ma gueule de métèqu',
De Juif errant, de pâtre grec
Et mes cheveux aux quatre vents,
Avec mes yeux tout délavés
Qui me donnent l'air de rêver,
Moi qui ne rêve plus souvent
Avec mes mains de maraudeur,
De musicien et de rôdeur
Qui ont pillé tant de jardins,
Avec ma bouche qui a bu,
Qui a embrassé et mordu
Sans jamais assouvir sa faim

Avec ma gueule de métèqu',
De Juif errant, de pâtre grec
De voleur et de vagabond,
Avec ma peau qui s'est frottée
Au soleil de tous les étés,
Et tout ce qui portait jupon
Avec mon cœur qui a su fair'
Souffrir autant qu'il a souffert
Sans pour cela faire d'histoires,
Avec mon âme qui n'a plus
La moindre chance de salut
Pour éviter le purgatoire

Avec ma gueule de métèqu',
De Juif errant, de pâtre grec
Et mes cheveux aux quatre vents,
Je viendrai ma douce captiv'
Mon âme sœur, ma source viv',
Je viendrai boire mes vingt ans
Et je serai prince du sang,
Rêveur ou bien adolescent
Comme il te plaira de choisir
Et nous ferons de chaque jour
Toute une éternité d'amour
Que nous vivrons à en mourir.

Coda
Et nous ferons de chaque jour
Toute une éternité d'amour
Que nous vivrons à en mourir.

Donne du rhum à ton homme

Paroles et Musique de Georges Moustaki

Refrain
Donne du rhum à ton homme
Du miel et du tabac
Donne du rhum à ton homme et tu verras comme
Il t'aimera.

Y'a des filles sur le port
Si belles et si gentilles
Tout sourire dehors
Sentant bon la vanille
Et ton homme n'est pas de bois
Il les regarde d'un œil tendre
Si tu veux le garder pour toi
Donne donne-lui sans attendre.

[Au refrain]

Il te donnera des bijoux
Des colliers qui scintillent
Qu'il ramène du Pérou
De Cuba des Antilles
Mais pour te donner de l'amour
Faut qu'il se repose du voyage
Avant de lui offrir à ton tour
Tous les trésors de ton corsage

[Au refrain]

Quelle nuit que cette nuit-là
On en parle dans la ville
Même on exagérera
Sa tendresse virile
Car pour l'heure il est fatigué
Il sombre dans la somnolence
Dès que tu l'auras réveillé
Si tu veux que ça recommence.

[Au refrain]

Quand il va repartir
Te laissant pauvre fille
Seule avec le souvenir
Et le collier de pacotille
Au moment de vous séparer
Pour des mois de longues semaines
Donne-lui bien sûr des baisers
Mais si tu veux qu'il te revienne
Mais si tu veux qu'il te revienne

[Au refrain]

Nino Ferrer
[1934-1998]

Il débute dans le loufoque, en pleine époque yéyé, mais il retrouve très vite ses véritables marques dans la poésie. Une brillante carrière qui hélas se termina tragiquement.

Le téléfon

Paroles et Musique de Nino Ferrer

Bernadette, elle est très chouette
Et sa cousine, elle est divine
Mais son cousin, il est malsain
Je dirais même que c'est un bon à rien

Noémie est très jolie
Moins que Zoé, mais plus que Nathalie
Anatole il est frivole
Monsieur Gaston s'occupe du téléfon

Gaston y'a l'téléfon qui son'
Et y'a jamais person' qui y répond
Gaston y'a l'téléfon qui son'
Et y'a jamais person' qui y répond

Marie-Louise, elle est exquise
Marie-Thérèse, elle est obèse
Marie-Berthe, elle est experte
Par l'entremise de sa tante Artémise

Édouard fume le cigare
Et Léonard porte une barbe noire
Léontine fait la cuisine
Monsieur Gaston s'occupe du téléfon

Gaston y'a l'téléfon qui son'
Et y'a jamais person' qui y répond
Gaston y'a l'téléfon qui son'
Et y'a jamais person' qui y répond

515

Gaston y'a l'téléfon qui son'
Et y'a jamais person'qui y répond
Non, non, non, non, non, non, non, non, non,
Gaston y'a l'téléfon qui son'
P't-être bien qu'c'est importont !

Mirza

Paroles et Musique de Nino Ferrer

Z'avez pas vu Mirza
Oh la la la la la
Z'avez pas vu Mirza
Oh la la la la la
Z'avez pas vu Mirza
Oh la la la la la

Où est donc passé ce chien
Je le cherche partout
Où est donc passé ce chien
Il va me rendre fou
Où est donc passé ce chien
Oh ça y'est je le vois !...
Veux-tu venir ici
Je n'le répét'rai pas
Veux-tu venir ici
Mmmmm, sale bête va !
Veux-tu venir ici
Oh il est reparti...

Où est donc passé ce chien
Je le cherche partout
Où est donc passé ce chien
Il va me rendre fou
Où est donc passé ce chien
Oh ça y'est je le vois !...
C'est bien la dernière fois
Que je te cherche comm' ça
Veux-tu venir ici

Je n'le répét'rai pas
Veux-tu venir ici
Oh ah oui te voilà !
Veux-tu venir ici
Oh et ne bouge pas
Veux-tu venir ici
Oh Yeah ! satané Mirza !...

La maison près de la fontaine

Paroles et Musique de Nino Ferrer

La maison près de la fontaine
Couverte de vign' vierge et de toil's d'araignée
Sentait la confiture et le désordre et l'obscurité
L'automne, l'enfance, l'éternité
Autour il y avait le silence
Les guêpes et les nids des oiseaux
On allait à la pêche aux écrevisses avec Monsieur
On se baignait tout nus, tout noirs   [l'curé
Avec les petit's filles et les canards.

La maison près des H.L.M.
A fait place à l'usine et au supermarché
Les arbres ont disparu, mais ça sent l'hydrogène
L'essence, la guerre, la société   [sulfuré

C' n'est pas si mal
Et c'est normal
C'est le progrès

Interprète : Nino Ferrer.

Le Sud

Paroles et Musique de Nino Ferrer

C'est un endroit qui ressemble à la Louisiane
À l'Italie
Il y a du linge étendu sur la terrasse
Et c'est joli

On dirait le Sud
Le temps dure longtemps
Et la vie sûrement
Plus d'un million d'années
Et toujours en été.

Il y a plein d'enfants qui se roulent sur la pelouse
Il y a plein de chiens
Il y a même un chat, une tortue, des poissons
Il ne manque rien   [rouges

On dirait le Sud
Le temps dure longtemps
Et la vie sûrement
Plus d'un million d'années
Et toujours en été.

Un jour ou l'autre il faudra qu'il y ait la guerre
On le sait bien
On n'aime pas ça, mais on ne sait pas quoi faire
On dit c'est le destin

Tant pis pour le Sud
C'était pourtant bien
On aurait pu vivre
Plus d'un million d'années
Et toujours en été.

Pierre Perret
[1934]

Bon vivant dans sa vie et ses chansons, il exprime une certaine France profonde... Même quand il est tendre et sérieux, son sourire nous enchante. Cette bonhomie s'accommode des registres les plus variés, qui touchent à la fois la poésie, l'humour, l'érotisme et la parodie.

Moi j'attends Adèle

Paroles de Pierre Perret
Musique de Pierre Perret et Remy Corraza

Moi j'attends Adèle pour la bagatelle
Elle sait qu' c'est pour ça qu'elle vient
Pas besoin d' lui faire un dessin
Comble de merveille pas besoin d'oseille
Et tous les samedis j'en ai l'exclusivité
Elle est pas farouche et si je veux sa bouche
Pas besoin de supplications, d'activer la combustion
Comble de tendresse mêlée d'allégresse
Je l'embrasse dans le cou je lui fais coucou

519

Moi j'attends Adèle pour la bagatelle
Je l'attends malgré la pluie
Car je me souviens qu'elle m'a dit
Je change à République c'est pas bien pratique
Je tâcherai d'être là au plus tard vers sept heures
                                          [moins le quart
Mais la pauvre Adèle n'a pas de cervelle
Je viendrai mon chou mon cœur ou bien je t'enverrai
Voilà de la frivole les dernières paroles   [ma sœur
Et je commence à douter de sa sincérité

Mais je suis tranquille elle est si fragile
Qu'à propos de n'importe quoi elle attrape un chaud
Ou bien la maligne s'est trompée de ligne   [et froid
Elle aura pris Levallois au lieu des Lilas
Moi j'attends Adèle ou sa sœur Angèle
Si l'une des deux ne vient pas
Je retournerai chez moi
Comme y'a ma cousine y aura peut-être sa copine
Et comme elle aime bien les durs je sais qu' c'est du
                                                   [sûr

Blanche

Paroles et Musique de Pierre Perret

Voici exactement voici messieurs mesdames
Comment l'amour creva mon horizon sans joie
Elle s'appelait Blanche et c'était une flamme
Mais oserais-je un jour chanter ce refrain-là
En entrant dans le lit je l'ai sentie nerveuse
Sur le drap de couleur sa chair devint rosée
Sa peau me criait viens et sa bouche fiévreuse
Murmurait pas encore refusant mes baisers

Refrain
Blanche oh ! ma Blanche
Sauvage au rouge cœur
La courbe de tes hanches
Je m'en souviens par cœur

Blanche était un volcan c'était plus qu'une flamme
Un brasier que nul homme n'avait pu allumer
Moi j'ignorais ses dons je ne sais rien des femmes
Et je n'ai su qu'après que j'étais le premier
Que ma plume aille droit s'il faut que je l'écrive
Tandis que ses seins ronds échappaient à mes
[mains
Que ses cuisses fuyaient comme deux truites vives
Moi fou déconcerté je n'y comprenais rien

Refrain
Blanche oh ! ma Blanche
Ton regard suppliant
D'animal pris au piège
Je le revois souvent

Je me suis fait pêcheur pour attraper ces truites
Je me suis fait sculpteur pour mouler ses seins
J'ai dû lutter des heures avec cette petite   [blancs
Furie qui aiguisait sur moi ses jeunes dents
J'ai chevauché ainsi ma plus belle pouliche
Alors que je traînais mon ennui dans Paris
Je cherche en vain depuis cette orchidée de riche
Qui dans ma pauvre chambre un beau soir a fleuri

Refrain
Blanche oh ! ma Blanche
Sauvage au rouge cœur
Le piment de tes lèvres
Est resté en mon cœur

Les jolies colonies de vacances

Paroles et Musique de Pierre Perret

Refrain
Les jolies colonies de vacances
Merci maman merci papa

Tous les ans je voudrais qu'ça r'commence
You Kaïdi aï-di aï-da

Je vous écris une petite bafouille
Pour pas que vous vous fassiez de mouron
Ici on est aux petits oignons
J'ai que huit ans mais je me débrouille
Je tousse un peu à cause qu'on avale
La fumée de l'usine d'à côté
Mais c'est en face qu'on va jouer
Dans la décharge municipale

[Au refrain]

Pour becqueter on nous met à l'aise
C'est vraiment comme à la maison
Les faillots c'est du vrai béton
J'ai l'estomac comme une falaise
Le matin on va faire les poubelles
Les surveillants sont pas méchants
Y ronflent les trois quarts du temps
Vu qu'ils sont ronds comme des queues de pelle

[Au refrain]

Hier j'ai glissé de sur une chaise
En faisant pipi dans le lavabo
J'ai le menton en guidon de vélo
Et trois canines au Père-Lachaise
Les punitions sont plutôt dures
Le pion il a pas son pareil
Y nous attache en plein soleil
Tout nus barbouillés de confiture

[Au refrain]

Pour se baigner c'est le coin tranquille
On est les seuls, personne y va
On va se tremper dans un p'tit bras
Où sortent les égouts de la ville
Paraît qu'on a tous le typhus-se
On a l'pétrus tout boutonneux
Et le soir avant d's'mettre au pieu

On compte à çui qui en aura le plus-se

[Au refrain]

Je vous envoie mes chers père et mère
Mes baisers les plus distingués
Je vous quitte là je vais voir ma fiancée
Une vieille qui a au moins ses dix berges
Les p'tits on a vraiment pas de chance
On nous fait jamais voyager
Mais les grandes filles vont à Tanger
Dans d'autres colonies de vacances

[Au refrain]

Lily

Paroles et Musique de Pierre Perret

On la trouvait plutôt jolie Lily
Elle arrivait des Somalies Lily
Dans un bateau plein d'émigrés
Qui venaient tous de leur plein gré
Vider les poubelles à Paris
Elle croyait qu'on était égaux Lily
Au pays de Voltaire et d'Hugo Lily
Mais pour Debussy en revanche
Il faut deux noires pour une blanche
Ça fait un sacré distinguo
Elle aimait tant la liberté Lily
Elle rêvait de fraternité Lily
Un hôtelier rue Secrétan
Lui a précisé en arrivant
Qu'on ne recevait que des Blancs

Elle a déchargé des cageots Lily
Elle s'est tapée les sales boulots Lily
Elle crie pour vendre des choux-fleurs

Dans la rue ses frères de couleur
L'accompagnent au marteau-piqueur
Et quand on l'appelait Blanche-Neige Lily
Elle se laissait plus prendre au piège Lily
Elle trouvait ça très amusant
Même s'il fallait serrer les dents
Ils auraient été trop contents
Elle aima un beau blond frisé Lily
Qui était tout prêt à l'épouser Lily
Mais la belle-famille lui dit nous
Ne sommes pas racistes pour deux sous
Mais on veut pas de ça chez nous

Elle a essayé l'Amérique Lily
Ce grand pays démocratique Lily
Elle aurait pas cru sans le voir
Que la couleur du désespoir
Là-bas aussi ce fût le noir
Mais dans un meeting à Memphis Lily
Elle a vu Angela Davis Lily
Qui lui dit viens ma petite sœur
En s'unissant on a moins peur
Des loups qui guettent le trappeur
Et c'est pour conjurer sa peur Lily
Qu'elle lève aussi un poing rageur Lily
Au milieu de tous ces gugus
Qui foutent le feu aux autobus
Interdits aux gens de couleur

Mais dans ton combat quotidien Lily
Tu connaîtras un type bien Lily
Et l'enfant qui naîtra un jour
Aura la couleur de l'amour
Contre laquelle on ne peut rien
On la trouvait plutôt jolie Lily
Elle arrivait des Somalies Lily
Dans un bateau plein d'émigrés
Qui venaient tous de leur plein gré
Vider les poubelles à Paris

Le Tord-Boyaux

Paroles de Pierre Perret
Musique de Pierre Perret et François Charpin

Il s'agit d'un boui-boui bien crado
Où les mecs par-dessus le calendo
Se rincent la cloison au Kroutchev maison
Un Bercy pas piqué des hannetons
De temps en temps y a un vieux pue-la-sueur
Qui s'offre un vieux jambon au vieux beurre
Et puis une nana une jolie drôlesse
Qui lui vante son magasin à fesses

Refrain
Au Tord-Boyaux
Le patron s'appelle Bruno
Il a de la graisse plein les tifs
De gros points noirs sur le pif

Quand Bruno fait le menu et le sert
T'as les premières douleurs au dessert
L'estomac à genoux qui demande pardon
Les boyaux qui tricotent des napperons
Les rotules de grand-mère c'est du beurre
À côté du bifteack pomme-vapeur
Si avant d'entrer y te reste une molaire
Un conseil tu la laisses au vestiaire

Refrain
Au Tord-Boyaux
Le patron s'appelle Bruno
Sa femme est morte y a trois mois
D'un ulcère à l'estomac

Dans le quartier même le mois le plus doux
Tu ne risques pas d'entendre miaou
Des greffiers mignons y en a plus bésef
Ils sont tous devenus terrine du chef
Je me souviendrai longtemps d'un gazier
Qui voulait à tout prix du gibier
Il chuta avant de sucer les os
Les moustaches en croix sur le carreau

Refrain
Au Tord-Boyaux
Le patron s'appelle Bruno
Il envoie des postillons
Ça fait des yeux dans le bouillon

Sois prudent, prends bien garde au fromage
Son camembert a eu le retour d'âge
Avant de l'approcher je te jure que t'hésites
Ou alors c'est que t'as de la sinusite
Comme Bruno a un gros panaris
Le médecin a prescrit le bain-marie
Mais subrepticement en t'amenant l'assiette
Il le glisse au chaud dans la blanquette

Refrain
Au Tord-Boyaux
Le patron s'appelle Bruno
Rien qu'à humer le mironton
T'as la gueule pleine de boutons

Il s'agit d'un boui-boui bien crado
Où les mecs par-dessus le calendo
Se rincent la cloison au Kroutchev maison
Un Bercy pas piqué des hannetons
Cet endroit est tellement sympathique
Qu'y a déjà le Tout-Paris qui rapplique
Un petit peu déçu de pas être invité
Ni filmé par les actualités

Refrain
Au Tord-Boyaux
Le patron s'appelle Bruno
Allez vite le voir avant
Qu'il s'achète la Tour d'Argent

Le zizi

Paroles et Musique de Pierre Perret

Afin de nous ôter nos complexes ogué ogué
On nous donne des cours sur le sexe ogué ogué
On apprend la vie secrète
Des angoissés d'la bébête
Ou de ceux qui trouvent dégourdi
De montrer leur bigoudi
Une institutrice très sympathique
Nous en explique toute la mécanique
Elle dit nous allons planter le décor ogué ogué
De l'appareil masculin d'abord ogué ogué
Elle s'approche du tableau noir
On va p'-têt' enfin savoir
Quel est ce monstre sacré qui a donc tant de
Et sans hésiter elle nous dessine   [pouvoir
Le p'tit chose et les deux orphelines

Refrain
Tout tout tout
Vous saurez tout sur le zizi
Le vrai le faux
Le laid le beau
Le dur le mou
Qui a un grand cou
Le gros touffu
Le p'tit joufflu
Le grand ridé
Le mont pelé
Tout tout tout tout
Je vous dirai tout sur le zizi

Des zizis y en a de toutes les couleurs ogué ogué
Des boulangers jusqu'aux ramoneurs ogué ogué
J'en ai vu des impulsifs
Qui grimpaient dans les calcifs
J'en ai vu de moins voraces
Tomber dans les godasses
Çui d'un mécanicien en détresse
Qui a jamais pu réunir ses pièces
Y'a le zizi tout propre du blanchisseur ogué ogué

Celui qui amidonne la main de ma sœur ogué ogué
J'ai vu le zizi d'un curé
Avec son p'tit chapeau violet
Qui juste en pleine ascension
Fait la génuflexion
Un lever de zizi au crépuscule
Et celui du pape qui fait des bulles

[Au refrain]

Le zizi musclé chez le routier ogué ogué
Se reconnaît à son gros col roulé ogué ogué
J'ai vu le zizi affolant
D'un trapéziste ambulant
Qui apprenait la barre fixe à ses petits-enfants
L'alpiniste et son beau pic à glace
Magnifique au-dessus des Grandes Jorasses
J'ai vu le grand zizi d'un p'tit bedeau ogué ogué
Qui sonne l'angélus les mains dans le dos ogué
Celui d'un marin breton   [ogué
Qui avait perdu ses pompons
Et celui d'un juif cossu
Qui mesurait le tissu
Celui d'un infirmier d'ambulance
Qui clignotait dans les cas d'urgence

[Au refrain]

J'ai vu le p'tit zizi des aristos ogué ogué
Qui est toujours au bord de l'embargo ogué ogué
J'ai roulé de la pâtisserie
Avec celui de mon mari
Avec celui d'un Chinois
J'ai même cassé des noix
Avec un zizi aux mœurs incertaines
J'ai même fait des ris de veau à l'ancienne

[Au refrain]

Mon p'tit loup

Paroles et Musique de Pierre Perret

Refrain
T'en fais pas mon p'tit loup
C'est la vie ne pleure pas
Tu oublieras mon p'tit loup
Ne pleure pas

Je t'emmènerai sécher tes larmes
Au vent des quatre points cardinaux
Respirer la violette à Parme
Et les épices à Colombo
On verra le fleuve Amazone
Et la Vallée des orchidées
Et les enfants qui se savonnent
Le ventre avec des fleurs coupées

[Au refrain)

Allons voir la terre d'Abraham
C'est encore plus beau qu'on le dit
Y'a des Van Gogh à Amsterdam
Qui ressemblent à des incendies
On goûtera les harengs crus
Et on boira du vin de Moselle
Je te raconterai le succès que j'ai eu
Un jour en jouant Sganarelle

[Au refrain]

Je t'emmènerai voir Liverpool
Et ses guirlandes de haddock
Et des pays où y'a des poules
Qui chantent aussi haut que les coqs
Tous les livres les plus beaux
De Colette et de Marcel Aymé
Ceux de Rabelais ou de Léautaud
Je suis sûr que tu vas les aimer

[Au refrain]

Je t'apprendrai à la Jamaïque
La pêche de nuit au lamparo
Je t'emmènerai faire un pique-nique
En haut du Kilimandjaro
Et tu grimperas sur mon dos
Pour voir le plafond de la Sixtine
On sera fascinés au Prado
Par les Goya ou les Ménines

[Au refrain]

Connais-tu en quadriphonie
Le dernier tube de Mahler
Et les planteurs de Virginie
Qui ne savent pas qu'y a un hiver
On en a des choses à voir
Jusqu'à la Louisiane en fête
Où y'a des types qui ont tous les soirs
Du désespoir plein la trompette

Refrain
T'en fais pas mon p'tit loup
C'est la vie ne pleure pas
Oublie-les les p'tits cons qui t'ont fait ça
T'en fais pas mon p'tit loup
C'est la vie ne pleure pas
Je t'en supplie mon p'tit loup
Ne pleure pas

Anne Sylvestre
(1934)

À ses débuts on l'avait surnommée « La Georges Brassens en jupons ». Dans les années 70, elle compose des chansons pour les enfants. Puis elle amplifie son répertoire et touche alors un plus large public.

Madame ma voisine

Paroles et Musique d'Anne Sylvestre

Madame ma voisine,
votre fille ne vaut rien.
Les langues vipérines
vous le répètent bien.
Et dans votre cuisine
vous vous tordez les mains :
votre sage gamine
suit les mauvais chemins.

Je les ai vus passer
hier soir dans la ruelle.
Je l'ai trouvée bien belle
et lui bien empressé.
Moi les sachant en fuite,
voyant leur désarroi,
j'ai dit : « Entrez chez moi.
Fermez la porte vite. »

Madame ma voisine,
votre fille n'est pas loin.
J'ai sa chemise fine
à réparer un brin.
Et là dans ma cuisine
ils se tiennent les mains.
Je trouve votre gamine
bien belle ce matin.

Je leur ai préparé
mes draps de belle toile
et puis sous les étoiles
m'en suis allée rêver.
Je vous ai vue inquiète
fouiller tous les buissons.
La fille, le garçon
se menaient grande fête.

Madame ma voisine,
votre fille est si bien.
Douce fleur d'églantine,
au plus beau des jardins,
la voici donc cousine
des fées qui le matin
mirent leur belle mine
dans les yeux d'un lutin.

Quand ils auront fini
tout leur content de rêve,
les journées sont trop brèves
pour revivre les nuits.
Votre fille viendra
vous dire que les fougères
lui ont griffé les bras
et froissé les paupières.

Madame ma voisine,
un d' ces quatre demains,
là dans votre cuisine
vous vous tordrez les mains.
Déjà je leur destine
mon linge le plus fin.
Moi, quand j'étais gamine,
j'n'ai pas eu de voisins.

Éléonore

Paroles et Musique d'Anne Sylvestre

Je vous ai vus courir les filles,
quand le printemps poussait en vous
revenir le cœur en guenilles
d'avoir cueilli la fleur de houx
Je vous ai vus les beaux dimanches
pavoiser dessous les lampions,
mais qui vous retint par la manche
quand vous baissâtes pavillon.

Oui c'est moi, c'est Éléonore,
Éléonore,
'vec un cœur qu'est si vaste encore,
Éléonore.

Je vous ai vus dans les venelles
courir à quelque rendez-vous
connaissant bien la ritournelle
que chanterait chacun de vous
Mais quand la belle était volage
et vous laissait sur votre faim,
qui vous servit de pâturage
et vous offrit ses douces mains ?

Je vous ai vus pleurer, messires,
tête posée sur mes genoux.
J'ai ranimé votre sourire
avec cette confiance en vous,
et le dimanche et la semaine
vous étiez mon calendrier.
Je vous aimais, j'étais sereine,
porte ouverte, et vous le saviez.

Je vous ai vus l'un après l'autre
déguisés en jolis mariés,
mais je suis pourtant restée votre,
seule manière d'oublier.
Lors je vis à l'écart, en butte
à mille et une méchancetés.
Vos épouses me persécutent

et vous... vous me tyrannisez.

Moi, je reste Éléonore,
Éléonore,
et mon cœur est plus vaste encore,
Éléonore.

Alain Barrière
[1935]

Un Breton au charme fou qui fait des folies. Alors, il y a quelque chose de gâché quand on chante « Ma-a-a vie »... et que l'on s'arrête si vite en chemin.

Ma vie

Paroles et Musique d'Alain Barrière

Ma vie
J'en ai vu des amants
Ma vie
L'amour ça fout le camp
Je sais
On dit que ça revient
Ma vie
Mais c'est long le chemin.

Ma vie
J'en ai lu des toujours
Ma vie
J'en ai vu des beaux jours
Je sais
Et j'y reviens toujours
Ma vie
Je crois trop en l'amour.

Ma vie
J'en ai vu des amants
Ma vie
L'amour ça fout le camp
Je sais
On dit que ça revient
Ma vie

Mais c'est long le chemin
Ma vie
Qu'il est long le chemin !

Rien qu'un homme

Paroles et Musique d'Alain Barrière

Je ne suis qu'un homme, rien qu'un homme
Qui traîne sa vie aux quatre vents
Qui rêve d'été et de printemps
Lorsque vient l'automne et les tourments
Mais c'est monotone, monotone
De me supporter depuis si longtemps
Et la même gueule et le même sang
Coulant dans mes veines d'un même courant
Je ne suis qu'un homme, rien qu'un homme
J'ai perdu mon cœur depuis longtemps
Et qu'on me pardonne, me pardonne
Si je ne sais plus que faire semblant
Je ne suis qu'un homme, rien qu'un homme
J'ai brûlé mes ailes aux soleils brûlants
J'ai fermé ma porte, oui qu'importe
Pour cause de rêve ou de testament
Si je me rappelle, me rappelle
Que la vie fut belle de temps en temps
Je ne saurai taire pour bien longtemps
Ce que me coûtèrent ces beaux moments
Mais y'a rien à faire, rien à faire
Car je sais trop bien qu'au premier tournant
Au premier sourire, au premier bon vent
Je retomberai dans le guet-apens
Je ne suis qu'un homme, rien qu'un homme
Et j'aime la vie si je m'en défends
Elle le sait bien cette poltronne
Qui donne toujours et toujours reprend
Et qu'on me pardonne, me pardonne
Si je n'y crois plus que de temps en temps
Je sais que personne, non personne
N'a jamais su dire le chemin des vents
Je ne suis qu'un homme, rien qu'un homme
Et je vais ma vie au gré des vents
Je crie, je tempête et je tonne
Puis je m'extasie au premier printemps
Je ne suis qu'un homme, rien qu'un homme
Entre goût de vivre et goût du néant
Entre Dieu et Diable, il faut voir comme

Je plie, je succombe et je me repens
Je ne suis qu'un homme, rien qu'un homme
Et je vais ma vie au gré des vents
Et qu'on me pardonne, me pardonne
Si je n'y crois plus que de temps en temps.

Mort Shuman
[1936-1991]

Il a composé à 17 ans les premières chansons d'Elvis Presley. Il a lancé celles de Brel aux États-Unis et terminé sa carrière en France comme compositeur interprète. Il fumait des Gitanes et adorait les vins français.

Imagine

Paroles de E.L. Moro
Musique de Mort Shuman

Ne bouge plus
Reste comme ça
Couvre d'un drap
Ta jambe nue

Ne souris pas
Ce n'est pas drôle
Je ne vois pas
Mes mains te frôlent

Baisse les yeux
Que je voie mieux
Tes longs cils noirs
Ton doux regard

Imagine imagine un peu
Que nous ne sommes que tous les deux
Imagine imagine seulement
Que l'espace n'est pas le temps

Regarde-moi
Étends ton bras
Baisse le store
Je vois dehors

Ne pleure pas
Ça n'sert à rien

On est si bien
Reste comme ça

C'est merveilleux
Ouvre les yeux
Que tu es belle
Toute cruelle

Imagine, imagine un jour
Où il faudra faire un détour
Imagine, imagine un peu
Que c'est un moment merveilleux

Tes cheveux longs
Éparpillés
Sur l'édredon
Sont tout mouillés

Ta main se pose
Ton front se plie
Je me repose
Sur ton ennui

L'ennui est beau
Quand tu souris
Il fait trop chaud
Ouvre la vie

Imagine, imagine l'instant
Où nous n'aurons plus un moment
Imagine, imagine maintenant
Fais moins de bruit, on nous entend.

Ma ville

Paroles de Claude Lemesle
Musique de Mort Shuman

Depuis le temps qu'on se connaît
Ma ville
Ma prison, mon rempart

Depuis le jour, où, émigré
Tu m'as pris dans tes murs fragiles
Moins je suis étranger
Et moins je pars...

Depuis le temps que j'en connais,
Des villes
Chapelet de cités...
Tant de bateaux m'ont emporté
Dans des traversées inutiles
Tu es mon dernier port
Avant la mort...

Ma ville
je t'aime
Ma ville
Et même
Si tu te donn's à tout l'monde
Chacun est pourtant
Ton seul amant...
Ma ville
Je t'aime
Ma ville
Poème
De pavés, de boue et d'ombre
Mon palais dont le Prince est passant

Rue de la Grande-Truand'rie
Rue de la Platrière
Rue Montorgueuil, rue St-Denis
Et rue des Lavandières
Vous êtes comme les prénoms de mon village
Aux cent églises
Grises,
Rue Quiquetonne, rue Pavée, rue Marie-Égyptienne
Rue de la Parcheminerie, rue du Four, rue de Seine
Vous m'avez vu tout titubant
Tomber dans vos eaux sales
Pour regarder en m'endormant
Dans les yeux les étoiles

Mais la vie, la vie toujours
M'a réveillé

La gorge sèche et l'œil lourd
Dans les premiers cris du matin
Émerveillé
Un verr' de vin
Le rir' d'une fille
Et le roi voudrait bien
Mes guenilles
Dans tes ruelles comme dans mes veines
Le soleil à nouveau se promène

Viens fair' l'amour encore un' fois
Ma ville
Dans les rayons naissants
J'aurai tell'ment d'enfants de toi
Que plus tard, dans le cœur des filles
Je serai vivant
À narguer le temps

Ma ville
Je t'aime
Ma ville
Je t'aime
Ma ville

Nana Mouskouri
[1936]

*Que voit-elle derrière ses lunettes ? Un public toujours ravi...
Et qui plus est, un public international. Nana peut tout chanter,
n'importe où, n'importe quand, avec sa voix toujours aussi
pure, avec le charme et la sensibilité d'une interprète à l'aise
dans tous les registres.*

Plaisir d'amour

Poème de Florian
Romance de Martini

Plaisir d'amour ne dure qu'un moment,
Chagrin d'amour dure toute la vie,
J'ai tout quitté pour l'ingrate Sylvie,
Elle me quitte et prend un autre amant.
Plaisir d'amour ne dure qu'un moment,
Chagrin d'amour dure toute la vie.

Tant que cette eau coulera doucement,
Vers ce ruisseau qui borde la prairie,
Je t'aimerai me répétait Sylvie
L'eau coule encore, elle a changé pourtant.
Plaisir d'amour ne dure qu'un moment,
Chagrin d'amour dure toute la vie.

Chanson interprétée, entre autres, par Nana Mouskouri.

Roses blanches de Corfou

Paroles originales de H. Bradtke
Adaptation française de Franck Gerald
Musique de Manos Hadjidakis

Pourquoi faut-il que le bateau s'en aille
Quand le soleil se lève encore dans le ciel bleu
Quand nous vivons le temps des fiançailles.
Pourquoi faut-il que vienne le temps des adieux ?

Roses blanches de Corfou
Roses blanches Roses blanches
Chaque nuit je pense à vous
Roses blanches de Corfou
Votre parfum est si doux
Quand l'aurore
Vient d'éclore
Mais je suis bien loin de vous
Roses blanches de Corfou.

Je reviendrai, si tu as su m'attendre,
Quand le printemps nous donnera ses plus beaux
Aucun bateau ne pourra me reprendre,   [jours,
Je resterai dans le pays de notre amour.

Roses blanches de Corfou
Roses blanches Roses blanches
Chaque nuit je pense à vous
Roses blanches de Corfou
Votre parfum est si doux
Quand l'aurore
Vient d'éclore
Mais je suis bien loin de vous
Roses blanches de Corfou.

Je pense à vous.
Je pense à vous.

L'enfant au tambour

(The Little Drummer Boy)

Paroles françaises de Georges Coulonges
Musique de Harry Simeone, Henry Onorati et Katherine K. Davis

Sur la route, parum pum pum pum
Petit tambour s'en va, parum pum pum pum
Il sent son cœur qui bat, parum pum pum pum
Au rythme de ses pas, parum pum pum pum
Rum pum pum pum, rum pum pum pum
Ô, petit enfant, parum pum pum pum
Où-où vas-tu ?

Hier, mon père, parum pum pum pum
A suivi le tambour, parum pum pum pum
Le tambour des soldats, parum pum pum pum
Alors, je vais au ciel, parum pum pum pum
Rum pum pum pum, rum pum pum pum

Là, je veux donner pour son retour
Mon-on tambour

Tous les anges, parum pum pum pum
Ont pris leurs beaux tambours, parum pum pum
Et ont dit à l'enfant, parum pum pum pum   [pum
« Ton père est de retour », parum pum pum pum
Rum pum pum pum, rum pum pum pum
Et l'enfant s'éveille, parum pum pum pum
Sur son tambour.

Les parapluies de Cherbourg

Paroles de Jacques Demy
Musique de Michel Legrand

Depuis quelques jours je vis dans le silence
Des quatre murs de mon amour
Depuis ton départ l'ombre de ton absence
Me poursuit chaque nuit et me fuit chaque jour
Je ne vois plus personne j'ai fait le vide autour de
[moi
Je ne comprends plus rien parce que je ne suis rien
[sans toi

J'ai renoncé à tout parc' que je n'ai plus d'illusions
De notre amour écoute la chanson

Non je ne pourrai jamais vivre sans toi
Je ne pourrai pas
Ne pars pas, j'en mourrai un instant sans toi et je
Mais mon amour ne me quitte pas   [n'existe pas

Mon amour je t'attendrai toute ma vie
Reste près de moi
Reviens je t'en supplie
J'ai besoin de toi

545

Je veux vivre pour toi
Oh mon amour ne me quitte pas

Ils se sont séparés sur le quai d'une gare
Ils se sont éloignés dans un dernier regard

Oh je t'aime
Ne me quitte pas

Nicole Croisille

[1936]

Au départ il n'y avait pas de quoi fouetter un cha... ba... da... ba... da... Et pourtant... Quel succès ! Par la suite, les paroles de ses chansons eurent plus de consistance. Elle fit une belle carrière.

Téléphone-moi

Paroles de Pierre-André Dousset
Musique de Christian Gaubert

1

C'est décidé, cette nuit je pars
Il n'en sait rien, il lit son journal
Mes yeux se posent ici et ailleurs
Des souvenirs me parlent au cœur
Je n'ai pas osé lui parler
Et lui dire que je le quittais.
J'ai besoin d'entendre ta voix
Le courage me manque, aide-moi !
Téléphone-moi
Appelle-moi et dis-moi
Que tu m'aimes
Que tu m'aimes
Que tu m'aimes
Que tu m'aimes

2

Il me regarde et il me sourit
Il a toujours partagé ma vie
Je me sens vide tout au fond de moi
Pour le quitter pour courir vers toi
Il disait : au prochain printemps
Il faudra me faire un enfant.
J'ai besoin d'entendre ta voix
Le courage me manque, aide-moi !
Téléphone-moi

Appelle-moi et dis-moi
Que tu m'aimes
Que tu m'aimes

Un homme et une femme

Paroles de Pierre Barouh
Musique de Francis Lai

Comme nos voix ba da ba da da ba da ba da
Chantent tout bas ba da ba da da ba da ba da
Nos cœurs y voient ba da ba da da ba da ba da
Comme une chance comme un espoir
Comme nos voix ba da ba da da ba da ba da
Nos cœurs y croient ba da ba da da ba da ba da
Encore une fois ba da ba da da ba da ba da.

Tout recommence
La vie repart
Combien de joies
Bien des drames
Et voilà !
C'est une longue histoire
Un homme
Une femme
Ont forgé la trame du hasard.

Comme nos voix
Nos cœurs y voient
Encore une fois
Comme une chance
Comme un espoir.

Comme nos voix
Nos cœurs en joie
Ont fait le choix
D'une romance
Qui passait là.

548

Chance qui passait là
Chance pour toi et moi ba da ba da da ba da ba da
Toi et moi ba da ba da da da ba da ba da
Toi et Toi et moi.

Extrait du film du même titre.
Grand prix du festival de Cannes 1966. La chanson et le film
sont intimement liés.

Le blues du businessman

Paroles de Luc Plamondon
Musique de Michel Berger

J'ai du succès dans mes affaires
J'ai du succès dans mes amours
Je change souvent de secrétaire
J'ai mon bureau en haut d'une tour
D'où je vois la ville à l'envers
D'où je contrôle mon univers

J'passe la moitié de ma vie en l'air
Entre New York et Singapour
Je voyage toujours en première
J'ai ma résidence secondaire
Dans tous les Hilton de la Terre
J'peux pas supporter la misère

J'suis pas heureux mais j'en air l'air
J'ai perdu le sens de l'humour
Depuis qu' j'ai le sens des affaires
J'ai réussi et j'en suis fier
Au fond je n'ai qu'un seul regret
J'fais pas ce que j'aurais voulu faire

J'aurais voulu être un artiste
Pour pouvoir faire mon numéro
Quand l'avion se pose sur la piste
À Rotterdam ou à Rio

J'aurais voulu être un chanteur
Pour pouvoir crier qui je suis
J'aurais voulu être un auteur
Pour pouvoir inventer ma vie *(bis)*

J'aurais voulu être un acteur
Pour tous les jours changer de peau
Et pour pouvoir me trouver beau
Sur un grand écran en couleur
Sur un grand écran en couleur
J'aurais voulu être un artiste
Pour avoir le monde à refaire
Pour pouvoir être un anarchiste
Et vivre comme... un millionnaire *(bis)*

J'aurais voulu être un artiste
Pour pouvoir dire pourquoi j'existe
J'aurais voulu être un artiste
Pour pouvoir dire pourquoi j'existe

Nancy Holloway
[1937]

À l'époque des Sixties, elle est la plus parisienne des Noires américaines. Remarquablement adaptée en France, cette chanteuse de jazz s'est créé un répertoire cent pour cent français. Elle fut sacrée « Perle noire du Music Hall 64 ».

Derniers baisers

Adaptation française de Pierre Saka
Musique de P. Udell, G. Geld

Quand vient la fin de l'été sur la plage
Il faut alors se quitter peut-être pour toujours
Oublier cette plage et nos baisers
Quand vient la fin de l'été sur la plage
L'amour va se terminer comme il a commencé
Doucement sur la plage par un baiser

Le soleil est plus pâle mais nos deux corps sont
[bronzés
Crois-tu qu'après un long hiver notre amour aura
Quand vient la fin de l'été sur la plage   [changé ?
Il faut alors se quitter les vacances ont duré
Lorsque vient septembre et nos baisers

Quand vient la fin de l'été sur la plage
Il faut alors se quitter peut-être pour toujours
Oublier cette plage et nos baisers, et nos baisers
Et nos baisers !

Autre interprète : C. Jérôme (1986).

© Chappell & Co Inc./Warner Chappell Music France, 1965.

Pierre Vassiliu

[1937]

Moustache séduisante. Humour bien français. Sa femme lui a écrit de merveilleuses paroles pour ses chansons.

Armand

Paroles et Musique de Pierre Vassiliu et Marie Vassiliu

L'pauvr' gosse naquit dans la misère
Aussitôt on lui demanda
S'il voulait vivre avec sa mère
Puisqu'il n'avait plus de papa

Refrain
C'était un pauv' gars
Qui s'appelait Armand
L'avait pas d'papa
L'avait pas d'maman

Mais un jour pendant la tétée
Trouvant la nounou un peu plate
Il lui souffla dans les nénées
Jusqu'à c'que la nounou éclate

[Au refrain]

Son père disparut à treize ans
Un soir dans la cour de l'école
Alors qu'il jouait gentiment
À la balle et à pigeon-vole

[Au refrain]

Sa mère qui avait la jaunisse
L'avait r'filée à son amant
Qu'attendait le moment propice
Pour la passer à Armand

[Au refrain]

552

Qui c'est celui-là ?

Adaptation française de Marie Vassiliu
Paroles originales et Musique de Chico Buarque de Hollanda

Refrain
Qu'est-c' qui fait, qu'est-c' qu'il a
Qui c'est celui-là,
Complèt'ment toqué ce mec-là
Complèt'ment gaga
Il a un' drôl' de tête ce typ'-là
Qu'est-c' qui fait, qu'est-c' qu'il a
Et puis sa bagnole elle est là
Elle est drôl'ment bizarre les gars
Ça s'pass'ra pas comm' ça
Qu'est-c' qui fait, qu'est-c' qu'il a
Qui c'est celui-là
Il a un drôl' d'accent ce gars-là
Il a un' drôl' de voix
On va pas s'laisser faire les gars
Qu'est-c' qui fait qu'est-c' qu'il a
Non mais ça va pas mon p'tit gars
On va l'mettre en prison ce typ'-là
S'il continue comm' ça.

Je ne suis pas un play-boy,
Je ne paie pas de mine
Avec ma grosse moustache
Et mon long nez de fouine
Mais je ne sais pas pourquoi
Quand je souris aux filles
Ell's veul'nt toujours m'emmener
Coucher dans leurs familles
Et leurs maris disaient de moi.

[Au refrain]

Ce n'est pas d'ma faute à moi
Si les femmes mariées
Préfèrent sortir avec moi
Pour jouer à la poupée
Ell's aiment mes cheveux blonds

553

Et mes yeux polissons
Mais je crois que c'qu'elles préfèrent
C'est mon p'tit ventre rond
Et leurs maris disaient de moi.

[Au refrain]

Si vous saviez comme c'est beau
D'être bien dans sa peau
Je bois mon pastis au bar
Avec le chef de gare
Je me gare n'importe où,
J'vous jure que j'suis heureux
Mais ça emmerde les gens
Quand on n'vit pas comme eux
Et les gens disent de moi.

[Au refrain]

Voyant que sur cette terre
Tout n'était que vice
Et que pour faire des affaires
Je manquais de malice
Je montais dans mon engin
Interplanétaire
Et je ne remis jamais
Les pieds sur terre,
Et les hommes disaient de moi

[Au refrain]

Guy Marchand
[1937]

Avant de devenir le célèbre détective Nestor Burma, il chantait. Dans le genre crooner humoristique, il était irrésistible et il fit les beaux soirs et les beaux jours des radios et des discothèques.

La Passionnata

Paroles et Musique de Guy Marchand

Avec toi il faudrait toujours vivre
La Passionnata La Passionnata La Passionnata
Avec toi il faudrait toujours jouer
La co.co.mé la La comé la La comédia

Tu voudrais que je sois espagnol
Que je chante en fa ou en sol
Tous les airs de flamenco
Tu voudrais que j'ai un habit d'or
Le regard de matador
De Rudolph Valentino
Avec toi il faudrait toujours dire
Ah mé qué Ah mé qué rida
Avec toi il faudrait toujours dire
Ah mé ri Ah mé ri Ah méri da

Tu voudrais que je sois andalou
Que je tombe à tes genoux
Avec une corde au cou
Tu voudrais que je sois riche et beau
Racé comme un hidalgo
Qui n'a pas peur des toros
Avec toi il faudrait toujours vivre
La Passionnata La Passionnata La Passionnata
Avec toi il faudrait toujours jouer
La co co mé la La co co média

Mais je suis né Porte des Lilas
Et j'ai la Passionnata
Sur les fortifications
Je n'ai pas de Châteaux en Espagne
Mes pays sont de Cocagne
Je travaille chez Renault Ollé
Chez Renault Ollé
Renault Ollé

Jacques Debronckart
[1937-1983]

Après avoir été accompagnateur de Boby Lapointe et de Maurice Fanon, il écrit des chansons pour Juliette Gréco et Nana Mouskouri. Il devient ensuite interprète de ses œuvres avec succès. Il disparaît prématurément en 1983.

J'suis heureux

Paroles et Musique de Jacques Debronckart

J'ai la télé, les deux chaînes et la couleur
J'ai ma voiture et la radio à l'intérieur
Mon log'ment qui prend tous les jours de la valeur
Et l'espoir de gravir l'échelon supérieur
J'suis HEUREUX.

Une femme et deux fils qui n'obéissent guère
À Chatou une résidence secondaire
Le barbecue l'été, le feu de bois l'hiver
Et pendant le mois d'août je me dore à la mer
J'suis HEUREUX.

Je sais choisir mon déodorant corporel
Ma crème, mon tonic au parfum personnel
Je comprends mieux ma femme, je me rapproche
Je sais danser le jerk, j'ai un slip Rasurel   [d'elle
J'suis HEUREUX.

Ma femme sort sans moi quelquefois c'est son droit
Elle a ses connaissances, ça ne me regarde pas
Je vois tous les mardis une fille du nom d'Olga
Elle a une bouche grande et ça compte pour moi
J'suis HEUREUX.

Je suis un homme de gauche mais la gauche a vieilli
Il faut évoluer c'est la loi de la vie
Je ne dis pas cela parce que je suis nanti

D'ailleurs tout ce que j'ai, je l'ai eu à crédit
J'suis HEUREUX.

Si j'ai peur du cancer, j'ai pas peur des Chinois
J'ai du cœur, j'ai donné dix francs pour le Biafra
J'ai besoin d'érotisme, j'aime Barbarella
Et De Funès et Dracula quand je les vois
J'suis HEUREUX.

Je rêve chaque nuit et des rêves barbares
Je suis toujours pirate, cosaque ou tartare
Égorgeur ou violeur, incendiaire ou pillard.
Puis quand je me réveille au matin c'est bizarre
J'suis HEUREUX.

Je n'perds pas mes cheveux, je n'perds pas mes
                                        [réflexes
Je ne suis pas raciste, je n'ai pas de complexes
Je suis bien dans mon âge, je suis bien dans mon
Aucune raison d'être angoissé ni perplexe   [sexe
J'suis HEUREUX.

J'ai la télé, les deux chaînes et la couleur
J'ai ma voiture et la radio à l'intérieur
Mon log'ment qui prend tous les jours de la valeur
Et l'espoir de gravir l'échelon supérieur

J'SUIS HEUREUX... J'SUIS HEUREUX... J'SUIS
HEUREUX.

François Béranger
[1937]

Il fut en quelque sorte le Bruant des années 70. Il symbolisa les espoirs de la génération de Mai 68. Aujourd'hui encore, il reste un incorrigible libertaire.

Tranche de vie
[1969]
Paroles et Musique de François Béranger

Quand on en a un peu là-d'dans
On y reste pas bien longtemps
On s'arrange tout naturellement
Pour faire des trucs moins fatiguants
J'me faufile dans une méchante bande
Qui voyoute la nuit sur la lande
J'apprends des chansons de Bruant
En faisant des croche-pattes aux agents

Refrain
J'en suis encore à m'demander
Après tant et tant d'années
À quoi ça sert de vivre et tout
À quoi ça sert en bref d'être né

Bien sûr la maison Poulagat
S'agrippe à mon premier faux-pas
Ça tombe bien mon pote t'as d'la veine
Faut du monde pour le F.L.N.
J'me farcis trois ans de casse-pipe
Aurès, Kabylie, Mitidja
Y'a d'quoi prendre toute l'Afrique en grippe
Mais faut servir l'pays ou pas

[Au refrain]

Quand on m'relâche je suis vidé
Je suis comme un p'tit sac en papier

Y'a plus rien d'dans tout est cassé
J'ai même plus envie d'une mémé
Quand j'ai cru qu'j'allais m'réveiller
Les flics m'ont vachement tabassé
Faut dire qu' j'm'étais amusé
À leur balancer des pavés

[Au refrain]

Les flics pour c'qui est d'la monnaie
Ils la rendent avec intérêts
Le crâne le ventre et les roustons
Enfin quoi vive la nation
Le juge m'a filé trois ans d'caisse
Rapport à mes antécédents
Moi j'peux pas dire qu'je sois en liesse
Mais enfin qu'est-ce que c'est qu'trois ans

[Au refrain]

En tôle j'vais pouvoir m'épanouir
Dans une société structurée
J'ferai des chaussons et des balais
Et je pourrai me r'mettre à lire
J' suis né dans un p'tit village
Qu'a un nom pas du tout commun
Bien sûr entouré de bocage
C'est le village de St Martin

[Au refrain]

Mamadou m'a dit

Paroles et Musique de François Béranger

Refrain
Mamadou m'a dit

Mamadou m'a dit
On a pressé l'citron faut jeter la peau
Mamadou m'a dit
Mamadou m'a dit
On a pressé l'citron faut jeter la peau

1

Les citrons c'est les négros,
Tous les négros d'Afrique
Sénégal, Mauritanie
Haute-Volta, Togo, Mali
Côte-d'Ivoire et Guinée
Bénin, Maroc, Algérie
Les colons sont parfois avec tous les flonflons
Des discours solennels, des bénédictions,
Chaque homme dispose de lui-même c'est normal
Et doit s'épanouir dans l'harmonie
Une fois qu'on l'a saigné aux quatre veines
Qu'on l'a bien ratissé et qu'on lui a tout pris

[Au refrain]

2

Les colons sont partis ils ont mis à leur place
Une nouvelle élite de Noirs bien blanchis
Ce monde blanc rigole, les nouveaux c'est bizarre
Sont pires qu'les anciens c'est sûr'ment un hasard
Le monde blanc rigole quand un petit sergent
Se fait sacrer empereur avec mille glorioles
Après tout c'est pas grave du moment que les verts
Produisent pour les blancs ce qui est nécessaire
Le coton, l'arachide, le sucre et l' cacao
Emplissent les bateaux, satur'nt les entrepôts

[Au refrain]

3

Après tout c'est pas grave les colons sont partis
Que l'Afrique se démerde que les paysans crèvent
Les colons sont partis avec dans leur bagage
Quelques bateaux d'esclaves pour pas perdre la
[main

Quelques bateaux d'esclaves ont balayé les rues
Ils se ressemblent tous avec leurs passe-
[montagnes
Ils ont froid à la peau et encore plus au cœur
Là-bas c'est la famine et ici la misère
Et comme il faut parfois, manger et puis dormir
Dans des foyers-taudis on vit dans le sordide

[Au refrain]

      4
Et puis un jour la crise
Nous envahit aussi
Qu'on les renvoie chez eux
Ils seront plus heureux
Qu'on leur donne un pourboire
Faut être libéral
Et quant à ceux qui râlent
Un coup de pied au cul
Vous comprenez monsieur c'est quand même pas
[normal
Ils nous bouffent notre pain ils reluquent nos
[femmes
Qu'ils retournent faire les singes dans leurs
[cocotiers
Tous nos bons nègres à nous qu'on a si bien
[soignés
Et puis c'qui est certain c'est qu'un rien les amuse
Ils sont toujours à rire ce sont de vrais gamins

[Refrain]

Enrico Macias
[1938]

Instituteur, il avait des lettres et des notes !
Excellent musicien, emporté tout d'abord par un peuple de pieds-noirs, il a vite conquis un plus large public pour devenir un grand nom de la chanson française.

Enfants de tous pays

Paroles de Jacques Demarny et Pascal-René Blanc
Musique d'Enrico Macias

Refrain
Enfants de tous pays, tendez vos mains meurtries
Semez l'amour et puis donnez la vie
Enfants de tous pays et de toutes couleurs
Vous avez dans le cœur notre bonheur

1
C'est dans vos mains que demain notre terre
Sera confiée pour sortir de notre nuit
Et notre espoir de revoir la lumière
Est dans vos yeux qui s'éveillent à la vie
Séchez vos larmes, jetez vos armes
Faites du monde un paradis

[Au refrain]

2
Il faut penser au passé de nos pères
Et aux promesses qu'ils n'ont jamais tenues
La vérité c'est d'aimer sans frontières
Et de donner chaque jour un peu plus
Car la sagesse, et la richesse
N'ont qu'une adresse : le paradis

[Au refrain]

3

Et puis le jour où l'amour sur la terre
Deviendra roi, vous pourrez vous reposer
Lorsque la joie couvrira nos prières
Vous aurez droit à votre éternité
Et tous les rires de votre empire
Feront du monde un paradis

Les gens du Nord

Paroles de Jacques Demarny et Enrico Macias
Musique d'Enrico Macias et Jean Claudric

Les gens du Nord
Ont dans leurs yeux le bleu qui manqu' à leur décor.
Les gens du Nord
Ont dans le cœur le soleil qu'ils n'ont pas dehors.
Les gens du Nord
Ouvrent toujours leurs portes à ceux qui ont
Les gens du Nord   [souffert.
N'oublient pas qu'ils ont vécu des années d'enfer.
Si leurs maisons sont alignées
C'est par souci d'égalité
Et les péniches
Pauvres ou riches
Portent le fruit de leurs efforts.

Les gens du Nord
Courbent le dos lorsque le vent souffle très fort.
Les gens du Nord
Se lèvent tôt, car de là dépend tout leur sort.
À l'horizon de leur campagne
C'est le charbon qui est montagne,
Les rues des villes
Dorment tranquilles
La pluie tombant sur les pavés.

L'accordéon les fait danser
Et puis la bière les fait chanter

Et quand la fête
Tourne les têtes
On en voit deux se marier.

Les gens du Nord
Ont dans leurs yeux le bleu qui manqu' à leur décor.
Les gens du Nord
Ont dans le cœur le soleil qu'ils n'ont pas dehors.

Paris, tu m'as pris dans tes bras

Paroles de J. Pégné
Musique d'Enrico Macias

J'allais le long des rues
Comme un enfant perdu
J'étais seul j'avais froid
Toi Paris, tu m'as pris dans tes bras

Je ne la reverrai pas
La fille qui m'a souri
Elle s'est seulement retournée et voilà
Mais dans ses yeux j'ai compris
Que dans la ville de pierre
Où l'on se sent étranger
Il y a toujours du bonheur dans l'air
Pour ceux qui veulent s'aimer
Et le cœur de la ville
A battu sous mes pas
De Passy à Belleville
Toi Paris, tu m'as pris dans tes bras

Le long des Champs-Élysées
Les lumières qui viennent là
Quand j'ai croisé les terrasses des cafés
Elles m'ont tendu leurs fauteuils
Saint-Germain m'a dit bonjour
Rue Saint-Benoît, rue du Four
J'ai fait danser pendant toute la nuit

Les filles les plus jolies
Au petit matin blême
Devant le dernier crème
J'ai fermé mes yeux là
Toi Paris, tu m'as pris dans tes bras

Sur les quais de l'île Saint-Louis
Des pêcheurs, des amoureux
Je les enviais mais la Seine m'a dit
Viens donc t'asseoir avec eux
Je le sais aujourd'hui
Nous sommes deux amis
Merci du fond de moi
Toi Paris, je suis bien dans tes bras
Toi Paris, je suis bien dans tes bras
Toi Paris, je suis bien dans tes bras
Toi Paris, je suis bien dans tes bras.

Joe Dassin
[1938-1980]

Un Américain à Paris... dont son célèbre père était fier. Il eut un admirateur de qualité. Un jour sur son lit d'hôpital, Brassens convalescent demande à un ami qui vint le voir : — Rapporte-moi les Daltons, le disque de Dassin !

Le chemin de papa

Paroles de Pierre Delanoë
Musique de Joe Dassin

Il était un peu poète et un peu vagabond
Il n'avait jamais connu ni patrie ni patron
Il venait de n'importe où allait aux quatre vents
Mais dedans sa roulotte nous étions dix enfants
Et le soir autour d'un feu de camp
On rêvait d'une maison blanche
En chantant

Qu'il est long qu'il est loin ton chemin papa
C'est vraiment fatigant d'aller où tu vas
Qu'il est long qu'il est loin ton chemin papa
Tu devrais t'arrêter dans ce coin

Il ne nous écoutait pas et dès le petit jour
La famille reprenait son voyage au long cours
À peine le temps pour notre mère de laver sa
                                    [chemise
Et le voilà reparti pour une nouvelle terre promise
Et le soir autour d'un feu de camp
Elle rêvait d'une maison blanche
En chantant

Qu'il est long qu'il est loin ton chemin papa
C'est vraiment fatigant d'aller où tu vas
Qu'il est long qu'il est loin ton chemin papa
Tu devrais t'arrêter dans ce coin

C'est ainsi que cahotant à travers les saisons
C'est ainsi que regardant par-dessus l'horizon
Sans même s'en apercevoir notre père nous a
                                                      [semés
Aux quatre coins du monde comme des grains de
Et quelque part au bout de l'univers   [blé
Roule encore la vieille roulotte de mon père

L'été indien

Paroles françaises de Pierre Delanoë et Claude Lemesle
Paroles originales de Stuart Ward et Vito Pallavicini
Musique de Salvatore Cutugno et Pasquale Losito

1
Tu sais, je n'ai jamais été aussi heureux que ce
                                                      [matin-là
Nous marchions sur une plage un peu comme
                                                      [celle-ci
C'était l'automne, un automne où il faisait beau,
Une saison qui n'existe que dans le Nord de
Là-bas on l'appelle l'été indien   [l'Amérique
Mais c'était tout simplement le nôtre
Avec ta robe longue tu ressemblais à une aquarelle
                                              [de Marie Laurencin
Et je me souviens, oui je me souviens très bien
De ce que je t'ai dit ce matin-là
Il y a un an, un siècle, une éternité

On ira
Où tu voudras quand tu voudras
Et l'on s'aimera encor
Lorsque l'amour sera mort
Tout' la vie
Sera pareille à ce matin
Aux couleurs de l'été indien

2

Aujourd'hui je suis très loin de ce matin d'automne
Mais c'est comme si j'y étais, je pense à toi où es-
Est-ce que j'existe encor pour toi   [tu que fais tu
Je regarde cette vague qui n'atteindra jamais la
                                                    [dune
Je suis comme elle tu vois comme elle je reviens en
Comme elle je me couche sur le sable   [arrière
Et je me souviens, je me souviens des marées
                                          [hautes, du soleil
Et du bonheur qui passaient sur la mer
Il y a une éternité, un siècle, il y a un an

On ira
Où tu voudras quand tu voudras
Et l'on s'aimera encore
Lorsque l'amour sera mort
Tout' la vie
Sera pareille à ce matin
Aux couleurs de l'été indien

Aux Champs-Élysées

Adaptation française de Pierre Delanoë
Musique de Mike Wilsh et Mike Delgham

1

Je m' baladais sur l'avenue
Le cœur ouvert à l'inconnu
J'avais envie de dire bonjour à n'importe qui

N'importe qui et ce fut toi
Et je t'ai dit n'importe quoi
Il suffisait de te parler pour t'apprivoiser

Aux Champs-Élysées
Aux Champs-Élysées
Au soleil sous la pluie

À midi ou à minuit
Il y a tout c' que vous voulez
Aux Champs-Élysées

2

Tu m'as dit j'ai rendez-vous
Dans un sous-sol avec des fous
Ils viv'nt la guitare à la main du soir au matin

Alors je t'ai accompagné
On a chanté on a dansé
Et l'on a même pas pensé à s'embrasser

Aux Champs-Élysées
Aux Champs-Élysées
Au soleil sous la pluie
À midi ou à minuit
Il y a tout c' que vous voulez
Aux Champs-Élysées

3

Hier soir deux inconnus
Et ce matin sur l'avenue
Deux amoureux tout étourdis par la longue nuit

Et de l'Étoile à la Concorde
Un orchestre à mille cordes
Tous les oiseaux du point du jour chantent l'amour

Aux Champs-Élysées
Aux Champs-Élysées
Au soleil sous la pluie
À midi ou à minuit
Il y a tout c' que vous voulez
Aux Champs-Élysées

Aux Champs-Élysées

La bande à Bonnot

Paroles de Jean-Michel Rivat et Frank Thomas
Musique de Joe Dassin

À la Société Générale une auto démarra
Et dans la terreur la bande à Bonnot mit les voiles
Emportant la sacoche du garçon payeur
Dans la De Dion Bouton qui cachait les voleurs
Octave comptait les gros billets et les valeurs
Avec Raymond la Science les bandits en auto...

C'était... LA BANDE À BONNOT

Les banques criaient : misérables !
Quand s'éloignait le bruit du puissant moteur
Quant à rattraper les coupables
Qui fuyaient à toute allure à 35 à l'heure
Sur les routes de France, hirondell's et gendarmes
Étaient à leurs trousses, étaient nuit et jour en
                                                              [alarme
En casquettes à visières les bandits en auto

C'était... LA BANDE À BONNOT

Mais Bonnot rêvait des palaces et du ciel d'azur de
                                                              [Monte Carlo
En fait ils voulaient vite se ranger des voitures

Mais un beau matin la police
Encercla la maison de Jules Bonnot
À Choisy avec ses complices
Il prenait dans sa chambre un peu de repos
Tout Paris arriva, à pied, en tramway, en train
Avec des fusils, des pistolets et des gourdins
Hurlant des balcons les bandits en auto

C'était... LA BANDE À BONNOT

Et menottes aux mains
Tragique destin

Alors pour la dernière course

On mit dans le fourgon
LA BANDE À BONNOT

Les Dalton

Paroles de Frank Thomas et Jean-Michel Rivat
Musique de Joe Dassin

[Parlé]
Écoutez bonnes gens la cruelle et douloureuse
Des frères Dalton's   [histoire
Qui furent l'incarnation du mal
Et que ceci serve d'exemple à tous ceux que le
Du droit chemin.   [diable écarte

Tout petits à l'école...

[Chanté]
À la place des crayons ils avaient des limes
En guise de cravate des cordes de lin
Ne vous étonnez pas si leur tout premier crime
Fut d'avoir fait mourir leur maman de chagrin.
Ta ga da Ta ga da voilà les Dalton's
Ta ga da Ta ga da voilà les Dalton's
C'étaient les Dalton's
Ta ga da Ta ga da et y'a plus personne.

[Parlé]
Les années passèrent.

[Chanté]
Ils s'étaient débrouillés pour attraper la rage
Et ficeler le docteur qui faisait les vaccins
Et ont contaminé les gens du voisinage
S'amusant à les mordre en accusant les chiens.
Ta ga da Ta ga da voilà les Dalton's
Ta ga da Ta ga da voilà les Dalton's

C'étaient les Dalton's
Ta ga da Ta ga da et y'a plus personne.

[Parlé]
Ils devinrent des hommes.

[Chanté]
Un conseil, mon ami, avant de les croiser
Embrasse ta femme, serre-moi la main
Puis vite sur la vie va te faire assurer
Tranche-toi la gorge et jette-toi sous l'train.
Ta ga da Ta ga da voilà les Dalton's
Ta ga da Ta ga da voilà les Dalton's
C'étaient les Dalton's
Ta ga da Ta ga da et y'a plus personne.

[Parlé]
Mais la justice veillait...

[Chanté]
Comm' tous les journaux ont augmenté de
                                    [10 centimes
Qu'ils étaient vaniteux et avides d'argent
Ils se livrèrent eux-mêmes pour toucher la prime
Car ils étaient encor plus bêtes que méchants.
Ta ga da Ta ga da voilà les Dalton's
Ta ga da Ta ga da voilà les Dalton's
C'étaient les Dalton's
Ta ga da Ta ga da et y'a plus personne.

Isabelle Aubret
[1938]

Le courage et la persévérance ont fait autant dans sa carrière que sa voix et son talent. Elle le prouve avec un répertoire qui exprime la joie de vivre, l'amour de son métier et une immense foi en l'avenir.

C'est beau la vie

Paroles de Michelle Senlis et Claude Delécluse
Musique de Jean Ferrat

Le vent dans tes cheveux blonds
Le soleil à l'horizon
Quelques mots d'une chanson
Que c'est beau c'est beau la vie

Un oiseau qui fait la roue
Sur un arbre déjà roux
Et son cri par-dessus tout
Que c'est beau c'est beau la vie

Tout ce qui tremble et palpite
Tout ce qui lutte et se bat
Tout ce que j'ai cru trop vite
À jamais perdu pour moi
Pouvoir encor regarder
Pouvoir encor écouter
Et surtout pouvoir chanter
Que c'est beau c'est beau la vie.

Le jazz ouvert dans la nuit
Sa trompette qui nous suit
Dans une rue de Paris
Que c'est beau c'est beau la vie

La rouge fleur éclatée
D'un néon qui fait trembler
Nos deux ombres étonnées

Que c'est beau c'est beau la vie

Tout ce que j'ai failli perdre
Tout ce qui m'est redonné
Aujourd'hui me monte aux lèvres
En cette fin de journée
Pouvoir encor partager
Ma jeunesse mes idées
Avec l'amour retrouvé
Que c'est beau c'est beau la vie

Pouvoir encor te parler
Pouvoir encor t'embrasser
Te le dire et le chanter
Que c'est beau c'est beau la vie.

La Fanette

Paroles et Musique de Jacques Brel

Nous étions deux amis et Fanette m'aimait
La plage était déserte et dormait sous juillet
Si elles s'en souviennent les vagues vous diront
Combien pour la Fanette j'ai chanté de chansons

Faut dire
Faut dire qu'elle était belle
Comme une perle d'eau
Faut dire qu'elle était belle
Et je ne suis pas beau
Faut dire
Faut dire qu'elle était brune
Tant la dune était blonde
Et tenant l'autre et l'une
Moi je tenais le monde
Faut dire
Faut dire que j'étais fou
De croire à tout cela
Je le croyais à nous

Je la croyais à moi
Faut dire
Qu'on ne nous apprend pas
À se méfier de tout

Nous étions deux amis et Fanette m'aimait
La plage était déserte et mentait sous juillet
Si elles s'en souviennent les vagues vous diront
Comment pour la Fanette s'arrêta la chanson

Faut dire
Faut dire qu'en sortant
D'une vague mourante
Je les vis s'en allant
Comme amant et amante
Faut dire
Faut dire qu'ils ont ri
Quand ils m'ont vu pleurer
Faut dire qu'ils ont chanté
Quand je les ai maudits
Faut dire
Que c'est bien ce jour-là
Qu'ils ont nagé si loin
Qu'ils ont nagé si bien
Qu'on ne les revit pas
Faut dire
Qu'on ne nous apprend pas...
Mais parlons d'autre chose

Nous étions deux amis et Fanette l'aimait
La plage est déserte et pleure sous juillet
Et le soir quelquefois
Quand les vagues s'arrêtent
J'entends comme une voix
J'entends... c'est la Fanette.

Richard Anthony
[1938]

Surnommé le Tino Rossi du rock'n roll, il eut la même réussite dans le twist que Tino dans le tango. Il chantait donc des chansons qui font danser. Mais à son époque, aucun chanteur ne réunissait dans son tour de chant un nombre aussi impressionnant de succès.

J'entends siffler le train

Paroles de Jacques Plante
Musique de E. West

J'ai pensé qu'il valait mieux
Nous quitter sans un adieu
Je n'aurai pas eu le cœur de te revoir
Mais j'entends siffler le train
Mais j'entends siffler le train
Que c'est triste un train qui siffle dans la nuit

Je pouvais t'imaginer
Toute seule abandonnée
Sur le quai dans la cohue des au revoirs
Et j'entends siffler le train
Et j'entends siffler le train
Que c'est triste un train qui siffle dans le soir

J'ai failli courir vers toi
J'ai failli crier vers toi
C'est à peine si j'ai pu me retenir
Que c'est loin où tu t'en vas
Que c'est loin où tu t'en vas
Auras-tu jamais le temps de revenir

J'ai pensé qu'il valait mieux
Nous quitter sans un adieu
Mais je sens que maintenant tout est fini
Et j'entends siffler le train

Et j'entends siffler le train
J'entendrai siffler ce train toute ma vie
J'entendrai siffler ce train toute ma vie.

Ce fut le tube de l'été 1962. Remarquable adaptation par Jacques Plante d'un country du plus pur style yankee. Chanson également enregistrée par Hugues Aufray. Immense succès pour Richard Anthony qui pulvérisa ses ventes de 45 tours.

Arranjuez mon amour

Poème de Guy Bontempelli
sur le thème musical de Joaquim Rodrigo

Mon amour
Sur l'eau des fontaines
Mon amour
Où le vent les amène
Mon amour
Le soir tombé on voit flotter des pétales de roses

Mon amour
Et les murs se gercent
Mon amour
Au soleil, au vent, à l'averse
Mon amour
Et aux années qui vont passant
Depuis le matin qu'ils sont venus
Et qu'en chantant ils ont écrit sur les murs du bout
De bien étranges choses.   [de leurs fusils

Mon amour
Le rosier suit les traces
Mon amour
Sur le mur et enlace
Mon amour
Leurs noms gravés et chaque été d'un beau rouge
                              [sont les roses.

Mon amour
Sèchent les fontaines
Mon amour
Au soleil au vent de la plaine
Et aux années qui vont passant
Depuis le matin de mai qu'ils sont venus
La fleur au cœur, les pieds nus, le pas lent
Et les yeux éclairés d'un étrange sourire.

Et sur ce mur lorsque le soir descend
On croirait voir des taches de sang
Ce ne sont que... des roses.

Jacqueline Dulac
[1939]

C'est à Antibes au grand concours de la Rose d'Or en 1966 qu'elle s'affirme après avoir longtemps couru les cabarets parisiens. Elle est Grand Prix du disque l'année suivante et sa carrière se poursuit en France et l'étranger. C'est elle qui lance la chanson « S.O.S. Amitié » écrite pour elle par Eddy Mitchell.

Lorsqu'on est heureux

Paroles de Claude Delécluse
Musique de Francis Lai

Lorsqu'on est heureux,
On devrait pouvoir arrêter la vie ;
Arrêter le temps,
La terre et les gens qui n'ont rien compris.
Lorsqu'on est heureux,
On devrait avoir pour unique envie
Tout au long des jours
Encore et toujours
De s'aimer d'amour
Pour tout partager
Ces joies, ces baisers.
Au même soupir
On devrait mourir
Lorsqu'on est heureux.

Le temps ronge les plus beaux jours
Quand je pense à ça mon amour,
J'ai peur d'un jour, nous réveiller
Indifférents, désenchantés.

Lorsqu'on est heureux,
On devrait pouvoir arrêter la vie,
Car le temps qui court
Moissonne l'amour,
L'emporte avec lui.
Lorsqu'on est heureux

Et que vient s'asseoir la mélancolie,
Pour ne pas sentir son bonheur finir,
On devrait partir
Pour ne pas pleurer,
Ne pas regretter
Et ne pas vieillir.
On devrait mourir
Lorsqu'on est heureux.

Ceux de Varsovie

Paroles d'Eddie Adamis
Musique d'Eddy Marnay

Ceux de Varsovie, de Liverpool ou bien d'ailleurs
Ceux de l'Italie, du Nouveau monde ou bien
Ils chantent comme nous   [d'ailleurs
Ils s'aiment comme nous
Ils ont la même faim de vivre

Ceux qui n'ont jamais connu les neiges du
                              [printemps
Ceux qui n'ont jamais connu le bleu des océans
Ils marchent comme nous
Ils savent comme nous
Le prix des larmes ou bien des rires

Qu'ils n'aient pas les mêmes yeux
Qu'ils n'aient pas la même peau
Il faut bien qu'un jour ils meurent ou qu'ils naissent

Ceux de Varsovie, de Liverpool ou bien d'ailleurs
Ceux de l'Italie, du Nouveau Monde ou bien
Ils sont pareils à nous   [d'ailleurs
Ils sont au fond de nous
Ils sont du même sang que nous

581

Qu'ils n'aient pas les mêmes yeux
Qu'ils n'aient pas la même peau
Il faut bien qu'un jour ils meurent ou qu'ils naissent

Ceux de Varsovie, de Liverpool ou bien d'ailleurs
Ceux de l'Italie, du Nouveau Monde ou bien
Ils chantent comme nous   [d'ailleurs
Ils s'aiment comme nous
Ils cherchent comme nous cherchons l'amour.

Danyel Gérard
[1939]

Il fut le premier rocker français... D'abord surnommé « le chanteur suffocant ». Le service militaire l'éloigne du devant de la scène alors que surgissent Johnny Hallyday, les Chaussettes noires et consorts... Il reviendra et contribuera activement au lancement du twist !

Memphis Tennessee

Paroles françaises de Pierre Barouh et Georges Kherlakian
Musique de Chuck Berry

Quand il est arrivé avec sa guitare à la main
Chacun d'entre nous voulait devenir son copain
On ignorait tout de lui mais il y avait écrit
Sur le bois de sa guitare Memphis Tennessee

Sans chercher plus loin c'est comm' ça qu'on l'a
[surnommé
De la bande alors il fut tout de suite adopté
Quand parfois l'un d'entre nous avait quelques ennuis
Ensemble on allait le dire à Memphis Tennessee

Alors il chantait doucement en fermant les yeux
Plus rien ne comptait on ne pouvait pas être mieux
Quand je joue sur ma guitare tout ce qu'il m'a appris
Un écho dans ma mémoire dit Memphis Tennessee

Mais de temps en temps ses yeux bleus semblaient
[se figer
Alors il chantait sans fin d'étranges mélopées
Toujours amoureux de l'air, c'était Mississipi
On comprenait qu'on le perdrait à Memphis
[Tennessee

Quand il est parti, tous on a cru perdre un ami
Et souvent le soir tous ensemble on parle de lui

Et même si l'on croit voir des larmes aux yeux des filles
On ne peut pas en vouloir à Memphis Tennessee

Claude François
[1939-1978]

Cloclo est parti trop tôt. Avant de savoir qu'il était le plus grand exportateur de la chanson française avec « My Way » !

Toute sa vie ne fut que travail, angoisse, rigueur. Sa table comportait les mets les plus délicats auxquels il touchait à peine. Seul le ravissement de ses convives lui importait.

Comme d'habitude
[My Way]

Paroles de Gilles Thibaut et Claude François
Musique de Jacques Revaux et Claude François

Je m'lève et je te bouscule tu n'te réveilles pas,
[comm' d'habitude
Sur toi je remont' le drap j'ai peur que tu aies froid,
[comm' d'habitude
Ma main caress' tes cheveux presque malgré moi,
[comm' d'habitude
Mais toi tu me tournes le dos comm' d'habitude

Alors je m'habille très vite je sors de la chambre
[comm' d'habitude
Tout seul je bois mon café je suis en retard comm'
[d'habitude
Sans bruit je quitt' la maison tout est gris dehors
[comm' d'habitude
J'ai froid je relève mon col, comm' d'habitude.

Comm' d'habitude tout' la journée
Je vais jouer à faire semblant
Comm' d'habitude je vais sourire
Comm' d'habitude je vais même rire
Comm' d'habitude enfin je vais vivre
Comm' d'habitude.

Et puis le jour s'en ira moi je reviendrai comme
[d'habitude
Toi tu seras sortie pas encore rentrée comme
[d'habitude
Tout seul j'irai me coucher dans ce grand lit froid
[comme d'habitude
Mes larmes je les cacherai comme d'habitude.

Comme d'habitude même la nuit
Je vais jouer à faire semblant
Comme d'habitude tu rentreras
Comme d'habitude je t'attendrai
Comme d'habitude tu me souriras
Comme d'habitude.

Comme d'habitude tu te déshabilleras
Comme d'habitude tu te coucheras
Comme d'habitude on s'embrassera
Comme d'habitude.

Comme d'habitude on fera semblant
Comme d'habitude on fera l'amour
Comme d'habitude on fera semblant
Comme d'habitude.

Interprètes : Claude François, Paul Anka, Frank Sinatra.
Ce n'est pas l'« habitude », pour une chanson française
d'être plus connue sous son titre anglais.
Le plus beau scoop de l'idole Cloclo. Le rêve de bien des
Français : être interprété par Frank Sinatra.

Le lundi au soleil

Paroles de Jean-Michel Rivat et Frank Thomas
Musique de Patrick Juvet

1

Regarde ta montre il est déjà huit heures
Embrassons-nous tendrement

Un taxi t'emporte tu t'en vas mon cœur
Parmi ces milliers de gens
C'est une journée idéale
Pour marcher dans la forêt
On trouverait plus normal
D'aller se coucher seuls dans les genêts

Refrain
Le lundi au soleil
C'est une chose qu'on n'aura jamais
Chaque fois c'est pareil
C'est quand on est derrière les carreaux
Quand on travaille que le ciel est beau
Qu'il doit faire bon sur les routes
Le lundi au soleil

Refrain
Le lundi au soleil
On voudrait le passer à s'aimer
Le lundi au soleil
On serait mieux dans l'odeur des foins
On aimerait cueillir le raisin
Ou simplement ne rien faire
Le lundi au soleil

2
Toi, tu es à l'autre bout de cette ville
Là-bas comme chaque jour
Les dernières heures sont les plus difficiles
J'ai besoin de ton amour
Et puis dans la foule au loin
Je te vois tu me souris
Les néons des magasins sont tous allumés
C'est déjà la nuit

[Aux refrains 1 et 2]

Chanson populaire

Paroles de Nicolas Skorsky
Musique de Nicolas Skorsky et Jean-Pierre Bourtayre

La pendule de l'entrée s'est arrêtée sur midi
À ce moment très précis
Où tu m'as dit « je vais partir »,
Et puis tu es partie, j'ai cherché le repos,
J'ai vécu comme un robot
Mais aucune autre n'est venue
Remonter ma vie.

Là où tu vas
Tu entendras, j'en suis sûr,
D'autres voix qui rassurent
Mes mots d'amour
Tu te prendras
Au jeu des passions qu'on jure
Mais tu verras d'aventure
Le grand amour.

Refrain
Ça s'en va et ça revient
C'est fait de tout petits riens
Ça se chante et ça se danse et ça revient ça se
Comm' une chanson populaire   [retient
L'amour c'est comme un refrain
Ça vous glisse entre les mains
Ça se chante et ça se danse et ça revient ça se
Comm' une chanson populaire   [retient
Ça vous fait un cœur tout neuf ça vous accroch' des
                              [ailes blanches dans le dos
Ça vous fait marcher sur des nuages
Et ça vous poursuit en un mot
Ça s'en va et ça revient
C'est fait de tout petits riens
Ça se chante et ça se danse et ça revient ça se
Comm' une chanson populaire.   [retient

Toi et moi amoureux
Autant ne plus y penser

On s'était plu à y croire
Mais c'est déjà une vieille histoire
Ta vie n'est plus ma vie
Je promène ma souffrance
De notre chambre au salon
Je vais, je viens, je tourne en rond
Dans mon silence.

Je crois entendre
Ta voix tout comme un murmure
Qui me disait je t'assure
Le grand amour
Sans t'y attendre viendra pour toi, j'en suis sûr
Il guérira tes blessures,
Le grand amour.

[Au refrain]

Alexandrie Alexandra

Paroles d'Étienne Roda-Gil
Musique de Claude François et Jean-Pierre Bourtayre

1
Voiles sur les filles
Barques sur le Nil
Je suis dans ta vie
Je suis dans tes draps
Alexandra Alexandrie
Alexandrie où l'amour danse avec la nuit
J'ai plus d'appétit
Qu'un barracuda
Je boirai tout le Nil si tu n'me retiens pas
Je boirai tout le Nil si tu n'me retiens pas
Alexandrie
Alexandra
Alexandrie où l'amour
Danse au fond des draps

Ce soir j'ai de la fièvre et toi tu meurs de froid
Les sirèn's du port d'Alexandrie
Chantent encore la même mélodie
Wo wo
La lumière du phare d'Alexandrie fait naufrager les
Alexandrie   [papillons de ma jeunesse
Alexandra
Ce soir j'ai de la fièvre et toi tu meurs de froid
Ce soir je dans', je dans', je danse dans tes draps.

2

Voiles sur les filles
Et barques sur le Nil
Je suis dans ta vie
Je suis dans tes draps
Alexandra Alexandrie
Alexandrie où tout commence et tout finit
J'ai plus d'appétit
Qu'un barracuda
Je te mangerai crue si tu n'me retiens pas
Je te mangerai crue si tu n'me retiens pas
Alexandrie
Alexandra
Alexandrie ce soir je danse dans tes draps
Je te mangerai crue si tu n'me retiens pas
Les sirèn's du port d'Alexandrie
Chantent encore la même mélodie
Wo wo
La lumière du phare d'Alexandrie fait naufrager les
Alexandrie   [papillons de ma jeunesse
Alexandra
Ce soir j'ai de la fièvre et toi tu meurs de froid
Ce soir je dans', je dans', je danse dans tes draps.

© Éditions Jeune Music, 1978.

Marie Laforet
[1940]

*Elle a fait des vendanges d'où sont sortis de grands crus.
Des yeux de rêve et une voix de fée qui resteront longtemps
dans la mémoire d'un très large public. Le même qui applaudit
aussi la comédienne.*

Ivan, Boris et moi

Paroles d'Eddy Marnay
Musique d'Emil Stern

Lorsque nous étions encor enfants
Sur les chemins de bruyère
Tout le long de la rivière
On cueillait la mirabelle
Sous le nid des tourterelles
Anton, Ivan, Boris et moi
Rebecca, Paula, Joanna et moi

Le dimanche pour aller danser
On mettait tous nos souliers
Sur le même palier
Et pour ne pas les abîmer
On allait au bal à pieds.
Anton, Ivan, Boris et moi
Rebecca, Paula, Joanna et moi

Ça compliquait bien un peu la vie
Trois garçons pour quatre filles
On était tous amoureux
Toi de moi et moi de lui
Lui hier l'autre aujourd'hui
Anton, Ivan, Boris et moi
Rebecca, Paula, Joanna et moi

Dire qu'au moment de se marier
On est tous allé chercher
Ailleurs ce que l'on avait

À portée de notre main
On a quitté les copains
Anton, Ivan, Boris et moi
Rebecca, Paula, Joanna et moi

Aujourd'hui chaque fois qu'on s'écrit
C'est qu'il nous vient un enfant
Le monde a beau être grand
C'est à peine s'il contient
Nos enfants et leurs parrains
Anton, Ivan, Boris et moi
Rebecca, Paula, Joanna et moi
Sacha, Sonia, David et moi
Sacha, Sonia, David et moi
Dimitri, David, Natacha et moi
Sacha, Sonia, David et moi
Dimitri, David, Natacha et moi.

Il a neigé sur Yesterday

Paroles de Michel Jourdan
Musique de Jean-Claude Petit et Tony Rallo

Il a neigé sur Yesterday
Le soir où ils se sont quittés
Le brouillard sur la mer s'est endormi
Et Yellow Submarine s'est endormi
Yey Jude habite seulement un cottage à Chelsea
John et Paul je crois sont les seuls à qui elle ait écrit
Le vieux sergent Peppers a rangé ses médailles
Au dernier refrain d'Hello Good bye Hello Good bye

Il a neigé sur Yesterday
Le soir où ils se sont quittés
Penny Lane aujourd'hui deux enfants
Mais il pleut sur l'île de Wight au printemps
Éléanor Rigby vos quatre musiciens
Viennent séparément vous voir quand ils passent à
[Dublin

Vous parlez de Michèle ma belle des années
[tendres
De ses mots qui vont si bien ensemble Si bien
[ensemble

Il a neigé sur Yesterday
Le soir où ils se sont quittés
Penny Lane c'est déjà loin maintenant
Mais jamais elle n'aura de cheveux blancs

Il a neigé sur Yesterday
Cette année-là même en été
En cueillant ses fleurs Lady Madona
A tremblé mais ce n'était pas de froid.

Jacques Higelin
[1940]

Il fait partie des rares interprètes qui commencent leur tour de chant à 21 heures et le termine à 2 heures du matin !

Cet enfant que je t'avais fait

Paroles de Brigitte Fontaine
Musique de Jacques Higelin

Lui   Cet enfant que je t'avais fait
Pas le premier mais le second
Te souviens-tu ?
Où l'as-tu mis qu'en as-tu fait
Celui dont j'aimais tant le nom
Te souviens-tu ?

Elle   Offrez-moi une cigarette
J'aime la forme de vos mains
Que disiez-vous ?
Caressez-moi encore la tête
J'ai tout mon temps jusqu'à demain
Que disiez-vous ?

Lui   Mais cet enfant où l'as-tu mis
Tu ne fais attention à rien
Te souviens-tu ?
Il ne fait pas chaud aujourd'hui
L'enfant doit avoir froid ou faim
Te souviens-tu ?

Elle   Vous êtes tout à fait mon type
Vous devez être très ardent
Que disiez-vous ?
Je crois que je n'ai plus la grippe
Voulez-vous monter un moment
Que disiez-vous ?

Lui   Mais je t'en supplie souviens-toi
Où as-tu mis ce bel enfant
Te souviens-tu ?
Je l'avais fait rien que pour toi
Ce bel enfant au corps tout blanc
Te souviens-tu ?

Elle   Ah ! Vraiment tous mes compliments
Mais arrêtez je vous en prie
Je n'en puis plus
Vous êtes tout à fait charmant
Mais ça suffit pour aujourd'hui
Que disiez-vous ?

Duo avec Brigitte Fontaine.

Champagne

Paroles et Musique de Jacques Higelin

La nuit promet d'être belle
Car voici qu'au fond du ciel
Apparaît la lune rousse.
Saisi d'une sainte frousse,
Tout le commun des mortels
Croit voir le diable à ses trousses.
Valets volages, et vulgaires,
Ouvrez mon sarcophage.

Et vous pages pervers,
Courez au cimetière.
Prévenez de ma part
Mes amis nécrophages
Que ce soir nous sommes attendus,
Dans les marécages.
Voici mon message :

Cauchemars fantômes et squelettes,
Laissez flotter vos idées noires.

Près de la mare aux oubliettes.
Tenue de suaire obligatoire.
Lutins, lucioles, feux follets
Et les faunes et farfadets
Effraient mes grands carnassiers.

Une muse un peu dodue
Me dit d'un air entendu :
« Vous auriez pu vous raser ».
Comme je lui fais remarquer
Deux trois pendus attablés
Qui sont venus sans cravates,
Elle me lance un œil hagard
Et vomit sans crier gare
Quelques vipères écarlates.

Vampires éblouis,
Par de lubriques vestales.
Égéries insatiables
Chevauchant les walkiries,

Infernal appétit de frénésies bacchanales
Qui charment nos âmes envahies par la mélancolie,
Satyres joufflus, boucs émissaires,
Gargouilles émues, fières gorgones,
Laissez ma couronne aux sorcières
Et mes chimères à la licorne.

Soudain les arbres frissonnent
Car Lucifer en personne
Fait une courte apparition,
L'air tellement accablé
Qu'on lui donnerait volontiers
Le Bon Dieu sans confession ;
S'il ne laissait, malicieux,
Courir le bout de sa queue
Devant ses yeux maléfiques
Et ne se dressait d'un bond
Dans un concert de jurons
Disant d'un ton pathétique :
Que les damnés obscènes
Cyniques et corrompus
Fassent griefs de leurs peines

À ceux qu'ils ont élus !

Car devant tant de problèmes
Et de malentendus,
Les dieux et les diables en sont venus
À douter d'eux-mêmes,
Au dédain suprême.

Mais déjà le ciel blanchit.
Esprits, je vous remercie
De m'avoir si bien reçu.
Cocher lugubre et bossu
Déposez-moi au manoir
Et lâchez ce crucifix.

Décrochez-moi ces gousses d'ail
Qui déshonorent mon portail,
Et me cherchez sans retard
L'ami qui soigne et guérit
La folie qui m'accompagne
Et jamais ne m'a trahi :
Champagne !

Eddy Mitchell
[1942]

Ce n'est pas l'habit qui a fait Claude Moine... mais sa voix et son swing. Rocker déchaîné à ses débuts, il devient au fil des années un auteur crooner bien établi qui rassemble à chacune de ses prestations sur scène ou au disque un large et fidèle public.

Et s'il n'en reste qu'un

Paroles de Claude Moine
Musique de Jean-Pierre Bourtayre

Certains me dis'nt Eddy le vent va tourner
Le virage est dang'reux il te faut évoluer
Regard' autour de toi et ne t'entête pas
Ton style est démodé alors décide-toi.

J'ai pensé maintenant nous allons jouer serré
Car si le rythme meurt c'est moi qui serai tué
Tout le monde prétend qu'il est mort et enterré

Il est grand temps pour moi de le ressusciter

Je me dis
Que s'il n'en reste qu'un je serai celui-là
S'il n'en reste qu'un je serai celui-là

Certains veulent s'asseoir auprès de leur âme
Dans l'espoir d'y trouver un barbu sans barb'
Qui leur dit mes amis un caprice c'est fini
Moi voilà ce que j'aime et très fort je le dis

Que s'il n'en reste qu'un je serai celui-là
Je serai celui-là
Je serai celui-là.

Si tu n'étais pas mon frère

Paroles de Ralph Bernet
Musique de Guy Magenta

Refrain
Si tu n'étais pas mon frère
Je n'aurais pas eu de pitié
Si tu n'étais pas mon frère
Je crois bien que je t'aurais tuer

1
Voler la fille que j'préfère
Cell' pour qui je revivais
Vraiment là tu exagères
Tu n'aurais pas dû y toucher

[Au refrain]

2
Si mon poing t'as mis à terre
Remercie Dieu de te lever

Entre nous plus rien à faire
Nos chemins doiv'nt se séparer

[Au refrain]

3
Elle avait raison notr' mère
De toi fallait se méfier
J'étais au bout de la terre
Et tu en as profité

[Au refrain]

4
Avec toi qui fus mon frère
Ell' peut très bien s'en aller
À vous deux vous fait's la paire
Vous étiez faits pour vous aimer

[Au refrain]

Couleur menthe à l'eau

Paroles de Claude Moine
Musique de Pierre Papadiamandis

Elle était maquillée
Comme une star de ciné
Accoudée au juke-box
la la la la
Elle rêvait qu'elle posait juste pour un bout d'essai
À la Century Fox
la la la la
Elle semblait bien dans sa peau
Ses yeux couleur menthe à l'eau
Cherchaient du regard un spot

Le Dieu projecteur
Et moi je n'en pouvais plus
Bien sûr elle ne m'a pas vu
Perdu dans sa mégalo
Moi j'étais de trop.

Elle marchait comme un chat
Qui méprise sa proie
Où frôlant le flipper
la la la la
La chanson qui couvrait
Tous les mots qu'elle mimait
Semblait briser son cœur
la la la la
Elle en faisait un peu trop
La fille aux yeux menthe à l'eau
Hollywood est dans sa tête
Toute seule elle répète
Son entrée dans un studio
Décor : couleur menthe à l'eau
Perdue dans sa mégalo
Moi je suis de trop
Mm Mm

Mais un type est entré
Et le charme est tombé
Arrêtant le flipper
la la la la
Ses yeux noirs ont lancé
De l'agressivité
Sur le pauvre juke-box
la la la la
Le fille aux yeux menthe à l'eau a rangé sa mégalo
Et s'est soumise aux yeux noirs
Couleur de trottoir
Et moi je n'en pouvais plus
Elle n'en a jamais rien su
Ma plus jolie des mythos
Couleur menthe à l'eau

Je t'en veux d'être belle

Paroles de Pierre Saka
Musique de Jean Renard

Je t'en veux d'être belle
Car souvent je me dis
Peut-on rester fidèle
Lorsque l'on est aussi jolie
Et rien n'est plus cruel
D'entendre dire partout
Que tu es la plus belle
Comment ne pas être jaloux

Et c'est pourquoi lorsque tu es dans mes bras
Je ne suis plus très sûr de moi
Je pense à tous ceux qui t'ont regardé
Et que tu n'as pas oublié

Je t'en veux d'être belle
Tu es à la merci
D'une aventure nouvelle
Qui changerait toute ma vie
Je t'en veux d'être belle
Je sais que mon bonheur
Avec toi est bien frêle
Et c'est bien ça qui me fait peur

Je voudrais savoir combien va durer
L'espoir que j'ai de te garder
Mais si tu répondais à mon amour
Et si tu m'aimais pour toujours
Si tu n'aimais que moi
Je ne t'en voudrais plus crois-moi
Au contraire je serai fier de toi
De Toi... de Toi... de Toi !

La dernière séance

Paroles de Claude Moine
Musique de Pierre Papadiamandis

La lumièr' revient déjà
Et le film est terminé
Je réveille mon voisin
Il dort comm' un nouveau-né
Je relèv' mon strapontin
J'ai une envie de bâiller
C'était la dernièr' séquence
C'était la dernièr' séance
Et le rideau sur l'écran est tombé.

Refrain
Bye bye les héros que j'aimais
L'entr'acte est terminé
Bye bye rendez-vous à jamais
Mes chocolats glacés, glacés.

La photo sur le mot fin
Peut fair' sourire ou pleurer
Mais je connais le destin
D'un cinéma de quartier
Il finira en garage
En building, supermarché
Il n'a plus aucune chance
C'était la dernièr' séance
Et le rideau sur l'écran est tombé.

Refrain
Bye bye les filles qui tremblaient
Pour les jeunes premiers
Bye bye rendez-vous à jamais
Mes chocolats glacés, glacés.

J'allais rue des Solitaires
À l'école de mon quartier
À cinq heures, j'étais sorti
Mon père venait me chercher
On voyait Gary Cooper
Qui défendait l'opprimé

C'était vraiment bien l'enfance
Mais c'est la dernièr' séquence
Et le rideau sur l'écran est tombé.

La lumière s'éteint déjà
La salle est vide à pleurer
Mon voisin détend ses bras
Il s'en va boire un café
Un vieux pleure dans un coin
Son cinéma est fermé
C'était la dernière séquence
C'était la dernière séance
Et le rideau sur l'écran est tombé.

Le cimetière des éléphants

Paroles de Claude Moine
Musique de Pierre Papadiamandis

C'est pas perdu puisque tu m'aimes
Un peu moins fort, quand même
J'suis ta solution sans problème
Gadget évident
Mais toi maintenant
Tu veux plus jouer

Y faut m'garder
Et m'emporter
J'suis pas périssable
J'suis bon à consommer
Te presse pas tu as tout l'temps
D'm'emmener au cimetière des éléphants

Y faut m'garder
Et m'emporter
J'prendrai pas trop d'place
Promis, craché, juré
Quand j'serai vieux
J'te f'rai le plan

D'chercher le cimetière des éléphants

Y a des souvenirs quand on les jette
Qui r'viennent sans faute dans les maux d'tête
Faut pas qu'je pleure pour qu'tu m'regrettes
Côté sentiment
J'suis pas pire qu'avant Solvable à mi-temps
Mais faut m'garder
Et m'emporter

Je sais qu'j'ai plus l'droit au crédit renouvelé
J'suis dans l'safari partant
Mourir au cimetière des éléphants

Michel Fugain
[1942]

Son Big Bazar fit partie du Big Bang de sa réussite ! Mais il touche à tout. Un tour de chant. Une école de la chanson. Un plateau de télévision.

Il compose même pour les autres (Michel Sardou). Où s'arrê-tera-t-il ?

Fais comme l'oiseau

Paroles originales et Musique de Carlos Antonio Jocafi
Paroles françaises de Pierre Delanoë

1
Fais comme l'oiseau
Ça vit d'air pur et d'eau fraîche, un oiseau
D'un peu de chasse et de pêche, un oiseau
Mais jamais rien ne l'empêche, l'oiseau
D'aller plus haut
Mais je suis seul dans l'univers
J'ai peur du ciel et de l'hiver
J'ai peur des fous et de la guerre
J'ai peur du temps qui passe, dis
Comment peut-on vivre aujourd'hui
Dans la fureur et dans le bruit
Je ne sais pas je ne sais plus je suis perdu
Fais comme l'oiseau
Ça vit d'air pur et d'eau fraîche, un oiseau
D'un peu de chasse et de pêche, un oiseau
Mais jamais rien ne l'empêche, l'oiseau
D'aller plus haut

2
Et l'amour dont on m'a parlé
Cet amour que l'on m'a chanté
Ce sauveur de l'humanité
Je n'en vois pas la trace, dis
Comment peut-on vivre sans lui

Sous quelle étoile, dans quel pays
Je n'y crois pas je n'y crois plus je suis perdu
Fais comme l'oiseau
Ça vit d'air pur et d'eau fraîche, un oiseau
D'un peu de chasse et de pêche, un oiseau
Mais jamais rien ne l'empêche, l'oiseau
D'aller plus haut

3

Mais j'en ai marre d'être roulé
Par des marchands de liberté
Et d'écouter se lamenter
Ma gueule dans la glace, dis
Est-ce que je dois montrer les dents
Est-ce que je dois baisser les bras
Je ne sais plus je ne sais pas je suis perdu
Fais comme l'oiseau
Ça vit d'air pur et d'eau fraîche, un oiseau
D'un peu de chasse et de pêche, un oiseau
Mais jamais rien ne l'empêche, l'oiseau
D'aller plus haut
D'aller plus haut haut haut

Balade en Bugatti

Paroles de Pierre Delanoë
Musique de Michel Fugain et Georges Blaness

1

Viens je t'emmène avec moi
En balade
Tu laisses tout on s'en va
En balade
Ma Bugatti sport de mil neuf cent trente
N'attend plus que toi
Crois-moi tu seras contente
Paris-Deauville en quatre heur's c'est extra
Mais tu peux très bien me dire en chemin
Que l'herbe est tendre

Tu peux même avoir le désir soudain de t'y étendre
Et si tu voulais te jeter sur moi je ne dirais rien
Et si tu voulais encor' plus que ça je le ferais bien
Très bien
Et quand demain j'irai te chercher
Des bouquets de fleurs et de coquillages
Tu m'attendras au port sur le quai ou sur le bord de
Je t'en prie ne perdons pas de temps   [la plage
Je te prêt'rai ma brosse à dents
Mon amour

2

Viens je t'emmène avec moi
En balade
Tu laisses tout on s'en va
En balade
Tu as bien le temps de fair' du ménage
Vingt ans c'est trop tôt
Crois-moi ce serait dommage
De ne pas profiter de mon auto
Mais tu peux très bien me dire en chemin
Que l'herbe est tendre
Tu peux même avoir le désir soudain de t'y étendre
Et si tu voulais te jeter sur moi je ne dirais rien
Et si tu voulais encor' plus que ça je le ferais bien
Très bien
Et quand demain j'irai te chercher
Des bouquets de fleurs et de coquillages
Tu m'attendras au port sur le quai ou sur le bord de
Je t'en prie ne perdons pas de temps   [la plage
Je te prêt'rai ma brosse à dents
Mon amour

3

Viens je t'emmène avec moi
En balade
Tu laisses tout on s'en va
En balade
Ma Bugatti sport de mil neuf cent trente
Retient ses chevaux
Tout prêts à fair' du soixante
Paris-Deauville en quatre heures et bravo

© Éditions Musicales Le Minotaure, 1970.

608

Une belle histoire

Paroles de Pierre Delanoë
Musique de Michel Fugain

C'est un beau roman c'est une belle histoire
C'est une romance d'aujourd'hui
Il rentrait chez lui là-haut vers le brouillard
Elle descendait dans le Midi
Ils se sont trouvés au bord du chemin
Sur l'autoroute des vacances
C'était sans doute un jour de chance
Ils avaient le ciel à portée de main
Un cadeau de la providence
Alors pourquoi penser au lendemain

Ils se sont cachés dans un grand champ de blé
Se laissant porter par le courant
Se sont raconté leur vie qui commençait
Ils n'étaient encore que des enfants
Ils s'étaient trouvés au bord du chemin
Sur l'autoroute des vacances
C'était sans doute un jour de chance
Ils cueillirent le ciel au creux de leurs mains
Comme on cueille la providence
Refusant de penser au lendemain

C'est un beau roman
C'est une belle histoire
C'est une romance d'aujourd'hui
Il rentrait chez lui là-haut vers le brouillard
Elle descendait vers le Midi
Ils se sont quittés au bord du matin
Sur l'autoroute des vacances
C'était fini le jour de chance
Ils reprirent alors chacun leur chemin
Saluèrent la providence
En se faisant un signe de la main

Il rentra chez lui là-haut vers le brouillard
Elle est descendue là-bas dans le Midi

C'est un beau roman
C'est une belle histoire
C'est une romance d'aujourd'hui

Georges Chelon
[1943]

Baladin mélancolique, son premier 45 tours est son plus grand titre.

Sa carrière se poursuit ensuite au rythme de son militantisme résolu pour l'exception française. Il faut dire que son répertoire, pourtant de très grande qualité, ne fut jamais soutenu par les radios, la télévision ni la presse spécialisée.

Le père prodigue

Paroles et Musique de Georges Chelon

Ah, te voilà, toi
J'peux pas bien t'dire que j'te r'connaisse
J'étais vraiment à fleur d'jeunesse
Quand tu nous as laissés tomber
Mais pour le peu que j'me rappelle
De la tête que tu avais
Ça t'aurait plutôt profité
Ce p'tit séjour à l'étranger
Ce p'tit séjour à l'étranger.
Mais j'ai changé, moi
Sûr tu dois m'trouver bien grandi
J't'ai pas donné beaucoup d'soucis
Mais cependant faudrait pas croire
Que j'ai pu pousser sans histoire

Ah, te voilà, toi
Serait bien temps que tu reviennes
Serait bien temps que tu t'souviennes
De ceux qu't'as laissés derrièr' toi,
Derrièr' toi.
D'celle qui fit feu d'toute sa tendresse
Qui eut toujours d'l'amour de reste
Afin qu'ton retour de passion
Ne tombe aussi sur notre front.
Mais j'peux bien l'dire, va,

Toi qui ne m'as même pas donné
Juste c'qu'il faut d'temps pour t'aimer
Parfois j'ai eu besoin de toi
Un' mèr' c'est trop doux quelquefois
Un' mèr' c'est trop doux quelquefois.

Ah, te voilà, toi
Mais n'te prends pas pour l'père prodigue
Pour ton retour la table est vide
On n'a pas tué le veau gras
Pas d'veau gras
Ce serait beaucoup trop facile
De revenir d'un pas tranquille
Dans ce qui n'est plus un chez toi.
Tu peux fouiller, va,
Tu n'verras rien qui t'appartienne
Pas un objet qui te retienne
On t'a effacé de nos joies
Comme toi tu nous effaças.
Tu peux r'garder, va
Tu n'trouv'ras rien qui t'appartienne
Pas un objet qui te retienne
Ni ne te retiennent nos bras,
Ta place n'est plus sous notre toit.

*C'est en gagnant un concours de chant que ce Grenoblois
sportif, excellent joueur de football, peut enregistrer deux
chansons :* Le père prodigue *et* La morte saison, *qui lui
valent le grand prix du disque en 1966.*

Salvatore Adamo
[1943]

La réussite du contre-courant personnifiée ! Il s'impose d'emblée au sein d'une mode américaine et perpétue la lignée de l'auteur belge francophone. En quelques années, son répertoire s'élargit et il se produit dans le monde entier.

Vous permettez, Monsieur

Paroles et Musique de Salvatore Adamo

1
Aujourd'hui, c'est le bal des gens bien.
Demoiselles, que vous êtes jolies !
Pas question de penser aux folies :
Les folies sont affaires de vauriens.
On n'oublie pas les belles manières,
On demande au papa s'il permet ;
Et comme il se méfie des gourmets,
Il vous passe la muselière.

Refrain
Vous permettez, Monsieur,
Que j'emprunte votre fille ?
Et, bien qu'il me sourie,
Moi, je sens qu'il se méfie.
Vous permettez, Monsieur ?
Nous promettons d'être sages
Comme vous l'étiez à notre âge
Juste avant le mariage.

2
Bien qu'un mètre environ nous sépare,
Nous voguons par-delà les violons.
On doit dire, entre nous, on se marre
À les voir ajuster leurs lorgnons.

[Au refrain]

3
Que d'amour dans nos mains qui s'étreignent !
Que d'élans vers ton cœur dans le mien !
Le regard des parents, s'il retient,
N'atteint pas la tendresse où l'on baigne.

[Au refrain]

Nous promettons d'être sages
Comme vous l'étiez à notre âge ⎱ *(bis)*
Juste avant le mariage. ⎰

Les filles du bord de mer

Paroles et Musique de Salvatore Adamo

Je me souviens du bord de mer
Avec ses filles au teint si clair
Elles avaient l'âme hospitalière
C'était pas fait pour me déplaire
Naïves autant qu'elles étaient belles
On pouvait lire dans leur prunelle
Qu'elles voulaient pratiquer le sport
Pour garder une belle ligne de corps
Et encore et encore J'aurais pu danser la java

Z'étaient chouettes les filles du bord de mer
Z'étaient faites pour qui savait y faire

Y'en avait une qui s'app'lait Ève
C'était vraiment la fill' d'mes rêves
Elle n'avait qu'un seul défaut
Elle se baignait plus qu'il ne faut
Plutôt qu'd'aller chez le masseur
Elle invitait l'premier baigneur
À tâter du côté d'son cœur

En douceur en douceur En douceur et profondeur

Z'étaient chouettes les filles du bord de mer
Z'étaient faites pour qui savait y faire

Lui pardonnant cette manie
J'lui propose de partager ma vie
Mais dès que revint l'été
Je commençai à m'inquiéter
Car sur les bords d' la mer du Nord
Elle se remit à faire du sport
Je tolérais ce violon d'Ingres
Sinon elle devenait malingre

Z'étaient chouettes les filles du bord de mer
Z'étaient faites pour qui savait y faire

Puis un jour j'en ai eu marre
C'était pis que la mer à boire
J'l'ai refilée à un gigolo
Et j'ai nagé vers d'autres eaux
En douceur en douceur

Z'étaient chouettes les filles du bord de mer
Z'étaient faites pour qui savait leur plaire

Mes mains sur tes hanches

Paroles et Musique de Salvatore Adamo

1
Sois pas fâchée si je te chante
Les souvenirs de mes quinze ans
Ne boude pas si tu es absente
De mes rêv'ries d'adolescent
Ces amourettes insignifiantes
Ont préparé un grand amour

Et c'est pourquoi je te les chante
Et les présente tour à tour
Oui c'est pourquoi je te les chante
Et les présente tour à tour
Mais laisse mes mains sur tes hanches
Ne fais pas ces yeux furibonds
Oui tu l'auras ta revanche
Tu seras ma dernièr' chanson

2

Dans chaque fille que j'ai connue
C'est un peu toi que je cherchais
Quand dans mes bras je t'ai tenue
Moi je tremblais je comprenais
Que tu es sortie d'une fable
Pour venir habiter mon rêve
Et ce serait bien regrettable
Que notre amour ainsi s'achève
Oui ce serait bien regrettable
Que notre amour ainsi s'achève
Mais laisse mes mains sur tes hanches
Ne fais pas ces yeux furibonds
Oui tu l'auras ta revanche
Tu seras ma dernièr' chanson
Mais laisse mes mains sur tes hanches
Ne fais pas ces yeux furibonds
Oui tu l'auras ta revanche
Tu seras ma dernièr' chanson
La
La La La La La La
La La La
La La La La La La
La La La
La
La La La La La
La La La
La La La

Inch' Allah

Paroles et Musique de Salvatore Adamo

J'ai vu l'Orient dans son écrin
Avec la lune pour bannière
Et je comptais en un quatrain
Chanter au monde sa lumière.

Mais quand j'ai vu Jérusalem
Coquelicot sur un rocher
J'ai entendu un requiem
Quand sur lui je me suis penché.

Ne vois-tu pas humble chapelle
Toi qui murmures paix sur la terre
Que les oiseaux cachent de leurs ailes
Ces lettres de feu : danger frontière.

Mais voici qu'après tant de haine
Fils d'Ismaël et fils d'Israël
Libèrent d'une main sereine
Une colombe dans le ciel.

Inch' Allah, Inch' Allah, Inch' Allah, Inch' Allah.

Et l'olivier retrouve son ombre
Sa tendre épouse, son amie
Qui reposait sur les décombres
Prisonnière en terre ennemie.

Et par-dessus les barbelés
Le papillon vole vers la rose
Hier on l'aurait répudié
Mais aujourd'hui enfin... il ose.

Requiem pour les millions d'âmes
De ces enfants, ces femmes, ces hommes
Tombés des deux côtés du drame
Assez de sang... Salam... Shalom !

Inch' Allah, Inch' Allah, Inch' Allah, Inch' Allah.

Au cours d'une tournée internationale, Adamo chante à Bey-
routh, puis à Téhéran devant Farah Diba. À Jérusalem, c'est

le triomphe, et à Tel-Aviv, sous le choc du conflit israélo-arabe, il composa Inch' Allah.

Nouvelle version 1993.

Tombe la neige

Paroles et Musique de Salvatore Adamo

Tombe la neige
Tu ne viendras pas ce soir
Tombe la neige
Et mon cœur s'habille de noir
Ce soyeux cortège
Tout en larmes blanches
L'oiseau sur la branche
Pleure le sortilège

Tu ne viendras pas ce soir
Me crie mon désespoir
Mais tombe la neige
Impassible manège

Tombe la neige
Tu ne viendras pas ce soir
Tombe la neige
Tout est blanc de désespoir
Triste certitude
Le froid et l'absence
Cet odieux silence
Blanche solitude

Tu ne viendras pas ce soir
Me crie mon désespoir
Mais tombe la neige
Impassible manège

Jacques Dutronc
[1943]

De tous les interprètes de son époque, il est le plus décontracté...

Chip Chip Chip Bidou Ah ! Crack Boum Hue !

Happé par le cinéma et, aux antipodes de ce premier personnage, il est Van Gogh.

La marque d'une carrière incomparable.

Et moi, et moi, et moi

Paroles de Jacques Lanzmann
Musique de Jacques Dutronc

Sept cent millions de Chinois
Et moi, et moi, et moi
Avec ma vie, mon petit chez-moi
Mon mal de tête, mon point au foie
J'y pense et puis j'oublie
C'est la vie, c'est la vie

Quatre-vingt millions d'Indonésiens
Et moi, et moi, et moi

Avec ma voiture et mon chien
Son Canigou quand il aboie
J'y pense et puis j'oublie
C'est la vie, c'est la vie

Trois ou quatre cent millions de Noirs
Et moi, et moi, et moi
Qui vais au brunissoir
Au sauna pour perdre du poids
J'y pense et puis j'oublie
C'est la vie, c'est la vie

Trois cent millions de Soviétiques
Et moi, et moi, et moi
Avec mes manies et mes tics
Dans mon p'tit lit en plumes d'oie
J'y pense et puis j'oublie
C'est la vie, c'est la vie

Cinquante millions de gens imparfaits
Et moi, et moi, et moi
Qui regardent Catherine Langeais
À la télévision chez moi
J'y pense et puis j'oublie
C'est la vie, c'est la vie

Neuf cent millions de crève-la-faim
Et moi, et moi, et moi
Avec mon régime végétarien
Et tout le whisky que je m'envoie
J'y pense et puis j'oublie
C'est la vie, c'est la vie

Cinq cent millions d' Sud-Américains
Et moi, et moi, et moi
Je suis tout nu dans mon bain
Avec une fille qui me nettoie
J'y pense et puis j'oublie
C'est la vie, c'est la vie

Cinquante millions de Vietnamiens
Et moi, et moi, et moi
Le dimanche à la chasse aux lapins

Avec mon fusil, je suis le roi
J'y pense et puis j'oublie
C'est la vie, c'est la vie

Cinq cent milliards de petits martiens
Et moi, et moi, et moi
Comme un con de Parisien
J'attends mon chèque de fin de mois
J'y pense et puis j'oublie
C'est la vie, c'est la vie

Il est cinq heures Paris s'éveille

Paroles de Jacques Lanzmann et Anne Ségalen
Musique de Jacques Dutronc

Je suis l'Dauphin d'la plac' Dauphine
Et la place Blanche a mauvaise mine
Les camions sont pleins de lait
Les balayeurs sont pleins d'balais.

Refrain
Il est cinq heures, Paris s'éveille,
Paris s'éveille.

Les travestis vont se raser
Les stripteaseuses sont rhabillées
Les traversins sont écrasés
Les amoureux sont fatigués.

[Au refrain]

Le café est dans les tasses
Les cafés nettoient leurs glaces
Et sur l'boul'vard Montparnasse
La gare n'a plus d'carcasse.

[Au refrain]

Les banlieusards sont dans les gares
À la Villette on tranche le lard
Paris by night regagne les cars
Les boulangers font des bâtards.

[Au refrain]

La tour Eiffel a froid au pied
L'Arc de triomphe est ranimé
Et l'Obélisque est bien dressée
Entre la nuit et la journée.

[Au refrain]

Les journaux sont imprimés
Les ouvriers sont déprimés
Les gens se lèvent ils sont brimés
C'est l'heure où je vais me coucher.

Refrain
Il est cinq heures, Paris s'éveille.
Il est cinq heures, je n'ai pas sommeil.

Un miracle peut toujours sauver une chanson perdue.
Il est 18 heures dans le studio d'enregistrement des disques
Vogue où J. Lanzmann, J. Dutronc et leurs proches écoutent
ce qu'ils viennent d'enregistrer, et le constat est pénible.
C'est complètement raté. Vient à passer, venant d'un studio
voisin, le talentueux flûtiste Roger Bourdin. Après avoir
écouté la bande, il dit à Dutronc : « J'ai une idée, je passe
dans le studio et je fais une petite variation à ma façon sur
votre musique. Vous me direz ce que vous en pensez. »
Ce qui fut dit fut fait. Dutronc retrouva le sourire. Sa chanson
était sauvée.

J'aime les filles

Paroles de Jacques Lanzmann
Musique de Jacques Dutronc

J'aime les filles de chez Castel
J'aime les filles de chez Régine
J'aime les filles qu'on voit dans Elle
J'aime les filles des magazines

J'aime les filles de chez Renault
J'aime les filles de chez Citroën
J'aime les filles des hauts fourneaux
J'aime les filles qui travaill'nt à la chaîne
Si vous êt's comm' ça
Téléphonez-moi
Si vous êt's comm' ci
Téléphonez-me.

J'aime les filles à dot,
J'aime les filles à papa,
J'aime les filles de Loth,
J'aime les filles sans papa,
J'aime les filles de Megève,
J'aime les filles de Saint-Tropez,
J'aime les filles qui font la grève,
J'aime les filles qui vont camper

J'aime les filles de La Rochelle,
J'aime les filles de Camaret
J'aime les filles intellectuelles
J'aime les filles qui m' font marrer

J'aime les filles qui font vieill' France
J'aime les filles de Cinéma
J'aime les filles de l'Assistance
J'aime les filles dans l'embarras

[Parlé]
Si vous êtes comme ça
Téléphonez-moi,
Si vous êtes comme ci
Téléphonez-me ;

Les play-boys

Paroles de Jacques Lanzman
Musique de Jacques Dutronc

Il y a les play-boys de profession habillés par Cardin
et chaussés par Carvil
Qui roulent en Ferrari à l' plage comme à la ville qui
vont chez Cartier comme ils vont chez Fauchon

Refrain
Croyez-vous que je sois jaloux
Pas du tout Pas du tout
Moi j'ai un piège à filles
Un piège d'amour
Un joujou extra
Qui fait crack boum hue
Les filles en tombent à mes g'noux

J'ai pas peur des petits minets qui mangent leur
ronron aux drugstores
Ils travaillent tout comme les castors, ni avec leurs
mains, ni avec leurs pieds

[Au refrain]

Je ne crains pas les costauds, les supermen, les
bébés aux carrures d'athlètes
Aux yeux d'acier, aux sourires coquets, en Harley
Davidson ils se promènent

[Au refrain]

624

Il y a les drogués, les fous du zan, ceux qui lisent et ceux qui savent parler
Aux mann'quins de chez Catherine Harley et qui s'marient à la Madeleine

Refrain
Croyez-vous que je sois jaloux
Pas du tout Pas du tout
Moi j'ai un piège à filles
Un piège d'amour
Un joujou extra
Qui fait crack boum hue
Les filles en tombent à mes g'noux
... J'recommence...
Qui fait crack boum hue... crack boum hue... crack boum hue...

Les cactus

Paroles de Jacques Lanzmann
Musique de Jacques Dutronc

Le mond' entier est un cactus
Il est impossible de s'asseoir
Dans la vie il n'y a qu' des cactus
Moi j' m' pique de le savoir
Aïe ! aïe ! aïe ! Ouille ! Aïe ! aïe ! aïe !

Dans leur cœur il y a des cactus.
Dans leur portefeuille y'a des cactus
Sous leurs pieds il y a des cactus
Dans l'heure qu'il est y'a des cactus
Aïe ! aïe ! aïe ! Ouille ! Aïe ! aïe ! aïe !

Pour me défendre de leur cactus
À mon tour j'ai pris des cactus
Dans mon lit j'ai mis des cactus
Dans mon slip j'ai mis des cactus
Aïe ! aïe ! aïe ! Ouille ! Aïe ! aïe ! aïe !

Dans leur sourir' il y'a des cactus
Dans leur ventr' il y'a des cactus
Dans leur bonjour il y'a des cactus
Dans leur cactus il y'a des cactus
Aïe ! aïe ! aïe ! Ouille ! Ouille !

Le monde entier est un cactus
Il est impossible de s'asseoir
Dans la vie y'a que des cactus
Moi je me pique de le savoir
Aïe ! aïe ! aïe ! Ouille ! Ouille !
Ouille ! Ouille ! Ouille ! Ouille !

Serge Lama
[1943]

Fréquenter Pigalle et ensuite Napoléon, c'est joindre les tubes par les deux bouts.

Les p'tites femmes de Pigalle

Paroles de Serge Lama
Musique de Jacques Datin

Un voyou m'a volé la femme de ma vie
Il m'a déshonoré, me disent mes amis
Mais j'm'en fous pas mal aujourd'hui
Mais j'm'en fous pas mal, car depuis
Chaque nuit

Je m'en vais voir les p'tites femmes de Pigalle
Toutes les nuits j'effeuille les fleurs du mal
Je mets mes mains partout, je suis somme un bambin
J'm'aperçois qu'en amour je n'y connaissais rien

Je m'en vais voir les p'tites femmes de Pigalle
J'étais fourmi et je deviens cigale
Et j'suis content, j'suis content, j'suis content
J'suis content, j'suis cocu mais content

Un voyou s'est vautré dans mon lit conjugal
Il m'a couvert de boue, d'opprobre et de scandale
Mais j'm'en fous pas mal aujourd'hui
Mais j'm'en fous pas mal, car depuis
Grâce à lui

Je m'en vais voir les p'tites femmes de Pigalle
Tous les maqu'reaux du coin me rincent la dalle
J'm'aperçois qu'en amour je n'valais pas un sou
Mais grâce à leurs p'tits cours je vais apprendre tout

Je m'en vais voir les p'tites femmes de Pigalle
Tous les marins m'appellent l'amiral

627

Et j' suis content, j' suis content, j' suis content
J' suis content, j' suis cocu mais content

Je m'en vais voir les p'tites femmes de Pigalle
Dans toutes les gares j'attends des filles de salle
Je fais tous les endroits que l'église condamne
Même qu'un soir par hasard j'y ai retrouvé ma femme

Je m'en vais voir les p'tites femmes de Pigalle
C'est mon péché, ma drogue, mon gardénal
Et j' suis content, j' suis content, j' suis content
J' suis content, j' suis cocu mais content

(Il s'en va voir les p'tites femmes de Pigalle)
(Dans toutes les gares il attend des filles de salle)
(Il fait tous les endroits que l'église condamne)
(Même qu'un soir par hasard il y a retrouvé sa femme)

(Il s'en va voir les p'tites femmes de Pigalle)
(C'est son péché, sa drogue, son gardénal)
(Il est content, il est content, il est content)
(Il est content, il est cocu mais content)

Je suis malade

Paroles de Serge Lama
Musique d'Alice Dona

Je ne rêve plus je ne fume plus
Je n'ai même plus d'histoire
Je suis sale sans toi je suis laid sans toi
Je suis comme un orphelin dans un dortoir

Je n'ai plus envie de vivre ma vie
Ma vie cesse quand tu pars
Je n'ai plus de vie et même mon lit
Se transforme en quai de gare
Quand tu t'en vas

Je suis malade complètement malade
Comme quand ma mère sortait le soir

Et qu'elle me laissait seul avec mon désespoir

Je suis malade parfaitement malade
T'arrives on ne sait jamais quand
Tu repars on ne sait jamais où
Et ça va faire bientôt deux ans
Que tu t'en fous

Comme à un rocher comme à un péché
Je suis accroché à toi
Je suis fatigué je suis épuisé
De faire semblant d'être heureux quand ils sont là

Je bois toutes les nuits mais tous les whiskies
Pour moi ont le même goût
Et tous les bateaux portent ton drapeau
Je ne sais plus où aller tu es partout

Je suis malade complètement malade
Je verse mon sang dans ton corps
Et je suis comme un oiseau mort quand toi tu dors

Je suis malade parfaitement malade
Tu m'as privé de tous mes chants
Tu m'as vidé de tous mes mots
Pourtant moi j'avais du talent avant ta peau

Cet amour me tue si ça continue
Je crèverai seul avec moi
Près de ma radio comme un gosse idiot
Écoutant ma propre voix qui chantera

Je suis malade complètement malade
Comme quand ma mère sortait le soir
Et qu'elle me laissait seul avec mon désespoir

Je suis malade c'est ça je suis malade
Tu m'as privé de tous mes chants
Tu m'as vidé de tous mes mots
Et j'ai le cœur complètement malade
Cerné de barricades t'entends je suis malade

Johnny Hallyday
[1943]

À ses débuts, on lui donnait quelques mois de vie artistique !
Les journalistes se payaient sa tête ! En 1962, il est en tête de
tous les Hit et en l'an 2000 il l'est encore ! Il remplit le stade de
France ! Sans commentaire !

Ma gueule

Paroles de Gilles Thibaut
Musique de Philippe Bretonnière

1
Quoi ma gueule... qu'est-c' qu'elle a ma gueule
Quelque chos' qui n'va pas
Ell' ne te revient pas
Oh je sais que tu n'as rien dit
C'est ton œil que je prends au mot

Souvent un seul regard suffit
Pour vous planter mieux qu'un couteau

Quoi ma gueule, qu'est-c' qu'elle a ma gueule
Si tu veux t'la payer
Viens je te rends la monnaie
T'as rien dit, tu l'as déjà dit
On va pas y passer la nuit

Ma gueule et moi on est d'sortie
On cherchait plutôt des amis
Quoi ma gueule, qu'est-c' qu'elle a ma gueule

2
Quoi ma gueule... qu'est-ce qu'elle a ma gueule
Oui elle a une grande gueule ! oui elle me fait la
Elle s'imagine que j'lui dois tout   [gueule
Sans elle j'n'aurais jamais plané
Sans elle j'n'vaudrais pas un clou
Ma gueule a bien l' droit de rêver

Quoi ma gueule... qu'est-c' qu'elle a ma gueule
De galères en galères elle a fait toutes mes guerres
Chaque nuit blanche, chaque jour sombre
Chaque heure saignée y est ridée
Elle ne m'a pas lâché d'une ombre
Quand j'avais mal même qu'elle pleurait

Refrain

3
Quoi ma gueule... qu'est-c' qu'elle a ma gueule
Je m'en fous qu'elle soit belle, au moins elle est
C'est pas comme une que je connais   [fidèle
Une qui me laisse crever tout seul
Mais je n'veux mêm' pas en parler
Un' qui se fout bien de ma gueule.

Retiens la nuit

Paroles de Charles Aznavour
Musique de Georges Garvarentz

Refrain
Retiens la nuit
Pour nous deux jusqu'à la fin du monde
Retiens la nuit
Pour nos cœurs dans sa course vagabonde
Serre-moi fort contre ton corps
Il faut qu'à l'heure des folies
Le grand amour raye le jour
Et nous fasse oublier la vie
Retiens la nuit
Avec toi, elle paraît si belle
Retiens la nuit
Mon amour, qu'elle devienne éternelle
Pour le bonheur de nos deux cœurs
Arrête le temps et les heures
Je t'en supplie à l'infini
Retiens la nuit.

Ne me demande pas d'où me vient ma tristesse
Ne me demande pas, tu ne comprendrais pas.
En découvrant l'amour je frôle la détresse
En croyant au bonheur, la peur entre en mes joies.

[Au refrain]

Cheveux longs et idées courtes

Paroles de Gilles Thibaut
Musique de Johnny Hallyday

Si Monsieur Kennedy
Aujourd'hui revenait
Ou si Monsieur Gandhi
Soudain ressuscitait

Ils seraient étonnés
Quand on leur apprendrait
Que pour changer le monde
Il suffit de chanter :
Ta, ta, ta, ta, tam *(bis)*
Et surtout avant tout
D'avoir les cheveux longs... on... on,

Crier dans un micro
« Je veux la liberté »
Assis sur son derrière
Avec les bras croisés.
Nos frères et nos grands-pères
N'y avaient pas pensé
Sinon, combien de larmes
Et de sang évités.
Ta, ta, ta... tam *(bis)*
Mais bien sûr leurs cheveux
N'étaient pas assez longs... on... on.

Écrire sur son blouson
« La guerre doit s'arrêter »
Assis sur son derrière
Avec les bras croisés...
Les bonzes du Viet-Nam
N'y ont jamais pensé.
Tout ce qu'ils ont trouvé.
Brr... C'est parti en fumée ! ! !
Ta, ta, ta, tam *(bis)*
Mais bien sûr leurs cheveux
Ne sont pas assez longs... on... on...

Crier « c'est une honte »
Les hommes meurent de faim.
Assis sur son derrière
Avec les bras croisés.
Est-ce là une solution ?
Est-ce le bon moyen ?
En tous cas les Indous
Devront s'en contenter...
Ta, da, di, dam, dam... *(bis)*
Avant de trouver mieux.
Leurs cheveux seront longs... on... on...

Si les mots suffisaient
Pour tout réaliser
Tout en restant assis.
Avec les bras croisés.
Je sais que, dans une cage,
Je serai enfermé
Mais, c'est une autre histoire
Que de m'y faire entrer.
Ta, ta, ta, tam... *(bis)*
Car il ne suffit pas
D'avoir les cheveux longs... on... on...

Fais donc pousser du blé
En faisant tes discours
Faut-il un uniforme
Pour détester la guerre ?
Faut-il pour être un homme
Ne plus chanter l'amour ?
Faut-il manquer son pain
Et ne plus être fier.
Dam, dam, dam *(bis)*
Faut-il pour être libre
Avoir les cheveux longs... on... longs... longs...

Quelque chose de Tennessee

Paroles et Musique de Michel Berger

[Parlé]
« Ah vous autres, hommes faibles et merveilleux
Qui mettez tant de grâce à vous retirer du jeu
Il faut qu'une main posée sur votre épaule
Vous pousse vers la vie...
Cette main tendre et légère... »

On a tous quelque chose en nous de Tennessee
Cette volonté de prolonger la nuit
Ce désir fou de vivre une autre vie
Ce rêve en nous avec ses mots à lui.

Quelque chose de Tennessee
Cette force qui nous pousse vers l'infini
Y'a peu d'amour avec tell'ment d'envie
Si peu d'amour avec tell'ment de bruit
Quelque chose en nous de Tennessee.

Ainsi vivait Tennessee
Le cœur en fièvre et le corps démoli
Avec cette formidable envie de vie
Ce rêve en nous c'était son cri à lui
Quelque chose de Tennessee

Comme une étoile qui s'éteint dans la nuit
À l'heure où d'autres s'aiment à la folie
Sans un éclat de voix et sans un bruit
Sans un seul amour, sans un seul ami
Ainsi disparut Tennessee.

À certaines heures de la nuit
Quand le cœur de la ville s'est endormi
Il flotte un sentiment comme une envie
Ce rêve en nous, avec ses mots à lui
Quelque chose de Tennessee.

Robert Charlebois
[1944]

Ce n'est pas un Québécois « ordinaire » qui a réussi sa traversée de l'Atlantique avec une chanson sur Lindbergh... Il débute avec Louise Forestier à l'Olympia après avoir roulé sa bosse un peu partout. Il allonge la liste des illustres Québécois et fin 1996, il reçoit la médaille de vermeil de l'Académie française.

Lindbergh

Paroles et Musique de Robert Charlebois

Des hélices
Astrojet, Whisperjet, Clipperjet, Turbo
À propos chu pas rendu chez Sophie
Qui a pris l'avion St-Esprit de Duplessis
Sans m'avertir

Alors chu r'parti
Sur Québec Air
Transworld, Nord-East, Eastern, Western
Puis Pan-American
Mais ché pu où chu rendu

J'ai été
Au sud du sud au soleil bleu blanc rouge
Les palmiers et les cocotiers glacés
Dans les pôles aux esquimaux bronzés
Qui tricotent des ceintures fléchés farcies
Et toujours ma Sophie qui venait de partir

Partie sur Québec Air
Transworld, Nord-East, Eastern, Western
Puis Pan-American
Mais ché pu où chu rendu

Y avait même, y avait même une compagnie
Qui engageait des pigeons

Qui volaient en dedans et qui faisaient le ballant
Pour la tenir dans le vent
C'était absolument, absolument
Absolument très salissant

Alors chu r'partie
Sur Québec Air
Transworld, Nord-East, Eastern, Western
Puis Pan-American
Mais ché pu où chu rendu

Ma Sophie, ma Sophie à moi
A pris une compagnie
Qui volait sur des tapis de Turquie
C'est plus parti
Et moi, et moi, à propos, et moi
Chu rendu à dos de chameau

Je préfère
Mon Québec Air
Transworld, Nord-East, Eastern, Western
Puis Pan-Américan
Mais ché pu où chu rendu

Et j'ai fait une chute
Une kriss de chute en parachute
Et j'ai retrouvé ma Sophie
Elle était dans mon lit
Avec mon meilleur ami
Et surtout mon pot de biscuits

Que j'avais ramassé
Sur Québec Air
Transworld, Nord-East, Eastern, Western
Puis Pan-American.
Mais ché pu où chu rendu

© Gamma, 1971.

Ordinaire

Paroles de Mouffe
Musique de Pierre Nadeau et Robert Charlebois

Je suis un gars bien ordinaire.
Des fois j'ai plus le goût de rien faire.
J'fum'rais du coke, j'boirais d'la bière,
J'ferais d'la musique avec le gros Pierre,
Mais faut que je pense à ma carrière.
Je suis un chanteur populaire.

Vous voulez que je sois un dieu...
Si vous saviez comme je me sens vieux.
J'peux plus dormir, j' suis trop nerveux.
Quand je chante, ça va un peu mieux,
Et c'métier-là, c'est dangereux.
Plus on en donne, plus le monde en veut.
Quand j's'rai fini, fini dans la rue,
Mon grand public, je l'aurai plus.
C'est là que je me retrouverai tout nu,
Le jour où moi j'en pourrai plus.
Y en aura d'autres, plus jeunes, plus fous,
Pour faire danser les bougalous.

J'aime mon prochain, j'aime mon public,
Tout c'que j'veux, c'est que ça clique.
J'me fous pas mal des critiques,
Ce sont des ratés sympathiques,
J'suis pas clown psychédélique,
Ma vie à moi, c'est la musique.

Si je chante, c'est pour qu'on m'entende
Quand je crie, c'est pour me défendre
J'aimerais bien me faire comprendre
J'voudrais faire le tour de la terre.
Avant d'mourir et qu'on m'enterre
Voir de quoi l'reste du monde a l'air.
Autour de moi il y a la guerre,
La peur, la faim et la misère.
J'voudrais qu'on soit tous des frères.
C'est pour ça qu'on est sur la terre.

J'suis pas un chanteur populaire.
J'suis rien qu'un gars bien ordinaire,
ORDINAIRE.

Sylvie Vartan
[1944]

La première grande yéyé... qui épousa le premier grand yéyé et qui, après trente-cinq ans de carrière, tient toujours son public, conquis par son professionnalisme et sa volonté.

La plus belle pour aller danser

Paroles de Charles Aznavour
Musique de Georges Garvarentz

Ce soir, je serai la plus belle
Pour aller danser
Danser
Pour mieux évincer toutes celles
Que tu as aimées
Aimées
Ce soir je serai la plus tendre
Quand tu me diras
Diras
Tous les mots que je veux entendre
Murmurer par toi
Par toi

Je fonde l'espoir que la robe que j'ai voulue
Et que j'ai cousue
Point par point
Sera chiffonnée
Et les cheveux que j'ai coiffés
Décoiffés
Par tes mains
Quand la nuit refermait ses ailes
J'ai souvent rêvé
Rêvé
Que dans la soie et la dentelle
Un soir je serai la plus belle
La plus belle pour aller danser

Tu peux me donner le souffle qui manque à ma vie
Dans un premier cri
De bonheur
Si tu veux ce soir cueillir le printemps de mes jours
Et l'amour en mon cœur
Pour connaître la joie nouvelle
Du premier baiser
Je sais
Qu'au seuil des amours éternelles
Il faut que je sois la plus belle
La plus belle pour aller danser

Chanson extraite du film Les Parisiennes.

Comme un garçon

Paroles de Roger Dumas
Musique de Jean-Jacques Debout

Comme un garçon j'ai les cheveux longs
Comme un garçon je porte un blouson
Un médaillon, un gros ceinturon, comme un garçon
Comme un garçon moi je suis têtue
Et bien souvent moi je distribue
Des corrections faut faire attention
Comme un garçon

Pourtant je ne suis qu'une fille
Et quand je suis dans tes bras
Je n'suis qu'une petite fille
Perdue, quand tu n'es plus là

Comme un garçon moi j'ai ma moto
Comme un garçon je fais du rodéo
C'est la terreur à 200 à l'heure
Comme un garçon
Comme un garçon je n'ai peur de rien
Comme un garçon moi j'ai des copains
Et dans la bande c'est moi qui commande

Comme un garçon

Pourtant je ne suis qu'une fille
Et quand je suis avec toi
Je n'suis qu'une petite fille
Tu fais ce que tu veux de moi

Comme un garçon j'ai les cheveux longs
Comme un garçon je porte un blouson
Un médaillon, un gros ceinturon, comme un garçon
Comme un garçon toi tu n'es pas très attentionné
T'es décontracté, mais avec toi
Je ne suis plus jamais, comme un garçon

Je suis une petite fille
Tu fais ce que tu veux de moi
Je suis une toute petite fille
Et c'est beaucoup mieux comme ça
Voi-là !

Par amour, par pitié

Paroles de Gilles Thibaut
Musique de Jean Renard

On ne jette pas un vieux jean usé
On recolle un livre abîmé
On regarde une photo ratée
Et on pleure sur une fleur séchée

Par amour ou par pitié
Par amour ou par pitié

On ne rit pas d'un arbre brisé
On arrose une terre brûlée
On ramasse un oiseau tombé
On recueille un chien sans collier

Par amour ou par pitié
Par amour ou par pitié

On relève un boxeur tombé
On bande les yeux d'un condamné
On enterre un ennemi tué
On achève un cheval blessé

Par amour ou par pitié
Par amour ou par pitié

Alors toi, toi qui m'as aimée
Toi qui sais que je suis blessée
Que sans toi, sans toi ma vie est brisée
À genoux, je viens te crier

Pitié, aie pitié
Par amour ou par pitié
Par amour ou par pitié

Antoine
[1944]

D'un prénom il se fait un nom et de ses chansons il se fait des voyages.

Il authentifie une nouvelle tendance (les hippies) et marque un tournant important dans les variétés. Une apparition sur un écran de télé pendant une campagne électorale lui confère une renommée immédiate !

Les élucubrations d'Antoine

Paroles et Musique d'Antoine

Oh, Yeah !
Ma mère m'a dit, Antoine, fais-toi couper les
[cheveux,
Je lui ai dit, ma mère, dans vingt ans si tu veux,
Je ne les garde pas pour me faire remarquer,
Ni parce que je trouve ça beau,
Mais parce que ça me plaît.

Oh, Yeah !
L'autre jour, j'écoute la radio en me réveillant,
C'était Yvette Horner qui jouait de l'accordéon,
Ton accordéon me fatigue Yvette,
Si tu jouais plutôt de la clarinette.

Oh, Yeah !
Mon meilleur ami, si vous le connaissiez,
Vous ne pourriez plus vous en séparer,
L'autre jour, il n'était pas très malin,
Il a pris un laxatif au lieu de prendre le train.

Oh, Yeah !
Avec mon petit cousin qui a dix ans,
On regardait « Gros Nounours » à la télévision,
À Nounours il a dit « Bonne nuit mon bonhomme »,
Il est parti danser le jerk au Paladium.

Oh, Yeah !
Le juge a dit à Jules, vous avez tué,
Oui j'ai tué ma femme, pourtant je l'aimais,
Le juge a dit à Jules : « Vous avez vingt ans »,
Jules a dit : « Quand on aime on a toujours vingt
[ans ».

Oh, Yeah !
Tout devrait changer tout le temps,
Le monde serait bien plus amusant,
On verrait des avions dans les couloirs du métro,
Et Johnny Hallyday en cage à Médrano.

Oh, Yeah !
Si je porte des chemises à fleurs,
C'est que je suis en avance de deux ou trois
Ce n'est qu'une question de saison,   [longueurs,
Les vôtres n'ont encore que des boutons.

Oh, Yeah !
J'ai reçu une lettre de la Présidence
Me demandant, Antoine, vous avez du bon sens,
Comment faire pour enrichir le pays ?
Mettez la pilule en vente dans les Monoprix.

Françoise Hardy
[1944]

C'était une fleur en bouton, un oiseau replié. Au fil des années, elle a trouvé son espace. Elle était jolie, elle est devenue belle. Elle était un symbole des sixties. Elle est devenue l'élégance et la noblesse de la chanson française.

Eddy Marnay

Tous les garçons et les filles

Paroles de Françoise Hardy
Musique de Françoise Hardy et Roger Samyn

Tous les garçons et les fill's de mon âge
Se promèn'nt dans la rue deux par deux
Tous les garçons et les fill's de mon âge
Savent bien ce que c'est qu'êtr' heureux.
Et, les yeux dans les yeux,
Et, la main dans la main,
Ils s'en vont amoureux
Sans peur du lendemain.
Oui, mais moi je vais seule
Par les rues l'âme en peine,
Oui, mais moi je vais seule
Car personne ne m'aime.
Mes jours comme mes nuits
Sont en tous points pareils
Sans joie et pleins d'ennuis
Personn' ne murmur'« Je t'aime » à mon oreille.

Tous les garçons et les fill's de mon âge
Font ensemble des projets d'avenir,
Tous les garçons et les fill's de mon âge
Savent très bien ce qu'aimer veut dire.
Et, les yeux dans les yeux,
Et, la main dans la main,
Ils s'en vont amoureux,
Sans peur du lendemain.
Oui, mais moi je vais seule
Par les rues l'âme en peine,
Oui mais moi je vais seule,
Car personne ne m'aime.
Mes jours comme mes nuits
Sont en tous points pareils
Sans joie et pleins d'ennui
Oh ! quand donc pour moi brillera le soleil ?

Comm' les garçons et les fill's de mon âge
Connaîtrai-je bientôt ce qu'est l'amour ?
Comm' les garçons et les fill's de mon âge
Je me demand' quand viendra le jour

Où, les yeux dans ses yeux
Et la main dans sa main
J'aurai le cœur heureux,
Sans peur du lendemain,
Le jour où je n'aurai plus du tout l'âme en peine
Le jour où moi aussi j'aurai quelqu'un qui m'aime.

Message personnel

Paroles de Françoise Hardy
Musique de Michel Berger

1
Mais si tu crois un jour que tu m'aimes,
Ne crois pas que tes souvenirs me gênent,
Et cours, cours jusqu'à perdre haleine viens me
Si tu crois un jour que tu m'aimes,   [retrouver,
Et si ce jour-là tu as de la peine,
À trouver où tous ces chemins te mènent viens me
Si le dégoût de la vie vient en toi   [retrouver
Si la paresse de la vie s'installe en toi pense à moi,
                                             [pense à moi

2
Mais si tu crois un jour que tu m'aimes
Ne le considère pas comme un problème
Mais cours oui cours jusqu'à perdre haleine
Viens me retrouver,
Si tu crois un jour que tu m'aimes,
N'attends pas un jour, pas une semaine,
Car tu ne sais pas où la vie t'amène
Viens me retrouver
Si le dégoût de la vie vient en toi
Si la paresse de la vie s'installe en toi pense à moi
                                             [pense à moi

Mon amie la rose

Paroles de Cécile Caulier
Musique de Cécile Caulier et Jacques Lacome

1

On est bien peu de chose
Et mon amie la rose
Me l'a dit ce matin
À l'aurore je suis née
Baptisée de rosée
Je me suis épanouie
Heureuse et amoureuse
Aux rayons du soleil
Me suis fermée la nuit
Me suis réveillée vieille
Pourtant j'étais très belle
Oui j'étais la plus belle
Des fleurs de ton jardin

2

On est bien peu de chose
Et mon amie la rose
Me l'a dit ce matin
Vois le Dieu qui m'a faite
Me fait courber la tête
Et je sens que je tombe
Et je sens que je tombe
Mon cœur est presque nu
J'ai le pied dans la tombe
Déjà je ne suis plus
Tu m'admirais hier
Et je serai poussière
Pour toujours demain

3

On est bien peu de chose
Et mon amie la rose
Est morte ce matin
La lune cette nuit
A veillé mon amie
Moi en rêve j'ai vu

Éblouissante et nue
Son âme qui dansait
Bien au-delà des nues
Et qui me souriait
Croit celui qui peut croire
Moi j'ai besoin d'espoir
Sinon je ne suis rien
Ou bien si peu de chose
C'est mon amie la rose
Qui l'a dit hier matin.

Le premier bonheur du jour

Paroles de Frank Gerald
Musique de Jean Renard

1

Le premier bonheur du jour
C'est un ruban de soleil
Qui s'enroule sur ta main
Et caresse mon épaule
C'est le souffle de la mer
Et la plage qui attend
C'est l'oiseau qui a chanté
Sur la branche du figuier

2

Le premier chagrin du jour
C'est la porte qui se ferme
La voiture qui s'en va
Le silence qui s'installe
Mais le soir quand tu me reviens
Quand ma vie reprend son cours
Le dernier bonheur du jour
C'est la lampe qui s'éteint.

Pascal Danel
[1944]

Pour lui ce fut le soleil de l'été et les neiges éternelles.

La plage aux romantiques

Paroles de Jean Albertini
Musique de Pascal Danel

Il y avait sur une plage
Une fille qui pleurait
Je voyais sur son visage
De grosses larmes qui coulaient
Laissons la plage aux romantiques
Ce soir j'ai envie de t'aimer
Laissons la plage aux romantiques
Je veux t'aimer à mon idée

Cette plage au clair de lune
Était triste à pleurer
Elle était si loin la dune
Comme le temps a passé
Laissons la plage aux romantiques
Ce soir j'ai envie de t'aimer
Laissons la plage aux romantiques
Je veux t'aimer à mon idée

Et mes mains sur son visage
L'ont soudain consolée
Il restait la belle image
D'une fille qui riait
Laissons la plage aux romantiques
Ce soir j'ai envie de t'aimer
Laissons la plage aux romantiques
Allez viens, veux-tu m'épouser ?
Viens, viens, viens, viens, viens, viens...

Les neiges du Kilimandjaro

Paroles de Michel Delancray
Musique de Pascal Danel

1
A beaucoup plus loin
La nuit viendra bientôt
Tu vois là-bas dans le lointain
Les neiges du Kilimandjaro

Refrain
Elles te feront un blanc manteau
Où tu pourras dormir, dormir, dormir

2
Dans son délire il lui revient
La fille qu'il aimait
Ils s'en allaient main dans la main
Il la revoit quand elle riait.

[Au refrain]

3
Voilà sans doute à quoi il pense
Il va mourir bientôt
Elles n'ont jamais, jamais été si blanches
Les neiges du Kilimandjaro

Refrain
Elles te feront un blanc manteau
Où tu pourras dormir, dormir, dormir
Elles te feront un blanc manteau
Où tu pourras dormir, dormir, dormir
Dormir... Bientôt...

Nicoletta
[1944]

Louis Armstrong a repris un de ses plus grands succès. Référence !

Elle a une voix mais aussi une présence.

Elle est une des rares interprètes féminines françaises qui chante comme une Américaine.

Il est mort le soleil

Paroles de Pierre Delanoë
Musique de Hubert Giraud

Il est mort le soleil
Quand tu m'as quitté
Il est mort, l'été
L'amour et le soleil c'est pareil

Il est mort le soleil
Et je suis le seul
À porter le deuil
Et le jour ne franchit plus mon seuil

Hier, on dormait sur le sable chaud
Hier pour moi il faisait beau
Il faisait chaud même en hiver
C'était hier

Il est mort le soleil
L'ombre est sur ma vie
Dans mon cœur la pluie
Et mon âme s'habille de gris

Hier, la couleur que j'aimais le mieux
C'était la couleur de tes yeux
C'était la couleur de la mer
C'était hier

Il est mort le soleil
Quand tu m'as quitté
Il est mort l'été
L'amour et le soleil c'est pareil

Mamy Blue

Paroles et Musique de Hubert Giraud

1

Oh Mamy Oh Mamy Mamy Blue
Oh Mamy Blue
Où es-tu ? où es-tu Mamy Blue
Oh Mamy Blue
Je suis parti un soir d'été
Sans dire un mot sans t'embrasser
Sans un regard sur le passé
Dès que j'ai franchi la frontière
Le vent soufflait plus fort qu'hier
Quand j'étais près de toi ma mère

2

Oh Mamy, oh Mamy Mamy Blue
Oh Mamy Blue
Où es-tu, où es-tu Mamy Blue
Oh Mamy Blue
Et aujourd'hui où je reviens
Où j'ai refait tout le chemin
Qui m'avait entraîné si loin
Tu n'es plus là pour me sourire
Me réchauffer, me recueillir
Et je n'ai plus qu'à repartir

3

Oh Mamy, oh Mamy Mamy Blue
Oh Mamy Blue
Où es-tu, où es-tu Mamy Blue
Oh Mamy Blue

La maison a fermé ses yeux
Le chat et les chiens sont très vieux
Et ils viennent me dire adieu
Je ne reviendrai plus jamais
Dans ce village que j'aimais
Où tu reposes désormais

Oh Mamy, oh Mamy Mamy Blue } *(ad lib.)*
Oh Mamy Blue.

Michel Polnareff
[1944]

Fils de compositeur, il est prix de conservatoire à 11 ans. Ses premières chansons sont très vite remarquées par un grand éditeur qui produit son premier disque. C'est un succès immédiat dont les titres sont en tête de tous les hit parades. A sa première participation il enlève le Grand Prix du Concours de la Chanson de la Rose d'Or à Antibes. Sa réussite est totale aussi bien au disque que sur scène, et l'engage alors vers une carrière internationale qui ne se dément plus depuis des années.

La poupée qui fait non

Paroles de Frank Gerald
Musique de Michel Polnareff

C'est une poupée qui fait non... non... non... non...
Toute la journée elle fait non... non... non... non...

Elle est... elle est tell'ment jolie
Que j'en rêve la nuit.

C'est une poupée qui fait non... non... non... non...

Toute la journée, elle fait non... non... non... non...

Personne ne lui a jamais appris
Qu'on pouvait dire oui.

Sans même écouter, elle fait non... non... non...non...
Sans me regarder, elle fait non... non... non... non...

Pourtant je donnerais ma vie
Pour qu'elle dise oui. *(bis)*

Mais c'est une poupée qui fait non... non... non...
[non...
Toute la journée elle fait non... non... non... non...
Personne ne lui a jamais appris
Que l'on peut dire oui...
Non... non... non... non...
Non... non... non... non...

On ira tous au paradis

Paroles de Jean-Loup Dabadie
Musique de Michel Polnareff

On ira tous au paradis
Mêm' moi
Qu'on soit béni ou qu'on soit maudit
On ira...
Toutes les bonn's sœurs et tous les voleurs
Tout's les brebis et tous les bandits
On ira tous au paradis...
On ira tous au paradis
Mêm' moi
Qu'on soit béni ou qu'on soit maudit
On ira...
Avec les saints et les assassins
Les femm's du monde et les fill's de rien
On ira tous au paradis...

Ne crois pas ce que les gens disent
C'est ton cœur qui est la seule église
Laisse un peu de vague à ton âme
N'aie pas peur de la couleur des flammes
De l'enfer-er-er-er...

On ira tous au paradis
Qu'on croie en Dieu ou qu'on n'y croie pas
On ira...
Qu'on ait fait le bien ou bien le mal
On sera tous invités au bal
On ira tous au paradis...
On ira tous au paradis
Mêm' moi
Qu'on soit béni ou qu'on soit maudit
On ira...
Avec les chrétiens avec les païens
Et mêm' les chiens et mêm' les requins
On ira tous au paradis.

On ira tous au paradis
Mêm' moi
Qu'on soit béni ou qu'on soit maudit
On ira...
Toutes les bonn's sœurs et tous les voleurs
Tout's les brebis et tous les bandits
On ira tous au paradis...

Love me, please love me

Paroles de Michel Polnareff et Frank Gérald
Musique de Michel Polnareff

Love me, please love me
Je suis fou de vous
Pourquoi vous moquez-vous chaque jour
De mon pauvre amour.
Love me, please love me

Je suis fou de vous
Vraiment prenez-vous tant de plaisir
À me voir souffrir

Si j'en crois votre silence
Vos yeux pleins d'ennui
Nul espoir n'est permis
Pourtant je veux jouer ma chance
Même si, même si
Je devais y brûler ma vie

Love me, please love me
Je suis fou de vous
Mais vous moquerez-vous toujours
De mon pauvre amour.

Devant tant d'indifférence
Parfois j'ai envie
De me fondre dans la nuit
Au matin je reprends confiance
Je me dis, je me dis
Tout pourrait changer aujourd'hui

Love me, please love me
Je suis fou de vous
Pourtant votre lointaine froideur
Déchire mon cœur
Love me, please love me
Je suis fou de vous
Mais vous moquerez-vous toujours
De mes larmes d'amour ?

Je suis un homme

Paroles et Musique de Michel Polnareff

La société ayant renoncé à me transformer
À me déguiser pour lui ressembler

Les gens qui me voient passer dans la rue me
Mais les femm's qui les croient   [trait'nt de pédé
N'ont qu'à m'essayer

Je suis un homme Je suis un homme
Quoi de plus naturel en somme
Pour lui mon style
Correspond bien à mon état civil

Je suis un homme Je suis un homme
Comme on en voit dans les muséums
Un jules un vrai
Un boute-en-train toujours gai toujours prêt

À mon procès moi j'ai fait citer un' foule de témoins
Tout's les filles du coin
Qui m'connaissaient bien

Quand le Président m'a interrogé
J'ai prêté serment
J'ai pris ma plus bell' voix
Et j'ai déclaré

Je suis un homme je suis un homme
Quoi de plus naturel en somme
Pour lui mon style
Correspond à mon état civil

Je suis un homme Je suis un homme
Pas besoin d'un référendum
Ni d'un expert pour constater qu'ell's sont en
                          [nombre pair
En 70 il n'est pas question ce serait du vice
De marcher tout nu
Sur les avenues
Mais c'est pour demain
Et un de ces jours
Quand je chanterai aussi nu qu'un tambour
Vous verrez bien que
Je suis un homme je suis un homme
Et de là-haut sur mon podium

J'éblouirai le Tout-Paris
De mon anatomie

Je suis un homme Je suis un homme
Quoi de plus naturel en somme
Pour lui mon style
Correspond bien à mon état civil

Je suis un homme Je suis un homme
Et de là-haut sur mon podium
J'éblouirait le Tout-Paris
De mon anatomie

LNA HO

Paroles de M. Polnareff et J.-R. Mariani
Musique de M. Polnareff

α.β.
α.β.
L.N.A.L.N.A.H.O.
L.N.A.A.O.T.C.O.
G.A.P.L.N.A.H.O.
L.N.A.H.O.
G.A.P.L.N.A.O.O.
L.N.A.L.N.A.H.O.
G.A.P.L.N.A.O.O.
L.N.A.H.O.
L.H.O.L.H.O.O.L.N.A.
L.A.O.T.C.O.O.L.N.A.
L.C.A.C.B.C.O.L.N.A.
G.C.D.G.C.D.O.L.N.A.
L.H.O.L.H.O.O.L.N.A.
L.A.O.T.C.O.O.L.N.A.
L.C.A.C.B.C.O.L.N.A.
G.C.D.G.C.D.O.L.N.A.
L.N.A.L.N.A.H.O.
L.N.A.A.O.T.C.O.
G.A.P.L.N.A.H.O.

L.N.A.H.O.
G.A.P.L.N.A.O.O.
L.N.A.L.N.A.H.O.
G.A.P.L.N.A.O.O.
L.N.A.H.O.
O.G.A.C.A.P.C.O.
L.N.A.L.N.A.H.O.
O.J.V.O.J.V.O.O.
L.N.A.H.O.
G.A.P.L.N.A.O.O.
L.N.A.L.N.A.H.O.
L.H.O.L.H.O.O.O.
L.N.A.H.O.
L.H.O.L.H.O.O.L.N.A.
L.A.O.T.C.O.O.L.N.A.
L.C.B.C.B.C.O.L.N.A.
G.C.D.G.C.D.O.L.N.A.
L.H.O.L.H.O.O.L.N.A.
L.H.O.L.H.O.O.L.N.A.
L.A.O.T.C.O.O.L.N.A.
L.C.B.C.B.C.O.L.N.A.
G.C.D.G.C.D.O.L.N.A

Kama Sutra

Paroles de M. Polnareff et J.-R. Mariani
Musique de M. Polnareff

Quand la poussière aura effacé nos pas
Que la lumière ne viendra plus d'en bas
Ceux qui viendront visiter notre ici-bas
Ne comprendront pas ce qu'on faisait là
Mais ça ira
Ça ira

On nous trouvera
Dans les positions d'Kama Sutra
En se demandant ce qu'on faisait là
On nous demandera

D'où vient d'où l'on va et caetera
Et on essayera de savoir pourquoi

On nous expliquera d'où vient d'où l'on va
Et on essayera de savoir pourquoi
On nous demandera encore une fois
Des choses auxquelles on ne répondra pas
Mais ça ira
Ça ira

On nous trouvera
Dans les positions d'Kama Sutra
En se demandant ce qu'on faisait là
On nous demandera
D'où vient d'où l'on va et caetera
Et on essayera de savoir pourquoi

Quand la poussière aura effacé nos pas
On dira de nous tout ce qu'on voudra
Et en parlant de ce qu'on ne connaît pas
On nous dira tout ce qu'on n'était pas
Mais ça ira
Ça ira

On nous trouvera
Dans les positions d'Kama Sutra
En se demandant ce qu'on faisait là
On nous demandera
D'où vient d'où l'on va et caetera
Et on essayera de savoir pourquoi

Goodbye Marylou

Paroles de M. Polnareff et J.-R. Mariani
Musique de M. Polnareff

Quand l'écran s'allume je tape sur mon clavier
Tous les mots sans voix qu'on se dit avec les doigts
Et j'envoie dans la nuit
Un message pour celle qui
Me répondra OK pour un rendez-vous

Message électrique quand elle m'électronique
Je reçois sur mon écran tout son roman
On s'approche en multi
Et je l'attire en duo
Après OK elle me code Marylou

Goodbye Marylou
Goodbye Marylou
Goodbye Marylou
Goodbye

Quand j'ai caressé son nom sur mon écran
Je me tape Marylou sur mon clavier
Quand elle se déshabille
Je lui mets avec les doigts
Message reçu OK code Marylou

Goodbye Marylou
Goodbye Marylou
Goodbye Marylou
Goodbye

Quand la nuit se lève et couche avec le jour
La lumière vient du clavier de Marylou
Je m'envoie son pseudo
Mais c'est elle qui me reçoit
Jusqu'au petit jour on se dit tout de nous

Quand l'écran s'allume je tape sur mon clavier
Tous les mots sans voix qu'on se dit avec les doigts
Et j'envoie dans la nuit
Un message pour celle qui

A répondu OK pour un rendez-vous

Goodbye Marylou
Goodbye Marylou
Goodbye Marylou
Goodbye

Pierre Bachelet
[1944]

Les corons, mine de rien, c'est son Germinal à lui. Avant d'avoir été dans les bras d'Emmanuelle, il avait déjà touché le fond !

Les corons

Paroles de Jean-Pierre Lang
Musique de Pierre Bachelet

Refrain
Au nord, c'était les corons
La terre, c'était le charbon
Le ciel, c'était l'horizon
Les hommes, des mineurs de fond.

Nos fenêtres donnaient sur des f'nêtres semblables
Et la pluie mouillait mon cartable,
Mais mon père en rentrant avait les yeux si bleus
Que je croyais voir le ciel bleu.
J'apprenais mes leçons la joue contre son bras,
Je croyais qu'il était fier de moi.
Il était généreux comm' ceux du pays,
Et je lui dois ce que je suis.

[Au refrain]

Et c'était mon enfance et elle était heureuse
Dans la buéé des lessiveuses
Et j'avais les terrils à défaut de montagne,
D'en haut je voyais la campagne.
Mon père était gueule noire comme l'étaient ses [parents,
Ma mère avait les cheveux blancs.
Ils étaient de la fosse comme on est du pays,
Grâce à eux je sais qui je suis.

[Au refrain]

Y avait à la mairie le jour de la kermesse
Une photo de Jean Jaurès
Et chaque verre de vin était un diamant rose
Posé sur fond de silicose.
Il parlait de trente-six et des coups de grisou,
Des accidents du fond du trou.
Ils aimaient leur métier comme on aime un pays,
C'est avec eux que j'ai compris.

[Au refrain]

Elle est d'ailleurs

Paroles de Jean-Pierre Lang
Musique de Pierre Bachelet

Elle a de ces lumières au fond des yeux
Qui rendent aveugles ou amoureux
Elle a des gestes de parfum
Qui rendent bête ou rendent chien
Et si lointaine dans son cœur
Pour moi c'est sûr, elle est d'ailleurs

Elle a de ces manières de ne rien dire
Qui parlent au bout des souvenirs
Cette manière de traverser
Quand elle s'en va chez le boucher
Quand elle arrive à ma hauteur
Pour moi c'est sûr, elle est d'ailleurs

Et moi je suis tombé en esclavage
De ce sourire, de ce visage
Et je lui dis emmène-moi
Et moi je suis prêt à tous les sillages
Vers d'autres lieux, d'autres rivages

Mais elle passe et ne répond pas
Les mots pour elle sont sans valeur
Pour moi c'est sûr, elle est d'ailleurs

Elle a de ces longues mains de dentellière
À donner l'âme d'un Werner
Cette silhouette vénitienne
Quand elle se penche à ses persiennes
Ce geste je le sais par cœur
Pour moi c'est sûr, elle est d'ailleurs

Et moi je suis tombé en esclavage
De ce sourire, de ce visage
Et je lui dis emmène-moi
Et moi je suis prêt à tous les sillages
Vers d'autres lieux, d'autres rivages
Mais elle passe et ne répond pas
L'amour pour elle est sans valeur
Pour moi c'est sûr, elle est d'ailleurs
Et moi je suis tombé en esclavage
De ce sourire, de ce visage
Et je lui dis emmène-moi
Et moi je suis prêt à tous les sillages
Vers d'autres lieux, d'autres rivages
Mais elle passe et ne répond pas

Dave
[1944]

Cet enfant d'Amsterdam n'est pas un marin qui chante ordinaire. Ses prouesses vocales ont fait exploser ses ventes de disques. Puis il a fait une entrée remarquée à la télévision comme animateur de programmes de variétés.

Du côté de chez Swann

Paroles de Patrick Loiseau
Musique de Michel Cywie

On oublie, hier est loin, si loin d'aujourd'hui
Mais il m'arrive souvent de rêver encore
À l'adolescent que je ne suis plus.

On sourit en revoyant sur les photos jaunies
L'air un peu trop sûr de soi que l'on prend à 16 ans
Et que l'on fait de son mieux pour paraître plus vieux.

J'irai bien refaire un tour du côté de chez Swann
Revoir mon premier amour qui m'a donné rendez-
[vous sous le chêne
Et se laissait embrasser sur la joue
Je ne voudrai pas refaire le chemin à l'envers
Et pourtant je paierai cher pour revivre un seul instant
Le temps du bonheur à l'ombre d'une fille en fleurs.

On oublie, et puis un jour il suffit d'un parfum
Pour qu'on retrouve soudain la magie d'un matin
Et l'on oublie l'avenir pour quelques souvenirs.

J'irai bien refaire un tour du côté de chez Swann
Revoir mon premier amour qui m'a donné rendez-
[vous sous le chêne
Et se laissait embrasser sur la joue
Je ne voudrai pas refaire le chemin à l'envers
Et pourtant je paierai cher pour revivre un seul instant
Le temps du bonheur à l'ombre d'une fille en fleurs.

Est-ce par hasard

Paroles de P. Loiseau
Musique de T. Koehler, H. Arlen

Est-ce par hasard si j'ai suivi une étoile
Qui m'a conduit cette nuit jusqu'ici
Où tu te trouves aussi
Est-ce par hasard si j'ai croisé ton regard
Pourrais-tu m'expliquer pourquoi ce soir
Va se jouer ma vie
Qui a guidé nos pas dans l'ombre ?
Mais qui a tout fait pour que l'on se rencontre ?

Est-ce par hasard si cette nuit une étoile
Brille au-dessus de nous comme un espoir
Est-ce par hasard ?

Est-ce par hasard s'il a le cœur qui s'égare
Si ce n'est pas le hasard c'est la chance
Laissons-la nous sourire
Est-ce par hasard si les violons jouent ce soir
Cet air ancien qui revient de si loin
Du fond de ma mémoire
Qui nous a mené l'un vers l'autre ?
Surpris on se découvre faits l'un pour l'autre

Est-ce par hasard si cette nuit une étoile
Brille au-dessus de nous comme un espoir
Est-ce par hasard ?

Christophe
[1945]

Une voix faite pour l'été, la plage, l'azur et pour le crier haut et fort ! Oui mais avec des mots bleus. Entouré de « señorita » et de « marionnettes »...

Les mots bleus

Paroles de Jean-Michel Jarre
Musique de Christophe

Il est six heures au clocher de l'église
Dans le square les fleurs poétisent
Une fille va sortir de la mairie
Comme chaque soir je l'attends
Elle me sourit
Il faudrait que je lui parle
À tout prix

Je lui dirai les mots bleus
Les mots qu'on dit avec les yeux
Parler me semble ridicule
Je m'élance et puis je recule
Devant une phrase inutile
Qui briserait l'instant fragile
D'une rencontre
D'une rencontre

Je lui dirai les mots bleus
Ceux qui rendent les gens heureux
Je l'appellerai sans la nommer
Je suis peut-être démodé
Le vent d'hiver souffle en avril
J'aime le silence immobile
D'une rencontre
D'une rencontre

Il n'y a plus d'horloge, plus de clocher
Dans le square les arbres sont couchés

671

Je reviens par le train de nuit
Sur le quai je la vois
Qui me sourit
Il faudra bien qu'elle comprenne
À tout prix

Je lui dirai les mots bleus
Les mots qu'on dit avec les yeux
Toutes les excuses que l'on donne
Sont comme les baisers que l'on vole
Il reste une rancœur subtile
Qui gâcherait l'instant fragile
De nos retrouvailles
De nos retrouvailles

Je lui dirai les mots bleus
Ceux qui rendent les gens heureux
Une histoire d'amour sans paroles
N'a pas besoin du protocole
Et tous les longs discours futiles
Terniraient quelque peu le style
De nos retrouvailles
De nos retrouvailles

Je lui dirai les mots bleus
Ceux qui rendent les gens heureux
Je lui dirai tous les mots bleus
Tous ceux qui rendent les gens heureux
Tous les mots bleus

Aline

Paroles et Musique de Daniel Bevilacqua

J'avais dessiné
Sur le sable
Son doux visage
Qui me souriait
Puis il plut

Sur cette plage
Dans cet orage
Elle a disparu

Et j'ai crié ! crié !
Aline
Pour qu'elle revienne
Et j'ai pleuré ! pleuré !
Oh j'avais trop de peine
Je me suis assis
Auprès de son âme
Mais la belle dame
S'était enfuie

Je l'ai cherchée
Sans plus y croire
Et sans un espoir
Pour me guider
Et j'ai crié ! crié !
Aline
Pour qu'elle revienne
Et j'ai pleuré ! pleuré !
Oh j'avais trop de peine
Je n'ai gardé
Que ce doux visage
Comme une épave
Sur le sable mouillé
Et j'ai crié ! crié !
Aline
Pour qu'elle revienne
Et j'ai pleuré ! pleuré !
Oh j'avais trop de peine
Et j'ai crié ! crié !
Aline......

Catherine Lara
[1945]

Son violon rugit comme une guitare, sa voix donne la chair de poule. Les années quatre-vingt-dix voient l'accomplissement de son grand œuvre « rockmantique » qui se projette dans le personnage de son héroïne « Sand et les romantiques ».

La rockeuse de diamants

Paroles d'Élisabeth Anaïs
Musique de Catherine Lara et Claude Engel

1

Je dors avec, j'en rêve la nuit
Ils sont ma Mecque, ma seule folie
Quand j'les vois sous toutes leurs facettes
Taillés en roses ou en navettes
J'ai comme un frisson dans le dos
C'est mon point faible, c'est mon crédo !

Refrain
J'suis la rockeuse de diamants
Au fond du cuir noir de mon gant
J'suis la rockeuse de diam'
J'suis la rockeuse de diam'
J'suis la rockeuse de diamants

2

J'passe ma vie chez les diamantaires
Qui brillent de Paris à Anvers
Sur ma poitrine coulent des rivières
Mais je me préfère en solitaire
Je roule mon caillou dans mon gant
C'est mon piment, mon élément

[Au refrain]

674

3

À moi les carrières du Congo
Attention dragueuse de joyaux
Gare aux carats des pierres précieuses
Je prendrai l'âme cambrioleuse
La kallista, l'étoile polaire
C'est mon combat, mon univers...

[Au refrain]

Dick Rivers
[1945]

De tous les fans de rock de sa génération, c'est celui qui reste le plus fidèle à Elvis.

Oh ! Lady

Paroles de Pierre Saka
Musique de Jean-Pierre Bourtayre

Oh ! Lady Oh ! Lady
Que de rêves j'ai faits
Oh ! Lady
Parc' qu'un jour je vous ai vue
Passer dans ma rue

Oh ! Lady Oh ! Lady
Vous étiez plus que jolie
Oh ! Lady
Et soudain j'ai découvert
Une autre vie

Oh ! Lady Oh ! Lady
Vous n'êtes pas revenue
Oh ! Lady
Plus jamais je ne vous vois
Dans ma rue

Mais entre vous
Vous et mon rêve
Cela faisait loin
Trop loin pour moi
Moi qui suis seul
Et moi qui n'ai rien
Mais pourtant que de rêves j'ai faits
Chaque nuit
Que de rêves je fais
Chaque nuit
Oh ! Lady Oh ! Lady

Baby John

Paroles de Pierre Saka
Musique de Jean-Pierre et Henri Bourtayre

Demande-lui
Oh Baby John tu sais
Demande-lui si je peux encor' l'aimer
Tu es le seul
Oh Baby John tu sais
Tu es le seul qui peut vraiment lui parler
Rends-moi service allez allez
Et ne te fais pas trop prier
Un ami comme toi ne peut pas refuser

Demande-lui
Oh Baby John tu sais
Demande-lui si je peux encor' l'aimer
Ell' t'écout'ra
Oh oui Baby John tu sais
De toi je sais qu'ell' ne se méfie jamais
Ma vie comm' ça n'peut plus durer

Je veux savoir il faut m'aider
Un ami comme toi ne peut pas refuser
Arrange-toi
Oh Baby John tu sais
Arrange-toi pour savoir la vérité
Tu es le seul
Oh oui Baby John tu sais
Tu es le seul qui puisse vraiment m'aider...

Yves Simon
[1945]

Chansons... Romans... Il ne manque plus que ses mémoires pour qu'il soit notre « Saint-Simon ». Prix Médicis 1991 pour La Dérive des sentiments, *il mériterait aussi un prix pour sa production discographique.*

Au pays des merveilles de Juliet

Paroles et Musique d'Yves Simon

1

Vous marchiez Juliet au bord de l'eau
Vos quatre ailes rouges sur le dos
Vous chantiez Alice de Lewis Carroll
Sur une bande magnétique un peu folle

Refrain
Maman on va cueillir des pâquerettes
Au pays des merveilles de Juliet

2

Sur les vieux écrans de soixante-huit
Vous étiez Chinoise mangeuse de frites
Ferdinand Godard vous avait alpaguée
De l'autre côté du miroir d'un café

[Au refrain]

3

Dans la tire qui mène à Hollywood
Vous savez bien qu'il faut jouer des coudes
Les superstars et les p'tites filles de Marlène
Vous coinceront Juliet dans la nuit américaine

[Au refrain] *(bis)*

© Warner Chappell Music France, 1972.

Les Gauloises bleues

Paroles et Musique d'Yves Simon

On fumait des Gauloises bleues
Qu'on coupait souvent en deux
Les beaux jours
Les petites femmes de Paris montaient sur nos
                                        [balcons
Voir si les fleurs du mal poussaient encore en cette
                                        [saison

Au café du « Bas de laine »
Parfois je voyais Verlaine
Les beaux jours
Et Rimbaud qui voyageait au-dessus des printemps
Nous disait du haut de ses nuages d'où venait le
                                        [vent

Oh les beaux jours !
Oh les beaux jours !

Dylan cultivait sa terre
Quelque part en Angleterre
Les beaux jours
Jefferson Airplane s'installait à la présidence.
Car les anciens rois du monde venaient d'interdire
                                        [la danse.

Plus d'boutiques à music-hall
Au boulevard du Rock'n roll
Les beaux jours
Le temps a passé et court-circuité les amplis
Bruno maintenant joue d'l'accordéon dans les rues
                                        [de Clichy

Oh les beaux jours !
Oh les beaux jours !

Boris inventait le jazz
Tous les soirs au bal des Laze
Les beaux jours
Et sa trompinette mettait le feu aux lampions
Duke Ellington arrivait juste à temps pour la
                                        [révolution

On fumait des Gauloises bleues
Qu'on coupait souvent en deux
Les beaux jours
Les petites femmes de Paris montaient sur nos
[balcons
Voir si les fleurs du mal poussaient encore en cette
[saison

Gérard Lenorman
[1945]

Un romantique inattendu qui marque le début de l'après-yéyé, mais dont la suite de la carrière ressemble à son premier succès La fille de paille.

La ballade des gens heureux

Paroles de Pierre Delanoë et Gérard Lenorman
Musique de Gérard Lenorman

Notre vieille terre est une étoile
Où toi aussi tu brilles un peu

Je viens te chanter la ballade
La ballade des gens heureux

Tu n'as pas de titre ni de grade
Mais tu dis tu quand tu parles à Dieu
Je viens te chanter la ballade
La ballade des gens heureux

Journaliste pour ta première page
Tu peux écrire tout ce que tu veux
Je t'offre un titre formidable
La ballade des gens heureux

Toi qui as planté un arbre
Dans ton petit jardin de banlieue
Je viens te chanter la ballade
La ballade des gens heureux

Il s'endort et tu le regardes
C'est ton enfant il te ressemble un peu
On vient lui chanter la ballade
La ballade des gens heureux

Toi la star du haut de ta vague
Descends vers nous tu nous verras mieux
On vient te chanter la ballade
La ballade des gens heureux

Roi de la drague et de la rigolade
Rouleur flambeur ou gentil petit vieux
On vient te chanter la ballade
La ballade des gens heureux

Comme un chœur dans une cathédrale
Comme un oiseau qui fait ce qu'il peut
Tu viens de chanter la ballade
La ballade des gens heureux

Michèle

Paroles de Didier Barbelivien
Musique de Michel Cywie

Tu avais à peine quinze ans
Tes cheveux portaient des rubans
Tu habitais tout près
Du Grand Palais
Je t'appelais le matin
Et ensemble on prenait le train
Pour aller, au lycée.
Michèle, assis près de toi
Moi j'attendais la récré
Pour aller au café
Boire un chocolat
Et puis t'embrasser

Un jour tu as eu dix-sept ans
Tes cheveux volaient dans le vent
Et souvent tu chantais :
Oh ! Yesterday !
Les jeudis après-midi
On allait au cinéma gris
Voir les films, de Marilyn
Michèle, un soir en décembre
La neige tombait sur les toits
Nous étions toi et moi
Endormis ensemble
Pour la première fois.

Le temps a passé doucement
Et déchu le Prince Charmant
Qui t'offrait des voyages
Dans ses nuages
On m'a dit que tu t'es mariée
En avril au printemps dernier
Que tu vis, à Paris.

Michèle, c'est bien loin tout ça
Les rues, les cafés joyeux
Même les trains de banlieue
Se moquent de toi, se moquent de moi

Michèle, c'est bien loin tout ça
Les rues, les cafés joyeux
Même les trains de banlieue
Se moquent de toi, se moquent de moi...
Se moquent de moi !

Gérard Manset
[1945]

Il sort son premier disque en mai 68.
Il n'en vend pas mais passe beaucoup à la radio. Dès lors il multiplie les inventions techniques et mélange les styles et les genres. Il compose pour les autres et pour lui et prend, au fil du temps, une place prépondérante dans la chanson française.

Animal on est mal

Paroles et Musique de Gérard Manset

Animal on est mal
On a le dos couvert d'écailles
On sent la paille
Dans la faille
Et quand on ouvre la porte
Une armée de cloportes
Vous repousse en criant
Ici pas de serpents

Animal on est mal
Animal on est mal
On a deux cornes placées
Sur le devant du nez
On s'abaisse
On s'affaisse
On a la queue qui frise
On a la peau épaisse
On a la peau grise
Et quand on veut sortir avec une demoiselle
On l'invite à dîner, quand elle vous voit que dit-elle
Il ne vous manque qu'une bosse
Et d'être un rhinocéros

Animal on est mal
Animal on est mal

On assiste à l'opération de la girafe
La voilà qui se veut et le couple s'agrafe
Elle appelle au secours
On veut lui mettre un pantalon mais il est trop court
Animal on est mal
On pond ses œufs dans le sable
Quand on passe à table, les chevaux vapeurs
Ont pris peur de se retrouver loin de l'étable
Animal on est mal
Animal on est mal

Et si l'on ne se conduit pas bien
On revivra peut être dans la peau d'un humain.
Animal on est mal
Animal on est mal

Il voyage en solitaire

Paroles et Musique de Gérard Manset

Il voyage en solitaire
Et nul ne l'oblige à se taire
Il chante la terre
Il chante la terre
Et c'est une vie sans mystère
Qui se passe de commentaire
Pendant des journées entières
Il chante la terre
Mais il est seul
Un jour
L'amour
L'a quitté, s'en est allé
Faire un tour
D' l'autr' côté
D'une ville où y'avait pas de places pour se garer.

Il voyage en solitaire
Et nul ne l'oblige à se taire
Il sait ce qu'il a à faire

Il chante la terre
Il reste le seul volontaire
Et puisqu'il n'a plus rien à faire
Plus fort qu'une armée entière
Il chante la terre
Mais il est seul
Un jour
L'amour
L'a quitté, s'en est allé
Faire un tour
D' l'autr' côté
D'une ville où y'avait pas de places pour se garer.

Et voilà le miracle en somme
C'est lorsque sa chanson est bonne
Car c'est pour la joie qu'elle lui donne
Qu'il chante la terre.

Et l'or de leur corps

Paroles et Musique de Gérard Manset

L'esprit des morts veille
Et quand tu t'endors
La lampe allumée
Et l'or de leur corps,
Le drap grand ouvert
Cascades et rivières
Chevaux sur les plages,
Sable sous les pieds
Et lagons bleutés.

L'esprit des morts veille
Qui frappe à la porte
Et toi allongé,
Dans ton demi-sommeil,
Et l'or de leur corps
Partout t'accompagne
Quand glisse leur pagne

Couleur des montagnes
Du sable et de l'eau.

D'où, venons-nous,
Que sommes-nous,
Où allons-nous... ?

L'esprit des morts veille
L'ange aux ailes jaunes
Sur fond de montagne
Et sentier violet ;
La femme à la fleur,
Quand te maries-tu ?
Dans la grande cabane
Qu'il a fait construire
À Hiva Oa, là où il mourut...

Prisonniers de l'inutile

Paroles et Musique de Gérard Manset

Nous avons marché le long des sentiers
Parmi nous certains sont tombés
Et tous les autres que deviennent-ils
Nous sommes prisonniers de l'inutile...

Derrière nous campagne et villages
Ensevelis sous le lierre sauvage,
Où seul un chien peut-être vit tranquille,
Nous sommes prisonniers de l'inutile...

Nous sommes prisonniers, des liens, qui nous atta-
[chent,
Et nous souffrons dans notre cœur, comme une
[tache,
Quelque chose qui grandit, et qui se cache ;
Nous sommes prisonniers des liens, qui nous atta-
[chent.

Quelques croix sont plantées sur le chemin,
Que les bourreaux nous montrent de la main
Disant de l'autre monde que reste-t-il ;
Nous sommes prisonniers de l'inutile...

Au-delà de nous dans le ciel de plomb,
Y a-t-il un Dieu, quelqu'un, nous l'appelons
Nous oublier comment le pourrait-il ;
Nous sommes prisonniers de l'inutile...

Prisonniers de l'inutile,
Prisonniers...

Alain Souchon
[1945]

Démarrer une grande carrière avec un titre « bidon » n'est pas coutumier.

Personnage falot sur scène, mais très présent dans ses textes et ses disques. Bien épaulé par son copain Voulzy, il poursuit lentement mais sûrement une carrière qui traverse les modes.

Bidon

Paroles d'Alain Souchon
Musique de Laurent Voulzy

Elle croyait qu'j'étais James Dean
Américain d'origine
Le fils de Buffalo Bill
Alors admiration
Faut dire qu'j'avais la chemise à carreaux
La guitare derrière dans l'dos
Pour faire le cow-boy très beau
Mais composition
Elle me parlait anglais tout' l'temps
J'lui répondais deux trois mots bidon
Des trucs entendus dans des chansons
Consternation

Elle croyait qu'j'étais coureur
Qu'j'arrivais des Vingt-quatre heures
Avec mon casque en couleur
Alors admiration
J'lui disais drapeau à damiers dérapage bien
                                   [contrôlé
Admirateurs fascinés
Télévision
Elle me dit partons à la mer, dans ton bolide fendons
Elle passe pas l'quatre-vingts ma traction   [l'air
Consternation

J'suis mal dans ma peau en coureur très beau
And I just go with my pince à vélo
J'suis bidon, j'suis bidon

Elle croyait qu'j'étais chanteur
Incognito voyageur
Tournées sonos filles en pleurs
Admiration
Faut dire qu'j'avais des talons aiguilles
Le manteau d'lapin d'une fille
Des micro-bracelets aux chevilles
Exhibition
Elle me dit chante-moi une chanson
J'ai avalé deux trois maxitons
Puis j'ai bousillé « Satisfaction »

Consternation

J'suis mal dans ma peau en chanteur très beau
And I just go with my pince a vélo
J'suis bidon, j'suis bidon
J'suis qu'un mec à frime bourré d'aspirine
And I just go with my pince à vélo
J'suis bidon, j'suis bidon

J'ai dix ans

Paroles d'Alain Souchon
Musique de Laurent Voulzy

J'ai dix ans
Je sais que c'est pas vrai mais j'ai dix ans
Laissez-moi rêver que j'ai dix ans
Ça fait bientôt quinze ans que j'ai dix ans
Ça paraît bizarre mais
Si tu m'crois pas hé
T'ar ta gueule à la récré

J'ai dix ans
Je vais à l'école et j'entends
De belles paroles doucement
Moi je rigole, cerf-volant
Je rêve, je vole
Si tu m'crois pas hé
T'ar ta gueule à la récré

Le mercredi je m'balade
Une paille dans ma limonade
Je vais embêter les quilles à la vanille
Et les gars en chocolat

J'ai dix ans
Je vis dans des sphères où les grands
N'ont rien à faire, je vois souvent
Dans des montgolfières des géants
Et des petits hommes verts
Si tu m'crois pas hé
T'ar ta gueule à la récré

J'ai dix ans
Des billes plein les poches, j'ai dix ans
Les filles c'est des cloches, j'ai dix ans
Laissez-moi rêver que j'ai dix ans
Si tu m'crois pas hé
T'ar ta gueule à la récré

Bien caché dans ma cabane
Je suis l'roi d'la sarbacane
J'envoie des chewing-gums mâchés à tous les
J'ai des prix chez le marchand   [vents

J'ai dix ans
Je sais que c'est pas vrai mais j'ai dix ans
Laissez-moi rêver que j'ai dix ans
Ça fait bientôt quinze ans que j'ai dix ans
Ça paraît bizarre mais
Si tu m'crois pas hé
T'ar ta gueule à la récré

Si tu m'crois pas hé
T'ar ta gueule à la récré

Si tu m'crois pas
T'ar ta gueule
À la récré
T'ar ta gueule

Allô maman bobo

Paroles et Musique d'Alain Souchon et Laurent Voulzy

J' marche tout seul le long d' la ligne de ch'min d' fer
Dans ma tête y'a pas d'affaire
J' donne des coups de pieds dans une p'tite boîte
Dans ma tête y'a rien à faire   [en fer
J' suis mal en campagne
J' suis mal en ville
Peut-être un p'tit peu trop fragile.

Refrain
Allô maman bobo
Maman comment tu m'as fait ?
J' suis pas beau
Allô maman bobo
Allô maman bobo

Traîne fumée j' me retrouve avec mal au cœur
J'ai vomi tout mon quatre heures
Fêtes nuits folles avec les gens qu'ont du bol
Maint'nant que j' fais du music-hall
J' suis mal à la scène
J' suis mal en ville
Peut-être un p'tit peu trop fragile.

[Au refrain]

Moi j' voulais les sorties d' port à la voile
La nuit barrer les étoiles
Moi les ch'vaux l' révolver et l' chapeau clown
La belle Peggy du saloon

693

J' suis mal en homme dur
J' suis mal en p'tit cœur
Peut-être un p'tit peu trop rêveur.

[Au refrain]

J' marche tout seul le long d' la ligne de ch'min d' fer
Dans ma tête y'a pas d'affaire
J' donne des coups de pieds dans une p'tite boîte
Dans ma tête y'a pas à faire   [en fer
J' suis mal en campagne
J' suis mal en ville
Peut-être un p'tit peu trop fragile.

[Au refrain]

Y'a d'la rumba dans l'air

Paroles et Musique d'Alain Souchon et Laurent Voulzy

Refrain
Y'a d' la rumba dans l'air
Le smoking de travers
J'te suis pas dans cett' galèr'
Ta vie tu peux pas la r'fair'
Tu cherch's des morceaux d'hier pépèr's
Dans des gravats d'avant-guerr'
L'Casino c'est qu'un tas d'pierr's
Ta vie tu peux pas la r'fair'

Branche un peu tes écouteurs par ici
La mer est déjà repartie
Le vieux casino démoli, c'est fini
Pépèr' t'aurais pas comme un' vieille nostalgie
De guili guili Bugatti
Des oh ! la la la des soirées d'gala Riviera

[Au refrain]

Fermés les yeux des grand's fill's bleu marin's
Tout's alanguies pour nuits de Chine
Sur banquette de molesquine des Limousin's
Écoutez l'histoire entre Trouville et Dinard
D'un long baiser fini, c'est trop tard
Les mains sur l'satin caress' du petit matin...

[(Chagrin)

[Au refrain]

Foule sentimentale

Paroles et Musique d'Alain Souchon

Oh la la la la vie en rose
Le rose qu'on nous propose
D'avoir les quantités d'choses
Qui donnent envie d'autre chose
Aïe, on nous fait croire
Que le bonheur c'est d'avoir
De l'avoir plein nos armoires
Dérisions de nous dérisoires car

Foule sentimentale
On a soif d'idéal
Attirée par les étoiles, les voiles
Que des choses pas commerciales
Foule sentimentale
Il faut voir comme on nous parle
Comme on nous parle

Il se dégage
De ces cartons d'emballage
Des gens lavés, hors d'usage
Et tristes et sans aucun avantage
On nous inflige
Des désirs qui nous affligent
On nous prend faut pas déconner dès qu'on est né

695

Pour des cons alors qu'on est
Des...

Foules sentimentales
Avec soif d'idéal
Attirées par les étoiles, les voiles
Que des choses pas commerciales
Foule sentimentale
Il faut voir comme on nous parle
Comme on nous parle

On nous Claudia Schieffer
On nous Paul-Loup Sulitzer
Oh le mal qu'on peut nous faire
Et qui ravagea la moukère
Du ciel dévale
Un désir qui nous emballe
Pour demain nos enfants pâles
Un mieux, un rêve, un cheval

Foule sentimentale
On a soif d'idéal
Attirée par les étoiles, les voiles
Que des choses pas commerciales
Foule sentimentale
Il faut voir comme on nous parle
Comme on nous parle

Rive Gauche

Paroles et Musique d'Alain Souchon

Les chansons de Prévert me reviennent
De tous les souffleurs de vers... laine
Du vieux Ferré les cris la tempête
Boris Vian s'écrit à la trompette
Rive Gauche à Paris
Adieu mon pays
De musique et de poésie
Les marchands de malappris

Qui d'ailleurs ont déjà tout pris
Viennent vendre leurs habits en librairie
En librairie en librairie
Si tendre soit la nuit
Elle passe
Oh ma Zelda c'est fini Montparnasse
Miles Davis qui sonne sa Gréco
Tous les monts y sonnent leur Nico
Rive Gauche à Paris
Oh mon île Oh mon pays
De musique et de poésie
D'art et de liberté éprise
Elle s'est fait prendre, elle est prise
Elle va mourir quoi qu'on en dise
Et ma chanson la mélancolise
La vie c'est du théâtre et des souvenirs
Et nous sommes opiniâtres à ne pas mourir
À traîner sur les berges venez voir
On dirait Jane et Serge sur le pont des Arts
Rive Gauche à Paris
Adieu mon pays
Adieu le jazz adieu la nuit
Un état dans l'état d'esprit
Traité par le mépris
Comme le Québec par les États-Unis
Comme nous aussi
Ah ! le mépris ah ! le mépris

Sheila
[1946]

Son parcours révèle l'importance du « coach ». Elle ne fit pratiquement carrière que dans le disque et à la télévision. Une distinction unique qui ne diminua nullement son immense popularité de « petite fille de Français moyens ».

L'école est finie

Paroles d'André Salvet et Jacques Hourdeaux
Musique de Claude Carrère

Donne-moi ta main et prends la mienne
La cloche a sonné ça signifie
La rue est à nous que la joie vienne
Mais oui Mais oui l'école est finie

Nous irons danser ce soir peut-être
Ou bien chahuter tous entre amis

Rien que d'y penser j'en perds la tête
Mais oui Mais oui l'école est finie

Donne-moi ta main et prends la mienne
La cloche a sonné ça signifie
La rue est à nous que la joie vienne
Mais oui Mais oui l'école est finie

J'ai bientôt dix-sept ans un cœur tout neuf
Et des yeux d'ange
Toi tu en as dix-huit mais tu en fais dix-neuf
C'est ça la chance

Donne-moi ta main et prends la mienne
La cloche a sonné ça signifie
La rue est à nous que la joie vienne
Mais oui Mais oui l'école est finie

Donne-moi ta main et prends la mienne
Nous avons pour nous toute la nuit
On s'amusera quoi qu'il advienne
Mais oui Mais oui l'école est finie

Au petit matin devant un crème
Nous pourrons parler de notre vie
Laissons au tableau tous nos problèmes
Mais oui Mais oui l'école est finie.

Petite fille de Français moyens

Paroles de Georges Aber et J. Monty
Musique de Claude Carrère

Les petites filles précieuses des grandes familles
N'aiment pas du tout s'lever tôt le matin
Grave est le problème avant qu'elles se maquillent
En moins de trois heures faut prendre un bain et
[s'faire les mains

Elles mangent un p'tit toast du bout des lèvres
Avant d'aller courir les magasins
Voir les collections, les tableaux, les orfèvres
C'est fatiguant, c'est éreintant ça c'est certain

Tandis que moi qui ne suis rien
Qu'une petite fille de Français moyens
Quand je travaille oui je me sens bien
Et la fortune viendra de mes mains

Elles commandent toujours leur p'tite voiture
Qui vient d' gagner l' rallye le plus connu
Mais n' leur parlez pas surtout littérature
Car elles savent tout du dernier livre qu'elles n'ont
                                                    [pas lu

Elles vont voir toutes seules des films étranges
Auxquelles personnes ne comprend jamais rien
Elles abordent gaiement car rien ne les dérange
La dialectique, la politique et l'art ancien

Tandis que moi qui ne suis rien
Qu'une petite fille de Français moyens
J'apprends chaque jour en m'amusant
Que l'expérience vient avec le temps

Leur esprit s'épanouit
Que c'est bon quand l'existence est compliquée
Dans la vie elle s'ennuie
Tant d'amis et pas un seul sur qui compter

Tandis que moi qui ne suis rien
Qu'une petite fille de Français moyens
J'ai peu d'amis mais je sais bien
Qu'ils sont tous là quand j'ai du chagrin

Les petites filles précieuses des grandes familles
Sont courtisées par des jeunes gens guindés
Elles sont attirées bien sûr par ce qui brille
Et c'est pourquoi elles n'ont toujours que des
                                                    [regrets

Tandis que moi qui ne suis rien
Qu'une petite fille de Français moyens
J'aime un garçon sans prétention
Et près de lui je me sens si bien

Tandis que moi qui ne suis rien
Qu'une petite fille de Français moyens
J'aime un garçon sans prétention
La vie est simple quand on s'aime bien

Marie-Paule Belle
[1946]

*Elle s'accompagne au piano, elle est à la fois drôle et tendre,
spirituelle et émouvante. Françoise Mallet-Joris, d'une part, et
Serge Lama, de l'autre, ont joué un rôle important dans ses
partitions.*

La Parisienne

Paroles de Françoise Mallet-Joris et Michel Grisolis
Musique de Marie-Paule Belle

1

Lorsque je suis arrivée dans la capitale
J'aurais voulu devenir une femme fatale
Mais je ne buvais pas, je ne me droguais pas
Et je n'avais aucun complexe
Je suis beaucoup trop normale, ça me vexe
Je ne suis pas parisienne
Ça me gêne *(bis)*
Je ne suis pas dans le vent
C'est navrant *(bis)*
Aucune bizarrerie
Ça m'ennuie *(bis)*
Pas la moindre affectation
Je ne suis pas dans le ton
Je n' suis pas végétarienne
Ça me gêne *(bis)*
J' n' suis pas Karatéka
Ça me met dans l'embarras
Je ne suis pas cinéphile
C'est débile *(bis)*
Je ne suis pas M.L.F.
Je sens qu'on m'en fait grief
M'en fait grief *(bis)*

2

Bientôt j'ai fait connaissance d'un groupe d'amis

Vivant en communauté dans le même lit
Comme je ne buvais pas, je ne me droguais pas
Et n'avais aucun complexe,
Je crois qu'ils en sont restés perplexes.
Je ne suis pas nymphomane
On me blâme *(bis)*
Je ne suis pas travesti
Ça me nuit *(bis)*
Je ne suis pas masochiste
Ça existe *(bis)*
Pour réussir mon destin
Je vais voir le médecin
Je ne suis pas schizophrène
Ça me gêne *(bis)*
Je ne suis pas hystérique
Ça s' complique *(bis)*
Je lui dis je désespère
Je n'ai pas de goûts pervers
De goûts pervers *(bis)*

    3

Mais si, me dit le docteur en se rhabillant
Après ce premier essai c'est encourageant
Si vous ne buvez pas, vous ne vous droguez pas
Et n'avez aucun complexe
Vous avez une obsession : c'est le sexe.
Depuis je suis à la mode
Je me rode *(bis)*
Dans les lits de Saint-Germain
C'est divin *(bis)*
Je fais partie de l'élite
Ça va vite *(bis)*
Et je me donne avec joie
Tout en faisant du yoga
Je vois les films d'épouvante
Je me vante *(bis)*
En serrant très fort la main
Du voisin *(bis)*
Me sachant originale
Je cavale *(bis)*
J'assume ma libido
Je vais draguer en vélo
Maint'nant je suis parisienne

J' me surmène *(bis)*
Et je connais la détresse
Et le cafard et le stress
Enfin à l'écologie
J' m'initie *(bis)*
Et loin de la pollution *(ter)*
Je vais tondre les moutons *(ter)*
Des moutons *(ter)*

Michel Delpech
[1946]

Un tendre poète social dont le répertoire est composé d'histoires qui constituent un merveilleux inventaire de la chanson française.

Que Marianne était jolie

Paroles de Michel Delpech
Musique de Pierre Papadiamandis.

Elle est née dans le Paris 1786
Comme une rose épanouie
Au jardin des fleurs de lys.
Marianne a cinq enfants
Qu'elle élève de son mieux
Marianne a maintenant
Quelques rides au coin des yeux

Dieu ! Mais que Marianne était jolie
Quand ell' marchait dans les rues de Paris
En chantant à pleine voix
Ça ira ça ira... toute la vie.
Dieu ! Mais que Marianne était jolie
Quand elle embrassait le cœur de Paris
En criant dessus les toits :
Ça ira ! ça ira ! toute la vie.

Il n'y a pas si longtemps
Que l'on se battait pour elle
Et j'ai connu des printemps
Qui brillaient sous son soleil.
Marianne a cinq enfants,
Quatre fils qu'elle a perdus
Le cinquième à présent
Qu'elle ne reconnaît plus.

Dieu ! Mais que Marianne était jolie
Quand ell' marchait dans les rues de Paris

En chantant à pleine voix
Ça ira ça ira... toute la vie.
Dieu ! Mais que Marianne était jolie
Quand elle embrassait le cœur de Paris
En criant dessus les toits :
Ça ira ! ça ira ! toute la vie.

Bernard Lavilliers
[1946]

Un baroudeur qui a roulé ses refrains de rock, en salsa et en reggae... Une allure de boxeur en voyage... Avec ses musiques métisses, il reste un précurseur de la world music.

Noir et blanc

Paroles et Musique de Bernard Lavilliers

C'est une ville que je connais
Une chanson que je chantais
Y'a du sang sur le trottoir.
C'est sa voix poussière brûlée
C'est ses ongles sur le blindé.
Ils l'ont battu à mort
Il a froid, il a peur
J'entends battre son cœur.

De n'importe quel pays, de n'importe quelle couleur
De n'importe quel pays, de n'importe quelle couleur.

Il vivait avec des mots
Qu'on passait sous le manteau
Qui brillaient comme des couteaux.
Il jouait de la dérision
Comme d'une arme de précision.
Il est sur le ciment
Mais ses chansons maudites
On les connaît par cœur.
La musique parfois a des accords majeurs
Qui font rire les enfants
Mais pas les dictateurs.

De n'importe quel pays, de n'importe quelle couleur
La musique est un cri qui vient de l'intérieur.

Ça dépend des latitudes
Ça dépend de ton attitude,

C'est cent ans de solitude.
Y'a du sang sur mon piano,
Y'a des bottes sur mon tempo.
Au-dessus du volcan
Je l'entends, je l'entends
J'entends battre son cœur.
La musique parfois a des accords mineurs
Qui font grincer les dents du grand libérateur.

De n'importe quel pays, de n'importe quelle couleur
La musique est un cri qui vient de l'intérieur.

C'est une ville que je connais
Une chanson que je chantais
Une chanson qui nous ressemble.
C'est la voix de Mandela
Le tempo Docteur Fela
Écoute chanter la foule
Avec tes mots qui roulent
Et font battre son cœur.

De n'importe quel pays, de n'importe quelle couleur
La musique est un cri qui vient de l'intérieur...

Stand the ghetto

Paroles et Musique de Bernard Lavilliers

1
Si tu danses reggae
Si tu danses reggae
Tu balances reggae
Sans défense reggae
C'est spécial reggae
Infernal reggae
Ça commence à cogner
Comme un cœur régulier

Refrain
I and I love the island in the sun

I and I know when and where I go
But it is so hard to feed my kids
But it is so hard to stand the ghetto

2
Tout l'monde danse, tu te traînes
Tout l'monde fume et tu bois
Downtown, ça enchaîne
Dans les rhumbars en bois
Quand ça cause le reggae
Ça explose reggae
C'est le seul reggae
Qui déboule reggae

[Au refrain]

3
Derrière les barbelés
Trois rangées bien gardées
Ils attendent de crever
De sortir de braquer
Pour le flingue dans ta poche
T'es coincé à gun court
Jusque-là le reggae
Viendra t' réveiller

[Au refrain]

4
Elle est noire et dorée
Elle est belle à crever
Regarde-la marcher
Et danser son reggae
Fait trop chaud pour chanter
Fait trop soif pour noter
Trop beau pour t'expliquer
Ce qui s'passe dans l'reggae

[Au refrain]

Pigalle la blanche

Paroles et Musique de Bernard Lavilliers

White tous vos néons rouillés
White la loi, la vie, les condés
White les nuits pour oublier
Phares de la police dans mes yeux métis mouillés
Black mes cheveux et ma peau
Black c'est écrit là sur mon dos
Black comme de la musique soul
Black is black and really beautiful

And tell me
Why, why, why, why, I don't know
Why, why, why, why, I'm born in the ghetto
Why, why, why, why, I don't know
Deux noires pour une blanche, c'est inscrit dans le
[tempo

White la couleur de l'accroc
White la lame, noire le couteau
White la voix qui dit encore
Sur Pigalle la blanche fait rouler ses gouttes d'or
Black la mémoire des bistrots
Black les blousons des travelos
Black la mort dans son linceul
Comme un coup de flingue, une baffe dans la
[gueule

And tell me
Why, why, why, why, I don't know
Why, why, why, why, I'm born in the ghetto
Why, why, why, why, I don't know
Deux noires pour une blanche, c'est inscrit dans le
[tempo

White la peur qui vous rassure
White le boulevard sous la bavure
White la morale et le nombre
Pigalle devient blanche quand les bronzés sont à
[l'ombre
Back vers la lumière dorée

Back vers l'épaisseur de forêts
Back très loin de Babylone

Je veux repartir vers les tambours qui bastonnent...

Hervé Vilard
[1946]

Enfant de l'Assistance publique, il écrit en 1965 une chanson romantico-traditionnelle qui bouleverse le courant yéyé de l'époque et pousse Eddy Mitchell, redoutant une fin prématurée du rock, à chanter : S'il n'en reste qu'un je serais celui-là !

Capri, c'est fini

Paroles de Hervé Vilard
Musique de Marcel Hurten

Nous n'irons plus jamais,
Où tu m'as dit je t'aime,
Nous n'irons plus jamais,
Comme les autres années,
Nous n'irons plus jamais,
Ce soir c'est plus la peine,
Nous n'irons plus jamais,
Comme les autres années ;
Capri, c'est fini,
Et dire que c'était la ville
De mon premier amour,
Capri, c'est fini,
Je ne crois pas
Que j'y retournerai un jour.
Capri, c'est fini,
Et dire que c'était la ville
De mon premier amour,
Capri, c'est fini,
Je ne crois pas
Que j'y retournerai un jour,

Nous n'irons plus jamais,
Où tu m'as dit je t'aime,
Nous n'irons plus jamais,
Comme les autres années ;
Parfois je voudrais bien,
Te dire recommençons,

Mais je perds le courage,
Sachant que tu diras non.
Capri, c'est fini,
Et dire que c'était la ville
De mon premier amour,
Capri, c'est fini,
Je ne crois pas
Que j'y retournerai un jour.
Capri, c'est fini,
Et dire que c'était la ville
De mon premier amour,
Capri, c'est fini,
Je ne crois pas
Que j'y retournerai un jour.

Nous n'irons plus jamais,
Mais je me souviendrais,
Du premier rendez-vous,
Que tu m'avais donné,
Nous n'irons plus jamais,
Comme les autres années,
Nous n'irons plus jamais,
Plus jamais, plus jamais.
Capri, c'est fini,
Et dire que c'était la ville
De mon premier amour,
Capri, c'est fini,
Je ne crois pas
Que j'y retournerai un jour.
Capri, oh c'est fini,
Et dire que c'était la ville
De mon premier amour,
Capri, oh c'est fini,
Je ne crois pas
Que j'y retournerai un jour.

Oh Capri, oh c'est fini,
Et dire que c'était la ville
De mon premier amour
Oh Capri, c'est fini,
Je ne crois pas
Que j'y retournerai un jour.
Oh Capri, oh c'est fini,

Et dire que c'était la ville
De mon premier amour
Oh Capri, c'est fini,
Je ne crois pas
Que j'y retournerai un jour.

Jane Birkin
[1946]

Toi Jane... Moi Gainsbarre ! Ça pouvait se résumer ainsi. Mais en ajoutant Charlotte, ce fut pour cette famille, une trilogie réussie : chansons, théâtre, cinéma.

Ex-fan des sixties

Paroles et Musique de Serge Gainsbourg

Ex-fan des sixties
Petite baby doll
Comme tu dansais bien le rock'n roll
Ex-fan des sixties
Où sont tes années folles,
Que sont devenues toutes tes idoles ?

Où est l'ombre des Shadows
Des Byrds des Doors
Des Animals
Des Moody Blues ?

Séparés Mac Cartney
George Harrison
Et Ringo Starr
Et John Lennon.

Disparus Brian Jones
Jim Morrison
Eddy Cochrane
Buddy Holly.

Idem Jimi Hendrix
Otis Redding
Janis Joplin
Elvis.

© Melody Nelson Publishing, 1978.

La ballade de Johnny Jane

Paroles de Serge Gainsbourg
Musique de Serge Gainsbourg et Jean-Pierre Sabar

Hey Johnny Jane
Te souviens-tu du film de Gainsbourg *Je t'aime*
Je t'aime moi non plus un joli thème
Hey Johnny Jane
Toi qui traînes tes baskets et tes yeux candides
Dans les no man's land et les lieux sordides
Hey Johnny Jane
Les décharges publiques sont des atlantides
Que survolent les mouches cantharides
Hey Johnny Jane
Tous les camions à benne
Viennent y déverser bien des peines infanticides

Hey Johnny Jane
Tu balades tes cheveux courts ton teint livide
À la recherche de ton amour suicide
Hey Johnny Jane
Du souvenir veux-tu trancher la carotide
À coups de pieds dans les conserves vides
Oh Johnny Jane
Un autre camion à benne
Te transportera de bonheur en bonheur sous les
[cieux limpides

Hey Johnny Jane
Ne fais pas l'enfant ne sois pas si stupide
Regarde les choses en face sois lucide
Hey Johnny Jane
Efface tout ça, recommence, liquide
De ta mémoire ces brefs instants torrides
Hey Johnny Jane
Un autre camion à benne
Viendra te prendre pour t'emmener vers d'autres
[Florides

Hey Johnny Jane
Toi qui traînes tes baskets et tes yeux candides
Dans les no man's land et les lieux sordides

Hey Johnny Jane
Écrase d'un poing rageur ton œil humide
Le temps ronge l'amour comme l'acide

Jean-Patrick Capdevielle
[1946]

Ses textes sont violents et imagés. Sa voix est rauque, aux accents faubouriens et rock. Il étonne, surprend et dérange à la première audition. Mais on s'y fait vite.

Quand t'es dans le désert

Paroles et Musique de Jean-Patrick Capdevielle

Moi, je traîne dans le désert depuis plus de vingt-
[huit jours
Et déjà quelques mirages me disent de faire demi-
[tour.
La fée des neiges me suit tapant sur son tambour,
Les fantômes du syndicat des marchands de
[certitude
Se sont glissés jusqu'à ma dune reprochant mon
[attitude.
C'est pas très populaire le goût d'la solitude.

Refrain
Quand t'es dans le désert
Depuis trop longtemps
Tu t'demandes à qui ça sert
Toutes les règles un peu truquées
Du jeu qu'on veut t'faire jouer
Les yeux bandés.

Tous les rapaces du pouvoir menés par un gros
[clown sinistre
Plongent vers moi sur la musique d'un piètre
[accordéoniste.
J'crois pas qu'ils viennent me parler des joies d'la
[vie d'artiste.
D'l'autre côté, voilà Caïn toujours aussi lunatique,
Son œil est rempli de sable et sa bouche pleine de
[verdicts
Il trône dans un cim'tière de vieilles pelles
[mécaniques.

[Au refrain]

Les gens disent que les poètes finissent tous
                              [trafiquants d'armes.
On est cinquante millions d'poètes, c'est ça qui doit
                              [faire notre charme.
Sur une lune de Saturne, mon perroquet sonne
C'est drôle, mais tout l'monde s'en fout.   [l'alarme,
Vendredi tombant d'nulle part y'a Robinson
                              [l'solitaire
Qui m'a dit : j'trouve plus mon île vous n'auriez pas
                              [vu la mer ?
Va falloir que j'lui parle du thermonucléaire.

[Au refrain]

Hier un homme est v'nu vers moi d'une démarche
                              [un peu traînante.
Il m'a dit : t'as t'nu combien d'jours ? j'ai répondu
                              [bientôt trente.
Je m'souviens qu'il espérait tenir jusqu'à quarante.
Quand j'ai d'mandé mon message, il m'a dit d'un
                              [air tranquille :
Les politiciens finiront tous un jour au fond d'un
                              [asile.
J'ai compris que j'pourrais bientôt regagner la ville.

Jean-Michel Caradec
[1946-1981]

Il y avait dans ses musiques et dans ses mots une fraîcheur et une générosité qui a rendu plus douloureuse sa disparition prématurée. Il est avec Maxime Le Forestier, dont il était l'ami, une des grandes révélations des années 70.

Ma petite fille de rêve

Paroles et Musique de J.-M. Caradec

T'as pas la bouche rouge
T'as pas les yeux charbon noir
T'as pas les ongles peints, t'es naturelle
Ton palais c'est ta chambre
Ton Noël c'est Décembre
Quand les nuits sont longues
Et qu'on habite au ciel

Ma petite fille de rêve
Même si tu pars, je t'enlève

Je prendrai tes dentelles
Ton ventre d'hirondelles
Que je caresserai jusqu'au matin
Quand je ferai fortune
Je te paierai la lune
Et même toutes les étoiles du ciel

Ma petite fille de rêve
Même si tu pars, je t'enlève

Je n'ai rien à te donner
Mais je peux tout inventer
Je pourrai même te faire un enfant
Je suis un saltimbanque
Qui se moque des banques
Ma richesse c'est les chansons et c'est toi

Ma petite fille de rêve
Même si tu pars, je t'enlève

Ma petite fille de rêve
Même si tu pars, je t'enlève

T'as pas la bouche rouge
T'as pas les yeux charbon noir
T'as pas les ongles peints, t'es naturelle
Ton palais c'est ta chambre
Ton Noël c'est Décembre
Quand les nuits sont longues
Et qu'on habite seul

Ma petite fille de rêve
Même si tu pars, je t'enlève

William Sheller
[1946]

Il débute comme arrangeur, notamment pour la musique du film Erotissimo, et s'arrange ensuite pour chanter lui-même ses arrangements, ce qui arrange un vaste public, qui apprécie autant les chansons de cet homme heureux que ses œuvres classiques.

Rock'n'dollars

Pàroles et Musique de William Sheller

1
Donnez-moi Madame s'il vous plaît
Du ketchup pour mon hamburger
Donnez-moi Madame s'il vous plaît
Du gazolin' pour mon shopper

Je serai votre popstar je serai votre king
C'est une question de dollars une affaire de feeling

2
Donnez-moi Madame s'il vous plaît
Des décibels pour mon tuner
Donnez-moi Madame s'il vous plaît
Des boots Made in Angleterre

Je serai votre popstar je serai votre king
C'est une question de dollars une affaire de feeling

Oh Oh Oh Madame du ketchup pour mon
[hamburger
Oh Oh Oh Madame du gazolin' pour mon shopper
Oh Oh Oh Madame encore un petit effort
Oh Oh Oh Madame j'ai tant besoin de réconfort

© Warner Chappell Music France, 1975.

Un homme heureux

Paroles et Musique de William Sheller

Pourquoi les gens qui s'aiment
Sont-ils toujours un peu les mêmes ?
Ils ont quand ils s'en viennent
Le même regard
D'un seul désir pour deux
Ce sont des gens heureux

Pourquoi les gens qui s'aiment
Sont-ils toujours un peu les mêmes ?
Quand ils ont leurs problèmes
Ben y'a rien à dire
Y'a rien à faire pour eux
Ce sont des gens qui s'aiment

Et moi j' te connais à peine
Mais ce s'rait une veine
Qu'on s'en aille un peu comme eux.
On pourrait se faire
Sans qu' ça gêne
De la place pour deux

Mais si ça n'vaut pas la peine
Que j'y revienne
Il faut me l' dire au fond des yeux
Quel que soit le temps que ça prenne
Quel que soit l'enjeu
Je veux être un homme heureux

Pourquoi les gens qui s'aiment
Sont-ils toujours un peu rebelles ?
Ils ont un monde à eux
Que rien n'oblige
À ressembler à ceux
Qu'on nous donne en modèle

Pourquoi les gens qui s'aiment
Sont-ils toujours un peu cruels ?
Quand ils vous parlent d'eux
Y'a quelque chose

Qui vous éloigne un peu
Ce sont des choses humaines

Et moi j'te connais à peine
Mais ce s'rait une veine
Qu'on s'en aille un peu comme eux.
On pourrait se faire
Sans qu' ça gêne
De la place pour deux

Mais si ça n' vaut pas la peine
Que j'y revienne
Il faut me l' dire au fond des yeux
Quel que soit le temps que ça prenne
Quel que soit l'enjeu
Je veux être un homme heureux
Je veux être un homme heureux
Je veux être un homme heureux

France Gall
[1947]

Son père, Raymond. Son copain, Serge. Son mari, Michel ont beaucoup fait pour son répertoire et sa carrière. Elle est la petite fille bien sage des sixties qui survit aux modes et se fait une place de grande demoiselle de la chanson française.

Poupée de cire poupée de son

Paroles et Musique de Serge Gainsbourg

Je suis une poupée de cire
Une poupée de son
Mon cœur est gravé dans mes chansons
Poupée de cire poupée de son

Suis-je meilleure suis-je pire
Qu'une poupée de salon
Je vois la vie en rose bonbon
Poupée de cire poupée de son

Mes disques sont un miroir
Dans lequel chacun peut me voir
Je suis partout à la fois
Brisée en mille éclats de voix

Autour de moi j'entends rire
Les poupées de chiffon
Celles qui dansent sur mes chansons
Poupée de cire poupée de son

Elles se laissent séduire
Pour un oui pour un nom
L'amour n'est pas que dans les chansons
Poupée de cire poupée de son

Seule parfois je soupire
Je me dis à quoi bon
Chanter ainsi l'amour sans raison
Sans rien connaître des garçons

Je ne suis qu'une poupée de cire
Qu'une poupée de son

Premier Prix du concours de l'Eurovision

Les sucettes

Paroles et Musique de Serge Gainsbourg

Annie aime les sucettes
Les sucettes à l'anis
Les sucettes à l'anis
D'Annie
Donn'nt à ses baisers
Un goût ani-
Sé lorsque le sucre d'orge
Parfumé à l'anis
Coule dans la gorge d'Annie
Elle est au paradis

Pour quelque penny
Annie
A ses sucettes à
L'anis
Elles ont la couleur de ses grands yeux
La couleur des jours heureux
Annie aime les sucettes
Les sucettes à l'anis
Les sucettes à l'anis
D'Annie
Donn'nt à ses baisers
Un goût ani-
Sé lorsqu'elle n'a sur la langue
Que le petit bâton
Elle prend ses jambes à son corps
Elle retourne au drugstore

Annie aime les sucettes
Les sucettes à l'anis
Les sucettes à l'anis
D'Annie
Donn'nt à ses baisers
Un goût ani-
Sé lorsque le sucre d'orge
Parfumé à l'anis
Coule dans la gorge d'Annie
Elle est au paradis

La déclaration d'amour

Paroles et Musique de Michel Berger

Quand je suis seule et que je peux rêver
Je rêve que je suis dans tes bras
Je rêve que je te fais tout bas
Une déclaration, ma déclaration

Quand je suis seule et que je peux inventer
Que tu es là tout près de moi
Je peux m'imaginer tout bas
Une déclaration, ma déclaration

Juste deux ou trois mots d'amour
Pour te parler de nous
Deux ou trois mots de tous les jours
C'est tout

Je ne pourrai jamais te dire tout ça
Je voudrais tant mais je n'oserai pas
J'aime mieux mettre dans ma chanson
Une déclaration, ma déclaration

Une déclaration, ma déclaration
Juste deux ou trois mots d'amour
Pour te parler de nous
Deux ou trois mots de tous les jours
C'est tout

Quand je suis seule et que je peux rêver
Je rêve que je suis dans tes bras
Je rêve que je te fais tout bas
Une déclaration, ma déclaration

Je veux des souvenirs avec toi,
Des images avec toi,
Des voyages avec toi
Je me sens bien quand tu es là
Une déclaration, ma déclaration

J'aime quand tu es triste
Et que tu ne dis rien

Je t'aime quand je te parle
Et que tu ne m'écoutes pas
Je me sens bien, quand tu es là
Une déclaration, ma déclaration

Philippe Lavil
[1947]

*La nonchalance de Fort-de-France. La bonne humeur ensoleil-
lée. À ses débuts, il chante qu'avec les filles il ne sait pas, mais, par
la suite, avec des bambous, il se débrouille comme un chef.*

Il tape sur des bambous

Paroles de Didier Barbelivien
Musique de Michel Héron

Il vit sa vie au bord de l'eau
Cocos et coquillages
Un dollar pour prendre en photo
Son plus beau tatouage
Il vit sa vie comme un vendredi
Robinson est parti
Tu l' verras toujours bien dans sa peau
Quand il prend ce tempo

Refrain
Il tape sur des bambous il est numéro 1
Dans son île on est fou comme on est musicien
Sur Radio Jamaïque il a des copains
Il fabrique sa musique et ça lui va bien
Il tape sur des bambous il joue pas les requins
Tahiti Touamotou Équateur Méridien
Y'a des filles de partout qui lui veulent du bien
Lui la gloire il s'en fout et ça va ça vient.

Il connaît le nom des bateaux
L' prénom du capitaine
Il te refile en stéréo
La chanson des sirènes
Il trafique un peu dans tous les ports
La marine est d'accord
Y'a aucun malaise dans sa combine
C'est une musique machine

[Au refrain]

Kolé Séré

Paroles de Jocelyne Béroard
Musique de Jean-Claude Naimro

1

Moi j'n'aurais pas imaginé
Que je te reverrais
Tant d'années ont passé
Je vois que tu n'as pas changé

Mwen pa té ka si po sé
Mwen té ké ri pa lé baw
Mwen té minm oublié
Sa mwen te ka ri pro ché w
An se kout zié fe mwen kraké
Mwen té kéyé lé resisté
Me lanmon a té douss
Lé nou pa té ka joué é
Si nou té pren tan pou nou té ké ka dansé

2

Moi je n'aurais jamais pensé
Que je te reverrais
Et pour t'oublier
J'avais tout gâché tout cassé

Tou sa palé mwen mal pa éw
Pa té ké marchandew
Gadé moin jodi
Pa ka trouvé ayen pou di
Ou la tou pré moin ka souri
Esa ka ba moin envi
Ritchimbé, mwen bra moin
Pou nou pe ri konmencé

Si nou té pren tan pou nou té
Si nou té pren tan pou nou ek spli ké
Kolé séré Kolé séré

Alain Bashung
[1947]

À ses débuts, il était l'idole de David Hallyday, qui n'avait alors que 10 ans. Sa firme discographique ne croyait guère en ses chances. L'avenir donna raison au fils de Johnny !

Gaby, Oh Gaby

Paroles de Boris Bergman
Musique d'Alain Bashung

J'fais mon footing au milieu des algues et des
[coraux
Et j'fais mes pompes sur les restes d'un vieux cargo
J' dis bonjour, faut bien que j'me mouille
C'est ma dernière surprise-partie j'mécrase le nez
[au hublot
J'ai mon contrat d'confiance l'encéphalo qui faut
J'ai du bol, J'en vois qui rigolent.

Refrain
Oh Gaby, Gaby
Tu devrais pas m'laisser la nuit
J'peux pas dormir j'fais qu'des conneries
Oh Gaby, Gaby
Tu veux qu'j'te chante la mer
le long, le long, le long des golfes
pas très clairs.

En r'gardant les résultats d'son chek-up
Un requin qui fumait plus a rallumé son clop
Ça fait frémir, faut savoir dire stop
Tu sais, tu sais c'est comm' ce typ' qui voudrait que
                                    [j'me soigne
Et qu'abandonn' son cleps au mois d'août en
                                    [Espagne
J'sens comme un vide, remets-moi Johnny Kidd

[Au refrain]

Gaby, j't' ai déjà dit qu't'es bien plus belle que
                                    [Mauricette
Qu'est bell' comme un pétard qu'attend plus qu'une
Ça fait craquer, au feu les pompiers   [allumette
Aujourd'hui c'est vendredi et j'voudrais bien qu'on
                                    [m'aime
J'sens que j'vais finir chez Wanda et ses sirènes, et
                                    [ses sirènes

[Au refrain]

Alors à quoi ça sert la frite si t'as pas les moules
Ça sert à quoi l'cochonnet si t'as pas les boules.

Vertiges de l'amour

Paroles de Boris Bergman
Musique d'Alain Bashung

J'ai crevé l'oreiller
J'ai dû rêver trop fort
Ça m'prend les jours fériés
Quand Gisèle clape dehors
J'aurais pas dû ouvrir à la rouquine carmélite
La mère Sup' m'a vu v'nir
Dieu avait mis un kilt
Y'a dû y'avoir des fuites
Oh oh Vertiges de l'amour
Mes circuits sont nickés
Y'a un truc qui fait masse
L'courant peut plus passer
Non mais t'as vu c'qui passe
J'veux l'feuill'ton à la place
Vertiges de l'amour
Tu chopes des suées à Saïgon
J'm'écris des cartes postales du front
Si ça continue j'vais m'découper
Suivant les poin... les pointillés hé
Vertiges de l'amour
Désirs fous que rien n'chasse
Cœurs transis restent sourds
Aux cris du marchand d'glace
Non mais t'as vu c'qui s'passe
J'veux l'feuill'ton à la place
Oh Vertiges de l'amour
Mon légionnaire attend qu'on l'chunte
Et la tranchée vient d'être repeinte... écoutez
Si ça continue j'vais m'découper
Suivant les poin... les pointillés hé
Vertiges de l'amour
J'ai dû rêver trop fort
Ça m'prend les jours fériés
Quand Gisèle cafte dehors
J'ai crevé l'oreiller
J'ai dû rêver trop fort
Ça m'prend les jours fériés

Osez Joséphine

Paroles d'A. Bashung et J. Fauque
Musique d'A. Bashung.

À l'arrière des berlines on devine
Des monarques et des figurines
Juste une paire de demi-dieux livrés à eux
Ils font des petits
Ils font des envieux
À l'arrière des dauphines
Je suis le roi des scélérats
À qui sourit la vie

Marcher sur l'eau
Éviter les péages
Jamais souffrir
Juste faire hennir
Les chevaux du plaisir

Refrain
Osez, osez Joséphine
Osez, osez Joséphine
Plus rien ne s'oppose à la nuit
rien ne justifie

Usez vos souliers
Usez l'usurier
Soyez ma muse
Et que durent les moments doux
durent les moments doux
et que ne doux

[Au refrain]

Michel Berger
[1947-1992]

Le plus précoce des sixties. Il enregistre à seize ans son premier 45 tours simple. Il compose pour les autres. Pour Bourvil, par exemple. Puis devient manager producteur pour Véronique Sanson, France Gall. Mais ce sera la comédie musicale qui fera sa gloire. Une brillante carrière interrompue prématurément.

La groupie du pianiste

Paroles et Musique de Michel Berger

Elle passe ses nuits sans dormir
À gâcher son bel avenir
La groupie du pianiste
Dieu que cette fille a l'air triste
Amoureuse d'un égoïste
La groupie du pianiste
Elle fout toute sa vie en l'air
Mais toute sa vie c'est pas grand-chose
Qu'est-ce qu'elle aurait bien pu faire
À part rêver seule dans son lit
Le soir entre ses draps roses ?

Elle sait comprendre sa musique
Elle l'aime, elle l'adore
Plus que tout elle l'aime
C'est beau comme elle l'aime
Elle l'aime, elle l'adore
C'est fou comme elle l'aime c'est beau comme elle
[l'aime

Elle passe sa vie à l'attendre
Pour un mot pour un geste tendre
La groupie du pianiste
Devant l'hôtel dans les coulisses
Elle rêve de la vie d'artiste
La groupie du pianiste

Elle le suivrait jusqu'en enfer
Et même l'enfer c'est pas grand-chose
À côté d'être seule sur terre
Et elle y pense seule dans son lit
Le soir entre ses draps roses.

Il a des droits sur son sourire
Elle a des droits sur ses désirs
La groupie du pianiste
Elle sait rester là sans rien dire
Pendant que lui joue ses délires
La groupie du pianiste
Quand le concert est terminé
Elle met ses mains sur le clavier
En rêvant qu'il va l'emm'ner
Passer le reste de sa vie
Tout simplement à l'écouter

Elle sait comprendre sa musique
Elle sait oublier qu'elle existe
La groupie du pianiste
Mais Dieu que cette fille prend des risques
Amoureuse d'un égoïste
La groupie du pianiste

Elle fout toute sa vie en l'air
Toute sa vie c'est pas grand-chose
Qu'est-ce qu'elle aurait bien pu faire
À part rêver seule dans son lit
Le soir entre ses draps roses ?

Elle l'aime elle l'adore
Plus que tout elle l'aime
C'est beau comme elle l'aime
Elle l'aime elle l'adore
C'est fou comme elle l'aime
C'est beau comme elle l'aime

La groupie du pianiste

Il jouait du piano debout

Paroles et Musique de Michel Berger

Ne dites pas que ce garçon était fou
Il ne vivait pas comme les autres c'est tout
Et pour quelles raisons étranges
Les gens qui n'sont pas comme nous
Ça nous dérange
Ça nous dérange ?

Il jouait du piano debout
C'est peut-être un détail pour vous
Mais pour moi ça veut dire beaucoup
Ça veut dire qu'il était libre
Heureux d'être là malgré tout
Il jouait du piano debout
Quand les trouillards sont à genoux
Et les soldats au garde-à-vous
Simplement sur ses deux pieds
Il voulait être lui vous comprenez

Ne dites pas que ce garçon n'valait rien
Il avait choisi un autre chemin
Et pour quelles raisons étranges
Les gens qui pensent autrement
Ça nous dérange
Ça nous dérange ?

Il n'y a qu'pour la musique qu'il était patriote
Il serait mort au champ d'honneur pour quelques
Et pour quelles raisons étranges   [notes
Les gens qui tiennent à leurs rêves
Ça nous dérange
Ça nous dérange ?

Lui et son piano ils pleuraient quelquefois
Mais c'est quand les autres n'étaient pas là
Et pour quelles raisons bizarres
Son image a marqué
Ma mémoire ma mémoire ?

Il jouait du piano debout
C'est peut-être un détail pour vous
Mais pour moi ça veut dire beaucoup
Ça veut dire qu'il était libre
Heureux d'être là malgré tout
Il jouait du piano debout
Il chantait sur des rythmes fous
Et pour moi ça veut dire beaucoup
Ça veut dire essaie de vivre
Essaie d'être heureux, ça vaut le coup

Michel Sardou
[1947]

Enfant de la balle, il a réussi tout seul en fondant sa société d'édition et de production. Il s'est engagé sur des sujets brûlants, mais il n'a pas oublié la tendresse et l'amour. Longue et brillante carrière, scénique et discographique.

Les Ricains

Paroles de Michel Sardou
Musique de Guy Magenta

Si les Ricains n'étaient pas là
Vous seriez tous en Germanie
À parler de je ne sais quoi,
À saluer je ne sais qui.

Bien sûr les années ont passé.
Les fusils ont changé de mains.
Est-ce une raison pour oublier
Qu'un jour on en a eu besoin ?

Un gars venu de Géorgie
Qui se foutait pas mal de toi
Est v'nu mourir en Normandie,
Un matin où tu n'y étais pas.

Bien sûr les années ont passé.
On est devenus des copains.
À l'amicale du fusillé,
On dit qu'ils sont tombés pour rien.

Si les Ricains n'étaient pas là
Vous seriez tous en Germanie
À parler de je ne sais quoi,
À saluer je ne sais qui.

Le rire du sergent

Paroles de Michel Sardou et Yves Dessca
Musique de Jacques Revaux

Je suis arrivé un beau matin du mois de mai
Avec à la main les beignets que ma mère m'avait faits
Ils m'ont demandé
Mon nom mon métier
Mais quand fier de moi j'ai dit « artiste de variétés »
À ce moment-là
Je ne sais pas pourquoi
J'ai entendu rire un type que je ne connaissais pas

Le rire du sergent
La folle du régiment
La préférée du capitaine des dragons
Le rire du sergent
Un matin de printemps
M'a fait comprendre comment gagner du galon
Sans balayer la cour
En chantant simplement
Quelques chansons d'amour
Le rire du sergent
La folle du régiment
Avait un cœur de troubadour

Je me suis présenté tout nu devant un infirmier
Moyennant dix sacs il m'a dit « moi je peux vous
Je me voyais déjà   [aider »
Retournant chez moi
Mais quand ils m'ont dit
Que j'étais bon pour dix-huit mois
À ce moment-là
Juste derrière moi
J'ai entendu rire un type que je ne connaissais pas

Le rire du sergent
La folle du régiment
La préférée du capitaine des dragons
Le rire du sergent
Un matin de printemps
M'a fait comprendre comment gagner du galon

Sans balayer la cour
En chantant simplement
Quelques chansons d'amour
Le rire du sergent
La folle du régiment
Avait un cœur de troubadour

Depuis ce temps-là
Je ne sais pas pourquoi
Il y a toujours un sergent pour chanter avec moi

Le rire du sergent
La folle du régiment
La préférée du capitaine des dragons
Le rire du sergent
Un matin de printemps
M'a fait comprendre comment gagner du galon.

La maladie d'amour

Paroles de Michel Sardou et Yves Dessca
Musique de Jacques Revaux

Elle court elle court
La maladie d'amour
Dans le cœur des enfants
De sept à soixante-dix-sept ans

Elle chante, elle chante
La rivière insolente
Qui unit dans son lit
Les cheveux blonds les cheveux gris

Elle fait chanter les hommes et s'agrandir le monde
Elle fait parfois souffrir tout le long d'une vie
Elle fait pleurer les femmes, elle fait crier dans
                                              [l'ombre
Mais le plus douloureux c'est quand on en guérit

Elle court elle court
La maladie d'amour
Dans le cœur des enfants
De sept à soixante-dix-sept ans

Elle chante, elle chante
La rivière insolente
Qui unit dans son lit
Les cheveux blonds les cheveux gris

Elle surprend l'écolière sur le banc d'une classe
Par le charme innocent d'un professeur d'anglais
Elle foudroie dans la rue cet inconnu qui passe
Et qui n'oubliera plus ce parfum qui volait

Elle court elle court
La maladie d'amour
Dans le cœur des enfants
De sept à soixante-dix-sept ans

Elle chante, elle chante
La rivière insolente
Qui unit dans son lit
Les cheveux blonds les cheveux gris

Elle court elle court
La maladie d'amour
Dans le cœur des enfants
De sept à soixante-dix-sept ans.

La java de Broadway

Paroles de Michel Sardou et Pierre Delanoë
Musique de Jacques Revaux

Quand on fait la java le samedi à Broadway
Ça swingue comme à Meudon
On s'défonce on y va pas besoin d'beaujolais
Quand on a du bourbon

C'est peut-être pas la vraie de vraie
La java de Broadway
Quand on est fin bourré on se tire des bordées
Sur la quarante-deuxième
On rigole et on danse comme à Saint-Paul-de-
Jusqu'à la cinquantième   [Vence
C'est peut-être pas la vraie de vraie
La java de Broadway
Quand on fait la java le samedi à Broadway
On dort sur les trottoirs
Quand on nous sort de là c'est à coups de balai
À grands coups d'arrosoir
Et l'on ne sait plus à midi
Si on est à Clichy ou en Californie
Elle est teintée de blues et de jazz et de rock
C'est une java quand même
Quand on est dix ou douze quand les verres s'entre-
On n'voit plus les problèmes   [choquent
C'est peut-être pas la vraie de vraie
La java de Broadway...

Julien Clerc
[1947]

Quand le prénom suffit, on est entré dans l'histoire... C'est clair !

Personnalité musicale sans pareille, aidé par des paroliers au style aussi original, Julien, c'est le mariage parfait, et l'éclosion d'une nouvelle chanson dans les années 70.

Ivanovitch

Paroles de Maurice Vallet
Musique de Julien Clerc

Il était arrivé
Le fiacre l'emportait
Toujours la même ville
Toujours les mêmes gares
Des églises barbares
St-Petersbourg ma ville

Refrain
Ivanovitch est là *(bis)*
Et le ciel est toujours
Si gris
Et la pluie chaque jour
Si triste

Tout est fermé
La maison est là solitaire
Une rumeur, un pas traîne
La porte s'ouvre un peu
Et il est entraîné par ceux
Qui l'appellent mon frère

[Au refrain]

Dans un coin du logis
Tous se pressent autour de lui
La fille a l'air fané

Et le garçon gêné
Le père et tous les apprentis
Qui rêvent de Paris

[Au refrain]

Ivanovitch est là *(bis)*

Le caravanier

Paroles d'Étienne Roda-Gil
Musique de Julien Clerc

Des souliers bien trop grands
Pour la saison
Des cheveux bien trop longs
Pour la région
Une chemise dont les trous
Rêvent de me suivre un peu partout
De me suivre un peu partout

Sur la piste des savanes
Je suis le caravanier } *(bis)*
D'un grand voyage organisé

Du rimmel bleu qui fond
Pour l'émotion
Des cheveux bien trop blonds
À discrétion
Une pâleur inondant tout
Malgré le soleil rouge et fou
Le soleil sombre et fou

Sur la piste des savanes
Je suis le caravanier } *(bis)*
D'un grand voyage organisé

D'un grand voyage organisé
Prémédité en liberté
Dans les limites d'un été

Sur la piste des savanes ⎫
Nous vivons en liberté ⎬ *(bis)*
Dans les limites d'un été ⎭

Un safari prémédité
Dont je suis le caravanier

Femmes... je vous aime

Paroles de Jean-Loup Dabadie
Musique de Julien Clerc

Quelquefois
Si douces
Quand la vie me touche
Comme nous tous
Alors si douces...

Quelquefois
Si dures
Que chaque blessure
Longtemps me dure
Longtemps me dure...

Femmes... Je vous aime
Femmes... Je vous aime
Je n'en connais pas de faciles
Je n'en connais que de fragiles
Et difficiles
Oui... difficiles

Quelquefois
Si drôles
Sur un coin d'épaule
Oh oui... Si drôles
Regard qui frôle...

Quelquefois
Si seules

Parfois ell's le veulent
Oui mais... Si seules
Oui mais si seules...

Femmes... Je vous aime
Femmes... Je vous aime
Vous êt's ma mère, je vous ressemble
Et tout ensemble mon enfant
Mon impatience
Et ma souffrance...

Femmes... Je vous aime
Femmes... Je vous aime
Si parfois ces mots se déchirent
C'est que je n'ose pas vous dire
Je vous désire
Ou même pire
Ô... Femmes...

Ma préférence

Paroles de Jean-Loup Dabadie
Musique de Julien Clerc

Je le sais, sa façon d'être à moi
Parfois vous déplaît,
Autour d'elle et moi le silence se fait.
Mais elle est
Ma préférence à moi.
Oui je sais cet air d'indifférence
Qui est sa défense
Vous fait souvent offense.

Mais quand elle est parmi mes amis de faïence,
De faïence je sais sa défaillance.
Je le sais, on ne me croit pas fidèle à ce qu'elle est.
Et déjà vous parlez d'elle à l'imparfait,
Mais elle est
Ma préférence à moi.

Il faut le croire, moi seul je sais quand elle a froid,
Ses regards ne regardent que moi.
Par hasard elle aime mon incertitude
Par hasard j'aime sa solitude.

Il faut le croire, moi seul je sais quand elle a froid,
Ses regards ne regardent que moi.
Par hasard elle aime mon incertitude
Par hasard j'aime sa solitude.

Je le sais, sa façon d'être à moi
Parfois vous déplaît,
Autour d'elle et moi le silence se fait.
Mais elle est
Ma chance à moi
Ma préférence à moi
Ma préférence à moi.

Le cœur-volcan

Paroles d'Étienne Roda-Gil
Musique de Julien Clerc

Comme un volcan devenu vieux
Mon cœur bat lentement la chamade
La lave tiède de tes yeux
Coule dans mes veines malades

Je pense si souvent à toi
Que ma raison en chavire
Comme feraient des barques bleues
Et même les plus grands navires

J'ai la raison arraisonnée
Dans un port désert
Dérisoire toute ma vie s'est arrêtée
Comme s'arrêterait l'Histoire

Comme une légende qui s'éteint
Comme un grand peuple en décadence

Comme une chanson qui se meurt
Comme la fin de l'espérance

Mon cœur-volcan devenu vieux
Bat lentement la chamade
La lave tiède de tes yeux
Coule dans mes veines malades

Comme une armée de vaincus
L'ensemble sombre de mes gestes
Fait un vaisseau du temps perdu
Dans la mer morte qui me reste

Mon cœur-volcan devenu vieux
Bat lentement la chamade
La lave tiède de tes yeux
Coule dans mes veines malades

Comme une armée de vaincus
L'ensemble sombre de mes gestes
Fait un vaisseau du temps perdu
Dans la mer morte qui me reste

Mon cœur-volcan devenu vieux
Bat lentement la chamade
La lave tiède de tes yeux
Coule dans mes veines malades

La fille de la véranda

Paroles d'Étienne Roda-Gil
Musique de Julien Clerc

Et si jamais je vous disais,
Ce qui fait tous mes regrets
Mes regrets
Le désespoir de mes nuits
Et le vide de ma vie
De ma vie...

De ma pauvre vie...

La fille de la véranda
Que je n'ai vue qu'une fois

Comment peut-on être amoureux
D'une ombre blanche aux yeux bleus ?
Aux yeux bleus
Je donnerai le paradis
Pour ne pas trouver l'oubli

L'oubli
Dans ma pauvre vie

Ce soir-là, il faisait frais
J'étais peu couvert il est vrai
Je crois bien que je rêvais
Un rêve que jamais
Je ne caresserai

Et j'abandonne les lévriers
À leur démarche lassée
Compassée...
Et aux fureurs d'un vent mauvais
J'abandonne tous mes regrets
Mes regrets
Tous mes beaux regrets...

Hervé Cristiani
[1947]

Il est un des rares auteurs interprètes aussi bien classé au tennis. Il compose et chante au rythme d'une vie calme et tranquille. Il est libre comme l'air du temps !

Il est libre, Max

Paroles et Musique de Hervé Cristiani

Il met de la magie mine de rien dans tout c' qu'il fait
Il a l' sourire facile même pour les imbéciles
Il s'amuse bien, il tombe jamais dans les pièges
Il s' laisse pas étourdir par les néons des manèges
Il vit sa vie sans s'occuper des grimaces
Que font autour de lui les poissons dans la nasse.

Refrain
Il est libre, Max *(bis)*
Y'en a même qui disent qu'ils l'ont vu voler.

Il travaille un p'tit peu quand son corps est d'accord
Pour lui faut pas s'en faire, il sait doser son effort
Dans le panier d' crabes, il joue pas les homards
Il cherche pas à tout prix à faire des bulles dans la
[mare.

[Au refrain]

Il r'garde autour de lui avec les yeux de l'amour
Avant qu' t'aies rien pu dire, il t'aime déjà au départ
Il fait pas d' bruit, il joue pas du tambour
Mais la statue de marbre lui sourit dans la cour.

[Au refrain]

Et bien sûr toutes les filles lui font leurs yeux de
[velours
Lui pour leur faire plaisir il leur raconte des histoires

Il les emmène par-delà les labours
Chevaucher les licornes à la tombée du soir.

[Au refrain]

Comme il a pas d'argent pour faire le grand
                                    [voyageur
Il va parler souvent aux habitants de son cœur
Qu'est-ce qu'y s' racontent, c'est ça qu'il faudrait
                                    [savoir
Pour avoir comme lui autant d'amour dans l' regard.

[Au refrain]

C. Jérome
[1947-2000]

Sa gentillesse dépassait son talent, son sourire et sa voix.

La petite fille 73

Paroles de Jean Albertini
Musique de Sylvain Garcia

1
La petite fille soixante-treize
A coloré de roug' le bord de ses lèvres
Et j'aime bien ça
La petite fille soixante-treize
A le même visage que dans mes rêves
Et j'aime bien ça
Ell' s'habill' toujours de rose ou de blanc
Et je la démaquill' le soir très souvent
Et tant mieux pour moi
Elle habit' souvent la ville ou la banlieue
Ell' prend le métro le train et quand il pleut
Comme elle est jolie sous son parapluie
Et c'est bien comm' ça
Elle adore aller au cinéma
Et surtout quand elle est avec moi
Elle aim' bien danser toutes les nuits
Quand elle a bu un peu de whisky

2
La petite fille soixante-treize
A coloré de roug' le bord de ses lèvres
Et j'aime bien ça
La petite fille soixante-treize
Est toujours amoureus' quand la nuit s'achève
et j'aime bien ça
Ell' coiff' ses cheveux déjà ell' s'inquiète
Un peu de parfum
Ell' n'est jamais prête
Et tant pis pour moi

Elle est en retard à tous mes rendez-vous
Alors ça me rend toujours un peu jaloux
Ell' me fait pleurer ell' me fait chanter
Et c'est bien comm' ça
Elle ador' tous les jeux dangereux
Et surtout quand on est tous les deux
Ell' aim' bien téléphoner parfois
Quand ell' s'ennuie un peu trop de moi

3

La petite fille soixante-treize
A coloré de roug' le bord de ses lèvres
Et j'aime bien ça
La petite fille soixante-treize
A toujours le sourir' quand le jour se lève
Et j'aime bien ça
Ell' sort tous les soirs et rentre à minuit
Et même un peu plus tard quand vient le sam'di
C'est très bien comm' ça
Elle a des photos aux murs de sa chambre
Ell' rêve de moi et on est ensemble
Ell' pense à sa vie quand ell' sera grande
Et c'est bien comm' ça
Elle adore aller au cinéma
Et surtout quand elle est avec moi
Elle aim' bien danser toutes les nuits
Quand elle a bu un peu de whisky
Elle ador' tous les jeux dangereux
Et surtout quand on est tous les deux
Elle aim' bien téléphoner parfois
Quand ell' s'ennuie un peu trop de moi

Et tu danses avec lui

Paroles de Jean Albertini
Musique de Didier Barbelivien

Tu n'as jamais dansé
Aussi bien que ce soir

Je regarde briller
Tes cheveux blonds dans le noir
Tu n'as jamais souri
Si tendrement je crois
Tu es la plus jolie
Tu ne me regardes pas

Et tu danses avec lui
La tête sur son épaule
Tu fermes un peu les yeux
C'est ton plus mauvais rôle
Et tu danses avec lui
Abandonnée heureuse
Tu as toute la nuit
Pour en être amoureuse

Je suis mal dans ma peau
J'ai envie de partir
Il y a toujours un slow
Pour me voler ton sourire

Et tu flirtes avec lui
Moi, tout seul, dans mon coin
Je n'sais plus qui je suis
Je ne me souviens plus de rien

Et tu danses avec lui
La tête sur son épaule
Tu fermes un peu les yeux
C'est ton plus mauvais rôle
Et tu danses avec lui
Abandonnée, heureuse
Tu as toute la nuit
Pour en être amoureuse

Et tu danses avec lui
Et tu danses avec lui
Et tu danses avec lui
Et tu danses avec lui
Avec lui, lui

Michel Jonasz
[1947]

Même si c'est un grand travailleur, c'est quand même les vacances qui lui ont donné le grand départ ! Son répertoire est le résultat de courants divers : tzigane, jazz, rock, funk, bossa. Il est comédien, musicien, compositeur, chanteur, et toujours à la recherche du bonheur d'aimer.

J'veux pas qu'tu t'en ailles

Paroles et Musique de Michel Jonasz

Y'a quelque chose qui cloche d'accord
Mais faut voir quoi
Sans s'énerver
Quelque chose est devenu moche et s'est cassé
Va savoir quand
Moi qui sais pas bien faire le thé
Qu'est c'que j'vais faire
C'est un détail
Mais
J'veux pas qu'tu t'en ailles
Pourquoi
Parc'que j'ai attendu beaucoup.

Et que je t'ai cherchée partout
À en boire toute l'eau des rivières pour voir le fond
Et pour en soulever les pierres
À couper les arbres des bois pour voir plus loin
Entre New York et Versailles.
J'veux pas qu'tu t'en ailles.
Je voulais des vagues et des S
Avec une à moi ma déesse
Et je roulais tout en zigzags et n'importe où
Avec mes confettis, mes blagues
Jetés aux pieds des gens dans les soirées mondaines
Avec leurs têtes à funérailles.
J'veux pas qu'tu t'en ailles

J'veux pas qu'tu t'en ailles.

On voulait faire des galipettes et plouf dans l'eau des
Beau sombrero pour moi pour toi mantille   [Antilles
Manger des papayes à Papeete, un cake aux
                                        [Galapagos
Les goyaves de Guayaquil à toutes les sauces
Plonger
Dans les mers de corail.
J'veux pas qu'tu t'en ailles
J'veux pas qu'tu t'en ailles.

Quand j'irai miauler mes refrains
En pensant tout ça c'est pour rien
Ma voix qui s'en va dans les fils et dans les airs
Sûr qu'elle va retomber par terre
Et que mes couplets de misère seront pour toi
Des graffitis sur du vitrail.
J'veux pas qu'tu t'en ailles.

J'vais casser les murs casser la porte
Et brûler tout ici j'te l'jure
Arracher les valises que t'emportes
Avec mes lettres où j'pleurais dur
Fais gaffe, fais gaffe à toi, j'vais t'faire mal
T'as peur, tu pleures, ça m'est égal
T'as qu'à pas m'laisser, me laisse pas
Faut pas t'en aller, t'en va pas
Qu'est c'que j'vais faire j'deviendrai quoi ?
Un épouvantail
Un grain de pop corn éclaté
Avec une entaille.
J'veux pas qu'tu t'en ailles. *(ter)*

*Sujet combien de fois traité ! Et pourtant, une fois de plus,
de façon différente.
Michel Jonasz est, cette fois, auteur et compositeur, et
prend une part active à ses arrangements musicaux. Il ne va
cesser de s'affirmer comme un grand auteur et un super
show-man.*

Les vacances au bord de la mer

Paroles de Pierre Grosz
Musique de Michel Jonasz

On allait au bord de la mer
Avec mon père, ma sœur, ma mère
On regardait les autres gens
Comme ils dépensaient leur argent.
Nous il fallait faire attention
Quand on avait payé
Le prix d'une location
Il ne nous restait pas grand-chose.
Alors on regardait les bateaux
On suçait des glaces à l'eau
Les palaces, les restaurants
On n'faisait que passer d'vant
Et on regardait les bateaux
Le matin on s'réveillait tôt
Sur la plage pendant des heures
On prenait de belles couleurs.

On allait au bord de la mer
Avec mon père, ma sœur, ma mère
Et quand les vagues étaient tranquilles
On passait la journée aux îles
... Sauf quand on pouvait déjà plus.
Alors on regardait les bateaux
On suçait des glaces à l'eau
On avait l'cœur un peu gros
Mais c'était quand même beau.

Le vrai départ de Michel Jonasz.
Après un premier disque, sans grands résultats, avec le
groupe Kingset, Michel Jonasz devra attendre quelques
années avant de concrétiser son talent et ses fortes ambi-
tions. Sa rencontre avec le parolier Pierre Grosz est détermi-
nante.

Super nana

Paroles et Musique de J.C. Vannier

1

Dix-huit grèves de poubelles
Que j'traîn' dans l'quartier
Jamais vu plus bell' qu'ell'
Dans la cité
Les serveus's du Milk bar
Ou du Banana
Qu'on dépiot' dans le noir
Au cinéma
C'est des trucs pour la toux
Des pastill's des cachous
Bonbons d'machin' à sous
Mais ell' pas du tout
UN' SUPER NANA UN' SUPER NANA UN' SUPER
NANA
UN' SUPER NANA

2

Tous les jours je foute ball
Des boîtes de ron ron
Et comm' ces boît's de tôle
Je tourne en rond
Quand j'la pêche à la ligne
Du haut d'mon balcon
Ell' m'emmèn' dans l'parking
Et sur l'béton
C'est l'Brésil pour mill' balles
Et j'croul' dans l'penthotal
Je touch' le fond de mes palmes
Des neig's du Népalm
UN' SUPER NANA UN' SUPER NANA UN' SUPER
NANA
UN' SUPER NANA

3

J'habite en haut de cett' tour
La dernièr' du bloc
Ma f'nêtre est bien haute pour

L'bacill' de Koch
Par-delà les enterr's
Au-d'ssus du cynodrome
Des traînées d'kérosène
Il y'a cett' môme
Ell' marche parmi les détritus
On dirait comm' sur les prospectus
Ces fill's allongées
À l'ombre des cactus
Tu vois c' que j'veux dire et pourtant c'est juste
UN' SUPER NANA UN' SUPER NANA UN' SUPER
NANA
UN' SUPER NANA UN' SUPER NANA

Mike Brant
[1947-1975]

Qui saura... Qui saura... Pourquoi... Une si belle carrière s'arrête si brutalement et si tragiquement. C'est Sylvie Vartan qui le découvre à Téhéran où il est en tournée et le fait venir en France. Son succès y est immédiat. Mais il ne supporte pas cette gloire si rapide et trop lourde.

C'est ma prière

Paroles de Richard Seff
Musique de Mike Brant

C'est ma prière,
Je viens vers toi,
C'est ma prière,
Je suivrai ta loi,
C'est ma prière,
Un jour viendra,
C'est ma prière,
Et le monde changera.
Un nouveau jour sur la terre,
Nous portera la lumière,
Et le soleil brillera
Comme un message d'espoir
Sur un monde sans frontières.
Si tu entends ma prière,
Tous les hommes de la terre,
Bâtirons l'éternité,
Sur une île de beauté, d'amour et de liberté.

C'est ma prière,
Entends ma voix,
C'est ma prière,
Et reste près de moi.
Un nouveau jour sur la terre,
Nous portera la lumière,
Et le soleil brillera
Comme un message d'espoir

Sur un monde sans frontières.
C'est ma prière,
Je viens vers toi,
C'est ma prière,
Reste près de moi.

Mireille Mathieu
[1947]

Une demoiselle qui a bien traversé le Pont ! Sa silhouette dessine une figure bien de chez nous, aujourd'hui exportée et qui a bien servi la chanson francophone.

La dernière valse

Paroles de H. Ithier
Musique de L. Reed

Le bal allait bientôt se terminer
Devais-je m'en aller ou bien rester ?
L'orchestre allait jouer le tout dernier morceau
Quand je t'ai vu passer près de moi...

C'était la dernière valse
Mon cœur n'était plus sans amour
Ensemble cette valse,
Nous l'avons dansée pour toujours.

On s'est aimé longtemps toujours plus fort
Nos joies nos peines avaient le même accord
Et puis un jour j'ai vu changer tes yeux
Tu as brisé mon cœur en disant « adieu ».

C'était la dernière valse
Mon cœur restait seul sans amour
Et pourtant cette valse aurait pu durer toujours
Ainsi va la vie, tout est bien fini
Il me reste une valse et mes larmes...

La la la la la la la la la la

C'était la dernière valse
Mon cœur restait seul sans amour
Et pourtant cette valse aurait pu durer toujours

La la la la la la la la la la

J'ai gardé l'accent

Paroles de G. Bonheur
Musique de J. Bernard

Oui, j'ai gardé l'accent qu'on attrape en naissant du
[côté de Marseille

765

C'est l'ail du potager, l'huile de l'olivier, le raisin de
C'est le micocoulier où jouent les écoliers,   [la treille
Qu'une cigale égaye.

Quand la mer de Pagnol en retenant ses vagues
S'endort en rêvassant
Et rêve d'un marin qui lui passe la bague
La mer a notre accent !

Quand le vent de Mistral décoiffe les marchandes
Jouant au Tout-Puissant
Et qu'il nous fait le ciel plus bleu que la lavande
Le vent a notre accent !

Oui, j'ai gardé l'accent qu'on attrape en naissant du
                                    [côté de Marseille
C'est le mas paternel, aux murs couleur de miel, aux
                                        [tomates vermeilles
C'est la tuile du toit, comme un peu de patois que
                                        [le soir ensoleille

Quand la nuit de Daudet aux moulins met des voiles
Qui tournent en crissant
Et que ça grouille au ciel des millions d'étoiles,
La mer a notre accent !

Quand l'été de Giono revient en transhumance
Et que les estivants, imitent en riant,
Le parler de Provence,
Le monde a notre accent !

Oui, j'ai gardé l'accent qu'on attrape en naissant du
                                    [côté de Marseille,
C'est l'accent du clocher, la Noël des bergers dans
                                    [la nuit des merveilles.
C'est l'orgueil provençal, la gloire de Mistral,

C'est l'accent de... Mireille !

Louis Chedid
[1948]

*Il est le premier à avoir fabriqué des tubes dans sa cuisine !
À l'époque, c'était nouveau et pas conforme aux habitudes du
showbiz. Mais les résultats furent probants et assurèrent le
succès de cette pratique.*

Ainsi soit-il

Paroles et Musique de Louis Chedid

L'action se déroule dans ta ville
vue d'hélicoptère ou du haut d'un building
et puis, la caméra zoom avant
jusqu'à ton appartement.
Ainsi soit-il, tel est le nom du film.

Comme il est dit dans le scénario
gros plan de toi dans ton berceau
comme il est précisé dans le script
lumière tamisée, flou artistique.
Ainsi soit-il, tel est le nom du film.

Sur la bande-son, une cloche qui sonne
fondu enchaîné sur la cour d'une école
un lièvre, une tortue, trois mousquetaires
et plus tard, les fleurs du mal de Charles Baudelaire.
Ainsi soit-il, tel est le nom du film.

Autre séquence, autre scène
champ-contrechamp, gros plan sur elle
t'as raison, y'a qu' l'amour qui vaille la peine
demande à l'éclairagiste qu'il éteigne.
Ainsi soit-il, tel est le nom du film.

Flash-back, tu regardes en arrière
toutes les choses que t'as pas pu faire
tu voudrais disparaître dans l' rétroviseur

mais, personne n'a jamais arrêté l' projecteur.
Ainsi soit-il, tel est le nom du film.

Travelling sur un corbillard qui passe
sans faire de bruit, sans laisser de traces
un bébé qui pleure dans la maison d'en face
quand quelqu'un s'en va, un autre prend sa place.
Ainsi soit-il, tel est le nom du film.

Alors, la caméra zoom arrière
et tu r'montes dans l'hélicoptère.

© L. Chedid, 1981.

T'as beau pas être beau

Paroles et Musique de Louis Chedid

Y'a des colorants pas marrants,
Du mazout dans les océans,
Des trucs bizarres dans nos assiettes,
Pauvre beefsteak.
La p'tit Juliett' et son Roméo,
Tourn' à poil dans les films pornos,
Y'a plus d'amour sur pellicul'
Que d'fleurs sous le bitum'.

T'as beau pas être beau,
Oh oh oh oh !
Monde cinglé,
J'tai dans la peau,
Oh oh oh oh !
Oh, j't'aim', t'aim', t'aim'.

Y'en a qui dégainent leurs pétards,
Pour une poignée de dollars.
Y'a des bombes A et des bombes H
Qui jouent à cache-cache.
Y'a l'KGB y'a la CIA
Le gros Idi Amin Dada,

Du sang à la une des gazettes,
Pauvre planèt'.

Faut dire qu'il y a quand même,
J't'aim', j't'aim', j't'aim',
Des mecs qu'ont du soleil,
J't'aim', j't'aim', j't'aim',
Des mecs qui pensent pas,
J't'aim', j't'aim', j't'aim',
Que c'est chacun pour soi,
J't'aim', j't'aim', j't'aim',
Qui se tendent les bras,
J't'aim', j't'aim', j't'aim',
Sur ma terre à moi
Di di dam...

Daniel Guichard
[1948]

Lui c'est plutôt... Et la tendresse... mon vieux ! Il a roulé sa bosse dans de nombreux cabarets. Il a travaillé comme préposé aux stocks des disques chez Barclay. Il a quand même obtenu un contrat de chanteur et connu de nombreux succès.

La tendresse

Paroles de Daniel Guichard et Jacques Ferrière
Musique de Patricia Carli

La tendresse,
C'est quelquefois ne plus s'aimer mais être deux,
De se trouver à nouveau deux
C'est refaire pour quelques instants un monde en
Avec le cœur au bord des yeux.   [bleu
La tendresse, la tendresse, la tendresse, la
                                        [tendresse.

La tendresse,
C'est quand on peut se pardonner sans réfléchir
Sans un regret, sans rien se dire,
C'est quand on veut se séparer sans se maudire,
Sans rien casser, sans rien détruire,
La tendresse, la tendresse, la tendresse, la
                                        [tendresse.

La tendresse,
C'est un geste, un mot, un sourire,
Quand on oublie que tous les deux on a grandi,
C'est quand je veux te dire je t'aime et que j'oublie
Qu'un jour ou l'autre l'amour finit,
La tendresse, la tendresse, la tendresse, la
                                        [tendresse.

[Parlé] Allez, viens.

Mon vieux

Paroles de Michelle Senlis
Musique de Jean Ferrat

Dans son vieux pardessus râpé
Il s'en allait l'hiver, l'été
Dans le petit matin frileux
Mon vieux
Y'avait qu'un dimanch' quelle aubaine
Tous les autres jours de la s'maine
Il arpentait la mêm' banlieue
Mon vieux
Mais quand on travaille au ch'min d'fer
On peut pas dir' qu'c'est la misère
Mais c'est pas non plus l'paradis
Pardi
Alors quand j'regarde aujourd'hui
Comm' tout a changé dans la vie
C'est bien souvent qu'je pense à lui
Mon vieux

Dans son vieux pardessus râpé
Il a fait pendant des années
Le mêm' chemin le mêm' boulot
Mon vieux
Car il était comm' beaucoup d'gens
Pas très malheureux mais pourtant
Il a jamais gagné l'gros lot
Mon vieux
Et moi j'étais comm' tous les gosses
Je bayais devant les carrosses
Tout's les fois qu'je pouvais m'payer
L'ciné
Mais après quand j'rentrais chez nous
Ça m'semblait bien p'tit tout d'un coup
Et je m'disais que j'le quitt'rais
Mon vieux

Dir' que j'ai passé des années
À côté d'lui sans l'regarder
Comm' si on était différents
Mon vieux

J'aurais pu c'était pas malin
Faire avec lui un bout d'chemin
Ça m'aurait pas coûté tell'ment
Mon vieux
Mais quand on a juste vingt ans
On n'a pas le cœur assez grand
Pour y loger tout's ces chos's là
Et moi
Maintenant qu'j'ai un peu vieilli
En me rapp'lant tout ça j'me dis
Il était pas si mal que ça
Papa...

Nota : il existe une deuxième version : co-auteur et interprète : Daniel Guichard

Faut pas pleurer comme ça

Paroles de Jean-Pierre Lemaire et Daniel Guichard
Musique de Christophe

Faut pas pleurer comm' ça demain
Ou dans un mois tu n'y penseras plus
Faut pas pleurer comm' ça
Aujourd'hui c'est pour toi que nous sommes venus
Ne dis rien si tu veux
Mais sèche un peu tes yeux
Et ne crois pas surtout
Que nous autres on s'en fout
Tu sais pleurer ça sert à rien
Laisse un peu dormir ta peine dans un coin

Faut pas pleurer comm' ça
Pleurer pour qui pour quoi
Pour quelques souvenirs
Pour quelques mots d'amour.
Jetés dans une cour et qui s'en vont mourir
Ne dis rien si tu veux
Mais sèche un peu tes yeux

Et ne crois pas surtout
Que tes larmes on s'en fout
Tu sais pleurer ça sert à rien
Laisse un peu dormir ta peine dans un coin

Faut pas pleurer comm' ça
Demain ce sera toi qui saura nous parler
Quand tu viendras nous voir
Tu pourras nous fair' croire
Que tout peut s'oublier
Mais pour l'instant tais-toi
Pour parler on est là
Et ne crois pas surtout
Que nous autres on s'en fout
Tu sais pleurer ça sert à rien
Laisse un peu dormir ta peine dans un coin

Laurent Voulzy
[1948]

Il compose la musique des premières chansons d'Alain Sou-
chon avant d'interpréter ses propres œuvres. Il s'impose rapi-
dement avec plusieurs albums très personnels et il en est
récompensé en figurant au palmarès des Victoires de la
Musique en 1986.

Le cœur grenadine

Paroles d'Alain Souchon
Musique de Laurent Voulzy

J'ai laissé dans une mandarine
Une coquille de noix bleu marine
Un morceau de mon cœur et une voile
Planqués sous le vent tropical.
Dans un pays sucré doucement
J' suis né dans le gris par accident
Dans mes tiroirs dans mon sommeil
Jolie doudou sous l'soleil.

J'ai laissé sur une planisphère
Entre Capricorne et Cancer
Des points entourés d'eau des îles
Une fille au corps immobile
Mais pour bien la biguine danser
Faudrait ma peau ta peau toucher
T'es loin, t'es tellement loin de moi
Qu'la biguine j'la danse pas.

Refrain
J'ai le cœur grenadine
J'ai le cœur grenadine
Pas d'soleil sur ma peau
J'en passe, j'en passe, j'en passe des nuits, des
Des nuits à caresser du papier   [nuits
Des lettres de toi
Mais l'papier c'est pas l'pied

J'voudrais tellement, tellement, tellement
Tellement être là-bas avec toi.

À cinq mille milles derrière la mer
Des traces de sel sur tes paupières
Tourmenté, tout mouillé, ton corps
Pense à moi, à moi très fort
Mais pour bien la journée dormir
Faudrait toute la nuit du plaisir
T'es loin, t'es tellement loin de moi
Du plaisir j'en ai pas.

[Au refrain]

Dans un pays sucré doucement
J'suis né dans l'gris par accident
Tout mon cœur est resté là-bas
Dans c'pays qu'j'connais pas.

J'ai le cœur grenadine
J'ai le cœur grenadine.

Belle-Île-en-Mer, Marie-Galante

Paroles d'Alain Souchon
Musique de Laurent Voulzy

Belle-Île-en-Mer Marie-Galante
Saint-Vincent loin Singapour Seymour
Vous c'est l'eau, c'est l'eau qui vous sépare
Et vous laisse à part

Loin des souvenirs d'enfance
En France, violence,
Manque d'indulgence
Pour les différences que j'ai
Café léger au lait mélangé, séparé
Petit enfant tout comme vous
Je connais ce sentiment

De solitude et d'isolement

[Au refrain]

Comme laissé tout seul en mer
Corsaire sur terre
Un peu solitaire
L'amour je le voyais passer Hoé Hoé
Je l' voyais passer, séparé
Petit enfant tout comme vous
Je connais ce sentiment
De solitude et d'isolement

[Au refrain]

Calédonie Ouessant
Vierge des mers mais seul tout le temps
Vous c'est l'eau, c'est l'eau qui vous sépare
Et vous laisse à part.

Cette chanson a été élue meilleure chanson française aux Victoires de la Musique *en 1986.*

Nicolas Peyrac
[1949]

Passage éclair au hit parade, il voyage beaucoup entre France, États-Unis et Québec, pour réaliser des films documentaires. Il continue néanmoins à enregistrer mais avec beaucoup moins de réussite.

Et mon père

Paroles et Musique de Nicolas Peyrac

Quand vous dansiez en ce temps-là,
Pas besoin de pédale wah-wah.
C'était pas la bossa nova
Mais ça remuait bien déjà.
Les caves étaient profondes
Et la ronde
Ne s'arrêtait pas.
Un vieux piano bastringue
Et les dingues
Tournoyaient déjà.

Et Juliette avait encore son nez.
Aragon n'était pas un minet.
Sartre était déjà bien engagé.
Au Café de Flore, y avait déjà des folles
Et mon père venait de débarquer.
Il hantait déjà les boutiquiers.
Dans sa chambre, on troquait du café.
Il ignorait qu'un jour, j'en parlerais.

Quand vous flirtiez en ce temps-là,
Vous vous touchiez du bout des doigts.
La pilule n'existait pas.
Fallait pas jouer à ces jeux-là.
Vous vous disiez « je t'aime »,
Parfois même
Vous faisiez l'amour.

Aujourd'hui, deux salades,
Trois tirades
Et c'est l'affaire qui court.

L'oncle Adolf s'était déjà flingué.
Son Eva l'avait accompagné,
Des fois qu'il aurait voulu draguer :
Qui sait si, là-haut, il n'y a pas des folles
Et mon père allait bientôt planter
Cette graine qui allait lui donner
Ce débile qui essaie de chanter.
Il ignorait que viendraient mes cadets.

Quand vous chantiez en ce temps-là,
L'argent ne faisait pas la loi.
Les hit parades n'existaient pas,
Du moins, ils n'étaient pas de poids.
Tu mettais des semaines
Et des semaines,
Parfois des années.
Si t'avais pas de tripes,
Ta boutique, eux,
Pouvaient la fermer

Et Trenet avait mis des années,
Brassens commençait à emballer
Et Bécaud astiquait son clavier.
Monsieur Brel ne parlait pas encore des folles
Et mon père venait de débarquer
Là où restait quelque humanité,
Là où les gens savaient encore parler
De l'avenir... même s'ils sont fatigués.

Et Juliette avait encore son nez.
Aragon n'était pas un minet.
Sartre était déjà bien engagé.
Au Café de Flore, y avait déjà des folles
Et mon père venait de débarquer
Là où restait quelque humanité,
Là où les gens savaient encore parler
De l'avenir... même s'ils sont fatigués.

Véronique Sanson
[1949]

Une musique entre le jazz et le rock. Une voix, un vibrato unique, un jeu de piano où fermeté et tendresse servent des textes à fleur de peau et de très belles mélodies.

Amoureuse

Paroles et Musique de Véronique Sanson

Une nuit je m'endors avec lui
Mais je sais qu'on nous l'interdit
Et je sens la fièvre qui me mord
Sans que j'aie l'ombre d'un remords

Et l'aurore m'apporte le sommeil
Je ne veux pas qu'arrive le soleil
Quand je prends sa tête entre mes mains
Je vous jure que j'ai du chagrin

Et je me demande
Si cet amour aura un lendemain
Quand je suis loin de lui
Quand je suis loin de lui
Je n'ai plus vraiment toute ma tête
Et je ne suis plus d'ici
Oh ! je ne suis plus d'ici
Je ressens la pluie d'une autre planète

Quand il me serre tout contre lui
Quand je sens que j'entre dans sa vie
Je prie pour que le destin m'en sorte
Je prie pour que le diable m'emporte

Et l'angoisse me montre son visage
Elle me force à parler son langage
Mais quand je prends sa tête entre mes mains
Je vous jure que j'ai du chagrin

Et je me demande
Si cet amour aura un lendemain
Quand je suis loin de lui
Quand je suis loin de lui
Je n'ai plus vraiment toute ma tête
Et je ne suis plus d'ici
Non je ne suis plus d'ici
Je ressens la pluie d'une autre planète

Rien que de l'eau

Paroles et Musique de Véronique Sanson et Bernard Swell

Elle, rappelle-toi comme elle est belle
Et touche-la : elle sent le sel.
C'est un don miraculeux.
Elle, c'est la naissance de la gabelle,
C'est l'oubliée des infidèles
À la terre des futurs vieux.

Rien que de l'eau, de l'eau de pluie,
De l'eau de là-haut
Et le soleil blanc sur ta peau
Et la musique tombée du ciel
Sur les toits rouillés de Rio.

Toi, tu te caches dans les ruelles
Et comme un païen qui appelle
Les Dieux pour qu'elle t'inonde.
Elle, oh tu sais elle a le temps :
Elle est là depuis mille ans,
Elle te suit comme une ombre.

Rien que de l'eau, de l'eau de pluie,
De l'eau de là-haut
Et le soleil blanc sur ta peau
Et la musique tombée du ciel
Sur les toits rouillés de Rio.

Elle, en attendant l'orage,
Elle te pardonnera ton âge
Et l'argent de tes cheveux.
Elle, tu ne peux pas te passer d'elle,
Tu ne vivras jamais sans elle.
Tu n'auras que de l'eau de tes yeux.

Rien que de l'eau, de l'eau de pluie,
De l'eau de là-haut
Et le soleil blanc sur ta peau
Et la musique tombée du ciel

Comme je l'imagine

Paroles et Musique de Véronique Sanson

Comme je l'imagine il sourit d'un rien
Comme je l'imagine il pense bien
Comme je l'imagine il pourrait même
Être celui qui sera l'homme que j'aime

Comme je l'imagine et comme toujours
Il va près des gens qui aiment l'amour
Comme je l'imagine il pourrait même
Être celui qui sera l'homme que j'aime

Comme je l'imagine il aime l'aurore
Les matins d'hiver et la brume qui dort
Les nuages rouges quand l'aube se lève
Et vient le moment où finit mon rêve
Où est-il ?
Peut-être dans le Sud
Dans les villes où le soleil vous brûle
Et je regarde vers le Nord
Et je regarde vers le Sud
Et tout disparaît avec mes certitudes

Comme je l'imagine il sourit d'un rien
Comme je l'imagine il pense bien

Comme je l'imagine il pourrait même
Être celui qui sera l'homme que j'aime

Comme je l'imagine il vient de loin
Comme je l'imagine c'est un musicien
Comme je l'imagine il pourrait même
Être celui qui sera l'homme que j'aime

Comme je l'imagine s'il est malheureux
Il sait qu'il se sent devenir vieux
Mais je sens le vent qui se soulève
Souffle dans la nuit emporte mon rêve
Où est-il ?
Peut-être dans le Sud
Dans les villes où le soleil vous brûle
Et je regarde vers le Nord
Et je regarde vers le Sud
Et tout disparaît avec mes certitudes

Comme je l'imagine il sourit d'un rien
Son destin va croiser mon chemin
Comme je l'imagine il pourrait même
Être celui qui sera l'homme que j'aime

Comme je l'imagine il aime l'aurore
Les matins d'hiver et la brume qui dort
Mais je sens le vent qui se soulève
Emporte la nuit, emporte mes rêves

Maxime Le Forestier
[1949]

Il est poète et sincère jusqu'au bout de ses poils de barbe.
Sur un son à la lisière du folk et d'une certaine tradition fran-
çaise, il roule sur mai 68 et s'impose au fil des années, malgré
quelques arrêts qui lui permettent ensuite de mieux rebondir.

San Francisco

Paroles et Musique de Maxime Le Forestier

C'est une maison bleue
Adossée à la colline
On y vient à pied
On ne frappe pas
Ceux qui vivent là
Ont jeté la clé.

On se retrouve ensemble
Après des années de route
Et on vient s'asseoir
Autour du repas
Tout le monde est là
À cinq heures du soir.

Quand San Francisco s'embrume
Quand San Francisco s'allume
San Francisco
Où êtes-vous ?
Lizzard et Luc
Psylvia
Attendez-moi.

Nageant dans le brouillard
Enlacés roulant dans l'herbe
On écoutera
Tom à la guitare
Phil à la kena

Jusqu'à la nuit noire.

Un autre arrivera
Pour nous dire des nouvelles
D'un qui reviendra
Dans un an ou deux
Puisqu'il est heureux
On s'endormira.

Quand San Francisco se lève
Quand San Francisco se lève
San Francisco
Où êtes-vous ?
Lizzard et Luc
Psylvia
Attendez-moi.

C'est une maison bleue
Accrochée à ma mémoire
On y vient à pied
On ne frappe pas
Ceux qui vivent là
Ont jeté la clé.
Peuplée de cheveux longs
De grands lits et de musique
Peuplée de lumière
Et peuplée de fous
Elle sera dernière
À rester debout.

Si San Francisco s'effondre
Si San Francisco s'effondre
San Francisco
Où êtes-vous ?
Lizzard et Luc
Psylvia
Attendez-moi.

Né quelque part

Paroles de Maxime Le Forestier
Musique de Maxime Le Forestier et Jean-Pierre Sabar

On choisit pas ses parents, on choisit pas sa famille
On choisit pas non plus les trottoirs de Manille
De Paris ou d'Alger
Pour apprendre à marcher

Être né quelque part
Être né quelque part
Pour celui qui est né
C'est toujours un hasard
Nom'inqwando yes qxag iqwahasa *(bis)*

Y'a des oiseaux de basse-cour et des oiseaux de
[passage
Ils savent où sont leurs nids, qu'ils rentrent de
Ou qu'ils restent chez eux   [voyage
Ils savent où sont leurs œufs

Être né quelque part
Être né quelque part
C'est partir quand on veut,
Revenir quand on part

Est-ce que les gens naissent
Égaux en droits
À l'endroit
Où ils naissent

Nom'inqwando yes qxag iqwahasa

Est-ce que les gens naissent
Égaux en droits
À l'endroit
Où ils naissent
Que les gens naissent
Pareils ou pas

On choisit pas ses parents, on choisit pas sa famille
On choisit pas non plus les trottoirs de Manille

De Paris ou d'Alger
Pour apprendre à marcher

Je suis né quelque part
Je suis né quelque part
Laissez-moi ce repère
Ou je perds la mémoire
Nom'inqwando yes qxag iqwahasa
Est-ce que les gens naissent...

Ambalaba

Paroles et Musique de Claudio Veeraragoo

Moi ti n'a mon ti femme dans mon la case
Moi ti n'a princesse, tu vas guetter
Dans ma tête, j'entends le grand ciné
Avec son gros anneau dans son zoreille

Tout c'que ti besoin moi donne toi
Ti robe à fleurs, moi donne toi
Chapeau la paille, tu peux gagner
Tu fais toucatacata dans mon la case

Ambalaba, ambalaba, ambalaba
Tu mouses mon salade, ambalaba
Ambalaba, ambalaba, ambalaba
Tu mouses mon salade, ambalaba

Moi ti n'a mon bateau Marie-Thérèse
Ti n'a l'hameçon numéro un
Moi ti n'a mon ligne à pendants
Qui pêche poissons dans les brisants

Tout c'que ti besoin moi donne toi
Ti robe à fleurs, moi donne toi
Chapeau la paille, tu peux gagner
Tu fais toucatacata dans mon la case

Ambalaba, ambalaba, ambalaba
Tu mouses mon salade, ambalaba
Ambalaba, ambalaba, ambalaba
Tu mouses mon salade, ambalaba

Moi ti n'a mon ti femme dans mon la case
Moi ti n'a princesse, tu vas guetter
Dans ma tête, j'entends le grand ciné
Avec son gros anneau dans son zoreille

Tout c'que ti besoin, moi donne toi
Ti robe à fleurs, moi donne toi
Chapeau la paille, tu peux gagner
Tu fais toucatacata dans mon la case

Ambalaba, ambalaba, ambalaba
Tu mouses mon salade, ambalaba
Ambalaba, ambalaba, ambalaba
Tu mouses mon salade, ambalaba

Passer ma route

Paroles de Maxime Le Forestier
Musique de Jean-Pierre Sabar

Laissez-les dans les cartons les plans d' la planète
Faites-le sans moi, oubliez pas les fleurs
Quand ces rétroviseurs-là m'passent par la tête
J'ai du feu sur l'gaz et j' m'attends ailleurs

Je fais que passer ma route
Pas vu celle tracée
Passer entre les gouttes
Évadé belle

Elle tape dans l'œil, la grosse caisse on dirait du cash
C' qu'il faut livrer d' pizzas pour l'avoir
Autour de moi les dollars jouent à cache-cache
Demain j'commence à chercher pas ce soir

Je fais que passer ma route
Pas vu celle tracée
Passer entre les gouttes
Évadé belle

Parole après parole, note après note
Elle voulait tout savoir sur ma vie
J'ai tourné sept fois ma clé dans ses menottes
Sept fois ma langue dans sa bouche et j'ai dit

Je fais que passer ma route
Pas vu celle tracée
Passer entre les gouttes
Évadé belle

Est-c' que c'est un marabout, un bout d'ficelle
Un grigri qu'j'aurais eu sans l'savoir
Chez les tambours des sorciers, sous les échelles,
Dans les culs-d'-sac infestés de chats noirs

Je fais que passer ma route
Pas vu celle tracée
Passer entre les gouttes
Évadé belle

Tell'ment bien soignée la pose, on s'prendrait pour elle
Faut que j'pense à m'trouver un métier
Autant manger de c'qu'on aime
J'f'rais bien l'rebelle
Mais l'école d'la rue, comme les autres, j'ai séché

Je fais que passer ma route
Pas vu celle tracée
Passer entre les gouttes
Évadé belle

Yves Duteil
[1949]

Un francophile hors norme qui a bien servi notre langue. Maire de son village, Précy-sur-Marne, il se partage entre ses activités musicales et ses obligations municipales. Un cas unique dans notre République.

Quand les bateaux reviennent

Paroles et Musique d'Yves Duteil

Quand les bateaux reviennent
Il reste sur leurs flancs
Des lambeaux décevants
Du vent qui les emmène
Quand les bateaux reviennent...
Et les marins du bord
Voient grandir la falaise
Et le curieux malaise
Et les lueurs du port
Où les femmes au matin
Frissonnant sous le châle
Ont la lèvre un peu pâle
Et le cœur incertain

Car c'est le même vent
Qui trousse leurs dentelles
Emporte leurs enfants
Puis les ramène à elles
Il donne aux goëlands
Cette lenteur si belle
Et fait de leurs amants
Des marins infidèles

Quand les bateaux reviennent
On les attache au quai
La longe et le piquet
Pour seuls fruits de leur peine
Quand les bateaux reviennent...

Puis les marins s'en vont
Écrasés de fatigue
Même le sol navigue
Au cœur de leur maison
Le lit déjà défait
Se couvre de soupirs
Et les femmes chavirent
Et leur espoir renaît

Car c'est le même vent
Qui souffle leur chandelle
Un soir où le Printemps
Les a trouvées moins belles
Il donne aux océans
Quelques rides nouvelles
Et montre aux cerfs-volants
Tous les chemins du ciel

Alors pour quelques jours
Le temps n'existe pas
C'est peut-être pour ça
Que les adieux sont lourds
Quand les bateaux repartent...
Les femmes au petit jour
À l'instant du départ
Cherchent dans leur mouchoir
Pour se compter les jours
Les grains déjà si lourds
Du chapelet d'ivoire
Et l'impossible amarre
Qui mène à leur amour

Mais c'est le même vent
Qui ramène au rivage
Un peu de l'océan
Jusque sur leur visage
Où la mer et le temps
De passage en passage
Ont creusé le sillage
Étrange et fascinant
D'un bateau qui voyage...

La langue de chez nous

Paroles et Musique d'Yves Duteil

C'est une langue belle avec des mots superbes
Qui porte son histoire à travers ses accents
Où l'on sent la musique et le parfum des herbes
Le fromage de chèvre et le pain de froment

Dans cette langue belle aux couleurs de Provence
Où la saveur des choses est déjà dans les mots
C'est d'abord en parlant que la fête commence
Et l'on boit des paroles aussi bien que de l'eau

Les voix ressemblent aux cours des fleuves et des
[rivières
Elles répondent aux méandres, au vent dans les
[roseaux
Parfois même aux torrents qui charrient du tonnerre
En polissant les pierres sur le bord des ruisseaux

C'est une langue belle à l'autre bout du monde
Une bulle de France au nord d'un continent
Sertie dans un étau mais pourtant si féconde
Enfermée dans les glaces au sommet d'un volcan

Elle a jeté des ponts par-dessus l'Atlantique
Elle a quitté son nid pour un autre terroir
Et comme une hirondelle au printemps des
[musiques
Elle revient nous chanter ses peines et ses espoirs

Et du Mont-Saint-Michel jusqu'à la Contrescarpe
En écoutant parler les gens de ce paÿs
On dirait que le vent s'est pris dans une harpe
Et qu'il en a gardé toutes les harmonies

Nous dire que là-bas dans ce pays de neige
Elle a fait face aux vents qui soufflent de partout
Pour imposer ses mots jusque dans les collèges
Et qu'on y parle encore la langue de chez nous

C'est une langue belle à qui sait la défendre

Elle offre les trésors de richesses infinies
Les mots qui nous manquaient pour pouvoir nous
[comprendre
Et la force qu'il faut pour vivre en harmonie

Et de l'île d'Orléans jusqu'à la Contrescarpe
En écoutant chanter les gens de ce pays
On dirait que le vent s'est pris dans une harpe
Et qu'il a composé toute une symphonie

Et de l'île d'Orléans jusqu'à la Contrescarpe
En écoutant chanter les gens de ce pays
On dirait que le vent s'est pris dans une harpe
Et qu'il a composé toute une symphonie.

Prendre un enfant par la main

Paroles et Musique d'Yves Duteil

Prendre un enfant par la main
Pour l'emmener vers demain
Pour lui donner la confiance en son pas
Prendre un enfant pour un Roi
Prendre un enfant dans ses bras
Et pour la première fois
Sécher ses larmes en étouffant de joie
Prendre un enfant dans ses bras
Prendre un enfant par la main
En regardant tout au bout du chemin
Prendre un enfant pour le tien.

Prendre un enfant par le cœur
Pour soulager ses malheurs
Tout doucement, sans parler, sans pudeur.
Prendre un enfant sur son cœur
Prendre un enfant dans ses bras
Mais pour la première fois
Verser des larmes en étouffant sa joie
Prendre un enfant contre soi.

Prendre un enfant par la main
Et lui chanter des refrains
Pour qu'il s'endorme à la tombée du jour
Prendre un enfant par l'amour
Prendre un enfant comme il vient
Et consoler ses chagrins
Vivre sa vie des années, puis soudain
Prendre un enfant par la main
En regardant tout au bout du chemin
Prendre un enfant pour le tien.

Les Batignoles

Paroles et Musique d'Yves Duteil

Quand je courais dans les rigoles
Quand je mouillais mes godillots
Quand j'allais encore à l'école
Et qu'il fallait se lever tôt
J'avais à peine ouvert la porte
Et vu la Méditerranée
J'étais déjà dans la mer Morte
Jusqu'au pied du grand escalier
En attendant que quelqu'un sorte
Pour jaillir comme une fusée.
Puis je descendais le grand fleuve
Qui partait de la rue de Lévis
Qui passait par la rue Salneuve
Et se perdait dans l'infini

Alors au square des Batignoles
Je passais le torrent à gué
Pour voir les pigeons qui s'envolent
Quand on court pour les attraper *(bis)*
Sur le pont guettant les nuages
On respirait la folle odeur
Qui se dégageait au passage
Des locomotives à vapeur

Et au cœur de la fumée blanche
Tout le reste disparaissait

On était dans une avalanche
Qui venait de nous avaler *(bis)*

J'étais un faiseur de miracles
Et tout le long de mon chemin
Je balayais tous les obstacles
D'un simple geste de la main
En regardant les feux quand même
Simplement pour traverser

Sauf que c'est moi qui sans un problème
Décidais de les faire passer *(bis)*
Je cours encore dans les rigoles
Je dois encore me lever tôt
Et je vais encore à l'école
Pour apprendre à chanter plus beau

J'ai grandi jusqu'aux nuages
Où je m'invente un univers
Bien plus tranquille et bien plus sage
Que ne l'est ce monde à l'envers *(bis)*

Alain Chamfort
[1949]

Cet excellent musicien aux allures de dandy a fait ses classes au service des vedettes. Puis il interprète ses propres œuvres et se fait une place au soleil. Une carrière d'une belle longévité.

Manuréva

Paroles de Serge Gainsbourg
Musique d'Alain Chamfort et J.N. Chaleat

Manu Manuréva
Où es-tu Manu Manuréva
Bateau fantôme toi qui rêvas
Des îles et qui jamais n'arrivas
Là-bas

Où es-tu Manu Manuréva ?
Portée disparue Manuréva
Des jours et des jours tu dérivas
Mais jamais jamais tu n'arrivas
Là-bas

As-tu abordé les côtes de Jamaïca
Oh ! héroïque Manuréva
Es-tu sur les récifs de Santiago de Cuba
Où es-tu Manuréva
Dans les glaces de l'Alaska
À la dérive Manuréva
Là-bas

As-tu aperçu les lumières de Nouméa
Oh ! héroïque Manuréva
Aurais-tu sombré au large de Bora Bora
Où es-tu Manuréva
Dans les glaces de l'Alaska

Où es-tu Manu Manuréva
Portée disparue Manuréva

Des jours et des jours tu dérivas
Mais jamais jamais tu n'arrivas
Là-bas

Manuréva pourquoi ?

L'amour en France

Paroles et Musique d'A. Chamfort, M. Pelay et Cl. François

Tes yeux dans mes yeux
Ta main dans ma main
C'est l'amour en France
Une bicyclette au bord du chemin
C'est l'amour en France
Toutes les mandolines de la terre
Jouent notre mélodie
On ferme les yeux pour être en Italie

Le soleil qui brille, les oiseaux qui chantent
C'est l'amour en France
Et puis toi qui m'aimes autant que moi je t'aime
Tu sais que tant qu'il y aura
Des cœurs qui vibr'ront
Pour des chansons avec des mots de tous les jours
Ce sera toujours l'amour en France

Passent le printemps, l'été, l'automne et puis l'hiver
Moi avec toi je suis toujours près de la mer
Tu es la plus belle
Tu resteras celle
Avec qui ce ne sera jamais fini

L'avion qui t'emmène dans le midi
C'est l'amour en France
Les vagues qui bercent nos rêves fleuris
C'est l'amour en France
Lorsqu'il nous arrive parfois
D'avoir des scènes de jalousie

On sait que de toutes façons
On se réconcilie

Un enfant qui pleure une main qui se tend
C'est l'amour en France
Et puis toi qui m'aimes autant que moi je t'aime
Tu sais que tant qu'il y aura
Des cœurs qui vibr'ront
Pour des chansons avec des mots de tous les jours
Ce sera toujours l'amour en France

Un accordéon qui joue dans un bal
C'est l'amour en France
Une fille te quitte et ça te fait mal
C'est l'amour en France
Toutes les mandolines de la terre
Jouent notre mélodie
On ferme les yeux pour être en Italie

C'est l'amour en France...

Jean-Jacques Goldman
[1951]

Il l'a prouvé depuis longtemps... Quand la musique est bonne... À la fois discret, réaliste, généreux et très profession-nel. Il a un peu irrité son entourage à ses débuts mais tout est rentré dans l'ordre quand il a diversifié sa production.

Quand la musique est bonne

Paroles et Musique de Jean-Jacques Goldman

J'ai trop saigné sur les Gibson
J'ai trop rôdé dans les Tobacco road
Il n'y a plus que les caisses qui me résonnent
Et quand je me casse je voyage toujours en fraude
Des champs de coton dans ma mémoire
Trois notes de blues c'est un peu d'amour noir
Quand je suis trop court quand je suis trop tard
C'est un recours pour une autre histoire.

Quand la musique est bonne
Quand la musique donne
Quand la musique sonne sonne sonne
Quand elle ne triche pas
Quand elle guide mes pas *(la deuxième fois)*

J'ai plus d'amour j'ai pas le temps
J'ai plus d'humour je ne sais plus d'où vient le vent
J'ai plus qu'un clou une étincelle
Des trucs en plomb qui me brisent les ailes
Un peu de swing un peu du King
Pas mal de feeling et de décibels
C'est pas l'usine c'est pas la mine
Mais ça suffit pour se faire la belle

Quand la musique est bonne
Quand la musique donne

Quand la musique sonne sonne sonne
Quand elle ne triche pas

Quand la musique est bonne
Quand la musique donne
Quand la musique sonne sonne sonne
Quand elle guide mes pas

À nos actes manqués

Paroles et Musique de Jean-Jacques Goldman

À tous mes loupés, mes ratés, mes vrais soleils
Tous les chemins qui me sont passés à côté
À tous mes bateaux manqués, mes mauvais
À tous ceux que je n'ai pas été   [sommeils

Aux malentendus, aux mensonges, à nos silences
À tous ces moments que j'avais cru partager
Aux phrases qu'on dit trop vite et sans qu'on les
À celles que je n'ai pas osées   [pense
À nos actes manqués

Aux années perdues à tenter de ressembler
À tous les murs que je n'aurai pas su briser
À tout c' que j'ai pas vu, tout près, juste à côté
Tout c' que j'aurais mieux fait d'ignorer

Au monde, à ses douleurs qui ne me touchent plus
Aux notes, aux solos que je n'ai pas inventés
Tous ces mots que d'autres ont fait rimer qui me tuent
Comme autant d'enfants jamais portés
À nos actes manqués

Aux amours échouées de s'être trop aimé
Visages et dentelles croisés juste frôlés
Aux trahisons que j'ai pas vraiment regrettées
Aux vivants qu'il aurait fallu tuer

À tout ce qui nous arrive enfin, mais trop tard
À tous les masques qu'il aura fallu porter
À nos faiblesses, à nos oublis, nos désespoirs
Aux peurs impossibles à échanger

À nos actes manqués.

La vie par procuration

Paroles et Musique de Jean-Jacques Goldman

Elle met du vieux pain sur son balcon
Pour attirer les moineaux, les pigeons.
Elle vit sa vie par procuration
Devant son poste de télévision.

Levée sans réveil,
Avec le soleil
Sans bruit, sans angoisse,
La journée se passe.
Repasser, poussière,
Y'a toujours à faire
Repas solitaires
En point de repère.

La maison si nette
Qu'elle en est suspecte
Comme tous ces endroits
Où l'on ne vit pas.
Les êtres ont cédé,
Perdu la bagarre
Les choses ont gagné,
C'est leur territoire.

Le temps qui nous casse
Ne la change pas
Les vivants se fanent,
Mais les ombres pas.
Tout va, tout fonctionne

Sans but, sans pourquoi
D'hiver en automne,
Ni fièvre, ni froid.

Elle met du vieux pain sur son balcon
Pour attirer les moineaux, les pigeons.
Elle vit sa vie par procuration
Devant son poste de télévision.
Elle apprend dans la presse à scandale
La vie des autres qui s'étale.

Mais finalement de moins pire en banal.
Elle finira par trouver ça normal.
Elle met du vieux pain sur son balcon
Pour attirer les moineaux, les pigeons.

Des crèmes et des bains
Qui font la peau douce
Mais ça fait bien loin
Que personne la touche.
Des mois des années
Sans personne à aimer
Et jour après jour
L'oubli de l'amour.

Ses rêves et désirs
Si sages et possibles
Sans cri, sans délire,
Sans inadmissible
Sur dix ou vingt pages
De photos banales
Bilan sans mystère
D'années sans lumière.

On sort de plus en plus des sentiers battus. La chanson est capable de traiter des grands sujets de la société moderne. Jean-Jacques Goldman s'est affirmé rapidement comme un digne descendant des « enfants du rock ».

Je marche seul

Paroles et Musique de Jean-Jacques Goldman

Comme un bateau dérive
Sans but et sans mobile
Je marche dans la ville
Tout seul et anonyme

La ville et ses pièges
Ce sont mes privilèges
Je suis riche de ça
Mais ça ne s'achète pas

Et j'm'en fous, j'm'en fous de tout
De ces chaînes qui pendent à nos cous
J'm'enfuis, j'oublie
Je m'offre une parenthèse, un sursis

Je marche seul
Dans les rues qui se donnent
Et la nuit me pardonne, je marche seul
En oubliant les heures,
Je marche seul
Sans témoin, sans personne
Que mes pas qui résonnent, je marche seul
Acteur et voyeur

Se rencontrer, séduire
Quand la nuit fait des siennes
Promettre sans le dire
Juste des yeux qui traînent

Oh, quand la vie s'obstine
En ces heures assassines
Je suis riche de ça
Mais ça ne s'achète pas

Et j'm'en fous, j'm'en fous de tout
De ces chaînes qui pendent à nos cous
J'm'enfuis, j'oublie
Je m'offre une parenthèse, un sursis

Je marche seul
Dans les rues qui se donnent
Et la nuit ma pardonne, je marche seul
En oubliant les heures,
Je marche seul
Sans témoin, sans personne
Que mes pas qui résonnent, je marche seul
Acteur et voyeur

Je marche seul
Quand ma vie déraisonne
Quand l'envie m'abandonne
Je marche seul
Pour me noyer d'ailleur
Je marche seul...

Elle a fait un bébé toute seule

Paroles et Musique de Jean-Jacques Goldman

Elle a fait un bébé toute seule
Elle a fait un bébé toute seule

C'était dans ces années un peu folles
Où les papas n'étaient plus à la mode
Elle a fait un bébé toute seule

Elle a fait un bébé toute seule
Elle a fait un bébé toute seule

Elle a choisi le père en scientifique
Pour ses gènes, son signe astrologique
Elle a fait un bébé toute seule

Et elle court toute la journée
Elle court de décembre en été
De la nourrice à la baby-sitter
Des paquets de couches au biberon de quatre
[heures

Et elle fume, fume, fume même au petit déjeuner

Elle défait son grand lit toute seule
Elle défait son grand lit toute seule
Elle vit comme dans tous ces magazines
Où le fric et les hommes sont faciles
Elle défait son grand lit toute seule
Et elle court toute la journée
Elle court de décembre en été
Le garage, la gym et le blues alone
Et les copines qui pleurent des heures au téléphone
Elle assume, sume, sume sa nouvelle féminité

Et elle court toute la journée
Elle court de décembre en été
De la nourrice à la baby-sitter
Des paquets de couches au biberon de quatre
[heures
Et elle fume, fume, fume même au petit déjeuner

Elle m'téléphone quand elle est mal
Quand elle peut pas dormir
J'l'emmène au cinéma, j'lui fais des câlins, j'la fais
Un peu comme un grand frère   [rire
Un peu incestueux quand elle veut
Puis son gamin, c'est presque le mien, sauf qu'il a
Elle a fait un bébé toute seule   [les yeux bleus

Entre gris clair et gris foncé

Paroles et Musique de Jean-Jacques Goldman

Décolorés, les messages du ciel
Les évidences, déteintes au soleil

Fané, le rouge sang des enfers
L'Éden, un peu moins pur, un peu moins clair
Souillé, taché, le blanc des étandards
Brûlé le vert entêtant de l'espoir

La sérénité des gens qui croient
Ce repos d'âme qui donnait la foi

Organisés, les chemins bien fléchés
Largués, les idoles et grands timoniers
Les slogans qu'on hurle à pleins poumons
Sans l'ombre, l'ombre d'une hésitation
Télévisées, les plus belles histoires
Ternis, les gentils, troublants, les méchants
Les diables ne sont plus vraiment noirs
Ni les blancs absolument innocents

Oubliées, oubliées
Délavées, nos sages années, programmées
Entre gris clair et gris foncé

Scénarisées, les histoires d'amour
Tous les « jamais », les « juré », les « toujours »
Longue et semée d'embûches est la route
Du sacré sondage et du taux d'écoute
Psychiatrisées, l'amitié des romans
Celle des serments, des frères de sang
Les belles haines qui brûlaient le cœur
Contrôlées à travers un pacemaker

Oubliées, oubliées
Délavées, nos sages années, programmées
Entre gris clair et gris foncé

© JRG, 1988.

Jean-Louis Murat
[1952]

Une écriture originale sur des musiques aux tonalités nova-trices d'une efficace fluidité. Il a du mal à s'imposer mais sa pro-duction persévérante lui apporte enfin une énorme audience.

Le lien défait

Paroles de Jean-Louis Bergheaud
Musique de Jean-Louis Bergheaud et Denis Clavaizolle

Comme l'ange blond
Noyé dans la Durance
Comme un démon
Tu déferas le tien

Comme l'oiseau borgne
Comme Jeanne de France
Dans ta démence
Tu déferas le tien

On se croit d'amour
On se croit féroce enraciné
Mais revient toujours
Le temps du lien défait

On se croit d'amour
On se sent épris d'éternité
Mais revient toujours
Le temps du lien défait

Comme la vipère
Comme la reine des prés
Morte terre
Tu déferas le tien

Comme la femme douce
Comme l'homme léger
Au moment d'oublier
Tu déferas le tien

On se croit d'amour
On se croit féroce enraciné
Mais revient toujours
Le temps du lien défait

On se croit d'amour
On se sent épris d'éternité
Mais revient toujours
Le temps du lien défait

Col de la Croix-Morand

Paroles de Jean-Louis Bergheaud
Musique de Jean-Louis Bergheaud et Denis Clavaizolle

Comme un lichen gris
Sur le flanc d'un rocher
Comme un loup sous la voie lactée
Je sens monter en moi
Un sentiment profond
D'abandon

Par mon cœur et mon sang
Col de la Croix-Morand
Je te garderai

Quand à bride abattue
Les giboulées se ruent
Je cherche ton nom
J'en meurs mais je sais
Que tous les éperviers
Sur mon âme veilleront

Par mon cœur et mon sang
Col de la Croix-Morand
Je te garderai

Pour ce monde oublié
Ce royaume enneigé
J'éprouve un sentiment profond
Un sentiment si lourd
Qu'il m'enterre mon amour
Et je te garderai

Quand montent des vallées
Les animaux brisés
Par le désir transhumant
Je te prie de sauver
Mon âme de berger
Je suis innocent

Renaud
[1952]

Il débute à la cave (Pizza du Marais). Mais il ne marche pas longtemps à l'ombre. Il est rapidement un Mistral gagnant avec une nouvelle langue de poulbot.

En cloque

Paroles et Musique de Renaud Séchan

Elle a mis sur l' mur, au-d'ssus du berceau
Une photo d'Arthur Rimbaud
Avec ses ch'veux en brosse elle trouve qu'il est beau
Dans la chambre du gosse, bravo !
Déjà les p'tits anges sur le papier peint
J' trouvais ça étrange, j' dis rien
Elles me font marrer ses idées loufoques
Depuis qu'elle est en cloque...

Elle s' réveille la nuit, veut bouffer des fraises
Elle a des envies balèzes
Moi, j' suis aux p'tits soins, je m' défonce en huit
Pour qu'elle manque de rien ma p'tite
C'est comme si j' pissais dans un violoncelle

Comme si j'existais plus pour elle
Je m' retrouve planté, tout seul dans mon froc
Depuis qu'elle est en cloque...

Le soir, elle tricote en buvant d' la verveine
Moi, j' démêle ses p'lotes de laine
Elle use les miroirs à s' regarder d'dans
À s' trouver bizarre, tout l' temps
J' lui dis qu'elle est belle comme un fruit trop mûr
Elle croit qu' j' m' fous d'elle, c'est sûr
Faut bien dire c' qui est, moi aussi, j' débloque
Depuis qu'elle est en cloque...

Faut qu' j' retire mes grolles quand j' rentre dans la
Du p' tit rossignol qu'elle couve   [chambre
C'est qu' son p' tit bonhomme qu'arrive en décembre
Elle le protège comme une louve
Même le chat-pépère, elle en dit du mal
Sous prétexte qu'y perd ses poils
Elle veut plus l' voir traîner autour du paddock
Depuis qu'elle est en cloque...

Quand j' promène mes mains d' l'autre côté d' son
J' sens comme des coups d' poing, ça bouge   [dos
J' ui dis : T'es un jardin, une fleur, un ruisseau
Alors elle devient toute rouge
Parfois c' qui m' désole, c' qui m' fait du chagrin
Quand je r'garde son ventre et l' mien
C'est qu' même si j' dev'nais pédé comme un
Moi, j' s'rais jamais en cloque...   [phoque

Morgane de toi

(Amoureux de toi)

Paroles de Renaud Séchan
Musique de Franck Langolff

Y'a un mariole, il a au moins quatre ans
Y veut t' piquer ta pelle et ton seau

Ta couche-culotte avec les bombecs dedans
Lolita défends-toi, fous-y un coup d' râteau dans l'
[dos.

Attends un peu avant d' te faire emmerder
Par ces p' tits machos qui pensent qu'à une chose
Jouer au docteur non conventionné
J'y ai joué aussi, je sais de quoi j' cause.

J' les connais bien les play-boys des bacs à sable
J' draguais leurs mères avant d' connaître la tienne
Si tu les écoutes, y t' f'ront porter leurs cartables
'reus' ment qu' j' suis là que j' te r'garde et que j'
[t'aime.

Lola,
J' suis qu'un fantôme quand tu vas où j' suis pas
Tu sais ma môme que j' suis morgane de toi
J' suis morgane de toi.

Comme j'en ai marre de m' faire tatouer des
[machins
Qui m' font comme une bande dessinée sur la peau
J'ai écrit ton nom avec des clous dorés un par un
Plantés dans le cuir de mon blouson dans l' dos.

T'es la seule gonzesse que j' peux t'nir dans mes
[bras
Sans m' démettre une épaule, sans plier sous ton
[poids
Tu pèses moins lourd qu'un moineau qui mange pas
Déploie jamais tes ailes, Lolita t'envole pas.

Avec tes miches de rat qu'on dirait des noisettes
Et ta peau plus sucrée qu'un pain au chocolat
Tu risques de donner faim à un tas de p'tits mecs
Quand t'iras à l'école, si jamais t'y vas.

Lola,
J' suis qu'un fantôme quand tu vas où j' suis pas
Tu sais ma môme que j' suis morgane de toi
J' suis morgane de toi.

Qu'ess-tu m' racontes ? Tu veux un petit frangin ?
Tu veux qu' j' t'achète un ami pierrot ?
Eh ! Les bébés, ça s' trouve pas dans les magasins
[et j'crois pas

Que ta mère voudra qu' j' lui fasse un petit dans l'
[dos.

Ben quoi, Lola, on est pas bien ensemble ?
Tu crois pas qu'on est déjà bien assez nombreux ?
T'entends pas c' bruit, c'est le monde qui tremble
Sous les cris des enfants qui sont malheureux.

Allez viens avec moi j' t'embarque dans ma galère
Dans mon arche, y'a d' la place pour tous les
[marmots
Avant qu' ce monde devienne un grand cimetière
Faut profiter un peu du vent qu'on a dans l' dos.

Lola,
J' suis qu'un fantôme quand tu vas où j' suis pas
Tu sais ma môme que j' suis morgane de toi
J' suis morgane de toi.

La mère à Titi

Paroles de Renaud Séchan
Musique de Franck Langolff

Sur la tabl' du salon
Qui brille comme un soulier
Y'a un joli napp'ron
Et une huîtr'-cendrier

Y'a des fruits en plastique
Vach'ment bien imités
Dans une coupe en cristal
Vach'ment bien ébréchée

Sur le mur, dans l'entrée
Y'a les cornes de chamois
Pour accrocher les clés
D'la cave où on va pas

Les statuettes africaines
Côtoient sur l'étagère
Les p'tites bestioles en verre
Saloperies vénitiennes

C'est tout p'tit, chez la mère à Titi
C'est un peu l'Italie
C'est l'bonheur, la misère et l'ennui
C'est la mort, c'est la vie

Y'a une belle corrida
Sur un moche éventail
Posé au-d'ssus du sofa
Comme un épouvantail

Sur la dentelle noire
Y'a la mort d'un taureau
Qui a du mal à croire
Qu'il est plus sous Franco

Y'a une pauvre Vierge
Les deux pieds dans la flotte
Qui se couvre de neige
Lorsque tu la gigotes

Le baromètr' crétin
Dans l'ancre de marine
Et la photo du chien
Tirée d'un magazine

C'est tout p'tit, chez la mère à Titi
Mais y'a tout c'que j'te dis
C'te femme-là, si tu la connais pas
T'y crois pas, t'y crois pas

Sur la télé qui trône
Un jour, j'ai vu un livre
J'crois qu'c'était *le Grand Meaulnes*
Près d'la marmite en cuivre

Dans le porte-journaux
En rotin, tu t'en doutes
Y'a *Nous deux,* l'*Figaro*
L'catalogue d'la Redoute

Pi au bout du couloir
Y'a la piaule à mon pote
Où vivent ses guitares
Son blouson et ses bottes

Sa collec' de B.D.
Et au milieu du souk
Le mégot d'un tarpé
Et deux ou trois *New Look*

C'est tout p'tit, chez la mère à Titi
Le Titi y s'en fout
Y m'dit qu'sa vie est toute petite aussi
Et qu'chez lui, c'est partout

Quand y parle de s'barrer
Sa mère lui dit qu'il est louf'
Qu'il est même pas marié
Qu'ses gonzesses sont des pouf'

Et qu'si y s'en allait
Pas question qu'y revienne
Avec son linge sale à laver
À la fin d'chaque semaine

Alors y reste là
Étouffé mais aimé
S'occupe un peu des chats
En attendant d'bosser

Y voudrait faire chanteur
Sa mère y croit d'ailleurs
Vu qu'il a une belle voix
Comme avait son papa

C'est tout p'tit, chez la mère à Titi
C'est un peu l'Italie

C'est l'bonheur, la misère et l'ennui
C'est la mort, c'est la vie

Daniel Balavoine
[1952-1986]

Une traversée du désert fatale. Généreux et intense, il a créé une chanson française qui a bien digéré le rock. Il a été un des interprètes remarqués de Starmania. Il nous a quittés en plein triomphe.

Le chanteur

Paroles et Musique de Daniel Balavoine

Je m'présente, je m'appelle Henri
J'voudrais bien réussir ma vie
Être aimé, être beau, gagner de l'argent
Puis surtout être intelligent,
Mais pour tout ça
Il faudrait que j'bosse à plein temps.

J'suis chanteur, je chante pour mes copains
J'veux faire des tubes et que ça tourne bien,
J'veux écrire une chanson dans le vent
Un air gai chic et entraînant
Pour faire danser
Dans les soirées de Monsieur Durand.

Et partout dans la rue
J'veux qu'on parle de moi
Que les filles soient nues
Qu'elles se jettent sur moi
Qu'elles m'admirent, qu'elles me tuent
Qu'elles s'arrachent ma vertu.

Pour les anciennes de l'école
Devenir une idole
J'veux que toutes les nuits
Essoufflées dans leurs lits
Elles trompent leurs maris
Dans leurs rêves maudits.

Puis après je f'rai des galas
Mon public se prosternera
Devant moi
Des concerts de cent mille personnes
Où même le tout-Paris s'étonne
Et se lève pour prolonger le combat.

Et partout dans la rue
J'veux qu'on parle de moi
Que les filles soient nues
Qu'elles se jettent sur moi
Qu'elles m'admirent, qu'elles me tuent
Qu'elles s'arrachent ma vertu.

Puis quand j'en aurais assez
De rester leur idole
Je remont'rai sur scène
Comme dans les années folles
Je f'rai pleurer mes yeux
Je ferai mes adieux.

Et puis l'année d'après
Je recommencerai
Et puis l'année d'après
Je recommencerai
Je me prostituerai
Pour la postérité.

Les nouvelles de l'école
Diront que j'suis pédé
Que mes yeux puent l'alcool
Que j'fais bien d'arrêter
Brûl'ront mon auréole
Saliront mon passé.

Alors je serai vieux
Et je pourrai crever
Je me cherch'rai un Dieu
Pour tout me pardonner
J'veux mourir malheureux
Pour ne rien regretter
J'veux mourir malheureux.

Daniel Balavoine a eu beaucoup de patience et de persé-
vérance, bien aidé par son « coach » discographique, Léo
Missir.
Au cours du rallye Paris-Dakar en 1986, ce jeune chanteur
disparut au moment où, avec L'Aziza, il atteignait sa pleine
mesure.

L'Aziza

Paroles et Musique de Daniel Balavoine

1

Petite rue de Casbah au milieu de Casa
Petite brune enroulée d'un drap court autour de moi
Ses yeux remplis de pourquoi
Cherchent une réponse en moi
Elle veut vraiment
Que rien ne soit sûr
Dans tout ce qu'elle croit
Ah, oh, oh,
Ta couleur et tes mots tout me va
Que tu vives ici ou là-bas

Danse avec moi, danse avec moi,
Danse avec moi
Si tu crois que ta vie est là
Ce n'est pas un problème pour moi
Ah l'Aziza l'Aziza l'Aziza
Je te veux si tu veux de moi

2

Et quand tu marches le soir
Ne tremble pas
Laisse glisser les mauvais regards
Qui pèsent sur toi
L'Aziza ton étoile jaune
C'est ta peau tu n'as pas le choix
Ne la porte pas comme on porte un fardeau

Ta force c'est ton droit
Ah, oh, oh,
Ta couleur et tes mots tout me va
Que tu vives ici ou là-bas

Danse avec moi
Danse avec moi
Que tu vives ici ou là-bas
Ce n'est pas un problème pour moi
Ah l'Aziza l'Aziza
Si tu crois que ta vie est là
Oh oh oh oh oh
L'Aziza l'Aziza l'Aziza l'Aziza
Si tu crois que ta vie est là
Il n'y a pas de loi contre ça
L'Aziza l'Aziza
Ah ah l'Aziza
Fille enfant de prophète roi
Oh oh oh oh oh
Ta couleur et tes mots tout me va

Mon fils ma bataille

Paroles et Musique de Daniel Balavoine

1

Ça fait longtemps que t'es partie
Maintenant
Je t'écoute démonter ma vie
En pleurant
Si j'avais su qu'un matin
Je serais là, sali, jugé sur un banc
Par l'ombre d'un corps
Que j'ai serré si souvent
Pour un enfant

Refrain
Les juges et les lois

Ça m'fait pas peur
C'est mon fils, ma bataille
Fallait pas qu'tu t'en ailles Oh
Je vais tout casser qu'elle s'en aille

2
Tu leur dis que mon métier
C'est du vent
Qu'on ne sait pas ce que je serai
Dans un an
S'ils savaient que pour toi
Avant, de tous les chanteurs j'étais le plus grand
Et que c'est pour ça
Que tu voulais un enfant
Devenu grand Oh Oh

[Au refrain]

3
Bien sûr c'est elle qui l'a porté
Et pourtant
C'est moi qui lui construis sa vie lentement
Tout ce qu'elle peut dire sur moi
N'est rien à côté du sourire qu'il me tend
L'absence a des torts
Que rien ne défend
C'est mon enfant.

[Au refrain]

Jean Guidoni
[1952]

Un interprète vraiment pas comme les autres. Sur fond de tango, de blues, de rock parfois, son tour de chant est très varié. Et les sujets qu'il aborde encore plus. Sa silhouette ne laisse pas indifférents, même les plus blasés !

Je marche dans les villes

Paroles de Pierre Philippe
Musique de Michel Cywie

Moi je marche dans les villes
Les banlieues les bidonvilles
Sur le pavé des ports
Et sur l'asphalte vil
Visitant le décor
Des amours difficiles
Moi je suis l'amateur d'ombres
L'explorateur des décombres
Le croiseur du grand vide
L'amant de la pénombre
Le flâneur intrépide
Aux fantasmes sans nombre
Moi je ressemble aux rois-mages
À la poursuite d'un mirage
D'une étoile équivoque
Éclairant les visages
Des habitués des docks
En quête de naufrage
Moi je suis le rôdeur pâle
Loin des rues principales
Dans les quartiers déserts
Le petit Sardanapale
Des dimanches de misère
Aux douches municipales
Moi je hante le hall des gares
À l'heure des troufions hagards
Traçant des graffitis

À l'abri des regards
Le dernier train parti
Quand la raison s'égare } *(bis)*
Moi je suis l'homme immobile
Des périphéries tranquilles
Le liseur de journal
Au regard trop habile
Debout près du canal
À ses risques et périls
Moi j'arpente les passages
Témoin des équarrissages
Me payant des galas
De jeux anthropophages
Accélérant le pas *(bis)*
Si ça devient sauvage
Moi je suis celui qui drague
Les chantiers les terrains-vagues
Le passant dérisoire
Sans portefeuille ni bague
Pressentant le rasoir
À défaut de la dague
Moi j'ai choisi pour seule cible
Les passions indicibles
Qu'importe que j'y perde

Je cherche l'impossible
Le diamant dans la merde
Je veux l'inaccessible
Moi je marche dans les villes
Les banlieues les bidonvilles
Sur le pavé des ports
Et sur l'asphalte vil
Visitant le décor
Des amours difficiles

Francis Cabrel
[1953]

Paris n'est plus le centre exclusif des jeunes « pousses » de la chanson. Le tranquille citoyen d'Astaffort, près d'Agen, en est un bel exemple. Sa réussite exceptionnelle a dépassé la fin de l'an 2000. Restant toujours très attaché à ses racines il devient ainsi le digne héritier du poète agenais Jasmin qui, en 1822, publie « Me Cal Mouri » (Il me faut mourir) ; sa première poésie gasconne qu'il met en musique !

Je l'aime à mourir

Paroles et Musique de Francis Cabrel

Moi je n'étais rien,
Et voilà qu'aujourd'hui
Je suis le gardien
Du sommeil de ses nuits,
Je l'aime à mourir.

Vous pouvez détruire
Tout ce qu'il vous plaira,
Elle n'a qu'à ouvrir
L'espace de ses bras
Pour tout reconstruire,
Pour tout reconstruire.
Je l'aime à mourir.

Elle a gommé les chiffres
Des horloges du quartier,
Elle a fait de ma vie
Des cocottes en papier,
Des éclats de rires,

Elle a bâti des ponts
Entre nous et le ciel,
Et nous les traversons
À chaque fois qu'elle

Ne veut pas dormir,
Ne veut pas dormir.
Je l'aime à mourir.

Elle a dû faire toutes les guerres,
Pour être si forte aujourd'hui,
Elle a dû faire toutes les guerres,
De la vie, et l'amour aussi.

Elle vit de son mieux
Son rêve d'opaline,
Elle danse au milieu
Des forêts qu'elle dessine,
Je l'aime à mourir.

Elle porte des rubans
Qu'elle laisse s'envoler,
Elle me chante souvent
Que j'ai tort d'essayer
De les retenir,
De les retenir,
Je l'aime à mourir.

Pour monter dans sa grotte
Cachée sous les toits,
Je dois clouer des notes
À mes sabots de bois,
Je l'aime à mourir.

Je dois juste m'asseoir,
Je ne dois pas parler,
Je ne dois rien vouloir,
Je dois juste essayer
De lui appartenir,
De lui appartenir,
Je l'aime à mourir.

Elle a dû faire toutes les guerres,
Pour être si forte aujourd'hui,
Elle a dû faire toutes les guerres,
De la vie, et l'amour aussi.

Moi je n'étais rien,
Et voilà qu'aujourd'hui
Je suis le gardien
Du sommeil de ses nuits,
Je l'aime à mourir.

Vous pouvez détruire
Tout ce qu'il vous plaira
Elle n'aura qu'à ouvrir
L'espace de ses bras
Pour tout reconstruire
Pour tout reconstruire
Je l'aime à mourir

La corrida

Paroles et Musique de Francis Cabrel

Depuis le temps que je patiente
Dans cette chambre noire
J'entends qu'on s'amuse et qu'on chante
Au bout du couloir ;
Quelqu'un a touché le verrou
Et j'ai plongé vers le grand jour
J'ai vu les fanfares, les barrières
Et les gens autour

Dans les premiers moments j'ai cru
Qu'il fallait seulement se défendre
Mais cette place est sans issue
Je commence à comprendre
Ils ont refermé derrière moi
Ils ont eu peur que je recule
Je vais bien finir par l'avoir
Cette danseuse ridicule...

Est-ce que ce monde est sérieux ? (*bis*)

Andalousie je me souviens
Les prairies bordées de cactus
Je ne vais pas trembler devant
Ce pantin, ce minus !
Je vais l'attraper, lui et son chapeau
Les faire tourner comme un soleil
Ce soir la femme du torero
Dormira sur ses deux oreilles

Est-ce que ce monde est sérieux ? (*bis*)

J'en ai poursuivi des fantômes
Presque touché leurs ballerines
Ils ont frappé fort dans mon cou
Pour que je m'incline
Ils sortent d'où ces acrobates
Avec leurs costumes de papier !
J'ai jamais appris à me battre
Contre des poupées

Sentir le sable sous ma tête
C'est fou comme ça peut faire du bien
J'ai prié pour que tout s'arrête
Andalousie je me souviens
Je les entends rire comme je râle
Je les vois danser comme je succombe
Je ne pensais pas qu'on puisse autant
S'amuser autour d'une tombe

Est-ce que ce monde est sérieux ? (*bis*)

Si, si hombre, hombre
Baila baila
Hay que bailar de nuevo
Y mataremos otros
Otras vidas, otros toros
Y mataremos otros
Venga, venga a bailar...
Y mataremos otros

Encore et encore

Paroles de Francis Cabrel
Musique de Roger Secco

D'abord vos corps qui se séparent,
T'es seule dans la lumière des phares,
T'entends à chaque fois que tu respires
Comme un bout de tissu qui se déchire.
Et ça continue encore et encore,
C'est que le début d'accord, d'accord...

L'instant d'après le vent se déchaîne,
Les heures s'allongent comme des semaines,
Tu te retrouves seule assise par terre,
À bondir à chaque bruit de portière.

Et ça continue encore et encore,
C'est que le début d'accord, d'accord...

Quelque chose vient de tomber
Sur les lames de ton plancher,
C'est toujours le même film qui passe,
T'es toute seule au fond de l'espace.
T'as personne devant...

La même nuit que la nuit d'avant,
Les mêmes endroits deux fois trop grands,
Et t'avances comme dans des couloirs,
Tu t'arranges pour éviter les miroirs,
Mais ça continue encore et encore,
C'est que le début d'accord, d'accord...

Quelque chose vient de tomber
Sur les lames de ton plancher,
C'est toujours le même film qui passe,
T'es toute seule au fond de l'espace.
T'as personne devant... personne

Faudrait que t'arrives à en parler au passé,
Faudrait que t'arrives à ne plus penser à ça,
Faudrait que tu l'oublies à longueur de journée.

Dis-toi qu'il est de l'autre côté du pôle,
Dis-toi surtout qu'il ne reviendra pas.

Et ça fait marrer les oiseaux qui s'envolent,
Les oiseaux qui s'envolent. (bis)

Tu comptes les chances qu'il te reste,
Un peu de son parfum sur ta veste,
Tu avais dû confondre les lumières
D'une étoile et d'un réverbère.
Et ça continue encore et encore,
C'est que le début d'accord, d'accord... } (bis)

Y'a des couples qui se défont,
Sur les lames de ton plafond,
C'est toujours le même film qui passe,
T'es toute seule au fond de l'espace,
T'as personne devant... personne...

Sarbacane

Paroles et Musique de Francis Cabrel

On croyait savoir tout sur l'amour
Depuis toujours,
Nos corps par cœur et nos cœurs au chaud
Dans le velours,
Et puis te voilà bout de femme,
Comme soufflée d'une sarbacane.
Le ciel a même un autre éclat
Depuis toi.

Les hommes poursuivent ce temps
Qui court depuis toujours,
Voilà que t'arrives
Et que tout s'éclaire sur mon parcours,
Pendue à mon cou comme une liane,
Comme le roseau de la sarbacane.
Le ciel s'est ouvert par endroits,
Depuis toi.

Pas besoin de phrases ni de longs discours,
Ça change tout dedans, ça change tout autour.

Finis les matins paupières en panne,
Lourdes comme des bouteilles de butane,
J'ai presque plus ma tête à moi,
Depuis toi.

Pas besoin de faire de trop longs discours,
Ça change tout dedans, ça change tout autour,

Pourvu que jamais tu ne t'éloignes,
Plus loin qu'un jet de sarbacane,
J'ai presque plus ma tête à moi,
Depuis toi.

Alors te voilà bout de femme,
Comme soufflée d'une sarbacane.
Le ciel s'est ouvert par endroits,
Depuis toi.
Oh depuis toi...

La dame de Haute-Savoie

Paroles et Musique de Francis Cabrel

Quand je serai fatigué
De sourire à ces gens qui m'écrasent,
Quand je serai fatigué
De leur dire toujours les mêmes phrases,
Quand leurs mots voleront en éclats,
Quand il n'y aura plus que des murs en face de moi,
J'irai dormir chez la dame de Haute-Savoie.

Quand je serai fatigué
D'avancer dans les brumes d'un rêve,
Quand je serai fatigué
D'un métier où tu marches ou tu crèves,
Lorsque demain ne m'apportera,
Que les cris inhumains d'une meute aux abois,
J'irai dormir chez la dame de Haute-Savoie.

Il y a des étoiles qui courent

Dans la neige autour de son chalet de bois,
Y'a des guirlandes qui pendent du toit,
Et la nuit descend sur les sapins blancs,
Juste quand elle frappe des doigts. (*bis*)

Quand j'aurai tout donné
Tout écrit, quand je n'aurai plus ma place,
Au lieu de me jeter
Sur le premier Jésus-Christ qui passe,
Je prendrai ma guitare avec moi,
Et peut-être mon chien s'il est encore là,
Et j'irai dormir chez la dame de Haute-Savoie.
Chez la dame de Haute-Savoie.

Petite Marie

Paroles et Musique de Francis Cabrel

Petite Marie, je parle de toi
Parce qu'avec ta petite voix,
Tes petites manies,
Tu as versé sur ma vie
Des milliers de roses.

Petite furie, je me bats pour toi,
Pour que dans dix mille ans de ça
On se retrouve à l'abri,
Sous un ciel aussi joli
Que des milliers de roses.

Je viens du ciel
Et les étoiles entre elles
Ne parlent que de toi,
D'un musicien
Qui fait jouer ses mains
Sur un morceau de bois,
De leur amour
Plus bleu que le ciel autour.

Petite Marie, je t'attends transi
Sous une tuile de ton toit.
Le vent de la nuit froide
Me renvoie la ballade
Que j'avais écrite pour toi

Petite furie, tu dis que la vie
C'est une bague à chaque doigt.
Au soleil de Floride,
Moi mes poches sont vides,
Et mes yeux pleurent de froid.

Je viens du ciel
Et les étoiles entre elles
Ne parlent que de toi,
D'un musicien
Qui fait jouer ses mains
Sur un morceau de bois,
De leur amour
Plus bleu que le ciel autour.

Dans la pénombre de ta rue,
Petite Marie, m'entends-tu ?
Je n'attends plus que toi pour partir...

Je viens du ciel
Et les étoiles entre elles
Ne parlent que de toi,
D'un musicien
Qui fait jouer ses mains
Sur un morceau de bois,
De leur amour
Plus bleu que le ciel autour.

L'encre de tes yeux

Paroles et Musique de Francis Cabrel

Puisqu'on ne vivra jamais tous les deux,
Puisqu'on est fou, puisqu'on est seul,

Puisqu'ils sont si nombreux,
Même la morale parle pour eux,
J'aimerais quand même te dire,
Tout ce que j'ai pu écrire
Je l'ai puisé à l'encre de tes yeux.

Je n'avais pas vu que tu portais des chaînes,
À trop vouloir te regarder
J'en oubliai les miennes.
On rêvait de Venise et de liberté,
J'aimerais quand même te dire,
Tout ce que j'ai pu écrire
C'est ton sourire qui me l'a dicté.

Tu viendras longtemps marcher
Dans mes rêves,
Tu viendras toujours du côté
Où le soleil se lève,
Et si malgré ça j'arrive à t'oublier
J'aimerais quand même te dire
Tout ce que j'ai pu écrire,
Aura longtemps le parfum des regrets

Mais puisqu'on ne vivra jamais tous les deux,
Puisqu'on est fou, puisqu'on est seul,
Puisqu'ils sont si nombreux,
Même la morale parle pour eux,
J'aimerais quand même te dire,
Tout ce que j'ai pu écrire
Je l'ai puisé à l'encre de tes yeux.

Patrick Bruel

[1959]

Le succès fulgurant de ses premiers tubes est sorti des lycées. Sa réussite au cinéma ne l'empêche pas de poursuivre brillamment une carrière d'auteur et d'interprète.

Casser la voix

Paroles de Patrick Bruel
Musique de Patrick Bruel et Gérard Presgurvic

Si ce soir j'ai pas envie
D' rentrer tout seul
Si ce soir j'ai pas envie
D' rentrer chez moi
Si ce soir j'ai pas envie
D' fermer ma gueule
Si ce soir j'ai envie
D' me casser la voix

Casser la voix, Casser la voix
Casser la voix, Casser la voix

J' peux plus croire,
Tout c' qui est marqué sur les murs
J' peux plus voir,
La vie des autres même en peinture
J' suis pas là
Pour les sourires d'après minuit
M'en veux pas,
Si ce soir j'ai envie

D' m' casser la voix, Casser la voix
Casser la voix, Casser la voix

Les amis qui s'en vont
Et les autres qui restent
Se faire prendre pour un con
Par des gens qu'on déteste

Les rendez-vous manqués
Et le temps qui se perd
Entre des jeunes usés
Et des vieux qui espèrent
Et ces flashes qui aveuglent
À la télé chaque jour
Et les salauds qui beuglent
La couleur de l'amour
Et les journaux qui traînent,
Comme je traîne mon ennui
La peur qui est la mienne,
Quand je m'réveille la nuit

Casser la voix, Casser la voix
Casser la voix, Casser la voix

Et les filles de la nuit
Qu'on voit jamais le jour
Et qu'on couche dans son lit
En appelant ça d' l'amour !
Et les souvenirs honteux
Qu'on oublie d'vant sa glace
En s'disant j' suis dégueu !
Mais j' suis pas dégueulasse !
Doucement les rêves qui coulent
Sous l' regard des parents
Et les larmes qui roulent
Sur les joues des enfants
Et les chansons qui viennent
Comme des cris dans la gorge
Envie d' crier sa haine
Comme un chat qu'on égorge

Casser la voix, Casser la voix
Casser la voix, Casser la voix

Si ce soir j'ai pas envie
D' rentrer tout seul
Si ce soir j'ai pas envie
D' rentrer chez moi
Si ce soir j'ai pas envie
D' fermer ma gueule

Si ce soir j'ai envie
De m' casser la voix

Place des grands hommes

Paroles de Bruno Garcin
Musique de Patrick Bruel

Refrain
On s'était dit rendez-vous dans dix ans
Même jour, même heure, mêmes pommes
On verra quand on aura trente ans
Sur les marches de la place des grands hommes

Le jour est venu et moi aussi
Mais j'veux pas être le premier.
Si on avait plus rien à se dire et si et si...

Je fais des détours dans le quartier.
C'est fou qu'un crépuscule de printemps.
Rappelle le même crépuscule qu'il y a dix ans,
Trottoirs usés par les regards baissés.
Qu'est-ce que j'ai fait de ces années ?

J'ai pas flotté tranquille sur l'eau,
Je n'ai pas nagé le vent dans le dos.
Dernière ligne droite, la rue Soufflot,
Combien seront là 4, 3, 2, 1... 0 ?

[Au refrain]

J'avais si souvent eu envie d'elle.
La belle Séverine me regardera-t-elle ?
Éric voulait explorer le subconscient.
Remonte-t-il à la surface de temps en temps ?
J'ai un peu peur de traverser l'miroir.
Si j'y allais pas... J' me serais trompé d'un soir.
Devant une vitrine d'antiquités.
J'imagine les retrouvailles de l'amitié.

« T'as pas changé, qu'est-ce que tu deviens ?
Tu t'es mariée, t'as trois gamins.
T'as réussi, tu fais médecin ?
Et toi Pascale, tu t'marres toujours pour rien ? »

[Au refrain]

J'ai connu des marées hautes et des marées
Comme vous, comme vous, comme vous.   [basses,
J'ai rencontré des tempêtes et des bourrasques,
Comme vous, comme vous, comme vous.
Chaque amour morte à une nouvelle a fait place,
Et vous, et vous... et vous ?
Et toi Marco qui ambitionnait simplement d'être
As-tu réussi ton pari ?   [heureux dans la vie,
Et toi Francis, et toi Laurence, et toi Marion,
Et toi Bruno... et toi Gégé, et toi Evelyne ?

[Au refrain]

Et bien c'est formidable les copains !
On s'est tout dit, on s' sert la main !
On ne peut pas mettre dix ans sur table
Comme on étale ses lettres au Scrabble.
Dans la vitrine je vois le reflet

D'une lycéenne derrière moi.
Si elle part à gauche, je la suivrai.
Si c'est à droite... Attendez-moi !
Attendez-moi ! Attendez-moi ! Attendez-moi !

On s'était dit rendez-vous dans dix ans,
Même jour, même heure, mêmes pommes.
On verra quand on aura trente ans
Si on est d'venus des grands hommes...
Des grands hommes... des grands hommes...

Tiens si on s' donnait rendez-vous dans 10 ans...

Florent Pagny
[1961]

Savoir aimer, savoir chanter. Création, reprise, bel canto.
L'éclectisme est un talent qui ne s'apprend pas.

Savoir aimer

Paroles de Lionel Florence
Musique de Pascal Obispo

Savoir sourire
À une inconnue qui passe
N'en garder aucune trace,
Sinon celle du plaisir.
Savoir aimer
Sans rien attendre en retour,
Ni égard ni grand amour,
Pas même l'espoir d'être aimé.

Mais savoir donner
Donner sans reprendre,
Ne rien faire qu'apprendre
Apprendre à aimer,
Aimer sans attendre,
Aimer à tout prendre,
Apprendre à sourire
Rien que pour le geste,
Sans vouloir le reste,
Et apprendre à vivre
Et s'en aller.

Savoir attendre.
Goûter à ce plein bonheur
Qu'on vous donne comme par erreur
Tant on ne l'attendait plus.
Se voir y croire
Pour tromper la peur du vide
Ancrée comme autant de rides
Qui ternissent les miroirs.

Mais savoir donner
Donner sans reprendre,
Ne rien faire qu'apprendre
Apprendre à aimer,
Aimer sans attendre,
Aimer à tout prendre,
Apprendre à sourire
Rien que pour le geste,
Sans vouloir le reste,
Et apprendre à vivre
Et s'en aller.

Savoir souffrir
En silence, sans murmure.
Ni défense ni armure.
Souffrir à vouloir mourir.
Et se relever
Comme on renaît de ses cendres.
Avec tant d'amour à revendre
Qu'on tire un trait sur le passé :

Mais savoir donner
Donner sans reprendre,
Ne rien faire qu'apprendre
Apprendre à aimer,
Aimer sans attendre,
Aimer à tout prendre,
Apprendre à sourire
Rien que pour le geste,
Sans vouloir le reste,
Et apprendre à vivre
Et s'en aller.

Apprendre à rêver
À rêver pour deux.
Rien qu'en fermant les yeux,
Et savoir donner
Donner sans rature
Ni demi-mesure
Apprendre à rester,
Vouloir jusqu'au bout
Rester malgré tout.
Apprendre à aimer,

Et s'en aller,
Et s'en aller,
Et s'en aller,
Et s'en aller...

Sylvain Bergère est lauréat du palmarès 1998 des Victoires de la musique pour le clip vidéo de Savoir aimer.
On y voit Florent Pagny face à l'objectif, traduisant avec ses mains pour les malentendants, les paroles de sa chanson, que l'on entend en voix off. Une originalité de plus à mettre au bénéfice de Florent Pagny, après son exploit d'avoir repris, en italien et dans le plus pur style bel canto la chanson Caruso de Lucio Dalla, qu'avait créée Pavarotti.

Marc Lavoine
[1962]

Dans le charme, il a eu dès le début une arme redoutable, le revolver !

Elle a les yeux revolver

Paroles de Marc Lavoine
Musique de Fabrice Aboulker

Un peu spéciale
Elle est célibataire
Le visage pâle
Les cheveux en arrière
Et j'aime ça
Tell'ment si belle
Quand elle sort
Tell'ment si belle
Je l'aime tell'ment si fort.

Refrain
Elle a les yeux revolver
Elle a le regard qui tue
Elle a tiré la première
M'a touché, c'est foutu.

Elle se dessine
Sous des jupes fendues
Et je devine
Des histoires défendues
C'est comme ça
Tell'ment si belle
Quand elle sort
Tell'ment si belle
Je l'aime tell'ment si fort.

[Au refrain]

Un peu larguée
Un peu seule sur la terre
Les mains tendues
Les cheveux en arrière
Et j'aime ça
Tell'ment si femme
Quand elle mord
Tell'ment si femme
Je l'aime tell'ment si fort.

[Au refrain]

À faire l'amour
Sur des malentendus
On vit toujours
Des moments défendus
C'est comme ça
Tell'ment si femme
Quand elle mord
Tell'ment si femme
Je l'aime tell'ment si fort.

[Au refrain]

NTM
[1964]

Trois lettres qui ont causé pas mal de maux.

Paris sous les bombes

Il fut une époque à graver dans les annales
Comme les temps forts du Hip Hop sur Paname
S'était alors abreuvé de sensations fortes
Au-delà de toutes descriptions
Quand cela te porte
Paris sous les bombes
Le mieux c'était d'y être
Pour mesurer l'hécatombe
Une multitude d'impacts
Paris allait prendre une réelle claque
Un beau matin à son réveil
Par une excentricité qui l'amusait la veille
C'était l'épopée graffiti qui imposait son règne
Paris était recouvert avant qu'on ne comprenne

Paris sous les bombes
C'était Paris sous les bombes

Où sont mes bombes, où sont mes bombes
Avec lesquelles j'exerçais dans l'ombre
Quand nos nuits étaient longues
Et de plus en plus fécondes
Ouais ! On était là stimulés par la pénombre
Prêts pour lâcher les bombes
Prêts pour la couleur en trombe
Certains étaient là pour exprimer un cri
D'autres comme moi, juste par appétit
Tout foncedé, chaque soir Paris nous était livré
Sans conditions, c'était à prendre ou à laisser
Quel est le gamin, à l'âge que j'avais
Qui n'aurait pas envié l'étendue que couvrait
Nos aires de jeux à l'époque

Quand il fallait qu'on se frotte aussi avec les keufs
Mais ce sont d'autres histoires en bloc
Je crois pouvoir dire qu'on a œuvré pour le Hip Hop
Désolé si de nos jours, y'en a encore que cela
[choque

Paris sous les bombes
C'était Paris sous les bombes

Pour Mad, TCG, big-up !
Pour les funky COP big-up !
Pour les 93 big-up !
Big-up, big-up ! aux autres, on a roulé au Top
J'entends encore d'ici les murmures
Le bruit des pierres sur les rails qui rythmaient
J'ai kiffé chacune de nos virées nocturnes   [l'allure
J'ai kiffé ces moments qui nous nouaient les burnes
C'étaient nos films à nous
C'était aussi une façon pour nous
D'esquiver la monotonie du quartier
Où l'odeur de la cité finit par te rendre fou
Alors on allait s'évader en bande
Fallait que l'on descende dans les hangars
Prendre de l'avance sur la COMATEC
Ainsi que sur les autres crews afin de faire le break

Paris sous les bombes
C'était Paris sous les bombes

Pascal Obispo
[1965]

Adoré, contesté. Qu'importe, il marque sa génération. L'art est le domaine du contestable, la chanson aussi.

Lucie

Paroles de Lionel Florence
Musique de Pascal Obispo

Lucie, Lucie c'est moi
Je sais, il y a des soirs comm'ça
Où tout s'écroule autour de soi
Sans trop savoir pourquoi

Toujours regarder devant soi
Sans jamais baisser les bras
Je sais c'est pas le remède à tout
Mais faut s'forcer parfois

Lucie, Lucie dépêche-toi
On vit on meurt qu'une fois
Et on a l'temps de rien
Que c'est déjà la fin

Refrain
C'est pas marqué dans les livres

Que l'plus important à vivre
Est de vivre au jour le jour
Le temps c'est de l'amour

Même si je n'ai pas le temps
D'assurer mes sentiments
J'en ai en moi de plus en plus forts
Des envies d'encore

Tu sais, non je n'ai plus à cœur
De réparer mes erreurs
Ou de refaire c'qu'est plus à faire
Revenir en arrière

Lucie, t'arrête pas
On ne vit qu'une vie à la fois
À peine le temps de savoir
Qu'il est déjà trop tard

[Au refrain] *(bis)*

Lucie, j'ai fait le tour
De tant d'histoires d'amour
J'ai bien, bien assez de courage
Pour tourner d'autres pages

Sache que le temps nous est compté
Faut jamais se retourner
En s'disant que c'est dommage
D'avoir passé l'âge

Lucie, Lucie t'encombre pas
De souvenirs, de choses comme ça
Aucun regret ne vaut le coup
Pour qu'on le garde en nous

[Au refrain] *(ter)*

Chanter

Paroles de Lionel Florence
Musique de Pascal Obispo

Chanter
Pour oublier ses peines,
Pour bercer un enfant,
Chanter
Pour pouvoir dire je t'aime,
Mais Chanter tout le temps.

Pour implorer le ciel
Ensemble
En une seule et même église,
Retrouver l'essentiel,
Et faire
Que les silences se brisent.

En haut des barricades,
Les pieds et poings liés,
Couvrant les fusillades,
Chanter sans s'arrêter.

Et faire s'unir nos voix,
Autour du vin qui enivre,
Chanter quelqu'un qui s'en va,
Pour ne pas cesser de vivre,
Pour quelqu'un qui s'en va,
Pour ne pas cesser de vivre

Chanter
Celui qui vient au monde,
L'aimer,
Ne lui apprendre que l'amour,
En ne formant qu'une même ronde,
Chanter encore et toujours.

Un nouveau jour qui vient d'éclore,
Pouvoir
Encore s'en émerveiller,
Chanter

Malgré tout, toujours plus fort,
Je ne sais faire que chanter.

Et faire s'unir nos voix,
Autour du vin qui enivre,
Chanter quelqu'un qui s'en va,
Pour ne pas cesser de vivre,
Pour quelqu'un qui s'en va,
Pour ne pas cesser de vivre.

Chanter
Pour oublier ses peines,
Pour bercer un enfant,
Chanter
Pour pouvoir dire je t'aime,
Mais Chanter tout le temps.

En haut des barricades,
Les pieds et poings liés,
Couvrant les fusillades,
Chanter sans s'arrêter.

Et faire s'unir nos voix,
Autour du vin qui enivre,
Chanter quelqu'un qui s'en va,
Pour ne pas cesser de vivre,
Pour quelqu'un qui s'en va,
Pour ne pas cesser de vivre.

Chanter
Pour oublier ses peines,
Pour bercer un enfant,
Chanter
Pour pouvoir dire je t'aime,
Mais Chanter tout le temps.

En haut des barricades,
Les pieds et poings liés,
Couvrant les fusillades,
Chanter sans s'arrêter.

Et faire s'unir nos voix,
Autour du vin qui enivre,

Chanter quelqu'un qui s'en va,
Pour ne pas cesser de vivre,
Pour quelqu'un qui s'en va,
Pour ne pas cesser de vivre

Je ne sais faire que chanter
Pour ne pas cesser de vivre
Je ne sais faire que chanter
Pour ne pas cesser de vivre
Je ne sais faire que chanter
Je ne sais faire que chanter

L'envie d'aimer

Cette chanson est interprétée par Daniel Levi, dans Les
Dix Commandements.

Paroles de Lionel Florence et Patrice Guirao
Musique de Pascal Obispo

C'est tellement simple
L'amour
Tellement possible
L'amour,
À qui l'entend
Regarde autour,
À qui le veut
Vraiment ;

C'est tellement rien
D'y croire
Mais tellement tout
Pourtant,
Qu'il vaut la peine
De le vouloir
De le chercher
Tout l'temps ;

Ce sera nous, dès demain,
Ce sera nous, le chemin
Pour que l'amour

Qu'on saura se donner
Nous donne l'envie d'aimer ;

Ce sera nous, dès ce soir,
À nous de le vouloir,
Faire que l'amour
Qu'on aura partagé
Nous donne l'envie d'aimer ;

C'est tellement court
Une vie,
Tellement fragile
Aussi,
Que de courir
Après le temps
Ne laisse plus rien
À vivre ;

Ce sera nous, dès demain,
Ce sera nous, le chemin
Pour que l'amour
Qu'on saura se donner
Nous donne l'envie d'aimer ;

Ce sera nous, dès ce soir,
À nous de le vouloir,
Faire que l'amour
Qu'on aura partagé
Nous donne l'envie d'aimer ;

C'est tellement fort,
C'est tellement tout,

L'amour,

Puisqu'on l'attend
De vies en vie
Depuis la nuit
Des temps ;

Ce sera nous
Pour que l'amour

Qu'on saura se donner
Nous donne l'envie d'aimer ;

Ce sera nous, dès ce soir,
À nous de le vouloir,
Faire que l'amour
Qu'on aura partagé
Nous donne l'envie d'aimer...

I am
[1965]

Si Marcel Pagnol revenait... Akhénaton, Chill, DJ Khéops, Lively Crew, B-Boy Stance... Mais la Cannebière est toujours là !

Je danse le Mia

Paroles et Musique de Fragione, Mussard, Perez et Mazel

Au début des années 80 je me souviens des soirées où l'ambiance était chaude et les mecs rentraient Stan Smith aux pieds, le regard froid, ils scrutaient la salle le trois-quarts en cuir roulé autour du bras.
Ray Ban sur la tête, survêtement Tacchini pour les plus classe, des mocassins Nebuloni. Dès qu'ils passaient caméo midnight star SOS Band délégation ou Shalamar.
Tout le monde se levait, les cercles se formaient. Des concours de danse un peu partout s'improvisaient.
Je te propose un voyage dans le temps via planète Marseille je danse le Mia.

Je dansais le Mia jusqu'à ce que la soirée vacille une bagarre au fond et tout le monde s'éparpille. On savait que c'était nul, que ça craignait. Le samedi d'après on revenait tellement qu'on s'emmerdait.

J'entends encor le rire des filles qui assistaient au ballet
[des R 12 sur le parking
À l'intérieur pour elles c'était moins rose
Oh cousine tu danses ou j'explose
Voilà comment tout s'aggravait en un quart d'heure.
Le frère rappliquait : Oh comment tu parles à ma sœur,
Viens chez moi on va se filer,
Tête à tête je vais te fumer derrière le cyprès.

Et tout s'arrangeait ou se réglait à la danse
L'un disait : Fils tu n'as aucune chance

Hé les filles mes chaussures brillent trop, un p'tit tour je
Je te baisille, tu te rhabilles et moi je danse le Mia   [vrille

Même les voitures c'était le défi
KUX 73 JM 120 Mon petit
Du plus grand voyou à la plus grosse mauviette
La main sur le volant avec la moquette

Pare-soleil pioneer sur le pare-brise arrière
Dédé et Valérie écrit en gros sur mon père
C'était la bonne époque où on sortait la douze sur une
                                                    [touche
On lui collait la bande rouge à la Starsky et Hutch
J'avais la nuque longue, Eric aussi, Malek coco
La coupe à la Marley Pascal était rasta désafvos
Sur François et Joe déjà à la danse à côté d'eux
Personne ne touchait une bille on dansait le Mia.
Je danse le Mia, pas de pacotille
Chemise ouvert' chaîne en or qui brille
Des gestes lents ils prenaient leur temps pour enchaîner
Les passes qu'ils avaient élaborées dans leur quartier
Et c'était vraiment trop beau
Un mec assurait, tout le monde criait ah oui minot
La piste s'enflammait et tous les yeux convergeaient
Les différends s'effaçaient et des rires éclataient

Beaucoup disaient que nos soirées étaient sauvages
Et qu'il fallait entrer avec une batte ou une hache
Foutaise c'était les ragots des jaloux
Et quoi qu'on en dise nous on s'amusait beaucoup
Aujourd'hui encor on peut entendre des filles dire
Hayya, I am dansent le Mia.

Patricia Kaas
[1966]

Gérard Depar... Dieu qu'il ait été là au bon moment... qu'il ait eu la bonne oreille pour qu'on l'écoute... On la surnomme « La Marlène de Forbach » et elle se construit au fil du temps une solide carrière en France et à l'étranger.

Mademoiselle chante le blues

Paroles de Didier Barbelivien
Musique de D. Medhi et Didier Barbelivien

Y'en a qui élèvent des gosses au fond d'un H.L.M.
Y'en a qui roulent leur bosse du Brésil en Ukraine
Y'en a qui font la noce du côté d'Angoulême

Et y'en a même qui militent dans la rue avec tracts
[et banderoles
Y'en a qui en peuvent plus de jouer les sex
[symboles
Y'en a qui vendent l'amour au fond de leur bagnole

Refrain
Mademoiselle chante le blues
Soyez pas trop jalouses
Mademoiselle boit du rouge
Mademoiselle chante le blues

Y'en a huit heures par jour qui tapent sur des
[machines
Y'en a qui font la cour masculine féminine
Y'en a qui lèchent les bottes comme on lèche les
[vitrines
Et y'en a même qui font du cinéma, qu'on appelle
[Marylin
Mais Marylin Dubois ne s'ra jamais Norma Jean
Faut pas croire que l'talent c'est tout c' qu'on
[s'imagine

[Au refrain]

Y'en a qui s'font bonne sœur, avocate,
[pharmacienne
Y'en a qui ont tout dit quand elles ont dit je t'aime
Y'en a qui sont vieilles filles du côté d'Angoulême
Y'en a même qui jouent les femmes libérées
Petit joint et gardénal qui mélangent vie en rose et
[image d'Épinal
Qui veulent se faire du bien sans jamais s'faire du
[mal

[Au refrain]

Linda Lemay
[1966]

Elle est la merveille que nous attendions depuis que Brel nous a quittés. Avec ce souffle renversant qui lui vient de sa jeune et « Belle Province », elle est celle par qui la Femme nous sera révélée (Dans ton ventre il y a mon pays d'origine). Mais elle est plus à elle seule : « La Comédie humaine » en chanson. L'auteur interprète des années 2000.

Eddy Marnay

Les souliers verts

Paroles et Musique de Lynda Lemay

Ça faisait deux petits mois d'amour
Qu'on s'connaissait
Pas un seul accroc dans l'parcours
C'était parfait

On a fini par s'faire l'amour
On a choisi notre moment
On était mûrs, on était sûrs
De nos moindres petits sentiments

J'étais sceptique, j'étais peureuse
T'as mis deux mois
À remettre ma confiance boiteuse
En bon état

J'avais baissé mon bouclier
Cessé de nous prédire une guerre
J'étais en train d'emménager
Lorsque j'ai vu... les souliers verts

Des souliers verts à talons hauts
Dans l'garde-robe
Une paire de souliers verts
Aussi suspects qu'ignobles

J'les ai r'gardés droit dans les semelles
Quand ils m'ont sauté dans la face
Et ça puait la maudite femelle
Qui a dû les porter rien qu'an masse
Et ce fut un interminable face à face

C'était entre moi et la vieille paire de godasses
Et j'ai vu ma vie défiler
Devant mes yeux déconcertés
Et j'ai senti la sueur couler
Le long d'ma tempe...

Refrain
Ça faisait deux petits mois d'amour
Qu'on s'connaissait
Fallait voir ça la belle p'tite cour
Que tu m'faisais

J'avais cessé d'me protéger
Depuis le cœur jusqu'à la chair
J'me sentais en sécurité
Jusqu'à c'que j'voie... les souliers verts !

Des souliers verts à talons hauts
Sur la tablette
Une paire de souliers verts de [femme] dame
Ou de tapette

J'les ai r'gardés droit dans les semelles
Dieu merci, c'tait pas ta pointure
J'suis allée m'mettre des gants d'vaisselle
Pour m'emparer d'ces petites ordures

Quand j'suis arrivée dans la chambre
En t'les montrant
T'étais comme un caméléon sur le lit blanc

Je t'ai demandé à qui c'était
J'peux pas croire que t'as bredouillé
Exactement c'que je craignais
Que t'en n'avais aucune idée

Que t'étais le premier surpris

Qu't'avais jamais vu ça avant
Au grand jamais, jamais d'la vie
Non... sincèrement ! !

... Ben oui ça pousse des souliers verts
C'est comme une sorte de champignon
Une sorte de quenouille ou d'fougère
Ça devait être humide dans ta maison

C'est parfaitement compréhensible
Qu'ça apparaisse, des souliers verts
J'pense même qu'y en a des comestibles
Mais eux, ils poussent dans l'frigidaire

C'est sûr qu'j'ai pas à m'inquiéter
Des petites chaussures de rien du tout
Le petit modèle de fin de soirée
Pour dames à quatre pattes ou à genoux

Qui sait si c'est pas l'Saint Esprit
Qui est venu t'octroyer des souliers
C'comme les brassières en dessous du lit
Qui poussent chez d'autres miraculés

Bien sûr !

Ça faisait deux petits mois d'amour
Qu'on s'connaissait
J'allais quand même pas laisser ça
Nous séparer

Mais si tu veux bien mon amour
J'vais me permettre un commentaire
Pour toutes les jeunes filles au cœur lourd
Qui ont rencontré des souliers verts

Allez chercher vos gants d'vaisselle
Puis jetez-moi ça à la poubelle
Vous saurez jamais l'fond d'l'histoire
Puis c'est p't-être mieux de n'pas l'savoir !

Fermez vos yeux petites brebis
Vous irez droit au paradis

Le ciel est rempli de petits anges
Qui ont jeté des souliers aux vidanges

Et puis j'vous parie qu'en enfer
Dans la basse-cour du vieux Satan
Y'a plein de poules en souliers verts
Et y'a plein d'maris innocents
Qui n'les ont jamais vues avant
Non... sincèrement ! ! !
Bien sûr... !

Ceux que l'on met au monde

Paroles et Musique de Lynda Lemay

Ceux que l'on met au monde
Ne nous appartiennent pas
C'est ce que l'on nous montre
Et c'est ce que l'on croit

Ils ont une vie à vivre
On n'peut pas dessiner
Les chemins qu'ils vont suivre
Ils devront décider

C'est une belle histoire
Que cette indépendance
Une fois passés les boires
Et la petite enfance

Qu'il ne faille rien nouer
Qu'on ne puisse pas défaire
Que des nœuds pas serrés
Des boucles, si l'on préfère

Ceux que l'on aide à naître
Ne nous appartiennent pas
Ils sont ce qu'ils veulent être
Qu'on en soit fier ou pas

C'est ce que l'on nous dit
C'est ce qui est écrit
La bonne philosophie
La grande psychologie...

Et voilà que tu nais
Et que t'es pas normal
T'es dodu, t'es parfait
Le problème est mental

Et voilà qu'c'est pas vrai
Que tu vas faire ton chemin
Car t'arrêteras jamais
De n'être qu'un gamin

Tu fais tes premiers pas
On se laisse émouvoir
Mais les pas que tu feras
Ne te mèneront nulle part

Qui es-tu si t'es pas
Un adulte en devenir
Si c'est ma jupe à moi
Pour toujours qui t'attire

C'est pas c'qu'on m'avait dit
J'étais pas préparée
T'es à moi pour la vie
Le Bon Dieu s'est trompé

Et y'a l'diable qui rit
Dans sa barbe de feu
Et puis qui me punit
D'l'avoir prié un peu

Pour que tu m'appartiennes
À la vie, à la mort
Il t'a changé en teigne
Il t'a jeté un sort

T'es mon enfant d'amour
T'es mon enfant spécial
Un enfant pour toujours

Un cadeau des étoiles

Un enfant à jamais
Un enfant anormal
C'est ce que j'espérais
Alors, pourquoi j'ai mal ? !

J'aurais pas réussi
À me détacher d'toi
Le destin est gentil
Tu ne t'en iras pas

T'auras pas dix-huit ans
De la même façon
Que ceux que le temps rend
Plus homme[s] que garçon[s]

T'auras besoin de moi
Mon éternel enfant
Qui ne t'en iras pas
Vivre en appartement

Ta jeunesse me suivra
Jusque dans ma vieillesse
Ton docteur a dit ça
C'était comme une promesse

Moi qui avais tellement peur
De te voir m'échapper
Voilà que ton petit cœur
Me jure fidélité

Toute ma vie durant
J'conserverai mes droits
Mes tâches de maman
Et tu m'appartiendras

Ceux que l'on met au monde
Ne nous appartiennent pas
C'est ce que l'on nous montre
Et c'est ce que l'on croit

C'est une belle histoire
Que cette histoire-là !

Mais voilà que, surprise !
Mon enfant m'appartient
Tu t'fous de ce que disent
Les auteurs des bouquins

T'arrives et tu m'adores
Et tu me fais confiance
De tout ton petit corps
De toute ta différence

J'serai pas là de passage
Comme les autres parents
Qui font dans un mariage
Le deuil de leur enfant

J'aurai le privilège
De te border chaque soir
Et certains jours de neige
De t'mettre ton foulard

À l'âge où d'autres n'ont
Que cette visite rare
Qui vient et qui repart
Par soirs de réveillon

Tu seras le bâton
D'ma vieillesse précoce
En même temps qu'le boulet
Qui drainera mes forces

Tu ne connais que moi
Et ton ami Pierrot
Que j'te décris tout bas
Quand tu vas faire dodo

Et tu prends pour acquis
Que je serai toujours là
Pour t'apprendre cette vie
Que tu n'apprendras pas

Car ta vie s'est figée
Mais la mienne passera
J'me surprends à souhaiter
Qu'tu trepasses avant moi

On n'peut pas t'admirer
Autant que je t'admire
Moi qui ai la fierté
De t'voir m'appartenir

J'voudrais pas qu'on t'insulte
Et qu'on s'adresse à toi
Comme un pauvre adulte
Parce qu'on t'connaîtrait pas

Si le diable s'arrange
Pour que tu me survives
Que Dieu me change en ange
Que je puisse te suivre !

Ceux que l'on aide à naître
Ne nous appartiennent pas
À moins d'aider à naître
Un enfant comme toi

C'est une belle histoire
Que celle qui est la nôtre
Pourtant, j'donnerais ma vie
Pourqu'tu sois comme les autres !

Céline Dion
[1968]

« *Sa grandeur ne vient pas seulement du fait qu'elle a vendu plus de millions de disques que les autres, mais de ce que la Gloire l'a laissée étonnamment intacte. Plus que sa voix du Bon Dieu, c'est son cœur géant qui a gagné le monde.*

"Ils" nous ont conquis et renforcés par l'épreuve. "Ils" vont désormais nous habiter pour toujours. Pourquoi "Ils" ? Parce que lorsqu'elle est sur scène, René Angéli est à l'infini de son âme. »

Eddy Marnay

Mon ami m'a quittée

Paroles et Musique d'Eddy Marnay
Christian Loigerot et Thierry Geoffroy

Mon ami m'a quittée
Je vous le dis
Ça devait arriver à moi aussi
Je le voyais rêver d'une autre fille depuis longtemps

Mon ami est ailleurs
Je ne sais où
Auprès d'un autre cœur
Et loin de nous
À cueillir d'autres fleurs
Et d'autres rendez-vous

Moi je regarde les vagues
Dont la mer écrase les rochers
Et je voudrais que le calme
Vienne habiter ma solitude

Il m'a quittée
Je vous le dis
Oui c'est arrivé à moi aussi
À force de rêver d'une autre fille depuis longtemps

Mon ami m'a quittée
C'est trop facile
C'est la fin de l'été
Soleil fragile
Les bateaux sont rangés
Pour un meilleur avril

Alors moi je regarde les vagues
Dans mon cœur quelque chose a bougé
Il était tendre et sauvage
Et le voilà qui se raconte

Il m'a quittée
À la fin de l'été
Il m'a quittée
Mon ami m'a quittée
Je vous le dis
Oui c'est arrivé à moi aussi
J'ai fini de rêver du moins pour aujourd'hui

D'amour ou d'amitié

Paroles et Musique d'E. Marnay, J.-P. Lang et R. Vincent

Il pense à moi, je le vois, je le sens, je le sais
Et son sourire ne ment pas quand il vient me
[chercher
Il aime bien me parler des choses qu'il a vues
Du chemin qu'il a fait et de tous ses projets

Je crois pourtant qu'il est seul et qu'il voit d'autres
[filles
Je ne sais pas ce qu'elles veulent ni les phrases
[qu'il dit
Je ne sais pas où je suis, quelque part ou celui
Si je compte aujourd'hui plus qu'une autre pour lui

Refrain
Il est si près de moi pourtant je ne sais pas

Comment l'aimer lui seul peut décider
Qu'on se parle d'amour ou d'amitié
Moi je l'aime et je peux lui offrir ma vie
Même s'il ne veut pas de ma vie
Je rêve de ses bras oui mais je ne sais pas
Comment l'aimer, il a l'air d'hésiter
Entre une histoire d'amour ou d'amitié
Et je suis comme une île en plein océan
On dirait que mon cœur est trop grand

Rien ne lui dit, il sait bien que j'ai tout à donner
Rien qu'un sourire à l'attendre à vouloir le gagner
Mais qu'elles sont tristes les nuits
Le temps me paraît long et je n'ai pas appris
À me passer de lui

[Au refrain]

Dominique A
[1968]

Il a émergé d'une génération minimaliste au milieu de l'envo-lée du rap hexagonal. Bricoleur de son, son premier album fut réalisé dans sa cuisine. Il mêle humour et noirceur du propos et marie les influences de Brel à celles de Joy Division.

Le twenty-two bar

Paroles et Musique de Dominique A

Au twenty-two bar on dansait, on dansait
C'était plutôt inhabituel
Alors bien sûr j'en profitais
De bras en bras les gens passaient
Ça n'était qu'un temps pour se relancer
Et puis se remettre à danser
Par moment j'entendais
Quelqu'un m'appeler
Personne quand je me tournais

Au twenty-two bar ce soir-là on dansait
Je ne sais plus pourquoi c'était
Pas plus que les gens qui dansaient
Si par hasard ils s'arrêtaient ils sentaient
Ce vieux décor se balancer
Plusieurs fois manquer de tomber
Et du coup de bras en bras ils repassaient
Alors on se laissait aller
Au twenty-two bar ce soir-là.
Parfois j'entendais quelqu'un m'appeler
Personne quand je me tournais

[Voix de fille]
Au twenty-two bar ce soir-là on dansait
À chaque fois que je le voyais
Je l'appelais puis me cachais
Après tout ce qu'il m'avait fait j'attendais

Le bon moment pour l'aborder
Et sentir son sang se glacer
Et comme vraiment rien ne pressait ne pressait
Pour l'heure je le laissais filer
Bientôt je le ferais danser...

Il était une fois
[1960]

À la fin des années soixante, Joëlle rencontre Serge Koolenn et Richard Dewitte, deux anciens musiciens de Michel Polnareff. Lionel Gaillardin vient compléter cette formation qui dans un genre pop « variété » atteint très vite les sommets des hit-parades. La fin de l'aventure viendra hélas trop tôt avec la disparition de Joëlle en 1982.

J'ai encore rêvé d'elle

Paroles de S. Koolenn
Musique de R. Dewitte

J'ai encore rêvé d'elle
C'est bête, elle n'a rien fait pour ça
Elle n'est pas vraiment belle
C'est mieux, elle est faite pour moi
Toute en douceur
Juste pour mon cœur

Je l'ai rêvée si fort
Que les draps s'en souviennent
Je dormais dans son corps
Bercé par ses « Je t'aime ».

Si je pouvais me réveiller à ses côtés
Si je savais où la trouver
Donnez-moi l'espoir
Prêtez-moi un soir
Une nuit, juste, pour elle et moi
Et demain matin, elle s'en ira

J'ai encore rêvé d'elle
Je rêve aussi
Je n'ai rien fait pour ça
J'ai mal dormi
Elle n'est pas vraiment belle
J'ai un peu froid

Elle est faite pour moi
Réveille-toi...

Toute en douceur
Juste pour mon cœur
Si je pouvais me réveiller à ses côtés
Ouvre tes yeux, tu ne dors pas
Si je savais où la trouver
Regarde-moi
Donnez-moi l'espoir
Je suis à toi
Prêtez-moi un soir

Je t'aime
Une nuit, juste pour elle et moi
Et demain, enfin je vais me réveiller
Je t'attendais, regarde-moi
À ses côtés, c'est sûr je vais la retrouver
Ouvre tes bras
Donnez-moi un soir
Je suis à toi
Laissez-moi y croire

Une vie juste pour toi et moi
Et demain matin, tu sera là...

Doc Gyneco
[1974]

Ce prince des lascars porte des polos Lacoste. Et son écriture fait penser à Gainsbourg. Comme il l'avoue négligemment, c'est un rappeur classé dans la variété. Il va même jusqu'à enregistrer un duo avec Bernard Tapie !

Nirvana

Paroles de Victor Ouzani et Bruno Beausir
Musique de Bruno Beausir

Je sors de chez moi salut mon gars
Tu sors de prison, dis-moi comment ça va
Tu veux que je t'enregistre les nouveaux sons
Le dernier ministère et la première consultation
Tu veux être à la page avant de rejoindre l'entourage
De ceux qui boivent du 12 ans d'âge
Prisonnier du quartier, pris dans la foncedé
Plus rien ne m'étonne, plus rien ne me fait bander
Depuis que j'ai la tête collée sur une pochette
Certains font semblant de ne pas me reconnaître
D'autres me guettent, s'entêtent, m'embêtent
Alors je les pète
Et tout est si facile quand on marche dans sa ville
Même les bleus pour moi sont en civil
J'veux changer d'air, changer d'atmosphère
Je vais me foutre en l'air comme Patrick Dewaere
Me droguer aux aspirines façon Marilyn
Faut que je me supprime

Comme Bérégovoy clip boum
Aussi vite que Senna
Je veux atteindre le Nirvana
Comme Bérégovoy clic clic boum
Aussi vite que Senna, je veux atteindre le Nirvana

C'est donc ça la vie, c'est pour ça qu'on bosse
Voir son gosse traîner dans le quartier

Dans une poche les feuilles OCB
Dans une chaussette la boulette à effriter
Une cage d'escalier et le tout est roulé
Mais stone, le monde est stone
Y'a plus de couche d'ozone
Et les seins des meufs sont en silicone
Tu rêves de pèze
1 2 3 tu m'amènes avec toi
4 5 6 cueillir du vice
7 8 9 dans ton cabriolet neuf
J'ai connu les bandes, les gangs, les meufs des
Et les gros bang bang bang   [gang bang
Dans la tête de mes amis
N'y pense pas si tu tiens à ta vie
J'ai traqué ma famille contre ces amis
Et je me moque de ton avis
Je veux me doper à la Maradona
Car je suis triste comme le clown Zavatta

Comme Bérégovoy clip boum
Aussi vite que Senna
Je veux atteindre le Nirvana
Comme Bérégovoy clic clic boum
Aussi vite que Senna, je veux atteindre le Nirvana

Le docteur ne joue plus au fraudeur
J'achète des tickets par simple peur
D'avoir à buter un contrôleur
Je flirte avec le meurtre, je flirte avec mon suicide
Vive le volontaire homicide
Je ne crois plus en Dieu et deviens nerveux
Allah, Krishna, Bouddha ou Geovah
Moi j'opte pour ma paire de Puma
Elles guident mes pas à pas
J'ai fait le bon choix et j'y crois
J'n'ai pas touché mais caressé tous mes rêves
Je demande une trêve, le doc est en grève
Plus rien ne me fait kiffer, plus rien ne me fait marrer
De la fille du voisin je suis passé
À de jolis mannequins très convoités
Ma petite amie elle est belle, elle est bonne
Elle s'appelle Brandy Quinonne si tu veux
Je te la donne car plus rien ne m'étonne

J'en ai marre des meufs, j'en ai marre des keufs
C'est toujours la même mouille, toujours les mêmes
[fouilles

Comme BÉRÉGOVOY clip boum
Aussi vite que SENNA
Je veux atteindre le Nirvana
Comme BÉRÉGOVOY clic clic boum
Aussi vite que SENNA, je veux atteindre le Nirvana

Comme BÉRÉGOVOY clip boum
Aussi vite que SENNA
Je veux atteindre le Nirvana
Comme BÉRÉGOVOY clic clic boum
Aussi vite que SENNA, je veux atteindre le Nirvana

Index des titres

Index des interprètes et leurs chansons

Nougaro Claude : 423
Toulouse / Le jazz et la java / Une petite fille / Le cinéma / Cécile ma fille / Je suis sous...

NTM : 842
Paris sous les bombes

Obispo Pascal : 844
Lucie / Chanter / L'envie d'aimer

Oswald Marianne : 96
La grasse matinée

Ouvrard Gaston : 70
Je n'suis pas bien portant

Pagny Florent : 837
Savoir aimer

Pascal Jean-Claude : 365
Nous les amoureux / Soirées de princes

Patachou : 239
Voyage de noces / La bague à Jules

Paulus : 15
En revenant de la revue / Le père « la Victoire »

Perret Pierre : 519
Moi j'attends Adèle / Blanche / Les jolies colonies de vacances / Lily / Le Tord-Boyaux / Le zizi / Mon p'tit loup

Perrin Pierre : 340
Un clair de lune à Maubeuge

Peyrac Nicolas : 777
Et mon père

Piaf Édith : 161
Hymne à l'amour / Padam... padam... / L'accordéoniste / La vie en rose / Bravo pour le clown / Non, je ne regrette rien / La foule

Polnareff Michel : 656
La poupée qui fait non / On ira tous au paradis / Love me, please love me / Je suis un homme / LNA HO / Kama Sutra / Goodbye Marylou

Reggiani Serge : 301
Les loups / Arthur... Où t'as mis le corps ? / Sarah / Le petit garçon

Régine : 432
La grande Zoa / Les p'tits papiers

Renard Colette : 322
Zon... Zon... Zon... / Tais-toi Marseille / Avec les anges

Renaud : 809
En cloque / Morgane de toi / La mère à Titi

Renaud Line : 393
Ma petite folie / Le chien dans la vitrine

Ricet-Barrier : 491
La servante du château / Les spermatozoïdes

Rivers Dick : 676
Oh ! Lady / Baby John

Rossi Tino : 125
Tango de Marilou / Petit Papa Noël / Sérénade portugaise / Mon âne

Sablon Jean : 116
Vous qui passez sans me voir / Je tir' ma révérence

Salvador Henri : 229
L'abeille et le papillon / Le blouse du dentiste / Le loup, la biche et le chevalier / Syracuse / Zorro est arrivé / Le travail c'est la santé / Petit Indien

Sanson Véronique : 779
Amoureuse / Rien que de l'eau / Comme je l'imagine

Index des auteurs

Index des compositeurs

Imprimé en France sur Presse Offset par

BRODARD & TAUPIN

GROUPE CPI

La Flèche (Sarthe).
N° d'imprimeur : 12304 – Dépôt légal Édit. 21861-07/2002
LIBRAIRIE GÉNÉRALE FRANÇAISE - 43, quai de Grenelle - 75015 Paris.
ISBN : 2 - 253 - 13027 - 3